I GRANDI DELL'800

In copertina: John Pettie, *Two Strings to her Bow*, 1882

Titoli originali: *Sense and Sensibility*, traduzione di Pietro Meneghelli;
Pride and Prejudice, traduzione di I. Castellini e N. Rosi

Prima edizione in questa collana: febbraio 2004

Roma, Casella postale 6214

ISBN 88-541-0000-5

www.newtoncompton.com

Finito di stampare nel febbraio 2004 presso la Legatoria del Sud s.r.l., Ariccia (Roma)

Jane Austen

Ragione e sentimento

Cura e traduzione di Pietro Meneghelli

Orgoglio e pregiudizio

Introduzione di Riccardo Reim

Edizioni integrali

Newton & Compton editori

Nota biobibliografica

CRONOLOGIA DELLA VITA E DELLE OPERE

1775. Il 16 dicembre, a Steventon nello Hampshire, nasce Jane Austen, settimogenita del reverendo George Austen, pastore del luogo, e di sua moglie, Cassandra Leigh.
1785-86. Frequenta, assieme alla sorella maggiore Cassandra, la Abbey School di Reading.
1795. Scrive *Elinor e Marianne* e *Lady Susan*.
1796. Inizia a scrivere *First Impressions* (lo finirà nell'agosto del 1797).
1797. Inizia a scrivere *Sense and Sensibility*.
1798-99. Scrive *Northanger Abbey* (inizialmente l'opera è intitolata *Susan*, poi *Catherine*).
1801. A causa del ritiro del reverendo Austen dalla sua attività ecclesiastica, la famiglia si trasferisce a Bath, dove la scrittrice ambienterà alcuni dei suoi romanzi.
1805. Muore il reverendo George Austen. La Austen scrive *The Watson* e *Lady Susan* (opere ambedue incompiute).
1807. La famiglia Austen si trasferisce, con grande gioia di Jane, che detestava Bath, a Southampton.
1809. La famiglia si trasferisce a Chawton, nello Hampshire, in una casa di proprietà del fratello Edward.
1811. Inizia a scrivere *Mansfield Park*. Pubblica *Sense and Sensibility*.
1813. Viene pubblicato *Pride and Prejudice*. Seconda edizione di *Sense and Sensibility*.
1814. Inizia a scrivere *Emma*. Pubblica *Mansfield Park*.
1815. Inizia a scrivere *Persuasion*. Pubblica *Emma* e, in Francia, *Sense and Sensibility*, con il titolo *Raison et Sensibilité*.
1816. Seconda edizione di *Mansfield Park* che esce in Francia, nello stesso anno, con il titolo *Le Parc de Mansfield*. Viene pubblicato in Francia anche *Emma*, con il titolo *La nouvelle Emma*.
1817. Inizia a scrivere *Sanditon* ma, a causa della malattia che la porterà alla morte, non lo terminerà. Il 18 luglio muore a Winchester, dove si era recata, assieme alla sorella Cassandra, per tentare di curare la sua malattia (forse una forma del morbo di Addison). È sepolta nella Cattedrale.

BIBLIOGRAFIA

L'edizione critica delle opere di Jane Austen è quella a cura di R.W. Chapman, *The Novel of Jane Austen, The text based on collation of the early edition, with notes, indexes, and illustrations from contemporary sources*, Oxford, Oxford University Press, 1923, 5 voll. Comprende i sei romanzi principali (o «canonici») dell'autrice, le cui prime edizioni in volume seguono la cronologia qui indicata:

Sense and Sensibility, London, T. Egerton, 1811 (ma composto negli anni 1795-97).
Pride and Prejudice, London, T. Egerton, 1813.
Mansfield Park, London, T. Egerton, 1814.
Emma, London, John Murray, 1815.
Northanger Abbey, London, 1818 (postumo; ma composto negli anni 1798-99).
Persuasion, London, John Murray, 1818 (postumo; ma composto negli anni 1815-16).

Ai cinque volumi sopra citati dell'edizione Chapman, ne fu aggiunto un sesto nel 1954 – *Minor Works* – che comprende tre quaderni di opere giovanili (*Volume the First, Volu-*

me the Second, Volume the Third) e i romanzi incompiuti *Lady Susan, The Watson, Sanditon.*

Tutte le opere di Jane Austen sono state pubblicate in varie edizioni italiane e in ottime traduzioni. Va particolarmente segnalata la splendida traduzione di *Emma*, a cura di Mario Praz, edita da Garzanti nella collana I grandi libri, Milano, 1965 e la traduzione de *L'Abbazia di Northanger*, a cura di Elena Grillo, Roma, Newton & Compton 1999[2].

Principali contributi critici

La bibliografia riguardante Jane Austen è sterminata. Si rimanda pertanto al repertorio bibliografico più completo che è quello compilato da D. Gilson, *A Bibliography of Jane Austen*, Oxford 1982.

Tra i contributi critici italiani si segnalano in particolare:

P. BELLMAN NEROZZI, *Jane Austen*, Bari, Adriatica, 1973.
R. BERTINETTI, *Ritratti di signore. Saggio su Jane Austen*, Milano, Jaca Book, 1978.
B. BATTAGLIA, *La zitella illetterata: parodia e ironia nei romanzi di Jane Austen*, Ravenna, Longo,1983.
M. BILLI, *Jane Austen: parodia e re-invenzione del romanzo*, in Ead., *Il testo riflesso. La parodia nel romanzo inglese*, Napoli, Liguori, 1993.
F. MARRONI (a cura di), *Dalla parte di Jane Austen*, Pescara, Tracce, 1994.
B. BATTAGLIA (a cura di), *Jane Austen oggi e ieri*, Ravenna, Longo, 2002.

Da consultare anche le pagine dedicate a Jane Austen in:

M. PRAZ, *Storia della letteratura inglese*, Firenze, Biblioteca Universale Sansoni, 2000 (1937).
AA.VV., *I grandi romantici inglesi*, Firenze, Sansoni, 1961.

ELENA GRILLO

Ragione e sentimento

Introduzione

Le peculiarità stilistiche, la capacità di osservazione e l'arguto umorismo che costituiscono i caratteri più evidenti dell'arte della Austen sono tutti presenti in Senno e sensibilità, *ovvero* Sense and Sensibility, *il suo primo romanzo (la stesura iniziale in forma epistolare, che era intitolata* Elinor and Marianne, *risale al 1795, quando la Austen aveva vent'anni; riscritto nel 1797-1798 con il titolo attuale, e poi nuovamente riveduto nel 1809-1810,* Sense and Sensibility *fu infine pubblicato nel 1811, due anni prima di* Pride and Prejudice*).*

*Con la storia di Elinor e Marianne la Austen sviluppa il genere del romanzo familiare già in certa misura anticipato da Richardson (*Pamela*) e Fielding (*Amelia*); ciò che definisce però i contorni del mondo della Austen è il modo in cui il destino delle sue eroine si gioca tutto in base a quelle vicende, a quelle fortune e sfortune, che preludono a ciò che, nella mentalità dell'autrice, è l'evento principale della vita femminile: il matrimonio. L'esperienza della Austen, indubbiamente limitata, non le consente una rappresentazione a tutto campo della sfera della mondanità; l'ambiente dei suoi romanzi è quello dell'intimità domestica, l'atmosfera è quella di una provincia tranquilla, dagli orizzonti circoscritti, colta in un'epoca in cui le regole della vita quotidiana sembravano del tutto al sicuro da qualsiasi minaccia di cambiamento. Una cerchia di gentiluomini di provincia, in cui i rapporti fra i personaggi sono privi di particolari complicazioni, gli eventi davvero drammatici sono rari, e l'attenzione può concentrarsi sull'etica dei rapporti e le sfumature morali. Il realismo di Jane Austen, in questo senso, è certo più psicologico di quello di Richardson: la rappresentazione della realtà della vita (dei rapporti umani, delle conversazioni e delle reciproche simpatie e antipatie) è estremamente accurata e convincente. Jane Austen ha un'intuizione che le consente una definizione rapida e felice dei caratteri dei personaggi, tanto spontanea e penetrante da apparire elementare. La sua percezione è vivace e piena di freschezza; cogliendo immediatamente i caratteri individuali e quindi anche l'elemento curioso e potenzialmente comico della vita, presenta al lettore una rappresentazione smaliziata dell'eterna commedia dell'esistenza. La sua reazione personale al contatto con la realtà si identifica in un atteggiamento divertito, privo di amarezza, o di rimpianti, in cui l'autocontrollo non cancella la simpatia, così come l'intuizione del carattere non rende superflua la registrazione fedele e arguta dei gesti e delle intenzioni dei personaggi. La* *vanità, l'egoismo, la meschinità, tutti quegli aspetti del comportamento che il romanzo pessimista analizzerà con l'intensità e l'amarezza della denuncia, nelle opere della Austen sono tratteggiati con una sobrietà e un'ironia che tendono sempre a minimizzare le reazioni emotive.*

Sense and Sensibility *racconta come l'assennatezza abbia la sua rivincita sugli eccessi sentimentali a cui due sorelle, Elinor e Marianne Dashwood, rischiavano di sacrificare la loro vita. La storia si impernia quindi sulle vicende sentimentali di queste due giovani, entrambe belle, attraenti e piene di virtù, anche se profondamente diverse tra loro (una terza sorella, Margaret, non trova alcuna caratterizzazione precisa, e rimane creatura di sfondo). Elinor, la maggiore, seria e piena di buonsenso, segue sempre i dettami della ragione; l'altra, Marianne, si abbandona completamente agli impulsi del cuore.*

L'intreccio, relativamente privo di eventi drammatici, è molto lineare. Quando John Dashwood, alla morte del padre, rimane padrone assoluto di Norland, la casa paterna, ne allontana la matrigna e le tre sorellastre Elinor, Marianne e Margaret, e queste sono costrette a ritirarsi a Barton, un modesto villino nel Devonshire. Lasciando Norland, Elinor deve separarsi dall'uomo che amava, Edward Ferrars; più tardi saprà del suo segreto fidanzamento con Lucy Steele, ma vedrà risolte le sue difficoltà dall'atteggiamento della stessa Lucy, che preferirà sposare il fratello minore di Edward, divenuto ricco proprio perché la madre aveva diseredato il primogenito Edward a causa del suo fidanzamento segreto. Invece la triste storia di Marianne, innamoratasi di Willoughby, un libertino superficiale e vanesio che la abbandona per sposare una ricca ereditiera, trova un esito consolatorio nel saggio e conveniente matrimonio con un vecchio e maturo pretendente, il Colonnello Brandon.

Il limite principale di Jane Austen in Sense and Sensibility *deriva probabilmente dal non aver saputo rinunciare a utilizzare, per aprire la strada al chiarimento finale, certi cliché della narrativa settecentesca (la povera fanciulla sedotta e abbandonata, il duello come rituale attraverso cui gli uomini difendono l'onore, ecc.). Anche la difficoltà di infondere vera credibilità ai personaggi maschili testimonia l'inesperienza della scrittrice alla sua prima prova (nell'opera della Austen, comunque, i ritratti maschili saranno sempre meno vivi e complessi di quelli femminili): Edward Ferrars e il Colonnello Brandon, seppure moralmente ineccepibili, sono alquanto grigi e inconsistenti; mentre il brillante Willoughby non è che un libertino di matrice prettamente romanzesca.*

Il lettore non potrà poi non ritenere piuttosto improbabile, e poco convincente, l'improvviso cambiamento di rotta di Lucy Steele, la fredda arrivista, che per interesse sposa Robert Ferrars anziché il fratello di lui, Edward, con cui era fidanzata; anche se ciò è indispensabile a garantire il lieto fine.

Nel suo atteggiamento verso la morale e verso l'emozione, Jane Austen si dimostra, in Sense and Sensibility, *una vera classicista. È tutt'altro che cinica nei confronti dell'amore, e disprezza il matrimonio di convenienza; però ritiene che il decoro sia più importante della felicità, e appare convinta che, se è un bene che i matrimoni siano l'espressione di un sentimento autentico, l'importante è che abbiano le carte in regola per funzionare, e ciò si può stabilire in base a criteri basati sull'assoluta concretezza. Le doti indispensabili alla felicità sono l'equilibrio e il buonsenso, pervasi da una tranquilla, disciplinata armonia delle forze morali, dirette e dominate dall'intelligenza e accompagnate da una discreta rendita.*

Uno dei problemi che la Austen dovette risolvere, attraverso le varie stesure di Sense and Sensibility, *è quello di come sollecitare la simpatia nei confronti dei suoi personaggi nonostante le loro mancanze, nonostante l'esplicita condanna da parte dell'autrice; e non è certo un caso se la storia aveva inizialmente trovato espressione in forma epistolare: l'espediente di usare le stesse eroine come narratrici che riportano le proprie esperienze offriva la possibilità di considerare le vicende del romanzo attraverso i loro stessi occhi, facendo in modo che il giudizio morale, pur inevitabile, rimanesse sospeso, così da non impedire o limitare l'identificazione del lettore. Nel romanzo così come lo conosciamo, questo risultato è ottenuto dalla Austen dando sempre ai personaggi, perfino a quelli più negativi, la possibilità di mettere a nudo la propria anima, tanto da portare il lettore a provare per loro un'affettuosa simpatia e ad augurare loro felicità, nonostante le colpe riconosciute. È proprio questa capacità della Austen di sospendere il giudizio a conferire, alla sua valutazione morale, serenità ed equilibrio. Persino a Willoughby, il fatuo libertino, il più negativo tra i caratteri di* Sense and Sensibility, *viene consentito di dare la sua versione dei fatti; e alla fine del suo lungo sfogo il lettore non può non concordare con Elinor sul fatto che Willoughby, prima di essere un furfante matricolato, è un giovane viziato, la vittima di un'educazione troppo permissiva:*

> Elinor non rispose. I suoi pensieri erano silenziosamente rivolti sul danno irreparabile che una indipendenza troppo prematura, con le sue conseguenti abitudini all'ozio, alla dissipazione e al lusso, avevano portato alla mente, al temperamento, alla felicità di un uomo che univa a tutti i benefici dell'avvenenza e dell'ingegno, a un carattere per natura aperto e onesto, una natura sensibile e affettuosa. Il mondo lo aveva reso prodigo e fatuo; la prodigalità e la vanità lo avevano reso egoista e spietato. La vanità, cercando il proprio colpevole trionfo a spese degli altri, lo aveva spinto a un affetto sincero, che la troppa prodigalità, o almeno ciò che ne era conseguito come necessità, aveva condannato al sacrificio.

La vera colpa di Willoughby è quella di non aver imparato a tempo le regole della moderazione. Regole che Marianne, la giovane portata a cedere agli eccessi del sentimento, riuscirà invece, a sue spese, a imparare; Marianne non morirà per la sua delusione d'amore, anche se una malattia la condurrà a sfiorare la morte, e non si isolerà in una sorta di clausura, come lei stessa aveva progettato. Riconoscerà invece i propri errori e sposerà quell'ammiratore fedele che all'inizio riteneva scialbo e noioso, e per il quale imparerà a nutrire una forma di affettuosa amicizia.

Jane Austen ignora il romanticismo che si va affermando, o meglio lo considera con ironica condiscendenza. Il sentimentalismo romanti-

co è un eccesso scriteriato, e il cedimento a un'emozione troppo esasperata per essere autentica viene equiparato allo squilibrio intellettuale e morale.

L'atteggiamento di Jane Austen nei confronti del romanticismo diverrà, col tempo, meno critico; ma fino all'ultimo la sua visione della vita rimarrà legata all'accettazione della forza della realtà, delle condizioni materiali della felicità, con una semplicità che non cela alcuna ribellione, alcuna protesta; la morale della Austen è fatta di una prudenza senza illusioni, tutta fondata sull'idea di un'armonia tra ragione e sentimento. Anche se la descrizione della passione non trova posto nelle sue pagine (e in questo può aver parte anche il desiderio di distinguersi dai romanzi popolari, in cui le passioni erano così esasperate), le sue eroine sono sempre estremamente oneste nel loro atteggiamento verso l'amore; non c'è traccia della falsa modestia tanto diffusa nei personaggi femminili dell'epoca.

Ma la vera forza della rappresentazione della Austen è, e rimane, nell'acuta descrizione del suo ambiente provinciale, un mondo tranquillo, convenzionale e pettegolo, e nella capacità di tratteggiare, con garbo pieno d'ironia, certe situazioni familiari che, se anche sono penose e perfino tragiche per gli interessati, finiscono per diventare motivo di eccitato divertimento per gli spettatori che le commentano; come accade, per esempio, nel trentasettesimo capitolo, con le chiacchiere della signora Jennings in merito ai drammatici eventi legati al fidanzamento di Lucy ed Edward. Nelle descrizioni attente e argute di certe visite di cortesia imposte dalle buone regole della società, in cui persone che non hanno nulla in comune tra loro ritornano continuamente su quell'unico punto di reciproco interesse che sono riuscite a trovare (come fanno i Middleton a Barton Park), o dei giochi degli equivoci che scaturiscono da quei margini di ambiguità che la buona educazione rende indispensabili, il tratto è così sicuro da conferire ancor oggi, alle pagine della Austen, un'estrema vivacità. La conseguenza di tanta attenzione all'ambiente è una caratterizzazione sanguigna ed estremamente puntuale dei personaggi secondari, che in Sense and Sensibility *sono forse più vivi e più veri degli stessi protagonisti. Sir John, Lady Middleton, la signora Jennings, così come tanti altri personaggi minori, sono perfettamente individuati nella loro dimensione quotidiana, e costituiscono dei ritratti incisivi ed estremamente arguti.*

Se Sense and Sensibility *vuole esprimere il contrasto tra due opposte visioni della vita, personificate nelle due sorelle, e cioè quella del mondo classico e quella del mondo romantico, la sua morale è, come si è accennato, un'aperta condanna del romanticismo, in quanto eccesso malsano; eppure, al lettore odierno, Elinor, che con tutto il suo buonsenso e il suo equilibrio, la sua inalterabile forza d'animo e la sua virtù costituisce il modello proposto dalla Austen, appare un personaggio assai meno riuscito e palpitante della romantica Marianne. È invece proprio grazie al personaggio di Marianne, uno dei caratteri più originali nell'opera della Austen, che* Sense and Sensibility, *pur meno perfetto di* Pride and Prejudice, *risulta in un certo modo più vivo e ricco di movimento. Marianne, piena di slanci, di ideali e di poesia – e al tempo stesso sprezzante verso chiunque non sappia abbandonarsi per intero, come lei, al proprio sentire –, eccessiva nell'amore quanto nel dolore, tanto fragile da causare dispiaceri a sé e agli altri, è il vero nucleo vitale del romanzo. Nonostante l'ironica condiscendenza con cui l'autrice la giudica, nonostante la disapprovazione con cui valuta il suo comportamento, Marianne, la diciassettenne innamorata e ardente, è la creatura più intensa e autentica di* Sense and Sensibility*; e per questo, dopo quasi due secoli, è ancora un personaggio ricco e convincente.*

PIETRO MENEGHELLI

Capitolo primo

La famiglia Dashwood si era stabilita nel Sussex da molto tempo; le loro proprietà terriere erano vaste, e al centro sorgeva Norland Park, la residenza in cui per molte generazioni avevano vissuto in modo tanto rispettabile da essersi guadagnati la stima di tutti nei dintorni. L'ultimo proprietario era stato un vecchio scapolo, che aveva raggiunto un'età molto avanzata, e che per molti anni aveva avuto come compagna e direttrice della casa la propria sorella. Ma la morte di lei, avvenuta dieci anni prima della sua, aveva prodotto un gran cambiamento nella sua esistenza; perché, per sopperire alla perdita, aveva invitato e accolto in casa la famiglia del nipote, Henry Dashwood, che era l'erede legittimo della proprietà di Norland e la persona a cui lui intendeva lasciarla alla propria morte. Il vecchio signore passò serenamente i suoi ultimi giorni, in compagnia del nipote, della moglie di questi e dei loro figli. Il suo affetto per tutti loro non fece che aumentare. Le costanti premure dimostrate dal signore e dalla signora Dashwood nel soddisfare ogni suo desiderio, che nascevano non solo dall'interesse ma anche dal buon cuore, gli dettero tutto l'effettivo conforto che alla sua età poteva ancora ricevere; e l'allegria dei bambini aggiunse alla sua esistenza una nota di gioia.

Il signor Dashwood aveva avuto un figlio da un matrimonio precedente; e dalla moglie attuale, tre bambine. Il figlio, un giovane posato e rispettabile, godeva delle risorse rappresentate dalla fortuna di sua madre, che era consistente; metà di essa gli era stata devoluta quando aveva raggiunto la maggiore età. Col suo matrimonio, che era avvenuto subito dopo, aveva inoltre aumentato le sue ricchezze. Quindi per lui la successione alla proprietà Norland non era così importante quanto per le sue sorelle; queste infatti avevano ben poco, a prescindere da quello che poteva toccare loro una volta che il padre avesse ereditato la proprietà. La loro madre non possedeva nulla, e il padre disponeva solo di settemila sterline, perché l'altra metà della dote della prima moglie era anch'essa intestata al figlio, e lui non ne riceveva che un usufrutto.

Il vecchio signore morì; fu data lettura del testamento e, come quasi sempre accade con i testamenti, esso rappresentò una delusione e un piacere. Non era stato né tanto ingiusto né tanto ingrato da togliere la proprietà al nipote, gliela aveva però lasciata con dei termini tali da cancellare metà del valore del lascito. Il signor Dashwood l'aveva desiderata più per la moglie e le figlie che per sé o per il figlio; ed ecco che era stata lasciata proprio al figlio, e al figlio del figlio, un bimbo di quattro anni, e a condizioni tali da non consentirgli di provvedere a quelle che gli erano più care, e che ne avrebbero avuto tanto bisogno, mediante qualche rendita che scaturisse dalla proprietà o qualche vendita dei suoi preziosi boschi. Era tutto bloccato a beneficio del bambino, il quale, nel corso delle visite che di tanto in tanto faceva a Norland con i genitori, aveva saputo guadagnarsi l'affetto dello zio grazie a delle doti per nulla eccezionali nei bambini di due o tre anni (una pronuncia approssimativa, un gran desiderio di fare come voleva lui, molte uscite piene di furbizia e una gran capacità di fare chiasso), tanto da far passare in secondo piano tutte le cure ricevute per anni da parte di suo nipote e delle figliole di questo. D'altra parte, come si è già detto, il vecchio signore non voleva essere ingiusto, e come testimonianza del suo affetto per le tre ragazze aveva lasciato loro mille sterline ciascuna.

La delusione del signor Dashwood fu, all'inizio, molto forte; aveva però un temperamento allegro e vigoroso, e poteva ragionevolmente sperare di vivere ancora molti anni e, facendo economie, mettere da parte un capitale ragguardevole con i redditi di una proprietà terriera che, già grande, poteva avere dei miglioramenti quasi immediati. Ma la fortuna, che era stata così tardiva a venire, fu dalla sua parte solo per un anno. Non sopravvisse allo zio più di tanto, e diecimila sterline, compresi i legati più recenti, furono tutto quanto rimase per la vedova e le orfane.

Il figlio fu mandato a chiamare alle prime avvisaglie di pericolo, e a lui il signor Dashwood raccomandò, con tutta la gravità e la sollecitudine che la situazione poteva ispirargli, gli interessi della matrigna e delle sorelle.

John Dashwood non aveva la stessa profondità di sentimenti che caratterizzava gli altri membri della famiglia, ma rimase toccato da una raccomandazione di quel genere, fatta in un momento come quello, e promise di fare tutto quanto avrebbe potuto per il loro bene. Il padre accolse con sollievo quel suo impegno; John Dashwood avrebbe poi avuto tutto il tempo per decidere quello che, senza dimenticare la prudenza, sarebbe stato in grado di fare per loro.

Non era un giovanotto cattivo, a meno che avere un temperamento piuttosto freddo ed egoista non significhi essere cattivi; in genere era rispettato, perché adempiva ai suoi doveri in modo appropriato. Se avesse avuto una moglie più amabile, sarebbe stato rispettato anche di più; e sarebbe divenuto migliore, perché quando l'aveva sposata era molto giovane, e molto innamorato. Ma nella signora Dashwood i difetti del marito era accentuati: era infatti più meschina ed egoista di lui.

Mentre faceva a suo padre quella promessa, lui progettava dentro di sé di accrescere la fortuna delle sorelle con un regalo di mille sterline ciascuna. E si sentiva davvero all'altezza della situazione. La prospettiva di quattromila sterline l'anno in aggiunta al reddito di cui godeva allora, sommato alla restante metà della fortuna di sua madre, gli scaldava il cuore e lo faceva sentire capace di generosità. Sì, avrebbe dato loro tremila sterline; questo sarebbe stato generoso e bello! Così le avrebbe sistemate del tutto. Tremila sterline! Non gli sarebbe costato troppo fare a meno di una somma tanto ragguardevole. Ci pensò su per tutto il giorno, e per molti giorni a seguire, e non si pentì del suo proposito.

Appena concluso il funerale del padre, la signora Dashwood, senza aver fatto nulla per avvertire delle sue intenzioni la suocera, si presentò con il bambino e la servitù. Nessuno poteva negarle un tale diritto: la casa era di suo marito, dal momento della morte del padre; ma l'indelicatezza del suo comportamento era proprio per questo tanto più grave, e poi un gesto simile non poteva non risultare, per qualsiasi donna capace di un minimo di sentimenti che si trovasse nella situazione in cui di fatto era la signora Dashwood, assai poco simpatico; oltretutto la signora Dashwood aveva un senso dell'onore tanto delicato e una generosità così romantica che qualunque offesa del genere, chiunque fosse a infliggerla o a subirla, sarebbe bastata a suscitare in lei il più profondo disgusto. La moglie di John Dashwood non era stata mai molto gradita a nessuno della famiglia di suo marito; ma fino a quel momento non aveva avuto occasione di dimostrare quanto poco rispetto per gli altri potesse manifestare quando le circostanze lo consentivano.

La signora Dashwood si offese talmente per questo comportamento villano e disprezzò tanto la nuora, che avrebbe abbandonato la casa all'istante, e per sempre; ma prima le suppliche della figlia maggiore la convinsero a riflettere sull'opportunità di andarsene; poi il tenero amore che nutriva per le sue tre ragazze le fece decidere di fermarsi ed evitare, per amore loro, una rottura con l'unico fratello che avevano.

Elinor, la figlia maggiore, il cui parere era stato tanto influente, possedeva un'intelligenza e una lucidità che facevano di lei, anche se aveva solo diciannove anni, la consigliera di sua madre, e spesso l'avevano messa in grado di controbilanciare, a vantaggio di tutte quante loro, quell'impulsività che sovente spingeva la signora Dashwood all'imprudenza. Aveva molto cuore, un'indole affettuosa e sentimenti profondi, ma sapeva dominarli: un'arte che sua madre non aveva ancora imparato, e che una delle sue sorelle aveva deciso di non imparare mai.

Le doti di Marianne erano, sotto molti aspetti, completamente uguali a quelle di Elinor. Era assennata e intelligente, ma esagerata in ogni cosa; i suoi dolori e le sue gioie non conoscevano moderazione. Era generosa, amabile e interessante; era tutto, eccetto che prudente. La somiglianza fra lei e sua madre era impressionante.

Elinor vedeva con preoccupazione la sensibilità esasperata di sua sorella; la signora Dashwood, invece, la esaltava e la coltivava. Adesso, madre e figlia si incoraggiavano a vicenda nell'esasperare la loro afflizione. Il dolore che al principio le aveva sopraffatte veniva volontariamente rinnovato, cercato, ricreato continuamente. Si abbandonavano del tutto al dolore, attingendo una dose ulteriore di angoscia da tutte le riflessioni che lo accrescevano, decise a non tollerare alcuna futura consolazione. Elinor era, anche lei, profondamente addolorata; tuttavia provava a farsi coraggio, a lottare. Si consultò con il fratello, ricevette la cognata quando questa arrivò e la trattò con doveroso rispetto, tentò perfino di sollecitare sua madre a fare lo stesso sforzo e di incoraggiarla a mostrare la stessa tolleranza.

Margaret, l'altra sorella, era una ragazza allegra, piena di buone qualità; ma siccome aveva già assorbito una discreta dose del romanticismo di Marianne senza avere la sua capacità di discernimento, non prometteva, a tredici anni, di uguagliare le sorelle in un periodo successivo della vita.

Capitolo secondo

Ormai la moglie di John si era insediata a Norland da padrona; sua suocera e le cognate erano state degradate alla condizione di ospiti. Proprio perché tali, venivano però trattate da lei con misurata cortesia, e, da suo marito, con tutto l'affetto che poteva provare verso chiunque non fosse lui stesso, sua moglie o il loro bambino. Lui insistette, anzi, con un certo calore, perché considerassero Norland come casa loro; e visto che nessun altro progetto sembrava tanto conveniente alla signora Dashwood quanto quello di rimanere là fino a che non avesse potuto sistemarsi in una casa dei dintorni, il suo invito fu accettato.

Rimanere in un posto dove tutto le ricordava la passata felicità era proprio quello che più si addiceva al suo spirito. Nei periodi di gioia, non c'era carattere più allegro del suo, o più ricco di quella appassionata attesa della felicità che è la felicità stessa; ma nella sofferenza era ugualmente trascinata dalla fantasia e non conosceva conforto, così come non aveva limiti nella felicità.

La moglie di John Dashwood non approvava per nulla quello che il marito intendeva fare per le sorelle. Togliere tremila sterline alla sostanza del loro caro ragazzino voleva dire depauperarlo, così lo pregò di pensarci ancora. Come poteva giustificare a se stesso di derubare suo figlio, e per di più il suo unico figlio, di una somma così significativa? E quali pretese potevano avere le signorine Dashwood, che gli erano parenti solo per metà, e che lei non considerava neppure parenti, per giustificare la sua generosità? Era risaputo che tra i figli nati da diversi letti non poteva esserci vero affetto; perché dunque doveva rovinarsi, e rovinare il loro povero, piccolo Henry, regalando tutto il suo denaro alle sorellastre?

«È stata l'ultima richiesta di mio padre», rispondeva il marito, «che io assistessi la sua vedova e le figlie.»

«Oserei dire che non sapeva quel che stava dicendo; dieci contro uno che in quel momento non aveva la testa a posto. Se fosse stato in pieno possesso delle sue facoltà, non gli sarebbe mai venuto in mente di chiederti di togliere a tuo figlio metà della tua fortuna!»

«Non si è parlato di una somma precisa, cara Fanny; mi ha solo implorato, in termini generici, di assisterle e rendere la loro situazione più confortevole di quanto potesse fare lui. Sarebbe forse stato meglio se avesse lasciato del tutto a me la cosa. Non poteva certo sospettare che le avrei trascurate. Ma visto che ha richiesto quella promessa, non potevo fare altro che dargliela; o almeno, così pensavo in quel momento. E dunque la promessa è stata fatta, e adesso deve essere mantenuta. Bisogna pur fare qualcosa per loro non appena lasceranno Norland per sistemarsi in un'altra casa.»

«Ebbene, allora, facciamo qualcosa per loro: ma non è necessario arrivare a tremila sterline. Considera», aggiunse, «che i soldi, una volta tirati fuori, non tornano più. Le tue sorelle si sposeranno, e saranno perduti per sempre. Se potessero ritornare al nostro povero bambino...»

«Questo è vero», disse suo marito con molta serietà, «così sarebbe un'altra cosa. Un giorno Harry potrebbe rimpiangere che gli sia stata tolta una somma così cospicua. Se dovesse avere una famiglia numerosa, per esempio, sarebbe un'integrazione molto utile.»

«Certo che lo sarebbe.»

«Forse, allora, sarebbe meglio per tutti ridurre la somma di metà. Cinquecento sterline rappresenterebbero un fantastico aumento per il loro patrimonio!»

«Oh, anche troppo grande! Quale fratello sulla terra farebbe la metà di tanto per le proprie sorelle, anche se fossero *vere* sorelle! Mentre loro invece... sono solo sorellastre! Ma tu hai un'anima così generosa!»

«Non vorrei fare nulla di meschino», rispose lui. «In casi del genere, è sempre meglio fare troppo che troppo poco. Almeno, nessuno potrà pensare che non ho fatto abbastanza per loro: loro stesse non potrebbero certo aspettarsi più di tanto.»

«Quello che possono aspettarsi *loro* non lo sappiamo», disse la signora, «ma noi non dobbiamo pensare alle loro aspettative: il punto è quello che *tu* puoi permetterti di fare.»

«Certo, e penso di potermi permettere di dare loro cinquecento sterline a testa. Così, senza nessuna aggiunta di mio, alla morte della madre ognuna di loro avrà circa tremila sterline: un patrimonio più che adeguato per qualsiasi giovane donna.»

«È senz'altro così; anzi, mi viene in mente che dopo tutto potrebbero non avere affatto bisogno di un'integrazione. Avranno diecimila sterline da dividere tra loro. Se si sposano, potranno certamente trovare un'ottima sistemazione; altrimenti, potranno vivere insieme molto comodamente con gli interessi di diecimila sterline.»

«Questo è verissimo, ma allora non so se, nel complesso, non sarebbe più consigliabile fare qualcosa per la loro madre finché è viva, piuttosto che per loro; intendo qualcosa del tipo di un vitalizio. Le mie sorelle ne trarrebbero vantaggio, come lei. Un centinaio di sterline all'anno potrebbe sistemarle più che bene tutte e quattro.»

La moglie esitò un po', però, prima di acconsentire a quel progetto.

«Certo», disse, «è meglio che separarsi da mille e cinquecento sterline tutte in una volta. Ma poi, se la signora Dashwood dovesse vivere ancora quindici anni, ci troveremmo a essere stati raggirati.»

«Quindici anni! Ma mia cara Fanny, la sua vita può non durare nemmeno la metà.»

«Certo che no; però, se ci fai caso, quando c'è in ballo un vitalizio la gente sembra vivere in eterno; e lei è sana e robusta, e non ha che quarant'anni. Un vitalizio è un problema serio; si ripropone tutti gli anni e non c'è modo di liberarsene. Non sai quello che stai facendo. Io so bene quanti problemi comportino i vitalizi, perché mia madre era tenuta, per via del testamento di mio padre, a pagare tre vecchi servitori a riposo, e per lei questo ha rappresentato un problema inenarrabile. Il vitalizio doveva esser pagato due volte l'anno; e poi c'era la seccatura di farglielo avere; una volta ci fu detto che uno di loro era morto, e poi venne fuori che non era vero niente. Mia madre non ne poteva più. La sua rendita, diceva, non era più sua, con quelle pretese perpetue; ed era stato uno sgarbo da parte di mio padre, tanto più che altrimenti il denaro sarebbe rimasto completamente a disposizione di mia madre, senza alcun tipo di restrizioni. Questo ha provocato in me un tale orrore dei vitalizi che per nulla al mondo vorrei trovarmi a doverne pagare uno.»

«Certo è una cosa spiacevole», replicò il signor Dashwood, «un simile stillicidio annuale delle proprie rendite è molto sgradevole. Come giustamente osservava tua madre, uno non può più dirsi padrone del suo patrimonio. Essere tenuti al pagamento regolare di una certa somma, a ogni scadenza prestabilita, non è proprio desiderabile: dove va a finire l'indipendenza!»

«Non c'è dubbio; e alla fin fine non ti dicono nemmeno grazie. Si sentono al sicuro, pensano che tu non faccia altro che quanto è loro dovuto, e non nutrono proprio nessuna gratitudine. Se fossi in te, qualunque cosa decidessi di fare, la farei a mia intera discrezione. Non mi sobbarcherei nessun impegno annuale. Potrebbe essere molto difficile, tra qualche anno, tirare fuori cento, o anche cinquanta sterline, dal nostro bilancio.»

«Credo tu abbia ragione, amor mio; in questo caso sarà meglio lasciar perdere il vitalizio: quello che sarò in grado di dare ogni tanto sarà molto più utile di un assegno annuale, perché se avessero la certezza di un reddito superiore comincerebbero a fare una vita più dispendiosa, e alla fine dell'anno non si ritroverebbero più ricche di un centesimo. Questa è senz'altro la strada migliore: una donazione di cinquecento sterline, di tanto in tanto, farà sì che non si trovino in difficoltà finanziarie, e, spero, adempirà ampiamente la promessa fatta a mio padre.»

«Ma certo! Anzi, a dire la verità, in cuor mio sono convinta che tuo padre non intendeva che tu dessi loro dei soldi. Oserei dire che l'assistenza a cui alludeva era solo quella che si poteva ragionevolmente attendersi da te: per esempio, cercare loro una comoda casetta, aiutarle a fare il trasloco, mandare loro in regalo della selvaggina e qualche pesce e così via, a seconda della stagione. Ci scommetterei la vita che non intendeva più di questo: in verità, sarebbe molto strano e irragionevole se avesse pensato a qualcosa di diverso. Pensa, caro John, come vivranno bene, tua madre e le tue sorelle, con gli interessi di settemila sterline, in aggiunta alle mille di ciascuna delle ragazze, che fruttano loro cinquanta sterline all'anno a testa, da cui, naturalmente, dovranno togliere quello che spetta alla madre per il loro mantenimento. Comunque sia, tutte insieme avranno cinquecento sterline all'anno; e cosa possono mai desiderare di più su questa terra quattro donne? Faranno le loro economie! Non terranno né carrozza né cavalli, e ben pochi domestici; non riceveranno e non avranno spese di nessun tipo! Pensa come staranno bene! Cinquecento sterline all'anno! Ti assicuro che non riesco neppure a immaginare come potranno spenderne solo la metà; pensare che tu debba dare loro dell'altro, è completamente assurdo. Magari saranno *loro* a poter dare qualcosa a *te*.»

«Parola mia», disse John Dashwood, «credo tu abbia proprio ragione. Di certo mio padre non poteva chiedermi più di quanto dici tu. Ora lo capisco bene, e adempirò strettamente ai miei obblighi mediante l'opera di assistenza e i gesti gentili che tu hai descritto. Quando mia madre si trasferirà in un'altra casa, mi impegnerò subito ad assisterla come meglio posso. Allora potrebbe essere opportuno anche regalare loro qualche mobile.»

«Certamente», rispose la moglie di John. «C'è tuttavia da prendere in considerazione un'altra cosa. Quando tuo padre e tua madre si sono trasferiti a Norland, quantunque la mobilia di Stanhill fosse stata venduta, tutti i servizi di porcellana, l'argenteria e la biancheria sono stati messi da parte, e adesso sono rimasti a tua madre. Quindi la sua casa, quando la prenderà, sarà già attrezzata quasi al completo.»

«È una considerazione che ha il suo peso, non c'è dubbio. Un lascito di valore, certo! E pensare che parte dell'argenteria potrebbe rappresentare una bella integrazione a quella che abbiamo qui.»

«Proprio; e il servizio di porcellana per la colazione è due volte più bello di quello di questa casa. Anzi, a parer mio, è fin troppo bello per la casa in cui *loro* potranno permettersi di abitare. Ma bisogna accettarlo. Tuo padre non pensava che a *loro*. Però bisogna dirlo: non gli devi proprio nessuna particolare gratitudine, né alcun riguardo per i suoi desideri, dato che sappiamo benissimo che lui, se avesse potuto, avrebbe lasciato quasi tutto a *loro*.»

Un tale argomento si dimostrò irresistibile. Trasformò in risolutezza ogni perplessità di John Dashwood; così, alla fin fine, decise che non era assolutamente necessario, e anzi che sarebbe stato addirittura indecoroso, fare per la vedova e le figlie di suo padre qualcosa di più degli atti di cortesia che aveva indicato sua moglie.

Capitolo terzo

La signora Dashwood rimase a Norland per parecchi mesi; ma non per una riluttanza ad andarsene, ora che la vista di quei luoghi tanto cari non suscitava più le violente emozioni che aveva destato per un certo tempo; ché anzi, da quando il suo spirito aveva cominciato a riprendersi, e la sua mente era tornata capace di fare qualche altra cosa oltre a esacerbare il dolore con i tristi ricordi, era divenuta impaziente di andarsene, e infaticabile nel cercare una residenza conveniente nelle vicinanze di Norland, dato che le era impossibile allontanarsi troppo da quei luoghi amati. Non riusciva però a trovare nessuna sistemazione che si addicesse allo stesso tempo alle sue idee di agio e comodità e alla prudenza della figlia maggiore, il cui accorto giudizio aveva respinto, perché troppo costose per i loro redditi, varie case che la mamma avrebbe approvato.

La signora Dashwood era stata informata dal marito della solenne promessa, che aveva confortato i suoi ultimi pensieri terreni, fatta dal figlio a loro favore. La riteneva sincera, come l'aveva ritenuta anche suo marito, e per l'amore che portava alle figlie ci pensava con piacere, anche se, quanto a se stessa, era persuasa che un patrimonio di settemila sterline sarebbe bastato a farla vivere comodamente. Ne era felice anche per il loro fratello, ne era felice per il suo buon cuore; e si rimproverava di essere stata ingiusta verso i suoi meriti, di averlo creduto incapace di generosità. Il suo comportamento premuroso verso di lei e verso le sorelle la convinceva che il loro benessere gli stava a cuore, e per molto tempo fece conto sulla liberalità delle sue intenzioni.

L'antipatia che aveva provato per la nuora all'inizio della loro relazione crebbe molto, con la maggiore conoscenza del suo carattere consentita da mezzo anno di convivenza con lei e la sua famiglia; e forse, a dispetto di qualsiasi riguardo suggerito alla più anziana dalla cortesia o dall'affetto materno, le due signore non avrebbero potuto vivere insieme tanto tempo, se non si fosse presentata una circostanza particolare che rendeva alla signora Dashwood anche più desiderabile la permanenza sua e delle figlie a Norland.

La circostanza fu una crescente simpatia tra la figlia maggiore e il fratello della moglie di John, un giovanotto distinto e simpatico che conobbero appena la nuova padrona di casa si fu insediata a Norland, e che, da allora, trascorse là gran parte del suo tempo.

Alcune madri avrebbero incoraggiato quell'intimità, per motivi d'interesse, visto che Edward Ferrars era il primogenito di un uomo che era morto molto ricco; altre magari l'avrebbero contrastata per motivi di prudenza, perché, tranne una somma irrilevante, tutta la sua fortuna dipendeva dalla madre. Ma la signora Dashwood non era influenzata né dall'una né dall'altra considerazione. Per lei bastava che sembrasse un bravo giovane, che amasse sua figlia e fosse ricambiato. Era contro ogni sua convinzione che una differenza di condizioni finanziarie separasse una coppia attratta da un'affinità di sentimenti; e il fatto che i meriti di Elinor non fossero riconosciuti da tutti quelli che la conoscevano era, per lei, addirittura incomprensibile.

Edward Ferrars non si distingueva per nessuna particolare dote della persona o dell'atteggiamento. Non era bello, e le sue maniere riuscivano gradevoli solo nell'intimità. Era troppo privo di fiducia in se stesso per far giustizia alle proprie doti, ma quando vinceva la naturale timidezza il suo comportamento rivelava un cuore aperto e affettuoso. Era intelligente, e la sua mente era stata ampliata e arricchita dall'istruzione. Gli mancavano tuttavia le doti e la disposizione per soddisfare i desideri della madre e della sorella, che volevano vederlo distinguersi... come, non lo sapevano neppure loro. Ma in un modo o in un altro volevano che facesse bella figura nel mondo. Sua madre sognava che si desse alla politica, e di poterlo vedere al Parlamento, o legato a qualcuno dei grandi uomini del momento. La moglie di John Dashwood aveva per lui le stesse aspirazioni; ma intanto, nell'attesa di raggiungere una di tali eccelse fortune, si sarebbe accontentata di vederlo guidare un birroccio. Ma Edward non aveva simpatia né per la fama né per i birrocci. Tutti i suoi desideri facevano capo alle gioie domestiche e alla tranquillità della vita privata. Fortunatamente aveva un fratello minore che risultava più promettente.

Edward dovette stare in casa con loro parecchie settimane prima di attirare l'attenzione della signora Dashwood; a quel tempo infatti era troppo presa dal suo dolore per badare a quanto la circondava. Si accorgeva solo del fatto che era tranquillo e riservato, che non disturbava i suoi sentimenti con una conversazione importuna e, per questo, le piaceva. Fu sollecitata a osservarlo e ad approvarlo, all'inizio, da un'osservazione lasciata cadere da Elinor in merito alla differenza fra lui e sua sorella. Il contrasto era tale che non poteva non renderlo gradito alla madre.

«Basta», affermò, «dire che non assomiglia a Fanny ed è già sufficiente. Implica tutto quello che ci può essere di amabile. Gli voglio già bene.»

«Credo che gli vorrete bene», osservò Elinor, «quando lo conoscerete meglio.»

«Quando lo conoscerò meglio!» ribatté sua madre sorridendo. «Non ho mai provato un sentimento d'approvazione che non andasse di pari passo con l'affetto.»

«Potreste stimarlo.»

«Non ho mai saputo come si possa separare la stima dall'affetto.»

La signora Dashwood si dedicò dunque a fare amicizia con Edward, e i suoi modi erano tanto attraenti che in breve tempo riuscì a bandire da lui ogni riserbo. Così non tardò a riconoscere tutti i suoi meriti; la certezza del suo interesse per Elinor forse aiutò la comprensione, ma di certo la signora giunse a sentirsi sicura del suo valore, e perfino la mansuetudine che contrastava con quello che, a sua vista, avrebbe dovuto essere l'atteggiamento più appropriato per un giovanotto, non le sembrò più una manifestazione d'insipienza, dato che nascondeva un cuore d'oro e un carattere affettuoso.

Appena scoprì qualche segno di affetto nel suo comportamento verso Elinor, si ritenne certa che ci fosse tra loro un attaccamento serio, e cominciò ad attendere con gioia il rapido avvicinarsi del loro matrimonio.

«Tra pochi mesi, mia cara Marianne», dichiarò, «con ogni probabilità Elinor sarà sistemata. Noi sentiremo la sua mancanza, ma *lei* sarà felice.»

«Oh, mamma! Ma come faremo senza di lei?»

«Tesoro mio, non si potrà nemmeno parlare di una separazione. Vivremo a poche miglia di distanza e ci vedremo tutti i santi giorni. Voi guadagnerete un fratello... un vero fratello, affezionato. Ho una grande stima del cuore di Edward. Ma Marianne, sembri così seria; forse disapprovi la scelta di tua sorella?»

«Forse», rispose Marianne, «mi sorprende un po'. Edward è molto caro, e ho per lui molto affetto. E tuttavia, non è il tipo di giovanotto... in lui manca qualcosa, la sua figura non fa colpo... non ha nessuna di quelle doti che mi sarei attesa di trovare nell'uomo capace di conquistare mia sorella. Nei suoi occhi non c'è traccia di quello spirito, quel fuoco che denotano il sentimento e l'intelligenza. E oltretutto, mamma, temo proprio che non abbia alcun gusto. La musica sembra significare assai poco per lui, e anche se ammira molto i disegni di Elinor, la sua non è l'ammirazione di una persona che ne capisca davvero il valore. È chiaro, nonostante l'interesse che mostra quando lei disegna, che non ne capisce nulla. L'ammira come un innamorato, non come un intenditore. Per soddisfare me, questi due tipi dovrebbero essere uniti. Non potrei essere felice con un uomo i cui gusti non coincidessero con i miei sotto ogni punto di vista! Dovrebbe condividere tutti i miei sentimenti; ci dovremmo sentire entrambi attratti dallo stesso libro, dalla stessa musica. Oh, mamma, com'era noiosa e banale la lettura che Edward ci ha fatto ieri sera! A me dispiaceva moltissimo per mia sorella. Eppure lei l'ha sopportata con grande compostezza, pareva quasi che non se ne accorgesse. Io non riuscivo quasi a star ferma. Sentire quei bellissimi versi che tante volte mi hanno quasi fatto impazzire, recitati con quella impassibile flemma, con quell'orribile indifferenza!»

«Indubbiamente avrebbe fatto meglio se si fosse trattato di una prosa semplice ed elegante. Mi è venuto in mente; ma tu hai voluto proprio dargli Cowper.»

«Mamma! Se non riesce a farsi trascinare da Cowper! Ma bisogna ammettere che esistono differenze nei gusti. Elinor non condivide il mio modo di sentire, e perciò potrà passarci sopra, ed essere felice con lui. Ma se fossi stata io a esserne innamorata, mi si sarebbe spezzato il cuore a sentirlo leggere con così poca sensibilità. Mamma, più conosco il mondo, più mi convinco che non troverò mai un uomo davvero degno di essere amato. Pretendo tanto! Dovrà avere tutte le virtù di Edward, ma la sua persona e le sue maniere dovranno essere dotate di tutto il fascino possibile.»

«Ricorda, amor mio, che non hai ancora diciassette anni. È troppo presto per disperare di una simile felicità. Perché dovresti essere meno fortunata di tua madre? In una cosa soltanto, cara Marianne, vorrei che il tuo destino fosse diverso dal mio!»

Capitolo quarto

«Che peccato, Elinor», disse Marianne, «che Edward non sia portato per il disegno!»

«Non è portato per il disegno?» ribatté Elinor, «ma perché dici così? Non disegna, d'accordo, ma gli piace molto guardare le opere altrui, e ti assicuro che non gli manca affatto un certo gusto naturale, anche se non ha avuto occasioni di coltivarlo. Se ci si fosse dedicato, sono sicura che disegnerebbe benissimo. Ha tanta poca fiducia nel proprio giudizio che è sempre restio a dare il suo parere su un dipinto; però ha un gusto istintivo semplice e preciso, che in genere lo guida assai bene.»

Marianne, per paura di divenire offensiva, non insistette su quell'argomento; ma il tipo di apprezzamento suscitato in Edward, a detta di Elinor, dalle opere degli altri era troppo lontano da quell'estatico entusiasmo che era il solo, a suo parere, che si potesse chiamare gusto artistico. Pur sorridendo fra sé di quel fraintendimento, ammirò la sorella per quella cieca parzialità verso Edward che ne era all'origine.

«Spero, Marianne», continuò Elinor, «che tu non lo giudichi del tutto privo di gusto. In verità, credo di poter dire che non lo giudichi in questo modo, perché con lui sei cordiale, mentre se *quella* fosse la tua opinione, sono sicura che non ti dimostreresti nemmeno educata verso di lui!»

Marianne non seppe cosa risponderle. Non voleva assolutamente ferire i sentimenti della sorella, ma d'altra parte le risultava impossibile dire cose che non pensava. Alla fine rispose:

«Non ti offendere Elinor, se il mio apprezzamento non è in tutto e per tutto all'altezza dei meriti che gli riconosci tu. Io non ho certo avuto tutte le occasioni che hai avuto tu di valutare le tendenze meno appariscenti della sua mente, le sue inclinazioni e i suoi gusti; ma ho un'ottima opinione della sua serietà. Penso di lui tutto quel che ci può essere di bello e di buono».

«Sono certa», ribatté Elinor sorridendo, «che il suo miglior amico non avrebbe nulla a ridire di fronte a un tale elogio. Non potevi esprimerti con più calore.»

Marianne fu lieta di vedere che sua sorella si accontentava così facilmente.

«Credo che della sua ragionevolezza e della sua bontà», continuò Elinor, «non possa dubitare nessuno di quelli che lo conoscono abbastanza da avere con lui una conversazione spontanea e familiare. La sua intelligenza e i suoi buoni princìpi sono nascosti solo dalla timidezza che così spesso lo costringe al silenzio. Tu lo conosci, e puoi rendere giustizia al suo effettivo valore; ma quanto alle tendenze meno appariscenti, come le hai definite, le circostanze ti hanno tenuta più all'oscuro di me. Lui e io siamo stati lasciati insieme un bel po', mentre tu eri tutta presa dalla mamma, per adempiere al più affettuoso dei doveri. Io l'ho visto molto spesso, ho studiato i suoi sentimenti e ho ascoltato le sue opinioni nel campo della letteratura e dell'estetica e, nel complesso, posso azzardarmi a dichiarare che è consapevole di molte cose, che il piacere che trae dai libri è molto grande, che la sua immaginazione è vivace, il suo giudizio lucido e corretto, e il suo gusto limpido e delicato. Quanto più lo si conosce tanto più si apprezzano le sue capacità, come pure le sue maniere e perfino la sua persona. A prima vista, certo, il suo modo di fare non colpisce; non può definirsi bello, fino a che non ci si accorge dell'espressione dei suoi occhi, che sono di una bellezza non comune, e della dolcezza che traspare dal suo viso. Adesso io lo conosco così bene che mi sembra veramente bello; o quasi bello, almeno. E tu che ne dici, Marianne?»

«Presto lo vedrò bello anch'io, Elinor, anche se adesso non mi riesce. Quando mi inviterai a volergli bene come a un fratello, non coglierò più imperfezioni sul suo viso, come ora non ne vedo nel suo cuore.»

A questa dichiarazione Elinor trasalì e si sentì a disagio per aver tradito tanto calore parlando di lui. Edward occupava un posto molto in alto nella sua stima. Riteneva che la considerazione fosse contraccambiata; ma per convincere Marianne del loro reciproco attaccamento avrebbe avuto bisogno di ben altra certezza. Sapeva che quel che Marianne e sua madre pensavano un momento, lo credevano vero il momento successivo; che, per loro, desiderare voleva dire sperare, e sperare attendersi che la speranza si realizzasse; così cercò di spiegare alla sorella come stavano effettivamente le cose.

«Non cercherò di negare», disse, «di avere una grande stima di lui... Lo stimo moltissimo, e mi piace.»

A questo punto Marianne proruppe, indignata:

«Lo stimo! Mi piace! Ma che cuore freddo è il tuo, Elinor! Anzi, sei peggio che fredda! Tu ti vergogni di essere qualcosa di diverso. Adopera un'altra volta queste parole, e uscirò immediatamente da questa stanza».

Elinor non poté trattenere una risata. «Scusami», disse, «e stai pur certa che non intendevo offenderti parlando dei miei sentimenti con tanta flemma. Puoi ritenerli più intensi di come io li abbia dichiarati; puoi credere, insomma, che siano tanto grandi quanto i suoi meriti, e il sospetto... la speranza del suo affetto per me possano giustificare, senza imprudenza e senza follia. Ma più in là di tanto non andare. Non sono affatto sicura dei suoi sentimenti verso di me. Anzi, alle volte mi sembrano molto incerti; e finché non saranno rivelati in modo chiaro, non puoi meravigliarti se preferirò evitare di incoraggiare in alcun modo la mia parzialità verso di lui. E poi ci sono altre cose da considerare, oltre alla sua inclinazione. Edward non è affatto indipendente. Che tipo di donna sia veramente sua madre, noi non lo sappiamo; ma dagli accenni di Fanny alle sue idee e al suo comportamento non siamo mai state portate a ritenerla molto amabile; e mi sbaglierei di grosso se pensassi che Edward stesso non sappia che incontrerebbe molte difficoltà sulla sua strada, se volesse sposare una ragazza che non dispone né di un grosso patrimonio né di un'alta posizione sociale.»

Marianne si stupì di riscontrare fino a che punto l'immaginazione sua e di sua madre avesse potuto mettere a nudo la verità.

«Ancora non siete fidanzati!», esclamò. «Ma certo lo sarete presto, senza dubbio. E questo ritardo ci porterà due vantaggi. Io non ti perderò tanto presto, ed Edward avrà maggiori opportunità di migliorare il suo gusto naturale per la tua attività favorita, e questo sarà indispensabile alla vostra felicità futura. Oh, se potesse sentirsi tanto spronato dal tuo talento da imparare anche lui a disegnare, sarebbe fantastico!»

Elinor aveva detto alla sorella quel che veramente pensava. Non poteva vedere i propri sentimenti verso Edward sotto una luce tanto favorevole quanto Marianne aveva creduto. In lui c'era, alle volte, un abbattimento che, se non denotava indifferenza, lasciava intravedere qualcosa di altrettanto sconfortante. Se si fosse trattato di dubbi in merito ai sentimenti di lei, questi dubbi lo avrebbero reso solamente inquieto; non avrebbero prodotto quella malinconia profonda che spesso lo assaliva. Si poteva cercare una causa più ragionevole nella situazione di dipendenza che gli proibiva di abbandonarsi al suo affetto. Lei sapeva che sua madre non gli avrebbe mai consentito di poter vivere in modo piacevole a casa sua, né permesso di farsi una casa per conto suo, se non si fosse attenuto strettamente ai suoi progetti grandiosi. Sapendo ciò, era impossibile che Elinor si sentisse tranquilla in proposito. Era tutt'altro che sicura in merito ai risultati della preferenza mostrata da Edward verso di lei, risultati di cui sua madre e sua sorella non dubitavano affatto; anzi, quanto più stavano insieme, tanto più incerta sembrava la natura dei sentimenti del giovane; e alle volte, per qualche penoso momento, riteneva che non si trattasse d'altro che di amicizia.

Tuttavia, quali che fossero i limiti dei sentimenti di lui, essi bastarono a far preoccupare sua sorella, quando se ne accorse, e allo stesso tempo (il che era anche più frequente) a renderla sgarbata. Colse la prima occasione per affrontare l'argomento con la suocera, parlandole in modo tanto significativo del grande avvenire che attendeva suo fratello, della ferma volontà della signora Ferrars che tutt'e due i suoi figli facessero un bel matrimonio e del rischio che avrebbe corso qualsiasi ragazza che avesse tentato di *accalappiarlo*, che la signora Dashwood non poté né fingere di non capire né cercare di conservare la calma. Uscì dalla stanza decisa a non esporre la sua cara Elinor a quelle insinuazioni nemmeno una settimana di più, quali che fossero i disagi e le spese di una partenza così improvvisa.

Mentre era in tale condizione di spirito, le fu consegnata dalla posta una lettera che conteneva una proposta particolarmente tempestiva. Era l'offerta di affittare, a condizioni molto favorevoli, una casetta di proprietà di un suo lontano parente, un ricco signore del Devonshire. Era lui stesso a scriverle, e in tono decisamente amichevole. Aveva saputo che lei era in cerca di un alloggio, e anche se la casa che lui le poteva offrire era solo un modesto villino, assicurava che sarebbero state fatte tutte le riparazioni necessarie, nel caso che il posto le fosse piaciuto. Dopo aver descritto molto particolareggiatamente la casa e il giardino, insisteva calorosamente perché andasse con le figlie a Barton Park, che era la sua residenza, dove avrebbe potuto valutare di persona se il villino (che era infatti in quella stessa parrocchia) poteva, con qualche trasformazione, essere adattato per lei. Sembrava veramente ansioso di offrirle una sistemazione, e tutta la sua lettera era scritta con uno stile tanto cordiale che non poteva non piacere alla cugina, in particolar modo in un momento in cui soffriva per il comportamento freddo e duro dei suoi parenti più prossimi. Non ci fu quindi bisogno di prendere tempo per decidere, o informarsi; la sua decisione era già presa mentre leggeva. La collocazione di Barton in una contea come il Devonshire, così lontana dal Sussex, solo poche ore prima sarebbe stata un motivo sufficiente a far dimenticare qualunque vantaggio il posto avesse potuto offrire; adesso era l'aspetto che più lo rendeva attraente. Lasciare i dintorni di Norland non era più un male; era, anzi, oggetto di desiderio; era una benedizione, in paragone alle sofferenze causate dall'essere ospite di sua nuora; e distaccarsi definitivamente da quel luogo amato sarebbe stato meno penoso che abitarci, o tornare a visitarlo ora che quella donna ne era la padrona. Scrisse immediatamente a Sir John Middleton, per ringraziarlo della sua gentilezza e accettare la proposta; poi si affrettò a mostrare entrambe le lettere alle figlie, per essere sicura della loro approvazione prima di spedire la sua risposta.

Elinor aveva sempre pensato che fosse più prudente per loro sistemarsi a una qualche distanza da Norland, piuttosto che nelle immediate vicinanze delle loro attuali conoscenze: sotto questo punto di vista, dunque, non sarebbe stata certo lei a opporsi all'intenzione della madre di trasferirsi nel Devonshire. E poi la casa, così come la descriveva Sir John, pareva così modesta, e l'affitto così insolitamente modico, da non lasciarle alcun diritto di far obiezione; e così, nonostante il progetto non le risultasse particolarmente attraente, e nonostante comportasse un allontanamento da Norland maggiore di quanto lei avrebbe desiderato, non tentò in alcun modo di dissuadere sua madre dallo spedire la risposta affermativa.

Capitolo quinto

Non appena fu spedita la sua lettera, la signora Dashwood si prese la soddisfazione di comunicare al figliastro e a sua moglie che ora disponeva di una casa, e che appena questa fosse stata pronta per essere abitata non li avrebbe più disturbati con la sua presenza. Loro accolsero la notizia con sorpresa.

La moglie di John Dashwood non disse nulla; suo marito invece, con più cortesia, espresse la speranza che si sistemasse non lontano da Norland. Lei fu molto soddisfatta di poter rispondere che andava nel Devonshire. Udendo ciò, Edward si volse di scatto a guardarla, e con un tono pieno di meraviglia e di palese preoccupazione, ripeté: «Nel Devonshire! Andrete davvero fin laggiù? Così lontano? E da quale parte?». Lei spiegò dove era collocata la casa: circa quattro miglia più a nord di Exeter.

«Non è che un villino», proseguì, «ma spero che molti dei miei amici vengano a trovarmi. Si possono facilmente aggiungere una o due stanze; e se i miei amici non avranno difficoltà a fare un viaggio così lungo per venire a visitarmi, di certo non ne avrò alcuna io per sistemarli.»

Chiuse con un più che cortese invito al signore e alla signora Dashwood di andarla a trovare a Barton; con Edward, si espresse in modo anche più affettuoso. Anche se la recente conversazione con sua nuora aveva provocato la sua decisione di non restare a Norland più dello stretto necessario, nei riguardi di quello che ne era stato l'obiettivo specifico essa non aveva prodotto su di lei il minimo effetto. Separare Edward ed Elinor era più che mai lontano dalle sue intenzioni; ciò che desiderava far capire alla moglie di John, con quell'invito tanto significativo, era che non teneva proprio in nessun conto la sua disapprovazione per quell'unione.

John Dashwood ripeté più e più volte a sua madre quanto gli dispiacesse che avesse preso una casa così lontana da Norland da rendergli impossibile esserle utile nel trasloco. A dire la verità, era coscienziosamente dispiaciuto della piega che aveva preso la situazione; giacché quella nuova sistemazione rendeva impossibile quell'intervento a cui lui aveva limitato l'adempimento della promessa fatta a suo padre. I bagagli furono spediti via mare. Si trattava principalmente di biancheria, argenteria, vasellame, libri di famiglia e del bel pianoforte di Marianne. La moglie di John Dashwood vide partire il carico con un sospiro: non poteva fare a meno di rammaricarsi che sua suocera, i cui redditi erano un'inezia in paragone ai suoi, avesse tali esemplari di arredamento domestico.

La signora Dashwood prese la casa per un anno; era già ammobiliata, e a sua immediata disposizione. Non ci fu alcuna difficoltà, né da una parte né dall'altra; la signora attendeva solamente, prima di mettersi in viaggio, di essersi liberata dei suoi beni personali a Norland e aver preso le decisioni per la futura sistemazione domestica; e siccome era estremamente sbrigativa nell'eseguire le cose che le stavano a cuore, tutto fu presto sistemato. I cavalli che le aveva lasciato suo marito erano stati venduti subito dopo la sua morte, e quando si presentò l'occasione di vendere la carrozza, lei accettò di disfarsi anche di quella, su insistenza della primogenita. Se avesse assecondato solo i suoi desideri l'avrebbe tenuta, per comodità delle figlie; ma la prudenza di Elinor prevalse. Fu lei che, saggiamente, limitò a tre il numero dei domestici: due donne e un uomo, scelti senza difficoltà fra quelli che già erano stati a loro servizio a Norland.

Il domestico e una delle cameriere furono immediatamente mandati nel Devonshire, a preparare la casa per l'arrivo della loro padrona, dato che questa, che non conosceva Lady Middleton, preferiva recarsi direttamente al villino piuttosto che essere ospite a Barton Park; si fidava così completamente della descrizione fatta da Sir John da non provare nessuna curiosità di vedere la casa prima di stabilircisi. La sua ansia di andarsene da Norland era aumentata, anziché diminuita, dall'evidente soddisfazione della nuora all'idea della sua partenza; un freddo invito a rimandare la partenza fu tutto quanto fece la moglie di John per nascondere tale soddisfazione. Per John, era ormai giunto il momento di mantenere doverosamente la promessa fatta al padre. Dato che aveva trascurato di farlo quando era entrato in possesso dell'eredità, sembrava che l'occasione più idonea per portarla a compimento si offrisse ora che sua madre e le sue sorelle abbandonavano la casa; la signora Dashwood però non tardò a perdere qualunque speranza del genere, e a convincersi, dalla piega che prendeva ogni volta la conversazione, che l'assistenza promessa non andava più in là del loro mantenimento a Norland per quei sei mesi. John Dashwood parlava così spesso dell'aumento delle spese per la casa, e di quei continui salassi subiti dal suo portafoglio a cui, nella sua posizione sociale, era esposto al di là dell'immaginabile, che sembrava aver bisogno di denaro lui stesso, invece che essere in condizione di darne agli altri.

Nel giro di pochissime settimane dall'arrivo a Norland della prima lettera di Sir John Middleton, tutto nel nuovo rifugio era già sistemato, in modo che la signora Dashwood e le sue figlie potessero mettersi in viaggio.

Molte furono le lacrime che tutte loro versarono, nel dare l'ultimo addio a quel luogo tanto amato. «Caro, caro Norland!», diceva Marianne aggirandosi per la casa, l'ultima sera del loro soggiorno, «quando finirò di rimpiangerti? Quando imparerò a sentirmi a casa fuori di qui? Oh, felice dimora, se tu sapessi quanto soffro nel guardarti da questo punto, da cui forse non ti guarderò mai più! E voi, alberi tanto conosciuti! Voi continuerete allo stesso modo... Nemmeno una foglia appassirà perché noi dobbiamo andarcene, nemmeno un ramo si seccherà perché noi non possiamo vedervi più! No, voi continuerete allo stesso modo, ignari del piacere e del rimpianto che destate, e insensibili a qualsiasi cambiamento in coloro che passeggiano sotto le vostre ombre! Ma chi rimarrà a godere lo spettacolo che offrite?»

Capitolo sesto

La prima parte del loro viaggio fu compiuta in una disposizione d'animo troppo malinconica per non essere noiosa o sgradevole; ma a mano a mano che si avvicinavano alla meta, l'interesse per il paese in cui dovevano abitare vinse l'abbattimento, e la vista della valle di Barton, quando ci entrarono, non mancò di renderle più allegre. Era un posto fertile e ameno, pieno di boschi e ricco di pascoli. Dopo averlo attraversato seguendo per più di un miglio una strada serpeggiante, giunsero alla loro casa. Tutto il terreno che c'era davanti alla facciata era costituito da un piccolo praticello verde; l'accesso era attraverso un lindo cancello.

Come casa, Barton Cottage, per piccolo com'era, risultava comodo e ben costruito; non poteva però dirsi una vera «casetta di campagna», perché aveva forma regolare, il tetto era coperto di tegole, le persiane non erano dipinte di verde e le pareti non erano rivestite di caprifoglio. Uno stretto corridoio portava direttamente, attraverso la casa, nel giardino sul retro. Da ciascun lato dell'ingresso c'era un salotto di circa sei metri quadrati, dietro cui erano i servizi e le scale. Quattro camere da letto e due mansarde costituivano il resto dell'edificio, che, costruito pochi anni prima, era in buono stato di conservazione. In confronto a Norland, era certo piccolo e povero! Ma le lacrime suscitate dai ricordi mentre entravano nella casa furono presto asciugate. Le Dashwood furono accolte festosamente dai domestici, e ognuna di loro, per amore delle altre, decise di farsi vedere contenta. Era l'inizio di settembre; la stagione era bella, e vedendo il posto con tutti i vantaggi del tempo buono ne ricavarono un'impressione favorevole, che servì non poco a suscitare, da parte loro, una durevole approvazione.

La collocazione della casa era buona. Alte colline le sorgevano subito dietro, a breve distanza le une dalle altre; alcune erano nude e aperte, altre coltivate e boscose. Il villaggio di Barton si stendeva principalmente su una di quelle colline, e costituiva il grazioso panorama su cui affacciavano le finestre del villino. La veduta di fronte era più ampia: dominava tutta la valle e si spingeva anche più in là. Le colline che circondavano il villino chiudevano, da quella parte, la valle che, con un altro nome, riemergeva in un'altra direzione oltre le due alture maggiori.

Delle dimensioni della casa e del mobilio la signora Dashwood fu, nel complesso, soddisfatta, nonostante lo stile di vita a cui era abituata rendesse indispensabile molte aggiunte; fare migliorie era infatti, per lei, una gioia; e in quel periodo aveva denaro sufficiente per provvedere tutto quel che era necessario a rendere i locali più comodi ed eleganti. «Quanto alla casa in se stessa», disse, «è senza dubbio troppo piccola per la nostra famiglia, ma per il momento potremo starci abbastanza comodi, perché la stagione è troppo avanzata per i lavori. Forse a primavera, se avrò denaro, come spero, potremo pensare a costruire. Questi due salottini sono entrambi troppo piccoli per i gruppi di amici che spero di vedere spesso raccolti qui; ho una mezza idea di inglobare in uno di essi il corridoio, e magari anche parte dell'altro, così da lasciare la superficie restante come ingresso; un altro salotto può essere aggiunto facilmente, con sopra una camera da letto e una mansarda, e allora diventerà proprio un villino comodissimo. Vorrei che le scale fossero belle. Ma non si può pretendere tutto; d'altra parte, credo che non sarebbe difficile ingrandirle. Vedrò come staremo, quanto a denaro, a primavera, poi faremo i nostri progetti di migliorie.»

Nel frattempo, e fino al momento in cui sarebbe divenuto possibile procedere a tutti quei lavori grazie alle economie fatte su una rendita di cinquecento sterline l'anno da una donna che non aveva mai fatto economia in vita sua, le Dashwood furono abbastanza sagge da accontentarsi della casa così com'era; e tutte si dettero da fare a sistemare qua e là i propri libri e gli altri oggetti di svago e di studio, così da potersi dire a casa loro. Il pianoforte di Marianne fu tolto dall'imballo e sistemato a dovere, e i disegni di Elinor vennero attaccati alle pareti del salotto.

Si trovavano impegnate in queste occupazioni quando, il giorno dopo, subito dopo colazione, furono interrotte dall'arrivo del padrone di casa che era venuto a dare loro il benvenuto a Barton e a offrire tutto ciò che potesse loro mancare sul momento, mettendo a disposizione la sua casa e il suo giardino. Sir John Middleton era un bell'uomo sulla quarantina. Aveva già fatto loro una visita a Stanhill, ma era passato troppo tempo perché le sue giovani cugine potessero ricordarlo. L'espressione del suo viso era allegra e giovale, e i suoi modi amichevoli come lo stile della sua lettera. Sembrava che il loro arrivo gli facesse davvero piacere e che il loro benessere gli stesse davvero a cuore. Parlò tanto del proprio vivissimo desiderio che avviassero un'affettuosa amicizia con la sua famiglia e insistette così cordialmente perché andassero a pranzo a Barton Park tutti i giorni fino a che non fossero meglio sistemate nella loro casa che le sue richieste, pur se così insistenti da rasentare quasi l'indelicatezza, non suonarono affatto offensive. La sua gentilezza non si limitò alla sole parole; un'ora dopo la sua visita dalla villa giunse un grande cesto pieno di verdure e di frutta, seguito, prima di sera, da un altro dono: cacciagione. Si offrì anche di portare e ritirare alla posta tutta la loro corrispondenza, e non consentì che gli fosse negata la soddisfazione di inviare loro il suo giornale tutti i giorni.

Lady Middleton aveva mandato, tramite suo marito, un'ambasciata molto garbata, esprimendo l'intenzione di andare a trovare la signora Dashwood appena la sua visita non risultasse importuna; e siccome le fu risposto con un invito altrettanto garbato, sua signoria fu loro presentata il giorno dopo.

Tutte loro erano, naturalmente, molto ansiose di conoscere una persona da cui dipendeva in gran parte il loro benessere a Barton; e l'eleganza del suo aspetto fu all'altezza delle loro aspettative. Lady Middleton non aveva più di ventisei o ventisette anni; aveva un bel viso, una figura alta e imponente e il suo atteggiamento era pieno d'attrattiva. I suoi modi avevano tutta l'eleganza che mancava al marito; sarebbero stati però migliorati da un po' della spontaneità e del calore che lui aveva: e la visita fu abbastanza lunga per sminuire un tantino l'ammirazione suscitata a prima vista, dimostrando che, anche se era una vera signora, era tuttavia riservata e fredda, e non aveva nulla di suo da dire, a parte le domande e le constatazioni più ovvie.

La conversazione, tuttavia, non languì, perché Sir John chiacchierò continuamente, e perché Lady Middleton aveva adottato la saggia precauzione di portarsi dietro il suo primogenito, un grazioso ragazzino di circa sei anni, cosicché le signore avevano sempre un argomento a cui ricorrere in caso di necessità; dovevano infatti sapere il suo nome e la sua età, ammirare la sua bellezza, rivolgergli domande a cui sua madre rispondeva al posto suo, mentre lui se ne stava aggrappato a lei a testa china, con grande sorpresa di sua signoria, che si stupiva di vederlo così timido davanti alla gente, mentre a casa non si riusciva mai a farlo star zitto. In ogni visita di cortesia dovrebbe esserci un bambino, per alimentare la conversazione. Nel caso in questione, ci vollero dieci minuti buoni per decidere se il piccolo Middleton somigliasse più al padre o alla madre, e cosa in particolare avesse preso dall'uno o dall'altra; perché naturalmente le opinioni in merito erano differenti, e tutti si stupivano dell'opinione degli altri.

Ma alle Dashwood non tardò a presentarsi l'occasione di discutere anche a proposito degli altri due bambini, perché Sir John non volle andarsene senza prima essersi assicurato la loro promessa di pranzare alla villa il giorno successivo.

Capitolo settimo

Barton Park distava dal villino meno di un miglio. Le signore l'avevano superato, al loro arrivo, attraversando la valle, ma era nascosto alla vista delle loro finestre dalla sporgenza di una collina. La casa era grande e bella, e i Middleton conducevano lì un tipo di vita in cui l'ospitalità era pari all'eleganza. La prima era merito di Sir John, l'altra di sua moglie. Non capitava mai che non avessero ospite presso di loro qualche amico, e ricevevano più gente di qualsiasi altra famiglia dei dintorni. Ciò era necessario alla felicità di entrambi, perché, quantunque diversi per carattere e comportamento, si assomigliavano come due gocce d'acqua in quella assoluta mancanza di talento e di gusto che costituiva un grosso limite alla possibilità di trovare qualche occupazione al di fuori di quelle offerte dalla vita sociale. Sir John era uno sportivo, Lady Middleton una madre. Lui se ne andava a caccia, lei faceva divertire i bambini. Lady Middleton aveva il vantaggio di poter viziare i suoi figli tutto l'anno, mentre le occupazioni personali di Sir John duravano solo sei mesi; i continui impegni in casa e fuori, però, compensavano i limiti sul piano del temperamento e della cultura, alimentavano il buon umore di Sir John e tenevano in allenamento le belle maniere di sua moglie.

Lady Middleton si vantava dell'eleganza della sua tavola e di tutta la conduzione della casa; e da questo tipo di vanità ricavava gran parte del piacere che potevano offrirle i suoi ricevimenti. Ma la soddisfazione che Sir John traeva dallo stare in compagnia era molto maggiore: godeva nel raccogliere intorno a sé più giovani di quanti la casa ne potesse ospitare, e più chiasso facevano più era contento. Era una benedizione per la gioventù dei dintorni, perché d'estate non faceva che organizzare escursioni per mangiare prosciutto e pollo freddo all'aperto, e d'inverno le sue feste da ballo erano abbastanza frequenti per qualsiasi fanciulla che non fosse vittima dell'insaziabile appetito dei quindici anni.

Se l'arrivo di una nuova famiglia in paese era sempre un motivo di gioia per lui, delle inquiline che s'era procurato per la sua villetta di Barton era addirittura entusiasta. Le signorine Dashwood erano giovani, carine e prive di affettazione. Tanto bastava per assicurarsi la sua simpatia, perché essere priva di affettazione è tutto quel che serve a una bella ragazza affinché il suo spirito sia tanto seducente quanto la sua persona. La sua spontanea cordialità lo aveva reso lieto di favorire coloro la cui situazione poteva considerarsi, in confronto al passato, ben poco fortunata. Dimostrandosi buono e gentile verso le cugine aveva goduto dunque tutte le soddisfazioni di un cuore generoso; per di più, sistemando nel suo villino una famiglia di sole donne, aveva appagato le esigenze dello sportivo; perché lo sportivo, che è portato a stimare solo gli esponenti del suo sesso che sono sportivi come lui, non sempre però desidera incoraggiare le loro tendenze portandoli ad abitare a casa sua.

La signora Dashwood e le sue figlie furono accolte sulla porta da Sir John, che dette loro il benvenuto a Barton Park con genuina sincerità; e mentre le accompagnava in salotto, andava ripetendo alle signorine il suo rammarico, già espresso abbondantemente il giorno precedente, per non essere riuscito a catturare per loro nessun giovanotto attraente. Avrebbero trovato, disse, oltre a lui, solo un altro signore, un vecchio amico che era suo ospite, e che non era né giovane né molto divertente. Sperava che avrebbero scusato il fatto che la compagnia fosse così carente, e le assicurò che non sarebbe successo mai più. Quella mattina aveva visitato parecchie famiglie nella speranza di procurarsi qualche altro ospite, ma era tempo di luna piena e tutti avevano un mucchio di cose da fare. Per fortuna era arrivata a Barton, proprio all'ultimo momento, la madre di Lady Middleton, e visto che costei era una signora molto allegra e gradevole, sperava che le signorine non si sarebbero annoiate come forse si aspettavano. Le signorine, e la loro mamma, erano felicissime di fare due nuove conoscenze, e non chiedevano altro.

La signora Jennings, madre di Lady Middleton, era anziana, gioviale, allegra e grassa, chiacchierava moltissimo e sembrava felice e beata, e piuttosto ordinaria. Rideva e scherzava continuamente, e prima della fine del pranzo aveva fatto un mucchio di battute divertenti sugli innamorati e sui mariti, esprimendo la speranza che le signorine non avessero lasciato il cuore nel Sussex, e cercando in tutti i modi di vederle arrossire. Marianne ne fu infastidita per sua sorella, e prese a girarsi, per vedere come tollerava quelle allusioni, con una insistenza che mise Elinor ancora più a disagio delle scontate battute della signora Jennings.

Il Colonnello Brandon, l'amico di Sir John, non pareva, per le sue maniere, più adatto a essergli amico di quanto Lady Middleton non paresse adatta a essere sua moglie, o la signora Jennings a essere la madre di Lady Middleton. Era un uomo serio e silenzioso. Il suo aspetto, tuttavia, non era sgradevole, nonostante Marianne e Margaret lo considerassero un vecchio scapolo inveterato, perché aveva già passato i trentacinque anni; anche se il suo viso non era bello, aveva dei lineamenti intelligenti e dei modi particolarmente signorili.

Non c'era nulla che potesse far pensare che qualcuno dei presenti fosse un compagno adatto per le Dashwood; ma l'insulsa freddezza di Lady Middleton era talmente scoraggiante che in confronto la serietà del Colonnello Brandon, e perfino la rumorosa allegria di Sir John e di sua suocera, parevano interessanti. Lady Middleton si animò solo dopo pranzo, all'ingresso dei suoi quattro chiassosi bambini, che le si buttarono addosso, le strapparono i vestiti e misero fine a qualsiasi tipo di conversazione, se non quella che riguardava loro.

Quella sera scoprirono che Marianne aveva un talento per la musica e la sollecitarono a suonare. Venne aperto lo strumento, tutti si prepararono ad andare in estasi, e Marianne, che cantava bene, eseguì a loro richiesta alcune delle romanze che Lady Middleton aveva portato con sé al tempo del suo matrimonio, e che probabilmente da allora erano rimaste collocate, sempre nella stessa posizione, sul pianoforte, dato che sua signoria aveva celebrato l'evento con la rinuncia alla musica, nonostante suonasse straordinariamente bene, come sosteneva sua madre, e, a quanto ebbe a dire lei stessa, le piacesse molto farlo.

La prova di Marianne fu molto apprezzata. Sir John espresse la sua approvazione dal fondo della sala con lo stesso chiassoso calore con cui aveva continuato a parlare durante l'esecuzione di ogni romanza. Lady Middleton lo aveva richiamato molte volte all'ordine, stupita che qualcuno si potesse distrarre in tal modo dalla musica sia pure per un momento, ma poi aveva chiesto a Marianne di cantare una certa romanza che lei aveva di fatto appena finito di eseguire. Solo il Colonnello Brandon, tra tutti loro, l'aveva ascoltata senza andare in estasi. Lui le rivolse solo il complimento dell'attenzione; e la giovane musicista provò per lui, in quell'occasione, un rispetto a cui gli altri, con la loro vergognosa mancanza di gusto, avevano giustamente perso il diritto. Il piacere che il Colonnello ricavava dalla musica, anche se non arrivava a quell'estatico rapimento che per lei poteva costituire l'unico vero corrispettivo, era apprezzabile, in confronto all'orribile insensibilità del resto della compagnia; e lei era abbastanza ragionevole da concedergli che, nonostante i suoi trentacinque anni, avesse conservato la vivacità dei sentimenti e una raffinata capacità di godimento. Per un senso d'umanità, era pronta a fare ogni concessione al Colonnello, data la sua età avanzata.

Capitolo ottavo

La signora Jennings era una vedova provvista di una cospicua fortuna. Aveva solo due figlie, le aveva rispettabilmente sposate entrambe, e non le rimaneva altro da fare che unire in matrimonio tutto il resto del mondo. Nel perseguire la sua missione era estremamente zelante, tanto quanto consentivano le sue possibilità, e non perdeva alcuna occasione per progettare matrimoni tra tutti i giovani che conosceva. Era molto acuta nello scoprire le simpatie, aveva tratto piacere dal suscitare il rossore e lusingare la vanità di molte signorine facendo insinuazioni sulla loro capacità di attrarre questo o quell'altro giovanotto; e il suo giudizio attento le consentì, non appena fu arrivata a Barton, di affermare con fermezza che il Colonnello Brandon era innamoratissimo di Marianne Dashwood. L'aveva sospettato fin dalla prima sera che avevano trascorso insieme, a causa dell'attenzione con cui lui l'aveva ascoltata mentre cantava per loro; e quando la visita fu ricambiata e i Middleton pranzarono al villino, il fatto fu confermato dall'attenzione con cui lui l'aveva nuovamente ascoltata. Sì, era così. Ne era assolutamente convinta. Sarebbe stato un matrimonio eccellente, perché *lui* era ricco e *lei* era bella. La signora Jennings aspirava a vedere il Colonnello ben sistemato fin da quando la parentela con Sir John l'aveva condotta a fare la sua conoscenza, ed era sempre ansiosa di trovare un buon marito per ogni ragazza graziosa.

Per lei c'era poi un vantaggio immediato non certo trascurabile, perché ciò le forniva l'occasione per farli perennemente oggetto delle sue battute. Alla villa prendeva in giro il Colonnello, e al villino prendeva in giro Marianne. Al primo, i suoi scherzi risultavano, per quanto lo concerneva, perfettamente indifferenti; alla seconda all'inizio sembrarono incomprensibili, e quando capì a cosa miravano, non seppe se riderne, come di una cosa assurda, o condannarli come un'impertinenza, perché li considerava crudeli, data l'età avanzata del Colonnello e la sua triste condizione di scapolo.

La signora Dashwood, che non poteva considerare un uomo di cinque anni più giovane di lei così terribilmente anziano come appariva alla giovanile fantasia di sua figlia, cercò di far assolvere la signora Jennings dal sospetto che intendesse prendersi gioco dell'età attempata del Colonnello.

«Ma almeno, mamma, non negherete che sia una cattiveria assurda, anche se non intenzionale. Senza dubbio il Colonnello Brandon è più giovane della signora Jennings, ma è abbastanza anziano per essere mio padre; e se mai un giorno è stato tanto vivace da potersi innamorare, deve aver superato da tempo qualunque sensibilità del genere. È davvero ridicolo! Quando mai potrà considerarsi al sicuro, un uomo, da questo tipo di battute, se non lo proteggono nemmeno l'età e l'infermità?»

«L'infermità!», esclamò Elinor. «Chiami il Colonnello Brandon un infermo? Posso capire che la sua età sembri molto più avanzata a te che alla mamma, ma puoi vedere benissimo anche tu che non ha affatto perso l'uso delle membra!»

«Non l'hai sentito lamentarsi dei suoi reumatismi? E non è questa la più comune infermità nel periodo del declino della vita?»

«Tesoro mio», disse la madre ridendo, «immagino che allora il *mio* declino debba apparirti terrificante; deve sembrarti un miracolo che la mia vita si sia protratta fino all'avanzata età di quarant'anni.»

«Mamma, non mi fate giustizia. So benissimo che il Colonnello Brandon non è tanto vecchio che i suoi amici debbano temere di perderlo per via della legge naturale. Potrà benissimo vivere altri vent'anni. Ma a trentacinque anni non si ha più niente a che fare col matrimonio.»

«Forse», osservò Elinor, «sarebbe bene che i trentacinque e i diciassette non avessero niente a che fare con un matrimonio fra di loro. Ma se per un caso qualunque ci fosse una donna ancora nubile a ventisette o ventott'anni, non penso che i trentacinque del Colonnello Brandon costituirebbero un ostacolo alle loro nozze.»

«Una donna di ventisette o ventott'anni», dichiarò Marianne dopo un momento di silenzio, «non può più sperare di trovare o di ispirare un affetto, e se non ha una sistemazione conveniente in casa o se la sua fortuna è troppo modesta, immagino debba adattarsi a fare l'infermiera, per potersi garantire il mantenimento e la sicurezza della condizione di donna sposata. Non ci sarebbe nulla di male, quindi, se il Colonnello sposasse una donna così. Si tratterebbe di un patto di convenienza, e tutti sarebbero soddisfatti. Ai miei occhi però non sarebbe affatto un matrimonio, ma solo un affare, in cui ciascuno desidera procurarsi un vantaggio a spese dell'altro.»

«Sarebbe impossibile, lo so», replicò Elinor, «convincerti che una donna di ventisette o ventott'anni possa provare tanto affetto per un uomo di trentacinque da essere per lui una valida compagna; ma non posso non protestare quando ti sento condannare il Colonnello Brandon e sua moglie a rimanersene perennemente serrati in un'infermeria solo perché ieri (una giornata ben umida e fredda) gli è capitato di accusare un leggero dolore reumatico a una spalla.»

«Ma ha parlato di panciotti di flanella!», ribatté Marianne. «E per me un panciotto è invariabilmente collegato a dolori, crampi, reumatismi e a tutti gli acciacchi che affliggono i vecchi e i più malandati.»

«Se gli fosse capitato un violento attacco di febbre non l'avresti disprezzato altrettanto! Confessa, Marianne, non c'è qualcosa d'interessante, per te, nelle guance arrossate, negli occhi infossati e nelle rapide pulsazioni della febbre?»

Subito dopo questo discorso, quando Elinor fu uscita dalla stanza, Marianne disse: «Mamma, a proposito di malattie, sono preoccupata di una cosa che non vi posso nascondere. Sono certa che Edward Ferrars non stia bene. Siamo qui da quindici giorni, e non è ancora venuto. Solo una grave indisposizione può essere all'origine di un ritardo così straordinario. Cos'altro può trattenerlo a Norland?».

«Pensavi sarebbe venuto così presto?», chiese la signora Dashwood. «*Io* no. Al contrario, se ho avuto qualche dubbio in proposito è stato ricordando che quando l'ho invitato a venire a Barton non è sembrato molto contento, e ha dimostrato un certo disagio. Elinor lo aspetta già?»

«Non gliene ho mai fatto accenno; ma certo deve aspettarlo!»

«Credo proprio che tu stia sbagliando, perché ieri, quando parlavo con lei di mettere un caminetto nella camera degli ospiti, ha osservato che non c'era alcuna fretta di farlo, dato che probabilmente la stanza non sarebbe stata usata ancora per parecchio tempo.»

«Com'è strano tutto questo! Cosa può significare? Ma tutto il loro reciproco comportamento è stato inspiegabile! Come sono stati freddi, composti, i loro ultimi addii! Com'era distaccata la loro conversazione, l'ultima sera che sono stati insieme! Al momento dei saluti, Edward non ha fatto alcuna distinzione tra Elinor e me; ha salutato entrambe con un atteggiamento che pareva dettato da un affetto fraterno. L'ultima mattina li ho lasciati soli di proposito, ben due volte, e lui, nel modo più inspiegabile, mi ha sempre seguito fuori della stanza. Ed Elinor, quando abbiamo lasciato Norland ed Edward, non ha pianto insieme a me. Anche adesso si domina sempre. Quando mai è abbattuta o malinconica? Quando mai cerca di evitare la compagnia o ha l'aria di trovarcisi a disagio, o scontenta?»

Capitolo nono

Oramai le Dashwood erano stabilite abbastanza comodamente a Barton. La casa, il giardino e il paesaggio circostante erano divenuti loro familiari, e le normali occupazioni che avevano dato a Norland tanta parte del suo incanto venivano ricominciate, e davano ancora maggior piacere di quanto non avessero potuto offrirne a Norland dopo la perdita del padre. Sir John Middleton, che nelle prime due settimane andava a salutarle tutti i giorni, e che non era abituato a vedere molta operosità in casa sua, non riusciva a nascondere il suo stupore nel trovarle sempre occupate.

I loro visitatori, a parte quelli di Barton Park, non erano numerosi, perché, nonostante le insistenti raccomandazioni di Sir John affinché facessero un maggior numero di conoscenze nel vicinato e le ripetute assicurazioni che la sua carrozza era sempre a loro disposizione, lo spirito d'indipendenza della signora Dashwood prevalse sul desiderio di mandare in società le figlie; così la signora rimase fermamente decisa a declinare di far visita a qualunque famiglia che non si potesse raggiungere con una passeggiata. Queste ultime non erano molte, e non tutte abbordabili. A circa due chilometri dal villino, lungo la stretta e serpeggiante valle di Allenham, che come abbiamo detto si apriva da quella di Barton, le ragazze avevano scoperto, durante una delle loro prime passeggiate, un'antica residenza di rispettabile aspetto che, siccome ricordava un po' Norland, aveva colpito la loro immaginazione e suscitato il desiderio di conoscerla meglio. Fatte le dovute ricerche, avevano però saputo che la sua proprietaria, una vecchia e amabile signora, era, disgraziatamente, troppo inferma per fare vita di società e non si spostava mai da casa.

La campagna intorno abbondava di splendide passeggiate. Le collinette che quasi da ogni finestra del villino invitavano a cercare l'eccezionale godimento delle loro cime ariose erano una bella alternativa quando la nebbia della valle sottostante nascondeva le bellezze più in alto; e verso una di quelle colline Marianne e Margaret diressero i loro passi una mattina memorabile, attratte dalla temporanea comparsa del sole in un cielo piovoso e incapaci di resistere ancora alla reclusione cui le aveva confinate la pioggia continua dei due giorni precedenti. Il tempo non era abbastanza bello da invogliare le altre due donne, strappandole l'una alla sua matita e l'altra al suo libro, nonostante le affermazioni di Marianne che il sereno sarebbe durato tutto il giorno e che tutte le nuvole minacciose sarebbero state spazzate via dalle loro colline; così le due ragazze si misero in cammino da sole.

Salirono pian piano le collinette, rallegrandosi della loro perspicacia a ogni squarcio d'azzurro; e quando si sentirono sul viso le corroboranti raffiche di un gran vento di sud-ovest, rimpiansero le paure che avevano impedito alla madre e a Elinor di godere con loro quelle deliziose sensazioni.

«C'è a questo mondo», gridò Marianne, «felicità maggiore di questa? Margaret, passeggeremo quassù per almeno due ore.»

Margaret era d'accordo, e tutte e due si aprirono la strada controvento, ridendo e scherzando per un altro quarto d'ora circa, quando improvvisamente le nuvole si addensarono sulle loro teste e una fitta pioggia colpì i loro visi. Impressionate e sorprese, furono costrette, sia pure a malincuore, a riprendere la via del ritorno, perché non c'era rifugio più vicino della loro casa. Restava loro, però, una consolazione, che in un momento come quello appariva davvero cruciale: avrebbero dovuto, infatti, correre a precipizio giù per il ripido versante della collina, che portava direttamente al cancello del giardino.

Si lanciarono giù. All'inizio Marianne era in vantaggio, ma tutt'a un tratto un passo falso la fece cadere a terra, e Margaret, incapace di fermarsi per aiutarla, fu trascinata giù involontariamente, e giunse in fondo sana e salva.

Un gentiluomo che portava un fucile, e che aveva due cani che gli saltellavano intorno, si stava inerpicando su per la collina a pochi metri da Marianne, al momento dell'incidente. Costui depose il fucile e corse ad aiutarla. Lei si era già alzata, ma nella caduta si era slogata una caviglia e non poteva stare in piedi. Il signore le offrì i suoi servigi, e visto che la modestia della ragazza rifiutava quello che la situazione rendeva necessario, la sollevò senz'altro fra le braccia e la portò giù per la collina. Quindi, varcando il cancello lasciato aperto da Margaret, la portò dentro casa, dove era appena entrata la sorella, e non la lasciò fino a che non l'ebbe deposta su una poltrona del salotto.

Al loro ingresso, Elinor e sua madre balzarono in piedi sbalordite, e siccome fissavano entrambe gli occhi su di lui con evidente meraviglia e segreta ammirazione, lui si scusò di presentarsi così, spiegandone la causa in modo tanto franco e così simpatico che la sua persona, eccezionalmente bella e prestante, acquistò ancor più fascino grazie alla voce e al modo d'esprimersi. Se anche fosse stato vecchio, brutto e ordinario, non gli sarebbero mancate la gratitudine e la gentilezza della signora Dashwood per una cortesia fatta a sua figlia; ma l'influenza della gioventù, dell'avvenenza e dell'eleganza dava al gesto che aveva compiuto un interesse che le andava dritto al cuore.

Lo ringraziò più volte, e con la sua consueta dolcezza di modi lo invitò ad accomodarsi; invito che lui declinò, bagnato e infangato com'era. Allora la signora Dashwood lo pregò di dirle a chi doveva i suoi ringraziamenti. Lui disse di chiamarsi Willoughby; al momento viveva ad Allenham, e sperava che gli fosse concesso l'onore di tornare il giorno dopo per informarsi personalmente delle condizioni della signorina. Tale onore gli fu prontamente concesso, e se ne andò, rendendosi ancora più interessante, mentre pioveva a dirotto.

La sua virile bellezza e la sua grazia fuori dal comune furono subito oggetto dell'ammirazione generale, e il fatto che fosse così attraente rese più piccanti le battute suscitate dalle sue galanterie verso Marianne. Lei lo aveva potuto osservare meno bene delle altre, perché la confusione che le aveva imporporato il viso quando lui l'aveva sollevata fra le braccia le aveva reso impossibile guardarlo, perfino dopo che erano entrati in casa. A ogni modo, lo aveva visto abbastanza per unirsi all'ammirazione generale, e con l'entusiasmo che sempre dava calore ai suoi apprezzamenti. La persona e il modo di fare del giovane erano all'altezza di quel modello fantastico che, nella sua fantasia, incarnava l'eroe di una bella storia; e la prontezza con cui l'aveva soccorsa, senza tanti complimenti, denotava una velocità nel prendere le decisioni che rendeva particolarmente gradito quel suo gesto. Tutto, in lui, era interessante. Aveva un bel nome, risiedeva nel loro villaggio preferito, e presto la ragazza scoprì che, di tutti gli abiti maschili, una giacca da cacciatore era il più seducente. La sua immaginazione era tutta presa, le sue riflessioni piacevoli, e il dolore della caviglia slogata fu completamente ignorato.

Sir John fece loro visita appena il primo intervallo di tempo buono gli permise di uscire di casa; mentre veniva messo al corrente dell'incidente capitato a Marianne, gli fu chiesto ansiosamente se conosceva ad Allenham un giovane signore che si chiamava Willoughby.

«Willoughby!», esclamò Sir John. «Ma guarda! È qui? Questa sì che è una bella notizia: andrò a cercarlo domani e lo inviterò a pranzo per giovedì.»

«Allora lo conoscete?», disse la signora Dashwood.

«Se lo conosco! Ma certo. Come no, viene qui tutti gli anni.»

«E che tipo di giovanotto è?»

«Il migliore che ci sia, glielo assicuro. Un ottimo cacciatore, e uno dei più arditi cavallerizzi d'Inghilterra.»

«E questo è *tutto* ciò che sapete dire di lui?», esclamò Marianne, indignata. «Ma come si comporta, in una conoscenza più intima? Quali sono le sue occupazioni, le sue capacità, il suo genio?»

Sir John era piuttosto perplesso.

«Sull'anima mia», disse, «non lo conosco così bene da sapere *tutto* questo. Però è un tipo simpatico e allegro, e ha una cagnetta nera che è il più bel cane da caccia del mondo. È uscita con lui oggi?»

Marianne non poteva soddisfare la sua curiosità a proposito del pointer del signor Willoughby, più di quanto lui non potesse descriverle le sfumature della mente e dell'anima del giovanotto.

«Ma chi è?», chiese Elinor. «Da dove viene? Ha una casa ad Allenham?»

Su questo punto Sir John poteva fornire informazioni più dettagliate, e raccontò che il signor Willoughby non aveva proprietà nei dintorni e che risiedeva là solo quando andava a trovare la vecchia signora di Allenham Court, che era sua parente e di cui sarebbe stato l'erede; poi aggiunse: «Sì, sì, è senz'altro un buon partito da accalappiare, signorina Dashwood; oltre a ciò, ha una gran bella proprietà sua nel Surrey; se fossi in voi, non lo lascerei alla mia sorella più giovane, a dispetto di tutto quel che può ruzzolare giù dalle colline. La signorina Marianne non può pretendere di avere tutti gli uomini per sé. E poi Brandon diventerà geloso, se non sta attenta».

«Non credo», intervenne la signora Dashwood con un sorriso bonario, «che il signor Willoughby avrà a essere incomodato dai tentativi di qualcuna delle mie figlie di "accalappiarlo", come dite voi. Non sono state educate a una simile occupazione. Gli uomini sono del tutto al sicuro con noi, anche quelli molto ricchi. A ogni modo, sono lieta di apprendere che è un giovane rispettabile, e che non è sconveniente aver fatto la sua conoscenza.»

«È un'ottima persona», ripeté Sir John. «Ricordo che lo scorso Natale, quando abbiamo fatto quattro salti su da noi, ha ballato dalle otto di sera fino alle quattro del mattino senza sedersi nemmeno una volta.»

«Ma davvero?», esclamò Marianne con gli occhi scintillanti. «E con eleganza, con spirito?»

«Sì; e alle otto era di nuovo in piedi per andare a caccia.»

«Ecco quel che mi piace; è così che dovrebbe essere un giovanotto! Quali che siano le sue occupazioni, dovrebbe dedicarcisi senza moderazione, e senza riportarne un senso di stanchezza.»

«Già, già, so bene come andrà a finire», disse Sir John, «so bene come andrà a finire; gli getterete il cappio al collo senza pensare più al povero Brandon.»

«Questa, Sir John», disse Marianne con fervore, «è un'espressione che detesto in modo particolare. Aborrisco le frasi banali che vorrebbero essere divertenti; e "gettare il laccio al collo di un uomo" o "fare una conquista" sono le più detestabili. L'atteggiamento che implicano è volgare e meschino; e se una volta potevano dirsi acute, il tempo ne ha distrutto tutto lo spirito.»

Sir John non capì molto quel rimprovero; però rise di cuore, come se l'avesse capito, poi rispose:

«Già, oserei dire che ne farete un bel po', voi, di conquiste, in un modo o in un altro. Povero Brandon! È già cotto a puntino e varrebbe la pena che glielo gettaste, il cappio al collo, ve lo assicuro, a dispetto di tutto questo ruzzolare giù dalla collina e slogarsi le caviglie».

Capitolo decimo

«Il salvatore di Marianne», come Margaret, con più eleganza che precisione, definiva Willoughby, si presentò al villino la mattina dopo per vedere personalmente come andavano le cose. Fu ricevuto dalla signora Dashwood con qualcosa di più della semplice cortesia: con una gentilezza ispirata da quello che Sir John aveva detto di lui, e inoltre con gratitudine. Tutto, durante la visita, contribuì ad assicurarlo del benessere, l'eleganza, il reciproco affetto e la serenità della famiglia in cui il caso lo aveva introdotto. Quanto all'attrattiva personale delle componenti della famiglia, non aveva avuto bisogno di una seconda occhiata per esserne convinto.

La signorina Dashwood aveva una carnagione delicata, dei lineamenti regolari e una figura molto graziosa. Marianne era anche più bella. La sua figura, anche se non era armoniosa come quella della sorella, colpiva anche di più, perché aveva il vantaggio della statura; e il suo viso era così delizioso che quando la si definiva, usando le parole che generalmente si usano per fare i complimenti, una bellissima ragazza, questa affermazione tradiva la verità assai meno di quanto di solito avviene. Aveva la pelle bruna, ma così trasparente che la sua carnagione acquistava uno splendore non comune; bei lineamenti, un sorriso dolce e attraente, e nei suoi occhi, che erano molto scuri, splendevano una vita, uno spirito e un fervore che al solo guardarli trasmettevano un piacere vivissimo. All'inizio quell'espressione era stata celata a Willoughby, per il ritegno suscitato dal ricordo del suo intervento; ma quando l'imbarazzo passò, quando lei riprese coraggio, e si accorse che lui univa alla perfetta educazione del gentiluomo spontaneità e vivacità, e soprattutto quando lo sentì affermare che amava appassionatamente la musica e la danza, gli rivolse uno sguardo di approvazione tale da guadagnarsi tutto il suo interesse per il resto della visita.

Era sufficiente menzionare uno qualunque dei suoi divertimenti preferiti per spingerla a chiacchierare. Non poteva tacere quando erano introdotti quegli argomenti, e nella discussione non portava né timidezza né riservatezza. I due giovani scoprirono in un momento di avere in comune l'amore per la musica e per la danza, il che era collegato a una generale affinità nel modo di considerare tutto e tutti che li avvicinava l'uno all'altro. Spinta a un ulteriore esame degli atteggiamenti del giovane, Marianne passò a parlare di libri; dichiarò quali erano i suoi autori preferiti, e li discusse con tale fervore che qualunque giovanotto di venticinque o ventisei anni sarebbe stato davvero insensibile se non si fosse convertito immediatamente all'ammirazione per quelle opere, anche se fino a un attimo prima le aveva disprezzate. I loro gusti erano straordinariamente identici! Tutt'e due adoravano gli stessi libri, gli stessi brani; e se spuntava qualche differenza, se sorgeva qualche obiezione, non sopravviveva alla forza di quelle argomentazioni, allo splendore di quegli occhi. L'ospite annuiva a tutte le affermazioni di Marianne, si accendeva a tutti i suoi entusiasmi, e molto prima che la visita fosse finita, i due già parlavano con la familiarità di due vecchie conoscenze.

«Ebbene, Marianne», disse Elinor appena lui fu uscito, «mi pare che per una sola mattina tu abbia fatto un bel po' di strada. Ti sei documentata sul parere del signor Willoughby in quasi tutte le questioni più importanti. Sai quello che pensa di Cowper e di Scott, sei sicura che tenga nel giusto valore la bellezza della loro arte e ti sei convinta in tutto e per tutto che non ammira Pope più di quanto non lo rendano necessario le convenienze. Ma come potrà durare la vostra conoscenza, se già avete esaurito con tale straordinaria velocità qualunque tema di conversazione? Tra breve avrete dato fondo a qualsiasi argomento. Un altro incontro sarà sufficiente per illustrare le sue opinioni in merito all'estetica del pittoresco e ai matrimoni tra vedovi, dopo di che non avrai altro da chiedergli...»

«Elinor», esclamò Marianne, «è forse bello, quello che dici? È giusto? Le mie idee sono proprio così limitate? Ma capisco benissimo quello che vuoi intendere. Sono stata troppo spigliata, troppo allegra, troppo spontanea. Ho peccato contro l'idea convenzionale del decoro; sono stata aperta e sincera dove avrei dovuto essere riservata, pedante, noiosa e falsa; se avessi parlato solo del tempo e della condizione delle strade e avessi proferito una parola ogni dieci minuti, questo rimprovero mi sarebbe stato risparmiato.»

«Tesoro mio», disse la madre, «non devi offenderti. Elinor voleva scherzare. Se davvero avesse avuto intenzione di soffocare la gioia della tua conversazione con il tuo nuovo amico l'avrei rimproverata io stessa.» Marianne si addolcì immediatamente.

Willoughby, per parte sua, mostrava in tutti i modi il suo piacere per quella relazione e l'evidente desiderio di approfondirla. Si presentava tutti i giorni. La sua scusa, all'inizio, era quella di informarsi di come stava Marianne, ma l'incoraggiamento che riceveva da un'accoglienza che ogni giorno si faceva più gentile rese inutile quella scusa ancora prima che cessasse di essere plausibile, data la perfetta guarigione della ragazza. Questa rimase confinata in casa per qualche giorno; ma mai reclusione fu meno fastidiosa. Willoughby era un giovane dotato di molte doti, immaginazione pronta, vivacità di spirito e maniere aperte e cordiali. Era in tutto e per tutto fatto apposta per conquistare il cuore di Marianne, perché univa a quelle doti non solo una figura attraente, ma anche un naturale fervore dello spirito, ora risvegliato e accresciuto dall'esempio di lei, ed era questo a renderlo caro alla ragazza più di qualunque altra cosa al mondo.

Nell'opinione che se ne era fatta la signora Dashwood, era impeccabile come in quella di Marianne; e anche Elinor non vedeva in lui nulla da biasimare, se non una tendenza, nella quale assomigliava molto a sua sorella (che ne sembrava particolarmente entusiasta) di dire troppo quel che pensava, in qualunque occasione, senza riguardo per le persone e le circostanze. Nel rendere palese l'opinione che si faceva al primo colpo sugli altri, e nel sacrificare la generica cortesia per godere dell'attenzione esclusiva della persona in cui era impegnato il suo cuore, trascurando troppo facilmente le forme e le convenienze, dimostrava una mancanza di prudenza che Elinor non poteva approvare, nonostante tutto quello che lui e Marianne potevano dire per difenderlo.

Adesso Marianne cominciava ad accorgersi che la disperazione che l'aveva assalita a sedici anni e mezzo, all'idea di non poter mai più trovare un uomo capace di soddisfare la sua idea della perfezione, era stata avventata e ingiustificabile. Willoughby rappresentava tutto ciò che la sua fantasia le aveva suggerito, in quell'ora infelice, come pure in più lieti periodi, come capace di attrarla; e il comportamento di lui rendeva manifesto che il suo desiderio di piacerle era tanto grande quanto grandi erano le sue doti.

Anche sua madre, nella cui mente il pensiero di un possibile matrimonio non era stato minimamente influenzato dall'idea delle ricchezze del giovanotto, era arrivata, prima della fine di una settimana, a sperarlo e ad aspettarselo; e si congratulava con se stessa per essersi guadagnata due generi come Edward e Willoughby.

La simpatia del Colonnello Brandon per Marianne, che era stata tanto presto scoperta dai suoi amici, divenne percepibile anche per Elinor, quando smise di essere notata da loro. Tutta la loro attenzione e le battute erano state spostate sul suo fortunato rivale; e gli scherzi a cui gli altri si erano dedicati prima che ci fosse una vera simpatia furono abbandonati quando i sentimenti del Colonnello cominciavano davvero a suscitare quel ridicolo così giustamente collegato a tale coinvolgimento. Elinor fu costretta, seppure a malincuore, a credere che quella simpatia nei confronti di Marianne che la signora Jennings gli aveva attribuito solo per propria soddisfazione era davvero, adesso, una cosa seria; e che se la generale somiglianza di carattere fra le due parti in causa poteva favorire l'affetto del signor Willoughby, un contrasto altrettanto notevole di carattere non era d'ostacolo ai sentimenti del Colonnello Brandon. Osservava tutto ciò con dispiacere; perché cosa mai poteva sperare un uomo taciturno di trentacinque anni, che doveva confrontarsi con un rivale venticinquenne e pieno di vivacità? E siccome non poteva augurarsi di vederlo trionfare, avrebbe voluto almeno vederlo indifferente. A lei era simpatico: nonostante la sua gravità e la sua riservatezza, sentiva per lui un autentico interesse. I suoi modi, nonostante fossero così seri, erano pieni di dolcezza; e la sua riservatezza pareva il risultato di qualche preoccupazione spirituale, piuttosto che di una naturale cupezza di carattere. Sir John aveva fatto cenno a passati dispiaceri e delusioni che giustificavano l'idea che lei se ne era fatta come di un uomo sfortunato, cosicché lo considerava con rispetto e compassione.

Forse lo compativa e lo stimava ancor di più perché era disprezzato da Willoughby e da Marianne, i quali, giudicandolo ingiustamente perché non era né giovane né brillante, parevano decisi a sottovalutare i suoi meriti.

«Brandon è proprio il tipo d'uomo», disse Willoughby un giorno in cui parlavano di lui, «di cui tutti parlano bene e a cui nessuno bada; che tutti sono felici di vedere e con cui nessuno si ricorda mai di parlare.»

«Questo è esattamente quello che anch'io penso di lui!», esclamò Marianne.

«Non ve ne vantate, però», disse Elinor, «perché è un'ingiustizia da parte di entrambi. A Barton Park è molto stimato da tutti, e io stessa, ogni volta che lo incontro, bado bene di parlare con lui.»

«Che voi lo proteggiate», ribatté Willoughby, «è certamente a suo vantaggio; ma quanto alla stima degli altri, non gli fa certo onore. Chi si abbasserebbe a essere apprezzato da donne come Lady Middleton e la signora Jennings, che chiunque considererebbe con assoluta indifferenza?»

«Ma forse l'insolenza di persone come voi e Marianne potrà compensare la stima di Lady Middleton e di sua madre. Se la loro lode vale come una critica, allora la vostra critica dovrà valere come una lode; perché loro non sono più avventate di quanto voi non siate ingiusti e pieni di pregiudizi.»

«Pur di difendere il vostro *protégé* diventate perfino pungente.»

«Il mio *protégé*, come voi lo chiamate, è un uomo pieno di ragionevolezza; e la ragionevolezza sarà sempre considerata, da me, una qualità molto attraente. Sì, Marianne, anche in un uomo fra i trenta e i quaranta. Ha visto il mondo; è stato all'estero; ha letto, e ha una mente che pensa. È stato capace di darmi molte spiegazioni su vari argomenti, e ha sempre risposto alle mie domande con la prontezza che viene dalla buona educazione e dalla bontà.»

«E cioè», esclamò Marianne, sprezzante, «ti ha detto che in India fa un gran caldo, e che le zanzare sono fastidiose.»

«Me lo avrebbe detto, non ne dubito affatto, se gli avessi fatto domande di questo genere; ma queste, anche se non lo crederai, sono cose di cui ero già stata informata.»

«Forse», disse Willoughby, «le sue osservazioni si saranno estese fino a menzionare nababbi, gazzelle dorate e palanchini.»

«Posso arrischiarmi a dire che le *sue* osservazioni si sono spinte assai più in là della *vostra* ingenuità. Ma perché vi è antipatico?»

«Non mi è antipatico. Lo considero, al contrario, un uomo più che rispettabile, su cui tutti spendono una buona parola e a cui nessuno presta attenzione; che ha più denaro di quanto ne possa spendere, più tempo di quel che gli serva, e due soprabiti nuovi tutti gli anni.»

«Aggiungi a questo», esclamò Marianne, «che non ha né talento, né gusto, né spirito. Che la sua intelligenza non ha alcunché di brillante, i suoi sentimenti alcun ardore e la sua voce alcuna espressività.»

«Voi decidete delle sue imperfezioni così in blocco», obiettò Elinor, «con la forza della vostra immaginazione, e l'apprezzamento che potrei fare di lui, in confronto, sarebbe freddo e insipido. Posso solo affermare che è un uomo assennato, ben educato, colto, di maniere gentili e, a quel che credo, dotato di un cuore buono e gentile.»

«Signorina Dashwood», esclamò Willoughby, «ora mi fate torto! Cercate di disarmarmi con la ragione e di convincermi mio malgrado. Ma questo non è possibile. Vi accorgerete che la mia ostinazione è pari alla vostra abilità. Ho tre ragioni irrevocabili per detestare il Colonnello Brandon: mi ha minacciato annunciando la pioggia quando volevo che fosse bel tempo, ha avuto da ridire sull'attacco del mio calessino, e non riesco a persuaderlo a comperare la mia cavalla baia. Se però vi può recare qualche soddisfazione sentirmi dire che sotto tutti gli altri aspetti lo considero impeccabile, sono pronto a confessarlo. E di fronte a tale riconoscimento, che può costarmi un pizzico di sofferenza, voi non potete togliermi il privilegio di considerarlo più detestabile che mai.»

Capitolo undicesimo

Certo la signora Dashwood e le sue figlie non avrebbero potuto immaginare, quando erano arrivate nel Devonshire, che in breve tempo sarebbero venuti per loro tanti impegni, e che avrebbero avuto tanti inviti, e visite così frequenti, da lasciare poco tempo libero alle occupazioni più serie. Eppure, andò così. Quando Marianne fu guarita, vennero messi in atto i programmi di svago, in casa e fuori, già preparati da Sir John. Poi cominciarono i balli privati a Barton Park, e furono fatte tutte le gite sul fiume che quel piovoso ottobre rese possibili. In ogni riunione era incluso il simpatico Willoughby; e la disinvoltura e la familiarità che naturalmente caratterizzavano quei ricevimenti erano proprio quel che ci voleva per accrescere la sua intimità con le Dashwood e per offrirgli l'occasione di riconoscere le doti di Marianne, di manifestare l'intensa ammirazione che aveva per lei e ricevere, dal comportamento di lei, le testimonianze più evidenti del suo affetto.

Elinor non poteva stupirsi di quella loro intesa. Avrebbe voluto solo che non fosse stata palesata così apertamente, e in un paio di occasioni si azzardò a suggerire a Marianne l'opportunità di un certo autocontrollo. Ma Marianne detestava le finzioni, quando nella spontaneità non c'era nulla di male, e nascondere dei sentimenti che in sé non avevano nulla di riprovevole le pareva non solamente un'inutile sforzo, ma anche una poco onorevole sottomissione della ragione a idee convenzionali e sbagliate. Anche Willoughby la pensava così; e il loro comportamento era sempre e dovunque una dimostrazione delle loro convinzioni.

Quando lui era presente, Marianne non aveva occhi per nessun altro. Tutto ciò che lui faceva era ben fatto. Tutto quel che diceva era acuto e spiritoso. Se la serata alla villa terminava con una partita a carte, lui imbrogliava se stesso e il resto della comitiva per procurarle una buona mano. Se il passatempo della serata era il ballo, danzavano sempre insieme; se erano obbligati a separarsi per un paio di giri, facevano in modo di stare vicini, e raramente rivolgevano una parola a chiunque altro. Questo comportamento li esponeva, naturalmente, alle risate di tutti quanti; ma il ridicolo non bastava a far provare loro alcuna vergogna, e anzi pareva che non se ne accorgessero neppure.

La signora Dashwood accompagnava tutti quei loro sentimenti con un calore che non le consentiva alcun tentativo di frenare le loro eccessive manifestazioni d'entusiasmo. Per lei non si trattava che delle naturali conseguenze di un forte affetto in un'anima giovane e ardente.

Fu, quella, per Marianne, la stagione della felicità. Il suo cuore era completamente dedito a Willoughby, e il profondo attaccamento per Norland che aveva portato con sé dal Sussex sembrava sul punto di essere addolcito, più di quanto avrebbe mai creduto possibile, dalla gioia che la presenza di lui conferiva alla nuova casa.

La felicità di Elinor non era altrettanto grande. Il suo cuore non era così tranquillo e la sua soddisfazione per la loro spensieratezza non era così completa. Non le offrivano una compagnia capace di compensare quel che aveva lasciato dietro di sé e di farle pensare a Norland con meno rimpianto. Né Lady Middleton né la signora Jennings potevano stimolare il tipo di conversazione che le mancava, anche se quest'ultima era un'instancabile chiacchierona e l'aveva trattata fin dall'inizio con una benevolenza che faceva di lei la destinataria di buona parte delle sue chiacchiere. Le aveva raccontato già tre o quattro volte la storia della sua vita; e se la sua memoria fosse stata all'altezza dei mezzi che le si offrivano per esercitarla, Elinor avrebbe conosciuto, fin dai primi giorni della loro conoscenza, tutti i dettagli dell'ultima malattia del signor Jennings, e anche quel che aveva detto a sua moglie pochi minuti prima di morire. Lady Middleton era più simpatica di sua madre solo perché era più silenziosa. Non ci volle molto perché Elinor si accorgesse che la sua riservatezza era semplicemente un atteggiamento indolente con cui l'assennatezza non aveva nulla a che vedere. Nei confronti di suo marito e di sua madre si comportava allo stesso modo che con le Dashwood, così che con lei non era possibile cercare, né desiderare, una maggiore intimità. Non aveva mai nulla da dire che non avesse già detto il giorno prima. La sua insipienza era invariabile, perché perfino il suo umore era sempre identico; e quantunque non si opponesse alle riunioni organizzate da suo marito, purché tutto fosse fatto in grande stile e i suoi figli più grandi fossero con lei, pareva che non ne ricavasse più piacere di quanto ne avrebbe provato rimanendosene a casa; e la sua presenza contribuiva così poco al piacere degli altri, quanto a quel che poteva aggiungere alla conversazione, che alle volte i suoi ospiti si ricordavano che c'era anche lei solo per la sua sollecitudine verso i suoi terribili ragazzini.

Solo nel Colonnello Brandon, tra tutte le nuove conoscenze, Elinor trovava una persona che poteva pretendere rispetto per le sue capacità, suscitare un interesse amichevole, o dimostrarsi un compagno piacevole. Willoughby era fuori questione. Anche se godeva di tutta l'ammirazione di Elinor, e di un affetto degno di una sorella. Era innamorato; la sua attenzione era tutta per Marianne, tanto che alla fin fine un uomo molto meno simpatico sarebbe risultato, nell'insieme, più piacevole. Il Colonnello Brandon, sfortunatamente per lui, non riceveva lo stesso incoraggiamento a dedicarsi solo a Marianne, e dal conversare con Elinor traeva la maggior consolazione a compensare la totale indifferenza della sorella.

La compassione di Elinor per lui era aumentata, da quando aveva motivo di sospettare che gli fossero ormai note le pene dell'amore non corrisposto, e ciò a seguito di qualche parola che gli era sfuggita per caso una sera, quando stavano seduti insieme, per mutuo consenso, mentre gli altri danzavano. I suoi occhi erano fissi su Marianne e, dopo un silenzio di qualche minuto, aveva detto con un tenue sorriso: «Vostra sorella, a quanto ho potuto capire, non ammette un secondo amore nella vita».

«No», rispose Elinor, «le sue idee sono del tutto romantiche.»

«O piuttosto, mi sembra, lo ritiene impossibile.»

«Credo sia così. Ma come riesca a pensarlo, senza riflettere sul fatto che suo padre ha avuto due mogli, proprio non capisco. Nel giro di pochi anni, tuttavia, le sue opinioni si assesteranno sulla rispettabile base del buon senso e dell'osservazione; allora saranno più facili da definire e da giustificare di quanto non lo siano adesso, da chiunque non sia lei stessa.»

«Andrà probabilmente in questo modo», rispose lui, «tuttavia c'è qualcosa di così amabile nei pregiudizi di una mente giovanile che dispiace vederli lasciare il campo alla professione di opinioni più comuni.»

«Qui non posso essere d'accordo con voi», rispose Elinor. «Sentimenti come quelli di Marianne comportano inconvenienti che neppure tutta la grazia dell'entusiasmo e dell'ignoranza del mondo può giustificare. I suoi sistemi implicano l'infelice tendenza al disprezzo delle convenienze; e spero davvero che una migliore conoscenza del mondo potrà esserle di grandissimo vantaggio.»

Dopo una breve pausa, lui riprese la conversazione, dicendo:

«Vostra sorella non fa nessuna distinzione nella sua obiezione verso un secondo amore? O esso è ugualmente colpevole per tutti? Anche coloro che sono stati sfortunati nella prima scelta, o per l'incostanza dell'oggetto del loro amore o per l'ostilità delle circostanze, dovranno restare indifferenti per il resto della vita?».

«Parola d'onore, non sono informata così in dettaglio in merito ai suoi princìpi! So solo che non l'ho mai sentita considerare perdonabile un esempio di secondo amore.»

«Questo», rispose lui, «non può durare; ma un cambiamento, un totale cambiamento di sentimenti... no, no, non ve lo dovete augurare... giacché quando le romantiche esaltazioni di una mente giovanile sono obbligate a battere in ritirata, molto spesso sono sostituite da opinioni anche troppo comuni, e altrettanto pericolose! Parlo per esperienza. Una volta ho conosciuto una signora che per temperamento e per spirito assomigliava molto a vostra sorella: pensava e giudicava come lei. Poi per un cambiamento involontario... per una serie di sfortunate circostanze...» Qui, improvvisamente, si interruppe; sembrò temere di aver detto troppo, e con il suo atteggiamento fece nascere congetture che altrimenti non sarebbero scaturite dalla mente di Elinor. La signora di cui aveva parlato sarebbe forse passata inosservata, se con quel suo turbamento lui non avesse convinto la signorina Dashwood che nulla di quanto la riguardava avrebbe dovuto sfuggirgli dalle labbra. A ogni modo, non ci voleva un grande esercizio di fantasia per ricollegare l'emozione del Colonnello ai teneri ricordi di un passato amore. Elinor non tentò altre congetture. Marianne, al suo posto, non si sarebbe accontentata di così poco. Tutta quanta la storia si sarebbe rapidamente ricostruita nella sua fervida immaginazione come un malinconico esempio di amore infelice.

Capitolo dodicesimo

Il mattino successivo, mentre Elinor e Marianne passeggiavano insieme, la seconda comunicò alla sorella una notizia che, nonostante tutto quello che quest'ultima già sapeva dell'imprudenza e della mancanza di criterio di Marianne, la colpì come una bizzarra riprova di entrambe: al colmo della gioia, la ragazza le annunciò che Willoughby le aveva regalato un cavallo che lui stesso aveva allevato nelle sue terre del Somersetshire, e che era stato addestrato proprio a portare una donna. Senza minimamente pensare che tenere dei cavalli non era nei progetti di sua madre e che, anche se avesse cambiato idea in favore del dono, avrebbe dovuto comprarne un altro per un servitore, e avere un servitore per cavalcarlo, lei aveva accettato il dono senza esitazione, e adesso lo raccontava esultante alla sorella.

«Intende mandare subito il suo stalliere nel Somersetshire, a prenderlo», aggiunse, «e quando arriverà andremo a cavallo tutti i giorni. Anche tu potrai cavalcarlo; sarà di tutt'e due. Pensa che felicità, cara Elinor, poter galoppare su per queste colline.»

Marianne fu molto restia a svegliarsi da quel sogno di felicità e ad accettare tutte le sgradevoli verità collegate alla situazione, e per parecchio tempo rifiutò di riconoscerle. Quanto al domestico, la spesa sarebbe stata una sciocchezza! La mamma, ne era sicura, non avrebbe fatto nessuna obiezione; e poi per lui sarebbe andato bene qualunque cavallo; poteva prenderne uno a Barton Park quando voleva; e quanto alla stalla, sarebbe bastato un capannone qualsiasi. Elinor allora si azzardò a mettere in dubbio la convenienza di accettare un regalo del genere da un uomo che conosceva così poco, o almeno da così poco tempo. E questo fu troppo.

«Ti sbagli, Elinor», esclamò Marianne con trasporto, «se credi che io conosca poco Willoughby. Non lo conosco da molto tempo, questo è vero, però lo conosco meglio di qualunque altra creatura al mondo, eccetto la mamma e te. Non sono il tempo né le circostanze a creare l'intimità, ma solo la predisposizione. Sette anni non basterebbero a fare in modo che certe persone si conoscano l'un l'altra, mentre per altri sette giorni sono più che sufficienti. Mi sentirei colpevole di una sconvenienza molto maggiore se accettassi in dono un cavallo da mio fratello che accettandolo da Willoughby. Di John so pochissimo, nonostante si sia vissuti insieme per anni; ma su Willoughby, il mio giudizio si è formato da molto tempo.»

Elinor ritenne fosse più saggio non insistere. Conosceva bene il carattere di sua sorella. Incontrare opposizione su un punto tanto delicato l'avrebbe resa ancor più attaccata alle sue opinioni. Ma da un richiamo al suo affetto per la madre, dalla descrizione di tutte le difficoltà e i fastidi di cui quella madre indulgente si sarebbe dovuta fare carico se (come probabilmente sarebbe stato il caso) avesse acconsentito a un simile aumento delle preoccupazioni domestiche, Marianne fu scoraggiata quasi subito, e promise di non obbligare la signora Dashwood a dare prova della sua imprudente bontà raccontandole dell'offerta ricevuta e di dire a Willoughby, appena l'avesse incontrato, che il dono non poteva essere accettato.

Tenne fede alla parola data; e quando Willoughby si presentò al villino, quello stesso giorno, Elinor la sentì mentre gli esprimeva a bassa voce il suo rammarico nel rifiutare il suo regalo. Riportò anche i motivi di quel cambiamento d'idea, ed essi erano tali da rendere impossibile un'insistenza da parte di lui. Il dispiacere di Willoughby tuttavia fu molto evidente; dopo averlo espresso con gran convinzione, questi aggiunse a bassa voce: «Ma la cavallina è sempre tua, Marianne, anche se adesso non la puoi usare. La terrò io solo fino a che sarai in condizioni di reclamarla. Quando lascerai Barton per farti una nuova casa tutta tua sarà Queen Mab a riceverti».

Questo discorso fu udito, per intero, dalla maggiore delle sorelle Dashwood; e da tale discorso, dal modo con cui il giovane lo proferì, dalla familiarità con cui si rivolgeva a sua sorella usando solo il nome proprio, lei riconobbe subito un'intimità così profonda, un'affiatamento così spontaneo da tradire l'intesa perfetta che esisteva tra loro. A partire da quel momento non dubitò più che si fossero fidanzati; e quella certezza non suscitò altra sorpresa se non il fatto che quelle due creature così spontanee avessero lasciato proprio lei, fra tutti quanti, a doverlo scoprire per caso.

Il giorno successivo Margaret le confidò qualcosa che le fece vedere la questione sotto una luce anche più chiara. Willoughby aveva passato con loro la serata precedente, e Margaret, che era rimasta per un po' nel salottino sola con lui e Marianne, aveva avuto occasione di osservare certe cose che, con espressione piena d'importanza, comunicò alla sorella maggiore appena si trovarono insieme.

«Oh, Elinor», esclamò, «devo raccontarti un tale segreto sul conto di Marianne! Sono sicura che sposerà molto presto il signor Willoughby.»

«Lo hai detto quasi tutti i giorni», replicò Elinor, «da che si sono conosciuti alla collina di High Church; dopo nemmeno una settimana dal loro primo incontro eri certa che Marianne portasse al collo il suo ritratto; e poi è saltato fuori che si trattava solo della miniatura del nostro prozio.»

«Ma questa è un'altra cosa, davvero. Sono certa che si sposeranno prestissimo perché lui possiede una ciocca dei capelli di lei.»

«Stai attenta, Margaret. Potrebbero non essere altro che capelli di un prozio di *lui*.»

«Ma no, davvero, Elinor, sono di Marianne. Ne sono sicura perché l'ho visto mentre li tagliava. Ieri sera dopo il tè, quando tu e la mamma eravate uscite dal salottino, parlavano tra loro bisbigliando fitto fitto, e sembrava che lui la pregasse di qualcosa, e tutt'a un tratto ha preso le forbici di Marianne e le ha tagliato un lungo ricciolo, perché lei si era sciolti i capelli sulle spalle; poi lo ha baciato e lo ha avvolto in un foglio di carta bianca, e se l'è messo nell'agendina.»

A questi particolari, riportati con tanta autorità, Elinor non poté non dare credito; né era disposta a ritenerli infondati, dato che la circostanza si accordava perfettamente con quel che lei stessa aveva più volte sentito e visto.

La sagacia di Margaret non trovava sempre espressione in modo altrettanto soddisfacente per sua sorella. Quando la signora Jennings l'attaccò, una sera, perché dicesse il nome del giovanotto preferito da Elinor, che da molto tempo era per lei motivo di grande curiosità, Margaret rispose, guardando sua sorella: «Non lo devo dire, non è così, Elinor?».

Questo, naturalmente, fece ridere tutti, e anche Elinor cercò di ridere, ma lo sforzo le risultò penoso. Era certa che Margaret avesse in mente una persona il cui nome non avrebbe mai voluto, lei così composta, esporre alle battute della signora Jennings.

Marianne stava sinceramente dalla sua parte; ma fece più male che bene alla causa, perché arrossì completamente, e disse con stizza a Margaret:

«Ricordati, quali che siano le congetture che hai fatto, non hai alcun diritto di riferirle».

«Ma non ho mai fatto congetture in proposito», ribatté Margaret. «Sei stata proprio tu a dirmelo!»

Questo aumentò l'allegria della comitiva, e Margaret venne incitata da tutte le parti a dire qualcosa di più.

«Oh, vi prego, signorina Margaret, raccontateci tutto!», esclamò la signora Jennings. «Come si chiama il signore in questione?»

«Non posso dirlo, signora. Però so benissimo chi è, e anche dove si trova.»

«Sì, sì, possiamo immaginare dove si trova: a casa sua a Norland, non c'è dubbio. Oserei dire che è il curato della parrocchia.»

«No, non è il curato. Non ha alcuna professione.»

«Margaret», disse Marianne con gran fervore, «sai benissimo che tutto questo è una tua invenzione, e che la persona di cui parli non esiste.»

«Ebbene, Marianne, allora è morta da poco, perché sono sicura che una volta c'era, e il suo nome comincia con una F.»

Elinor si sentì molto riconoscente verso Lady Middleton, che in quel momento osservò che «pioveva a dirotto», anche se era certa che quell'intervento non dipendeva tanto da un riguardo verso di lei quanto dalla grande antipatia della signora per la volgarità degli argomenti delle battute che costituivano la delizia di suo marito e di sua madre. A ogni modo, il nuovo argomento fu prontamente raccolto dal Colonnello Brandon, sempre attento ai sentimenti altrui; e andarono avanti entrambi a parlare della pioggia. Willoughby aprì il pianoforte e chiese a Marianne di sedersi allo strumento; e così, grazie a tutti quegli sforzi congiunti per farlo cadere, l'argomento venne abbandonato. Ma a Elinor non fu facile riprendersi dallo spavento in cui era stata gettata.

Quella sera stessa fu combinata una riunione per andare, il giorno successivo, a vedere un bellissimo posto a una quindicina di miglia da Barton, che apparteneva a un cognato del Colonnello Brandon, senza il cui intervento non si poteva visitare, perché il proprietario, che in quel periodo era all'estero, aveva lasciato ordini molto precisi in proposito. Si diceva che il parco e i giardini fossero molto belli, e Sir John, che li raccomandava con molto calore, poteva dirsi buon giudice, giacché negli ultimi dieci anni aveva combinato, per andarli a visitare, almeno due escursioni ogni estate. Contenevano una elegante distesa d'acqua; andare in barca avrebbe dunque costituito gran parte del divertimento della mattinata; si sarebbero consumati cibi freddi e sarebbero state impiegate solo carrozze aperte, tutto secondo il consueto stile di una gita di piacere.

Solo a qualcuno della comitiva l'impresa pareva piuttosto rischiosa, per via della stagione e del fatto che da due settimane pioveva ogni giorno; e la signora Dashwood, che aveva già preso un raffreddore, fu convinta da Elinor a restare a casa.

Capitolo tredicesimo

La gita a Whitehall che avevano progettato risultò molto diversa da quel che Elinor si aspettava. Era rassegnata a dover tornare a casa fradicia, esausta e depressa; ma le cose andarono anche peggio, perché non riuscirono nemmeno a partire.

Alle dieci tutta la compagnia era riunita a Barton Park per fare colazione. Nonostante fosse piovuto tutta la notte, la mattina era piuttosto favorevole, dato che le nuvole si disperdevano in cielo e spesso si affacciava il sole. Tutti erano pieni di entusiasmo e di buon umore, ansiosi di divertirsi e decisi a farsi carico di tutti i disagi e tutte le fatiche immaginabili pur di riuscire a farlo.

Mentre facevano colazione, furono portate delle lettere. Fra le altre, ce n'era una per il Colonnello Brandon; lui la prese, guardò da dove veniva, impallidì e uscì immediatamente dalla stanza.

«Cosa è successo a Brandon?», chiese Sir John.

Nessuno seppe cosa rispondere.

«Spero non abbia ricevuto cattive notizie», disse Lady Middleton. «Dev'essere qualcosa di straordinario, per obbligare il Colonnello ad abbandonare la mia tavola così all'improvviso.»

Cinque minuti dopo il Colonnello ricomparve.

«Forse avete avuto qualche brutta notizia, Colonnello?», disse la signora Jennings, appena entrò nella stanza.

«No, signora, grazie.»

«Viene da Avignone, la lettera? Spero non dica che vostra sorella è peggiorata.»

«No, signora, viene da Londra, ed è solo una lettera d'affari.»

«Ma allora, come mai la calligrafia vi ha tanto sconvolto, se si tratta solo di una lettera d'affari? Via, via, da bravo, Colonnello; diteci la verità.»

«Signora madre», disse Lady Middleton, «state più attenta a come vi esprimete.»

«Forse è l'annuncio che vostra cugina Fanny si è sposata?», disse la signora Jennings senza far caso al rimbrotto della figlia.

«No, davvero non si tratta di questo.»

«Ebbene, allora so chi è a scrivervi, Colonnello. E spero stia bene.»

«Di chi parlate, signora?», chiese lui, arrossendo un poco.

«Oh, sapete benissimo di chi sto parlando.»

«Mi dispiace molto, signora», continuò il Colonnello rivolgendosi a Lady Middleton, «di aver ricevuto questa lettera proprio oggi, perché si tratta di un affare che richiede la mia immediata presenza in città.»

«In città!», esclamò la signora Jennings. «E cosa potete avere da fare in città in questa stagione?»

«Mi dispiace enormemente di dover abbandonare una così simpatica compagnia», continuò lui, «tanto più perché so che la mia presenza è necessaria per farvi ricevere a Whitehall.»

Che colpo fu, per tutti loro!

«Ma se scriveste un biglietto al custode, signor Brandon», intervenne con ansia Marianne, «non sarebbe sufficiente?»

Lui scosse il capo.

«Ma dobbiamo andarci», dichiarò Sir John. «Non è possibile rimandare, adesso che siamo già belli e pronti. Non andrete in città fino a domani, Brandon, ecco tutto.»

«Vorrei tanto che la cosa si potesse sistemare così facilmente, ma non posso proprio rimandare il viaggio nemmeno di un giorno!»

«Se ci permetteste di sapere di cosa si tratta», suggerì la signora Jennings, «potremmo vedere se può essere rimandata o no.»

«Se spostaste la partenza a dopo il nostro ritorno», disse Willoughby, «non perdereste nemmeno sei ore.»

«Non mi è consentito perdere nemmeno mezz'ora.»

Allora Elinor sentì che Willoughby bisbigliava a Marianne: «Ci sono certe persone che non riescono a tollerare una gita di piacere. Brandon è tra queste. Avrà paura di prendere freddo, scommetto, e ha escogitato il trucco per togliersi d'impaccio. Ci scommetterei cinquanta ghinee che la lettera se l'è scritta da solo».

«Non ne dubito», rispose Marianne.

«Una volta che avete preso una decisione, Brandon», disse Sir John, «è impossibile persuadervi a cambiare idea, lo so da molto tempo. Spero però che ci ripenserete. Considerate che ci sono le due signorine Carey, che sono venute da Newton, le tre signorine Dashwood che hanno fatto tutta la strada dal villino, e il signor Willoughby, che si è alzato due ore prima del solito proprio per andare a Whitehall.»

Il Colonnello Brandon espresse di nuovo il suo vivo dispiacere per essere causa di delusione alla comitiva, ma allo stesso tempo dichiarò che la partenza era inevitabile.

«Beh, allora, quando tornerete?»

«Spero di rivedervi a Barton», disse Lady Middleton, «appena sarete in grado di ripartire dalla città; rimanderemo la gita a Whitehall fino al vostro ritorno.»

«Vi sono molto obbligato, ma la data del mio ritorno è così incerta che non oso impegnarmi in alcun modo.»

«Oh, dovrà tornare, e tornerà», strillò Sir John. «Se non sarà qui alla fine della settimana, andrò io a prenderlo!»

«Sì, bravo Sir John», esclamò la signora Jennings, «così forse riusciremo a scoprire di cosa si tratta!»

«Non voglio ficcare il naso negli affari degli altri. Immagino che sia qualcosa di cui si vergogna.»

Fu annunciato l'arrivo dei cavalli del Colonnello.

«Non andrete fino in città a cavallo, no?», domandò Sir John.

«No... solo fino a Honiton. Da lì prenderò la diligenza.»

«Ebbene, se siete proprio deciso ad andarvene, non posso far altro che augurarvi buon viaggio. Ma fareste meglio a cambiare idea.»

«Vi assicuro che non è possibile.»

Poi il Colonnello si congedò da tutta la comitiva.

«Ci sarà la possibilità di vedere voi e le vostre sorelle in città quest'inverno, signorina Dashwood?»

«Temo proprio di no.»

«Allora devo dirvi addio per un tempo più lungo di quanto non vorrei.»

Davanti a Marianne si limitò a inchinarsi senza dir niente.

«Avanti, Colonnello», insistette la signora Jennings, «prima di andar via diteci perché ve ne andate.»

Lui le augurò il buon giorno e uscì, accompagnato da Sir John.

Proteste e lamentele, fino a quel momento trattenute dalla cortesia, proruppero da tutte le parti; e tutti, d'amore e d'accordo, dissero e ripeterono che era davvero seccante essere delusi così.

«Io, però, posso immaginarlo benissimo di quali affari si tratta», disse la signora Jennings, esultante.

«Davvero, signora?», esclamarono quasi tutti.

«Sì. Si tratta della signorina Williams, ne sono certa!»

«E chi è la signorina Williams?», chiese Marianne.

«Come! Non sapete chi è la signorina Williams? Credevo che ne aveste già sentito parlare. È una parente del Colonnello, mia cara, una parente molto stretta. Non dirò quanto, per non scandalizzare le signorine.» Quindi, abbassando la voce, disse a Elinor: «È la sua figlia naturale».

«Davvero!»

«Oh sì! Ed è in tutto e per tutto il suo ritratto. Scommetto che il Colonnello le lascerà tutto quello che ha.»

Quando rientrò, Sir John si unì di tutto cuore al generale rammarico per quel disgraziato contrattempo; e concluse dichiarando che, visto che ormai si erano riuniti, dovevano fare qualcosa per divertirsi; e dopo alcune consultazioni decisero che, per quanto ci si potesse divertire soltanto a Whitehall, potevano consolarsi facendo una bella gita in carrozza per la campagna. Furono ordinate le vetture; quella di Willoughby arrivò per prima, e quando ci salì, Marianne parve toccare il sommo della felicità. Attraversarono velocemente il parco e ben presto scomparvero agli occhi di tutti; e nessuno più li vide fino al ritorno, che avvenne solo dopo quello degli altri. Sembravano tutt'e due entusiasti della passeggiata, ma dissero solo, senza riportare alcun particolare, che si erano tenuti sui sentieri, invece di salire sulle colline.

Decisero che la sera avrebbero ballato, e che sarebbero stati allegri più che mai per tutto il giorno. Altri componenti della famiglia Carey arrivarono per pranzo, ed ebbero la soddisfazione di sedere a tavola quasi in venti, cosa che Sir John osservò con gran piacere. Willoughby prese posto, come di consueto, tra le due maggiori delle Dashwood. La signora Jennings sedeva a destra di Elinor, e si erano appena sistemati quando lei si protese dietro le spalle di questa e di Willoughby per dire a Marianne, abbastanza forte perché tutt'e due sentissero: «Vi ho scoperti, in barba a tutti i vostri stratagemmi. So dove avete passato l'intera mattina».

Marianne arrossì e rispose con ansia: «E dove, di grazia?».

«Non sapevate», intervenne Willoughby, «che siamo stati in giro col mio calessino?»

«Sì, sì, signor faccia tosta, lo sapevo benissimo, ed ero ben decisa a sapere anche dove eravate stati. Mi auguro che la sua casa vi sia piaciuta, signorina Marianne. È molto grande, questo so, e quando verrò a trovarvi spero che avrete provveduto a un nuovo arredamento, perché ne aveva un gran bisogno quando l'ho vista sei anni fa.»

Marianne si girò tutta confusa. La signora Jennings rise di gusto, ed Elinor capì che, essendo decisa a sapere dove erano stati, aveva fatto interrogare dalla sua cameriera lo stalliere di Willoughby, e con quel sistema aveva saputo che erano andati ad Allenham, e avevano trascorso parecchio tempo a passeggiare per i giardini e a visitare per intero la casa.

Elinor non riusciva a crederci, perché le sembrava molto improbabile sia che Willoughby potesse aver proposto a Marianne di entrare nella casa mentre c'era la signora Smith, che lei non conosceva affatto, sia che Marianne avesse potuto acconsentire.

Appena uscirono dalla sala da pranzo le fece delle domande in proposito; e grande fu la sua sorpresa quando scoprì che quello che aveva detto la signora Jennings era del tutto vero. Marianne, anzi, si innervosì per i suoi dubbi.

«Perché dovresti credere, Elinor, che non dovessimo andare a visitare la casa? Non lo hai desiderato anche tu, tante volte?»

«Sì, Marianne, ma io non ci andrei mentre lì c'è la signora Smith, e poi da sola col signor Willoughby.»

«Eppure il signor Willoughby è la sola persona che abbia il diritto di far vedere quella casa; e dato che eravamo in un calessino, era impossibile farci accompagnare da qualcun altro. Non ho mai passato una mattina più bella in vita mia.»

«Ho paura», rispose Elinor, «che non sempre il fatto che una cosa sia piacevole basti a provarne l'opportunità.»

«Al contrario, ne è la prova migliore, Elinor; se ci fosse stato qualcosa di davvero sconveniente in quel che ho fatto, me ne sarei accorta subito, perché quando facciamo qualcosa di male lo sappiamo sempre, e con tale consapevolezza non avrei potuto provare alcun piacere.»

«Ma mia cara Marianne, non cominci a dubitare della discrezione della tua condotta, visto che ti ha già esposto a delle osservazioni molto pungenti?»

«Se le osservazioni impertinenti della signora Jennings sono la prova di un comportamento sconveniente, allora tutti ci comportiamo in modo sconveniente, in ogni momento della vita! Non bado affatto né alle sue critiche né alla sua approvazione. Non mi pare di aver fatto nulla di male passeggiando nel parco della signora Smith, o visitando la casa. Un giorno, sarà tutto del signor Willoughby, e...»

«Se anche un giorno dovesse essere tuo, Marianne, non saresti giustificata per quello che hai fatto.»

Lei arrossì a quell'allusione, che peraltro la lusingava visibilmente; e dopo essere rimasta pensosa per una decina di minuti, tornò ad avvicinarsi a sua sorella e disse allegramente: «Forse, Elinor, è stato alquanto imprudente, da parte mia, andare ad Allenham; ma il signor Willoughby desiderava tanto farmela vedere, ed è una bella casa, te lo garantisco! Al piano di sopra c'è un salotto delizioso, proprio della grandezza giusta per l'uso quotidiano, e con dei mobili moderni sarebbe delizioso. È una stanza d'angolo, e ha le finestre su due lati. Da una parte si vede, attraverso il campo di bocce dietro la casa, un bosco splendido; l'altra si affaccia sulla chiesa del villaggio e, più oltre, su quelle belle e slanciate colline che abbiamo ammirato tante volte. Non l'ho vista nelle condizioni migliori, perché l'arredamento è più malconcio di quel che si possa immaginare... ma se fosse rimessa in sesto... un paio di centinaia di sterline, dice Willoughby, basterebbero a farne una delle stanze di soggiorno estive più attraenti di tutta l'Inghilterra».

Se Elinor avesse potuto ascoltarla senza essere interrotta dagli altri, Marianne le avrebbe descritto con altrettanto entusiasmo tutte le stanze della casa.

Capitolo quattordicesimo

La brusca conclusione del soggiorno del Colonnello Brandon alla villa, e la sua fermezza nel nascondere la ragione, riempì per due o tre giorni i pensieri della signora Jennings, suscitando le più disparate illazioni; era infatti famosa per le sue supposizioni, come lo sono tutti quanti quelli che sentono un vivo interesse per i movimenti delle persone di loro conoscenza. Si domandava senza posa quale potesse esserne la ragione; si sentiva sicura che fosse giunta una cattiva notizia, e passava in rassegna tutte le disgrazie che potevano essere successe all'amico assente, più che decisa a non risparmiargliene nessuna.

«Doveva trattarsi di qualcosa di veramente triste», diceva, «gliel'ho letto in faccia. Pover'uomo! Ho paura che si trovi in cattive acque. La proprietà di Delaford non è mai stata valutata più di duemila all'anno, e suo fratello aveva lasciato un gran disordine. Credo sia stato chiamato per problemi di denaro, perché di che altro può trattarsi? Chissà se è proprio questo. Non so cosa darei per conoscere la verità. Ma forse invece si tratta della signorina Williams... e a ben pensarci direi che è proprio così, perché sembrava colpito quando l'ho menzionata. Forse è ammalata, in città; niente di più probabile, visto che ho sentito dire che è sempre piuttosto cagionevole. Ci scommetterei che è a causa della signorina Williams. Non è probabile che sia preoccupato per la sua situazione finanziaria proprio adesso, perché è un uomo molto prudente, e di sicuro avrà ormai liberato la proprietà dalle ipoteche. Mi chiedo di cosa si possa trattare! Forse sua sorella, ad Avignone, è peggiorata, e lo ha mandato a chiamare. Il fatto che sia scappato via così in fretta e furia farebbe pensare a una cosa del genere. Ebbene, gli auguro di tutto cuore di riuscire a togliersi dai guai e di guadagnarsi anche, alla fin fine, una buona moglie.»

Così fantasticava, così chiacchierava la signora Jennings, cambiando parere a ogni nuova illazione, e ognuna di esse, a mano a mano che si presentava, sembrava ugualmente probabile. Elinor, pur provando un sincero interesse per la tranquillità del Colonnello Brandon, non poteva trovare nella sua improvvisa partenza tutto l'interesse che pretendeva da lei la signora Jennings; a parte il fatto che a suo parere la circostanza non giustificava uno sconcerto così prolungato e tanta varietà di ipotesi, aveva ben altro a cui pensare, e più precisamente allo straordinario silenzio di sua sorella e di Willoughby sull'argomento che, come non potevano non sapere, era di tanto interesse per tutte quante loro. Quel silenzio continuava, e ogni giorno lo faceva sembrare più bizzarro e incompatibile con il temperamento di entrambi. Elinor non riusciva proprio a capire perché mai non dichiarassero apertamente a sua madre e a lei quello che, come il loro comportamento reciproco dimostrava, aveva effettivamente avuto luogo.

Poteva facilmente accettare che un matrimonio immediato non fosse possibile, perché, quantunque Willoughby fosse finanziariamente indipendente, nulla consentiva di ritenerlo ricco. La rendita della sua proprietà a Combe Magna era stata valutata da Sir John a cinque o seicento sterline all'anno; ma lui conduceva una vita assai dispendiosa, cosicché quella cifra era certamente inadeguata, e d'altra parte si lamentava spesso della sua povertà. Del resto, lei non riusciva a trovare alcuna spiegazione per quella strana segretezza, che in realtà non nascondeva nulla, in merito al loro fidanzamento; e questo era tanto in contrasto con tutte le loro opinioni e il loro modo di comportarsi che talvolta nella sua mente si insinuava il dubbio che fossero veramente fidanzati; e un tale dubbio bastava a trattenerla dal rivolgere a Marianne qualsiasi domanda.

Non c'era nulla che potesse indicare un vivo affetto per loro più del comportamento di Willoughby. Per Marianne aveva tutta la tenerezza tipica dell'innamorato, e per il resto della famiglia l'affettuosa considerazione di un figlio e di un fratello. Pareva che il villino fosse la sua vera casa, e lui lo amasse proprio come tale; ci trascorreva molte più ore che ad Allenham; e se non si incontravano tutti quanti a Barton Park, era quasi certo che la sua passeggiata mattutina lo avrebbe portato a trascorrere il resto della giornata accanto a Marianne, col suo amato pointer accucciato ai piedi di lei.

Una sera in particolare, circa una settimana dopo la partenza del Colonnello Brandon, il suo cuore sembrò più che mai aperto all'affetto per tutti gli oggetti che lo circondavano; e quando la signora Dashwood accennò casualmente al progetto di abbellire il villino a primavera, si oppose con calore a qualsiasi trasformazione di un luogo che l'amore rendeva perfetto ai suoi occhi.

«Che!», esclamò. «Abbellire questo caro villino! Ah, no. A una cosa del genere non acconsentirò mai. Non una pietra sarà aggiunta alle sue mura, non un centimetro alle sue dimensioni, se si prenderanno in considerazione i miei sentimenti.»

«Non abbiate paura», disse Elinor, «non si farà nulla del genere, perché mia madre non avrà mai il denaro necessario per provarci.»

«Ne sono proprio felice», esclamò lui. «Possa essere sempre povera, se non può impiegare meglio le sue ricchezze.»

«Grazie, Willoughby. Ma state pur sicuro che non sacrificherei il vostro attaccamento a questo luogo, e neppure quello di qualsiasi altra persona a me cara, per qualsivoglia miglioria. Contate pure sul fatto che qualunque sia la somma di cui potrò ancora disporre quando farò i conti a primavera, la lascerei in disparte inutilizzata, piuttosto che disporne in modo da arrecarvi tanta pena. Ma davvero siete così attaccato a questo angoletto da non vederci alcun difetto?»

«Sì», fu la risposta. «Per me, è privo di qualsiasi difetto. Anzi, di più, lo ritengo il solo tipo di edificio in cui si possa raggiungere la felicità, e se fossi abbastanza ricco, butterei giù immediatamente Combe Magna e lo ricostruirei in tutto e per tutto secondo il piano di questo villino.»

«Con una scala stretta e buia, e la cucina che fa fumo, immagino», disse Elinor.

«Sì», esclamò lui con lo stesso fervore, «non ci sarebbe nessun cambiamento percepibile, né nei vantaggi né negli svantaggi. Allora, e solo allora, sotto un simile tetto, a Combe potrei forse esser felice come lo sono stato a Barton.»

«Spero», ribatté Elinor, «che nonostante lo svantaggio di avere stanze più belle e una scala più ampia, troverete la vostra casa impeccabile come adesso trovate impeccabile questa.»

«Certo», riprese Willoughby, «ci sono circostanze che me la rendono assai cara; ma questo posto avrà sempre un diritto esclusivo al mio affetto, che nessun altro luogo potrà mai condividere.»

La signora Dashwood guardò con piacere Marianne, i cui begli occhi fissavano Willoughby con tanta intensità da denotare chiaramente quanto bene lo capiva.

«Quanto spesso ho desiderato», aggiunse lui, «quando stavo ad Allenham un anno fa, che il villino di Barton fosse abitato! Non mi capitava mai di passarci davanti senza ammirare la sua posizione e senza rammaricarmi che non ci vivesse nessuno. Non pensavo davvero, allora, che la prima notizia ricevuta dalla signora Smith appena arrivato in campagna sarebbe stata che il villino era stato affittato; e per questo fatto ho provato un senso immediato di soddisfazione e di interesse, che solo una premonizione della felicità che avrei goduto potrebbe spiegare. Non doveva forse essere così, Marianne?», le sussurrò. Poi, riprendendo il solito tono di voce, continuò: «E questa casa, voi la vorreste rovinare, signora Dashwood? Le togliereste la sua semplicità, credendo di abbellirla! E questo caro salotto in cui è iniziata la nostra amicizia, in cui abbiamo trascorso tutti insieme tante ore felici, vorreste degradarlo allo stato di un banale ingresso, così che tutti vadano avanti e indietro per la stanza, più intima e più bella di quanto non possa essere alcuna altra stanza, anche se avesse le dimensioni più grandiose del mondo!».

La signora Dashwood lo assicurò nuovamente che non avrebbe mai tentato una simile alterazione.

«Siete molto buona», rispose lui con calore. «La vostra promessa è per me un sollievo. Insistete ancora un poco, e mi renderete felice. Ditemi che non solo la vostra casa resterà sempre la stessa, ma che troverò sempre voi e i vostri inalterati come la vostra dimora; e che penserete sempre a me con la gentilezza che mi ha resa così cara ognuna delle cose che vi appartengono.»

La promessa fu subito elargita, e il comportamento di Willoughby, durante tutta la serata, continuò a rendere palese il suo affetto e la sua felicità.

«Vi vedremo domani sera a cena?», chiese la signora Dashwood quando prese congedo. «Non vi chiedo di venire la mattina, perché dobbiamo andare alla villa a far visita a Lady Middleton.»

E lui si impegnò a essere da loro alle quattro.

Capitolo quindicesimo

La visita della signora Dashwood a Lady Middleton ebbe luogo il giorno successivo, e due delle figlie l'accompagnarono; Marianne si scusò, col pretesto di qualche lavoretto da sbrigare, e la madre, deducendo che la sera precedente Willoughby avesse promesso di andarla a visitare durante la loro assenza, fu pronta a consentirle di rimanere a casa.

Al ritorno da Burton Park trovarono il calessino e il domestico di Willoughby in attesa davanti al villino, e la signora Dashwood si convinse che la sua congettura non era sbagliata. Fino a quel punto, tutto andava come previsto; ma entrando in casa vide qualcosa che non poteva attendersi di vedere. Appena furono nel corridoio, Marianne si precipitò fuori del salotto con tutti i segni di un forte dispiacere e il fazzoletto premuto sugli occhi e, senza far caso a loro, corse su per le scale. Sorprese e allarmate, entrarono direttamente nella stanza da cui la ragazza era appena uscita, e ci trovarono solo Willoughby che, appoggiato al caminetto, volgeva loro le spalle. Al loro ingresso lui si volse, e l'espressione del suo volto dimostrò quanto vivamente condividesse l'emozione di Marianne.

«Cosa è successo a mia figlia?», esclamò la signora Dashwood entrando, «si sente male?»

«Spero di no», rispose lui, cercando di sembrare allegro; e con un sorriso forzato subito aggiunse: «Sono io, piuttosto, che dovrei sentirmi male... a causa di una terribile delusione!».

«Delusione?»

«Sì, perché non sono in grado di mantenere l'impegno che ho preso con voi. Stamattina la signora Smith ha esercitato il privilegio dei ricchi su un povero dipendente, spedendomi a Londra per affari. Ho ricevuto proprio adesso i dettagli dell'incarico, e mi sono congedato da Allenham; e per colmo dell'allegria sono venuto a prendere congedo da voi.»

«A Londra!... E ci andate stamattina?»

«Praticamente adesso.»

«Ma che peccato. Ma bisogna far contenta la signora Smith... Comunque spero che i suoi affari non vi terranno a lungo lontano da noi.»

Lui arrossì mentre rispondeva: «Voi siete molto buona, ma non credo potrò tornare subito nel Devonshire. Le mie visite alla signora Smith non si ripetono mai nel corso dell'anno».

«E la signora Smith è la vostra sola amica? Allenham è la sola casa dei dintorni in cui vi sentite il benvenuto? Vergogna, Willoughby! Avete bisogno di un invito per venire qui?»

Lui arrossì ancor più, e con gli occhi fissi al suolo si limitò a ripetere: «Siete troppo buona».

La signora Dashwood guardò Elinor, sorpresa; ma anche Elinor era sbigottita. Per qualche minuto tutti tacquero. La prima a parlare fu la signora Dashwood.

«Non mi rimane che aggiungere, caro Willoughby, che al villino di Barton sarete sempre il benvenuto; non insisterò perché torniate presto, perché voi solo potete giudicare quanto ciò possa risultare gradito alla signora Smith; e su questo punto non sono disposta a dubitare del vostro giudizio, né a sospettare della vostra inclinazione.»

«I miei impegni, in questo momento...», balbettò il giovane, confusamente, «sono di natura tale che... non posso farmi illusioni...»

Tacque. La signora Dashwood era troppo sbalordita per parlare, e seguì un'altra pausa. Questa volta fu rotta da Willoughby, che disse, con un pallido sorriso: «È una follia indugiare in questo modo. Non voglio tormentarmi più a lungo trattenendomi fra amici di cui per adesso non posso godere la compagnia».

Poi si congedò in fretta da tutte loro e uscì dalla stanza. Lo videro salire in vettura, e in un attimo scomparve dalla vista.

La signora Dashwood era troppo emozionata per parlare, e uscì subito dal salotto, per sfogare in solitudine la preoccupazione e il dispiacere causati da quella partenza improvvisa.

L'inquietudine di Elinor non era inferiore a quella di sua madre. Rifletteva su quanto era accaduto con ansia e con sospetto. Il comportamento di Willoughby nel prendere congedo, il suo imbarazzo, la sua forzata allegria e soprattutto la riluttanza ad accettare l'invito della signora Dashwood, quella riservatezza così insolita in un innamorato, e così insolita in lui, la rendevano profondamente inquieta. Un momento temeva che da parte del loro amico non ci fossero mai state intenzioni serie, e il momento successivo che fra lui e sua sorella avesse avuto luogo qualche malaugurata lite; l'angoscia con cui Marianne aveva abbandonato la stanza era tale da giustificare l'idea di un litigio serio, anche se, pensando a quanto lo amava, sembrava quasi impossibile che ci fosse stata una lite.

Eppure, quali che fossero i particolari della loro separazione, la sofferenza di sua sorella non poteva essere messa in dubbio, e lei pensava con tenerissima compassione alla violenta sofferenza a cui, con tutta probabilità, la poveretta si stava abbandonando, non tanto per trarre sollievo da quello sfogo, quanto per nutrire e incoraggiare quel dolore come un suo dovere.

Nel giro di circa mezzora sua madre ritornò nella stanza; aveva gli occhi rossi, ma la sua espressione non era affatto abbattuta.

«Il nostro caro Willoughby ormai è lontano da Barton di parecchie miglia», disse, sedendo al suo lavoro, «e chi sa con che cuore pesante sta viaggiando!»

«È tutto molto strano. Dover partire così, all'improvviso! Sembra che sia stata questione di un momento. Non è stato con noi solo ieri sera, così felice, così allegro, così affettuoso? E adesso ci avverte dieci minuti prima... e scompare senza alcuna intenzione di ritornare! Di certo deve essere successo qualcosa di più di quello che ci ha comunicato. Non parlava, non si comportava come al solito. Avrete notato la differenza anche voi. Cosa sarà successo? Avranno litigato? Altrimenti, perché tanta riluttanza ad accettare il vostro invito?»

«Non gli mancava l'inclinazione, Elinor! Questo lo vedevo chiaramente. Ma non poteva accettare. Ho ripensato a tutto, te lo assicuro, e ora posso spiegarmi perfettamente quello che all'inizio pareva strano anche a me.»

«Davvero potete spiegarlo?»

«Sì. Me lo sono spiegato nel modo più soddisfacente... ma per te, Elinor, che sei sempre pronta a dubitare, per te non lo sarà altrettanto, lo so; eppure non riuscirai a dirmi nulla che possa scuotere la mia fiducia. Sono convinta che la signora Smith sospetti il suo attaccamento per Marianne, lo disapprovi (forse perché ha per lui altri progetti), e per questo sia ansiosa di allontanarlo... e che l'affare per il quale lo manda a Londra non sia che una scusa. Credo sia avvenuto proprio questo. Per di più, sapendo che lei disapprova la relazione, lui non osa confessarle subito il suo fidanzamento con Marianne, e si sente costretto, vista la sua situazione di dipendenza, ad assecondarla nei suoi progetti, allontanandosi per un po' di tempo dal Devonshire. So che tu mi dirai che può essere così, come può anche essere qualcos'altro; ma io non starò a sentire cavilli, a meno che tu non sappia offrirmi un'altra spiegazione, che sia altrettanto soddisfacente, di questa vicenda. Dunque, Elinor, cosa hai da dire?»

«Nulla, mamma, visto che avete anticipato la mia risposta.»

«Dunque mi avresti detto che può essere così come può anche essere qualcos'altro. Oh, Elinor, come sono incomprensibili i tuoi sentimenti! Preferisci pensare sempre al male, piuttosto che al bene. Preferisci prevedere dolore per Marianne e colpa per il povero Willoughby, anziché riconoscere di avere sbagliato a proposito di quest'ultimo. Sei pronta a crederlo colpevole, perché si è allontanato da noi con meno affetto del solito. E non c'è nulla che si possa perdonare, attribuendolo all'imprevisto e alla depressione dello spirito per un dispiacere tanto recente? Non si può accettare nessuna probabilità, solo perché non è una certezza? Non c'è nulla di dovuto all'uomo che tutte abbiamo mille ragioni per avere caro e nessuna ragione per sospettare? Alla possibilità che ci siano motivi in se stessi irrefutabili, anche se per un certo tempo inevitabilmente segreti? E, dopo tutto, di cosa lo sospetti?»

«Non saprei dirvelo... Ma il sospetto di qualcosa di spiacevole è la conseguenza inevitabile della trasformazione di cui poco fa sono stata testimone insieme a voi. C'è molto di vero, però, nella vostra perorazione sulle concessioni che vanno fatte, e desidero essere sempre onesta nei miei giudizi. Indubbiamente Willoughby può avere ragioni sufficienti per il suo comportamento, e voglio sperare che le abbia; ma sarebbe stato molto meglio comunicarcele subito. Può darsi che sia opportuna la segretezza; e tuttavia non posso fare a meno di meravigliarmi che venga praticata proprio da lui.»

«Non lo si può biasimare, però, per aver abbandonato il suo solito modo di fare, se era necessario farlo. Ma davvero ammetti che quanto ho detto in sua difesa è giusto? Allora ne sono felice, perché è assolto.»

«Non del tutto. Può darsi che sia opportuno nascondere il loro fidanzamento (se poi sono fidanzati) alla signora Smith, e in tal caso sarà meglio che Willoughby si faccia vedere ben poco dalle nostre parti; ma questa non è una scusa per nasconderlo a noi.»

«Nasconderlo a noi! Ma, mia cara bambina, vuoi davvero accusare Marianne e Willoughby di sotterfugi? Questo è strano davvero, visto che i tuoi sguardi li rimproveravano tutti i giorni per la loro scarsa cautela.»

«Non ho bisogno di prove del fatto che si amano», disse Elinor, «ma del loro fidanzamento sì.»

«Io sono del tutto sicura dell'una e dell'altra cosa.»

«Eppure non vi è stata detta nemmeno una sillaba in proposito, da nessuno di loro due.»

«Non mi era necessaria nemmeno una sillaba, visto che gli atti parlano con tanta chiarezza. Il suo comportamento verso Marianne e tutti noi, in particolar modo negli ultimi quindici giorni, non dichiarava forse che la amava e la considerava la sua futura moglie, e che per noi sentiva l'affetto di un figlio e di un fratello? Non ci siamo forse capiti perfettamente a vicenda? Il mio consenso non è stato forse richiesto ogni giorno dai suoi sguardi, dalle sue maniere, dalle sue premure, dal suo affettuoso rispetto? Cara Elinor, come si può dubitare del loro fidanzamento? Come ti è potuto venire un pensiero del genere? Come si può supporre che Willoughby, convinto come certamente è dell'amore di tua sorella, la abbandoni, e forse per molti mesi, senza averle dichiarato il suo affetto... che si siano separati senza un reciproco scambio di fiducia?»

«Confesso», rispose Elinor, «che tutte le circostanze, eccetto una, sono in favore del loro fidanzamento; quell'una è il totale silenzio di entrambi in proposito, e per me esso ha più peso di tutte le altre.»

«Che strano! Devi esserti fatta davvero una brutta opinione di Willoughby se puoi dubitare ancora, dopo tutto quello che c'è stato apertamente fra loro! Secondo te, quindi, per tutto questo tempo lui ha recitato una parte con tua sorella? Credi che lei gli sia completamente indifferente?»

«No, questo non lo posso pensare. Certo che deve amarla, e l'ama, ne sono certa.»

«Ma questo suo amore sarebbe davvero molto strano, se come tu pensi potesse lasciarla con tanta facilità, con tanta indifferenza al futuro!»

«Penserete, cara mamma, che non ho mai dato la cosa per certa. Ho avuto i miei dubbi, lo confesso; ma ora sono più deboli di prima, e forse presto scompariranno del tutto. Se scopriremo che si scrivono, ogni mia paura verrà a cadere.»

«Davvero una bella concessione! Se li vedessi all'altare, supporresti che siano sul punto di sposarsi, non è così? Oh, come sei dura! Io invece non ho bisogno di prove. A mio parere, non è avvenuto niente che giustifichi il dubbio, non è stato messo in atto nessun sotterfugio; tutto è stato sempre alla luce del sole e spontaneo. Dei desideri di tua sorella, non puoi dubitare; perciò, non può essere che Willoughby a destare i tuoi sospetti. Ma perché? Non è forse un uomo d'onore e di sentimento? C'è stato, da parte sua, qualche comportamento incongruo, tale da sollevare dei sospetti? È possibile che sia un imbroglione?»

«Spero di no, credo di no», esclamò Elinor. «Voglio bene a Willoughby, gli voglio bene sinceramente, e il sospetto della sua disonestà a me non può riuscire meno doloroso che a voi; è stato involontario, e non lo incoraggerò. Confesso che stamattina sono stata colpita dal cambiamento nelle sue maniere; parlava in modo diverso dal solito e ha accolto la vostra gentilezza senza nessuna cordialità. Tuttavia tutto ciò si può spiegare, se si ipotizza una situazione come quella che voi avete supposto. Si era appena separato da mia sorella, e l'aveva vista terribilmente addolorata; e se, per timore di offendere la signora Smith, si sentiva costretto a resistere alla tentazione di ritornare qui presto, pur comprendendo che declinando il vostro invito e dicendo che doveva allontanarsi per un certo tempo si trovava a recitare una parte innaturale e sospetta verso la nostra famiglia, allora è comprensibile che fosse imbarazzato e turbato. In tal caso una confessione semplice e spontanea delle sue difficoltà sarebbe stata più onorevole per lui, mi sembra, e più consona con il suo carattere; ma non voglio essere tanto gretta da sollevare obiezioni contro il comportamento di qualcuno solo per via di una differenza tra il mio e il suo modo di giudicare, o per una deviazione da quel che a me sembra giusto e coerente.»

«Quello che dici è giusto. Certo Willoughby non merita di essere sospettato. Lo conosciamo da poco tempo, ma da queste parti non è uno sconosciuto; e chi mai ha parlato male di lui? Se fosse stato in grado di fare a suo modo e di sposarsi immediatamente, sarebbe stato strano, da parte sua, lasciarci senza avermi confidato subito tutto; ma non è così. Si tratta di un fidanzamento che, sotto molti aspetti, non è iniziato in modo felice, perché il loro matrimonio sarà rimandato per chissà quanto tempo; e perfino i segreti, fintanto che possono essere mantenuti, risultano utili.»

Furono interrotte dall'ingresso di Margaret; Elinor fu dunque libera di riflettere sulle conclusioni di sua madre, di riconoscere che molte erano realistiche, e di sperare che fossero tutte giuste.

Non videro Marianne fino all'ora di pranzo, quando entrò nella stanza e prese il suo posto a tavola, senza dire una sola parola. Aveva gli occhi rossi e gonfi, e pareva trattenere a stento le lacrime. Evitava di guardarsi intorno, non poteva né mangiare né parlare, e quando, dopo un po', sua madre le strinse una mano con tenera compassione, la sua esigua riserva di forza si esaurì e, scoppiando in lacrime, uscì dalla stanza.

In tale stato di terribile abbattimento rimase tutta la sera. Non aveva alcuna possibilità di controllarsi, perché non voleva averla. Il minimo accenno a qualunque cosa che riguardasse Willoughby la sopraffaceva in un attimo; e quantunque sua madre e le sue sorelle fossero ansiosissime di evitarle ogni ulteriore pena, era impossibile che dicessero una parola senza toccare qualche argomento che ai suoi sentimenti suonava come un richiamo a lui.

Capitolo sedicesimo

Marianne si sarebbe ritenuta davvero imperdonabile se fosse riuscita a dormire, la prima notte dopo la separazione da Willoughby; si sarebbe vergognata, il mattino successivo, di guardare in faccia i suoi familiari, se non si fosse alzata dal letto più bisognosa di riposo di quanto non lo fosse stata quando si era coricata. Non c'era da temere, d'altra parte, che incorresse nel disonore di una simile compostezza. Rimase sveglia tutta la notte, piangendo quasi sempre; si alzò col mal di testa, non poteva parlare e non volle prendere alcun cibo, facendo preoccupare sua madre e le sorelle, e rifiutando qualsiasi tentativo di consolazione sia dall'una che dalle altre. La sua sensibilità era davvero grande!

Una volta terminata la colazione, uscì tutta sola e gironzolò per il villaggio di Allenham, lasciandosi andare, per la maggior parte della mattina, al ricordo delle gioie passate, e piangendo per la sua pena presente.

Anche la serata trascorse in un identico abbandono a quei sentimenti. Suonò di nuovo tutte le canzoni predilette da Willoughby, tutti i motivi che più spesso avevano cantato insieme, e rimase seduta dinanzi allo strumento fissando tutte le righe di musica che il giovane aveva scritto per lei, finché il suo cuore fu così pieno da non poter ricevere più nemmeno una goccia di tristezza; e il dolore fu alimentato in tal modo tutti i giorni. Passava ore e ore al pianoforte, alternando il canto e il pianto, finché le lacrime le soffocavano la voce. Anche sui libri, come nella musica, si lasciava andare al dolore che il contrasto fra il passato e il presente non poteva non svegliare; leggeva solo quello che erano abituati a leggere insieme.

Una sofferenza così violenta non poteva durare in eterno; in pochi giorni si ridusse a una più tranquilla malinconia; ma le solite occupazioni a cui ogni giorno si dedicava, le passeggiate solitarie e le silenziose meditazioni producevano di tanto in tanto esplosioni di dolore più intenso che mai.

Non arrivò alcuna lettera di Willoughby, e pareva che Marianne non se l'aspettasse. Sua madre era stupita, ed Elinor ricominciò a sentirsi inquieta. Ma la signora Dashwood, che quando voleva sapeva trovare spiegazioni per qualsiasi cosa, ne trovò una che la soddisfece.

«Pensa, Elinor», disse, «quanto spesso succede che Sir John ritiri lui stesso alla posta le nostre lettere per portarcele. Abbiamo già stabilito che la segretezza può essere opportuna, e dobbiamo riconoscere che non potrebbe essere mantenuta se la loro corrispondenza dovesse passare per le mani di Sir John.»

Elinor non poteva negare che ciò fosse esatto, e cercò di trovare nella situazione una ragione sufficiente a giustificare quel loro silenzio. Ma c'era un modo così semplice, così diretto, e a parer suo così opportuno per conoscere il vero stato delle cose ed eliminare in un momento ogni mistero, che non poté fare a meno di suggerirlo alla madre.

«Perché non domandate subito a Marianne», prese a dire, «se è fidanzata con Willoughby o no? Fatta da voi, che siete la sua mamma, e una mamma tanto buona e indulgente, la domanda non può suonare come un'offesa. Non sarebbe che la naturale conseguenza del vostro affetto. Marianne è sempre stata tutta spontaneità, specialmente con voi.»

«Non le chiederei una cosa simile per nulla al mondo! Supponiamo che non siano fidanzati, che dolore le infliggerei! Comunque, sarebbe assolutamente ingeneroso. Non meriterei più la sua confidenza, dopo averle estorta una confessione di qualcosa che senza dubbio, al momento presente, non deve essere rivelato a nessuno. Conosco il cuore di Marianne; so che mi ama teneramente e che non sarò l'ultima a cui la cosa sarà comunicata, quando le circostanze lo renderanno opportuno. Non rischierei mai di forzare la confidenza di qualcuno; di una figlia, poi, meno che mai, perché il senso del dovere le impedirebbe quel rifiuto che le viene imposto dai suoi desideri.»

Elinor pensò che tale generosità fosse eccessiva, considerando la giovinezza di sua sorella, e tornò a insistere, ma inutilmente; il più comune buon senso, la più normale prudenza, tutto affondava nella romantica delicatezza della signora Dashwood.

Passarono parecchi giorni prima che il nome di Willoughby fosse pronunciato da qualcuno della famiglia davanti a Marianne; Sir John e la signora Jennings, a dire il vero, non furono ugualmente discreti; le loro battute aumentavano il dolore di ore già tanto penose, fino a che una sera la signora Dashwood, prendendo per caso un volume di Shakespeare, esclamò:

«Non abbiamo mai finito l'*Amleto*, Marianne; il nostro caro Willoughby è partito prima che potessimo giungere alla fine. Lo metteremo da parte per quando ritornerà... Ma forse passeranno dei mesi prima che questo possa succedere».

«Dei mesi!», esclamò Marianne con profonda sorpresa. «No... non passerà nemmeno qualche settimana.»

La signora Dashwood fu addolorata di aver parlato; Elinor invece ne fu contenta, poiché aveva strappato a Marianne una risposta che esprimeva così tanta fiducia in Willoughby, e la conoscenza delle sue intenzioni.

Una mattina, circa una settimana dopo la sua partenza, Marianne si lasciò convincere a unirsi alle sorelle per la loro consueta passeggiata, invece di andarsene a gironzolare da sola. Fino a quel momento, aveva accuratamente evitato qualsiasi compagnia. Se le sorelle volevano passeggiare sulle colline, si allontanava subito di soppiatto per i sentieri; se parlavano della valle, era altrettanto pronta ad arrampicarsi su per le colline, e quando le altre uscivano non la trovavano da nessuna parte. Finalmente, però, gli sforzi di Elinor, che era molto contraria a quella continua reclusione, prevalsero. Si incamminarono per la strada della valle, mantenendo per gran parte del tempo il silenzio, dato che non era possibile controllare i pensieri di Marianne, ed Elinor, soddisfatta del punto che aveva guadagnato, non voleva rischiare di più. Oltre l'ingresso della valle, dove la campagna, pur ancora pittoresca, era meno selvaggia e più aperta, si allargava davanti a loro un'ampia veduta della strada che avevano percorso venendo a Barton; giunte in quel punto, fecero sosta per guardarsi intorno e contemplare il panorama da una posizione così distante dal loro villino, un punto di vista che non avevano mai avuto occasione di raggiungere in alcuna delle loro precedenti passeggiate.

Tra i vari elementi del panorama, ben presto ne scorsero uno in movimento; era un uomo a cavallo, che veniva al galoppo verso di loro. Pochi minuti dopo videro che si trattava di un gentiluomo, e subito Marianne esclamò, rapita:

«È lui, è proprio lui! Lo so che è lui!», e si stava lanciando per corrergli incontro quando Elinor gridò:

«No, Marianne, credo proprio che tu ti stia sbagliando. Non è Willoughby. Non è alto come lui, e non ha il suo aspetto».

«Sì che è come lui, ma sì: ha il suo aspetto, la sua giacca, il suo cavallo. Lo sapevo che sarebbe tornato!»

Parlando, avanzava tutta agitata; ed Elinor, per proteggerla dal far mostra di sé, giacché sentiva con quasi assoluta certezza che non si trattava di Willoughby, accelerò il passo per raggiungerla e starle al fianco. In poco tempo arrivarono a una trentina di metri dal cavaliere. Marianne lo guardò un'altra volta e il cuore le cedette; si volse bruscamente, e si stava affrettando a tornare indietro quando tutt'e due le sorelle le gridarono di fermarsi e una terza voce, quasi altrettanto familiare di quella di Willoughby, si unì alle loro per pregarla di fermarsi; allora si volse, stupita, e riconobbe Edward Ferrars.

Era l'unica persona al mondo che, in quel momento, poteva farsi perdonare di non essere Willoughby, l'unico che avrebbe potuto strapparle un sorriso; soffocò le lacrime per sorridergli, e nella felicità di sua sorella per un momento scordò la sua delusione.

Il giovane smontò, e affidato il cavallo al servitore, camminò a piedi insieme a loro verso Barton, dove appunto intendeva andare per far loro visita.

Tutte lo accolsero con grande cordialità, ma soprattutto Marianne, che dimostrò più calore della stessa Elinor. Per lei, a dire la verità, l'incontro di Edward e di sua sorella non parve che una perpetuazione di quella inspiegabile freddezza che aveva osservato tante volte a Norland, nel loro reciproco comportamento. Da parte di Edward, in particolare, c'era una vera mancanza di tutto ciò che un innamorato dovrebbe dimostrare e dire in una occasione di quel genere. Era confuso, pareva solo tiepidamente contento di vederle, non si mostrava né animato né allegro, parlava poco, e solo quel poco che gli veniva strappato con delle domande, e non riservava per Elinor nessun segno d'affetto. Marianne guardava e ascoltava con crescente stupore. Cominciò perfino a provare una certa antipatia per Edward; e questo fece sì che, come ormai le succedeva con qualsiasi moto dell'animo, i suoi pensieri tornassero a Willoughby, le cui maniere formavano un contrasto tanto forte con quelle del suo fratello elettivo.

Dopo un breve silenzio che seguì alla prima sorpresa e alle prime domande, Marianne domandò a Edward se venisse direttamente da Londra. No, era nel Devonshire già da quindici giorni.

«Quindici giorni!», ripeté lei, sorpresa che fosse stato per così tanto tempo nella contea in cui si trovava Elinor senza tentare di vederla prima.

Lui parve turbato, e aggiunse che aveva visitato alcuni amici nei pressi di Plymouth.

«Siete stato nel Sussex recentemente?», domandò Elinor.

«Sono stato a Norland circa un mese fa.»

«E che aspetto ha la cara, carissima Norland?», esclamò Marianne.

«La cara, carissima Norland», disse Elinor, «ha probabilmente l'aspetto consueto di questa stagione. I boschi e i viali tutti coperti di foglie morte.»

«Oh!», esclamò Marianne, «con quali intense sensazioni le osservavo cadere! Quanto godevo, mentre passeggiavo, nel guardarle roteare intorno a me come una pioggia, trascinate dal vento! Quanti sentimenti mi hanno sempre ispirato, insieme alla stagione e alla stessa aria! Ora non c'è più nessuno che le possa guardare. Sono ritenute solo come un fastidio, vengono spazzate via in fretta, e nascoste il più possibile alla vista.»

«Non tutti», disse Elinor, «hanno la tua passione per le foglie morte.»

«No; è raro che i miei sentimenti siano condivisi, è raro che siano compresi. Ma *qualche volta* lo sono.» Dicendo questo, ripiombò per qualche momento in una fantasticheria; ma poi si scosse di nuovo, e disse, richiamando l'attenzione del giovane sul panorama: «E ora, Edward, ecco Barton Valley. Osservatela, e mantenetevi calmo, se potete. Guardate quelle colline! Ne avete mai visto l'uguale? Ecco a sinistra Barton Park, tra quei boschi e quei giardini. Si vede una estremità della casa. E lì, sotto quella collina più lontana, che si eleva così grandiosa, c'è la nostra casa».

«È una bella campagna», rispose lui, «ma d'inverno questo fondovalle deve essere pieno di fango.»

«Oh, come potete pensare al fango, davanti a questo spettacolo?»

«Perché», ribatté lui sorridendo, «tra le altre cose, nello spettacolo che ho di fronte, vedo un sentiero molto polveroso.»

«Che strano!», mormorò fra sé Marianne, mentre camminavano.

«Avete buona compagnia, qui? Sono simpatici i Middleton?»

«No, per nulla», rispose Marianne. «Non potremmo avere collocazione peggiore.»

«Marianne!», la rimproverò la sorella, «come puoi dirlo? Come puoi essere tanto ingiusta? Sono una famiglia rispettabile, e con noi si dimostrano molto amichevoli. Hai dimenticato, Marianne, quante belle giornate dobbiamo loro?»

«No», mormorò Marianne, «e neanche quanti momenti dolorosi.»

Elinor non fece caso a questo, e rivolse tutta la sua attenzione al loro visitatore; si sforzò di condurre con lui una sorta di conversazione, parlando della loro attuale residenza e dei suoi vantaggi, e strappandogli ogni tanto un'osservazione o una domanda. Quella freddezza, quella riservatezza la mortificavano molto; era dispiaciuta, e quasi seccata; ma decisa a uniformare il suo comportamento verso di lui sulla base delle esperienze passate, piuttosto che sul presente, evitò di mostrare risentimento o dispiacere, e lo trattò come riteneva dovesse esser trattato per via delle relazioni di famiglia.

Capitolo diciassettesimo

La signora Dashwood non fu molto sorpresa di vederlo, perché la sua venuta a Barton era, a sua vista, la cosa più naturale del mondo. La sua gioia e le sue espressioni d'affetto furono molto superiori al suo stupore. Edward ricevette da lei il benvenuto più affettuoso; e non ci fu timidezza, freddezza o riservatezza che potesse resistere davanti a una tale accoglienza; se esse avevano cominciato a cadere prima che lui entrasse in casa, furono completamente spazzate via dalle incantevoli maniere della signora Dashwood. In realtà, un uomo non poteva innamorarsi di una o dell'altra delle sue figlie senza estendere il suo sentimento fino a lei; ed Elinor ebbe la soddisfazione di vedere il suo amico ritornare se stesso. Sembrò come se il suo affetto per tutte loro riprendesse fiato, e il suo interesse per il loro benessere fu di nuovo evidente. Non era di buon umore, però; elogiò la casa, ammirò il panorama, fu attento e cortese; ma non era di buon umore. Se ne accorse tutta la famiglia, e la signora Dashwood, attribuendo la cosa a qualche mancanza di liberalità da parte di sua madre, sedette a tavola sentendosi furiosa verso tutti i genitori egoisti.

«Quali sono, al momento presente, le ambizioni della signora Ferrars per voi, Edward?», chiese quando, terminato il pasto, si raccolsero tutti intorno al fuoco. «Continuate a essere destinato vostro malgrado a diventare un grande oratore?»

«No. Spero che adesso mia madre si sia convinta che non ho né talento né predisposizione per la vita pubblica.»

«Ma allora, su cosa si baserà la vostra fama? Giacché famoso dovrete essere, per fare contenta tutta la vostra famiglia: e senza predisposizione per la vita dispendiosa, senza simpatia per gli estranei, senza professione e senza sicurezza, sarete costretto ad accorgervi che la cosa è piuttosto difficile.»

«Non ci proverò neanche. Non ho alcun desiderio di distinguermi, e ho ogni ragione di sapere che questo non succederà mai. Grazie al cielo non mi si può imporre di essere geniale ed eloquente.»

«Non avete ambizioni, lo so. Le vostre aspirazioni sono molto moderate.»

«Non più di quelle del resto delle persone, credo. Aspiro, come chiunque altro, a essere felice; e come chiunque altro voglio esserlo a modo mio. La grandezza non mi può dare la felicità.»

«Sarebbe strano se potesse!», esclamò Marianne. «Cosa hanno a che fare la ricchezza, o la grandezza, con la felicità?»

«La grandezza ben poco», disse Elinor, «ma la ricchezza molto.»

«Vergognati, Elinor!», disse Marianne. «Il denaro può dare la felicità solo quando non c'è nient'altro che la dia. A parte i mezzi sufficienti per vivere, non consente nessuna soddisfazione, in se stesso.»

«Forse», riprese Elinor sorridendo, «arriveremo allo stesso punto. La tua idea dei mezzi sufficienti per vivere e la mia idea della ricchezza sono più o meno identici, oserei dire, e in mancanza di quelli, dato che il mondo è quello che è, dovremo entrambe convenire che mancherebbe qualsiasi tipo di benessere esteriore. Ma le tue idee sono più nobili delle mie. Avanti, quali sono per te i mezzi sufficienti per vivere?»

«Circa milleottocento, o duemila all'anno, non più di tanto.»

Elinor rise. «Duemila all'anno! Mille, per me equivarrebbe alla ricchezza!»

«E tuttavia duemila all'anno è una rendita piuttosto modesta», disse Marianne. «Una famiglia non potrebbe vivere con meno di questo. Sono certa di non essere eccentrica nelle mie esigenze. Con meno non si potrebbe mantenere il numero giusto di domestici, una carrozza, magari due, né cani da caccia.»

Elinor sorrise di nuovo, sentendo sua sorella che descriveva con tanta accuratezza le sue future spese a Combe Magna.

«Cani da caccia!», ripeté Edward. «Ma perché dovreste avere dei cani da caccia? Non tutti vanno a caccia.»

Marianne arrossì mentre rispondeva: «Ma la maggior parte della gente sì».

«Vorrei», disse Margaret, colpita da una nuova idea, «che qualcuno desse un mucchio di denaro a ciascuno di noi, per farci diventare tutti quanti ricchissimi!»

«Oh, magari!», esclamò Marianne, con gli occhi splendenti d'eccitazione e le guance in fiamme all'idea di quella immaginaria felicità.

«Siamo tutti unanimi in questo desiderio, immagino», disse Elinor, «nonostante la vanità della ricchezza.»

«Oh, Signore», esclamò Margaret, «come ne sarei felice! Non so neppure cosa ne farei!»

Marianne non sembrava avere dubbi su quel punto.

«Anch'io sarei incerta su come spendere un grosso patrimonio», intervenne la signora Dashwood, «se le mie figlie dovessero essere già tutte ricche senza il mio aiuto.»

«Dovreste iniziare i vostri lavori di miglioramento di questa casa», notò Elinor, «e i vostri problemi sarebbero presto finiti.»

«Quali splendide ordinazioni partirebbero da qui per Londra», disse Edward, «in un tal caso! Che giorno felice per i librai, i negozi di musica e di stampe! Voi, signorina Dashwood, sottoscrivereste una commissione perché vi fosse mandata ogni nuova stampa di valore... e quanto a Marianne, conosco la grandezza della sua anima, e non ci sarebbe a Londra musica bastante per accontentarla. E i libri!... Thomson, Cowper, Scott... li comprereste e ricomprereste continuamente; sareste capace di comprarne anche l'ultima copia, credo, per impedire che cadano in mani indegne, e vi fareste mandare i libri che insegnano ad ammirare un vecchio albero contorto. Non è così, Marianne? Perdonatemi se sono pungente: ma volevo sapeste che non ho dimenticato le nostre vecchie discussioni.»

«Mi fa piacere che mi si ricordi il passato, Edward... triste o lieto che sia, amo ricordarlo, e voi non mi potrete mai offendere parlando dei tempi andati. Avete ragione, nell'immaginare come spenderei il mio denaro... almeno una parte; il denaro liquido sarebbe di certo impiegato a migliorare la mia collezione di libri e di musica.»

«E il grosso della vostra fortuna sarebbe destinata a vitalizi per gli scrittori o i loro eredi.»

«No, Edward, io avrei qualche altra cosa cui pensare.»

«Forse allora lo assegnereste come ricompensa a chi abbia scritto la più efficace difesa della sua massima preferita, e cioè che nessuno può innamorarsi più di una volta nella vita... perché la vostra opinione in proposito non è cambiata, immagino?»

«Senza dubbio. Alla mia età le opinioni sono abbastanza stabili. Non è probabile che io ora mi trovi a vedere o sentire qualcosa che me le faccia cambiare.»

«Marianne, vedete, è risoluta come sempre», disse Elinor. «È sempre la stessa.»

«È solo diventata un po' più seria di quanto non fosse prima.»

«Via, Edward», esclamò Marianne, «non siete certo voi a potermi rimproverare. Neppure voi siete molto allegro.»

«Perché pensate questo?», rispose lui con un sospiro. «Ma l'allegria non è stata mai parte del mio carattere.»

«E neanche, credo, di quello di Marianne», disse Elinor. «Non la definirei una ragazza allegra... è molto seria, molto appassionata in tutto quello che fa... alle volte parla molto, e sempre con animazione, ma raramente è davvero allegra.»

«Mi pare che abbiate ragione», rispose lui, «tuttavia io l'ho sempre considerata una ragazza vivace.»

«Mi sono spesso trovata io stessa colpevole di questo tipo di errori», disse Elinor, «capendo male, per una ragione o per l'altra, il carattere di una persona: immaginare cioè le persone molto più allegre o più serie, più intelligenti o più stupide di quanto non sono in realtà, e non saprei proprio dire come o perché sia nato l'errore. Alle volte si è guidati da quello che dicono di se stesse, e assai spesso da quel che ne dicono gli altri, senza perdere tempo per meditare e giudicare.»

«Ma ho sempre creduto fosse giusto, Elinor», disse Marianne, «lasciarsi guidare completamente dall'opinione degli altri. Credevo che il nostro criterio servisse solo per adeguarci a quello degli altri. È sempre stato questo il tuo principio, ne sono certa.»

«No, Marianne, mai. Il mio principio non ha mai mirato alla soggezione della mente. Ho sempre cercato di influenzare solo il comportamento. Non fraintendermi. Sono colpevole, lo confesso, di avere spesso desiderato che tu trattassi le nostre conoscenze con maggior riguardo; ma quando mai ti ho consigliata di uniformarti ai loro sentimenti o di adeguarti ai loro giudizi in merito alle cose più serie?»

«Allora non siete riuscita a portare vostra sorella al vostro livello di cortesia verso tutti», disse Edward a Elinor. «Non avete guadagnato terreno?»

«Al contrario!», ribatté Elinor, lanciando a Marianne un'occhiata espressiva.

«Quanto a me», ribatté lui, «sarei del tutto dalla vostra parte, ma temo che in pratica io finisca per essere molto più dalla parte di vostra sorella. Non vorrei mai offendere nessuno, ma sono così stupidamente timido che spesso sembro freddo e indifferente, quando invece sono solo trattenuto dalla mia naturale goffaggine. Ho pensato spesso che la natura mi abbia fatto per stare in compagnia di gente alla buona, perché mi trovo così poco a mio agio fra gli aristocratici, quando non mi sono già familiari!»

«Marianne non può fare ricorso alla timidezza per scusare le sue mancanze di considerazione», disse Elinor.

«Conosce troppo bene il suo valore per provare una falsa vergogna», rispose Edward. «La timidezza non è che la conseguenza di un senso di inferiorità. Se potessi convincermi che le mie maniere sono del tutto disinvolte e garbate, non sarei timido.»

«Ma sareste ancora riservato» disse Marianne, «e questo è fin peggio.»

Edward sobbalzò. «Riservato? Sono riservato, Marianne?»

«Sì, molto.»

«Non vi capisco», rispose lui, arrossendo. «Riservato! Ma come, in che modo? Cosa dovrei dirle? Cosa potete supporre?»

Elinor parve stupita della sua emozione, ma cercando di liquidare la questione con una risata gli disse: «Non conoscete dunque a sufficienza mia sorella per capire quello che intende dire? Non sapete che chiama riservati tutti coloro che non parlano in fretta come lei, e non vanno in estasi per le cose di cui lei stessa è entusiasta?».

Edward non rispose. Tornò a essere serio e pensoso, e rimase seduto per un certo tempo silenzioso e triste.

Capitolo diciottesimo

Elinor notò con grande inquietudine l'abbattimento del suo amico. La sua visita le offriva solo una soddisfazione molto parziale, visto che lui sembrava trarne così poca gioia. Era evidente che non era felice; e lei avrebbe voluto che fosse altrettanto evidente che la considerava ancora con lo stesso affetto, quell'affetto che non aveva dubbi di avergli ispirato una volta; adesso, di quella preferenza, pareva molto incerta, e continuamente capitava che la riservatezza del suo atteggiamento verso di lei contraddicesse quello che uno sguardo più animato aveva comunicato un momento prima.

La mattina dopo lui raggiunse lei e Marianne a colazione prima che fossero scese le altre; e Marianne, sempre ansiosa di fare quello che poteva per la loro felicità, presto li lasciò soli. Ma prima di raggiungere la metà della scala sentì che la porta del salotto si apriva, e, voltandosi, si stupì nel vedere uscire Edward.

«Vado al villaggio a controllare i miei cavalli», disse lui, «dato che non siete ancora pronte per colazione. Tornerò subito.»

Edward tornò da loro pieno di rinnovata ammirazione per la campagna circostante; camminando verso il villaggio aveva visto molte parti della valle, apprezzandole molto; e il villaggio stesso, situato più in alto del villino, offriva un panorama che gli era molto piaciuto. Era un argomento che conquistò subito l'attenzione di Marianne, che stava cominciando a esprimere la sua ammirazione per quelle vedute e a interrogarlo più dettagliatamente su quello che lo aveva colpito di più, quando Edward la interruppe, dicendo: «Non dovete indagare troppo, Marianne... ricordate che non mi intendo del pittoresco, e che se scendessi nei particolari vi offenderei con la mia ignoranza e la mia mancanza di gusto. Io chiamerei ripide le colline che andrebbero definite ardite, estensioni strane e desolate quelle che dovrebbero essere aspre e irregolari; e oggetti lontani e indistinguibili quelli che sono soltanto confusi dietro il morbido velo di un'atmosfera brumosa. Dovete accontentarvi dell'ammirazione che posso esprimere spontaneamente. Certo è una gran bella campagna: le colline sono alte, i boschi sembrano pieni di buon legname e la valle è raccolta e fertile, con dei bei campi e molti lindi casolari sparsi qua e là. Tutto ciò risponde perfettamente alla mia idea di una bella campagna, perché unisce il bello all'utile... e oserei dire che è anche un paese pittoresco, visto che voi lo ammirate; posso ben credere che sia pieno di rocce e promontori, di muschio grigio e di boschi, ma tutto questo va perduto per me. Io non m'intendo del pittoresco».

«Ho paura che sia proprio vero», disse Marianne, «ma perché ve ne vantate?»

«Sospetto», disse Elinor, «che per evitare un certo genere di affettazione Edward cada in un'altra. Siccome ritiene che molte persone pretendano di ammirare le bellezze della natura più di quanto non le sentano in realtà, e siccome tali pretese gli sono odiose, affetta, parlandone, una indifferenza maggiore e una minore capacità di comprensione di quanto in realtà non abbia. È molto esigente, e vuole un'affettazione tutta sua.»

«È verissimo», disse Marianne, «che l'ammirazione del paesaggio è divenuta convenzionale. Tutti pretendono di sentirla e cercano di descriverla con il gusto e l'eleganza di chi ha per primo definito i criteri della bellezza pittoresca. Io detesto le convinzioni di qualsiasi tipo, e spesso ho tenuto per me i miei sentimenti perché non trovavo, per descriverli, parole diverse da quelle comuni, logorate dall'uso e private di qualsiasi significato.»

«Sono convinto», disse Edward, «che voi proviate davvero, davanti a un bel paesaggio, tutta la gioia che manifestate. Ma in cambio, vostra sorella mi dovrà permettere di non sentire nulla di più di quanto dichiaro spontaneamente. Un bel panorama mi piace, ma non dal punto di vista del pittoresco. Non mi piacciono i vecchi alberi contorti, intrecciati e spaccati. Li ammiro molto di più se sono alti, dritti e fiorenti. Non mi piacciono le catapecchie rovinate e cadenti. Non mi piacciono le ortiche, i cardi, o l'erica. Mi dà molto più piacere una bella fattoria che una torre diroccata... e preferisco una schiera di contadini puliti e allegri ai più bei fuorilegge del mondo.»

Marianne guardò Edward con stupore, e sua sorella con compassione. Elinor si limitò a ridere.

L'argomento fu messo da parte, e Marianne rimase pensosa, in silenzio, fino a che qualcosa di nuovo attrasse la sua attenzione. Era seduta accanto a Edward, e la mano del giovane, protendendosi per ricevere la tazza di tè dalla signora Dashwood, le passò davanti, tanto vicino da rendere chiaramente visibile un anello che aveva al centro un cerchietto di capelli, che spiccava su una delle dita.

«Non vi avevo mai visto portare anelli, Edward!», esclamò. «Sono i capelli di Fanny? Ricordo che lei aveva promesso di darveli. Ma avrei pensato che fossero più scuri.»

Marianne aveva parlato in modo avventato, ma quando si accorse di quanto aveva confuso Edward, il turbamento che provò per la sua balordaggine non fu inferiore a quello di lui. Lui arrossì vivamente, e lanciato uno sguardo a Elinor, rispose: «Sì, sono di mia sorella. La montatura conferisce sempre una sfumatura di colore diverso, come sapete».

Elinor aveva incontrato i suoi occhi, e sembrava imbarazzata anche lei. Che i capelli fossero suoi, ne era stata sicura immediatamente, non meno di Marianne; l'unica differenza nella conclusione che ne avevano tratta era che, mentre Marianne li considerava un libero dono fatto da sua sorella, Elinor sapeva benissimo che erano il frutto di un furto o uno stratagemma di cui lei non sapeva nulla. Comunque, non era certo in condizioni di considerarlo un affronto, e facendo mostra di non badare all'accaduto e affrettandosi a parlare d'altro, decise in cuor suo di cogliere, da allora in poi, qualsiasi occasione per osservare meglio quei capelli e assicurarsi, al di là di ogni dubbio, che si trattasse proprio della sfumatura che avevano i suoi.

L'imbarazzo di Edward si protrasse per qualche tempo, e finì per rendere il suo atteggiamento ancora più manifestamente astratto. Fu particolarmente serio tutta la mattina. Marianne si rimproverò severamente per quel che aveva detto; ma si sarebbe perdonata molto più in fretta se avesse saputo quanto poco aveva offeso sua sorella.

Prima di mezzogiorno ricevettero una visita di Sir John e della signora Jennings, che avendo udito che era giunto un signore al villino, venivano a dare un'occhiata al nuovo arrivato. Con l'aiuto della suocera, Sir John non tardò a scoprire che il nome di Ferrars cominciava con una F, e ciò costituì la base per una miniera di future battute, e fu solo il fatto che la conoscenza di Edward fosse così recente a trattenerli dal cominciare subito a farne. Comunque, Elinor apprese, da alcuni sguardi significativi, a che punto arrivava la capacità di penetrazione che avevano ricavata dalle istruzioni ricevute da Margaret.

Sir John non andava mai dalle Dashwood senza invitarle a pranzo a casa sua il giorno dopo, o a prendere il tè il pomeriggio stesso. In quell'occasione, per intrattenere meglio il loro ospite, al cui divertimento si sentiva in dovere di dare un contributo, li invitò a entrambi.

«Dovete proprio prendere il tè con noi stasera», disse, «perché siamo tutti soli, e domani dovete assolutamente pranzare con noi, perché saremo un gruppo grande.»

La signora Jennings ribadì: «E chi sa che non si possa mettere su una festa da ballo», disse. «Non vi sentite tentata, signorina Marianne?»

«Un ballo!», esclamò Marianne. «Impossibile! Chi c'è per un ballo?»

«Come sarebbe! Ma voialtre, e i Carey e i Whitaker, si capisce. Come! Credete proprio che nessuno balli più, solo perché se ne è andata una certa persona che non si può nominare?»

«Vorrei con tutta l'anima», gridò Sir John, «che Willoughby fosse di nuovo fra noi!»

Questo, e il rossore di Marianne, destò nuovi sospetti in Edward. «Ma chi è Willoughby?», chiese a bassa voce a Elinor, accanto alla quale stava seduto.

Lei gli dette una breve risposta. L'aspetto di Marianne era ben più significativo. Edward vide a sufficienza per capire non solo il significato delle parole degli altri, ma anche cos'era che lo aveva stupito nel comportamento di Marianne; e quando i loro visitatori presero congedo, le si avvicinò immediatamente e le sussurrò: «Ho indovinato qualcosa. Posso dirvi cos'è?».

«Cosa intendete...»

«Ve la dico?»

«Certo.»

«Ebbene, ho indovinato che il signor Willoughby va a caccia.»

Marianne fu sorpresa e confusa, però non riuscì a non sorridere della tranquilla malizia delle sue maniere, e dopo un momento di silenzio, disse:

«Oh, Edward, come potete... Ma spero che un giorno... Sono sicura che vi piacerà».

«Non ne dubito», rispose lui, alquanto sbalordito di tanta serietà e tanto calore; perché se avesse immaginato che si trattava di qualcosa di più di uno scherzo fatto per aumentare la loro amicizia, e basato solo su quella sciocchezzuola, se non addirittura proprio su quel nulla che doveva esserci stato fra il signor Willoughby e lei, non si sarebbe arrischiato a parlarne.

Capitolo diciannovesimo

Edward rimase al villino per una settimana; fu caldamente pregato dalla signora Dashwood di trattenersi di più ma, neanche fosse incline solo all'automortificazione, sembrava deciso ad andarsene proprio quando il piacere di stare fra le sue amiche era al culmine. Negli ultimi due o tre giorni il suo umore, pur continuando a essere instabile, era molto migliorato; la casa e i dintorni gli piacevano sempre di più; non parlava mai di andarsene senza fare un sospiro, affermava di non avere nulla da fare, non sapeva nemmeno dove andare... eppure, doveva andarsene. La settimana era volata, e lui non poteva nemmeno credere che fosse già finita, continuava a ripeterlo; e diceva anche altre cose, che rivelavano l'inclinazione dei suoi sentimenti e smentivano le sue azioni. A Norland non si divertiva affatto e detestava stare in città; e tuttavia doveva tornare o a Norland, o a Londra. Le loro attenzioni gli erano enormemente care, e la sua felicità più grande era nello stare con loro; e malgrado tutto ciò doveva lasciarle alla fine della settimana, nonostante il loro e il suo desiderio, e senza nessun impegno preciso che lo obbligasse a farlo.

Elinor attribuiva alla madre di lui la colpa di tutto quel che c'era di così insolito nel suo modo di comportarsi; e buon per lei che Edward avesse una madre così poco conosciuta da poter servire come scusa generale per ogni stranezza del figlio. Ma delusa e dispiaciuta com'era, e talvolta perfino stizzita con lui per l'incostanza del suo comportamento, pur era disposta, nell'insieme, a giustificare pienamente il suo modo di fare, in grazia delle stesse affettuose e generose scusanti che con tanta fatica sua madre le aveva fatto accettare a favore di Willoughby. La mancanza di vivacità, di franchezza e di coerenza venivano generalmente attribuite alla mancanza d'indipendenza e al fatto che Edward conosceva meglio di loro le idee e i disegni della signora Ferrars. La brevità della sua visita e la fermezza della sua decisione di andar via venivano tutte attribuite a un atteggiamento che era il frutto della costrizione, alla inevitabile necessità di temporeggiare con sua madre. La causa di tutto era l'antico, ben noto problema del dovere imposto contro la libera volontà, della tirannia del genitore sul figlio. Lei avrebbe voluto sapere quando sarebbero cadute quelle difficoltà, quando sarebbe cessata quell'opposizione; quando, insomma, la signora Ferrars si sarebbe convertita, lasciando suo figlio finalmente libero di essere felice. Ma da questi vani desideri era obbligata a rivolgersi, per trovare conforto, per ravvivare la sua fiducia nell'animo di Edward, al ricordo di tutti i segni d'affetto che aveva colto negli sguardi o nelle parole di lui mentre era a Barton, e soprattutto alla lusinghiera prova del suo amore che lui portava costantemente al dito.

«Credo, Edward», disse la signora Dashwood mentre sedevano a colazione l'ultima mattina, «che sareste un uomo felice se aveste una professione per tenervi occupato e conferire interesse ai vostri progetti e alle vostre azioni. Certo questo potrebbe causare qualche inconveniente ai vostri amici; non potreste più concedere loro così tanto tempo. Ma», aggiunse con un sorriso, «beneficereste materialmente almeno di un particolare... sapreste dove andare quando vi separate da loro.»

«Vi assicuro», rispose lui, «che ci ho pensato a lungo, come voi ci state pensando adesso. Per me è stata, e probabilmente sarà sempre, una grande sventura il fatto di non avere avuto la necessità di occuparmi dei miei affari, una professione che mi tenesse impegnato e mi procurasse una certa indipendenza. Purtroppo, l'atteggiamento sofisticato mio e dei miei amici mi hanno ridotto così come sono, una persona oziosa, inutile. Non siamo mai riusciti a metterci d'accordo nella scelta di una professione per me. Io avrei di certo preferito la chiesa, e la preferisco ancora. Ma non era una scelta abbastanza elegante per i miei. Loro raccomandavano l'esercito; ma questa era una scelta di gran lunga troppo elegante per me. Si era d'accordo che fare l'avvocato sarebbe stata una scelta abbastanza aristocratica; molti giovanotti che hanno lo studio a Temple fanno bella figura nei circoli più raffinati e scarrozzano per la città in quei calessini che tutti conosciamo; ma io non avevo predisposizione per la legge, nemmeno per la parte meno astrusa della materia, che la mia famiglia avrebbe approvato. Quanto alla marina, era certo alla moda, ma quando si cominciò a parlare dell'idea di mandarmici era troppo tardi... e alla fine, visto che dopotutto non c'era alcuna necessità che io avessi una professione di qualche genere, visto che potevo essere brillante e spendaccione anche senza una giacca rossa da militare, fu deciso che non fare niente era la cosa per me più vantaggiosa e onorevole; e generalmente un giovane di diciott'anni non è tanto ansioso di trovare un'occupazione da non potere resistere alle sollecitazioni dei suoi familiari a non fare nulla. Così entrai a Oxford, e da allora in poi sono stato sempre ozioso, come di prammatica.»

«La conseguenza di tutto ciò sarà, immagino», disse la signora Dashwood, «che dato che il non avere un'occupazione non ha favorito la vostra felicità, i vostri figli saranno educati ad avere cento occupazioni, professioni, impieghi e commerci, come quelli di Columella.»

«Saranno educati», disse lui in tono grave, «a essere il più possibile diversi da me... nel modo di sentire, di agire, di comportarsi, in ogni cosa.»

«Avanti, avanti, questa non è che un'impressione momentanea, Edward. Siete in una condizione di spirito abbattuta, e pensate che chiunque si trovi in una condizione diversa dalla vostra debba essere felice. Ricordate che il dolore di separarsi dagli amici è sentito da tutti, ogni tanto. Imparate a riconoscere quello che avete. Vi manca solo un po' di pazienza... o, per darle un nome più affascinante, chiamiamola speranza. Vostra madre vi consentirà, col tempo, quell'indipendenza che voi tanto desiderate; è suo dovere farlo, e di qui a non molto sarà, dovrà essere felice di impedire che la giovinezza di suo figlio vada sciupata nello scontento. Cosa non possono fare pochi mesi!»

«Ci vorranno molti mesi», rispose Edward, «per fare di me qualcosa di buono.»

Anche se questa condizione d'animo così abbattuta non poteva influenzare la signora Dashwood, accrebbe per tutte il dolore della separazione che ebbe luogo poco dopo, e lasciò un senso di disagio, soprattutto nei sentimenti di Elinor, alla quale ci vollero non poco tempo e fatica per vincerlo. Visto però che era sua ferma intenzione superarlo, e non mostrare di soffrire più di quanto soffriva tutta la sua famiglia per la partenza di Edward, non adottò anche lei il sistema giudiziosamente impiegato da Marianne in una occasione simile, per accrescere e rafforzare il suo dolore cercando il silenzio, la solitudine e l'inattività. I loro sistemi erano diversi, come i loro obiettivi, e si adattavano in egual modo a ciascuna.

Elinor sedette al suo tavolo da disegno, appena lui se ne fu andato, e rimase occupatissima tutto il giorno, e non cercò né evitò di menzionare il nome di lui, sembrò partecipare quasi come al solito agli interessi generali della famiglia, e se, con questo comportamento, non lenì il suo dolore, almeno ne evitò un inutile sovrappiù, e risparmiò molto dispiacere a sua madre e alle sue sorelle.

Un comportamento del genere, che era esattamente l'opposto del suo, non pareva a Marianne più meritorio di quanto non le fosse sembrato esecrabile il suo. Lei risolveva in un baleno la questione dell'autocontrollo: quando si provavano dei sentimenti intensi non era possibile averne, e quando i sentimenti erano tiepidi non poteva avere alcun valore. Che l'affetto della sorella fosse tiepido, non avrebbe osato negarlo, anche se sarebbe arrossita nel riconoscerlo; e della forza del proprio dava una gran bella testimonianza seguitando ad amare e a stimare una sorella simile, nonostante quella mortificante convinzione.

Senza isolarsi dalla famiglia, né scegliere di uscire di casa da sola, per evitare ogni compagnia, o di stare sveglia per notti intere indulgendo alla meditazione, Elinor trovava ogni giorno tempo libero a sufficienza per pensare a Edward e al comportamento di Edward, con tutte le varianti che le mutevoli condizioni del suo spirito potevano produrre in momenti diversi; con tenerezza, pietà, approvazione, atteggiamento critico e dubbio. C'erano molte occasioni in cui, se non per l'assenza di sua madre e delle sorelle, almeno per la natura dei loro compiti, la conversazione languiva, cosicché si producevano tutti gli effetti della solitudine. La sua mente era comunque libera; i suoi pensieri non potevano essere incatenati a qualcosa; e il passato e il futuro, dato che riguardavano un argomento tanto interessante, dovevano stendersi dinanzi a lei, tenere occupata la sua attenzione e occupare la sua memoria, le sue riflessioni, la sua fantasia.

Da un simile stato contemplativo, mentre sedeva al suo tavolo da disegno, fu riscossa una mattina, poco dopo la partenza di Edward, dall'arrivo di un gruppo di persone. Casualmente, era sola. Il rumore del cancello che si chiudeva all'ingresso del cortiletto davanti alla casa la portò a guardare fuori dalla finestra, e vide una numerosa comitiva che si avvicinava alla porta. C'erano Sir John, Lady Middleton e la signora Jennings; ma gli altri due, un signore e una signora, le erano del tutto sconosciuti. Elinor sedeva accanto alla finestra, e non appena la vide Sir John lasciò agli altri la cerimonia di picchiare alla porta, e attraversando il praticello la costrinse ad aprire i vetri per parlarle, anche se lo spazio fra la finestra e la porta era così poco da rendere impossibile rivolgersi all'una senza essere sentita dall'altra.

«Ebbene», disse, «vi abbiamo portato degli sconosciuti. Vi piacciono?»

«Piano! Potrebbero sentirvi.»

«Anche se mi sentono, non importa. Sono solo i Palmer. Charlotte è molto graziosa, ve lo assicuro. La potete vedere, se guardate da questa parte.»

Essendo certa di vederla pochi minuti dopo, Elinor non si prese quella libertà, e lo pregò di scusarla.

«Dov'è Marianne? È scappata via al nostro arrivo? Vedo il suo strumento aperto.»

«È a passeggio, credo.»

Erano stati, intanto, raggiunti dalla signora Jennings, che non avendo la pazienza di aspettare che la porta fosse aperta per raccontare la sua storia, si avvicinò alla finestra gridando: «Come state mia cara? E come sta la signora Dashwood? E dove sono le vostre sorelle? Come! Tutta sola? Allora vi farà piacere un po' di compagnia. Vi ho portato mio figlio e mia figlia, già, gli altri due. Pensate, che arrivo improvviso! Mi era sembrato di sentire una carrozza ieri sera mentre stavamo prendendo il tè, ma non mi è neppure venuto in mente che potessero essere loro! Ho pensato solo che poteva essere il Colonnello Brandon che tornava; così ho detto a Sir John: "Mi sembra proprio di sentire una carrozza, forse è il Colonnello Brandon che ritorna...".».

Elinor fu obbligata a voltarsi, a metà del racconto, per ricevere il resto della compagnia; Lady Middleton presentò i due sconosciuti; la signora Dashwood e Margaret scesero proprio in quel momento e tutti sedettero a scrutarsi a vicenda, mentre la signora Jennings continuava a chiacchierare mentre percorreva il corridoio che portava al salottino, scortata da Sir John.

La signora Palmer era di parecchi anni più giovane di Lady Middleton, e completamente differente da lei sotto tutti gli aspetti. Era piccola di statura e paffuta, aveva un graziosissimo visetto e l'espressione più piena di buonumore che si possa immaginare. I suoi modi non erano affatto eleganti come quelli della sorella, ma molto più simpatici. Entrò sorridendo, e sorrise per tutto il tempo della visita, facendo anche delle belle risate, e sorridendo se ne andò. Suo marito era un giovanotto di venticinque o ventisei anni, dall'aspetto serio e l'aria molto più distinta e assennata di sua moglie, ma meno disposto di lei a piacere agli altri e a ricavarne piacere. Entrò nella stanza molto circospetto, si inchinò appena alle signore, senza proferire una parola e, dopo aver lanciato un rapido sguardo a loro e al loro ambiente prese dal tavolo un giornale e lesse per tutto il resto della visita.

La signora Palmer, che era invece dotata da madre natura della predisposizione a essere sempre affabile e allegra, si era appena seduta e già manifestava la sua ammirazione per il salottino e per tutto ciò che conteneva.

«Davvero! Ma che amore di stanza! Non ho mai visto nulla di così affascinante! Pensate, mamma, come è migliorato da quando l'ho visto l'ultima volta! Ho sempre pensato che fosse un posticino delizioso, signora», aggiunse volgendosi alla signora Dashwood, «ma voi l'avete reso addirittura incantevole! Guarda, sorella, com'è grazioso tutto quanto! Come mi piacerebbe avere una casa così! A te non piacerebbe, Palmer?»

Il signor Palmer non rispose, e neppure alzò gli occhi dal giornale.

«Il signor Palmer non mi sente», disse lei ridendo, «non mi sta mai a sentire. Che spasso!»

Questa era un'idea del tutto nuova per la signora Dashwood, che non era avvezza a trovare niente di umoristico nel malgarbo, e non poté far a meno di guardare sorpresa l'uno e l'altra.

La signora Jennings, intanto, chiacchierava continuamente, andando avanti a descrivere la sua sorpresa, la sera prima, nel vedere i nuovi arrivati, e non si fermò se non quando ebbe raccontato ogni dettaglio. La signora Palmer rise di cuore ricordando la sorpresa generale, e tutti convennero, due o tre volte, che era stata proprio una bella improvvisata.

«Potete immaginare come siamo stati felici di vederli», aggiunse la signora Jennings protendendosi verso Elinor e parlando con tono confidenziale, come se non volesse farsi sentire da nessuno, anche se sedevano in due punti diversi della stanza, «eppure non avrei voluto che viaggiassero così in fretta, facendo un lungo giro... sono passati da Londra per via di certi affari, perché vedete», e annuì con espressione significativa, indicando la figlia, «non è opportuno, dato il suo stato. Volevo che stamattina rimanesse a casa per riposare, ma ha voluto venire con noi; era così ansiosa di conoscervi tutte quante!»

La signora Palmer rise, e disse che non le avrebbe fatto nessun male.

«Progetta di rimanere sempre in casa a febbraio», continuò la signora Jennings.

Lady Middleton non poteva più tollerare quella conversazione, e dunque si sforzò di domandare al signor Palmer se nel giornale c'era qualcosa di nuovo.

«No, assolutamente nulla», rispose lui, e seguitò a leggere.

«Ecco Marianne!», gridò Sir John. «Palmer, ora vedrete una ragazza eccezionalmente carina.»

Uscì immediatamente nel corridoio, aprì la porta d'ingresso e la fece entrare. Quando Marianne apparve in salotto, la signora Jennings le domandò se per caso non fosse stata ad Allenham; e a quella domanda la signora Palmer rise allegramente, mostrando di aver capito. Il signor Palmer la guardò mentre entrava nella stanza, e continuò a fissarla per qualche minuto, poi ritornò al suo giornale. Nel frattempo i disegni appesi tutt'intorno alle pareti della stanza avevano attratto lo sguardo della signora Palmer, che si alzò in piedi per guardarli da vicino.

«Oh! Ma come sono belli! Sono proprio deliziosi! Guardate, mamma, che amore! Sono incantevoli; non smetterei mai di guardarli, parola mia!» Poi, sedutasi di nuovo, se ne dimenticò immediatamente.

Quando Lady Middleton si alzò per andar via, anche il signor Palmer si alzò, poggiò il giornale, si stirò e si guardò intorno.

«Hai dormito, amor mio?», gli domandò la moglie ridendo.

Lui non rispose, ma dopo aver esaminato di nuovo la stanza, notò che era troppo bassa, e che aveva delle crepe nel soffitto. Poi si inchinò di nuovo e se ne andò insieme agli altri.

Sir John aveva insistito molto perché il giorno dopo trascorressero la giornata a Barton Park. La signora Dashwood, che si atteneva alla regola di non pranzare con loro più spesso di quanto loro non pranzassero al villino, per suo conto rifiutò categoricamente; le due figlie potevano fare come volevano. Ma queste non avevano alcuna curiosità di vedere come mangiavano il signore e la signora Palmer, e non prevedendo di poterne ricavare nulla di piacevole, tentarono di scusarsi anche loro; il tempo era incerto, e non prometteva nulla di buono. Ma Sir John non volle sentire ragioni... avrebbe mandato la carrozza a prenderle, e loro dovevano andare. Anche Lady Middleton, che pure non insistette con la signora Dashwood, insistette con loro; la signora Jennings e la signora Palmer si unirono alle loro suppliche, e siccome parevano tutti ansiosi di evitare una riunione di famiglia, le signorine furono costrette a cedere.

«Perché hanno dovuto invitarci?», disse Marianne, appena furono usciti. «L'affitto di questo villino sembra modesto, ma ci costa assai caro se dobbiamo pranzare a casa loro tutte le volte che hanno qualche ospite o che ne abbiamo uno noi.»

«Con i loro frequenti inviti vogliono solo farci un piacere», disse Elinor, «adesso come qualche settimana fa. Non ne hanno colpa loro se queste riunioni sono diventate noiose. La ragione dobbiamo cercarla da un'altra parte.»

Capitolo ventesimo

Il giorno dopo, quando le signorine Dashwood entrarono nel salotto di Barton Park da una porta, la signora Palmer sbucò di corsa da un'altra, felice e contenta come il giorno precedente. Le prese per mano con grande affetto, esprimendo tutto il piacere di rivederle.

«Come sono contenta di avervi qui!», disse, sedendosi tra Elinor e Marianne. «Il tempo è così brutto che temevo non sareste potute venire, e sarebbe stato terribile, perché noi ripartiamo domani. Dobbiamo andar via, perché i Weston vengono da noi la settimana prossima, sapete. D'altra parte la nostra venuta è stata così improvvisa, io non ne sono nemmeno stata al corrente finché la carrozza non è venuta alla porta e il signor Palmer mi ha domandato se volevo andare con lui a Barton. È così buffo! Non mi dice mai niente! Mi spiace tanto che non possiamo fermarci di più; tuttavia ci ritroveremo presto a Londra, spero.»

Loro furono costrette a deludere questa aspettativa.

«Come, non volete andare a Londra!», esclamò la signora Palmer con una risata. «Sarò molto delusa se non ci andrete. Potrei trovarvi la più bella casetta del mondo, proprio accanto alla nostra, in Hanover Square. Dovete venire, davvero. Io sarò felicissima di accompagnarvi, in qualsiasi momento, fino a che non mi metterò a letto, se alla signora Dashwood non piace andare in società.»

Loro la ringraziarono, ma erano obbligate a resistere a tutti i suoi allettamenti.

«Oh, amor mio», esclamò la signora Palmer verso suo marito, che era appena entrato nella stanza, «devi aiutarmi a persuadere le signorine Dashwood a venire in città quest'inverno.»

L'amore suo non rispose, e, dopo aver fatto un leggero inchino alle due ospiti, prese a lamentarsi del tempo.

«Che tempo terribile!», disse. «Rende disgustosi tutto e tutti. Con la pioggia viene la noia, tanto dentro quanto fuori. Si finisce col detestare tutte le persone che si conoscono. Ma perché diavolo Sir John non ha fatto mettere un biliardo in questa casa? Come sono poche le persone che sanno vivere bene! Sir John è stupido come questo tempo.»

Presto arrivò tutto il resto della compagnia.

«Temo, signorina Marianne», cominciò Sir John, «che oggi non abbiate potuto fare la vostra solita passeggiata ad Allenham.»

Marianne assunse un'aria grave e non rispose.

«Oh, non siate così timida con noi», disse la signora Palmer, «perché sappiamo tutto, ve lo assicuro; e ammiro molto il vostro buon gusto, perché è un gran bel giovanotto. Noi abitiamo non lontano da lui, in campagna, sapete. A non più di dieci miglia, direi.»

«Saranno quasi trenta», disse il marito.

«Oh, beh! Non c'è poi molta differenza. Io non sono mai stata a casa sua, ma dicono sia un gran bell'angolino.»

«Il posto più brutto che abbia mai visto in vita mia», disse il signor Palmer.

Marianne rimase in assoluto silenzio, anche se l'espressione del suo viso tradiva il suo interesse per quello che veniva detto.

«È così brutto?», proseguì la signora Palmer. «Allora immagino che quello tanto carino sia un altro posto.»

Quando furono seduti a tavola, Sir John osservò con rammarico che erano solo in otto.

«Mia cara», disse alla sua signora, «è proprio irritante essere così pochi. Perché non avete chiesto ai Gilbert di venire da noi oggi?»

«Non vi ho già detto prima, Sir John, quando me ne avete parlato, che non si poteva? L'ultima volta hanno pranzato da noi.»

«Noi due, Sir John», intervenne la signora Jennings, «non dovremmo fare tanti complimenti.»

«Allora sareste molto maleducati», dichiarò il signor Palmer.

«Amor mio, tu contraddici sempre tutti», disse sua moglie con la solita risata. «Ma lo sai che sei proprio sgarbato?»

«Non credo di contraddire nessuno dicendo che tua madre è maleducata.»

«Sì, sì, trattatemi pure come volete», disse bonariamente la vecchia signora. «Mi avete strappato dalle mani Charlotte e non potete ridarmela indietro. Quindi la frusta dalla parte del manico ce l'ho io.»

Charlotte rise di cuore al pensiero che suo marito non poteva liberarsi di lei e disse, esultante, che non le importava nulla se era bisbetico, visto che dovevano stare insieme. Era impossibile avere un carattere più felice, o più deciso a essere felice, della signora Palmer. La studiata indifferenza, l'insolenza e la scontentezza di suo marito non le causavano alcun dispiacere; quando lui la rimproverava o la maltrattava, lei si divertiva un mondo.

«Il signor Palmer è così buffo!», disse in un sussurro a Elinor. «È sempre di cattivo umore.»

Dopo averlo osservato per un po', Elinor non si sentì altrettanto propensa a dargli il credito di essere davvero così antipatico e maleducato come voleva sembrare. Forse il suo carattere era un po' inacidito dall'accorgersi, come tanti altri del suo sesso, che in seguito a un'inspiegabile debolezza per la bellezza era divenuto il marito di una donna molto sciocca; ma lei sapeva che quel genere di sbaglio era troppo comune per qualunque uomo intelligente, perché potesse sentirsene ferito in eterno. Era piuttosto, secondo lei, un desiderio di distinguersi a produrre quell'atteggiamento sprezzante verso tutti, e quella totale disapprovazione per tutto ciò che aveva intorno: un intenso desiderio di sembrare superiore agli altri. Era un desiderio troppo comune per suscitare meraviglia; ma quanto all'atteggiamento che esso provocava, se poteva renderlo senz'altro superiore a chiunque altro quanto a maleducazione, non poteva guadagnargli l'affetto di nessuno al di fuori di sua moglie.

«Oh, cara signorina Dashwood», disse la signora Palmer subito dopo, «ho un grande favore da chiedere a voi e a vostra sorella. Volete venire a passare qualche giorno a Cleveland, a Natale? Avanti, avanti, vi prego... verrete quando ci saranno i Weston. Non avete idea di quanto ne sarei felice! Sarà delizioso! Caro», aggiunse volgendosi al marito, «anche tu non vedi l'ora, vero, di avere le signorine Dashwood a Cleveland?»

«Ma certo», rispose lui con un ghigno, «è proprio per questo che sono venuto nel Devonshire.»

«Avanti», disse sua moglie, «vedete che il signor Palmer vi aspetta; dunque non potete rifiutare di venire.»

Si affrettarono entrambe a declinare risolutamente l'invito.

«Ma dovete venire e verrete. Sono certa che vi piacerà moltissimo. Ci saranno anche i Weston e staremo benissimo. Non avete idea che bel posto sia Cleveland; e noi lì ci divertiamo molto, perché il signor Palmer rimane in giro tutto il giorno a raccogliere i voti per l'elezione, e tanta gente che non avevo mai visto viene a pranzo da noi! Ma, poverino! Per lui è molto faticoso! Deve sforzarsi di piacere a tutti.»

Elinor riuscì a stento a trattenere le risate mentre conveniva su quanto faticoso dovesse essere per lui quell'obbligo.

«Come sarà bello», disse Charlotte, «quando sarà al Parlamento! No? Che risate farò! Sarà così divertente vedere la parola "Onorevole" scritta su tutte le lettere indirizzate a lui... Ma sapete cosa dice? Non vuole che io usufruisca della franchigia postale, questo dice. Non è vero, Palmer?»

Il signor Palmer non le badò affatto.

«Non può sopportare che si scriva, sapete», continuò lei. «Dice che è una cosa terribile.»

«No», disse lui, «non ho mai detto niente di tanto irragionevole. Non distorcere sempre le cose in modo assurdo!»

«Ecco: lo sentite come è buffo? È sempre così! Certe volte non mi parla per un intero pomeriggio, e poi se ne viene fuori in un modo così buffo... a proposito di qualsiasi argomento.»

Lasciò molto sorpresa Elinor, mentre tornavano nel salotto, domandandole se non fosse entusiasta del signor Palmer.

«Certo», rispose Elinor, «sembra molto simpatico.»

«Bene... ne sono davvero lieta. Lo immaginavo, a ogni modo: è così amabile! Anche lui ha molta ammirazione per voi e vostra sorella, ve lo assicuro, e non avete idea come rimarrà deluso se non verrete a Cleveland. Non riesco a immaginare perché non dovreste venire.»

Elinor fu costretta a declinare nuovamente l'invito, e, cambiando argomento, mise fine alle sue insistenze. Pensava che, visto che abitavano nella stessa contea, la signora Palmer potesse darle sul carattere di Willoughby qualche informazione più precisa di quanto non si potesse racimolare dalla relativa conoscenza che ne avevano i Middleton; ed era ansiosa di ricevere, da chicchessia, una conferma dei suoi meriti che potesse dissipare ogni preoccupazione per Marianne. Iniziò col chiedere se a Cleveland lo vedessero spesso, e se lo conoscevano intimamente.

«Oh, cielo, sì, lo conosco benissimo», rispose la signora Palmer. «Non che io gli abbia mai parlato, a dire la verità, però l'ho visto da sempre in città. Per una ragione o per l'altra non mi è mai successo di stare a Barton quando lui stava ad Allenham. La mamma l'ha visto lì una volta; ma io ero con mio zio, a Weymouth. A ogni modo, oserei dire che lo avremmo visto moltissimo nel Somersetshire, se non fosse successo che, sfortunatamente, non ci siamo mai trovati in campagna insieme. Sta molto poco a Combe, credo; ma anche se ci stesse molto di più, non credo che il signor Palmer lo andrebbe a trovare, perché è all'opposizione, capite, e poi Combe è così fuori mano! Lo so perché mi chiedete di lui... lo so benissimo... sposerà vostra sorella. Ne sono felice, perché allora sarà mia vicina, sapete!»

«Parola mia», replicò Elinor, «voi sembrate saperne molto più di me, se avete delle ragioni per aspettarvi questo matrimonio.»

«Non pretendete di negarlo, perché ne parlano tutti, sapete. Posso assicurarvi che l'ho sentito dire perfino quando ero di passaggio in città.»

«Mia cara signora Palmer!»

«Parola mia! Ho incontrato il Colonnello Brandon lunedì mattina a Bond Street, poco prima di partire, e mi ha detto tutto quanto.»

«Voi mi sorprendete molto... Ve lo ha detto il Colonnello Brandon! Senza dubbio vi sbagliate. Se anche fosse vero, non mi aspetterei mai che il Colonnello ne parlasse a una persona che non è in alcun modo interessata!»

«Ma vi assicuro che è stato proprio così, quanto a questo, anzi vi dirò come è andata. Quando l'abbiamo incontrato si è girato per accompagnarci, così abbiamo cominciato a parlare di mio fratello e di mia sorella, e di questo e quello, e io gli ho detto: "Colonnello, ho saputo che c'è una nuova famiglia al villino di Barton, e la mamma mi fa sapere che sono tanto carine e che una di loro sposerà il signor Willoughby di Combe Magna. È vero, per favore? Perché, naturalmente, voi siete stato nel Devonshire da poco, e lo dovete sapere".»

«E che cosa ha detto il Colonnello?»

«Oh... non ha detto molto, ma sembrava che lo sapesse benissimo, così da quel momento l'ho considerato sicuro. Che felicità! Quando saranno le nozze?»

«Il Colonnello stava bene, spero.»

«Oh, sì, benissimo, e ha fatto tanti elogi di tutte quante, non faceva che dire un sacco di belle cose di voi.»

«Sono lusingata dei suoi elogi. A me pare un uomo eccellente, e lo ritengo molto simpatico.»

«Anche io. È un uomo tanto affascinante che è un peccato purtroppo sia così serio e noioso. La mamma dice che anche lui era innamorato di vostra sorella. Vi assicuro che, se è vero, è un gran complimento, perché lui non si innamora mai di nessuna.»

«Il signor Willoughby è ben conosciuto dalle vostre parti del Somersetshire?», disse Elinor.

«Oh sì, molto bene! Cioè, non credo che ci siano molte persone che lo conoscono, perché Combe Magna è così fuori mano, ma tutti lo ritengono simpaticissimo, ve lo assicuro. Nessuno è più benvoluto del signor Willoughby, ovunque vada, potete dirlo a vostra sorella. È una ragazza terribilmente fortunata, parola mia; ma del resto è molto più fortunato lui, perché lei è così bella e simpatica che merita il meglio di ogni cosa. Non credo però che sia più bella di voi, ve lo assicuro; a me sembrate tutte e due estremamente graziose, e anche il signor Palmer la pensa così, ne sono sicura, anche se ieri sera non siamo riusciti a fargli elo riconoscere.»

Le informazioni della signora Palmer in merito a Willoughby non erano molto esaurienti; ma qualunque testimonianza a suo favore, per quanto superficiale, era un piacere per Elinor.

«Sono così contenta che finalmente ci siamo conosciute», continuò Charlotte. «E adesso spero che saremo sempre grandi amiche. Non avete idea di quanto lo desiderassi! È una tale gioia che siate venute ad abitare nel villino! E sono così felice che vostra sorella si sposi! Spero passerà molto tempo a Combe Magna anche lei. È un bel posto, da tutti i punti di vista.»

«Conoscete il Colonnello Brandon da molto tempo, vero?»

«Sì, da molto tempo; fin da quando si è sposata mia sorella. Era un intimo amico di Sir John. Credo», aggiunse a bassa voce, «che sarebbe stato molto felice di sposarmi, se avesse potuto. Sir John e Lady Middleton lo desideravano tanto! Ma la mamma non credeva che potesse essere un buon marito per me, altrimenti Sir John l'avrebbe detto al Colonnello e ci saremmo sposati subito.»

«E il Colonnello Brandon non era al corrente della proposta di Sir John a sua madre fin da prima? Non vi aveva mai confessato la sua simpatia?»

«Oh, no; ma oserei dire che, se la mamma non si fosse opposta, gli sarebbe piaciuto più di ogni altra cosa al mondo. Non mi aveva vista più di due volte, perché andavo ancora a scuola. Io però sono molto più felice così. Il signor Palmer è proprio il tipo d'uomo che piace a me.»

Capitolo ventunesimo

I Palmer tornarono a Cleveland il giorno seguente, e le due famiglie di Barton furono di nuovo lasciate a intrattenersi a vicenda. Non per molto, però. Elinor si era appena scordata la presenza degli ultimi visitatori, aveva appena finito di chiedersi perché mai Charlotte fosse così felice senza una ragione e perché il signor Palmer, pur essendo dotato di buone capacità, si comportasse in modo così stupido, e come mai spesso esistesse una così strana incompatibilità tra marito e moglie, che già il fervido zelo di Sir John e della signora Jennings a favore della vita sociale cominciarono a procurarle nuove persone da vedere e valutare.

Una mattina, nel corso di una gita a Exeter, avevano incontrato due signorine nelle quali la signora Jennings aveva avuto la soddisfazione di scoprire due sue parenti, e questo era bastato perché Sir John le invitasse immediatamente a Barton Park appena finito il loro presente impegno a Exeter. Di fronte a un invito simile, l'impegno a Exeter fu subito sciolto, e Lady Middleton fu gettata in una considerevole agitazione dall'idea di ricevere così presto una visita di due signorine che non aveva mai visto in vita sua, senza avere alcuna garanzia in merito alla loro eleganza, e neppure sapere se fossero sufficientemente distinte, dato che le assicurazioni in proposito di suo marito e di sua madre valevano meno di niente. Il fatto che fossero parenti peggiorava ulteriormente le cose; e i tentativi della signora Jennings di consolarla dicendole di non badare tanto alla loro eleganza, poiché dopo tutto erano cugini, e si sarebbero sopportarti a vicenda, non potevano dunque avere un buon esito. Visto che ormai era impossibile impedire che venissero, Lady Middleton si rassegnò con tutta la filosofia di una donna beneducata, accontentandosi di rivolgere a suo marito un gentile rimprovero, cinque o sei volte al giorno.

Le signorine arrivarono, e il loro aspetto non era certo né volgare né poco elegante. I loro abiti erano sfarzosi, i loro modi molto educati; rimasero incantate dalla casa, caddero in estasi per la mobilia; successe inoltre che fossero così pazzamente innamorate dei bambini da conquistarsi la buona opinione di Lady Middleton prima di aver passato un'ora a Barton Park. Lady Middleton dichiarò che erano ragazze davvero piacevoli, il che, per sua signoria, equivaleva a un'ammirazione entusiastica. Dopo quell'elogio così animato la fiducia di Sir John nel proprio discernimento si risollevò, cosicché prese immediatamente la strada del villino per descrivere alle signorine Dashwood l'arrivo delle signorine Steele e assicurare loro che erano le più care ragazze del mondo. Da un tale elogio, però, c'era poco da attendersi; Elinor sapeva benissimo che di «più care ragazze del mondo» se ne poteva incontrare una quantità in ogni angolo dell'Inghilterra, e in qualunque possibile e immaginabile varietà quanto a forma, aspetto, carattere e spirito. Sir John voleva che tutta la famiglia marciasse subito verso casa sua per vedere le sue ospiti. Che uomo gioviale, che filantropo! Gli risultava penoso tenere solo per sé perfino due cugine di terzo grado.

«Avanti, venite», diceva, «per piacere, venite... dovete venire... vi assicuro che verrete... Non potete immaginare quanto vi piaceranno. Lucy è eccezionalmente carina e tanto allegra e simpatica! I bambini le stanno già tutti intorno, come se fosse una vecchia amica. Ed entrambe desiderano tanto vedervi, perché a Exeter hanno sentito dire che siete le più belle creature del mondo; io ho detto loro che è verissimo, anzi anche di più. Ne rimarrete incantate, ne sono sicuro. Hanno portato una carrozza piena di giocattoli per i bambini. Come potete essere così perfide da non venire? Insomma sono vostre cugine, sapete, in qualche modo. Voi siete cugine mie, e loro lo sono di mia moglie, quindi dovete essere parenti.»

Ma Sir John non riuscì ad averla vinta. Riuscì solo a ottenere la promessa di una visita entro un giorno o due, e le lasciò, stupito della loro indifferenza, per correre a casa e parlare in modo entusiastico di loro alle signorine Steele, proprio come a loro aveva vantato le attrattive delle Steele.

Quando ebbero luogo la visita promessa e la conseguente presentazione a quelle signorine, le Dashwood non trovarono nulla da ammirare nell'aspetto della maggiore, che era quasi trentenne e aveva un viso bruttino e poco intelligente; ma nell'altra, che non aveva che ventidue o ventitré anni, riconobbero una notevole avvenenza: aveva lineamenti graziosi, due occhi vivaci e acuti, e una ricercatezza nell'abbigliamento che la distingueva, se pure non bastava a conferirle una vera grazia ed eleganza. I loro modi erano particolarmente cortesi, ed Elinor non tardò ad attribuire loro un certo criterio, quando vide con quanta cura, costante e giudiziosa, cercavano di rendersi gradite a Lady Middleton. Con i bambini, poi, erano in uno stato di continuo rapimento, esaltavano la loro bellezza, cercavano di attirare la loro attenzione e accontentavano ogni loro capriccio; e il tempo sottratto alle importune richieste che venivano incoraggiate da quella cortesia era investito nell'ammirazione di tutto quel che faceva sua signoria, se capitava che questa facesse qualche cosa, o nel copiare qualche elegante abito nuovo indossato da lei il giorno prima che aveva fatto loro perdere la testa. Fortunatamente per quanti corteggiano gli altri con simili mezzi, una madre amorosa, se nell'andare a caccia di lodi per i suoi figli si dimostra il più rapace degli esseri umani, si dimostra altresì il più credulone; le sue esigenze sono esorbitanti, però inghiottirà qualsiasi cosa; così che l'eccessivo affetto e la disponibilità delle signorine Steele nei confronti delle sue creature erano considerati da Lady Middleton senza la minima sorpresa, né il minimo sospetto. Vedeva con materna soddisfazione gli scherzi impertinenti e i brutti tiri che le sue cugine sopportavano di buona grazia. Vedeva come le loro fasce venivano slacciate, i loro capelli tirati sulle orecchie, le loro borse da lavoro frugate, i taglierini e le forbici nascosti, e non le veniva nemmeno da dubitare che fosse un piacere reciproco. Anzi, l'unica sorpresa era che Elinor e Marianne se ne stessero sedute con tanta compostezza, senza partecipare a quello che stava succedendo.

«John è così esuberante oggi!», disse quando lui prese il fazzoletto da tasca della signorina Steele e lo buttò fuori dalla finestra. «Combina una quantità di marachelle!»

E poco dopo, quando il secondo bambino pizzicò con violenza un dito della medesima signorina, osservò con tenerezza: «Che giocherellone il mio William!».

«Ed ecco la mia cara, piccola Annamaria», aggiunse un attimo dopo, accarezzando con dolcezza una bimba di tre anni, che non aveva fatto baccano negli ultimi due minuti. «È sempre così buona, così quieta... non si è vista mai una bambina più tranquilla di lei!»

Purtroppo però, mentre lei dispensava quegli abbracci, una forcella dell'acconciatura di sua signoria, producendo un piccolo graffio sul collo della bimba, tirò fuori da quel modello di mansuetudine delle urla talmente acute che a stento avrebbero potuto essere superate da qualsiasi creatura definita rumorosa. La costernazione della madre fu estrema; ma non superò l'allarme delle signorine Steele, e tutto quello che l'affetto poteva suggerire in una emergenza così critica fu tentato, da tutte e tre, per calmare l'atroce pena della piccola sofferente. La bimba fu presa sulle ginocchia dalla mamma, coperta di baci, la sua ferita fu lavata con acqua di lavanda da una delle signorine Steele, che si era inginocchiata per assisterla, mentre l'altra le riempiva la bocca di caramelle. Visto che riceveva tale ricompensa per le sue lacrime, la bambina era troppo saggia per smettere di piangere. Andò avanti a gridare e a singhiozzare con foga, prese a calci i fratelli che volevano azzardarsi a toccarla, e le attenzioni di tutti risultarono inefficaci, fino a che, per fortuna, Lady Middleton, ricordando che la settimana precedente, in una scena di disperazione simile, era stata applicata con successo per una contusione sulla fronte la terapia che prevedeva una certa marmellata di albicocche, raccomandò ansiosamente lo stesso rimedio per quello sciagurato graffio, e un leggero intervallo nelle strilla della piccola gentildonna, a quella proposta, fece loro sperare che non sarebbe stato respinto. La bimba fu portata fuori della stanza nelle braccia della mamma in cerca di quella medicina e, visto che i due ragazzetti decisero di seguirla nonostante fossero caldamente supplicati da sua signoria di non muoversi, le quattro signorine furono lasciate in una condizione di tranquillità che la sala non conosceva da molte ore.

«Povera creaturina!», disse la signorina Steele, appena sua signoria e i bambini furono usciti. «Avrebbe potuto trasformarsi in una vera disgrazia.»

«Non vedo proprio come», esclamò Marianne, «a meno che non fosse capitato in circostanze del tutto diverse. Ma così non si fa che accrescere l'allarme, quando in realtà non c'è proprio nulla di cui aver paura.»

«Che donna piena di dolcezza è Lady Middleton!», disse Lucy Steele.

Marianne rimase in silenzio; le riusciva impossibile dire quello che non sentiva, anche nel caso più insignificante, quindi il compito di dire bugie quando la cortesia lo rendeva necessario toccava sempre a Elinor. Questa fece del suo meglio, quando fu chiamata in causa, parlando di Lady Middleton con un calore superiore a quello che sentiva, e che tuttavia era comunque inferiore a quello della signorina Lucy.

«E anche Sir John», esclamò la sorella maggiore, «che uomo affascinante!»

Di nuovo l'elogio della signorina Dashwood, che si limitava a essere semplice e giusto, mancò di *éclat*. Elinor si limitò infatti a osservare che era molto gioviale e cordiale.

«E che famigliola incantevole! Non ho mai visto dei bambini così belli in tutta la mia vita. Me ne sono già innamorata, dico la verità, e io ho sempre adorato i bambini!»

«Avrei potuto indovinarlo», disse Elinor con un sorriso, «dalle cose che ho visto stamattina.»

«Ho il sospetto», disse Lucy, «che voi pensiate che i piccoli Middleton siano un po' troppo viziati; forse corrono il rischio di esserlo un tantino; ma è così naturale in Lady Middleton; e per parte mia, amo i bambini pieni di vita e d'intelligenza. Non li posso sopportare quando sono docili e tranquilli.»

«Confesso», rispose Elinor, «che quando mi trovo a Barton Park non penso mai con orrore ai bambini docili e tranquilli.»

A questo discorso seguì una breve pausa, che fu rotta dalla signorina Steele, che pareva molto disposta a conversare, e che all'improvviso disse: «Vi piace il Devonshire, signorina Dashwood? Immagino che vi sia dispiaciuto molto lasciare il Sussex».

Stupita dalla familiarità di questa domanda, o almeno dal modo con cui era stata formulata, Elinor rispose di sì.

«Norland è un posto davvero splendido, no?», aggiunse la signorina Steele.

«Abbiamo sentito che Sir John lo ammira moltissimo», disse Lucy, che sembrava ritenere necessaria qualche scusa per la libertà che si era presa la sorella.

«Credo che nessuno potrebbe vederlo», rispose Elinor, «senza ammirarlo; ma non si può certo pensare che qualcuno ne possa capire la bellezza quanto noi.»

«E avevate un sacco di giovanotti eleganti laggiù? Credo non ce ne siano molti in questa parte del mondo; per parte mia, sono sempre una dotazione molto importante.»

«Ma come fate a pensare», intervenne Lucy, evidentemente vergognandosi della sorella, «che nel Devonshire non ci siano altrettanti giovani signori distinti che nel Sussex?»

«Eh, cara mia, è ovvio che non intendo dire che non ci siano! Si sa che ci sono un sacco di giovanotti e di elegantoni a Exeter; ma sapete, come potrei sapere quanti ce n'erano a Norland? E stavo pensando che sarebbe una bella noia, per le signorine Dashwood, se qui non ce ne fosse quanti loro erano avvezze ad averne. Ma forse voi signorine non ve ne curate, e ve ne state felici e contente anche senza. Per parte mia, penso che siano proprio piacevoli, purché vestano con eleganza e si comportino con educazione. Ma quando sono sporchi e maleducati non li sopporto! Beh, c'era il signor Rose, a Exeter, un giovanotto eccezionalmente elegante, proprio un *beau*, era il giovane di studio del signor Simson, sapete, eppure, se vi succedesse di incontrarlo una mattina, fareste meglio a non vederlo... Suppongo che vostro fratello fosse un gran *beau*, prima di sposarsi, visto che era così ricco?»

«Parola mia», ribatté Elinor, «non ve lo posso dire, perché non capisco bene il significato della parola. Ma vi posso dire che, se davvero è stato un *beau* prima di sposarsi, lo è ancora, perché in lui non c'è stato il minimo cambiamento.»

«Oh Signore! Gli uomini sposati non sono mai *beaux*... hanno altro da fare!»

«Buon Dio, Anne!», esclamò sua sorella, «farai credere alla signorina Dashwood che non pensi a nient'altro!» E per cambiare discorso, prese ad ammirare la casa e l'arredamento.

Quel saggio delle signorine Steele fu sufficiente. La familiarità di cattivo gusto e la sprovvedutezza della maggiore non faceva di certo buona impressione, e non essendo tanto accecata dalla bellezza e dall'aria astuta della minore da non vedere la sua mancanza di vera eleganza e di semplicità, Elinor ritornò a casa senza alcun desiderio di conoscerle meglio.

Non così le signorine Steele. Erano venute da Exeter provviste di una bella dose di ammirazione da usare a beneficio di Sir John Middleton, della sua famiglia e di tutta la sua parentela, e una porzione generosa fu prodigata anche alle sue cugine; affermarono che non avevano mai conosciuto ragazze più belle, eleganti, educate e simpatiche, e che erano particolarmente ansiose di fare una migliore conoscenza. Ed Elinor ben presto si accorse che fare una migliore conoscenza era inevitabile, perché, dato che Sir John era completamente dalla parte delle signorine Steele, la loro fazione era troppo forte per consentire un'opposizione, e bisognava piegarsi a quel tipo di intimità che consiste nel rimanere un'ora o due insieme nella stessa stanza, quasi tutti i giorni. Sir John non poteva fare di più; ma in realtà non avrebbe neppure immaginato che ci volesse qualcosa di più; stare insieme, a sua vista, voleva dire essere amici intimi, e siccome i suoi continui progetti per farle incontrare venivano messi in atto, non dubitava davvero che fossero amiche.

Per rendergli giustizia, bisogna dire che faceva tutto quel che era in suo potere per promuovere tra loro maggiore intimità, mettendo al corrente le signorine Steele di tutto ciò che sapeva, o immaginava, sulla situazione delle cugine, fino ai più delicati dettagli; cosicché Elinor non le aveva ancora incontrate più di un paio di volte che già la maggiore si congratulava con lei perché sua sorella, appena venuta a Barton, aveva avuto la fortuna di accaparrarsi un elegantissimo *beau*.

«È proprio una bella cosa che si sposi così giovane», disse, «e poi sento dire che è proprio un *beau*, e terribilmente attraente. E spero abbiate presto anche voi la stessa fortuna... ma forse avete già un amico dietro l'angolo.»

Elinor non poteva supporre che Sir John fosse stato più rispettoso di quanto non lo fosse stato con Marianne, in merito ai sospetti per il suo affetto per Edward; anzi, questo, tra i due, era il suo gioco preferito, visto che offriva qualcosa di più nuovo e di più ricco di ipotesi; e dopo la visita di Edward, non avevano mai pranzato insieme senza che lui brindasse «all'oggetto del suo affetto» in modo così significativo e con tante strizzatine d'occhi e mosse del capo da attrarre l'attenzione di tutti. Veniva citata anche la lettera *F* come occasione di battute così innumerevoli che per quanto riguardava Elinor era considerata la lettera più spiritosa di tutto l'alfabeto.

Le signorine Steele, come lei si aspettava, potevano ora godere appieno di questi scherzi, che nella maggiore delle due destavano una curiosità di sapere il nome del signore a cui si alludeva che, pur se spesso espressa con molta indiscrezione, era perfettamente in armonia con il suo generico desiderio di ficcare il naso negli affari della famiglia Dashwood. Ma Sir John non titillava a lungo la curiosità che aveva piacere di suscitare, giacché traeva per lo meno altrettanto piacere dal proferire quel nome di quanto ne potessero ricavare le signorine Steele dal sentirlo.

«Si chiama Ferrars», disse, in un percepibile sussurro, «ma vi prego di non rivelarlo, perché è un gran segreto.»

«Ferrars!», ripeté la signorina Steele. «Allora è questo signor Ferrars il fortunato, eh? Ma signorina Dashwood, non è il fratello di sua cognata? Proprio un giovanotto simpaticissimo; lo conosco benissimo.»

«Come puoi dir questo, Anne?», esclamò Lucy, che era sempre obbligata a correggere le affermazioni di sua sorella. «È vero che lo abbiamo visto una o due volte dallo zio, ma pretendere di conoscerlo benissimo è davvero troppo.»

Elinor sentì tutto questo con attenzione e stupore. E chi era quello zio? Dove viveva? Come si erano conosciuti? Avrebbe desiderato molto che il discorso continuasse, senza dovervi lei stessa partecipare; ma non venne detto altro, e per la prima volta nella sua vita rimpianse che la signora Jennings mancasse d'interesse per i piccoli pettegolezzi, o di disponibilità a comunicarli agli altri. Il modo in cui la signorina Steele aveva parlato di Edward accresceva la sua curiosità, perché l'aveva colpita come qualcosa di maligno, e induceva al sospetto che quella signorina sapesse, o pensasse di sapere, qualcosa di sfavorevole per lui. Ma la sua curiosità fu inutile, perché le signorine Steele non fecero più caso al nome del signor Ferrars quando vi veniva fatta allusione o era addirittura menzionato apertamente da Sir John.

Capitolo ventiduesimo

Marianne, che non aveva mai molta tolleranza per tutto quel che era impertinenza, volgarità, ignoranza, o addirittura mera differenza di gusti rispetto ai suoi, a quel tempo era particolarmente mal disposta, dato il suo stato d'animo, a essere amabile con le signorine Steele, o a incoraggiare i loro tentativi di confidenza; era quindi all'invariabile freddezza del suo comportamento, che bloccava qualsiasi tentativo d'intimità da parte loro, che Elinor attribuiva la preferenza per lei che in breve divenne evidente nell'atteggiamento di entrambe, ma specialmente di Lucy, che non perdeva alcuna occasione per attaccare discorso o cercare di approfondire la loro conoscenza attraverso un'aperta, sincera esposizione dei suoi sentimenti.

Lucy era, per sua natura, intelligente; le sue osservazioni erano spesso giuste e divertenti, e come compagna per un periodo limitato Elinor la trovava spesso piacevole; ma le sue doti non avevano ricevuto alcun aiuto dall'educazione, era ignorante e incolta, e la sua mancanza di istruzione, che si rivelava nei più comuni particolari, non poteva sfuggire alla signorina Dashwood, nonostante gli sforzi che continuamente faceva per apparire in condizione di vantaggio. Elinor vedeva in lei, e ne aveva pietà, lo sperpero di doti che lo studio avrebbe potuto rendere davvero rispettabili; ma vedeva inoltre, e con minore simpatia, la completa mancanza di delicatezza, di rettitudine e integrità spirituale, che a Barton Park venivano rivelate dalle esagerate premure e dalle continue adulazioni, e non poteva trovare soddisfazione a lungo nella compagnia di una persona che univa l'insincerità all'ignoranza, anche perché la sua mancanza di istruzione impediva che i loro discorsi si svolgessero su un piano di uguaglianza, e la sua condotta verso gli altri toglieva ogni valore a qualsiasi manifestazione di interesse e rispetto verso di lei.

«La mia domanda vi sembrerà strana, oserei dire», cominciò Lucy un pomeriggio, mentre si avviavano insieme, a piedi, da Barton Park a Barton Cottage, «ma, per piacere, conoscete personalmente la madre di vostra cognata, la signora Ferrars?»

Elinor pensò che quella domanda fosse davvero strana, e il suo viso lo disse chiaro, mentre rispondeva di non aver mai visto la signora in questione.

«Veramente?», rispose Lucy. «Questo mi lascia stupita, perché credevo proprio che l'aveste vista qualche volta a Norland. Forse allora non sapete dirmi che tipo di donna è?»

«No», replicò Elinor, ben attenta a non tradire la sua vera opinione sulla madre di Edward, e non molto desiderosa di soddisfare quella che pareva una curiosità fuori luogo, «non so nulla di lei.»

«Sono sicura che penserete che io sia molto strana, per interrogarvi a questo modo», disse Lucy fissando attentamente Elinor mentre parlava, «ma potrebbero esserci delle ragioni... vorrei poter correre questo rischio; a ogni modo, spero mi farete la giustizia di credere che non intendo essere maleducata.»

Elinor formulò una risposta cortese, ed entrambe proseguirono per qualche minuto in silenzio. Lo ruppe Lucy, che riprese l'argomento, affermando con una certa esitazione:

«Non posso sopportare che mi consideriate di una curiosità impertinente. Non so cosa darei per non essere giudicata così da una persona la cui opinione è tanto preziosa, per me, quanto lo è la vostra. E di sicuro non avrei il minimo timore di affidarmi a voi; anzi, sarei molto felice di avere il vostro consiglio nella difficile situazione in cui mi trovo, ma a ogni modo non è il caso di disturbarvi. Peccato che non conosciate la signora Ferrars».

«Anche a me dispiace», rispose Elinor, profondamente stupita, «se davvero poteva esservi utile conoscere la mia opinione. Ma, a dirvi la verità, non sapevo che conosceste quella famiglia, e quindi sono un po' stupita, debbo confessarlo, di una domanda così seria sul carattere di quella signora.»

«Lo credo bene che lo siate, e di certo non me ne stupisco. Ma se osassi dirvi tutto, non sareste tanto sorpresa. Certo la signora Ferrars al presente non è nulla per me... ma può venire il momento... e quando verrà, dipenderà da lei... in cui noi potremmo divenire imparentate molto intimamente.»

Mentre diceva questo abbassò gli occhi, amabilmente confusa, limitandosi a lanciare un'occhiata di sbieco alla sua compagna, per valutare l'effetto delle sue parole.

«Buon dio!», esclamò Elinor, «ma cosa intendete dire? Conoscete il signor Robert Ferrars? Siete forse la sua...?» E non si sentì molto contenta all'idea di una simile cognata.

«No», replicò Lucy, «non del signor Robert Ferrars... non l'ho visto mai in vita mia; ma», e fissò gli occhi su Elinor, «di suo fratello maggiore.»

Cosa provò Elinor in quel momento? Sbigottimento, che sarebbe stato tanto doloroso quanto profondo se non fosse stato seguito dall'immediata certezza che non c'era nulla di vero. Si girò verso Lucy in silenzioso stupore, incapace di indovinare la ragione di una tale dichiarazione e, pur impallidendo, rimase salda nella sua incredulità, e non corse alcun pericolo di un attacco di nervi o di uno svenimento.

«Capisco bene che siate sorpresa», continuò Lucy, «perché a dire la verità non potevate proprio immaginarlo; oserei dire che lui non debba aver fatto la minima allusione davanti a voi o a nessun altro della vostra famiglia, perché si è sempre voluto che fosse un gran segreto, e sono certa di averlo mantenuto come tale fino a questo momento. Non c'è anima viva che ne sia al corrente, fra le mie conoscenze, eccetto Anne, e non lo avrei mai detto nemmeno a voi, se non sentissi la più grande fiducia del mondo nella vostra discrezione; e poi ho veramente ritenuto che il mio comportamento, con tutte le domande che vi ho rivolto sulla signora Ferrars, dovesse sembrarvi tanto strano da richiedere una spiegazione. E credo che il signor Ferrars non si dispiacerà quando saprà che mi sono confidata con voi, perché so che ha la più grande stima della vostra famiglia, e considera voi e le altre signorine Dashwood come delle vere sorelle.» A questo punto si interruppe.

Elinor rimase in silenzio per qualche momento. All'inizio il suo stupore per quel che aveva sentito fu troppo grande per poterlo esprimere a parole; ma alla fine, obbligandosi a parlare, e a parlare con prudenza, disse con una calma che celava piuttosto bene la sua sorpresa e il suo sconcerto: «Posso domandarvi se il vostro fidanzamento è di lunga data?».

«Siamo fidanzati da quattro anni.»

«Quattro anni!»

«Sì.»

Anche se era molto scossa, Elinor si sentì ancora incapace di crederle.

«Fino a ieri», disse, «non sapevo nemmeno che vi conosceste.»

«La nostra conoscenza, però, risale a molti anni fa. È stato affidato a mio zio, sapete, per un periodo di tempo considerevole.»

«Vostro zio!»

«Sì, il signor Pratt. Non lo avete mai sentito parlare del signor Pratt?»

«Penso di sì», rispose Elinor, con una tensione nervosa che cresceva col crescere della sua commozione.

«È stato quattro anni con mio zio, che abita a Longstaple, vicino Plymouth. È stato lì che abbiamo fatto conoscenza, perché mia sorella e io andavamo spesso a trovare lo zio, ed è stato là che abbiamo combinato il nostro fidanzamento, anche se questo è stato quando da un anno non era più da lui come alunno; ma dopo è stato quasi sempre con noi. Io ero molto restia a impegnarmi, come potrete immaginare, senza dir nulla a sua madre e senza avere la sua approvazione; ma ero troppo giovane e l'amavo troppo, per essere prudente, come avrei dovuto... Quantunque non lo conosciate bene come me, signorina Dashwood, lo avete frequentato abbastanza per riconoscere che è un uomo che può farsi amare sinceramente da una donna.»

«Certo», rispose Elinor, senza sapere quel che stava dicendo; ma dopo un momento di riflessione aggiunse, con rinnovata sicurezza nell'onore e nell'amore di Edward e nella falsità della sua compagna: «Fidanzata al signor Ferrars! Confesso di essere così profondamente stupita da quel che mi dite che, a dire la verità... vi chiedo scusa, ma certo ci deve essere qualche errore di persona, o di nome. Non è possibile che stiamo parlando dello stesso signor Ferrars.»

«Non vedo chi altri potremmo intendere», esclamò Lucy sorridendo. «La persona di cui voglio parlare è il signor Edward Ferrars, figlio maggiore della signora Ferrars di Park Street e fratello di sua cognata, la signora Dashwood; dovrete pur concedermi che non è possibile che proprio io mi sbagli, a proposito del nome dell'uomo da cui dipende tutta la mia felicità.»

«È strano», insistette Elinor con dolorosa perplessità, «che io non abbia mai nemmeno sentito menzionare il vostro nome.»

«No, considerata la situazione, non è strano. La nostra prima preoccupazione è stata di tener segreta ogni cosa. Voi non conoscete affatto né me né la mia famiglia, sicché non poteva esserci occasione, per lui, di fare il mio nome, e siccome temeva sempre, in modo particolare, che sua sorella sospettasse qualcosa, questo era un motivo sufficiente per non pronunciarlo mai.»

Poi rimase in silenzio. La sicurezza di Elinor venne meno; non venne meno, però, il suo dominio di sé.

«Dunque siete fidanzati da quattro anni», disse con voce ferma.

«Sì. E Dio sa quanto dovremo ancora aspettare! Povero Edward! È proprio scoraggiato.» Poi, tirando fuori di tasca una miniatura, aggiunse: «Per evitare la possibilità di un errore, siate così gentile di guardare questo volto. Certo questo ritratto non gli rende giustizia, ma credo che non potrà ingannarsi sull'identità dell'originale. Ce l'ho da tre anni».

Così dicendo glielo mise in mano. Se la paura di una decisione troppo affrettata o il desiderio di scoprire la falsità potevano ancora alimentare dei dubbi nella mente di Elinor, di sicuro lei non poteva averne alcuno riguardo a quel viso. Restituì il ritratto quasi subito, elogiandone la somiglianza.

«Non ho mai potuto», continuò Lucy, «ricambiarlo con il mio ritratto, e questo mi dispiace molto, perché Edward ha sempre desiderato tanto averlo! Ma sono ben decisa a posare per farmelo fare alla prima opportunità.»

«Avete proprio ragione», rispose Elinor, con calma. Poi avanzarono di qualche passo in silenzio. Fu Lucy la prima a parlare.

«Sono certa», disse, «non ho un solo dubbio al mondo, che voi terrete fedelmente il segreto, perché di certo comprendete di quanta importanza sia per noi che esso non arrivi alle orecchie di sua madre, che, oserei dire, non darebbe mai la sua approvazione. Io non erediterò alcun patrimonio, e credo che lei sia una donna estremamente orgogliosa.»

«Di certo non sono stata io a cercare le vostre confidenze», rispose Elinor, «ma voi non fate che farmi giustizia pensando di potervi fidare di me. Il vostro segreto è al sicuro, per quanto mi riguarda; ma scusatemi se esprimo una certa sorpresa per una comunicazione che non era per nulla necessaria. Comunque, dovrete perlomeno aver sentito che il fatto che io ne fossi informata non accresceva la sua segretezza.»

Mentre diceva questo, guardò con serietà Lucy, sperando di leggere sul suo viso qualcosa (forse la falsità di gran parte delle cose che aveva detto), ma il viso di Lucy non mostrò il benché minimo cambiamento.

«Temevo infatti che pensaste che mi prendevo troppa libertà con voi», disse, «nel raccontarvi tutto questo. A dire il vero, non vi conosco da molto tempo, almeno di persona, però conosco da parecchio voi e la vostra famiglia, per averne sentito parlare tanto, e appena vi ho vista mi è parso quasi di incontrare una vecchia amica. E poi, nel caso presente, ho pensato che qualche spiegazione vi fosse dovuta, dopo quelle domande così dettagliate sulla madre di Edward; e sono tanto sfortunata da non avere una sola persona a cui chiedere consiglio. Anne è l'unica a saperlo, ma è tanto priva di giudizio; anzi, mi fa molto più male che bene, perché ho sempre paura che tradisca il mio segreto. Non sa stare zitta, ve ne sarete accorta, e l'altro giorno, quando Sir John ha fatto il nome di Edward, ho avuto una gran paura che rivelasse tutto quanto. Non avete idea di quanto ne soffro, dentro di me.

Mi meraviglio solo di essere ancora viva, dopo tutto quanto ho penato per amore di Edward, in questi quattro anni. Tutto così sospeso e incerto, e vederlo così di rado... è difficile che ci si incontri più di due volte l'anno. Non faccio che meravigliarmi che il mio cuore non sia ancora spezzato.»

A questo punto tirò fuori il fazzoletto; Elinor però non provò molta compassione.

«Certe volte», proseguì Lucy, dopo essersi asciugata gli occhi, «mi chiedo se non sarebbe meglio per tutti e due separarci del tutto.» Così dicendo fissò la sua compagna. «Ma poi, in altri momenti, non ho sufficiente forza per questo. Non posso sopportare l'idea di dargli tutto il dolore che, lo so benissimo, gli causerebbe una cosa simile. E anche da parte mia... mi è tanto caro... non credo ne avrei il coraggio. Cosa mi consigliereste di fare in questo caso, signorina Dashwood? Voi cosa fareste?»

«Scusatemi», rispose Elinor, sobbalzando a quella domanda, «ma io, date le circostanze, non sono in grado di darvi nessun consiglio. Dovrà essere il vostro criterio a guidarvi.»

«Quel che è certo», continuò Lucy dopo alcuni attimi di silenzio da entrambe le parti, «è che sua madre dovrà pur pensare a lui, un giorno o l'altro: ma il povero Edward è così scoraggiato. Non l'avete trovato terribilmente abbattuto quando era a Barton? Era così afflitto quando ci ha lasciate a Longstaple per venire da voi, temevo avreste pensato che fosse malato.»

«Allora veniva dalla casa di vostro zio, quando ci ha fatto visita?»

«Oh sì, era stato due settimane da noi. Credevate che venisse direttamente da Londra?»

«No», rispose Elinor, rendendosi conto, con pena, che ogni nuova circostanza era in favore della sincerità di Lucy; «ricordo che ci disse di essere stato due settimane con certi amici vicino a Plymouth.» Ricordò inoltre come era stata sorpresa, allora, per il fatto che lui non aveva detto nulla di più di quegli amici; per il suo completo silenzio, perfino a proposito dei nomi.

«Non vi siete accorte che era molto afflitto?», disse Lucy.

«Sì, certo, specialmente quando è arrivato.»

«Io l'avevo implorato di farsi forza, per timore che voi poteste sospettare qualcosa; ma era così triste per non essersi potuto fermare più di quindici giorni, e per avermi visto così addolorata. Povero ragazzo! Ho paura che stia ancora così, perché quando scrive si capisce che è di pessimo umore. Ho avuto sue notizie proprio prima di partire da Exeter», e tirata fuori di tasca una lettera la sventolò con noncuranza in direzione di Elinor. «Sapete di certo come scrive bene; ma questa qui non è bella come al solito. Era stanco, oserei dire, perché aveva riempito il foglio per me fino all'impossibile.»

Elinor vide che quella era la calligrafia di Edward, e non poté nutrire ulteriori dubbi. Si era illusa di poter credere che il ritratto fosse stato ottenuto per caso, o non fosse un dono di Edward; ma una corrispondenza epistolare fra di loro poteva essere resa possibile solo da un vero e proprio fidanzamento; per qualche momento fu sul punto di crollare, il cuore le venne meno, non riusciva a reggersi in piedi; ma uno sforzo per dominarsi era necessario, indispensabile, e lottò con tale risolutezza contro la violenza dei suoi sentimenti che il successo fu veloce, e, per il momento, completo.

«Scriverci l'un l'altro», disse Lucy, infilandosi di nuovo in tasca la lettera, «è l'unico nostro conforto in queste lunghe separazioni. Io, è vero, traggo un altro conforto dal suo ritratto; ma il povero Edward non ha neanche quello. Dice che se avesse il mio ritratto per lui sarebbe più facile. Gli ho dato una ciocca dei miei capelli montata in un anello, l'ultima volta che è stato a Longstaple, e questo gli è un po' di conforto, dice, ma non quanto il ritratto. Forse ha notato l'anello, quando l'ha visto?»

«Sì», rispose Elinor, mantenendo, nel tono di voce, una compostezza sotto cui si nascondevano una commozione e un'angoscia come non ne aveva mai provate prima. Era mortificata, ferita, confusa.

Per sua fortuna erano arrivate al villino, e la conversazione non poté proseguire. Dopo essersi sedute con loro pochi minuti, le signorine Steele tornarono indietro, e allora Elinor fu libera di pensare e di lasciarsi andare alla disperazione.

Capitolo ventitreesimo

Per quanto scarsa fosse, in generale, la fiducia di Elinor nella sincerità di Lucy, era impossibile, dopo una seria riflessione, dubitarne nel caso presente, in cui nessuna tentazione avrebbe potuto spingerla a inventare una menzogna di tal genere. Quindi non poteva, non osava più dubitare di quello che Lucy aveva affermato, dato che era comprovato, da ogni punto di vista, da tante probabilità e tante prove, e contraddetto soltanto dai suoi desideri. L'occasione della conoscenza avviata in casa del signor Pratt era stata la base di tutto, allo stesso tempo indiscutibile e allarmante; e la visita di Edward nelle vicinanze di Plymouth, la sua tristezza, la sua scontentezza per i progetti sul suo avvenire, il suo comportamento incerto verso di lei, la conoscenza approfondita che le signorine Steele avevano di Norland e della loro famiglia (che spesso l'aveva stupita), il ritratto, la lettera, l'anello, formavano un complesso di prove tale da vincere qualunque timore di condannarlo ingiustamente, e provavano, con una sicurezza che nessuna parzialità poteva annullare, che lui si era comportato male. Il suo dolore per il modo in cui l'aveva trattata e la sua indignazione per essere stata il suo zimbello non le consentirono per un certo tempo che di pensare a se stessa; ma ben presto nacquero nuove idee, nuove considerazioni. Edward aveva davvero voluto ingannarla? Aveva simulato un affetto per lei che non provava? Era, il suo fidanzamento con Lucy, un'espressione del suo cuore? No; se anche lo era stato un tempo, lei non poteva credere che lo fosse ancora. Ora l'affetto di Edward era tutto suo. In questo, lei non si poteva ingannare. Sua madre, le sue sorelle, Fanny, tutti si erano accorti di quel sentimento per lei, a Norland; non era stata la sua vanità a illuderla. Di sicuro lui la amava. Come risultava dolce al suo cuore quella persuasione! Come si sentiva disposta a perdonare! Lui era stato biasimevole, molto biasimevole, nel rimanere a Norland dopo avere sentito che l'influenza da lei esercitata era più forte di quello che avrebbe dovuto essere. Questo non poteva essergli perdonato; ma se l'aveva offesa, quanto più aveva offeso se stesso! Se la situazione di lei era dolorosa, quella di Edward era disperata. Con la sua imprudenza lui l'avrebbe resa infelice per un po' di tempo; ma pareva che avesse negato a se stesso qualsiasi possibilità di felicità. Lei poteva, col passare del tempo, ritrovare la tranquillità; ma lui, cosa aveva di fronte? Poteva essere sufficientemente felice con Lucy Steele? Poteva, dato che l'affetto che nutriva per lei era fuori questione, e data la sua integrità e la sua delicatezza, la sua cultura, accontentarsi di una moglie come quella... illetterata, artificiosa, egoista?

L'infatuazione giovanile dei suoi diciannove anni lo aveva accecato, facendogli distinguere solo la bellezza e la vivacità di Lucy, era naturale; ma i quattro anni seguenti (quegli anni che, se spesi nell'esercizio della ragione, servono a maturare così tanto la mente) dovevano avergli aperto gli occhi sulle carenze dell'educazione dell'innamorata; mentre quegli stessi anni, che Lucy aveva trascorso in compagnia di persone di livello inferiore e in occupazioni frivole, l'avevano probabilmente deprivata completamente di quella semplicità che un giorno, forse, aveva reso interessante la sua bellezza.

Se, nella supposizione che lui volesse sposare Elinor, le difficoltà che poteva incontrare con sua madre erano sembrate grandi, quanto più grandi dovevano essere in questo caso, quando la persona con cui fidanzarsi era senza dubbio inferiore come condizione sociale e probabilmente, anche, finanziaria! In verità queste difficoltà, visto che il suo cuore era tanto alienato da Lucy, non potevano rappresentare un'afflizione molto grave; ma quanto è triste la condizione di chi si attende come un sollievo l'opposizione e l'ostilità della famiglia!

Mentre in lei si susseguivano queste considerazioni, piangeva più per lui che per se stessa. Sostenuta dalla convinzione di non avere fatto nulla per meritarsi quel dolore, e consolata dalla certezza che Edward non avesse fatto nulla per perdere la sua stima, pensò di potersi dominare abbastanza, pur sotto il primo impatto di quel colpo, da evitare alla madre e alle sorelle qualsiasi sospetto della verità. E riuscì così bene a uniformare il suo comportamento a quella decisione che quando le raggiunse a pranzo, solo due ore dopo aver sofferto la perdita delle sue speranze più care, nessuno avrebbe immaginato, dal suo aspetto e da quello di Marianne, che Elinor dentro di sé soffrisse per gli ostacoli che dovevano dividerla per sempre dalla persona che amava, e che Marianne, nel suo intimo, continuasse a pensare alla perfezione di un uomo del cui cuore riteneva di essere in pieno possesso e che si aspettava di vedere arrivare in ogni carrozza che passava accanto alla loro casa.

Anche se l'obbligava a uno sforzo incessante, la necessità di nascondere alla madre e a Marianne il segreto che le era stato confidato non aggravava l'angoscia di Elinor. Al contrario, era per lei un sollievo che le venisse risparmiata una comunicazione tanto dolorosa per le sue care, e allo stesso tempo la probabilità di dover ascoltare la loro condanna di Edward, una condanna che probabilmente sarebbe stata l'ovvia conseguenza del loro eccessivo affetto per lei, e che era più di quanto lei sentisse di poter sopportare.

Sapeva di non poter ricevere alcun aiuto dal loro consiglio e dalla loro conversazione; che la loro tenerezza e la loro pena non avrebbero fatto altro che accrescere il suo, e che il suo dominio di sé non avrebbe ricevuto un incoraggiamento né dal loro esempio né dai loro elogi. Da sola si sentiva più forte, e il suo buon senso la sosteneva così bene che la sua fermezza non fu scossa, il suo atteggiamento rimase invariabilmente allegro, per quanto era possibile, dato il dispiacere così intenso e così recente.

Anche se aveva sofferto molto durante la sua prima conversazione con Lucy, presto sentì un vivo desiderio di parlare di nuovo con lei, e per più di una ragione. Voleva sentire ripetere molti dei particolari del loro fidanzamento, in modo da capire più chiaramente quello che Lucy veramente sentiva per Edward, e se c'era sincerità nelle sue affermazioni di stima e di affetto per lui; e in particolare voleva convincere Lucy, con la sua disponibilità a tornare sull'argomento e la sua calma nel conversare, che il suo interesse era solo quello di un'amica, perché aveva paura che l'involontaria agitazione di quella mattina avesse portato Lucy perlomeno a dubitarne. Che Lucy potesse essere pronta a divenire gelosa di lei pareva molto probabile; che Edward avesse parlato di lei decantandone le lodi era chiaro, non solo da quel che Lucy aveva detto, ma dal fatto che avesse corso il rischio di affidarle un segreto di così evidente, riconosciuta importanza, nonostante la loro conoscenza personale fosse così recente. Anche le scherzose allusioni di Sir John dovevano avere avuto il loro peso. Anzi, mentre Elinor, dentro di sé, rimaneva tanto sicura di essere veramente amata da Edward, non erano necessarie altre considerazioni per ritenere plausibile che l'altra fosse gelosa; e che lo fosse, era provato proprio dalla confidenza che le aveva fatto. Quale altra ragione avrebbe potuto motivarla, se non quella di informare Elinor delle sue superiori pretese su Edward, e di metterla in guardia così che in futuro lo evitasse? Non le era difficile comprendere almeno questa delle intenzioni della sua rivale, e, pur fermamente risoluta a comportarsi verso di lei secondo tutte le regole dell'onore e dell'onestà, e a contrastare il suo affetto per Edward e vederlo il meno possibile, non poteva tuttavia negarsi la soddisfazione di tentare di convincerla che il suo cuore non era ferito. E siccome ormai non aveva da sentire sull'argomento nulla di più penoso di quel che aveva già sentito, non ebbe dubbi sulla propria capacità di affrontare in tutta compostezza un nuovo confronto con Lucy, per riesaminare i vari dettagli.

Ma l'occasione non si presentò subito, quantunque Lucy fosse altrettanto ben disposta a non lasciarsela sfuggire; il tempo non era abbastanza bello da consentire che uscissero tutti a fare una passeggiata, durante la quale loro due avrebbero facilmente potuto staccarsi dagli altri, e anche se si incontravano almeno una sera sì e una no, non era previsto che si incontrassero per parlare. Un'idea del genere non sarebbe mai entrata nella testa di Sir John e di Lady Middleton, e quindi poche erano le occasioni offerte alla conversazione in generale, e quelle di fare quattro chiacchiere in privato erano inesistenti. Si vedevano per mangiare, bere e ridere tutti insieme, fare giochi di carte o giochi di società, o per qualsiasi altro divertimento, purché fosse sufficientemente chiassoso.

Uno o due riunioni del genere avevano avuto luogo senza offrire alcuna opportunità di appartarsi con Lucy, quando una mattina Sir John fece visita al villino per supplicare, in nome della carità, che quel giorno pranzassero tutte con Lady Middleton, perché lui doveva andare al circolo a Exeter, e la signora sarebbe rimasta sola, se non per la presenza di sua madre e delle due signorine Steele. Elinor, che s'era convinta che quel che aveva in mente fosse più facile da realizzare durante una giornata che, come quella, offriva maggiori garanzie di libertà, sotto la tranquilla ed educata direzione di Lady Middleton, rispetto alle occasioni in cui suo marito le riuniva per fare chiasso, accettò immediatamente l'invito; Margaret, col permesso della madre, fu ugualmente compiacente, e Marianne, pur sempre riluttante a unirsi a loro per quel genere di incontri, fu persuasa anche lei ad accettare dalle insistenze di sua madre, a cui, come di consueto, dispiaceva che lei rinunciasse a un'occasione di svago.

Le tre signorine andarono, e Lady Middleton fu felicemente salvata dalla terribile solitudine che la minacciava. La riunione fu insulsa, proprio come Elinor si era aspettata; non produsse nulla di nuovo in fatto di pensiero e di espressione, e nulla poteva essere meno interessante del complesso dei loro discorsi, tanto in sala da pranzo quanto nel salotto; qui le accompagnarono i bambini, e finché ci rimasero, lei fu troppo convinta dell'impossibilità di attirare l'attenzione di Lucy per tentare di farlo. I bambini le lasciarono soltanto quando fu sparecchiata la tavola del tè; quindi fu portato il tavolino da gioco, ed Elinor iniziò a stupirsi della propria ingenuità per aver sperato di trovare un po' di tempo per la conversazione a Barton Park. Tutte si alzarono per accingersi a una partita.

«È meglio», disse Lady Middleton a Lucy, «che non finiate stasera il cestino per la povera piccola Annamaria, perché di sicuro vi disturberebbe lavorare a lume di candela. Domani faremo le scuse al nostro tesoro per la sua delusione, e così spero che non ci rimanga troppo male.»

Quell'accenno fu sufficiente; Lucy colse il messaggio e rispose: «Ma no, no, vi sbagliate, Lady Middleton, aspettavo solo di sapere se potete fare a meno di me, e se posso mettermi immediatamente al lavoro. Non vorrei deludere quell'angioletto per nulla al mondo. Però, se preferite che io sieda al tavolo da gioco, finirò il cestino dopo cena».

«Siete molto gentile, spero che non vi faccia male agli occhi... volete suonare per farvi portare qualche candela da lavoro? La mia povera piccolina sarebbe molto delusa, lo so, se domani il cestino non fosse pronto, perché anche se le ho detto che non lo sarà, sono sicura che si aspetta di averlo.»

Lucy tirò subito verso di sé il suo tavolino da lavoro e tornò a sedersi, allegra e piena di alacrità, come se non conoscesse piacere maggiore che fare un cestino di filigrana per una bambina viziata.

Lady Middleton propose alle altre una partita di casinò. Nessuno fece obiezione eccetto Marianne, che, con la sua solita incuranza delle più comuni forme di cortesia, esclamò: «Vostra signoria, abbiate la bontà di scusarmi; sapete che detesto le carte. Mi metterò al piano: non l'ho ancora toccato, da quando è stato accordato». E senza altri preamboli si voltò e si avvicinò allo strumento.

Dall'espressione che fece Lady Middleton parve che stesse ringraziando il cielo di non aver fatto mai, lei, un discorso così sgarbato.

«Marianne non può stare a lungo lontana da quel piano, lo sapete, signora», disse Elinor, cercando di alleviare la situazione, «e non c'è da stupirsene, perché è il migliore che io abbia mai sentito.»

Le cinque donne rimaste dovevano ora distribuirsi le carte.

«Forse», riprese Elinor, «se toccasse a me di restare fuori, potrei essere utile alla signorina Lucy, arrotolando per lei la carta; ha ancora tanto da fare, non credo che lavorando da sola possa finire stasera. Sarei molto contenta se mi consentiste di aiutarla.»

«Davvero, vi sarò molto obbligata per il vostro aiuto», esclamò Lucy, «poiché mi accorgo che c'è più da fare di quanto credevo, e dopo tutto sarebbe una gran brutta cosa deludere la cara Annamaria.»

«Oh, sarebbe proprio terribile!», esclamò la signorina Steele. «Povera piccola creatura, quanto le voglio bene!»

«Siete molto gentile», disse Lady Middleton a Elinor, «e se davvero avete voglia di lavorare, forse potrete accontentarvi di aspettare un altro giro. O volete tentare subito la sorte?»

Elinor fu lieta di approfittare della prima delle due proposte e così, con un pizzico di quell'arte che Marianne non avrebbe mai accondisceso a esercitare, raggiunse lo scopo prefissato, ingraziandosi allo stesso tempo Lady Middleton. Lucy le fece posto con gioia e premura, e le due belle rivali sedettero una accanto all'altra alla stessa tavola, dedicandosi in tutta armonia a portare avanti lo stesso lavoro. Per fortuna il pianoforte, davanti al quale Marianne, rapita nella musica e nei propri pensieri, aveva già dimenticato che nella stanza ci fosse qualcun altro oltre a lei, era così vicino a loro che la signorina Dashwood ritenne di poter introdurre in tutta sicurezza, con la protezione di quel rumore, l'argomento che tanto la interessava, senza alcun rischio di essere sentita al tavolino da gioco.

Capitolo ventiquattresimo

Con tono fermo, e tuttavia cauto, Elinor cominciò dunque:

«Non meriterei la fiducia di cui mi avete onorata se non sentissi alcun desiderio di vedervi continuare, e alcuna ulteriore curiosità sull'argomento in questione. Non vi chiederò scusa, pertanto, nel cercare di affrontarlo un'altra volta».

«Grazie», esclamò Lucy con calore, «per aver rotto il ghiaccio; mi avete rappacificato il cuore, perché, in fondo, avevo paura di avervi offesa, con quanto vi ho detto quel lunedì.»

«Offesa! Come avete potuto immaginare una cosa del genere? Credetemi», ed Elinor parlava con la massima sincerità, «nulla avrebbe potuto essere più lontano dalle mie intenzioni che il darvi un'idea simile. Potevate forse avere una ragione per confidare in me che non fosse onorevole e lusinghiera nei miei confronti?»

«E tuttavia vi assicuro», rispose Lucy con una significativa luce negli occhi piccoli e acuti, «mi era sembrato che nel vostro atteggiamento ci fosse una freddezza e una disapprovazione che mi mettevano molto a disagio. Ero sicura che foste arrabbiata con me, e da allora mi sono sentita furiosa con me stessa per essermi presa tanta libertà da importunarvi con i miei affari. Ma sono lieta di scoprire che era solo una mia fantasia, e che non mi biasimate affatto. Se sapeste quanto è confortante, per me, parlarvi di ciò a cui penso sempre, in ogni momento della mia vita, la vostra simpatia vi farebbe trascurare tutte le altre considerazioni, ve lo assicuro.»

«Posso facilmente capire che mettermi al corrente della vostra situazione sia stato per voi un grandissimo sollievo; state pur sicura che non avrete mai ragione di pentirvene. Il vostro caso è molto sfortunato; mi pare che siate circondata dalle difficoltà, e voi e il signor Ferrars avrete bisogno di tutto il vostro reciproco affetto per sopportarle. Il signor Ferrars, a quel che credo, dipende completamente da sua madre.»

«Di suo ha solo duemila sterline; sarebbe una follia sposarsi con questo, anche se da parte mia rinuncerei senza alcun rimpianto a qualsiasi prospettiva di poter avere di più. Sono stata sempre abituata a vivere con una rendita modestissima, e per lui sarei senza dubbio capace di lottare contro la povertà; ma lo amo troppo per essere tanto egoista da togliergli, forse, tutto quello che sua madre potrebbe dargli se decidesse di fare il tipo di matrimonio che lei auspica. Dobbiamo aspettare, e forse per molti anni ancora. Con qualsiasi altro uomo al mondo sarebbe una prospettiva allarmante; ma so che nulla potrà privarmi dell'affetto e della costanza di Edward.»

«Questa convinzione deve essere tutto per voi; e lui senza dubbio è sorretto dalla stessa fiducia. Se la forza del vostro sentimento reciproco fosse venuta meno, come naturalmente sarebbe potuto succedere in molti casi, a tante persone, durante quattro anni di fidanzamento, la vostra condizione sarebbe stata veramente miserevole.»

A questo punto Lucy alzò lo sguardo; Elinor però fu bene attenta a evitare qualsiasi espressione che potesse dare alle sue parole un significato sospetto.

«L'amore di Edward», disse Lucy, «è stato messo alla prova fin troppo dalla nostra lunga, lunghissima separazione, da quando ci siamo fidanzati, e ha sopportato questa prova talmente bene che sarebbe imperdonabile dubitarne proprio ora. Posso dire con tutta sicurezza che fin dall'inizio non mi ha mai dato neppure un momento di timore, a questo proposito.»

A questa dichiarazione Elinor non seppe se sorridere o sospirare.

Lucy proseguì. «Ho un temperamento piuttosto portato alla gelosia, e per via delle nostre diverse condizioni, perché lui è socialmente tanto più in alto di me, e per la nostra continua separazione sono stata anche troppo incline al sospetto per non scoprire in un attimo la verità, se ci fosse stato il minimo cambiamento nel suo atteggiamento quando ci incontravamo, o qualche pena che non mi potessi spiegare, o se avesse parlato più di una signorina che di un'altra, o avessi avuto l'impressione, sotto qualunque rispetto, che a Longstaple fosse meno felice di quanto non era solito essere. Non voglio vantarmi di essere particolarmente osservatrice o in generale acuta, ma sono certa che in un caso del genere non mi potrei ingannare.»

«Tutto ciò», pensò Elinor, «è molto carino; ma non può trarre in inganno nessuna delle due.»

«Ma quali sono i vostri progetti?», disse dopo un breve silenzio. «O forse non c'è che attendere la morte della signora Ferrars, il che sarebbe una misura estrema, davvero triste e scandalosa? Il figlio è deciso a piegarsi a questo, e a tutta la noia dei molti anni d'incertezza in cui potrebbe essere trascinato, piuttosto che correre per un breve tempo il rischio del fare un dispiacere a sua madre dicendole la verità?»

«Se potessimo essere certi che fosse solo per poco! La signora Ferrars è una donna molto testarda e orgogliosa, e nel primo moto di collera sarebbe capace di intestare tutto quanto a Robert; e un'idea del genere, per amore di Edward, mi fa paura e mi trattiene da qualsiasi passo affrettato.»

«E per amor vostro, anche, altrimenti il vostro disinteresse arriverebbe ben oltre quanto è ragionevole.»

Lucy scrutò di nuovo Elinor, e non disse nulla.

«Conoscete il signor Robert Ferrars?», chiese Elinor.

«Per nulla... non l'ho mai visto; credo però che sia molto differente da suo fratello... sciocco, un vanesio damerino.»

«Un vanesio damerino!», ripeté la signorina Steele, il cui orecchio aveva afferrato quella parola durante una pausa della musica di Marianne. «Oh, stanno parlando dei loro *beaux* prediletti, oserei dire.»

«No, sorella», esclamò Lucy, «ti sbagli, i nostri *beaux* non sono vanesii damerini!»

«Io di certo posso testimoniare che quello della signorina Dashwood non lo è», disse la signora Jennings, ridendo di tutto cuore, «perché è uno dei giovanotti più modesti e più educati che io abbia mai visto; ma quanto a Lucy, è un tipino così pieno di ritrosia che non c'è modo di capire chi è che le piace.»

«Oh!», esclamò la signorina Steele, volgendo intorno uno sguardo significativo, «direi che il *beau* di Lucy è tanto modesto ed educato quanto quello della signorina Dashwood.»

Elinor, suo malgrado, arrossì. Lucy si morse le labbra e fissò furibonda la sorella. Un silenzio generale regnò per qualche tempo. Lucy fu la prima a romperlo, dicendo a bassa voce, nonostante Marianne offrisse loro la poderosa protezione di una splendida sonata:

«Vi descriverò onestamente un piano che mi è venuto in mente in questi ultimi tempi per risolvere le cose; anzi, sono costretta a farvi partecipe del segreto, perché ne siete coinvolta. Ritengo conosciate abbastanza bene Edward per sapere che preferirebbe la chiesa a qualsiasi altra professione; ora, il mio piano è che prenda gli ordini il più presto possibile, e poi voi, con il vostro interessamento (che, ne sono sicura, vorrete gentilmente mostrare, in nome dell'amicizia che avete per lui e di quel po' di affetto che, voglio sperare, sentite per me) potreste persuadere suo fratello a dargli la parrocchia di Norland che, a quanto sento dire, rende molto bene, e il cui attuale titolare non ha più molto da vivere. Questo ci sarebbe sufficiente per sposarci, e quanto al resto potremmo affidarci al tempo e alla sorte».

«Io sarò sempre lieta», rispose Elinor, «di dimostrare in qualsiasi modo la mia stima e la mia amicizia per il signor Ferrars; non vi accorgete però che in questo caso il mio intervento sarebbe fuori luogo? Lui è il fratello della moglie di John Dashwood... non dovrebbe esserci bisogno di altra raccomandazione per convincere suo marito.»

«Ma se Edward prendesse gli ordini la signora Dashwood non lo approverebbe.»

«Allora sospetto che il mio intervento potrebbe essere di ben scarsa utilità.»

Rimasero di nuovo in silenzio per parecchi minuti. Alla fine Lucy esclamò, con un sospiro:

«Credo che la cosa più saggia sarebbe di porre subito fine a questa storia, sciogliendo il fidanzamento. Sembra proprio che siamo circondati da tutte le parti da tali e tante difficoltà... però forse, anche se saremmo infelici per un certo tempo, alla fine potremmo essere contenti. Ma non volete proprio darmi la vostra opinione, signorina Dashwood?».

«No», rispose Elinor, con un sorriso che nascondeva sentimenti molto agitati, «su un argomento del genere, no di certo. Sapete benissimo che la mia opinione su una questione del genere non avrebbe nessun peso per voi, a meno che non fosse d'incoraggiamento ai vostri desideri.»

«Mi fate davvero torto», rispose Lucy con molta solennità. «Non conosco nessuno di cui stimi il giudizio più del vostro, e penso proprio che se mi diceste: "Vi consiglio senz'altro di porre fine al vostro fidanzamento con Edward Ferrars, per la felicità di entrambi", io sarei pronta a farlo immediatamente.»

Elinor arrossì per l'insincerità della futura moglie di Edward, e rispose: «Questo complimento mi fa comprendere ancor meglio che è opportuno che io eviti di comunicarvi qualsiasi opinione io possa avere in proposito. Esagera troppo la mia influenza; il potere di dividere due esseri così teneramente uniti è troppo per una persona non coinvolta».

«Ma proprio perché non siete coinvolta», disse Lucy, piuttosto piccata, e ponendo una certa enfasi nelle sue parole, «il vostro giudizio ha tanto valore per me. Se si potesse pensare che voi foste portata, dai vostri sentimenti, verso una o l'altra parte, sarebbe inutile chiedere la vostra opinione.»

Elinor ritenne fosse più saggio non rispondere nulla, per timore che la situazione degenerasse verso un indecoroso aumento d'inopportuna confidenza, ed era perfino quasi decisa a non tornare più sull'argomento. Quel discorso fu seguito da un'altra pausa di parecchi minuti, e ancora una volta fu Lucy la prima a romperla.

«Andrete a Londra quest'inverno, signorina Dashwood?»

«No di certo.»

«Oh, mi dispiace proprio!», esclamò l'altra, mentre i suoi occhi si illuminavano a quella notizia. «Sarebbe stato un tale piacere per me incontrarvi là! Ma penso che ci andrete, dopo tutto. Senza dubbio vostro fratello e sua cognata vi inviteranno.»

«Non sarebbe in mio potere accettare il loro invito, se anche lo facessero.»

«Che peccato! Contavo proprio di potervi incontrare. Già, Anne e io ci andremo alla fine di gennaio, da certi parenti che ci hanno invitate da parecchi anni; ma io ci vado solo per vedere Edward. Lui sarà lì in febbraio; altrimenti per me Londra non avrebbe nessuna attrattiva.»

Presto Elinor fu chiamata al tavolino da gioco per la seconda partita, e lo scambio di confidenze tra le due signorine giunse al termine. Tutt'e due si rassegnarono senza alcuna riluttanza, poiché nulla era stato detto, da una parte e dall'altra, che potesse mitigare la reciproca antipatia; ed Elinor sedette al suo posto con la triste convinzione che Edward non solo non nutrisse alcun affetto per quella che doveva essere sua moglie, ma che non avesse nemmeno alcuna possibilità di essere tollerabilmente felice nel matrimonio (possibilità che il *suo* sincero affetto avrebbe invece potuto offrirgli), giacché solo l'interesse poteva indurre una donna a tenere un uomo legato a un fidanzamento sapendo benissimo che ne era ormai stanco.

Dopo quella volta Elinor non toccò più l'argomento, e quando Lucy lo tirava fuori (e raramente perdeva l'occasione di farlo, badando bene di informare la sua confidente della sua felicità tutte le volte che riceveva una lettera di Edward) Elinor lo affrontava con calma e prudenza, mettendolo da parte non appena l'educazione lo permetteva; sentiva infatti che parlarne costituiva un'indulgenza immeritata verso Lucy, ed era pericoloso per lei.

Il soggiorno delle signorine Steele a Barton Park si protrasse molto oltre la durata prevista dall'invito iniziale. Il loro favore cresceva, sembravano divenute indispensabili; Sir John non voleva sentire parlare di una loro partenza; e malgrado i loro impegni a Exeter, che erano numerosi ed erano stati presi da molto tempo, malgrado l'assoluta necessità di tornare per far fronte immediatamente a quegli impegni (necessità che diveniva impellente a ogni fine settimana), furono costrette a trattenersi quasi due mesi, e ad assistere alla debita celebrazione di quelle feste che richiedono, perché la loro importanza sia manifesta, una quantità straordinaria di balli privati e di grandi pranzi.

Capitolo venticinquesimo

Nonostante avesse l'abitudine di trascorrere gran parte dell'anno in casa delle figlie, o di amici, la signora Jennings non era certo priva di una residenza sua. Dopo la morte del marito, che aveva esercitato il commercio con successo in una parte meno elegante della città, d'inverno risiedeva in una casa di sua proprietà, in una delle strade vicino a Portman Square. All'avvicinarsi di gennaio iniziava a dirigere i suoi pensieri verso questa casa, e un bel giorno, all'improvviso, e del tutto inaspettatamente, chiese alle due maggiori tra le signorine Dashwood di accompagnarla lì. Elinor, senza fare caso al cambiamento di colore della sorella e allo sguardo animato che faceva capire come quel progetto non le risultasse affatto indifferente, offrì subito un cortese ma definitivo rifiuto, ritenendo di esprimere l'opinione di entrambe. La ragione che presentava era la ferma decisione a non lasciare la madre in quel periodo dell'anno. La signora Jennings accolse il rifiuto con una certa sorpresa, e subito ripeté l'invito.

«Oh Signore! Sono certa che vostra madre potrà fare benissimo a meno di voi, e vi prego di concedermi la vostra compagnia, perché ci tengo veramente molto. Non temete di disturbarmi, perché non cambierò le mie abitudini per voi. Si tratta solo di mandare Betty con la diligenza, e spero di potermelo permettere. Noi tre staremo benissimo nel mio calesse, e quando saremo a Londra, se non vorrete andare dove vado io, andrà bene lo stesso, perché potrete sempre andare con una delle mie figlie. Sono certa che vostra madre non avrà obiezioni; sono stata così fortunata nel liberarmi delle figlie mie che di certo mi considererà la persona più adatta ad avere cura di voi; e se non riesco a far maritare bene almeno una di voi due, non sarà mia la colpa. Parlerò bene di voi a tutti i giovanotti, di questo potete stare sicure.»

«Ho l'impressione», disse Sir John, «che la signorina Marianne non farebbe obiezione a un progetto del genere, se la sua sorella maggiore si decidesse ad approvarlo. È proprio triste che non debba prendersi un piccolo piacere solo perché la signorina Dashwood non vuole. Consiglio dunque a tutt'e due di filarvela in città, quando sarete stanche di Barton, senza dire neppure una parola alla signorina che ho menzionato.»

«Ma no!», esclamò la signora Jennings, «sono sicura che, venga o meno la signorina Dashwood, sarò terribilmente felice di avere la compagnia della signorina Marianne, però io penso che più saremo e più staremo allegre, e poi immaginavo che sarebbe stato più piacevole per loro stare insieme; perché, se si stancano di me possono parlare tra di loro, e ridere delle mie stranezze dietro le mie spalle. Comunque sia, se non posso averle entrambe me ne prenderò una, quale che sia. Che Dio mi benedica! Come credete che potrei andare avanti tutta sola, io che sono stata abituata fino all'inverno scorso ad avere con me Charlotte! Avanti, signorina Marianne, concludiamo il patto con una bella stretta di mano, e se poi la signorina Dashwood cambierà idea, beh, tanto meglio.»

«Vi ringrazio, signora, vi ringrazio sinceramente», disse Marianne con calore, «il vostro invito vi garantisce la mia eterna gratitudine, ed essere in condizione di accettare vorrebbe dire per me una tale felicità... sì, quasi la più grande felicità di cui io sia capace. Ma la mia mamma, la mia carissima e buonissima mamma... capisco quanto sia giusto quel che ha detto Elinor, e se lei dovesse essere meno felice, meno serena a causa della nostra assenza... oh, no! nulla potrebbe tentarmi a lasciarla. Non potremmo, non dovremmo venire a ogni costo.»

La signora Jennings ribadì di esser certa che la signora Dashwood potesse fare benissimo a meno di loro; ed Elinor, che ormai aveva capito sua sorella e capiva come l'ansia di ritrovare Willoughby la rendesse indifferente a qualunque altra cosa, non fece nessun'altra opposizione diretta, e si limitò a consigliare di sottoporre il progetto alla decisione della mamma; dalla quale, però, non si aspettava di ricevere un appoggio al suo tentativo di impedire una visita che non poteva approvare per quel che concerneva Marianne, e che, per suo conto, aveva particolari ragioni per evitare. Qualunque cosa desiderasse Marianne, sua madre sarebbe stata ansiosa di favorirla; ed Elinor non sperava di poter convincere la signora Dashwood a una maggiore cautela nel condurre un affare in merito al quale non era mai riuscita a farle sentire il minimo sospetto; quanto a lei stessa, non osava spiegare il motivo della sua resistenza ad andare a Londra. Che Marianne, suscettibile com'era, e conoscendo bene le maniere della signora Jennings, che invariabilmente la facevano irritare, potesse superare ogni difficoltà e passare sopra a tutto quel che risultava più offensivo alla sua vulnerabilità in modo da poter perseguire quell'unico scopo, era una prova più che lampante dell'importanza che tale scopo aveva per lei; ma Elinor, nonostante tutto quello che c'era stato, non era preparata ad accettarlo.

Quando fu messa al corrente dell'invito, la signora Dashwood, convinta che il viaggio avrebbe procurato molto piacere alle figlie, e comprendendo, nonostante tanto affettuoso riguardo verso di lei, fino a che punto Marianne lo desiderava, non volle sentir dire che avevano rifiutato l'invito a causa sua; insistette perché lo accettassero tutt'e due senza indugio, e cominciò, con la sua consueta giovialità, a illudersi che quella separazione avrebbe recato una quantità di vantaggi a tutte quante.

«È un bellissimo progetto», esclamò, «è proprio quanto di meglio potevo augurarmi. Margaret e io ne trarremo altrettanto beneficio di voi. Come ci divertiremo noi due insieme, con i nostri libri e la nostra musica, quando voi e i Middleton ve ne sarete andati! Quanti progressi avrà fatto Margaret al vostro ritorno! Sto anche pensando a certi lavoretti da far fare nelle vostre camere da letto, che così potrò avviare senza recare disturbo a nessuno. È più che giusto che andiate a Londra: vorrei che tutte le ragazze della vostra condizione fossero aggiornate sulle maniere e i divertimenti della città. Sarete sotto la tutela di una donna buona, davvero materna, della cui cortesia verso di voi non posso dubitare; e con ogni probabilità avrete l'occasione di vedere vostro fratello, e quali che siano le sue colpe, o quelle di sua moglie, quando penso di chi è figlio mi rammarico molto che siate così estranei fra voi.»

«Anche se, con il vostro solito desiderio di vederci felici», disse Elinor, «avete ovviato a tutti gli ostacoli al progetto che vi potevamo presentare, c'è ancora un'obiezione che, a mia vista, non può essere cancellata tanto facilmente.»

L'espressione di Marianne si intristì.

«E cosa sta per suggerire, la mia cara, la mia prudente Elinor?», disse la signora Dashwood. «Quale formidabile ostacolo sta per tirare fuori? Non voglio sentire neppure una parola a proposito del costo.»

«La mia obiezione è questa: anche se pensate il meglio del cuore della signora Jennings, non mi sembra il tipo di donna la cui compagnia possa farci grande piacere, o la cui protezione possa offrirci la distinzione sociale più opportuna.»

«Questo è molto vero», rispose la madre, «ma rimarrete ben poco con lei da sole, e apparirete in società quasi sempre con Lady Middleton.»

«Se Elinor si lascia spaventare dall'antipatia che prova per la signora Jennings», disse Marianne, «che almeno non impedisca a me di accettare l'invito. Io non ho scrupoli di tal genere, e posso senza dubbio superare con pochissimo sforzo ogni inconveniente di quel tipo.»

Elinor non poté fare a meno di sorridere a questa dichiarazione di indifferenza verso i modi di una persona verso la quale era stato spesso molto difficile persuadere Marianne a comportarsi con un minimo di educazione; e dentro di sé decise che se sua sorella insisteva per andare, sarebbe andata anche lei, perché non le pareva opportuno che Marianne fosse abbandonata all'unica guida del suo criterio, o che la signora Jennings fosse abbandonata alla mercé di Marianne nei momenti in cui cercava conforto nelle sue ore di solitudine. Con questa decisione si riconciliò tanto più facilmente in quanto rammentò che Edward Ferrars, a detta di Lucy, non sarebbe andato a Londra prima di febbraio, e che la loro visita, se pure non fosse sopraggiunta alcuna ragione di abbreviarla, si sarebbe conclusa ancor prima.

«Andrete entrambe», disse la signora Dashwood. «Queste obiezioni sono insensate. Vi piacerà molto stare a Londra, e starci insieme; e se

Elinor accondiscendesse, qualche volta, ad anticipare un piacere, vedrebbe quanto di buono se ne potrebbe attendere; per esempio potrebbe pregustare qualche bello sviluppo all'idea di migliorare la conoscenza della famiglia di sua cognata.»

Elinor aveva spesso auspicato un'occasione per tentare di scuotere la fiducia di sua madre nell'attaccamento tra lei ed Edward, così che il colpo potesse essere meno grave al momento di dichiarare la verità; e di fronte a quell'attacco si costrinse, anche se senza speranza di riuscita, a cominciare a mettere in atto il suo disegno, dicendo con la maggior calma possibile:

«Voglio molto bene a Edward Ferrars e sarò sempre felice di vederlo, ma quanto al resto della famiglia, mi è perfettamente indifferente di conoscerla o meno».

La signora Dashwood sorrise, e non disse nulla. Marianne alzò lo sguardo stupita, ed Elinor pensò che avrebbe fatto meglio a tenere la bocca chiusa.

Dopo qualche altro breve scambio di opinioni, venne alfine deciso di accettare l'invito. La signora Jennings ricevette la risposta con molta gioia, e fece molte promesse di mostrarsi attenta e affettuosa, né il piacere fu solo suo. Sir John ne fu felice, perché per un uomo la cui principale preoccupazione era la paura di star solo, l'aggiunta di due persone agli abitanti di Londra era già qualcosa. Perfino Lady Middleton si prese la briga di mostrarsi lieta, il che voleva dire uscire alquanto dai soliti binari; e quanto alle signorine Steele, in particolar modo Lucy, non erano state mai tanto felici in vita loro come nell'apprendere quella notizia.

Elinor si rassegnò al progetto, così contrario ai suoi desideri, con minor riluttanza di quanto si fosse aspettata. Ormai, per lei, era indifferente andare o meno a Londra, e quando vide sua madre così soddisfatta del progetto e sua sorella tutta animata nello sguardo, nella voce, nei modi, e di nuovo piena della sua abitudinaria vivacità, e anzi di un'inconsueta letizia, non poté dispiacersi di ciò che ne era causa, e si trattenne dal dubitare delle conseguenze.

La gioia di Marianne sfiorava la felicità, tanto erano grandi l'esaltazione del suo spirito e la sua impazienza di partire. La tratteneva solo il dispiacere di abbandonare la mamma, e al momento di separarsi il suo dolore fu enorme. La sofferenza della signora Dashwood fu di poco inferiore, ed Elinor parve la sola delle tre a ritenere che quella separazione non sarebbe stata eterna.

Capitolo ventiseiesimo

Elinor non riusciva a trovarsi in carrozza con la signora Jennings, e iniziare un viaggio a Londra sotto la sua tutela, e come sua ospite, senza stupirsi della stranezza della sua posizione, visto che la loro conoscenza di quella signora era così recente, che così poco si armonizzavano per età e disposizione, e che tante erano state le sue obiezioni in proposito solo pochi giorni prima! Ma ogni contrasto era stato superato o trascurato dal felice ardore giovanile che animava tanto Marianne che sua madre; e nonostante tutti gli occasionali dubbi sulla costanza di Willoughby, Elinor non poteva prendere atto del trasporto che riempiva tutta l'anima della sorella e le luccicava negli occhi senza sentire quanto vuoti fossero i suoi prospetti per l'avvenire, quanto poco allegro, in confronto, fosse il suo stato d'animo, e con quanta gioia si sarebbe messa anche lei nell'incerta situazione di Marianne, per avere lo stesso esaltante obiettivo, la stessa occasione di speranza. Un breve, brevissimo periodo di tempo doveva ormai bastare a far capire una volta per tutte quali fossero le intenzioni di Willoughby; con ogni probabilità, lui era già a Londra. La smania di mettersi in viaggio rendeva palese che Marianne era sicura di trovarlo là; ed Elinor era decisa non solo a gettare quanta più luce possibile sul carattere di lui tramite la sua osservazione e le informazioni degli altri, ma anche a seguirne il comportamento con Marianne con attenzione tanto zelante da consentirle di accertarsi in breve tempo di quali fossero le sue intenzioni. Se il risultato fosse stato sfavorevole, era risoluta ad aprire a qualunque costo gli occhi alla sorella; altrimenti, i suoi sforzi sarebbero stati di tutt'altro genere; avrebbe fatto del suo meglio per evitare qualsiasi paragone egoistico, e soffocare qualsiasi rimpianto che potesse diminuire la sua soddisfazione per la felicità di Marianne.

Viaggiarono per tre giorni, e il comportamento di Marianne durante il viaggio fu un bell'esempio della compiacenza e della compagnia che la signora Jennings si poteva attendere da lei. Rimase quasi sempre seduta in silenzio, sprofondata nei suoi pensieri, e raramente parlava spontaneamente, se non quando la pittoresca bellezza del paesaggio le strappava un'esclamazione di piacere, destinata esclusivamente alla sorella. E dunque, per rimediare a tale condotta, Elinor assunse immediatamente il ruolo che si era attribuita, si comportò col massimo riguardo verso la loro ospite, parlò e rise con lei e la stette a sentire più che poté; e la signora Jennings, da parte sua, le trattò entrambe con ogni possibile gentilezza, si preoccupò in ogni occasione della loro comodità e del loro divertimento, e si dispiacque solo di non riuscire a far sì che scegliessero da sole la loro cena all'albergo, o a estorcere una confessione sulle loro preferenze fra il salmone e il merluzzo, il pollo lesso e le cotolette di vitello. Giunsero a Londra verso le tre del terzo giorno, felici di emergere, dopo così lungo viaggio, dalla prigionia della carrozza, e pronte a godersi il piacere di un bel fuoco.

La casa era bella e ben arredata, e alle due signorine fu subito messa a disposizione una camera assai comoda. Era stata quella di Charlotte, e sul caminetto era ancora appeso un paesaggio in fili di seta colorati da lei ricamato, a riprova del fatto che i sette anni trascorsi in una grande scuola di Londra erano andati a buon frutto.

Dato che il pranzo non sarebbe stato pronto che due ore dopo il loro arrivo, Elinor risolse di impiegare quel tempo scrivendo a sua madre e si sedette a tavolino. Pochi momenti dopo Marianne la imitava. «Io sto scrivendo a casa, Marianne», disse Elinor, «non faresti meglio a rimandare la tua lettera per uno o due giorni?»

«Non voglio scrivere alla mamma», rispose Marianne immediatamente, quasi volesse evitare altre domande. Elinor non insistette, ma subito le passò per la mente che stesse scrivendo a Willoughby; e la conclusione che subito ne trasse fu che, quantunque volessero portare avanti l'affare in gran segreto, i due dovessero essere fidanzati. Questa convinzione, se anche non la soddisfaceva del tutto, le faceva piacere, così che continuò allegramente la sua lettera. Quella di Marianne fu finita in pochi minuti; quanto a estensione, non poteva essere più lunga di un biglietto; venne quindi piegata, suggellata e indirizzata con gran velocità. Elinor credette di riconoscere una grande «*W*» nell'indirizzo; non appena questo fu vergato Marianne suonò il campanello, e pregò il domestico che si affacciò di far portare quella lettera alla posta cittadina. Dopo ciò, non ci fu più alcun dubbio.

Era ancora molto eccitata, ma con oscillazioni che impedivano alla sorella di ricavarne molto piacere, e che andarono crescendo col passare del pomeriggio. A pranzo, non toccò quasi cibo, e quando tornarono in salotto, pareva stesse ansiosamente in ascolto del rumore delle carrozze.

Fu una grande soddisfazione per Elinor che la signora Jennings, essendo molto occupata in camera sua, potesse accorgersi ben poco di quello che stava accadendo. Fu portato il tè, e già Marianne era stata delusa più di una volta da un colpo battuto a una porta vicina, quando se ne sentì uno più forte, su cui non si poteva sbagliare. Elinor fu certa che annunciasse l'arrivo di Willoughby, e Marianne sobbalzò e si diresse alla porta. Ci fu un attimo di silenzio; impaziente, la ragazza fece pochi passi verso la scala, e dopo aver ascoltato mezzo minuto tornò nella stanza piena di un'agitazione che nasceva dalla certezza di averlo sentito; e in quel momento di grande trasporto non poté trattenersi dall'esclamare: «Oh, Elinor, è Willoughby, è proprio lui!», con l'aria d'essere quasi pronta a gettarsi fra le sue braccia; allora apparve il Colonnello Brandon.

Il colpo fu troppo forte per essere tollerato con calma, e lei uscì immediatamente dalla stanza. Anche Elinor rimase delusa; ma il rispetto che sentiva per il Colonnello la spinse a fargli una bella accoglienza, anche perché si sentiva molto ferita dall'idea che un uomo che aveva tanta simpatia per sua sorella dovesse accorgersi che questa non provava, nel vederlo, che dolore e disappunto. Capì immediatamente che la cosa non gli era sfuggita; che aveva perfino osservato Marianne, mentre fuggiva dalla stanza, con tanto sbigottimento e tanta preoccupazione da scordarsi di adottare, nei confronti di lei, le più elementari regole dell'educazione.

«Vostra sorella non si sente bene?», disse.

Elinor rispose, alquanto confusa, che era proprio così, e menzionò l'emicrania, la depressione, la stanchezza, insomma qualunque cosa a cui potesse sembrare credibile attribuire quel comportamento.

Lui la ascoltò con la massima attenzione; poi si riprese, cambiò argomento e iniziò subito a parlare di quanto gli faceva piacere vederle a Londra, facendo le solite domande in merito al viaggio e agli amici lontani.

Continuarono a discorrere in questo modo tranquillo, con pochissimo interesse da ambo le parti, entrambi avviliti, entrambi coi pensieri altrove. Elinor avrebbe voluto sapere se Willoughby era in città, ma temeva di fargli dispiacere ponendogli domande sul suo rivale; e alla fine, tanto per dire qualcosa, gli chiese se era stato sempre a Londra da che si erano visti l'ultima volta. «Sì», rispose lui con qualche imbarazzo, «quasi sempre; sono stato un paio di volte a Delaford, per qualche giorno, ma non mi è stato possibile tornare a Barton.»

Questo, e il modo in cui fu detto, le riportò immediatamente al ricordo tutte le circostanze della sua partenza, con la perplessità e i sospetti che aveva provocato alla signora Jennings, ed ebbe paura che la sua domanda tradisse una curiosità molto superiore a quella che provava.

Poco dopo entrò la signora Jennings. «Oh, Colonnello», esclamò con la solita, rumorosa allegria, «sono pazzamente contenta di vedervi... scusate se non sono venuta prima, ma sono stata obbligata a dare un'occhiata in giro e a sistemare qualche cosetta, dato che sono assente da casa da molto tempo, e voi sapete benissimo che c'è sempre un mondo di cose da fare quando si è stati via per un po', e poi ho dovuto mettermi d'accordo con Cartwright. Oh Signore, ho trafficato come un'ape tutto il pomeriggio! Ma ditemi, Colonnello, come siete riuscito a indovinare che saremmo state a Londra questa sera?»

«Ho avuto il piacere di apprenderlo a casa del signor Palmer, dove sono stato a pranzo.»

«Oh, certo! Ebbene, come stanno tutti quanti? Come sta Charlotte? Scommetto che si sarà ingrossata un bel po', ormai!»

«La signora Palmer sta benissimo, e mi ha incaricato di dirvi che la vedrete senz'altro domani.»

«Sì, certo, lo pensavo anch'io. Allora, Colonnello, ho portato con me due signorine, come vedete... Cioè, ora ne vedete una sola, ma ce n'è un'altra da qualche parte. C'è anche la sua amica, la signorina Marianne... non le dispiacerà di saperlo. Non so cosa finirete per farne, fra voi e il signor Willoughby. Eh, gran bella cosa essere giovane e attraente! Sì! Sono stata giovane anch'io, un tempo, ma non sono mai stata molto bella... me misera! Comunque mi sono presa un ottimo marito, e credo che la più gran bellezza del mondo non avrebbe potuto fare di meglio. Ah, poverino! Sono più di otto anni che mi ha lasciata. Ma, Colonnello, dove siete stato da quando ci siamo separati? E come sono andati i vostri affari? Avanti, avanti, niente segreti fra amici.»

Lui rispose con la solita pazienza a tutte le sue domande, senza tuttavia appagare la sua curiosità. Poi Elinor iniziò a preparare il tè e Marianne fu costretta a ricomparire.

Dopo che arrivò lei, il Colonnello Brandon si fece più pensoso e silenzioso che mai, e la signora Jennings non riuscì a trattenerlo a lungo.

Non si presentò alcun altro visitatore, e le tre signore decisero unanimemente di andare presto a letto.

La mattina dopo Marianne si svegliò tutta contenta. La delusione della sera precedente pareva dimenticata nell'attesa di quello che poteva succedere quel giorno. Avevano finito da poco la colazione quando il birroccio della signora Palmer si fermò alla porta, e pochi minuti dopo lei entrò ridendo nella stanza: era così felice di rivedere tutte loro che non si capiva se ricavasse maggior piacere dal ritrovarsi con sua madre o con le signorine Dashwood. Era anche così sorpresa del loro arrivo in città, nonostante fosse quello che si era sempre aspettata; e così furiosa per il fatto che avevano accettato l'invito di sua madre dopo aver declinato il suo, ma allo stesso tempo non le avrebbe mai perdonate se non fossero venute!

«Il signor Palmer sarà contento di vedervi», disse. «Indovinate cosa ha detto quando ha saputo che venivate con la mamma? Ora l'ho dimenticato, ma era una cosa davvero buffa.»

Dopo un paio d'ore passate in quel che sua madre chiamava una tranquilla chiacchierata, cioè, in altre parole, in ogni sorta di domande su tutte le loro conoscenze da parte della signora Jennings, e di risate senza ragione da parte della signora Palmer, quest'ultima propose che si recassero tutte insieme in certi negozi dove aveva intenzione di andare quella mattina; al che la signora Jennings ed Elinor acconsentirono subito, dato che anche loro avevano degli acquisti da fare; e Marianne, dopo un primo rifiuto, fu convinta ad accompagnarle.

Dovunque andavano, era visibilmente all'erta. Soprattutto a Bond Street, dove avevano molte cose da sbrigare, i suoi occhi frugavano di continuo qua e là; in qualunque negozio entrassero la sua mente era ugualmente lontana da quel che avevano davanti, da tutto quello che interessava e occupava le altre. Inquieta e scontenta com'era, la sorella non riuscì a ottenere la sua opinione su nessuna delle merci da acquistare, nonostante gli articoli dovessero interessare tutt'e due loro; si limitava a essere impaziente di tornare a casa, e dominava a stento il fastidio per le perdite di tempo della signora Palmer, che era attirata da tutto quel che era bello, costoso e nuovo; che aveva una gran voglia di comprare tutto, non sapeva decidersi su nulla e perdeva il suo tempo tra entusiasmo e indecisione.

Rientrarono solo a tarda mattina, e non appena entrata in casa Marianne si lanciò di corsa per le scale, ed Elinor, quando la seguì, la trovò che si alzava dal tavolo con un'espressione delusa sufficiente a far capire che lì non c'era nessuna lettera di Willoughby.

«Non è stata depositata qui nessuna lettera per me dopo che siamo uscite?», chiese al valletto che entrava con i pacchi. Le fu risposto di no. «Ne siete certo? Siete certo che nessun domestico, nessun fattorino abbia lasciato una lettera o un biglietto?»

L'uomo rispose che nessuno aveva lasciato nulla.

«Che strano!», mormorò con voce afflitta, mentre si volgeva verso la finestra.

«Che strano, davvero!», ripeté Elinor fra sé, guardando inquieta la sorella. «Se non fosse stata sicura che lui era in città, non gli avrebbe scritto qui, avrebbe scritto a Combe Magna; e se è in città, perché non si fa vivo? Ah, cara mamma, è stato un errore, il vostro, di permettere che un impegno tra una figlia così giovane e un uomo che conosceva così poco fosse portato avanti in modo così incerto, così misterioso! Vorrei tanto poter fare delle domande; ma come sarebbe accolta la mia interferenza?»

Decise, dopo averci riflettuto sopra, che se le cose avessero continuato ad andare avanti in quel modo ancora per molti giorni avrebbe messo la madre, con la massima determinazione, di fronte all'assoluta necessità di fare una serie di indagini su quella storia.

La signora Palmer e due signore attempate, intime amiche della signora Jennings, che le aveva incontrate e invitate quella mattina, pranzarono con loro. La prima se ne andò subito dopo il tè per adempiere ai suoi impegni serali; così Elinor fu costretta a contribuire a organizzare una partita di whist per le altre. Marianne in quell'occasione non si rese minimamente utile, dato che non aveva mai voluto imparare quel gioco, ma nonostante avesse tutto il tempo a sua disposizione, la serata non le offrì più piacere che a Elinor, dato che la passò tutta nell'ansia dell'attesa e nel dolore della delusione. Ogni tanto si sforzava, per qualche minuto, di leggere, ma presto il libro veniva gettato via, e lei tornava alla più interessante occupazione di camminare su e giù per la stanza, fermandosi un attimo quando si avvicinava alla finestra, nella speranza di udire il tanto sospirato colpo alla porta.

Capitolo ventisettesimo

«Se il bel tempo dura», disse la signora Jennings quando si riunirono a colazione la mattina dopo, «Sir John non vorrà lasciare Barton, la settimana prossima: è ben triste per gli sportivi perdere anche un giorno del loro divertimento preferito! Poverini! Mi fanno sempre tanta compassione, quando sono costretti a farlo... Sembra che se ne risentano così tanto!»

«È vero», esclamò Marianne con allegria, avvicinandosi alla finestra per esaminare il cielo. «Non ci avevo pensato. Questo tempo tratterà molti sportivi in campagna.»

Era stata un'osservazione felice, e tutta la sua vivacità ne fu rianimata. «È un tempo davvero bello per loro», proseguì sedendo a tavola col viso illuminato. «Quanto devono apprezzarlo! Ma», e a questo punto ci fu un piccolo ritorno d'ansietà, «non ci si può aspettare che duri a lungo. A quest'epoca dell'anno, e dopo tanta pioggia, potremo goderne ancora per poco. Presto verrà il gelo, e, con tutta probabilità, sarà davvero rigido. Forse anche fra due o tre giorni; questo tempo così mite non può durare... anzi, forse gelerà stanotte stessa!»

«In ogni caso», disse Elinor, che voleva impedire alla signora Jennings di leggere i sentimenti della sorella tanto chiaramente quanto li leggeva lei, «oserei dire che avremo Sir John e Lady Middleton alla fine della settimana prossima.»

«Sì, mia cara, scommetto che verranno. Mary riesce sempre a fare a modo suo.»

«E ora», pensò Elinor tra sé, «scriverà a Combe oggi stesso.»

Se Marianne lo fece, la lettera fu scritta e inoltrata con una segretezza che eluse tutta la sua vigilanza. Quale che fosse la verità, e nonostante Elinor fosse ben lungi dal sentirsi del tutto soddisfatta della cosa, quando vedeva allegra Marianne non poteva non esserlo anche lei. E Marianne era allegra; era felice perché il tempo era mite, e più felice ancora per l'attesa di una bella gelata.

Passarono gran parte della mattina a lasciare biglietti alle case delle amiche della signora Jennings, così da avvertirle del suo ritorno in città; e Marianne, per tutto quel tempo, non fece che osservare la direzione del vento, seguendo tutti i cambiamenti del cielo e immaginando un'alterazione delle condizioni atmosferiche.

«Non ti sembra più freddo di stamattina presto, Elinor? A me pare ci sia una bella differenza. Non posso scaldarmi le mani nemmeno nel manicotto! Direi che ieri non era così. Pare che le nuvole si stiano aprendo, fra un momento uscirà il sole e avremo un pomeriggio limpido.»

Elinor era di volta in volta divertita e addolorata; ma Marianne perseverava, e vedeva ogni sera nello splendore del fuoco, come ogni mattina nell'aspetto dell'atmosfera, i sintomi sicuri dell'avvicinarsi del gelo.

Se le signorine Dashwood non avevano motivo di essere scontente del comportamento della signora Jennings verso di loro, che era sempre affettuoso e gentile, non potevano avere neppure nulla da obiettare in merito al suo genere di vita e alle sue conoscenze. Ogni aspetto dell'organizzazione domestica era condotto in modo estremamente liberale, e a parte alcune amicizie cittadine che, con grande rammarico di Lady Middleton, lei non aveva mai lasciato cadere, la signora non visitava nessuno che potesse, all'atto stesso d'essere presentato loro, urtare la suscettibilità delle sue giovani compagne. Contenta di trovarsi, quanto a questo, in una posizione di maggior sicurezza di quanto avrebbe creduto, Elinor era ben disposta ad adattarsi alla mancanza di un vero divertimento nelle riunioni serali che, fossero tenute a casa o fuori, erano sempre finalizzate al gioco delle carte, e non le potevano offrire molto svago.

Il Colonnello Brandon, che poteva considerarsi sempre invitato, veniva a trovarle quasi ogni giorno; si presentava per guardare Marianne e discorrere con Elinor, che spesso ricavava più piacere dal chiacchierare con lui che da qualsiasi altra occupazione della giornata, ma allo stesso tempo ne vedeva, sconcertata, l'invariato interesse per la sua giovane sorella. Aveva anzi il timore che quell'interesse si andasse rafforzando. La faceva soffrire osservare l'intensità con cui lui fissava Marianne, e certo il suo umore era più nero che a Barton.

Più o meno una settimana dopo il loro arrivo non ci furono più dubbi che anche Willoughby fosse arrivato. Quando tornarono dalla passeggiata in carrozza mattutina, il suo biglietto da visita era sul tavolo.

«Dio santo!» esclamò Marianne, «è stato qui mentre noi eravamo fuori!» Felice di saperlo a Londra, Elinor si azzardò a rispondere: «Ci scommetto che tornerà domani». Ma pareva che Marianne non l'ascoltasse nemmeno, e all'ingresso della signora Jennings fuggì via col suo prezioso biglietto.

Questo evento, se risollevò l'umore di Elinor, riportò in quello della sorella tutta, e più che tutta, la precedente agitazione. Da quel momento la mente di lei non ebbe un attimo di tranquillità; la speranza di veder apparire da un momento all'altro il suo amico la rendeva inadatta a qualsiasi occupazione. La mattina successiva, quando le altre uscirono, lei insistette per essere lasciata a casa.

I pensieri di Elinor erano tutti rivolti a quel che poteva accadere a Barkeley Street in loro assenza; ma fu sufficiente una rapida occhiata a sua sorella, quando rientrarono, per farle capire che Willoughby non aveva fatto una seconda visita. In quel momento fu portato e deposto sulla tavola un biglietto.

«È per me?», esclamò Marianne facendo subito un passo avanti.

«No, signorina; è per la mia padrona.»

Ma Marianne, non convinta, lo prese subito.

«È proprio per la signora Jennings; che peccato!»

«Allora aspetti una lettera?», domandò Elinor, incapace di continuare a tacere.

«Sì! Un po'... non molto.»

Dopo una breve pausa: «Tu non ti fidi di me, Marianne».

«Via Elinor, un rimprovero simile proprio da te... che non ti fidi di nessuno!»

«Io!», replicò Elinor, piuttosto confusa. «Ti assicuro, Marianne, che non ho nulla da dire.»

«Nemmeno io», ribatté Marianne con vigore, «le nostre situazioni sono identiche. Nessuna di noi due ha niente da dire; tu perché non comunichi mai niente, io perché non nascondo mai niente.»

Elinor, colpita da quell'accusa di eccessiva riservatezza rivolta proprio a lei che non era libera di parlare, non seppe, data la situazione, come insistere perché Marianne si aprisse di più.

Presto apparve la signora Jennings, e le fu dato il biglietto, che lei lesse ad alta voce. Era di Lady Middleton, la quale annunciava di essere arrivata a Conduit Street la sera precedente, e chiedeva il piacere della compagnia di sua madre e delle cugine per la sera successiva. Gli affari di Sir John e il violento raffreddore che lei aveva impedivano una loro visita a Barkeley Street. L'invito fu accettato, ma quando si avvicinò l'ora dell'appuntamento, per quanto fosse indispensabile, per una elementare cortesia, partecipare entrambe a quella visita, Elinor incontrò difficoltà a convincere la sorella ad accompagnarla, giacché non avendo ancora saputo nulla di Willoughby, era assai poco disposta a divertirsi, e quanto mai riluttante a correre il rischio che lui si presentasse di nuovo durante la sua assenza.

Quando la serata fu terminata, Elinor si rese conto che la situazione non era materialmente modificata da un cambiamento di abitazione poiché, nonostante si fosse appena stabilito in città, Sir John era riuscito a raccogliere intorno a sé circa una ventina di giovanotti e di signorine e a farli divertire con un ballo. Era questa, però, una cosa che Lady Middleton non approvava. In campagna, un ballo improvviso era concepibile; ma a Londra, dove essere ritenuti eleganti era cosa più importante e meno facile da raggiungere, far sapere in giro che Lady Middleton aveva dato un ballo per otto o nove coppie, con due violini e un semplice buffet, voleva dire rischiare troppo per il piacere di un gruppetto di ragazzi.

Il signore e la signora Palmer erano della compagnia; dal primo, che non avevano ancora incontrato dal loro arrivo in città, dato che lui badava bene di evitare perfino una parvenza di riguardo verso sua suocera, e dunque non le si avvicinava mai, non ricevettero nessun segno di riconoscimento al loro arrivo. Lui rivolse loro un rapido sguardo, parve non riconoscerle nemmeno e si limitò a fare un cenno col capo alla signora Jennings, dal lato opposto della sala. Marianne lanciò subito uno sguardo intorno, appena entrata, e le bastò: lui non c'era. Cosicché sedette, ugualmente mal disposta a godere e a contribuire al divertimento. Dopo circa un'ora, il signor Palmer si avviò languidamente verso le signorine Dashwood per esprimere il suo stupore nel vederle in città, nonostante il Colonnello Brandon fosse stato informato del loro arrivo a casa sua, e lui stesso avesse detto a tale proposito qualcosa di molto buffo.

«Credevo foste entrambe nel Devonshire», disse.

«Ah sì?», rispose Elinor.

«Quando ve ne andrete?»

«Non lo so.» E lì finì la loro conversazione.

In tutta la sua vita Marianne non era stata mai così restia a ballare come quella sera, e mai tanto affaticata da quell'esercizio. Di ciò si lamentò mentre tornavano a Barkeley Street.

«Già, già», disse la signora Jennings, «la ragione la conosciamo benissimo; se una certa persona che non si deve menzionare fosse stata qui, non sareste certo stata stanca! E a dire la verità, non è stato molto carino da parte sua non venire, dato che era stato invitato.»

«Invitato!», esclamò Marianne.

«Così mi ha detto mia figlia, Lady Middleton; pare che Sir John l'abbia incontrato non so dove per la strada, stamattina.»

Marianne non disse altro, ma sembrò estremamente offesa. Impaziente, in quella situazione, di fare qualcosa che potesse essere di sollievo a sua sorella, Elinor decise di scrivere la mattina dopo a sua madre, e sperò, destando i suoi timori per la salute di Marianne, di indurla alfine a quel chiarimento che era stato tanto a lungo rimandato; e il giorno dopo si sentì ancor più risoluta a prendere le suddette misure vedendo, dopo colazione, che Marianne scriveva di nuovo a Willoughby, visto che non poteva supporre che scrivesse a qualcun altro.

Verso la metà della giornata la signora Jennings uscì da sola per affari, ed Elinor iniziò subito la sua lettera, mentre Marianne, troppo inquieta per occuparsi e troppo ansiosa per conversare, camminava da una finestra all'altra, o sedeva accanto al fuoco, malinconica e pensosa. Elinor si rivolse a sua madre con molta serietà, le raccontò in modo dettagliato come era andata, i suoi sospetti sull'incostanza di Willoughby, e la implorò, in nome del dovere e dell'affetto, di esigere da Marianne un resoconto di come stavano le cose per quel che riguardava il giovane.

Aveva appena finito la lettera quando un colpo alla porta annunciò un visitatore, e fu introdotto il Colonnello Brandon. Marianne, che lo aveva visto dalla finestra, e che detestava qualsiasi genere di compagnia, uscì dalla stanza prima che lui ci entrasse. Il Colonnello pareva più serio del solito, e pur rivelando la sua soddisfazione nel trovare sola la signorina Dashwood, quasi avesse qualcosa di specifico da dirle, sedette per qualche tempo senza dire una parola. Elinor, convinta che dovesse fare qualche comunicazione a proposito di Marianne, attendeva con impazienza che iniziasse. Non era la prima volta che aveva quell'impressione, perché già più volte, cominciando con osservazioni del tipo: «Mi sembra che sua sorella non stia bene, oggi», oppure: «Sua sorella ha l'aria di essere di cattivo umore», le era sembrato sul punto di svelare, o di domandare qualcosa di molto specifico su di lei. Dopo una pausa di alcuni minuti lui ruppe il silenzio chiedendole, con voce alquanto agitata, se dovesse congratularsi con lei per l'acquisto di un cognato. Elinor non era preparata a una domanda del genere, e non avendo nessuna risposta pronta, dovette ricorrere al semplice e comune espediente di chiedere cosa volesse dire. Lui tentò di sorridere, mentre rispondeva: «Tutti sanno del fidanzamento di vostra sorella col signor Willoughby».

«Non tutti», rispose Elinor, «visto che i suoi familiari non lo sanno.»

Il Colonnello sembrò sorpreso, e disse: «Vi chiedo scusa, temo che la mia domanda sia stata indiscreta; ma non supponevo che la cosa fosse segreta, visto che si scrivono, e tutti parlano del loro matrimonio».

«Come può essere? Da chi l'ha sentito?»

«Da molti... da alcune persone che non conoscete, e da altri che sono vostri amici intimi: la signora Jennings, la signora Palmer, i Middleton. Eppure non ci avrei creduto (giacché la mente, quando è riluttante a lasciarsi convincere, trova sempre qualcosa per alimentare i propri dubbi) se non avessi visto io stesso per caso, tra le mani del domestico che mi ha introdotto qui oggi, una lettera per il signor Willoughby, scritta nella calligrafia di vostra sorella. Sono venuto qui per fare domande, ma ero convinto prima ancora di farle. Dunque è tutto stabilito? È impossibile...? Ma io non ho nessun diritto, e non avrei alcuna possibilità di riuscire. Perdonatemi, signorina Dashwood. Credo di aver fatto male a dire tanto, ma non so cosa fare, e ho la più grande fiducia nella vostra prudenza. Ditemi che è tutto completamente deciso... che qualsiasi tentativo... che, insomma, non resta altro che dissimulare, fintanto che è possibile.»

Elinor fu molto toccata da queste parole, che a lei suonavano come una chiara confessione dell'amore del Colonnello per sua sorella. Di come stessero veramente le cose tra Willoughby e Marianne lei sapeva così poco che, nel tentativo di spiegarlo, avrebbe corso il rischio di dire troppo, o troppo poco. Comunque, essendo convinta che l'affetto di Marianne per Willoughby non potesse lasciare speranze di successo per Brandon, qualunque dovesse essere l'esito di quella storia, e allo stesso tempo desiderando difendere dal biasimo il comportamento di lei, ritenne più prudente e più gentile, dopo averci riflettuto un poco, dire più di quello che realmente sapeva o pensava. Riconobbe perciò che quantunque non fosse mai stata messa al corrente in merito al loro impegno reciproco, non dubitava dell'affetto che nutrivano l'uno per l'altra, e non si meravigliava di apprendere dei loro scambi epistolari.

Lui ascoltò attento e silenzioso; non appena lei ebbe finito di parlare si alzò, e dopo aver detto con voce commossa: «A vostra sorella auguro tutta la felicità che si può immaginare; a Willoughby, che possa tentare di meritarla», prese congedo.

Elinor non ricavò da questa conversazione alcun conforto per tacitare l'inquietudine della sua mente; al contrario, restò con la malinconica impressione dell'infelicità del Colonnello Brandon; e quell'infelicità non riuscì neppure a nutrire il desiderio di vedere alleviata, tanto era in ansia per quell'evento che ne era la causa scatenante.

Capitolo ventottesimo

Nei tre o quattro giorni che seguirono non successe nulla che facesse rimpiangere a Elinor quel che aveva fatto chiamando in causa sua madre; Willoughby, infatti, non si presentò e non scrisse. In quei giorni si erano impegnate ad accompagnare Lady Middleton a un ricevimento a cui la signora Jennings non poteva partecipare, a causa dell'indisposizione della figlia più giovane; e per quel ricevimento Marianne, molto afflitta, incurante del proprio aspetto, indifferente ad andare o restare a casa, si preparò senza uno spiraglio di speranza o una manifestazione di piacere. Dopo il tè, rimase seduta in salotto, accanto al fuoco, fino al momento dell'arrivo di Lady Middleton, senza lasciare mai il suo posto o cambiare posizione, perduta nei suoi pensieri e insensibile alla presenza della sorella; e quando finalmente furono avvertite che sua signoria le aspettava alla porta, sobbalzò, quasi avesse scordato completamente che erano attese.

Arrivarono a destinazione a tempo debito, e appena lo permise la fila di vetture arrivate prima di loro, scesero, salirono le scale, sentirono che i loro nomi venivano annunciati da un pianerottolo all'altro con voci sonanti, ed entrarono in una sala magnificamente illuminata, colma di gente e insopportabilmente calda. Dopo aver pagato il loro tributo alla cortesia inchinandosi alla padrona di casa, ebbero il permesso di confondersi nella folla e di ricevere la propria parte di calore e di disagio, che il loro arrivo doveva necessariamente accrescere. Dopo aver passato un po' di tempo a dire poco e a fare ancor meno, Lady Middleton si sedette a giocare a carte; e siccome Marianne non aveva voglia di andare in giro, lei ed Elinor, che per loro fortuna avevano trovato due sedie, si sistemarono non lontano dalla tavola da gioco.

Non erano lì da molto quando Elinor scorse Willoughby, a pochi metri da loro, in vivace conversazione con una giovane donna elegantissima. I loro sguardi si incontrarono, e lui si inchinò immediatamente, ma senza accennare a parlarle o ad avvicinarsi a Marianne, quantunque non potesse non vederla; poi continuò a chiacchierare. Elinor si volse involontariamente verso Marianne, per vedere se fosse passato inosservato. Proprio in quell'istante lei lo scorse, il suo volto si illuminò di gioia improvvisa, e si sarebbe diretta immediatamente verso di lui, se sua sorella non l'avesse trattenuta.

«Santo cielo!», esclamò. «È lui... eccolo! Oh, perché non mi guarda? Perché non gli posso parlare?»

«Per favore, per favore, ricomponiti», esclamò Elinor, «e non rivelare a tutti i presenti i tuoi sentimenti. Forse non ti ha ancora vista.»

Questo, tuttavia, non poteva crederlo nemmeno lei; e starsene tranquilla e composta in un simile momento non era solo, per Marianne, impossibile, ma era anche più di quanto lei potesse desiderare di riuscire a fare. Rimase seduta, straziata da un'incertezza che le si leggeva in tutti i tratti del volto.

Alla fine Willoughby si voltò di nuovo, e le guardò entrambe; lei trasalì, e pronunciando il suo nome con voce piena di trasporto gli tese la mano. Il giovane si avvicinò, e rivolgendosi a Elinor invece che a lei, nemmeno fosse desideroso di evitare il suo sguardo e deciso a non far caso al suo stato, chiese in fretta notizie della signora Dashwood e domandò da quanto tempo fossero in città. Di fronte a un simile comportamento Elinor rimase sprovvista della sua presenza di spirito, e non fu capace di dire una parola. Ma i sentimenti di sua sorella trovarono subito espressione. Avvampò, e con voce tremante d'emozione esclamò: «Buon Dio, Willoughby, cosa è successo? Non avete ricevuto le mie lettere? Non volete darmi la mano?».

Lui allora non poté rifiutare di farlo; ma parve che il tocco di quella mano fosse per lui doloroso, tanto che la strinse appena per un attimo. Intanto lottava con se stesso, in modo evidente, per conservare la sua compostezza. Poi Elinor, che lo fissava, notò che la sua espressione si faceva più distesa. Dopo un momento di pausa disse, con più calma:

«Ho avuto l'onore di far visita a Berkeley Street, martedì scorso, e ho molto rimpianto di non avere avuto la fortuna di trovare in casa né voi né la signora Jennings. Il mio biglietto non è andato perso, spero».

«Ma non avete ricevuto le mie lettere?», esclamò Marianne, in preda a una terribile ansia. «C'è stato un equivoco, ne sono certa... un terribile equivoco... Cosa è successo? Ditemelo, Willoughby: per amor del cielo, ditemi, cosa è successo?»

Lui non rispose; la sua espressione cambiò e cadde di nuovo in preda all'imbarazzo; ma come se, cogliendo lo sguardo della signorina con cui si era intrattenuto, sentisse la necessità di agire immediatamente, si riprese e dopo aver detto: «Sì, ho avuto il piacere di ricevere la notizia del vostro arrivo in città, che mi avete gentilmente inviato», si voltò in fretta e dopo aver fatto un leggero inchino raggiunse la sua amica.

Marianne, che adesso era terribilmente pallida e incapace di reggersi in piedi, cadde a sedere, ed Elinor, attendendosi di vederla venir meno da un momento all'altro, tentò di ripararla dalla curiosità altrui facendole annusare dell'acqua di lavanda.

«Va' da lui, Elinor», sussurrò Marianne appena fu in grado di parlare, «e obbligalo a venire qui da me. Digli che devo vederlo di nuovo... devo parlargli immediatamente. Non posso trovare pace... non avrò un momento di pace fino a che non sarà tutto spiegato... un terribile equivoco, o qualcos'altro... Oh, va', va' subito.»

«Come è possibile fare una cosa del genere? No, mia carissima Marianne, devi aspettare. Questo non è il posto giusto per le spiegazioni. Aspetta solo fino a domani.»

Fu con gran difficoltà, però, che riuscì a impedirle di seguirlo lei stessa; ma persuaderla a frenare l'agitazione e a riuscire perlomeno a simulare la calma, in attesa di potergli parlare con maggior intimità e in modo più soddisfacente, fu impossibile; giacché Marianne continuava senza interruzione a sfogare a bassa voce la propria angoscia, con espressioni di totale disperazione. Poco dopo, Elinor vide che Willoughby usciva dalla sala attraverso la porta sulla scala e, una volta detto a Marianne che se n'era andato, insistette sull'impossibilità di parlargli un'altra volta quella stessa sera, usando ciò come un argomento per indurla a calmarsi. Lei implorò immediatamente la sorella di pregare Lady Middleton di ricondurle a casa, perché non si sentiva in condizioni di fermarsi nemmeno un attimo di più.

Lady Middleton era troppo educata per avanzare obiezioni, neppure per un momento, quando fu avvertita che Marianne non si sentiva bene, e quantunque si trovasse a metà di una partita, passate le sue carte a un'amica, le portò via appena fu recuperata la loro vettura. Durante il ritorno a Berkeley Street fu detta sì e no una parola. Marianne era persa in un silenzioso dolore, troppo oppressa anche per piangere; ma dato che fortunatamente la signora Jennings non era in casa, le due sorelle ebbero modo di andare immediatamente nella loro stanza dove Marianne poté in parte riprendersi aspirando un po' d'ammoniaca. Si spogliò e si coricò in fretta, e siccome pareva desiderosa di restar sola, sua sorella la lasciò e, mentre attendeva il ritorno della signora Jennings, ebbe tutto il tempo per ripensare al passato.

Che fra Willoughby e Marianne fosse sussistito un impegno di qualche genere, lei non poteva dubitarlo; e che Willoughby ne fosse stanco pareva ugualmente chiaro; poiché nonostante Marianne potesse ancora alimentare le sue speranze, lei non si sentiva di attribuire quel comportamento a un errore o a un equivoco; solo un completo cambiamento di sentimenti poteva spiegarlo. La sua indignazione sarebbe stata ancor più intensa, se non avesse personalmente notato in lui un imbarazzo che sembrava tradire la coscienza della sua condotta, e che le impediva di crederlo tanto immorale da aver giocato fin dal principio con i sentimenti di sua sorella per qualche inconfessabile disegno. La lontananza poteva avere indebolito il suo sentimento, la convenienza poteva averlo fatto risolvere a vincerlo, ma che quel sentimento ci fosse stato, non poteva arrivare a dubitarne.

Quanto a Marianne, non poteva pensare senza la più profonda ansietà alla pena che quel disgraziato incontro le aveva inferto, e alle altre, ancora più gravi, che potevano attenderla come probabile conseguenza. La sua situazione, in confronto, pareva migliore; perché finché poteva *stimare* Edward come prima, anche se erano divisi, il suo spirito avrebbe sempre trovato sostegno. Pareva però che tutte le circostanze capaci di inasprire la situazione cooperassero per accrescere il dolore di Marianne fino a una separazione definitiva con Willoughby... fino a una immediata, inconciliabile rottura con lui.

Capitolo ventinovesimo

Il giorno dopo, prima che la cameriera avesse acceso per loro il fuoco, o il sole avesse affermato il suo potere su una fredda e nebbiosa mattina di gennaio, Marianne, ancora quasi svestita, stava inginocchiata dinanzi a uno dei sedili della finestra, in modo da sfruttare quel poco di luce di cui poteva usufruire, e scriveva con tutta la velocità che le permetteva il continuo fluire delle lacrime. Elinor, svegliata dalla sua agitazione e dai suoi singulti, la vide in quella posizione, e dopo averla osservata per qualche istante con penosa ansietà, disse in tono di gentile compassione:

«Marianne, posso domandarti...?».

«No, Elinor», rispose lei, «non domandarmi nulla; presto saprai tutto.»

Quella specie di calma disperata con cui erano state pronunciate quelle parole non durò più delle parole stesse, e fu immediatamente seguita da un nuovo attacco d'eccessiva afflizione. Passarono alcuni minuti prima che potesse riprendere a scrivere, e i frequenti scoppi di dolore che ancora la obbligavano, di tanto in tanto, a fermare la penna, erano prove sufficienti che stava scrivendo per l'ultima volta a Willoughby.

Elinor le rivolse tutte le affettuose ma discrete attenzioni di cui era capace, e avrebbe cercato di calmarla e confortarla anche di più, se Marianne non l'avesse implorata, con nervosa irritabilità, di non parlarle, per carità. In quelle condizioni, era meglio per tutt'e due non stare molto insieme; e l'irrequietezza dei suoi pensieri non permise a Marianne di rimanere nella stanza nemmeno un momento, quando fu vestita, ma la spinse a vagare per tutta la casa fino all'ora di colazione, in cerca di solitudine e di continui cambiamenti, evitando la vista di chiunque.

A colazione non toccò cibo, ed Elinor dovette fare ogni sforzo per non insistere perché mangiasse; cercò di non guardarla, e di attirare esclusivamente su di sé l'attenzione della signora Jennings.

Siccome era quello il pasto preferito della signora Jennings, esso durò parecchio, e si erano appena sedute tutte e tre intorno alla tavola da lavoro comune quando a Marianne fu consegnata una lettera, che lei prese con ansia dalle mani del domestico, e, diventata mortalmente pallida, uscì di corsa dalla stanza. Elinor, che da questo comportamento capì che la lettera veniva da Willoughby, neanche avesse visto il suo indirizzo, sentì un colpo al cuore e rimase seduta, quasi incapace di alzare la testa e scossa da un tremito che, temeva, era quasi impossibile nascondere all'attenzione della signora Jennings. La buona signora, tuttavia, aveva capito solo che Marianne aveva ricevuto una lettera di Willoughby, cosa che le sembrava una bellissima fonte di scherzi, e come tale la trattò dicendo, con una risata, che sperava sarebbe stata di suo gradimento. Era peraltro troppo occupata a misurare la lunghezza dei fili per il tappeto che stava ricamando per accorgersi dell'agitazione di Elinor, e continuando a parlare tranquillamente disse, non appena Marianne fu uscita:

«Parola d'onore, non ho mai visto in vita mia una giovane così follemente innamorata! Le mie non erano niente in confronto, e sì che facevano anche loro una quantità di sciocchezze; ma la signorina Marianne è proprio fuori di sé. Spero con tutto il cuore che lui non la farà aspettare ancora molto, perché fa proprio pena vederla così sciupata e abbattuta. Ditemelo, vi prego, quando si sposeranno?».

Anche se non era mai stata così poco disposta a parlare come in quel momento, Elinor si sentì costretta a rispondere a un attacco così diretto, e quindi, sforzandosi di sorridere, rispose: «A forza di parlarne, si è davvero convinta, signora, che mia sorella sia fidanzata con il signor Willoughby? Credevo che si trattasse solo di uno scherzo, ma una domanda così seria sembra implicare qualche cosa di più; devo quindi pregarla di non illudersi. Le assicuro che sarei estremamente stupita se venissi a sapere che si sposeranno».

«Vergogna, vergogna, signorina Dashwood! Come potete parlare così? Non lo sappiamo forse tutti che ci deve essere un matrimonio, che si sono innamorati fino ai capelli dal primo istante in cui si sono visti? Non li ho forse veduti insieme nel Devonshire tutti i giorni, dalla mattina alla sera, e forse non so che sua sorella è venuta a Londra con me per acquistare il corredo? Avanti, avanti, così non va. Siccome voi siete tanto chiusa in proposito, credete che nessuno capisca nulla; ma non è così, ve lo assicuro, perché in città lo sanno tutti, e da tanto tempo. Io lo dico a tutti, e anche Charlotte.»

«In verità, signora», rispose Elinor con molta serietà, «vi sbagliate. Anzi, fate una cosa molto poco gentile spargendo una notizia del genere, e ve ne accorgerete, anche se adesso non mi credete.»

La signora Jennings rise ancora, ma Elinor non ebbe il coraggio di dire altro; ansiosa di sapere quello che aveva scritto Willoughby, corse nella loro stanza dove, aperta la porta, trovò Marianne distesa sul letto, quasi soffocata dal dolore, con una lettera in mano e due o tre accanto. Elinor si avvicinò e, senza una parola, sedette sulla sponda del letto, le prese una mano, la baciò e poi la baciò ancora affettuosamente, poi se ne uscì in uno scoppio di pianto che all'inizio fu di poco meno violento di quello di Marianne. Parve che questa, nonostante fosse nell'impossibilità di parlare, sentisse tutta la tenerezza di quel comportamento, e dopo qualche tempo passato così, mescolando le loro lacrime, le mise in mano tutte le lettere; poi, coprendosi il volto con il fazzoletto, gridò, quasi, di dolore. Elinor, sapendo che quell'attacco doveva pur avere il suo corso, per quanto potesse essere doloroso assistervi, attese che si esaurisse, poi, prese con ansia la lettera di Willoughby e lesse quanto segue:

Bond Street, gennaio

Gentile signorina, ho avuto l'onore di ricevere la vostra lettera, per la quale vi ringrazio sentitamente. Sono molto spiacente di scoprire che nel mio comportamento di ieri sera ci sia stato qualcosa che non ha incontrato la vostra approvazione; e quantunque io non riesca proprio a capire in cosa io abbia avuto la sfortuna di offendervi, vi prego di scusarmi per ciò che, ve lo assicuro, è stato perfettamente involontario. Non ripenserò mai senza il più lieto piacere all'amicizia che tempo fa mi legò alla vostra famiglia, nel Devonshire, e mi lusingo di sperare che non venga ostacolata da nessun errore o equivoco in merito alle mie azioni. Nutro per la vostra famiglia una stima sincera; ma se saprò di avere avuto la sfortuna di far credere a qualcosa di più di quel che sentivo o che intendevo esprimere, mi rimprovererò di non essere stato più cauto nel manifestare tale stima. Mi concederete che era impossibile che io avessi in mente qualche altra cosa, quando saprete che il mio affetto era da molto tempo impegnato altrove, e che fra poche settimane, credo, tale impegno giungerà al suo compimento. È con intenso rammarico che obbedisco al vostro ordine di rimandarvi le lettere che ho avuto l'onore di ricevere da voi e la ciocca di capelli che avete avuto la bontà di donarmi.

Il vostro devoto servitore,
John Willoughby

È facile immaginare con quale indignazione una lettera simile venisse letta dalla signorina Dashwood. Pur sapendo, prima ancora di cominciarla, che conteneva una confessione di incostanza, e confermava una separazione definitiva, non aveva idea che si potesse scegliere per annunciarla un simile linguaggio; né avrebbe supposto Willoughby capace di tradire così a fondo ogni sentimento onorevole e delicato... di tradire così a fondo ogni consueto decoro di gentiluomo, fino al punto di mandare una lettera tanto insolente e crudele; una lettera che invece di accompagnare il suo desiderio di ritrovare la libertà con una parola di rimpianto, non riconosceva alcuna infrazione a una fede impegnata, negava che vi fosse mai stato qualsiasi affetto... una lettera in cui ogni riga era un insulto, e che proclamava che colui che l'aveva scritta era un incallito mascalzone.

Rimase per qualche tempo in silenzio, con stupore pieno di indignazione; poi la rilesse più volte; ma ogni rilettura serviva solo ad accrescere il suo orrore per quell'uomo, e così violenti erano i suoi sentimenti verso di lui che non osava tentare di parlare, per timore di ferire anche più a fondo Marianne trattando la rottura del fidanzamento non come la perdita, per lei, di un bene possibile, ma come una salvezza dal peggiore e più irrimediabile di tutte le disgrazie, e cioè il legame per tutta la vita con un uomo privo di princìpi, e come una autentica liberazione, una vera e propria, grande benedizione.

Mentre valutava dunque il contenuto della lettera, e la depravazione della mente che aveva potuto dettarla, e, forse, anche di una mente molto diversa, appartenente a un'altra persona, che non aveva altro collegamento con quella faccenda se non quello che il suo cuore creava per tutto quanto succedeva, Elinor dimenticò l'immediato dolore della sorella, dimenticò di aver in grembo tre lettere non ancora lette, e dimenticò così completamente quanto tempo era stata in quella stanza che quando sentì una carrozza fermarsi alla porta si accostò alla finestra per vedere chi mai venisse così di buonora, e si stupì di vedere la vettura della signora Jennings che, come lei sapeva, era stata richiesta per l'una. Risoluta a non lasciare Marianne, anche se non poteva sperare di contribuire, per il momento, a sollevarla, corse a scusarsi per non poter accompagnare la signora Jennings, dato che sua sorella era indisposta. La signora Jennings, con divertito interesse per la causa dell'indisposizione, si affrettò ad accettare le scuse, ed Elinor, dopo averla vista allontanare sana e salva, tornò da Marianne, la trovò mentre tentava di alzarsi dal letto, e fece appena in tempo a impedirle di cadere sul pavimento, debole e in preda alle vertigini, per la lunga mancanza di riposo e di cibo; giacché da molti giorni non aveva affatto appetito e si poteva dire da molte notti non dormisse; ed ora che lo spirito non era più sostenuto dalla febbre dell'attesa, le conseguenze si facevano sentire sotto forma di emicrania, debolezza di stomaco e generale debolezza nervosa. Un bicchiere di vino, che Elinor le andò a prendere, le consentì immediatamente di riprendersi un po', e fu infine in grado di esprimere un po' di partecipazione, dicendo:

«Povera Elinor! Come ti faccio soffrire!».

«Vorrei solo», riprese sua sorella, «poter fare qualcosa che ti fosse di conforto.»

Questo, come peraltro qualsiasi altra cosa lei avesse potuto dire, fu troppo per Marianne, che poté solo esclamare, col cuore spezzato: «Oh, Elinor, sono così disperata», prima che la sua voce si perdesse nei singhiozzi.

Elinor non poté sopportare più a lungo in silenzio quell'ondata di incontrollabile dolore.

«Fatti coraggio, cara Marianne», esclamò, «se non vuoi uccidere te stessa e tutti coloro che ti vogliono bene. Pensa alla mamma; pensa al suo dolore quando tu soffri; è per amore suo che devi farti forza.»

«Non posso, non posso!», gridò Marianne, «lasciami, lasciami, se ti do tanta pena; lasciami, detestami, dimenticami; ma non mi torturare così! Oh, com'è facile per coloro che non hanno nessun dolore parlare di farsi forza! Beata te, Elinor, tu non puoi avere idea di quanto soffro.»

«Chiami me beata, Marianne? Ah, se tu solo sapessi! E puoi credere che io lo sia, vedendoti ridotta così?»

«Perdonami, perdonami», disse Marianne gettando le braccia al collo della sorella. «Lo so che soffri per me; lo so che cuore grande hai. Eppure, tu sei... tu devi essere felice; Edward ti ama... cosa, oh, cosa può toglierti una tale felicità?»

«Molte, molte circostanze», disse Elinor solennemente.

«No, no, no», esclamò Marianne, fuori di sé. «Lui ti ama, e ama solo te. Non puoi avere alcun motivo per soffrire.»

«Non potrò aver alcun motivo di piacere finché ti vedo in questo stato».

«Non mi vedrai mai altro che così. La mia è una disgrazia che non potrà mai essere cancellata.»

«Non devi parlare così, Marianne. Non hai forse nulla che ti dia conforto? Non hai forse nessuno che ti voglia bene? La tua perdita è tale da non lasciare uno spiraglio alla consolazione? Per quanto dolore tu possa provare adesso, pensa a quanto ne avresti provato se il suo vero carattere ti si fosse rivelato in un momento successivo, se il tuo fidanzamento fosse stato portato avanti per mesi e mesi, come poteva essere, prima che lui si decidesse a porvi fine. Ogni giorno di più di sventurata fiducia, da parte tua, avrebbe reso il colpo più terribile.»

«Fidanzamento!», esclamò Marianne. « Ma non c'è stato alcun fidanzamento.»

«Nessun fidanzamento!»

«No. Non è così indegno come tu lo credi. Non ha mancato alla sua parola con me.»

«Ma ti ha detto di amarti?»

«Sì... no... mai, in modo assoluto. Era sempre sottinteso, mai apertamente dichiarato. Alle volte mi sembrava di sì... ma non lo è stato mai.»

«E nonostante ciò tu gli hai scritto?»

«Sì... cosa poteva esserci di sbagliato, dopo tutto quello che c'era stato? Ma non voglio parlarne.»

Elinor non disse altro, e tornando a rivolgersi alle tre lettere che ora destavano in lei una curiosità assai più viva di prima, ne scorse immediatamente il contenuto. La prima, quella che sua sorella aveva spedito appena arrivata a Londra, era del seguente tenore:

Berkeley Street, gennaio

Come sarai sorpreso, Willoughby, di ricevere questa lettera! E credo proverai qualcosa di più che sorpresa, quando saprai che sono a Londra. L'occasione per venire qui, sia pure con la signora Jennings, è stata una tentazione a cui non abbiamo potuto resistere. Vorrei tu potessi ricevere questa mia in tempo per venire qui da noi questa sera, ma non ci spero. A ogni modo, ti aspetto domani. Per il momento, *adieu*.

M.D.

Il suo secondo messaggio, che era stato scritto la mattina dopo il ballo dei Middleton, riportava queste parole:

Non so esprimerti la mia delusione per non averti visto l'altro ieri, né la mia sorpresa per non aver ricevuto alcuna risposta al biglietto che ti ho mandato circa una settimana fa. Ho aspettato di ricevere tue notizie, e ancor più di rivederti, in ogni minuto del giorno. Ti prego, torna di nuovo non appena sarà possibile, e spiegami il motivo per cui ti ho atteso invano. Ieri sera siamo stati da Lady Middleton, dove c'era un ballo. Mi hanno riferito che eri stato invitato anche tu. È possibile? Devi essere davvero molto cambiato da quando ci siamo separati, se tutto questo è vero. Ma non voglio immaginare che questo sia possibile, e spero di ricevere al più presto una tua personale conferma.

M.D.

Ed ecco il contenuto dell'ultima lettera inviatagli:

Che devo pensare, Willoughby, dato il tuo comportamento di ieri sera? Ti chiedo di nuovo una spiegazione. Mi ero preparata ad accoglierti con tutto il piacere che la nostra separazione non poteva non causare, con la familiarità che la nostra intimità a Barton mi sembrava giustificare. E sono stata completamente respinta! Ho trascorso una notte tremenda, tentando di giustificare una condotta che è difficile non definire oltraggiosa; ma anche se non sono riuscita a trovare alcuna scusa ragionevole per il tuo comportamento, sono più che pronta a sentire la tua giustificazione. Forse sei stato male informato, o ingannato intenzionalmente su qualcosa che mi riguarda, e che può avermi fatto scadere nella tua stima. Dimmi di cosa si tratta, spiegami cosa c'è dietro il tuo comportamento, e io sarò felice di poterti dare soddisfazione. Mi farebbe molto male esser costretta a pensare male di te; ma se dovrò farlo, se dovrò riconoscere che tu non sei quello che fino a ora avevamo creduto, che il tuo affetto per tutte noi non era sincero, che il tuo comportamento verso di me mirava solo a ingannare, ebbene, che ciò venga detto chiaramente al più presto possibile. I miei sentimenti sono, al presente, terribilmente confusi; vorrei assolverti, ma di certo qualsiasi cosa sarà un sollievo, in confronto al dolore che provo adesso. Se i tuoi sentimenti non sono più quelli che erano, mi rimanderai le mie lettere, e la ciocca dei miei capelli che è in tuo possesso.

M.D.

Che quelle lettere, così piene d'affetto e di fiducia, avessero ricevuto una tale risposta, da parte di Willoughby, Elinor non avrebbe voluto crederlo. Eppure, pur condannandolo, non poteva non vedere quanto fosse sconveniente il fatto che si fossero scritti, e si rammaricava in silenzio dell'imprudenza che aveva gettato allo sbaraglio quelle non volute testimonianze d'affetto, non giustificata da nessun precedente e più che mai condannate dai fatti, quando Marianne, dato che aveva finito di leggere, notò che quelle lettere non contenevano nulla più di quanto chiunque avrebbe potuto scrivere in una tale situazione.

«Mi pareva di essere», aggiunse, «solennemente fidanzata con lui, come se il più rigido atto legale ci avesse legati l'una all'altro.»

«Lo credo», rispose Elinor, «ma sfortunatamente lui non sentiva allo stesso modo.»

«Sentiva allo stesso modo anche lui, Elinor... per settimane e settimane lo ha sentito. So che è così. Qualunque cosa possa averlo cambiato adesso (e può essere stata solo l'arte più perfida impiegata contro di me), io gli ero cara, una volta, quanto il cuore poteva desiderare. Questa ciocca di capelli, che mi ha restituito con tanta facilità, mi è stata richiesta con le più appassionate suppliche. Avessi visto i suoi occhi, i suoi modi, avessi sentito la sua voce in quel momento! Hai dimenticato l'ultima sera che abbiamo passato insieme, a Barton? E anche il mattino in cui ci siamo separati! Quando mi ha detto che sarebbero passate molte settimane prima di poterci rivedere... il suo dolore... potrò dimenticare mai quel dolore?»

Per un po' non poté dire altro; poi, passato il momento d'emozione, aggiunse con voce più ferma:

«Elinor, sono stata trattata con crudeltà, ma non da Willoughby».

«Carissima Marianne, ma da chi se non da lui? Da chi può essere stato istigato?»

«Da tutto il mondo, piuttosto che dal suo cuore. Potrei credere che tutte le creature di mia conoscenza abbiano fatto lega per rovinarmi nella sua opinione, piuttosto che credere che la sua natura sia capace di una tale crudeltà. Questa donna di cui scrive, chiunque sia... o qualunque altra persona, in breve, eccetto te, carissima, la mamma, ed Edward, può essere stata tanto miserabile da calunniarmi. Eccetto voi tre, qual è la creatura al mondo che non mi risulterebbe più facile sospettare, piuttosto che Willoughby, di cui conosco così bene il cuore?»

Elinor non voleva litigare, e quindi si limitò a rispondere: «Chiunque possa esserti stato così perfidamente nemico, priviamolo del suo infame trionfo, mia cara sorella, dimostrando con quanta nobiltà la coscienza della tua innocenza e delle tue buone intenzioni sostenga il tuo spirito. È un orgoglio ragionevole e lodevole quello che contrasta tanta malvagità».

«No, no», esclamò Marianne, «una sofferenza come la mia non ha orgoglio. Cosa mi importa se si saprà che sono disperata? Tutto il mondo può avere il trionfo di vedermi in questo stato. Elinor, quelli che non sanno cosa sia soffrire possono essere orgogliosi e indipendenti... possono resistere agli oltraggi, o ricambiare le mortificazioni. Io non posso farlo. Io devo soffrire... mi devo disperare, e che tutti quelli che vogliono godere di questo siano i benvenuti.»

«Ma per amore della mamma, e mio...»

«Farei qualsiasi cosa, più che per me stessa. Ma cercare di apparire felice, quando sono così disperata... Oh, chi può pretenderlo?»

Di nuovo rimasero entrambe in silenzio. Elinor camminava tutta pensosa, dal fuoco alla finestra e dalla finestra al fuoco, senza rendersi conto di ricevere calore dall'uno e di distinguere degli oggetti attraverso l'altra; Marianne, seduta ai piedi del letto, con la testa appoggiata a una delle colonnine, prese di nuovo la lettera di Willoughby, e dopo averla riletta, rabbrividendo a ogni frase, esclamò:

«È troppo! Oh Willoughby, Willoughby, sei stato davvero tu a scrivere queste parole! Crudele, crudele... nulla ti può assolvere. Elinor, nulla. Qualsiasi cosa avesse sentito contro di me... non avrebbe dovuto fare a meno di crederlo? Non avrebbe dovuto dirmelo, per offrirmi la possibilità di discolparmi? "La ciocca di capelli"», ripeté a voce alta mentre leggeva, «"che avete avuto la bontà di donarmi..." Questo è imperdonabile. Willoughby, dove era il tuo cuore, quando hai scritto queste parole? Oh, crudele, insolente... Elinor, può essere giustificato?».

«No, Marianne, in nessun modo.»

«E tuttavia questa donna... chissà grazie a quali arti... da quanto tempo la cosa sarà stata premeditata, e come sarà stata astutamente congegnata da lei... Chi è?... Chi può essere?... Quando mai l'ho sentito parlare di qualche donna giovane e simpatica fra le sue conoscenze femminili?... Oh, di nessuna, di nessuna!... lui parlava solo di me.»

Seguì un'altra pausa; Marianne era molto agitata, e alla fine concluse:

«Elinor, devo tornare a casa. Devo andare a confortare la mamma. Non potremmo andarcene domani?».

«Domani, Marianne?»

«Sì; perché mai dovrei rimanere qui? Sono venuta solo per Willoughby, e adesso a chi importa più di me?»

«Sarebbe impossibile andarsene domani. Siamo debitrici alla signora Jennings di molto più che una semplice cortesia; e la più elementare cortesia non permette una partenza tanto frettolosa.»

«Bene, allora, forse ancora uno o due giorni; ma non posso rimanere qui a lungo, non potrei sopportare le domande e i commenti di tutta quella gente. I Middleton, i Palmer... come potrei sopportare la loro compassione? La pietà di una donna come Lady Middleton! Oh, e *lui* che ne direbbe!»

Elinor la consigliò di sdraiarsi e per un attimo lei obbedì, ma non riusciva a trovare accettabile alcuna posizione; nella sua agitazione mentale e fisica, si voltava di qua e di là, divenendo sempre più isterica, fino a che per sua sorella fu sempre più difficile trattenerla a letto, e per un momento ebbe paura di dover chiedere aiuto. Tuttavia qualche goccia di lavanda, che finalmente si lasciò persuadere a prendere, le recò giovamento; e da allora fino al ritorno della signora Jennings rimase distesa sul letto, silenziosa e immobile.

Capitolo trentesimo

Al suo ritorno, la signora Jennings andò immediatamente nella loro stanza e, senza attendere che rispondessero alla sua richiesta di entrare, aprì la porta e si fece avanti con un'espressione sinceramente preoccupata.

«Come state, mia cara?», chiese con voce compassionevole a Marianne, che girò il viso dall'altra parte, senza rispondere.

«Come sta, signorina Dashwood? Poveretta! Sembra stia proprio male! Non c'è da meravigliarsi. Sì, purtroppo è vero. Si sposerà presto... che razza di buono a nulla! Mi dà sui nervi. Me lo ha detto la signora Taylor mezzora fa, e a lei l'aveva detto un'amica intima della signorina Grey in persona, altrimenti di certo non ci avrei creduto; e mi sono quasi sentita mancare. Ebbene, ho detto, tutto quel che posso dire è che, se è vero, ha trattato in modo abominevole una signorina che conosco, e mi auguro con tutta l'anima che sua moglie gli faccia conoscere l'inferno. E così dirò sempre mia cara, ne potete star certa. No, no, non tollero che gli uomini si comportino in tal modo, e se mai lo incontrerò, gli darò una lavata di capo come non ne ha avute da un pezzo. Ma c'è una consolazione, cara signorina Marianne; non è l'unico giovanotto al mondo, e a voi, col vostro bel faccino, gli ammiratori non mancheranno mai. Ma, poverina! non voglio disturbarvi, perché è meglio che facciate un bel pianto e poi non ci pensiate più. Per fortuna stasera vengono i Patty e i Sanderson, sapete, e forse potrete distrarvi un po'.»

Poi se ne andò, camminando in punta di piedi, come se temesse che il rumore potesse aumentare l'afflizione della sua giovane amica.

Marianne, con sorpresa di sua sorella, decise di pranzare con loro. Lei cercò perfino di convincerla a non farlo. Ma Marianne le rispose che sarebbe scesa anche lei, che l'avrebbe sopportato benissimo, e così avrebbe dato meno adito alle chiacchiere. Elinor, contenta di vedere che quell'idea le aveva consentito di riprendere il controllo, almeno per un momento, non disse nulla, anche se non le pareva possibile che riuscisse a sedere a tavola; e rassettatele addosso le vesti meglio che poteva mentre Marianne era ancora distesa sul letto, fu pronta ad accompagnarla in sala da pranzo appena furono chiamate.

Quando ci si trovò, Marianne, seppure distrutta nell'aspetto, mangiò di più e fu più calma di quanto sua sorella si fosse attesa. Non avrebbe potuto mantenere una tale compostezza se avesse cercato di parlare, o se si fosse accorta della metà delle sciocche, anche se ben intenzionate, attenzioni che la signora Jennings aveva per lei; ma non si lasciò sfuggire una sillaba, e i pensieri in cui era sprofondata la tennero all'oscuro di tutto quel che le succedeva intorno.

Elinor, che faceva giustizia alla bontà della signora Jennings, nonostante le sue effusioni fossero talvolta imbarazzanti, e talaltra perfino ridicole, mostrò la sua gratitudine e ricambiò le cortesie che sua sorella non poteva ricambiare. La loro buona amica vedeva che Marianne era disperata, e pensava fosse doveroso fare tutto quello che secondo lei poteva alleviarla un po'. La trattò quindi con tutta la dolcezza che dimostra un genitore per il suo bambino prediletto nell'ultimo giorno delle vacanze. Marianne fu costretta ad accomodarsi nel posto migliore accanto al fuoco, ad assaggiare tutte le cose più prelibate che ci fossero in casa, a essere distratta dal racconto di tutti gli eventi della giornata. Se Elinor non avesse trovato un freno a qualsiasi pensiero allegro nel vedere quel viso pieno di malinconia, si sarebbe divertita ai tentativi della signora Jennings di curare una delusione d'amore con una scelta di zuccherini e di olive e un bel fuoco. Tuttavia, appena la coscienza di tutto ciò si fece strada in Marianne, a causa dell'incessante ripetizione, non ce la fece più a rimanere. Con una frettolosa esclamazione «Oh, mio Dio!», e un cenno a sua sorella, affinché non la seguisse, si alzò e corse fuori della stanza.

«Povera creatura!», esclamò la signora Jennings appena fu uscita, «come mi addolora vederla così! Ma guardate, se n'è andata senza neanche finire il vino! E neppure le ciliegie passite! Signore! Sembra che nulla possa consolarla. Se sapessi che c'è qualcosa che le piace, la manderei a cercare per tutta la città. Ebbene, non capisco proprio come un uomo possa trattare così una ragazza tanto bella! Ma quando da una parte ci sono tanti quattrini, e dall'altra quasi niente, Dio ci benedica, non badano a nient'altro!»

«Quindi la signorina... signorina Grey, mi pare abbiate detto... È molto ricca?»

«Cinquantamila sterline, mia cara. Non l'avete mai vista? Una ragazza molto elegante, molto alla moda, dicono, ma non bella. Ricordo molto bene una sua zia, Biddy Hanshawe; si maritò con un uomo ricchissimo. Ma tutta la famiglia è ricca. Cinquantamila sterline! E capitano proprio a proposito, perché dicono che lui sia tutto buchi, da tutte le parti. E non c'è da meravigliarsene! Sempre di qua e di là col suo birroccino e i cavalli da caccia! Beh, parlare non serve a nulla, ma quando un giovanotto, chiunque sia, si innamora di una bella ragazza e le promette di sposarla, non ha il diritto di sottrarsi alla parola data solo perché sta per diventare povero, e c'è una ragazza più ricca pronta a prenderselo. Se è così, perché non vende i suoi cavalli, non affitta la sua casa, non licenzia i domestici e non sistema tutto? Sono certa che la signorina Marianne sarebbe stata pronta ad aspettare che le cose si mettessero a posto. Ma adesso non si usa più così; i giovanotti, oggi, non rinunciano a nulla, non pensano ad altro che al loro piacere.»

«Sapete che tipo di ragazza sia la signorina Grey? È buona e gentile, a quel che dicono?»

«Non ne ho mai sentito parlare male; anzi, non l'ho quasi mai sentita menzionare; solo, la signora Taylor questa mattina ha detto che un giorno la signorina Wolker le aveva accennato che riteneva che i signori Ellison non si sarebbero dispiaciuti se si fosse sposata, perché lei e la signora Ellison non riuscivano ad andare d'accordo...»

«E chi sono gli Ellison?»

«I suoi tutori, mia cara. Ma ormai è maggiorenne, e può decidere da sola; e ha fatto una bella scelta! E ora», riprese dopo un attimo di pausa, «la vostra povera sorella se n'è andata a piangere nella sua stanza. Non c'è nulla che si possa fare per consolarla? Povera cara, pare proprio una crudeltà lasciarla da sola. Ebbene, fra poco avremo alcuni amici, e questo la farà svagare un poco. A cosa giocheremo? Detesta il whist, lo so; ma c'è qualche gioco di carte che le piaccia?»

«Cara signora, tanta gentilezza non è necessaria. Oserei dire che questa sera Marianne non lascerà la sua camera. La convincerò, se posso, ad andare a letto presto, perché credo abbia molto bisogno di riposo.»

«Sì, credo sarà la cosa migliore. Che ci dica cosa desidera per cena, e vada a letto. Signore! Non c'è da meravigliarsi che fosse così sciupata e abbattuta in questi ultimi tempi, perché immagino che questa cosa le stesse sulla testa fin da allora. E dunque la lettera arrivata stamattina è stata la fine di tutto! Povera creatura! Parola mia, se ne avessi avuto sentore non l'avrei presa in giro così, per tutto il mio denaro. Ma chi poteva immaginare una cosa simile? Ero certa che fosse una normale lettera d'amore, e si sa che ai giovani fa piacere che si rida di loro. Signore! Che dispiacere sarà per Sir John e per mia figlia, quando lo sapranno! Se avessi avuto un po' di testa sarei passata a Conduit Street tornando a casa, per dirglielo; ma li incontrerò domani.»

«Non ci sarà bisogno, ne sono certa, che mettiate in guardia la signora Palmer e Sir John dal nominare il signor Willoughby, o fare la benché minima allusione all'accaduto davanti a Marianne. La loro natura così cordiale potrebbe spingerli a far capire a mia sorella che sanno tutto, e questo sarebbe una crudeltà; e quanto meno si dirà anche a me sull'argomento, tanto più saranno risparmiati i miei sentimenti; come voi, cara signora, potrete facilmente capire.»

«Oh Signore! Sì, che capisco. Deve essere terribile per voi sentirne parlare; e quanto a vostra sorella, state pur tranquilla che non le dirò neppure una parola, per nulla al mondo. Come avete visto non ho detto nulla, a pranzo. E non diranno nulla nemmeno Sir John e le mie figlie, perché sono così pieni di riguardi e di considerazione, in particolar modo se sarò io ad accennarglielo, come di certo farò. Quanto a me, penso che meno si parla di certe cose, meglio è, perché passano e vengono dimenticate più velocemente. E poi che bene può fare, parlarne?»

«In questa faccenda si può fare solo del male... forse più che in molti altri casi del genere, perché è stata accompagnata da circostanze che, per amore di tutti gli interessati, rendono inopportuno che divenga argomento di conversazione. Devo rendere questa giustizia al signor Willoughby... non ha rotto un vero e proprio fidanzamento con mia sorella.»

«Oh, mia cara! Non pretenderete di difenderlo! Nessun fidanzamento vero e proprio, figuriamoci! Dopo averla portata a vedere Allenham House da cima a fondo, e aver deciso perfino le stanze dove sarebbero andati ad abitare!»

Per amore di sua sorella, Elinor non insistette su quell'argomento, e sperò che non le fosse richiesto di insistervi per un riguardo a Willoughby; poiché, se Marianne poteva perdere molto, lui aveva ben poco da guadagnare dall'approfondire la verità. Dopo un breve silenzio, da una parte e d'altra, la signora Jennings, con tutta la sua naturale allegria, se ne uscì di nuovo:

«Ebbene, mia cara, è proprio vero quel che si dice che non tutto il male vien per nuocere, perché questo farà il gioco del Colonnello

Brandon. La farà sua, alfine; sì, la farà sua. Badate a quel che vi dico, per la Mezzestate saranno sposati! Signore, come riderà, a questa notizia! Spero venga stasera. Per vostra sorella sarà un matrimonio migliore, al cento per cento. Duemila all'anno, senza debiti e senza interessi, eccetto la piccola figlia dell'amore, già, l'avevo dimenticata; ma quella la si può sistemare con poco, e poi quale importanza può avere? Delaford è un bel posto, ve lo assicuro, proprio quel che chiamerei un bel posto all'antica, pieno di comodità e di agi; tutto recintato da grandi mura coperte dai più begli alberi da frutta che ci siano nel paese, e in un angolo c'è un gelso che è uno splendore! Signore, quanto mangiammo, io e Charlotte, l'unica volta che ci siamo state! E poi c'è una colombaia, alcune deliziosi stagni, e un graziosissimo canale; in breve, tutto quel che si può desiderare; e inoltre è vicino alla chiesa, e a solo un quarto di miglio dalla barriera di pedaggio, cosicché non ci si annoia mai, perché basta sedersi sotto la vecchia pergola di un tasso dietro la casa, e si vedono passare le carrozze. Oh, davvero un bel posto! Un macellaio nel villaggio, molto vicino, e il rettorato a poche centinaia di metri. A mio parere, è mille volte più bello di Barton Park, dove devono mandare a prendere la carne a tre miglia di distanza e non hanno vicino altri che sua madre. Ebbene, rinfrancherò lo spirito del Colonnello appena lo incontrerò. Chiodo scaccia chiodo, lo sapete. Se solo potessimo toglierle dalla testa Willoughby!».

«Sì, se potessimo far questo, cara signora», disse Elinor, «andrebbe tutto benissimo, con o senza il Colonnello Brandon.» E, alzandosi, andò a raggiungere Marianne, che, come si attendeva, trovò nella sua camera, silenziosa nel suo dolore, china su un fuocherello quasi spento che fino allora era stato la sua unica luce.

«È meglio che tu mi lasci stare», fu tutto quello che sua sorella ottenne da lei.

«Ti lascerò stare», disse Elinor, «se andrai a letto.» Ma lei, con la momentanea irritazione che le veniva dall'impellente sofferenza, cominciò col rifiutare. Tuttavia, la ferma, seppur dolce, insistenza di sua sorella, dopo poco la costrinse a obbedire, ed Elinor la vide poggiare la testa dolente sul cuscino, e poi, prima di andarsene la vide, come sperava, sul punto di cadere in un sonno abbastanza tranquillo.

Quando tornò nel salotto, fu subito raggiunta dalla signora Jennings, che portava in mano un bicchiere di vino.

«Mia cara», disse entrando, «mi sono ricordata proprio ora di avere in casa ancora un po' del miglior vino vecchio di Costanza che nessuno abbia mai assaggiato, e ne voglio portare un bicchiere a vostra sorella. Il mio povero marito! Quanto gli piaceva! Ogni volta che aveva un attacco della sua solita gotta diceva che gli faceva più bene di qualunque altra cosa al mondo. Portatelo a vostra sorella.»

«Cara signora!», rispose Elinor sorridendo della differenza dei malanni per cui veniva usato quel rimedio, «Come siete buona! Però ho lasciato proprio adesso Marianne a letto e, spero, quasi addormentata; e siccome ritengo che nulla le potrebbe essere tanto utile quanto il riposo, se me lo permettete, il vino lo berrò io.»

Pur rammaricandosi di non averci pensato cinque minuti prima, la signora Jennings fu contenta di quel compromesso; e mentre centellinava la maggior parte del contenuto, Elinor pensò che, anche se gli effetti del vino di Costanza come cura della gotta, per il momento, non la interessavano granché, il suo potere di guarire un cuore ferito poteva essere provato in modo altrettanto valido su lei quanto su sua sorella.

Il Colonnello Brandon arrivò quando la compagnia prendeva il tè e, dal suo modo di volgere lo sguardo in giro per la stanza in cerca di Marianne, Elinor capì che non si aspettava, e nemmeno desiderava di trovarla lì, e, in breve, che era già informato della ragione della sua assenza. Non così la signora Jennings, che, appena lui fu entrato, attraversò la stanza per avvicinarsi alla tavola del tè, che Elinor presiedeva, e sussurrò: «Il Colonnello sembra più serio che mai, lo vedete. Non sa nulla: glielo vada a dire, mia cara».

Poco dopo lui sistemò una sedia accanto a quella di lei e, con un'occhiata che non lasciava dubbi sul fatto che fosse già informato, chiese notizie di sua sorella.

«Marianne non sta bene», rispose Elinor. «È stata indisposta tutto il giorno, e l'abbiamo convinta ad andare a letto.»

«Forse, allora», rispose lui, esitando, «quello che ho sentito dire stamattina può essere... può esserci molto di vero, più di quanto all'inizio non credessi possibile...»

«Cosa avete sentito dire?»

«Che un gentiluomo, di cui avevo ragione di credere... in breve, che un uomo, che sapevo già fidanzato... ma come ve lo posso dire? Se lo sapete già, come di certo lo sapete, mi può essere risparmiato.»

«State parlando», disse Elinor con forzata calma, «del matrimonio del signor Willoughby con la signorina Grey. Sì, lo sappiamo. Pare che questo sia stato un giorno di chiarimenti generali, visto che anche a noi è stato reso noto soltanto stamattina. Il signor Willoughby è imperscrutabile! Dove l'avete saputo?»

«In una cartoleria di Pall Mall, dove stavo facendo acquisti. Due signore attendevano la loro vettura, e una raccontava all'altra del prossimo matrimonio, con una voce tanto poco discreta che era impossibile non sentire tutto. Il nome di Willoughby, John Willoughby, ripetuto più volte, è stato il primo ad attrarre la mia curiosità; poi c'è stata l'affermazione precisa che tutto era stato infine stabilito per il suo matrimonio con la signorina Grey, che non era più un segreto, che avrà luogo fra poche settimane, e molti altri dettagli, sui preparativi, ecc., ecc. Ricordo in particolar modo una cosa, perché mi è servita per identificare ancora meglio l'uomo; appena finita la cerimonia sarebbero andati a Combe Magna, la sua casa nel Somersetshire. La mia sorpresa! Ma sarebbe impossibile descrivere quel che ho sentito. Rimanendo nel negozio quando le due signore se n'erano andate, ho saputo che la più loquace era la signorina Ellison, e che questo, come mi sono informato poi, è il nome della tutrice della signorina Grey.»

«È proprio così. Ma ha sentito anche che la signorina Grey ha cinquantamila sterline? In questo caso, se non altro, possiamo trovare una spiegazione.»

«Può essere così; ma Willoughby è capace... almeno credo...», e tacque un momento; poi aggiunse, con voce incerta e titubante: «E vostra sorella... come ha...».

«Il suo dolore è stato grande. Spero solo che le sue sofferenze siano proporzionalmente brevi. È stato, è un dolore davvero crudele. Fino a ieri, credo, non aveva mai dubitato dell'amore del signor Willoughby, e anche ora, forse... ma io sono più che convinta che lui non le abbia mai voluto veramente bene. È stato molto falso! E, in certo modo, pare che in lui ci sia una certa durezza di cuore.»

«Ah!», disse il Colonnello Brandon, «c'è, senz'altro! Ma vostra sorella non... mi pare che lo abbiate detto, non vede la cosa alla stesso modo?»

«Conoscete la sua natura, e di certo capirete con quanto fervore lo giustificherebbe ancora, se potesse.»

Lui non rispose; e poco dopo, dato che il tavolino del tè veniva sparecchiato e predisposte le partite a carte, l'argomento fu necessariamente lasciato cadere. La signora Jennings, che li aveva guardati tutta contenta mentre parlavano, e che si attendeva di vedere gli effetti della comunicazione della signorina Dashwood sotto forma di un'allegria spontanea, da parte del Colonnello, degna di un uomo nella prima giovinezza, oltre che di speranza e felicità, lo vide, con sbalordimento, restare tutta la sera più serio e più pensoso che mai.

Capitolo trentunesimo

Quella notte Marianne dormì più di quanto si sarebbe aspettata, e la mattina successiva si svegliò con lo stesso senso di desolazione che l'aveva accompagnata mentre chiudeva gli occhi la sera prima.

Elinor la incoraggiò quanto più poteva a parlare di quello che sentiva, e prima che la colazione fosse pronta erano già ritornate più volte sull'argomento, con la stessa ferma convinzione, gli stessi affettuosi consigli da parte di Elinor e gli stessi impetuosi sentimenti e mutamenti d'opinione da parte di Marianne, come già era avvenuto. A momenti riteneva Willoughby innocente e sfortunato come lei, in altri momenti perdeva ogni fiducia nella possibilità di assolverlo. Un momento era del tutto indifferente a quel che diceva il mondo, poi si voleva segregare per sempre, e poi ancora sentiva di potersi opporre a esso con energia. In una cosa, però, non cambiava idea quando si veniva al punto: nell'intenzione di evitare, fin dove possibile, la presenza della signora Jennings, e di mantenere un risoluto silenzio se costretta a sopportarla. Il suo cuore rifiutava recisamente di credere che la signora Jennings partecipasse al suo dolore con vera compassione.

«No, no, non può essere», esclamava, «non può capire. La sua gentilezza non è autentica partecipazione, la sua cordialità non è tenerezza. Tutto quel che vuole è spettegolare, e di me le importa solo perché gliene offro la possibilità.»

Elinor non aveva bisogno di questo per riconoscere che spesso, nel giudicare gli altri, sua sorella era trascinata all'ingiustizia dalla delicatezza e dalla suscettibilità della sua indole, e dalla eccessiva importanza data ai pregi di una sensibilità sviluppata e all'attrattiva di un comportamento raffinato. Come una metà del resto del mondo (se ce n'è una metà, intelligente e buona) Marianne, con le sue eccellenti qualità e il suo eccellente carattere, non era né ragionevole né benevola. Si aspettava di riscontrare negli altri le stesse opinioni e gli stessi sentimenti che aveva lei, e giudicava le loro motivazioni dall'effetto immediato che avevano su di lei le loro azioni. Capitò infatti, per di più, mentre le due sorelle stavano insieme nella loro camera dopo colazione, un episodio che fece ancor più scadere nella sua stima i sentimenti della signora Jennings; costei infatti, per via della sua debolezza, le fu causa di nuovo dolore, nonostante a spingerla fosse un impulso assai benintenzionato.

Con una lettera nella mano tesa, e il volto illuminato dalla persuasione di stare portando un conforto, la signora entrò nella loro stanza dicendo:

«Avanti, mia cara, vi porto qualcosa che, ne sono certa, vi farà bene».

Tanto bastò a Marianne. In un attimo la sua immaginazione le fece balenare la visione di una lettera di Willoughby, piena di tenerezza e contrizione, che spiegava tutto l'accaduto nel modo più soddisfacente e conveniente; seguita all'istante da Willoughby stesso, che si precipitava nella stanza per ribadire, ai suoi piedi, con l'eloquenza dello sguardo, quello che le aveva assicurato per iscritto. La sensazione di un momento fu cancellata dal momento seguente. Aveva davanti la calligrafia di sua madre, che mai fino ad allora le era risultata sgradita; e nella violenza della delusione che era seguita a quella fiammata di qualcosa di più che una speranza, lei sentì che fino a quel momento non aveva saputo cosa volesse dire soffrire.

Nessuna delle parole che sapeva usare nei momenti di più felice eloquenza avrebbe potuto esprimere la crudeltà della signora Jennings; in quell'occasione poté solo rimproverarla con un torrente di lacrime che le fluì dagli occhi con appassionata violenza (un rimprovero che d'altra parte andò del tutto perduto, giacché dopo molte frasi di compassione la signora si ritirò, continuando ad alludere al conforto della lettera). Quanto alla lettera, quando Marianne fu abbastanza calma per leggerla, di conforto non ne portò molto. Ogni pagina era piena di Willoughby. Sempre fiduciosa nel loro fidanzamento, e fidando più caldamente che mai sulla costanza di lui, sua madre era stata spinta dall'intervento di Elinor solo a pregare Marianne di una maggior fiducia e confidenza in loro due; e tutto ciò con tanta tenerezza per lei, tanto affetto per Willoughby, e tanta certezza della loro futura comune felicità, che lei pianse, leggendola, dall'inizio alla fine.

Fu ripresa da tutta la sua impazienza di essere a casa; sua madre le era più cara che mai, proprio per via del suo stesso, sbagliato, eccesso di fiducia in Willoughby, cosicché insistette ardentemente per la partenza. Incapace di decidere se fosse meglio per sua sorella stare a Londra o a Barton, Elinor non offrì altro consiglio che quello di pazientare fino a che non si rivelassero le intenzioni della mamma, e alla fine ottenne il consenso della sorella ad aspettare.

La signora Jennings le lasciò più presto del solito; non poteva infatti trovare pace se non metteva i Middleton e i Palmer in condizione di rammaricarsi al pari di lei; rifiutata quindi recisamente l'offerta di Elinor di accompagnarla, uscì da sola, e restò fuori per tutto il resto della mattinata. Elinor, col cuore stretto al pensiero del dolore che stava per comunicare, e accorgendosi, dalla lettera a Marianne, quanto poco lei fosse riuscita a prepararlo, si sedette a scrivere a sua madre un resoconto di quel che era successo, e chiedere le sue direttive; mentre Marianne, che era scesa in salotto appena la signora Jennings ne era uscita, rimase accanto al tavolo su cui Elinor scriveva, seguendo con gli occhi i movimenti della penna, rammaricandosi per lei a causa della sgradevolezza del compito che le spettava, e sentendo ancor più dolore per l'effetto che avrebbe avuto sulla signora Dashwood.

Stavano così da circa un quarto d'ora quando Marianne, i cui nervi non potevano tollerare alcun rumore improvviso, sobbalzò a un colpo battuto alla porta.

«Chi può essere?», esclamò Elinor. «È così presto! Pensavo che saremmo state al sicuro.»

Marianne andò alla finestra.

«È il Colonnello Brandon!», disse, infastidita. «Non siamo mai al sicuro da lui.»

«Non entrerà, visto che la signora Jennings non è in casa.»

«Non me ne fiderei troppo», disse Marianne, e si ritirò nella sua camera, dicendo: «Un uomo che non sa che fare del proprio tempo non è mai consapevole di invadere quello degli altri».

Quel che seguì provò che la sua congettura era giusta, anche se basata sull'ingiustizia e l'errore, perché il Colonnello Brandon entrò; ed Elinor, che era convinta lo avesse portato là la sollecitudine per Marianne, e che riconobbe quella sollecitudine nei suoi occhi tristi e turbati e nell'ansiosa, se pur breve domanda che fece a riguardo, non poté perdonare la sorella di avere di lui così poca stima.

«Ho incontrato la signora Jennings in Bond Street», cominciò lui dopo i primi convenevoli, «e lei mi ha incoraggiato a venire; ed era tanto più facile incoraggiarmi, in quanto pensavo che probabilmente vi avrei trovata sola, come desideravo intensamente. Il mio scopo... il mio desiderio... il mio unico desiderio, spero... credo sia... sia un mezzo per offrire conforto... non conforto sul momento... ma una convinzione, una convinzione durevole per vostra sorella. La mia amicizia per lei, e per voi, signorina, e per la vostra mamma... mi consentirò di darne prova limitandomi a riferire alcune circostanze che solo un sincerissimo riguardo... nient'altro che un intenso desiderio di essere utile... Credo di essere giustificato... nonostante abbia passato tante ore a convincermi di far bene, non c'è ragione di temere che io possa sbagliare?» A questo punto si fermò.

«Vi capisco», disse Elinor. «Avete qualcosa da dirmi che rivelerà più chiaramente il carattere del signor Willoughby. Sarà questo il più grande atto di amicizia che possiate fare per Marianne. Avrete immediatamente la mia gratitudine per qualunque informazione che tenda a tale scopo, mentre quella di lei verrà col tempo. Vi prego, vi prego, ditemi.»

«D'accordo; in conclusione, quando sono partito da Barton la scorsa estate... Ma questo non è sufficiente a darvi l'idea. Devo andare più indietro. Vi accorgerete che come narratore sono molto goffo, signorina Dashwood, non so neppure da dove cominciare. Credo sarà necessario raccontarvi in breve la mia storia, e lo farò nel modo più conciso. Su un argomento del genere», e sospirò profondamente, «corro ben poche tentazioni di dilungarmi.»

Rimase silenzioso per un momento, per riprendersi; poi, con un altro sospiro, continuò.

«Forse avrete completamente dimenticato una conversazione (non è il caso di supporre che voi abbiate potuto darle molta importanza), una conversazione fra noi due, una sera, a Barton Park... una sera in cui si ballava... e durante la quale feci allusione a una signora che avevo conosciuto, e che somigliava un po' a vostra sorella Marianne.»

«No», rispose Elinor, «non l'ho dimenticata.» Lui parve contento che ricordasse, e proseguì.

«Se non sono ingannato dall'incertezza, dalla parzialità di un tenero ricordo, esiste una fortissima rassomiglianza fra loro due, tanto fisica quanto mentale. Lo stesso cuore ardente, lo stesso fervore dell'immaginazione, la stessa vivacità. La signora era una delle mie parenti più prossime, orfana dall'infanzia, e sotto la tutela di mio padre. Avevamo quasi la stessa età, e fin dall'infanzia siamo stati amici e compagni di giochi. Non ricordo un momento in cui io non abbia amato Eliza; il mio affetto, mentre crescevamo, era tale quale forse, giudicando dalla mia serietà e dalla mia malinconia, voi mi riterrete incapace di avere mai provato. Quello di Eliza per me era, credo, tanto intenso quanto l'attaccamento di vostra sorella al signor Willoughby, anche se, per altre cause, non meno sfortunato. A diciassette anni la persi per sempre. Venne maritata (senza che ne avesse alcuna inclinazione) a mio fratello. Era molto ricca, e il patrimonio della mia famiglia era gravato da grossi debiti. Temo che questo sia tutto quel che si può dire per giustificare la condotta di chi era allo stesso tempo suo zio e suo tutore. Mio fratello non la meritava; e neppure l'amava. Avevo sperato che il suo affetto per me l'avrebbe sostenuta in qualsiasi difficoltà, e per un certo tempo così fu, ma alla fine la sua infelice situazione, dato che era trattata con molta durezza, superò tutte le sue risoluzioni, nonostante mi avesse promesso che nulla... ma come racconto disordinatamente!

Non vi ho ancora detto come si giunse a questo. Mancavano poche ore alla nostra fuga in Scozia. Il tradimento, o la balordaggine della cameriera di mia cugina ci rovinò. Io fui allontanato, nella casa d'un parente, e a lei non fu concessa nessuna libertà, nessuna compagnia, nessun divertimento, fino a che mio padre l'ebbe vinta. Io troppo mi ero fidato della sua forza d'animo, e il colpo fu molto grave per me; e tuttavia, se il suo matrimonio fosse stato felice, giovane come ero a quel tempo, pochi mesi sarebbero stati sufficienti a riconciliarmi con esso, o almeno adesso non mi troverei a rimpiangerlo. Purtroppo non fu così. Mio fratello non aveva per lei alcun affetto; i suoi piaceri non erano quelli che avrebbero dovuto essere, e fin dall'inizio la trattò male. La conseguenza di tutto ciò, su una mente così giovane, così vivace, così priva d'esperienze come quella della signora Brandon fu fin troppo naturale. All'inizio lei si rassegnò alla sua triste situazione; e quanto sarebbe stato meglio se non fosse vissuta, per dover vincere i rimpianti suscitati dal mio ricordo! Ma c'è da meravigliarsi che con un marito del genere, che provocava in lei l'incostanza, e senza una persona amica per consigliarla e trattenerla (giacché mio padre morì pochi mesi dopo il loro matrimonio, ed io ero nelle Indie col mio reggimento), potesse cadere? Forse, se io fossi rimasto in Inghilterra... ma, credendo di favorire la felicità di entrambi allontanandomi per alcuni anni, avevo fatto in modo di ottenere quell'incarico. Il colpo che ebbi per il suo matrimonio», continuò con voce agitatissima, «fu ben poca cosa, anzi non fu nulla, in confronto a quello che provai quando sentii, due anni dopo, del suo divorzio. È stato questo che ha gettato quest'ombra di tristezza... anche adesso, il ricordo di quello che ho sofferto...»

Non poté dire altro, e alzatosi in fretta camminò per qualche minuto per la stanza. Elinor, toccata dal suo racconto e ancor più dalla sua angoscia, non poteva parlare. Lui s'accorse della sua commozione, e avvicinatosi a lei le prese la mano, gliela strinse e la baciò con grande rispetto. Pochi minuti di silenzioso sforzo gli consentirono di riprendere, con compostezza:

«Fu circa tre anni dopo questo infelice evento che io ritornai in Inghilterra. La mia prima preoccupazione, quando arrivai, fu naturalmente quella di cercarla; ma la ricerca fu tanto vana quanto triste. Non riuscii ad arrivare più in là del primo seduttore, e purtroppo c'era ogni ragione di temere che si fosse staccata da lui solo per cadere più giù in una vita di peccato. La cifra che riceveva per legge non era adeguata al suo rango, né sufficiente a mantenerla agiatamente, e da mio fratello seppi che il permesso di incassarla era stato trasferito, parecchi mesi prima, a un'altra persona. Lui supponeva (ed era capace di supporlo con tutta calma!) che le sue stravaganze e le conseguenti difficoltà l'avessero costretta a rinunciarvi in cambio di qualche aiuto immediato. E tuttavia alla fine, dopo cinque mesi che ero in Inghilterra, la ritrovai. La sollecitudine per un mio ex domestico caduto in miseria mi aveva portato a visitarlo in un reclusorio per debiti e là, sotto quello stesso tetto, nella stessa prigionia, trovai la mia infelice cognata. Così cambiata... spenta... consumata da ogni tipo di sofferenza! Non potevo credere che la mesta e malaticcia creatura che avevo davanti fosse quanto rimaneva dell'adorabile fanciulla sana e fiorente che un giorno avevo follemente amato! Quel che sentii vedendola così... ma non ho il diritto di ferire i vostri sentimenti tentando di descriverlo... vi ho già rattristata anche troppo. Che avesse tutta l'aria di trovarsi nell'ultimo stadio di consunzione... sì, data la situazione, questo era il mio maggior conforto. La vita non poteva più offrirle nulla, se non il tempo per prepararsi alla morte; e questo le fu concesso. La feci sistemare in un comodo alloggio, dove fu debitamente curata e servita; la visitai tutti i giorni per il resto della sua breve esistenza, e rimasi accanto a lei negli ultimi istanti».

Si fermò di nuovo, per riprendersi; ed Elinor espresse i propri sentimenti con una esclamazione di tenera commozione per il destino della sua sfortunata amica.

«Vostra sorella, io spero, non potrà sentirsi offesa», continuò, «dalla somiglianza che ho creduto di riconoscere fra lei e la mia povera, infelice parente. Il loro destino, la loro sorte, non possono essere uguali; e se i bei talenti naturali dell'una fossero stati diretti da una mente più ferma o da un matrimonio più felice, avrebbe potuto essere tutto quello che, vedrà, l'altra certamente sarà. Ma qual è la ragione di tutto ciò? Pare che io vi abbia turbata per nulla. Ah, signorina, Dashwood, un argomento come questo... non toccato da quattordici anni... è ben pericoloso da trattare! Sarò più breve, più conciso. Lei affidò alle mie cure la sua unica creatura, una bimbetta, frutto della sua prima relazione, che aveva allora circa tre anni. Amava la sua bambina e l'aveva sempre tenuta con sé. Era un legato di grande valore, un legato prezioso, per me, e ben volentieri l'avrei adempiuto fino in fondo, vigilando io stesso sulla sua educazione, se la natura della situazione l'avesse consentito; ma non avevo una famiglia, non avevo una casa, così che la mia piccola Eliza fu messa in un collegio. Io la andavo a trovare tutte le volte che potevo, e dopo la morte di mio fratello (che sopravvenne cinque anni fa, e che mi lasciò il possesso della proprietà di famiglia) lei venne spesso a trovarmi a Delaford. Dicevo che era una lontana parente; ma so benissimo di essere stato sospettato da tutti di una parentela molto più intima con lei. Tre anni fa (aveva appena compiuto i quattordici anni) la tolsi dal collegio per affidarla alla tutela di una donna molto rispettabile che risiedeva nel Dorsetshire e aveva cura di altre quattro o cinque fanciulle più o meno della stessa età; e per un paio d'anni ebbi ogni motivo di essere soddisfatto della sistemazione. Ma lo scorso febbraio, quasi un anno fa, scomparve improvvisamente. Avevo acconsentito (imprudentemente, come si vide) al suo intenso desiderio di andare a Bath con una delle sue giovani amiche, che accompagnava lì suo padre, che aveva problemi di salute. Sapevo che costui era una bravissima persona e avevo una buona opinione della figlia, migliore di quanto non meritasse, perché con una riservatezza ostinatissima e scriteriata non ha voluto dire nulla né dare il minimo indizio, nonostante di certo sapesse tutto. Lui, il padre, ben intenzionato ma non molto perspicace, non poteva dare alcuna informazione, perché era stato per lo più chiuso in casa, mentre le due ragazze scorrazzavano per la città facendo conoscenza con chi volevano; cercò anzi di convincermi fino in fondo, come lo era lui, che sua figlia non aveva nulla a che vedere con quella storia. In breve, potei sapere solo che Eliza non c'era più, tutto il resto fu lasciato alle mie congetture, per otto lunghi mesi. Quel che pensai, quel che temetti, è facile immaginarlo; e anche quello che patii.»

«Santo cielo!», gridò Elinor, «poteva essere stato... poteva essere stato Willoughby...»

«Le prime notizie che mi raggiunsero furono quelle contenute in una lettera da lei scrittami l'ottobre scorso. Mi era stata inoltrata da Delaford, e la ricevetti proprio la mattina della progettata gita a Whitehall; e questa fu la ragione della mia improvvisa partenza da Barton, che, ne sono sicuro, parve strana a tutti e, credo, offese qualcuno. Il signor Willoughby, quando i suoi sguardi mi biasimavano per la scortesia di mandare all'aria una gita di piacere, non poteva immaginare che accorrevo in aiuto di una persona che proprio lui aveva gettato nella povertà e nella sciagura; ma anche se l'avesse saputo, a cosa sarebbe servito? Sarebbe stato meno allegro, o meno felice per i sorrisi di vostra sorella? No, lui aveva già fatto quello che nessun uomo di sentimento avrebbe fatto; aveva abbandonato la giovinetta, dopo averne sedotto la gioventù e l'innocenza, in una situazione disperatissima, senza una casa dignitosa, senza aiuti, senza amici, ignara perfino del suo indirizzo! L'aveva lasciata promettendole di tornare; ma non tornò, né scrisse, né l'aiutò in alcun modo.»

«Questo è al di là di ogni immaginazione!», esclamò Elinor.

«Eccovi davanti il suo vero carattere... spendaccione, dissipato, e peggio ancora. Sapendo tutto questo, come lo so da molte settimane, vi lascio immaginare cosa ho provato vedendo vostra sorella innamorata di lui come prima, e sentendo assicurare che lo avrebbe sposato; vi lascio immaginare quel che ho provato per tutte voi. Quando sono venuto da voi la settimana scorsa e vi ho trovata sola, ero deciso a sapere la verità, anche se ero irresoluto sul da farsi quando l'avessi saputa. Il mio comportamento, allora, deve esservi parso strano; ora lo capirete. Consentire che tutte voi foste ingannate così; vedere vostra sorella... ma cosa potevo fare? Non avevo speranza di intromettermi con successo; e qualche volta pensavo che l'influenza di vostra sorella avrebbe potuto ancora ricondurlo al bene. Ma ora, dopo il trattamento così disonorevole che le ha riservato, chi può dire quali fossero i suoi piani su di lei? Comunque, quali che siano stati, voi potrete ora, e senza dubbio lo farete in seguito, pensare con gratitudine alla vostra condizione, quando la paragonerete a quella della mia povera Eliza, se penserete alla disgraziatissima condizione di questa povera ragazza e ve la immaginerete, legata a lui da un affetto altrettanto forte, ancora altrettanto forte di quel che nutre per se stessa, e con il cuore agitato da rimorsi che la accompagneranno per tutta la vita. Certo questo paragone vi sarà utile. Vi accorgerete che le vostre sofferenze non sono niente, perché non essendo il frutto della cattiva condotta, non portano il disonore. Al contrario, renderanno Marianne ancor più cara ai suoi amici; il dolore per la sua infelicità e il rispetto per la sua fermezza nel sopportarla rafforzeranno tutte le simpatie. Fate uso perciò del vostro tatto nel comunicarle quanto vi ho detto. Saprete certo meglio di me quali ne saranno gli effetti; ma se non avessi creduto, seriamente, e con tutto il cuore, di potere così contribuire a diminuire i suoi rimpianti, non mi sarei permesso di affliggervi con la storia delle mie disgrazie familiari, con un racconto che può parere scaturire da un desiderio di esaltare me stesso a spese di altri.»

Questo discorso fu seguito dai ringraziamenti di Elinor, pieni di fervida gratitudine e accompagnati dall'assicurazione che anche lei pensava che quella storia si sarebbe risolta in un vantaggio positivo per Marianne.

«Sono più addolorata», disse, «dei vostri tentativi di scusarlo, che di tutto quanto il resto; questo mi indispone più dell'assoluta convinzione della sua indegnità. Ora, anche se all'inizio soffrirà molto, sono certa che in breve ne sarà sollevata. Dopo la partenza da Barton», continuò dopo un breve silenzio, «non avete più visto il signor Willoughby?»

«Sì», rispose lui, grave, «una volta. Un incontro era inevitabile.»

Elinor, sobbalzando a sentire il tono con cui aveva pronunciato quelle parole, lo guardò ansiosamente, dicendo:

«Come? Lo avete incontrato per...».

«Non potevo incontrarlo in alcun altro modo. Eliza mi aveva confessato, pur riluttante, il nome del suo amante; e quando lui è tornato in città, e cioè due settimane dopo di me, ci siamo incontrati sul campo, lui per difendere, io per punire la sua condotta. Ne siamo usciti entrambi illesi, cosicché la notizia non si è diffusa.»

Elinor sospirò sulla folle necessità che si giungesse a quello; ma non cercò di criticare, davanti a un uomo, e per di più un soldato.

«Questa», disse il Colonnello dopo una pausa, «è la disgraziata somiglianza fra il destino della madre e quello della figlia! E quanto male ho adempiuto al mio compito!»

«La ragazza è ancora a Londra?»

«No. Appena si è ristabilita, giacché quando la trovai il parto era vicino, la portai con la sua creatura in campagna, dove resterà.»

Poco dopo, pensando che probabilmente stava tenendo Elinor lontana dalla sorella, il Colonnello si congedò, dopo aver ricevuto i suoi rinnovati, fervidi ringraziamenti, e la lasciò piena di compassione e di stima per lui.

Capitolo trentaduesimo

Quando i dettagli di questa conversazione furono ripetuti dalla signorina Dashwood alla sorella (e lo furono subito) l'effetto su di lei non fu proprio quello che Elinor sperava. Non che Marianne paresse incline a negare la verità di alcuna parte di quella conversazione; anzi, aveva ascoltato con continua e docile attenzione, senza tentare alcuna difesa di Willoughby, ed era parsa addirittura mostrare, con le sue lacrime, di sentire che una difesa sarebbe stata impossibile. Ma nonostante questa condotta assicurasse Elinor sul fatto che la convinzione della colpa di lui aveva colpito il segno, nonostante ne vedesse con soddisfazione i risultati, nel fatto che Marianne non evitava più il Colonnello Brandon quando passava a visitarle, e gli si rivolgeva anzi con spontaneità e con una specie di pietoso rispetto, e nonostante vedesse che il suo spirito era meno esasperato di prima, non la vedeva però meno afflitta. La sua mente aveva ritrovato un equilibrio, ma in una cupa desolazione. Sentiva la mancanza della personalità di Willoughby più di quanto non sentisse la perdita del suo cuore; la seduzione e l'abbandono della signorina Williams, lo sfortunato destino di quella povera ragazza e il dubbio su quello che un tempo erano state le intenzioni di lui nei suoi confronti le pesavano talmente sullo spirito che non poteva costringersi a parlare con Elinor di quel che sentiva; e, riflettendo in silenzio sul suo dolore, rattristava sua sorella più di quanto non avrebbe fatto parlandogliene in modo aperto e frequente.

Fare un resoconto dei sentimenti e del linguaggio della signora Dashwood nel ricevere e nel rispondere alla lettera di Elinor servirebbe solo a fare una ripetizione di quel che le figlie avevano già provato e detto; di una delusione poco meno dolorosa di quella di Marianne, di un'indignazione anche superiore a quella di Elinor. Arrivarono alcune sue lunghe lettere, che si susseguirono velocemente, per dire tutto quello che soffriva e quello che pensava, e per esprimere la sua ansiosa sollecitudine verso Marianne e supplicarla di sopportare con forza d'animo la sua disgrazia. Davvero grande doveva essere la natura dell'afflizione di Marianne, se sua madre poteva parlare di forza d'animo! Mortificante e umiliante doveva essere l'origine di quei rimpianti, se lei stessa doveva proibirsi l'abbandono a essi!

Trascurando la propria esigenza di ricevere consolazione, la signora Dashwood aveva deciso che in quel momento sarebbe stato meglio per Marianne trovarsi dovunque, tranne che a Barton, dove ogni cosa le avrebbe ricordato il passato nel modo più vivo e più doloroso, rimettendole continuamente davanti Willoughby, come lì l'aveva sempre visto. Raccomandò quindi alle figlie di non accorciare per nessuna ragione la visita alla signora Jennings, la cui durata, anche se non stabilita esattamente, si presumeva dovesse prolungarsi per cinque o sei settimane almeno. Lì avrebbero trovato quella varietà di occupazioni, di scopi e di compagnia che non era possibile avere a Barton, e che, lei sperava, avrebbe ancora potuto trascinare Marianne, suo malgrado, a nutrire qualche interesse al di fuori di sé o magari a farle ottenere qualche svago, anche se sul momento simili propositi venivano respinti da Marianne con disprezzo.

Dal pericolo di rivedere Willoughby sua madre la riteneva altrettanto sicura in città che in campagna, visto che tutti quelli che si dicevano amici di Marianne avrebbero rotto con lui. Non si sarebbero mai ritrovati intenzionalmente sulla stessa strada; la negligenza non li avrebbe mai esposti a una sorpresa; e in mezzo alla folla di Londra erano salvaguardati da un incontro casuale più che nel raccoglimento di Barton, dove poteva capitarle di trovarselo davanti durante quella visita da compiersi ad Allenham dopo le nozze che la signora Dashwood all'inizio riteneva un evento probabile, e che aveva poi finito per aspettarsi come cosa certa.

Aveva anche un'altra ragione per desiderare che le figlie rimanessero lì; una lettera del figliastro le aveva annunciato che lui e sua moglie si sarebbero recati in città prima della metà di febbraio, e riteneva giusto che qualche volta vedessero il fratello.

Marianne aveva promesso di lasciarsi guidare dalle convinzioni della mamma, e dunque si sottomise senza fare opposizione, nonostante fossero molto diverse da ciò che lei desiderava e aspettava, e nonostante sentisse che rimanere era un errore, costruito su una falsa base, e che costringendola a Londra le si toglieva l'unico sollievo possibile, il conforto dell'amore materno, e la si condannava a frequentare persone e ambienti che le avrebbero impedito di conoscere una sola ora di pace.

Era però motivo di grande consolazione pensare che quel che era male per lei avrebbe portato del bene a sua sorella; ed Elinor, d'altro canto, pur sospettando che non avrebbe potuto evitare del tutto Edward, traeva conforto dal pensiero che anche se il prolungamento del loro soggiorno andava contro la sua felicità, per Marianne sarebbe stato più opportuno di un immediato ritorno nel Devonshire.

La sua attenzione nel salvaguardare la sorella perfino dal sentire menzionare il nome di Willoughby non fu inutile. Marianne, senza saperlo, ne raccolse tutti i vantaggi, giacché né la signora Jennings né Sir John, e neppure la signora Palmer, lo nominarono mai in sua presenza. Elinor avrebbe voluto che lo stesso riguardo si estendesse fino a lei, ma ciò era impossibile, e lei fu costretta ad ascoltare quotidianamente l'indignazione di tutti. Sir John non avrebbe creduto possibile una cosa del genere. Un uomo di cui aveva ogni ragione di pensare tutto il bene possibile! Un ragazzo così simpatico! Non credeva ci fosse un cavallerizzo più coraggioso in tutta l'Inghilterra! Era una cosa inspiegabile. Lo mandava al diavolo con tutto il cuore. Non gli avrebbe più rivolto la parola, ovunque gli fosse capitato di incontrarlo, per tutto l'oro del mondo! No, nemmeno se avessero dovuto trovarsi a fianco a fianco nel corso di una battuta di caccia, per due ore intere. Che mascalzone! Che imbroglione! E pensare che l'ultima volta che si erano incontrati gli aveva offerto uno dei cuccioli di Folly! E poi adesso finiva tutto in quel modo!

La signora Palmer, a suo modo, era ugualmente furiosa. Era decisa a far cadere immediatamente ogni rapporto con Willoughby, se lo avesse avuto, e ringraziava il Cielo di non averlo mai conosciuto. Avrebbe desiderato con tutto il cuore che Combe Magna non fosse così vicina a Cleveland; ma in fondo non importava, perché era troppo lontana per andarci; lo odiava al punto che era decisa a non menzionare più il suo nome, e avrebbe raccontato a tutti quelli che conosceva che razza di persona indegna fosse!

Il coinvolgimento della signora Palmer era dimostrato anche dal modo in cui cercava di ottenere tutti i particolari possibili sul prossimo matrimonio, e comunicarli a Elinor. Costei seppe ben presto quale pittore stava facendo il ritratto del signor Willoughby e in quale negozio di moda erano esposti gli abiti della signorina Grey.

La tranquilla e cortese indifferenza di Lady Middleton per l'accaduto era un vero sollievo per lo spirito di Elinor, troppo sovente oppresso dall'ostentata gentilezza degli altri. Era un gran conforto per lei poter essere sicura di non risvegliare l'interesse di almeno una persona nel circolo dei suoi amici; era un gran conforto sapere che c'era almeno una persona che la vedeva senza provare una smania di particolari o esprimere un'ansia eccessiva per la salute di sua sorella.

Può capitare che qualsiasi dote, a volte, per le circostanze del momento, venga innalzata a un valore superiore al reale; ed Elinor era talmente stremata dall'importunità delle ostentazioni di simpatia da finire con il ritenere l'educazione più indispensabile al quieto vivere della stessa bontà.

Lady Middleton esprimeva la sua opinione su quanto era accaduto più o meno una volta al giorno, o forse due, se l'argomento ricorreva più spesso, dicendo: «È proprio una vergogna!», e grazie a questo sfogo cortese quanto continuo, riuscì fin dal principio a vedere le Dashwood non solo senza alcuna emozione, ma senza menzionare l'accaduto; e avendo così difeso la dignità del suo sesso ed espresso la sua inequivocabile disapprovazione per i difetti dell'altro, si ritenne libera di agire nell'interesse dei suoi ricevimenti, e quindi, dato che la signora Willoughby sarebbe stata elegante e ricca, decise (pur contro il parere di Sir John) di lasciarle il suo biglietto da visita non appena fosse stato celebrato il matrimonio.

Invece le delicate e discrete domande del Colonnello Brandon non le riuscivano mai sgradite. Lui si era abbondantemente guadagnato il privilegio di discutere intimamente la delusione di sua sorella, con l'affettuoso zelo con cui aveva cercato di lenirla, e tutt'e due chiacchieravano sempre molto confidenzialmente. La prima ricompensa per il doloroso sforzo di raccontare i passati dolori, e le umiliazioni recenti, gli era offerta dagli occhi pieni di pietà con cui Marianne spesso lo osservava, e dalla dolcezza della sua voce ogni volta che (pur se non capitava spesso) era costretta a parlargli o riusciva ad obbligarsi a farlo. Tali manifestazioni lo rassicuravano sul fatto che il suo sforzo aveva prodotto un aumento di buona volontà verso di lui; e davano a Elinor la speranza che andassero sempre crescendo; però dopo un paio di giorni la signora Jennings, che non sapeva assolutamente nulla, e che vedeva il Colonnello più serio che mai e si accorgeva di non riuscire a portarlo a dichiararsi, né a incaricarla di farlo per lui, cominciò a pensare che invece che a San Giovanni si sarebbero sposati a San Michele; e, dopo una settimana, che quel matrimonio non si sarebbe fatto né allora né mai. La buona intesa fra il Colonnello e la signorina Dashwood pareva piuttosto rivelare che le gioie del gelso, del canale e del tasso sarebbero toccati a lei; e per un po' la signora Jennings smise di pensare al signor Ferrars.

All'inizio di febbraio, più o meno una quindicina di giorni dopo l'arrivo della lettera di Willoughby, Elinor ebbe il penoso incarico di informare la sorella che si era sposato. Si era premunita in modo da poterglielo comunicare lei stessa, non appena si fosse saputo che la cerimonia era finita, giacché desiderava evitarle di dover apprendere la notizia dai giornali che la vedeva esaminare con avidità ogni mattina.

Marianne ricevette la notizia con risoluta compostezza; non disse nulla, e all'inizio non versò neppure una lacrima; ma poco dopo il pianto sgorgò a dirotto, e per tutto il resto del giorno rimase in uno stato penoso quasi quanto quello del momento in cui aveva saputo di doversi attendere quell'evento.

I Willoughby partirono subito dopo le nozze, ed Elinor sperava, ora che non c'era più pericolo d'incontrare l'uno o l'altra, di poter fare sì che sua sorella, che non si era più mossa di casa da quando le era piovuto addosso quel colpo, ricominciasse a poco a poco a uscire come prima.

Fu più o meno allora che le due signorine Steele, da poco giunte a casa del loro cugino ai Bartlett's Buildings di Holborn, si presentarono di nuovo alle loro aristocratiche conoscenze di Conduit e Berkeley Street, per essere ricevute da tutti con grande cordialità.

Solo Elinor non fu lieta di vederle. La loro presenza continuava a farle male, e non sapeva come ricambiare con un po' di garbo l'enorme felicità di Lucy di trovarla ancora in città.

«Sarei stata molto delusa se non vi avessi trovata ancora qui», disse ripetutamente, sottolineando la parola, «ma ho sempre pensato che sarebbe andata così. Ero quasi certa che non foste ancora partita da Londra; anche se a Barton, come ricorderete, mi avevate detto che non vi sareste trattenuta più di un mese. Ma allora ho pensato che al momento opportuno avreste cambiato idea. Sarebbe stato proprio un peccato, per voi, lasciare la città prima dell'arrivo di vostro fratello e vostra cognata. E adesso di sicuro non avrete alcuna fretta di andarvene. Sono contentissima che non abbiate fatto come avevate detto.»

Elinor capì perfettamente quel che intendeva, e fu costretta a chiamare a raccolta tutte le sue forze per dominarsi.

«Ebbene, mia cara», interloquì la signora Jennings, «come è andato il vostro viaggio?»

«Non abbiamo usato la diligenza, sapete!», rispose esultando la signorina Steele. «Abbiamo fatto tutta la strada con una vettura privata, e avevamo un elegantissimo *beau* che ci scortava. Il dottor Davies veniva in città, e allora abbiamo pensato di venire con lui in una vettura d'affitto, e lui è stato molto cortese, e ha pagato dieci o dodici scellini più di noi.»

«Oh, oh!», esclamò la signora Jennings, «davvero carino. E il dottore è scapolo, ci scommetto.»

«Ma guardate», disse la signorina Steele, vezzosa, «tutti non fanno che ridere di me per via del dottore, e non riesco a capire perché. I miei cugini dicono che ho fatto una conquista, ma per parte mia affermo che non ci ho pensato neppure per un momento. "Signore! Ecco che arriva il tuo *beau*, Nancy", ha detto mia cugina l'altro giorno, vedendolo attraversare la strada per venire a casa. "Il mio *beau*, proprio!", ho detto io. "Non capisco cosa vuoi dire. Il dottore non è il mio *beau*.".»

«Sì, sì, siete brava a parlare, ma non sta in piedi; è il dottore il fortunato.»

«No davvero!», rispose sua cugina con affettata serietà, «e vi prego di negarlo ogni volta che ne sentite parlare.»

La signora Jennings le dette immediatamente la lusinghiera certezza che non l'avrebbe di certo fatto, e la signorina Steele ne fu tutta felice.

«Immagino, signorina Dashwood, che andrete a stare con vostro fratello e vostra cognata quando saranno in città», disse Lucy ritornando alla carica, dopo la tregua alle allusioni ostili.

«No, non penso che ci andremo».

«Oh, sì, invece, oserei dire che lo farete.»

Elinor non volle darle la soddisfazione di una ulteriore negazione.

«Che fortuna che la signorina Dashwood possa stare senza di voi per tanto tempo!»

«Tanto tempo, ma che dite!», si intromise la signora Jennings. «Se la visita è appena cominciata!»

Lucy rimase in silenzio.

«Mi spiace di non vedere vostra sorella, signorina Dashwood», disse la signorina Steele. «Mi spiace che non stia bene». Marianne, infatti, aveva lasciato la stanza al loro arrivo.

«Grazie. Anche mia sorella sarà spiacente di non aver avuto il piacere di vedervi; ma negli ultimi tempi è stata afflitta da emicranie di origine nervosa che non le consentono la compagnia e la conversazione...»

«Oh, Signore, ma che peccato! Però, due vecchie amiche come Lucy e me... Credo che avrebbe potuto incontrarci; di certo non diremmo neppure una parola.»

Elinor, con grande educazione, declinò la proposta. Forse sua sorella si era distesa sul letto, forse era in vestaglia, e quindi non in condizione di presentarsi.

«Oh, ma se non è che questo», esclamò la signorina Steele, «possiamo andare noi da lei!»

Elinor cominciò a sentire che questa mancanza di discrezione era davvero eccessiva; ma il fastidio di doverla contrastare le fu risparmiato da un aspro rimprovero di Lucy che, in quell'occasione, come in molte altre, se non servì a conferire molta grazia ai modi di una delle sorelle, per lo meno fu utile a porre freno a quelli dell'altra.

Capitolo trentatreesimo

Dopo una certa opposizione, Marianne cedette alle preghiere di sua sorella e una mattina accettò di uscire con lei e la signora Jennings per una mezzora. Pose tuttavia l'esplicita condizione di non fare visite e limitarsi ad accompagnarle da Gray a Sackville Street, dove Elinor doveva negoziare lo scambio di alcuni vecchi gioielli di sua madre. Quando si fermarono alla porta, la signora Jennings ricordò che in fondo alla strada viveva una signora che desiderava vedere, e siccome non aveva nulla da fare da Gray fu stabilito che, mentre le sue giovani amiche pensavano alle loro faccende, lei avrebbe fatto la sua visita e sarebbe ritornata a prenderle. Salite le scale, le due signorine Dashwood trovarono nel negozio così tanta gente che non c'era nessun commesso libero per servirle. Non potevano far altro che sedersi in fondo al banco che pareva promettere l'attesa più breve. C'era solo un gentiluomo, e non è da escludere che Elinor sperasse di poter sollecitare la sua cortesia così che sbrigasse presto la faccenda. Ma in costui l'attenzione estetica e la squisitezza del gusto si mostrarono superiori alla galanteria. Stava dando gli ordini per un astuccio da stuzzicadenti per sé, e fino a che non ne furono decise la misura, la forma e le decorazioni (cose che, dopo aver esaminato e discusso, per un quarto d'ora ciascuno, ogni astuccio per stuzzicadenti del negozio, furono finalmente stabilite in base alla sua fertile fantasia), non ebbe tempo di lanciare alle due signorine che tre o quattro occhiate superficiali; quel che bastava per imprimere nella mente di Elinor il ricordo di una persona e di un volto onestamente, naturalmente insignificanti, nonostante fossero acconciati all'ultima moda.

A Marianne fu risparmiato qualsiasi sentimento di disprezzo e di risentimento per quell'impertinente esame dei loro lineamenti e per la superficialità delle maniere dello sconosciuto nello scegliere fra i diversi orrori dei differenti astucci offerti al suo esame dal fatto che non si accorse di nulla, dato che era capace di raccogliersi nei suoi pensieri e divenire del tutto inconsapevole di quel che la circondava, tanto nel negozio di Gray quanto nella sua camera da letto.

Alla fine l'affare fu deciso. L'avorio, l'oro, le perle, tutto fu collocato nel modo opportuno, e il gentiluomo, dopo aver dichiarato qual era l'ultimo giorno in cui la sua esistenza poteva continuare senza l'astuccio per stuzzicadenti, si infilò i guanti con tutta calma e, dopo aver concesso alle signorine un altro sguardo, che in verità pareva chiedere ammirazione, piuttosto che esprimerne, si allontanò con un'aria beata di reale presunzione e di affettata indifferenza.

Elinor non perse tempo a presentare la sua richiesta, ed era sul punto di concludere l'affare quando al suo fianco si presentò un altro signore. Lei si volse, e con una certa sorpresa si accorse che era suo fratello.

Le loro manifestazioni d'affetto e il loro piacere d'incontrarsi furono proprio quel che ci voleva per fare buon effetto nel negozio di Gray. D'altra parte John Dashwood era tutt'altro che dispiaciuto di rivedere le sorelle, e si informò della loro madre con rispetto e interesse.

Elinor apprese che lui e Fanny erano in città da due giorni.

«Ieri avevo un gran desiderio di venirvi a trovare», disse lui, «ma è stato impossibile, perché abbiamo dovuto portare Harry a vedere gli animali a Exeter Exchange, e abbiamo passato il resto della giornata con la signora Ferrars. Harry se l'è proprio spassata. Stamattina poi ero più che deciso a venire, se avessi avuto una mezzora libera, ma c'è sempre tanto da fare quando si viene in città. Sono venuto qui per ordinare un sigillo per Fanny. Ma credo che domani potrò venire senz'altro a Berkeley Street, per essere presentato alla vostra amica, la signora Jennings. A quel che ho sentito è una donna in ottime condizioni finanziarie. E anche i Middleton, devi presentarmi anche a loro. Dato che sono parenti della mia matrigna, sarò felice di porgere loro i miei rispetti. Ho sentito che sono vostri ottimi vicini, in campagna.»

«Ottimi davvero. La loro premura per il nostro benessere e la loro disponibilità in ogni occasione sono al di là di ogni descrizione.»

«Sono molto contento di saperlo, parola mia; davvero contentissimo. Ma non poteva essere diversamente; sono gente che dispone di un grande patrimonio, sono vostri parenti, e c'era da aspettarsi ogni cortesia, ogni servizio che potesse rendere più piacevole la vostra situazione. Così siete ben sistemate nel vostro villino, e non avete bisogno di niente! Edward ci ha fatto una bella descrizione del posto; nel suo genere, il più perfetto che si possa immaginare, ha detto, e ha aggiunto che voi sembravate godervelo più che mai. È stata una grande soddisfazione per noi, te lo assicuro.»

Elinor si vergognava un po' per suo fratello; e non le dispiacque che le fosse risparmiata la necessità di rispondergli, perché arrivò il domestico della signora Jennings, che veniva ad annunciare che la sua padrona aspettava alla porta.

Dashwood le accompagnò giù per le scale, fu presentato alla signora Jennings allo sportello della vettura e, dopo avere nuovamente manifestato la speranza di poter andare a visitarle il giorno successivo, prese congedo.

Non mancò di fare la visita annunciata. E si presentò con una scusa qualsiasi per l'assenza della moglie: «Aveva tanto da fare con sua madre che proprio non le rimaneva il tempo per andare da nessuna parte!». La signora Jennings, però, lo rassicurò immediatamente, dicendo che non era il caso di fare complimenti, visto che erano tutti cugini o qualcosa di simile, e che molto presto sarebbe andata lei stessa dalla signora Dashwood, portando con sé le sorelle. Nei confronti di queste, i modi del signor Dashwood furono, quantunque molto calmi, impeccabili; nei confronti della signora Jennings, premurosi e cortesi; quanto al Colonnello Brandon, che si era presentato poco dopo, lo guardò con una curiosità che pareva voler dire che aspettava solo di saperlo ricco prima di essere altrettanto cortese anche con lui.

Dopo essersi trattenuto una mezzora, invitò Elinor a fare due passi fino a Conduit Street, così da presentarlo a Sir John e a Lady Middleton. Era una splendida giornata, e lei acconsentì prontamente. Appena fuori di casa, iniziarono le domande.

«Chi è il Colonnello Brandon? È un uomo dotato di mezzi?»

«Sì; ha una bella proprietà terriera nel Dorsetshire.»

«Ne sono felice. Pare un vero gentiluomo; e credo, Elinor, di potermi congratulare con te per la prospettiva di una sistemazione più che rispettabile.»

«Con me, fratello? Cosa vuoi dire?»

«Gli piaci. L'ho osservato attentamente, e ne sono convinto. A quanto ammonta il suo patrimonio?»

«Mi sembra circa duemila all'anno.»

«Duemila l'anno...» E poi, raggiungendo il culmine della sua entusiastica generosità, aggiunse:

«Elinor, vorrei con tutto il cuore che fosse il doppio, per amor tuo!».

«Ti credo senz'altro», rispose Elinor, «ma sono più che sicura che il Colonnello Brandon non ha il minimo desiderio di sposare me.»

«Ti stai sbagliando, Elinor; ti stai sbagliando completamente. Basterà solo un pochino di impegno da parte tua e te lo assicurerai senz'altro. Può darsi che sul momento sia ancora indeciso, sarà trattenuto dall'esiguità del tuo patrimonio; i suoi amici, forse, lo sconsigliano. Ma basterà qualcuna di quelle piccole attenzioni, qualcuno di quegli incoraggiamenti che le signorine sanno dispensare così bene per aggiudicartelo, suo malgrado. E non c'è alcuna ragione per cui tu non debba tentare. Non si può supporre che un'altra precedente simpatia da parte tua... in breve, lo sai benissimo, quella è del tutto fuori questione... gli ostacoli sono insormontabili, e sei troppo ragionevole per non capirlo. Il Colonnello Brandon è proprio quel che ci vuole per te; e da parte mia non mancherà alcuna delle cortesie che potranno rendergli più gradita la tua famiglia. È un matrimonio che farebbe la soddisfazione di tutti. In breve, è quel genere di cosa che», e abbassò la voce a un pomposo sussurro, «sarà straordinariamente ben accetta a entrambe le parti.» Poi, riprendendosi, aggiunse: «Insomma, intendo dire, tutti i tuoi amici sono sinceramente desiderosi di vederti ben sistemata; soprattutto Fanny, che ha tanto a cuore i tuoi interessi, te lo assicuro. E anche a sua madre, la signora Ferrars, una donna di grande bontà, sono sicuro farà gran piacere; l'ha detto perfino l'altro giorno».

Elinor non si sentì nemmeno di rispondere.

«Ebbene, sarebbe una cosa davvero curiosa», continuò lui, «sì, sarebbe proprio buffo se un fratello di Fanny e una mia sorella si sistemassero nello stesso momento. E tuttavia non è improbabile.»

«Il signor Edward Ferrars», disse Elinor con risolutezza, «sta per sposarsi?»

«Non è ancora del tutto deciso, ma una cosa del genere è nell'aria. Ha una madre impareggiabile. La signora Ferrars gli verrà incontro con la più grande generosità e gli riconoscerà mille sterline all'anno se ci sarà il matrimonio. Si tratta della nobile signorina Morton, l'unica figlia del defunto Lord Morton, e dispone di trentamila sterline. È un matrimonio molto auspicabile, da entrambe le parti, e non dubito che finirà con l'aver luogo a suo tempo. Mille all'anno è una bella somma a cui rinunciare, per una madre, e da trasferire a un altro per sempre; ma la signora Ferrars è un'anima nobile. Per citare un altro esempio della sua generosità... l'altro giorno, quando siamo arrivati, sapendo che in questo momento noi non nuotiamo nell'oro, ha messo in mano a Fanny un mucchietto di banconote, per un totale di duecento sterline. E sono state davvero benvenute, perché qui la vita ci costa moltissimo.»

Rimase in silenzio, ad aspettare l'assenso e la compassione di sua sorella; la quale dovette sforzarsi per dire:

«Le vostre spese, sia in città che in campagna, devono certo essere considerevoli, ma avete anche una bella rendita».

«Oserei dire che non è tanto grande quanto crede certa gente. Comunque non voglio lamentarmi; senza dubbio ci viviamo comodamente, e spero di migliorare la situazione col tempo; ma i lavori di recinzione della proprietà a Norland, in corso di esecuzione, sono proprio un salasso. E poi in questi ultimi sei mesi ho fatto un piccolo acquisto; la fattoria di East Kingham, te ne ricorderai, dove abitava il vecchio Gibson. Era così importante per me, sotto tutti gli aspetti, così immediatamente attigua alle mie proprietà, che mi sono sentito in dovere di comprarla. La coscienza non mi avrebbe dato requie se l'avessi lasciata cadere in altre mani. Per fare il proprio interesse, però, bisogna pagare, e mi è costata una gran quantità di denaro.»

«Più di quel che ritieni sia il suo valore intrinseco?»

«Beh, quanto a questo, spero di no. Avrei potuto rivenderla il giorno dopo guadagnandoci; ma mettendomi nell'affare ho corso un bel rischio, perché a quel tempo le azioni erano così basse che se non avessi avuto la somma necessaria già nelle mani del mio banchiere, sarei stato costretto a vendere, perdendoci molto denaro.»

Elinor poté solo sorridere.

«Poi abbiamo avuto altre considerevoli, inevitabili spese venendo a Norland. Il nostro compianto padre, come sai bene, ha lasciato a tua madre tutti gli effetti di Stanhill rimasti a Norland, che costituivano un bel valore. Non ho certo intenzione di deplorarlo, aveva senza dubbio il diritto di disporre come meglio credeva di quel che era suo; ma la conseguenza è che siamo stati costretti a fare grandi acquisti di biancheria, di servizi da tavola e così via, per rimpiazzare tutto quello che è stato portato via. Puoi quindi capire benissimo che siamo tutt'altro che ricchi, e quanto ci sia gradita la gentilezza della signora Ferrars.»

«Certo», replicò Elinor, «e spero che, assistiti dalla sua generosità, col tempo finirete per mettervi a posto.»

«Un anno o due ci basteranno a fare un bel passo avanti», rispose lui con tutta serietà; «però c'è ancora molto da sistemare. Non è stata posata neppure una pietra per la costruzione della serra di Fanny, e il piano del giardino è stato solo disegnato.»

«Dove metterete la serra?»

«Sulla collinetta dietro la casa. Per farle posto sono stati buttati giù tutti i vecchi alberi di noce. Sarà una bella vista, da molte parti del parco, e il giardino scenderà giù per il pendio sottostante, e sarà estremamente grazioso. Abbiamo fatto pulizia di tutti i vecchi biancospini che crescevano qua e là sulla cima.»

Elinor tenne per sé la sua preoccupazione e i suoi rimproveri, ben contenta che non ci fosse Marianne a subire insieme a lei quella provocazione.

Una volta che ebbe detto a sufficienza per mettere bene in chiaro le sue difficoltà finanziarie e togliere di mezzo la necessità di comprare un paio di orecchini alle sorelle nella sua prossima visita a Gray, i suoi pensieri si rasserenarono, e cominciò a fare le sue congratulazioni a Elinor perché aveva un'amica come la signora Jennings.

«Sembra proprio una donna degna di ogni rispetto. La sua casa, il suo modo di vivere, tutto fa capire che ha un ottimo reddito; è una conoscenza che finora vi è stata di grande utilità, e che alla fine potrà rivelarsi materialmente conveniente. Il fatto che vi abbia invitato a Londra di certo parla in vostro favore; anzi, è una prova di grande affetto, tanto che con tutta probabilità alla sua morte non sarete dimenticate. Deve avere molto di cui disporre.»

«Direi invece che non avrà proprio nulla; ha solo la sua rendita, che passerà alle figlie.»

«Ma non è pensabile che viva in modo da usare tutta la sua rendita! Nessuna persona provvista di un comune senso di prudenza farebbe una cosa del genere; e qualsiasi cosa metta da parte, potrà disporne a suo modo.»

«E non ritieni più probabile che voglia lasciarlo alle figlie, piuttosto che a noi?»

«Le sue figlie sono sposate benissimo entrambe, e quindi non vedo la necessità che debba fare qualcos'altro per loro. Mentre, a mio parere, prendendosi così tanta cura di voi e trattandovi così bene vi ha dato il diritto di nutrire qualche pretesa a una futura considerazione, che da donna coscienziosa non dovrebbe trascurare. Di certo non potrebbe essere più gentile, e non lo sarebbe, se non fosse consapevole delle speranze che suscita.»

«Ma in noi non ne suscita per niente! Davvero, caro fratello, la tua ansietà per il nostro benessere e la nostra prosperità ti porta troppo lontano!»

«Beh», disse lui, e parve stesse recuperando il suo controllo, «si può fare poco, molto poco. Ma dimmi, cara Elinor, cosa è successo a Marianne? Pare non stia bene, ha perso il suo colorito, è diventata molto magra. Sta male?»

«Non sta bene, ha avuto un problema di nervi per parecchie settimane.»

«Me ne dispiace. Alla sua età è sufficiente una malattia a distruggere per sempre la freschezza della gioventù! E la sua è durata ben poco! Era una delle più belle ragazze che io abbia mai visto, il settembre scorso; è un tipo fatto apposta per attrarre gli uomini. Nel suo stile di bellezza c'era quel qualcosa che piace immediatamente. Ricordo che Fanny diceva sempre che si sarebbe sposata prima e meglio di te; non che non ti voglia un gran bene, ma così le pareva. Si sbagliava, però. Dubito che Marianne, adesso, possa sposare un uomo con cinque o seicento all'anno, a dir tanto, e sarei proprio fuori strada se tu non farai di meglio. Il Dorsetshire! Conosco pochissimo il Dorsetshire, ma, mia cara Elinor, sarò lietissimo di conoscerlo meglio; e credo di poterti dire che Fanny e io saremo i tuoi primi e i più soddisfatti visitatori.»

Elinor tentò molto seriamente di convincerlo che non c'era nessuna probabilità che lei sposasse il Colonnello Brandon; ma il progetto faceva troppo piacere a John Dashwood perché lo potesse mettere da parte, e rafforzò la sua decisione di fare amicizia con quel signore e promuovere il matrimonio incoraggiandolo in ogni modo. Visto che era stato sufficientemente compunto da non fare nulla per le proprie sorelle, desiderava ardentemente che tutti gli altri facessero molto per loro; e una richiesta di matrimonio da parte del Colonnello Brandon, o un'eredità da parte della signora Jennings, erano il modo più facile per rimediare alla sua negligenza.

Ebbero la fortuna di trovare Lady Middleton in casa, e prima che andassero via giunse Sir John. Tanto da una parte che dall'altra furono scambiate molte cerimonie. Sir John era sempre pronto a prendere tutti in simpatia, e quantunque il signor Dashwood non avesse l'aria di un grande intenditore di cavalli, non tardò a dirsi che era un giovanotto molto simpatico; Lady Middleton lo ritenne abbastanza elegante da meritare di essere incluso fra le sue conoscenze, e il signor Dashwood si congedò entusiasta di tutti e due.

«Avrò una quantità di belle cose da raccontare a Fanny», disse mentre tornava indietro con sua sorella. «Lady Middleton è davvero una donna elegantissima! Un tipo che Fanny, sono sicuro, avrà molto piacere di conoscere. E anche la signora Jennings è una donna estremamente cortese, anche se non è elegante come sua figlia. Tua cognata non deve farsi scrupolo di fare visita anche a lei, e questo, a dire la verità, era il punto della questione, perché sapevamo solo che la signora Jennings era la vedova di un uomo che aveva fatto la sua fortuna in maniera molto volgare, e sia Fanny che la signora Ferrars erano fortemente prevenute, e nutrivano il dubbio che lei o le sue figlie fossero il tipo di donne che Fanny avrebbe avuto piacere di frequentare. Ma ora posso farle un rapporto molto soddisfacente su entrambe.»

Capitolo trentaquattresimo

La moglie di John Dashwood aveva così tanta fiducia nel giudizio del marito che proprio il giorno dopo si recò a far visita alla signora Jennings e a sua figlia; e la sua fiducia fu ricompensata, perché trovò che perfino la prima, perfino la donna con cui stavano le sue cognate non era affatto indegna della sua attenzione; e quanto a Lady Middleton, ritenne fosse proprio una delle signore più incantevoli del mondo! Lady Middleton fu ugualmente soddisfatta della signora Dashwood. C'era una sorta di freddo egoismo, sia nell'una che nell'altra, che le attirava reciprocamente, cosicché simpatizzarono a vicenda, assumendo un comportamento insulsamente convenzionale e mostrando una generale mancanza d'intelligenza.

Tuttavia proprio le maniere che raccomandavano la signora Dashwood all'attenzione di Lady Middleton non andarono a genio alla signora Jennings, a cui parve soltanto una donnetta superba e priva di qualsiasi calore, capace di incontrare le sorelle di suo marito senza nessuna manifestazione d'affetto e senza avere quasi nulla da dire loro; nel quarto d'ora concesso a Berkeley Street, infatti, se ne stette seduta almeno sette minuti e mezzo in assoluto silenzio.

Elinor avrebbe voluto sapere, anche se era decisa a non chiederlo, se Edward fosse in città; ma nulla avrebbe indotto Fanny a fare spontaneamente il suo nome davanti a lei, prima di poterle annunciare che il suo matrimonio con la signorina Morton era deciso, o prima che si realizzassero le speranze di suo marito riguardo al Colonnello Brandon; giacché credeva fossero entrambi tanto affezionati l'uno all'altra da non potere essere separati neppure dalla più accanita perseveranza di parole e di azioni, qualunque fosse l'occasione. A ogni modo, la notizia che lei non voleva dare giunse ben presto da un'altra fonte. Lucy non tardò a presentarsi, per sollecitare la compassione di Elinor per il fatto che non le era possibile vedere Edward, quantunque fosse venuto in città con i signori Dashwood. Lui non osava presentarsi ai Bartlett's Buildings, per timore che si venisse a sapere, e anche se l'impazienza di entrambi di rivedersi era enorme, al momento non potevano far altro che scriversi.

Edward stesso confermò loro di essere in città presentandosi due volte a Berkeley Street dopo pochissimi giorni. Due volte, al ritorno dai loro giri mattutini, trovarono il suo biglietto sulla tavola. Elinor fu felice che fosse venuto, e più ancora di non averlo visto.

I Dashwood erano così entusiasti dei Middleton che, anche se avevano l'abitudine di non offrire mai nulla, decisero di offrire loro un pranzo, e, appena ebbero fatto conoscenza, li invitarono ad Harley Street, dove avevano affittato per tre mesi una bellissima casa. Anche le loro sorelle e la signora Jennings furono invitate, e John Dashwood non mancò di assicurarsi la presenza del Colonnello Brandon, che, sempre contento di andare dove andavano le signorine Dashwood, ricevette quella prematura cortesia con un certo stupore, ma anche con maggior piacere. Dovevano trovare là la signora Ferrars; ma Elinor non poté sapere se anche i suoi figli avrebbero fatto parte della compagnia. L'idea di vederla, a ogni modo, bastava per destare il suo interesse per l'incontro; perché anche se ormai poteva incontrarsi con la madre di Edward senza tutta l'ansietà che un tempo pareva avrebbe accompagnato quella presentazione, e anche se poteva vederla, ormai, con assoluta indifferenza quanto al giudizio che avrebbe suscitato, il suo desiderio di trovarsi con lei, la sua curiosità di sapere come fosse era più intensa che mai.

L'interesse con cui così anticipava, col pensiero, quella riunione, fu potentemente, anche se tutt'altro che piacevolmente, aumentato dal sapere che anche le signorine Steele sarebbero state presenti.

Tanto bene avevano saputo comportarsi con Lady Middleton, rendendosi estremamente simpatiche con le loro maniere insinuanti, che per quanto fosse evidente che Lucy non era elegante e che sua sorella non era neppure distinta, la signora fu pronta, come pure Sir John, a invitarle a trascorrere una settimana a Conduit Street presso di loro; e, appena ebbero saputo dell'invito di Dashwood, capitò che fosse particolarmente conveniente, per le signorine Steele, che la loro visita iniziasse pochi giorni prima del famoso pranzo.

Le loro giuste pretese di essere prese in considerazione dalla signora Dashwood in quanto nipoti del degno gentiluomo che per tanti anni aveva curato l'educazione di suo fratello non sarebbero state sufficienti ad assicurare loro un posto alla sua tavola; ma come ospiti di Lady Middleton dovevano essere benvenute; e Lucy, che da tempo desiderava essere presentata ai membri della famiglia e avere una conoscenza più diretta dei loro caratteri, diventare consapevole delle proprie difficoltà e cogliere l'occasione di rendersi gradita, non era stata mai tanto contenta in vita sua come quando ricevette l'invito della signora Dashwood.

Su Elinor, l'effetto fu molto differente. Cominciò subito a pensare che, visto che Edward abitava presso sua madre, sarebbe stato invitato insieme a lei a un pranzo offerto da sua sorella; e doverlo vedere, per la prima volta dopo tutto quel che c'era stato, in compagnia di Lucy!... No, non sapeva come avrebbe potuto tollerarlo!

Queste apprensioni forse non erano tutte basate sulla ragione, e certo niente affatto sulla verità. Furono tuttavia alleviate non tanto dalla sua forza d'animo quanto dalla buona volontà di Lucy, che credeva di infliggerle una delusione dicendole che certo quel martedì Edward non sarebbe stato presente ad Harley Street, e che sperava di ferirla anche più a fondo facendole credere che lui si astenesse dal partecipare per via del grande amore che aveva per lei, un amore che non riusciva a nascondere quando stavano insieme.

Arrivò dunque il fatidico martedì che doveva presentare le due signorine a quella formidabile suocera.

«Abbiate compassione di me, cara signorina Dashwood!», si lamentò

Lucy mentre salivano le scale, perché i Middleton erano arrivati subito dopo la signora Jennings e avevano seguito il domestico tutti quanti insieme. «Non ci siete che voi, a potermi capire! Vi assicuro che quasi non mi reggo in piedi. Dio mio! Fra un attimo vedrò la persona da cui dipende tutta la mia felicità... e cioè quella che sarà mia madre!»

Elinor avrebbe potuto offrire un sollievo immediato, suggerendole la possibilità che stesse per vedere quella che sarebbe stata la madre della signorina Morton, anziché la sua, però le assicurò, e sinceramente, che sentiva compassione per lei; con profondo stupore di Lucy, che, anche se veramente agitata, sperava almeno di essere per lei oggetto d'incontenibile invidia.

La signora Ferrars era una donnina piccola e magra, dritta nella figura, fino alla rigidezza, e seria d'aspetto, fino all'acidità. Aveva un colorito giallastro; i lineamenti minuti, senza bellezza e naturalmente senza espressione; ma per fortuna una contrazione della fronte salvava il suo volto dal discredito dell'insulsaggine, marcandole addosso il segno dell'orgoglio e della malevolenza. Non era una donna molto loquace, perché, a differenza di quel che succede in generale, le sue parole era proporzionali al numero delle sue idee; e delle poche sillabe che le sfuggirono, non una ebbe a cadere in direzione della signorina Dashwood, che lei guardava con l'intenso desiderio di trovarla antipatica a tutti i costi.

Elinor, ora, non poteva sentirsi addolorata da quel comportamento. Pochi mesi prima ne sarebbe stata profondamente ferita, ma la signora Ferrars non aveva più il potere di turbarla; e la differenza delle sue maniere con le signorine Steele, una differenza che sembrava fatta apposta per mortificarla ancora di più, non riuscì che a divertirla. Non poteva non sorridere nel vedere le cerimonie che facevano sia la madre che la figlia verso Lucy (giacché era così distinta), cioè verso colei che, se avessero saputo, sarebbero state ansiosissime di umiliare; mentre lei, che in paragone non aveva alcun potere di offenderle, era intenzionalmente trascurata da entrambe. Ma mentre sorrideva di quella cortesia così mal diretta non poté non pensare alla volgare follia da cui derivava, né osservare la studiata premura con cui le due signorine Steele cercavano di far in modo che avesse a continuare, senza disprezzarle profondamente tutte e quattro.

Lucy era tutta esultante perché la si trattava così onorevolmente; e alla signorina Steele mancava solo di essere stuzzicata a proposito del dottore per essere del tutto felice.

Il pranzo fu sontuoso, i domestici numerosi, e tutto testimoniava dell'inclinazione allo sfarzo della padrona di casa e delle possibilità del marito di accontentarla. Nonostante i miglioramenti e le aggiunte che stavano facendo a Norland, nonostante il fatto che il suo proprietario una volta era stato a un passo dal vendere in perdita se non avesse avuto in mano qualche migliaio di sterline, nulla mostrava il minimo segno di quell'indigenza che quelle confessioni avevano cercato di evidenziare; non si vedeva traccia di povertà, se non nella conversazione; ma lì la carenza era considerevole. John Dashwood non aveva molto da dire, per suo conto, che valesse la pena di ascoltare, e sua moglie ancora meno. Ma questo non era poi tanto grave, dato che era più o meno così anche per tutti gli altri visitatori, che dovevano tutti fare i conti con qualche deficienza che impediva loro di essere simpatici... mancanza di assennatezza, naturale o acquisita, mancanza di eleganza, mancanza di spirito... o mancanza di carattere.

Quando le signore si ritirarono nel salotto, dopo pranzo, questa povertà fu particolarmente evidente, perché i signori, per parte loro, qualche varietà alla conversazione l'avevano fornita... la politica, il modo migliore per recintare le terre e domare i cavalli... ormai però era finita; e un solo argomento occupò le signore fin quando fu servito il caffè, e cioè la rispettiva altezza di Harry Dashwood e di William, il secondogenito di Lady Middleton, che avevano più o meno la stessa età.

Se tutt'e due i bambini fossero stati presenti, il problema sarebbe stato risolto anche troppo facilmente, mettendoli subito a confronto; ma siccome era presente solo Harry, si trattava di fare illazioni, da ambedue le parti, e ciascuna aveva lo stesso diritto delle altre di affermare la propria opinione, e dirla e ripeterla quanto le pareva e piaceva.

Le parti erano distribuite in questo modo: le due madri, anche se ciascuna era veramente convinta che suo figlio fosse il più alto, si pronunciavano con cortesia a favore dell'altro; le due nonne, non meno parziali ma più sincere, erano ugualmente zelanti nell'insistere a favore dei propri nipoti.

Lucy, che era davvero molto ansiosa di piacere a entrambe le madri, riteneva che tutti e due fossero molto alti per la loro età e non riusciva a immaginare che ci fosse la minima differenza al mondo; la signorina Steele, con eloquenza anche maggiore, si esprimeva più in fretta che poteva, a favore di ognuno dei due.

Elinor, dopo aver dato il suo parere, e cioè che era più alto William, con il che offese ancor di più la signora Ferrars e Fanny, non vide alcuna necessità di insistere per ribadirla; e Marianne, quando fu invitata a esprimersi, offese tutti affermando che non aveva alcuna opinione da dare, non avendo mai badato alla cosa.

Prima di lasciare Norland, Elinor aveva dipinto per sua cognata un paio di graziosissimi paraventi, che ora, appena montati e portati a casa, adornavano il salotto; e quando questi paraventi colpirono lo sguardo di John Dashwood, mentre seguiva i signori nella stanza, lui li offrì con zelante premura all'ammirazione del Colonnello Brandon.

«Sono stati fatti da mia sorella, la maggiore, e sono sicuro che voi, che siete un uomo di gusto, sarete contento di vederli. Non so se abbiate già visto qualche altra cosa fatta da lei, ma tutti sono d'accordo sul fatto che disegna benissimo.»

Il Colonnello, pur declinando ogni pretesa di essere un conoscitore, ammirò con calore l'esecuzione, così come avrebbe ammirato qualunque cosa dipinta dalla signorina Dashwood; ed essendosi risvegliata la curiosità degli altri, i paraventi furono fatti girare per essere esaminati da tutti. La signora Ferrars, che non sapeva che fossero opera di Elinor, chiese con particolare interesse di vederli; e dunque dopo che ebbero ricevuto la lusinghiera testimonianza dell'approvazione di Lady Middleton, Fanny li presentò alla madre, informandola al contempo, con molta prudenza, di come fossero opera della signorina Dashwood.

«Ehm», disse la signora Ferrars, «molto graziosi.» E senza neppure guardarli li restituì alla figlia.

Forse Fanny pensò, per un momento, che sua madre fosse stata troppo scortese, perché arrossì un po', e si affrettò a dire:

«Sono molto carini, signora madre... non è vero?». Ma poi fu assalita dalla paura di essere stata a sua volta troppo cortese, troppo incoraggiante, così subito aggiunse:

«Non le pare che siano un po' nello stile della pittura della signorina Morton, signora madre? Lei dipinge in modo proprio delizioso! Com'era bello il suo ultimo paesaggio!».

«Bellissimo davvero! Lei sì fa tutto bene.»

Marianne non lo poté sopportare. Era già molto seccata con la signora Ferrars; e quell'ultimo elogio di un'altra, a spese di Elinor, anche se lei non aveva la minima idea di cosa ci fosse sotto, la spinse a dire immediatamente, con calore:

«Questa è un'ammirazione di un tipo molto strano! Chi è la signorina Morton per noi? Chi la conosce, e a chi importa di lei? Si tratta di Elinor, adesso, è di lei che stiamo parlando!».

E così dicendo, strappò i paraventi dalle mani della sorellastra, e si mise ad ammirarli come meritavano.

La signora Ferrars parve estremamente adirata, e drizzandosi più rigidamente che mai pronunciò, per ribattere, questa acida filippica: «La signorina Morton è la figlia di Lord Morton».

Anche Fanny pareva molto adirata, e suo marito era tutto spaventato dall'audacia della sorella. Elinor fu più ferita dal calore di Marianne di quanto non lo fosse stata da colei che l'aveva destato; ma gli occhi del Colonnello Brandon, fissi su Marianne, facevano capire che lui vedeva solo quello che c'era in lei di ammirevole, il cuore generoso che non poteva sopportare di vedere una sorella offesa, neppure in una sciocchezzuola.

Ma Marianne non si fermò lì. La fredda insolenza dell'atteggiamento della signora Ferrars in generale le parve preannunciare a Elinor difficoltà e dolori a cui il suo cuore ferito le insegnava a pensare con terrore; e sollecitata da un intenso impulso di tenera sensibilità si avvicinò, dopo un attimo, alla sedia della sorella e passandole un braccio intorno al collo e premendo la guancia alla sua, le disse con voce bassa ma piena di fervore:

«Cara, cara Elinor, non badare a loro. Non lasciare che ti rendano infelice».

Non poté dire altro; i suoi sentimenti la sopraffecero, nascose il volto sulla spalla di Elinor e scoppiò in pianto. Questo attrasse l'attenzione di tutti, e quasi tutti ne rimasero toccati. Il Colonnello Brandon si alzò e corse accanto a loro senza quasi sapere quel che stava facendo; la signora Jennings, con un comprensivo: «Ah, povera cara!», offrì immediatamente i suoi sali; mentre Sir John era così furioso con chi aveva provocato quella crisi di nervi che immediatamente si spostò accanto a Lucy Steele e le offrì, in un sussurro, una breve relazione di quella disastrosa storia.

In pochi minuti, però, Marianne si riprese a sufficienza da mettere fine al trambusto e sedersi insieme agli altri, anche se il suo umore mantenne per tutta la sera il ricordo di ciò che era avvenuto.

«Povera Marianne!», disse suo fratello a bassa voce al Colonnello Brandon, non appena ne poté conquistare l'attenzione. «Non ha la salute di sua sorella, è molto nervosa; non ha la costituzione di Elinor; e bisogna ricordare che c'è qualcosa di molto penoso per una giovane che è stata una bellezza, nella perdita della sua attrattiva personale. Forse voi non lo crederete, ma Marianne era notevolmente bella, qualche mese fa... bella quasi quanto Elinor. Adesso, come vedete, tutta la sua bellezza se ne è andata.»

Capitolo trentacinquesimo

La curiosità di Elinor di vedere la signora Ferrars era soddisfatta. Aveva riconosciuto in lei tutto ciò che poteva rendere indesiderabile un'ulteriore parentela fra le due famiglie. Aveva visto abbastanza del suo orgoglio, della sua meschinità, della sua decisa prevenzione verso di lei, per rendersi conto di tutte le difficoltà che avrebbero reso incerto il fidanzamento e ritardato il suo matrimonio con Edward, se lui fosse stato libero; aveva visto abbastanza da ringraziare il cielo che un ostacolo tanto grande la salvasse dal dover soffrire sotto la tirannia della signora Ferrars, dal dipendere dal suo capriccio, dal dover fare sforzi per guadagnarsi la sua approvazione. O almeno, se quanto aveva visto non la portava addirittura a essere contenta che Edward fosse legato a Lucy, la portava ora a pensare che, se la sua rivale fosse stata più simpatica, avrebbe potuto essere contenta.

Si stupiva che Lucy potesse essere tanto innalzata dalla cortesia della signora Ferrars; che il suo interesse e la sua vanità l'accecassero al punto di farle sembrare un complimento la simpatia che le era stata dimostrata solo perché non era Elinor, o di permetterle di trarre incoraggiamento dalla preferenza accordatale solo perché la sua vera situazione non era conosciuta. Eppure l'equivoco non solo era stato espresso dallo sguardo di Lucy sul momento, ma confermato, più apertamente, la mattina dopo; soddisfacendo un suo esplicito desiderio, infatti, Lady Middleton la mandò a Berkeley Street, tutta speranzosa di poter parlare con Elinor a tu per tu e dirle quanto era felice.

La speranza si realizzò, perché poco dopo il suo arrivo giunse un messaggio della signora Palmer e la signora Jennings dovette andar via.

«Carissima amica», esclamò Lucy appena furono sole, «sono venuta per dirvi tutta la mia felicità. Cosa ci poteva essere di più lusinghiero del modo con cui mi ha trattato la signora Ferrars ieri sera? È stata così straordinariamente affabile! Voi sapete che paura avevo, al solo pensiero di vederla; ma dal momento della presentazione nei suoi modi c'è stata una tale affabilità! Pareva proprio che mi avesse presa in simpatia. Non era così? Avete visto tutto; non ne siete stata colpita?»

«Certo è stata molto cortese con voi.»

«Cortese! Non avete dunque visto altro che cortesia? Io ho visto molto, molto di più... tanta gentilezza dedicata solo a me! Né orgoglio, né altezzosità, e lo stesso vostra cognata... tutta dolcezza e affabilità!»

Elinor avrebbe desiderato cambiare discorso, ma Lucy insisteva per farle riconoscere che aveva tutte le ragioni per essere felice, ed Elinor fu obbligata a proseguire.

«Senza dubbio, se avessero saputo del vostro fidanzamento», disse, «nulla sarebbe stato più lusinghiero del modo in cui vi hanno trattata; ma dato che questo non era il caso...»

«Immaginavo che avreste detto così», rispose subito Lucy, «ma non c'era nessuna ragione al mondo perché la signora Ferrars dovesse dimostrarmi la sua simpatia, se non la provava; e questo è tutto per me. No, no, non c'è nulla che possiate dire per sminuire la mia soddisfazione. Sono certa che tutto finirà bene, e che non ci sarà nessuna delle difficoltà che pensavo d'incontrare. La signora Ferrars è una donna affascinante, e così vostra cognata. Sono davvero due donne deliziose! Mi meraviglio di non avervi ancora sentito dire quanto è simpatica la signora Dashwood!»

A questo Elinor non aveva nessuna risposta da offrire, e non ci provò neppure.

«Non state bene, signorina Dashwood? Sembrate afflitta... non parlate... Certo non vi sentite bene.»

«Non mi sono mai sentita meglio.»

«Sono davvero lieta di sentirlo, ma proprio non sembra. Mi dispiacerebbe molto se vi ammalaste, proprio voi che siete stata il mio maggior conforto al mondo! Dio sa quel che avrei fatto senza la vostra amicizia.»

Elinor cercò di formulare una risposta cortese, nonostante dubitasse della riuscita. Ma Lucy ne parve soddisfatta, perché subito rispose:

«Certo, certo, sono del tutto convinta del vostro affetto per me, e dopo l'amore di Edward, è il mio maggior conforto. Povero Edward! Ma ora c'è un'altra cosa buona; potremo vederci, e anche spesso, perché Lady Middleton è incantata dalla signora Dashwood, così che, a quel che credo, andremo spesso da loro, ed Edward passa metà del tempo da sua sorella; e poi, Lady Middleton e la signora Ferrars si faranno visita, adesso, e la signora Middleton e la signora Ferrars e vostra cognata sono state tanto buone da dire più di una volta che saranno sempre liete di vedermi. Sono così gentili! Sono certa che se direte a vostra cognata quello che penso di lei, non direte mai abbastanza».

Elinor però non la incoraggiò affatto a sperare che l'avrebbe fatto. Lucy continuò:

«Sono certa che se la signora Ferrars mi avesse presa in antipatia me ne sarei accorta subito. Se mi avesse fatto solo un cenno formale, per esempio, senza neppure rivolgermi una parola, e poi non si fosse più occupata di me e non mi avesse guardata con simpatia (sapete cosa voglio dire), se fossi stata trattata in quel modo così scostante, avrei abbandonato tutto per disperazione. Non l'avrei potuto sopportare, perché so che, quando prova un'antipatia, è sempre molto violenta».

Elinor non poté rispondere in alcun modo a questo tanto educato trionfo, perché la porta si spalancò, il domestico annunciò il signor Ferrars, ed Edward entrò nella stanza.

Fu un momento di grande imbarazzo; bastava guardare i visi di tutti quanti per capirlo. Tutti avevano l'aria estremamente sciocca; ed Edward sembrava più pronto a girarsi e lasciare la stanza che ad avanzare. Era piombata loro addosso, e nella forma più antipatica, la circostanza che ognuno era sempre stato ansiosissimo di evitare; non solo erano tutti e tre insieme, ma erano insieme senza il sollievo rappresentato dalla presenza di qualche altra persona. Le due signorine furono le prime a riprendersi. Non toccava a Lucy farsi avanti, dato che doveva esser mantenuta l'apparenza del segreto. Perciò poté esprimere la sua tenerezza solo con uno sguardo, e, dopo un breve saluto, rimase in silenzio.

Elinor però aveva ben altro da fare; e tanto ansiosa era, per lui e per se stessa, di far tutto bene, che dopo essersi raccolta un momento fece di tutto per salutarlo con un'espressione e una maniera che erano quasi disinvolti, quasi spontanei; e un'altra intima lotta, un altro sforzo li migliorarono ancora. Non consentì che la presenza di Lucy e la coscienza di un'ingiustizia perpetrata a suo danno la trattenessero dal dire a Edward quant'era felice di vederlo, e quanto le era dispiaciuto di non essere stata in casa tutte le volte che era venuto a Berkeley Street; e non si lasciò spaventare dallo sguardo indagatore di Lucy, per quanto se lo sentisse piantato addosso mentre gli rivolgeva le attenzioni che gli erano dovute, come amico e quasi parente.

Il suo atteggiamento rassicurò alquanto Edward, che trovò il coraggio di sedere; ma il suo imbarazzo superava ancora quello delle signorine, secondo una proporzione che la situazione rendeva giustificata, anche se rara per il suo sesso; perché il suo cuore non aveva l'indifferenza di quello di Lucy, né la sua coscienza la serenità di quella di Elinor. Lucy, che sedeva tutta compunta e silenziosa, pareva risoluta a non fare alcuna concessione a vantaggio degli altri, e a non pronunciare nemmeno una parola; e quasi tutto quel che fu detto venne da Elinor, che dovette fornire spontaneamente le notizie sulla salute di sua madre, sulla loro venuta in città e così via, che Edward avrebbe dovuto chiedere, e non chiese.

Né i suoi sforzi si fermarono lì; subito dopo si sentì tanto disposta all'eroismo da decidere, col pretesto di andare da Marianne, di lasciarli soli; e così fece, e nel modo più bello, poiché indugiò qualche minuto sul pianerottolo con nobiltà e forza d'animo, prima di andare da sua sorella. Una volta che l'ebbe fatto, però, il momento d'abbandono di Edward dovette avere termine, perché Marianne, tanta fu la sua gioia, si precipitò immediatamente in salotto. Il suo piacere fu, come sempre erano i moti dell'animo suo, intenso ed espresso con grande vivacità. Andò incontro al visitatore con la mano tesa e un tono di voce che mostrava un affetto fraterno.

«Caro Edward!», esclamò, «questo è un momento di grande felicità! Fa quasi dimenticare qualsiasi altra cosa!»

Edward cercò di ricambiare la sua cordialità come meritava, ma di fronte a quei testimoni non osò dire neppure la metà di quanto realmente sentiva. Tornarono a sedersi, e per uno o due minuti tutti tacquero, mentre Marianne guardava con evidente trasporto ora Edward ora Elinor, rammaricandosi solo che la loro reciproca contentezza fosse frenata dalla indesiderabile presenza di Lucy. Edward fu il primo a parlare, per osservare il mutamento nell'aspetto di Marianne ed esprimere il timore che l'aria di Londra non le si addicesse.

«Oh, non pensate a me!», rispose lei con ansiosa prontezza, anche se gli occhi le si riempivano di lacrime, «non pensate alla mia salute. Elinor sta bene, lo vedete. Questo deve bastare per tutt'e due.»

Una simile affermazione non era fatta per alleviare il disagio di Edward ed Elinor, né per conciliare la buona volontà di Lucy, che alzò gli occhi per guardare Marianne con un'espressione non molto benevola.

«Vi piace Londra?», chiese Edward per cambiare argomento.

«Per niente. Mi aspettavo di ricavarne molto piacere, ma non ne ho trovato affatto. Vedere voi, Edward, è l'unico conforto che mi ha consentito. E, grazie al cielo, voi siete sempre lo stesso.»

Si interruppe, e nessuno parlò.

«Stavo pensando», continuò subito lei, «che potremmo servirci di Edward come scorta quando torneremo a Barton. Credo partiremo fra una o due settimane; e credo che l'incarico non gli riuscirà sgradito.»

Il povero Edward balbettò qualcosa; ma cosa nessuno lo capì, nemmeno lui. Marianne, che vide il suo turbamento, e poté facilmente attribuirlo ad altra causa di suo gradimento, fu completamente soddisfatta, e cambiò discorso.

«Abbiamo passato una tale giornata ieri ad Harley Street, Edward! Così noiosa, così disperatamente noiosa! Ma sull'argomento ho da dire molte cose, che non posso dire adesso.»

E con tale ammirevole discrezione rimandò a quando sarebbero stati soli l'occasione di dirgli che aveva trovato i loro rispettivi parenti senza dubbio assai antipatici, e sua madre particolarmente odiosa.

«Ma perché non c'eravate, Edward? Perché non siete venuto?»

«Avevo un altro impegno.»

«Un altro impegno! E quale impegno, se sapevate chi dovevate incontrare?»

«Forse, signorina Marianne», esclamò Lucy, ansiosa di vendicarsi di lei in qualche modo, «credete che i giovanotti non mantengano mai i loro impegni, se non hanno voglia di mantenerli, piccoli o grandi che siano.»

Elinor si infuriò, ma parve che Marianne fosse del tutto insensibile alla stoccata, perché rispose, con calma:

«No davvero; ma, se devo parlare sul serio, credo che solo la coscienza abbia tenuto Edward lontano da Harley Street. E so per certo che ha la coscienza più delicata di questo mondo: la più scrupolosa nell'adempiere qualsiasi impegno, per quanto insignificante, e per quanto possa essere contrario ai suoi interessi e al suo piacere. Ha sempre il timore di procurare dolore agli altri, di deludere le attese, è la persona più incapace di egoismo che io conosca. Sì, Edward, è così, lo voglio dire e lo dirò. Che! Non dovreste mai sentire qualcuno che vi elogia? Allora, non siatemi amico, perché coloro che accettano il mio affetto e la mia stima devono subire le mie lodi indiscriminate».

La natura di quella lode non era però, in quel caso, tale da lusingare i sentimenti di due terzi dei presenti, ed Edward ne fu tanto poco entusiasta che si alzò subito, per prendere congedo.

«Ve ne volete già andare!», esclamò Marianne. «Ma caro Edward, non è giusto!»

E tiratolo un po' in disparte, gli comunicò in un sussurro la persuasione che Lucy non si sarebbe fermata ancora molto. Ma anche quell'incoraggiamento non servì a nulla, perché lui se ne andò; e Lucy, che era decisa ad andare via dopo di lui anche se la sua visita fosse durata due ore, fece lo stesso poco dopo.

«Cosa mai può portarla qui così di frequente!», disse Marianne quando rimasero sole. «Ma non capiva che volevamo che se ne andasse? Che seccatura per Edward!»

«Perché siamo tutti amici, e Lucy lo conosce da più tempo di noi. È naturale che gli piaccia vedere anche lei.»

Marianne la fissò e rispose: «Sai bene, Elinor, che non posso sopportare questo genere di discorsi. Se vuoi solo che contraddica quel che hai detto, come immagino sia in questo caso, dovresti ricordarti che sono l'ultima persona al mondo che abbia voglia di farlo. Non mi abbasso a lasciarmi trascinare a simili trucchetti».

Poi lasciò la stanza; ed Elinor non osò seguirla per dirle qualcosa, dato che, legata com'era dalla promessa fatta a Lucy di mantenere il segreto, non poteva offrire alcuna spiegazione convincente; e per quanto il perdurare dell'equivoco le risultasse doloroso, era obbligata a sottomettersi. Tutto quel che poteva sperare era che Edward non esponesse spesso se stesso e lei al tormento di subire i malintesi incoraggiamenti di Marianne, o di provare ancora tutto l'imbarazzo e la pena di cui era stato carico quell'ultimo incontro; e questo aveva ogni ragione di sperarlo.

Capitolo trentaseiesimo

Pochi giorni dopo quell'incontro i giornali annunciarono al mondo che la signora di Palmer, moglie dello stimato Thomas Palmer, aveva felicemente dato alla luce un maschio ed erede; un paragrafo molto interessante e soddisfacente, almeno per tutti gli amici intimi, che già lo sapevano.

L'evento, importantissimo per la felicità della signora Jennings, provocò una momentanea alterazione nel programma delle sue giornate, e cambiò anche le occupazioni delle sue giovani amiche, poiché, desiderando stare il più possibile con Charlotte, andava da lei tutte le mattine appena vestita, e non rientrava che la sera tardi; mentre le signorine Dashwood, su speciale richiesta dei Middleton, trascorrevano tutto il loro tempo a Conduit Street. Quanto a loro, avrebbero preferito rimanere almeno la mattina in casa della signora Jennings; ma non essendo, questa, una proposta da fare contro ai desideri di tutti, si rassegnarono a trasferirsi quotidianamente da Lady Middleton e le signorine Steele, alle quali la loro compagnia risultava tanto poco gradita, in realtà, quanto ufficialmente era ricercata.

Erano troppo intelligenti per essere desiderabili amiche della prima, e dalle altre erano considerate con occhio geloso, quali intruse nel loro gruppo, usurpartrici di privilegi che loro desideravano tenere tutti per sé. Lady Middleton, anche se le trattava con la massima cortesia, non le aveva in simpatia; siccome non adulavano né lei né i suoi bambini, non poteva giudicarle generose; e siccome amavano molto la lettura, non poteva non ritenerle portate al sarcasmo. Forse non sapeva esattamente cosa significasse «essere sarcastico», ma cosa importava? Nell'uso comune valeva come «essere un criticone», ed era una definizione spesso usata per definire qualcuno.

La loro presenza era un ostacolo per lei e per Lucy; era d'impaccio alla pigrizia dell'una e agli interessi dell'altra. Sua signoria si vergognava di non far niente davanti a loro, e Lucy temeva di essere disprezzata per le adulazioni che in altri momenti era fiera di concepire ed elargire. Delle tre, la signorina Steele era la meno turbata dalla loro presenza, e, volendo, avrebbero potuto conciliarsela del tutto. Se l'una o l'altra avessero fatto una relazione completa e dettagliata della storia tra Marianne e il signor Willoughby, si sarebbe sentita del tutto compensata della perdita del miglior posto accanto al fuoco dopo pranzo, causata dal loro arrivo. Ma questa soddisfazione non fu concessa; giacché per quanto lei facesse, parlando con Elinor, commenti pieni di pietà per sua sorella, e per quanto lasciasse cadere riflessioni sull'incostanza dei *beaux* di fronte a Marianne, non otteneva altro effetto che uno sguardo d'indifferenza della prima e di disgusto della seconda. Con uno sforzo anche più lieve se la sarebbero fatta amica; se almeno avessero riso del suo dottore! Ma erano così poco pronte ad accontentarla, come del resto anche gli altri, che, se Sir John pranzava fuori, lei poteva passare tutto un giorno senza sentire nessuna battuta in proposito, eccetto quelle che era abbastanza gentile da offrirsi da sola.

Tuttavia tutte queste gelosie e questo scontento erano completamente ignorati dalla signora Jennings, che pensava che stare insieme fosse un grande piacere, per quelle ragazze; e in genere tutte le sere si congratulava con le due giovani amiche per essersi sottratte alla compagnia di una stupida vecchia. Lei alle volte le raggiungeva a casa di Sir John, alle volte a casa propria; ma, dovunque, si presentava sempre risoluta ad attribuire alle proprie cure il rapido recupero di Charlotte, e pronta a dare una relazione così precisa e dettagliata dello stato delle sue condizioni di salute che solo la signorina Steele aveva la curiosità di desiderare. Una sola cosa le dispiaceva, e se ne lamentava ogni giorno. Il signor Palmer era dell'opinione, comune al suo sesso ma indegna di un padre, che i bambini fossero tutti uguali; e quantunque lei potesse chiaramente riconoscere in diversi momenti la più straordinaria somiglianza del bimbo con ognuno dei parenti da entrambe le parti, non c'era modo di persuadere il padre, o di convincerlo che non fosse esattamente come tutti gli altri bimbi della stessa età; né era possibile fargli riconoscere la semplice verità che era il più bel bambino al mondo.

E siamo così giunti al racconto di una disgrazia che in quel tempo colpì la moglie di John Dashwood. Capitò che nel corso della prima visita ricevuta dalle sue cognate e dalla signora Jennings si fosse presentata un'altra delle sue conoscenze; circostanza che, in sé, non sembrava preludere a qualche sciagura per lei; ma fintanto che l'immaginazione porterà la gente a formarsi opinioni errate sulla nostra condotta e a giudicarla da apparenze superficiali, la nostra felicità sarà sempre, per così dire, nelle mani del caso. In quell'occasione, dunque, quella signora appena arrivata permise alla sua fantasia di superare così tanto i limiti della verità e della probabilità che, solo sentendo il nome delle signorine Dashwood e capendo che erano le cognate della signora Dashwood, concluse immediatamente che abitassero a Harley Street; e questo equivoco la portò, pochi giorni dopo, a inviare anche a loro dei biglietti d'invito per una piccola riunione musicale a casa sua. Le conseguenze di ciò furono che la signora Dashwood non solo fu obbligata a sottomettersi all'enorme seccatura di mandare a prendere le signorine con la propria vettura, ma, peggio ancora, al fastidio di dover fingere di trattarle con rispetto e premura; e chi poteva esser certo che non si aspettassero di uscire con lei una seconda volta? È vero che aveva sempre a sua disposizione la possibilità di deluderle, ma non bastava; perché quando le persone sono risolute a seguire un metodo di condotta che sanno ingiusto, si sentono offese se qualcuno si attende da loro qualcosa di meglio.

Marianne si era ormai a poco a poco così assuefatta ad andare fuori tutti i giorni che uscire o no era diventato, per lei, del tutto indifferente; e si preparava con tranquillità, quasi meccanicamente, ai suoi impegni serali, senza tuttavia aspettarsene il benché minimo piacere, e spesso senza nemmeno sapere, fino all'ultimo momento, dove l'avrebbero condotta.

Era divenuta così indifferente agli abiti che indossava e alla sua toletta che non vi dedicava neppure la metà dell'attenzione che riceveva dalla signorina Steele nei primi cinque minuti in cui si trovavano insieme, una volta finita la toletta. Alla generale curiosità e alla minuziosa osservazione di questa nulla sfuggiva; vedeva tutto, tutto chiedeva; non trovava pace se prima non sapeva il prezzo di ogni componente dell'abbigliamento di Marianne, intuiva il numero dei suoi vestiti quasi meglio di quanto non lo sapesse colei che li portava e sperava sempre di scoprire, prima che si lasciassero, quanto spendeva di lavanderia ogni settimana, e di quanto disponeva, all'anno, per le sue spese. L'indiscrezione di questo genere di esami, per di più, era generalmente conclusa da un complimento che, nonostante fosse considerato molto delicato, era ritenuto da Marianne la più grande impertinenza del mondo; dopo aver subito un esame sul valore e sul modo in cui era fatto il suo vestito, sul colore delle sue scarpe e l'acconciatura dei suoi capelli, era quasi certa di sentirsi dire: «parola mia, siete terribilmente elegante, e oserei dire che non mancherete di fare una quantità di conquiste».

Con un tale incoraggiamento fu mandata, in quell'occasione, alla carrozza di suo fratello, in cui le due ragazze furono pronte a entrare cinque minuti dopo che si era fermata alla porta; una puntualità poco gradita alla cognata, che le aveva precedute in casa della sua conoscente ed era lì a sperare che qualche lungaggine da parte loro creasse dei fastidi a lei stessa o al cocchiere.

Gli eventi della serata non furono molto notevoli. La comitiva, come sempre nelle riunioni musicali, era formata da molte persone che ricavavano un autentico piacere dall'esecuzione offerta, e di un numero maggiore di altre persone che non ne ricavavano proprio alcuno; gli stessi esecutori erano, come al solito, nella loro opinione e in quella dei loro amici intimi, i più bravi musicisti dilettanti di tutta l'Inghilterra.

Dato che Elinor non aveva alcun talento per la musica, né pretendeva di averne, non si fece scrupolo di distogliere lo sguardo dal grande pianoforte ogni volta che ne aveva voglia e, senza lasciarsi nemmeno intimidire dalla presenza di un'arpa e di un violoncello, di fissarli a piacere su qualche altro oggetto della sala. In una di queste divagazioni ottiche notò in un gruppo di giovanotti proprio il giovane gentiluomo che aveva offerto loro una dissertazione sugli astucci per stuzzicadenti nel negozio di Gray. Poco dopo si accorse che costui la guardava, mentre parlava familiarmente con suo fratello; e aveva appunto deciso di chiedere a questi il suo nome, quando entrambi si diressero verso di lei, e John Dashwood glielo presentò come il signor Robert Ferrars.

Lui la salutò con disinvolta cortesia, piegando il collo in un inchino che le rivelò, più chiaramente di qualsiasi parola, che era proprio il damerino descritto da Lucy. Meglio sarebbe stato per lei se il suo attaccamento a Edward fosse dipeso non tanto dal merito di lui quanto dalle doti dei suoi parenti più prossimi! Giacché in tal caso l'inchino del fratello avrebbe completato trionfalmente l'opera avviata dall'acidità della madre e della sorella. E invece, mentre si stupiva della differenza dei due giovani, si accorgeva che la fatuità e la vanità dell'uno non offuscavano ai suoi occhi la modestia e il valore dell'altro. Come mai erano tanto diversi? Fu lo stesso Robert a spiegarglielo nel corso di un quarto d'ora di conversazione; perché, parlando di suo fratello, e lamentando l'estrema *gaucherie* che, a sua vista, lo teneva lontano dalla buona società, la attribuì, candidamente e generosamente, non tanto a una deficienza naturale, quanto agli inconvenienti di un'educazione privata; mentre lui, forse senza nessuna particolare, nessuna materiale superiorità di natura, ma solo grazie ai vantaggi consentiti da una scuola pubblica, era adattissimo a vivere tra gli altri.

«Sull'anima mia», aggiunse, «credo non si tratti di altro, e spesso lo dico a mia madre, quando se ne lamenta. "Mia cara signora madre", le dico, "rassegnatevi. Ormai al male fatto non si può rimediare, ed è stata tutta colpa vostra. Perché vi siete lasciata convincere dallo zio, Sir Robert, contro il vostro parere, a mettere Edward a studiare privatamente, nel momento più cruciale della sua vita? Se lo aveste mandato a Westminster, come me, invece che dal signor Pratt, tutto ciò sarebbe stato evitato." Io penso sempre alla cosa sotto questo punto di vista, e mia madre si è completamente convinta del suo errore.»

Elinor non contrastò quella opinione perché, quale che fosse la sua stima in generale dei vantaggi di una scuola pubblica, non poteva proprio pensare con soddisfazione al soggiorno di Edward presso la famiglia del signor Pratt.

«Voi abitate nel Devonshire, mi sembra», fu l'osservazione successiva del giovane, «in un villino nei pressi di Dawlish.»

Elinor gli fornì informazioni più precise sull'ubicazione del villino, e lui sembrò alquanto stupito che qualcuno potesse abitare nel Devonshire e tuttavia non stare nei pressi di Dawlish. Le concesse invece la più cordiale approvazione quanto al tipo di casa.

«Per quanto mi concerne», disse, «i villini di campagna mi piacciono enormemente; sono molto comodi ed eleganti. Vi giuro che se avessi un po' di denaro da spendere comprerei un po' di terra e me ne costruirei uno, a poca distanza da Londra, così da poterci arrivare con una passeggiata in carrozza quando ne avessi voglia, e riunirci qualche amico, per divertirmi. Io consiglio sempre a tutti quelli che costruiscono di costruire un villino. L'altro giorno è venuto da me il mio amico Lord Courtland, per chiedere il mio parere, e mi ha messo davanti tre progetti di Bonomi. Dovevo scegliere il migliore. "Mio caro Courtland", ho detto, buttandoli immediatamente nel fuoco, "non adottate nessuno di questi, ma costruite senz'altro un villino." E così, penso, andrà a finire. Alcuni ritengono che nei villini non ci siano comodità, non ci sia spazio; tutt'altro! È un errore. Il mese scorso stavo dal mio amico

Elliott, vicino Dartford, e Lady Elliott aveva intenzione di dare un ballo. "Ma come si può fare?", ha detto lei. "Mio caro Ferrars, ditemi voi come si possono predisporre le cose. In questo villino non c'è neppure una stanza che possa contenere dieci coppie, e dove si potrà collocare il buffet?" Ho visto subito che si poteva fare senza alcuna difficoltà, e ho detto: "Mia cara Lady Elliott, non vi preoccupate. La camera da pranzo conterrà benissimo diciotto coppie; i tavolini da gioco possono essere sistemati nel soggiorno; la biblioteca può essere aperta per il tè e i rinfreschi; quanto alla cena, la si può servire in sala". Lady Elliott è rimasta incantata del progetto. Abbiamo misurato la camera da pranzo e abbiamo visto che avrebbe contenuto proprio diciotto coppie, e tutto è stato sistemato in base al mio piano. Così in realtà, vedete, se la gente sapesse come fare, si potrebbe avere ogni comodità in un villino, come nel più grande palazzo.»

Elinor fu d'accordo con lui in tutto e per tutto, non ritenendo meritasse l'onore di una opposizione razionale.

Siccome John Dashwood non ricavava nemmeno lui molto piacere dalla musica, la sua mente era altrettanto libera di quella di sua sorella di fissarsi su qualsiasi altra cosa; e nel corso della serata lo colpì un pensiero che, tornati a casa, offrì all'approvazione di sua moglie. L'errore fatto dalla signora Dennison nel ritenere che le sue sorelle fossero loro ospiti gli aveva fatto pensare che fosse conveniente che le due ragazze fossero invitate a esserlo davvero mentre la signora Jennings era trattenuta fuori casa dai suoi impegni. La spesa sarebbe stata minima, e anche il disturbo; era, tutto sommato, un'attenzione che la delicatezza della sua coscienza gli indicava come il mezzo per liberarsi definitivamente dalla promessa fatta al padre. Fanny si stupì della proposta.

«Non vedo come sia possibile», disse, «senza offendere Lady Middleton, visto che passano tutta la giornata da lei; altrimenti ne sarei felicissima. Sai che sono sempre pronta a fare loro ogni possibile cortesia, come prova il fatto che stasera le ho portate fuori con me, ma sono ospiti di Lady Middleton. Come faccio a portargliele via?»

Suo marito, pur con la massima umiltà, affermò di non ritenere insuperabile l'ostacolo. «Hanno già passato a questo modo una settimana a Conduit Street, e Lady Middleton non può dispiacersi se dedicheranno lo stesso numero di giorni a parenti così stretti.»

Fanny si fermò a rifletterci per un momento, poi disse, con rinnovata energia:

«Amor mio, le inviterei con tutto il cuore, se ne avessi la possibilità. Ma avevo già deciso di invitare a trascorrere qualche giorno da noi le signorine Steele. Sono ragazze tanto beneducate, tanto carine, e penso che questa cortesia sia loro dovuta, giacché lo zio è stato tanto buono con Edward. Possiamo invitare le tue sorelle il prossimo anno, sai, ma le signorine Steele forse non ritorneranno più a Londra. Sono certa che ti piaceranno; anzi, so che a te già piacciono, e anche a mia madre; Harry, poi, ne è entusiasta!».

Il signor Dashwood si fece convincere. Vide la necessità di invitare immediatamente le signorine Steele, e la sua coscienza fu tacitata dalla decisione di invitare le sorelle l'anno successivo; sospettò tuttavia allo stesso tempo, sotto sotto, che l'anno successivo avrebbe reso inutile l'invito, ché avrebbe portato a Londra Elinor come moglie del Colonnello Brandon, e Marianne come ospite loro.

Fanny, felice di averla scampata, e fiera della sua presenza di spirito, l'indomani mattina scrisse a Lucy pregandola di favorirle la compagnia sua e della sorella, per qualche giorno, ad Harley Street, non appena Lady Middleton avesse potuto fare a meno di loro. Tanto bastò per fare sinceramente e ragionevolmente felice Lucy. Pareva che la signora Dashwood stesse proprio lavorando personalmente per lei, accarezzando tutte le sue speranze e favorendo tutti i suoi propositi. Una tale opportunità di stare con Edward, nella sua famiglia, era fondamentale per i suoi sentimenti! Era un vantaggio da accettare con tutto il cuore, da sfruttare in modo superbo; perciò si scoprì all'istante che la visita a Lady Middleton, fino allora priva di scadenze precise, era inteso finisse nel giro di un paio di giorni.

Quando il biglietto fu mostrato a Elinor, e cioè dieci minuti dopo il suo arrivo, lei riconobbe per la prima volta la validità delle speranze di Lucy, perché una simile testimonianza d'insolita cortesia, dopo una conoscenza così breve, sembrava una prova che tanta benevolenza nasceva da qualcosa di più di un semplice malanimo verso di lei, e col tempo, e con diplomazia, poteva sfociare col trionfo di Lucy in tutto quello che desiderava. Le sue adulazioni avevano già soggiogato l'orgoglio di Lady Middleton, e fatto strada nel cuore della giovane signora Dashwood; e questi erano effetti che aprivano la via a probabilità anche maggiori.

Le signorine Steele si trasferirono ad Harley Street, e tutte le informazioni che raggiungevano Elinor della loro influenza lì contribuivano a giustificare le sue previsioni. Sir John, che si recò a visitarle più di una volta, portò a casa impressionanti relazioni del favore di cui godevano; la signora Dashwood non aveva mai conosciuto, in vita sua, due ragazze così simpatiche; aveva regalato a ognuna di loro un porta aghi a forma di libro, opera di qualche emigrante; chiamava Lucy col suo nome proprio e aveva paura che non si sarebbe mai potuta separare da loro.

Capitolo trentasettesimo

Dopo due settimane la signora Palmer stava così bene che sua madre comprese quanto fosse ormai inutile dedicarle tutto il suo tempo; e accontentandosi di andarla a visitare una o due volte al giorno, ritornò, alla fine di quel periodo, nella sua casa e alle sue abitudini, e scoprì le signorine Dashwood più che pronte a condividerle come prima.

La terza o quarta mattina dopo il loro ritorno a Berkeley Street la signora Jennings, rientrando dalla consueta visita a sua figlia, entrò nel salotto dove Elinor era seduta da sola, con un'aria così affannata e piena d'importanza da preludere a qualche dichiarazione straordinaria; e una volta che le ebbe dato il tempo di formarsi quell'impressione, cominciò senza preamboli a giustificarla, dicendo:

«Oh Signore! Cara signorina Dashwood! Avete sentito la notizia?».

«No, signora. Di cosa si tratta?»

«Qualcosa di straordinario! Sentite. Quando sono arrivata dai Palmer, ho trovato Charlotte tutta agitata per il bambino. Era sicura che stesse male, perché piangeva e si dimenava, ed era tutto pieno di puntini rossi. Io lo guardo immediatamente e dico: "Oh Signore! Mia cara, non è niente, sono i denti", e la balia diceva lo stesso. Ma Charlotte non era contenta, e così abbiamo mandato a chiamare il dottor Donavan; e per fortuna stava venendo proprio da Harley Street, così è salito su di corsa, e appena ha visto il bambino ha detto quel che dicevamo noi, così Charlotte si è calmata. E allora, mentre stava per andarsene, mi è venuto in mente, non so nemmeno come mi sia successo di pensarci, ma comunque mi è venuto in mente, di chiedergli se c'era niente di nuovo. E allora lui ha cominciato a fare un sorrisetto, e a tossicchiare, e poi ha preso un'aria seria, e pareva che sapesse qualcosa, e finalmente ha sussurrato: "Per paura che qualche notizia sgradevole possa raggiungere le signorine affidate alla sua custodia riguardo all'indisposizione della loro cognata, credo sia consigliabile rassicurarle che penso non vi sia motivo di preoccuparsi; spero che la signora Dashwood si riprenderà prestissimo".»

«Cosa! Fanny è malata?»

«Proprio quel che ho detto io, mia cara. "Oh Signore!", dico, "la signora Dashwood è malata?" E allora è venuto fuori tutto, e, in conclusione, per quanto ho potuto capire, le cose stanno così. Il signor Edward Ferrars, quel giovane per cui ero solita stuzzicarla (ma comunque, visto che le cose sono andate così, sono pazzamente felice che non ci fosse nulla di vero), il signor Edward Ferrars, a quanto sembra, è fidanzato da un anno con mia cugina Lucy! Proprio così, mia cara! E non c'era creatura al mondo che ne sapesse nemmeno una sillaba, eccetto Nancy! Avreste creduto possibile una cosa simile? Non c'è nulla di strano che si vogliano bene; ma che le cose siano state portate avanti tra di loro fino a questo punto, senza che nessuno nemmeno lo sospettasse... questo sì che è strano! Io non li ho mai visti insieme, altrimenti sono certa che me ne sarei accorta immediatamente. Ebbene, dunque, era un gran segreto, per paura della signora Ferrars, e né lei né suo fratello o sua cognata sospettavano alcunché, fino a quando, proprio stamattina, la povera Nancy che, lo sapete, è una cara ragazza ma non è certo il tipo capace di tenere un segreto, ha spiattellato tutto quanto. "Oh Signore!", ha pensato fra sé, "tutti vogliono così bene a Lucy, e di sicuro non faranno nessuna difficoltà"; e insomma va da sua cognata, che stava seduta da sola al suo lavoro di ordito senza proprio immaginarsi quello che stava per capitare, perché proprio cinque minuti prima aveva detto a suo marito che pensava di far sposare

Edward alla figlia di Lord Tal dei Tali, non ricordo più chi. Può immaginare che colpo per la sua vanità e il suo orgoglio! È stata subito presa da un violento attacco isterico, con certi strilli che sono arrivati fino alle orecchie di suo marito mentre se ne stava seduto nel suo spogliatoio al piano di sotto, a progettare di scrivere una lettera al suo intendente in campagna. Lui è volato subito su e ha avuto luogo la scena terribile, perché in quel momento si era presentata Lucy, senza neppure immaginarsi lontanamente quello che era successo. Povera creatura! Mi fa proprio compassione, e, devo dire la verità, mi pare che sia stata trattata troppo male, perché sua cognata l'ha attaccata come una furia, fino a farle perdere i sensi. Nancy, lei, si era gettata in ginocchio e piangeva amaramente; mentre il signor Dashwood andava avanti e indietro per la stanza e diceva che non sapeva proprio che fare. La signora Dashwood ha dichiarato che non sarebbero rimaste in casa nemmeno un momento di più, e suo marito è stato costretto a inginocchiarsi anche lui, per convincerla ad attendere che finissero di fare i bagagli. Allora lei è stata presa di nuovo dalle convulsioni, e lui era talmente spaventato che ha mandato a chiamare il dottor Donavan, e il dottor Donavan ha trovato la casa tutta in agitazione. Alla porta era pronta la carrozza per portar via le mie povere cugine, e ci stavano proprio salendo mentre lui usciva: Lucy, poveretta, era in un tale stato che, a quel che ha detto il dottore, poteva a stento camminare, e Nancy poco meno. Dico la verità, non la sopporto, vostra cognata, e spero con tutto il cuore che il matrimonio si faccia, nonostante lei. Oh Signore! In che condizioni si verrà a trovare il povero signor Edward, quando lo saprà! Il suo amore trattato in maniera così vergognosa! Perché dicono che sia terribilmente innamorato di lei, e lo credo bene. Non mi stupirei se fosse in preda alla disperazione; e anche il dottor Donavan la pensa così. Lui e io abbiamo avuto molto da dire sull'argomento; e il più bello è che è tornato di nuovo ad Harley Street per essere nei paraggi quando lo diranno alla signora Ferrars, che è stata mandata a chiamare appena le mie cugine sono uscite di casa, perché sua cognata era certa che sarebbero venute le convulsioni anche a lei; e le vengano pure, per quel che me ne importa. Detesto che la gente faccia tante storie per il denaro e le grandezze. Non c'è alcuna ragione al mondo perché il signor Edward e Lucy non si debbano sposare, giacché sono sicura che la signora Ferrars può permettersi di sistemare bene suo figlio, e Lucy, anche se non ha pressoché nulla di suo, sa far figurare quel che ha meglio di tante altre; e oserei dire che se la signora Ferrars gli desse anche solo cinquecento sterline all'anno, ci farebbe bella figura, come altri riuscirebbe a fare con ottocento. Oh Signore! Come potrebbero starsene bene in un altro villino come il vostro, o un po' più grande, con due domestiche e due servitori; e credo potrei aiutarli a trovare una cameriera, perché la mia Betty ha una sorella che cerca un posto, e sarebbe proprio quel che ci vuole per loro.»

A questo punto la signora Jennings si interruppe, ed Elinor, che aveva avuto il tempo di raccogliere i propri pensieri, fu in grado di rispondere e fare le osservazioni adeguate alle circostanze. Felice di accorgersi che non era sospettata di nessun interesse straordinario nella faccenda, e che la signora Jennings aveva smesso (come ultimamente spesso sperava facesse) di pensare a lei e a Edward, e felice soprattutto dell'assenza di Marianne, si sentiva del tutto in grado di parlare della cosa senza imbarazzo e di dare il proprio giudizio, come credeva, con imparzialità sulla condotta di tutti coloro che vi erano coinvolti.

Non riusciva ancora a capire cosa potesse attendersi dall'accaduto, pur cercando con tutte le forze di allontanare l'idea che potesse finire in modo diverso che con un matrimonio tra Edward e Lucy. Era ansiosa di sapere quel che avrebbe detto e fatto la signora Ferrars, anche se non c'era da avere dubbi in proposito; e ancor più di sapere come si sarebbe comportato Edward. Per lui sentiva molta compassione; per Lucy, molto poca, e anche quella poca le costava una certa fatica; per il resto della compagnia, non ne sentiva affatto.

Dato che la signora Jennings non poteva parlare d'altro, Elinor vide subito la necessità di preparare Marianne alla verità. Non c'era da perdere tempo per svelarle come stavano le cose, farle accettare la situazione e tentare di metterla in condizioni di sentirne parlare da altri senza tradire nessun imbarazzo per sua sorella e nessun risentimento nei confronti di Edward.

Il suo compito era molto penoso. Doveva distruggere quella che riteneva la principale consolazione di sua sorella; presentare dei particolari che potevano distruggere per sempre ogni sua stima di Edward; e fare in modo che Marianne, data la somiglianza delle loro situazioni, che di certo nella sua fantasia avrebbe percepito come grandissima, rivivesse tutta la sua delusione. Ma, per quanto ingrato, quel dovere non poteva essere evitato, ed Elinor si affrettò a eseguirlo.

Era ben lungi dal desiderare di insistere sui propri sentimenti o manifestare tutta la sua sofferenza, ma comprendeva che mettendo in luce la forza d'animo dimostrata da quando sapeva del fidanzamento di Edward, poteva indirettamente spingere Marianne a praticarla anche lei. La sua narrazione fu perciò semplice e chiara, e quantunque naturalmente commossa, priva di eccessiva agitazione o di impeti di dolore. Tutto ciò toccò piuttosto all'ascoltatrice, perché Marianne ascoltò con orrore e pianse senza ritegno. Elinor era destinata a essere la consolatrice di tutti i suoi dolori, non meno che di quelli degli altri; e offrì spontaneamente tutto il conforto che poteva venire da una conferma della propria calma e compostezza d'animo, e da una seria assoluzione di Edward da qualunque accusa, eccetto che d'imprudenza.

Ma per qualche tempo Marianne non volle dare credito né all'una né all'altra. Edward le pareva un secondo Willoughby; e siccome Elinor riconosceva, come di fatto riconobbe, di averlo amato con tutto il cuore, come poteva soffrire meno di lei! Quanto a Lucy Steele, la riteneva così profondamente odiosa, così completamente incapace di destare l'affetto di un uomo intelligente e delicato, che non voleva lasciarsi persuadere a credere dapprima, poi a perdonare, un'antica infatuazione di

Edward per lei. Non voleva nemmeno ammettere che fosse stata naturale; ed Elinor non insistette, ritenendo che solo una cosa avrebbe potuto convincerla; una migliore conoscenza del genere umano.

Il racconto non era andato più in là dell'annuncio del fidanzamento e della durata di questo, quando i sentimenti di Marianne avevano avuto un crollo, e avevano posto fine a qualsiasi precisione nei particolari; e per qualche tempo non ci fu altro da fare che calmare la sua angoscia, dominare le sue paure e combattere il suo risentimento. La prima domanda che fece ripartire il vero resoconto, fu:

«Da quanto tempo lo sai, Elinor? Ti ha scritto lui?».

«Lo so da quattro mesi. Quando Lucy venne a Barton lo scorso novembre, mi confidò del suo fidanzamento.»

A quelle parole gli occhi di Marianne espressero tutto lo stupore a cui le sue labbra non riuscivano a dare voce. Dopo una pausa, esclamò:

«Quattro mesi... Lo sai da quattro mesi?».

Elinor confermò.

«Cosa! Mentre assistevi me, nella mia disperazione, avevi tutto questo sul cuore? E io che ti ho accusata di essere felice!»

«Non era il caso che tu sapessi allora che era proprio il contrario.»

«Quattro mesi!», esclamò di nuovo Marianne. «Così calma... così serena! Come hai potuto sopportare?»

«Sentivo che stavo facendo il mio dovere. La mia promessa a Lucy mi obbligava a mantenere il segreto. Le dovevo, perciò, il più totale segreto, anche sul minimo indizio della verità; e dovevo alla mia famiglia, ai miei amici, di non creare una sollecitazione per me, che non avrei potuto in alcun modo soddisfare.»

Marianne sembrava molto colpita.

«Ho desiderato molto spesso di aprire gli occhi a te e alla mamma», aggiunse Elinor, «e ci ho provato un paio di volte... ma non avrei mai potuto convincervi senza tradire l'impegno preso.»

«Quattro mesi... E tuttavia lo amavi!»

«Sì. Ma non amavo solo lui; e siccome volevo difendere anche la tranquillità degli altri, ero felice di risparmiare loro di sapere quel che provavo io. Adesso, posso pensarci e parlarne senza molta commozione. Non voglio che tu soffra per me, perché ti assicuro che non soffro più, materialmente, nemmeno io. Sono sostenuta da molte cose. Sono consapevole di non avere causato questa delusione con una imprudenza da parte mia, e ho tenuto per me quello che sapevo senza rivelarlo ad altri. Assolvo Edward da qualsiasi vera colpa. Gli auguro di essere felice, e sono tanto sicura che lui farà sempre il suo dovere che certo un giorno lo sarà, anche se in questo momento forse in lui c'è qualche rimpianto. Lucy non manca di criterio, e questa è la base su cui si possono edificare tutte le cose più buone. E poi, Marianne, nonostante tutto quel che c'è di affascinante nell'idea di un amore unico e costante, e quantunque si possa dire che la nostra felicità dipenda esclusivamente da una data persona, ciò non vuol dire... non è giusto... non è possibile che debba essere così. Edward sposerà Lucy; sposerà una donna superiore per avvenenza e intelligenza a gran parte delle altre donne; e il tempo e l'abitudine gli insegneranno a dimenticare di avere un tempo ritenuto che ce ne fosse una superiore a lei.»

«Se questo è il tuo modo di pensare», disse Marianne, «se ti è tanto facile sostituire con qualcos'altro la perdita di quello che hai di più caro al mondo, allora, forse, non c'è poi tanto da stupirsi della tua risolutezza, della tua forza d'animo. Allora mi è più facile capire.»

«Capisco. Tu non credi che io abbia mai sentito granché. Per quattro mesi, Marianne, ho avuto tutto questo nella mente, senza essere libera di parlarne con una sola creatura al mondo; sapevo che avrebbe dato un enorme dolore a te e alla mamma, eppure non potevo prepararvi a saperlo. Mi era stato detto... mi era stato, per così dire, imposto proprio dalla persona il cui impegno precedente aveva rovinato tutte le mie speranze per l'avvenire; e mi era stato detto, credo, con un sentimento di trionfo. Dovevo oppormi, perciò, ai sospetti di quella persona, sforzandomi di sembrare indifferente quando più ero profondamente coinvolta; e questo non una sola volta; ho dovuto ascoltare più e più volte le confidenze delle sue speranze e della sua esultanza. Ho saputo di essere divisa da Edward per sempre, senza sentire nemmeno una circostanza che mi facesse desiderare di meno il suo affetto. Non c'era nulla che lo rivelasse indegno; e nulla che lo dichiarasse a me indifferente. Ho dovuto lottare contro l'ostilità di sua sorella e l'insolenza di sua madre, subendo la punizione di un affetto di cui non potevo godere nessun vantaggio. E tutto questo è continuato in un periodo in cui, come sai, la sofferenza non era solo mia. Se mi credi incapace di sentire, certo puoi riconoscere, adesso, che ho sofferto. La serenità con cui sono oggi arrivata a considerare la cosa, le consolazioni a cui sono disposta a ricorrere, tutto questo è il frutto di uno sforzo costante e penoso.. non è venuto da solo, e in un primo tempo non è certo riuscito a sollevare il mio spirito. No, Marianne. Allora, se non fossi stata tenuta al silenzio, credo che nulla mi avrebbe trattenuta del tutto... nemmeno quanto dovevo alle persone più care... dal dimostrare apertamente che ero molto infelice.»

Marianne era completamente sbigottita.

«Oh, Elinor!», esclamò, «hai fatto sì che io debba odiarmi per sempre. Come sono stata cattiva e crudele con te! Con te, che sei stata il mio unico conforto, che mi hai sorretta nel mio dolore, che parevi soffrire solo per me! È questa la mia gratitudine? È così che ricambio il tuo inestimabile aiuto? Siccome il tuo merito era un rimprovero per me stessa, ho cercato di negarlo.»

Questa confessione fu seguita dalle più tenere carezze. Nello stato d'animo in cui si trovava, Elinor non ebbe difficoltà a ottenere da lei qualsiasi promessa; e dietro sua richiesta, Marianne si impegnò a non parlare mai con nessuno della cosa dando minimamente a vedere l'amarezza; a incontrarsi con Lucy senza tradire affatto la crescita della sua antipatia verso di lei; e perfino a vedere Edward stesso, se il caso li avesse avvicinati, senza nessuna diminuzione della consueta cordialità.

Erano, queste, grandi concessioni; ma quando Marianne sentiva di aver mancato, non c'era riparazione che fosse troppo gravosa per lei.

E mantenne in modo ammirevole la promessa di essere discreta. Ascoltò tutto quello che la signora Jennings aveva da dire sull'argomento senza cambiare colore, senza dissentire, e la si sentì dire tre volte: «Sì signora». Ascoltò gli elogi di Lucy senza neppure spostarsi da una sedia all'altra, e quando la signora Jennings parlò dell'innamoramento di Edward, questo le costò solo un piccolo colpo di tosse. Questi progressi di sua sorella sulla via dell'eroismo fecero sì che Elinor si sentisse all'altezza di qualsiasi cosa.

La mattina successiva dette un'altra prova di quell'eroismo, con la visita del loro fratello, che si presentò con un'aria molto seria a parlare di quella terribile storia e a portare notizie di sua moglie.

«Avete sentito, immagino», cominciò con molta gravità, appena si fu seduto, «della scandalosa scoperta che è avvenuta ieri sotto il nostro tetto.»

Assentirono tutte con lo sguardo; il momento era troppo solenne per parlare.

«Vostra cognata», continuò, «ha sofferto terribilmente. E anche la signora Ferrars... insomma, è stata una scena così straziante... ma voglio sperare che la tempesta possa passare senza che nessuno di noi ne venga colpito troppo gravemente. Povera Fanny! È passata da un attacco isterico a un altro, tutto ieri. Ma non voglio spaventarvi troppo; Donavan dice che in sostanza non c'è nulla da temere, la sua costituzione è robusta e la sua forza di volontà impareggiabile. Ha sopportato tutto con il coraggio di un angelo! Dice che non penserà mai più bene di nessuno: e non c'è da stupirsi, dopo essere stata tanto delusa! Dopo avere trovato tanto poca gratitudine dove aveva investito tanta gentilezza, dove aveva riposto tanta fiducia! Si era risolta a invitare quelle signorine a casa sua proprio per la sua bontà d'animo; solo perché riteneva che meritassero qualche attenzione, perché erano ragazze innocue, bene educate e che potevano tenerle buona compagnia: perché altrimenti avremmo preferito tutti e due invitare te, Elinor, e Marianne a stare con noi mentre la vostra gentile amica qui presente pensava a sua figlia. E adesso, ricevere questa ricompensa! "Vorrei con tutto il cuore", dice la povera Fanny col suo solito atteggiamento affettuoso, "che avessimo invitato le tue sorelle, invece di loro."»

Qui si interruppe, per essere ringraziato; e quando ciò fu fatto, continuò:

«Quel che ha sofferto la povera signora Ferrars appena Fanny glielo ha comunicato è indescrivibile. Mentre lei, con l'affetto più sincero, gli andava preparando un fidanzamento validissimo, come poteva supporre che per tutto quel tempo lui fosse stato segretamente fidanzato con un'altra persona! Un sospetto simile non le sarebbe mai passato per la testa! Se mai poteva sospettare qualche inclinazione, non poteva mai essere da quella parte. "Lì, almeno", diceva, "potevo sentirmi sicura." Povera donna! A ogni modo, ci siamo consultati sul da farsi, e alla fine lei ha deciso di mandare a chiamare Edward. Lui viene. Ma mi dispiace dover riferire quanto è seguito. Tutto quel che la signora Ferrars ha potuto dire per fargli rompere il fidanzamento, assistita, come ben potete immaginare, dai miei argomenti e dalle suppliche di Fanny, non è servito a niente. Dovere, affetto, tutto è stato respinto. Non avrei mai creduto che Edward fosse così ostinato, così insensibile. Sua madre gli ha spiegato quali erano i suoi generosi disegni, nel caso delle sue nozze con la signorina Morton; gli ha detto che gli avrebbe riconosciuto la proprietà di Norfolk che, tasse a parte, rende un buon migliaio all'anno; gli ha offerto perfino, quando la situazione diventava disperata, di arrivare a mille e duecento; e a fronte di questo, se persisteva ancora in quella bassa relazione, gli ha raffigurato la miseria che doveva aspettarsi. Ha dichiarato che le sue duemila sterline sarebbero state per lui tutto; non l'avrebbe voluto più vedere; e così remota da lei sarebbe stata l'idea di offrirgli la minima assistenza, che se fosse entrato in qualsiasi professione per aiutarsi a guadagnare, avrebbe fatto tutto il possibile per impedirgli di affermarsi».

A questo punto Marianne, trasportata dall'indignazione, congiunse le mani esclamando:

«Oh Signore! È possibile?».

«Ti puoi ben stupire, Marianne», rispose suo fratello, «di una ostinazione capace di resistere a tali argomenti. La tua esclamazione è più che naturale.»

Marianne stava per rispondere qualcosa, ma ricordò la promessa, e se lo impedì.

«Tutto ciò, tuttavia», continuò lui, «è stato offerto invano. Edward ha parlato molto poco; ma per quel poco, nel modo più deciso. Nulla poteva far sì che rompesse il fidanzamento. Lo avrebbe mantenuto, a qualsiasi costo.»

«Allora», esclamò la signora Jennings con ruvida schiettezza, incapace di continuare a tacere, «si è comportato da uomo onesto! Scusatemi tanto, signor Dashwood, ma se avesse fatto diversamente sarebbe stato un furfante, a parer mio. Ho qualche piccolo interesse anch'io in questa storia, non meno di voi, perché Lucy Steele è mia cugina, e credo non ci sia al mondo una ragazza migliore, o che meriti più di lei un buon marito.»

John Dashwood rimase molto stupito; ma era calmo per natura, lento a rispondere alle provocazioni, e non voleva mai offendere nessuno, specialmente se fornito di tanto denaro. Rispose dunque senza risentirsi:

«Non voglio di certo parlare in modo irrispettoso di una vostra parente, signora. La signorina Lucy Steele è, oserei dire, una signorina molto meritevole, ma in questo caso, capite, il matrimonio sarebbe impossibile... Ed essersi impegnata in un fidanzamento segreto con un giovane affidato alle cure di suo zio, e, soprattutto, figlio di una donna tanto ricca come la signora Ferrars, è, me lo consentirete, una cosa poco simpatica... In breve, non intendo mettere in discussione il comportamento di nessuna persona a voi cara, signora Jennings. Tutti le auguriamo ogni bene, e il comportamento della signora Ferrars è stato in ogni caso quello che qualunque madre buona e coscienziosa adotterebbe in circostanze del genere. È stata piena di dignità e di generosità. Edward ha scelto il proprio destino, e temo che sia il peggiore.»

Marianne sospirò, per la stessa apprensione; Elinor si sentì stringere il cuore, al pensiero di Edward che sfidava la collera materna per una donna che non poteva ricompensare il suo sacrificio.

«Ebbene, signore», disse la signora Jennings, «come è andata a finire?»

«Mi dispiace dirlo, signora, con la più penosa rottura. Edward è stato allontanato per sempre dal cospetto di sua madre. Ha lasciato la sua casa ieri, ma dove sia adesso, e se sia ancora a Londra, non lo so; perché noi, naturalmente, non possiamo fare ricerche.»

«Povero giovane! E cosa sarà di lui?»

«Cosa ne sarà, proprio, signora! È una ben triste considerazione. Nato per essere un giorno tanto ricco! Non posso concepire una situazione più deplorevole. L'interesse di duemila sterline... come è possibile vivere con questo? E quando a questo si aggiunge il pensiero che, se non fosse stato per questa follia, tra tre mesi avrebbe potuto riceverne duemilacinquecento all'anno (perché la signorina Morton ha trentamila sterline), non posso immaginare situazione più sciagurata. Dobbiamo sentirci addolorati per lui, tutti quanti; tanto più che ci è totalmente impossibile aiutarlo.»

«Povero giovane!», esclamò la signora Jennings. «Sarei senz'altro lieta di offrirgli vitto e alloggio a casa mia, e glielo direi, se lo vedessi. Non è il caso che viva a sue spese, ora, in stanze in affitto e taverne.»

Il cuore di Elinor la ringraziò per la sua bontà verso Edward, anche se non poté fare a meno di sorridere della forma sotto cui essa si presentava.

«Se avesse fatto per se stesso quello che tutti i suoi amici erano disposti a fare per lui, non si troverebbe a dover pensare alla propria sopravvivenza, e non avrebbe bisogno di nulla. Ma dato che le cose stanno così, nessuno può aiutarlo. Ma c'è un'altra cosa che si sta preparando contro di lui, e sarà la peggiore; sua madre ha deciso, dato il suo comprensibile stato d'animo, di assegnare immediatamente a Robert quella proprietà che, in condizioni normali, sarebbe stata di Edward. L'ho lasciata stamattina col suo avvocato, mentre parlavano di questo.»

«Ecco!», disse la signora Jennings, «ecco quel che si chiama vendetta. Ognuno di noi la compie, a proprio modo. Ma io non credo che renderei indipendente un figlio solo perché un altro figlio mi ha fatto disperare.»

Marianne si alzò e si mise a camminare avanti e indietro per la stanza.

«Cosa ci può essere di più irritante per un uomo», continuò John Dashwood, «che vedere il fratello minore in possesso di una proprietà destinata per nascita a lui! Povero Edward! Lo compatisco sinceramente.»

Pochi minuti ancora passati nello stesso genere di effusioni posero fine alla visita; e con ripetute assicurazioni alle sorelle che, ne era certo, non c'era alcun vero pericolo nelle condizioni di salute di Fanny e che dunque non si dovevano preoccupare, andò via, lasciando le tre signore unanimi nei loro sentimenti, almeno per quel che riguardava il comportamento della signora Ferrars, dei Dashwood e di Edward.

L'indignazione di Marianne esplose non appena lui uscì dalla stanza; e giacché, data la sua violenza, era impossibile per Elinor mantenere la sua riservatezza, così come sarebbe stato assolutamente fuori luogo da parte della signora Jennings, tutte e tre si unirono nel criticare molto animatamente tutta la compagnia.

Capitolo trentottesimo

La signora Jennings si infervorò molto nell'elogiare il comportamento di Edward, ma solamente Elinor e Marianne ne comprendevano il vero merito. Solo loro sapevano quanto poco gli rimanesse, oltre alla consapevolezza di avere fatto il proprio dovere, per consolarsi della perdita della famiglia e della ricchezza. Elinor esultava per la sua onestà, mentre Marianne gli perdonava ogni colpa, per pietà della punizione ricevuta. Ma anche se la loro reciproca fiducia era stata ripristinata da quella pubblica scoperta, era un argomento su cui nessuna delle due amava soffermarsi quando erano sole. Elinor lo evitava per principio, in quanto tendeva a fissare sempre più nei suoi pensieri, attraverso le troppo calorose, troppo positive assicurazioni di Marianne, l'idea che lei voleva piuttosto allontanare: quella cioè del persistere dell'affetto di Edward per lei; e il coraggio di Marianne veniva meno, quando cercava di affrontare un argomento che l'aveva lasciata più che mai insoddisfatta di sé, a causa dell'inevitabile paragone fra la condotta di Elinor e la sua.

Per un paio di giorni non sentirono più nulla né da Harley Street né dai Barlett's Buildings. Ma anche se sapevano già talmente tanto che la signora Jennings avrebbe avuto il suo bel daffare a cercare di saperne di più, la brava signora aveva deciso fin dal principio di compiere, non appena possibile, una visita di conforto e di richiesta di notizie a sua cugina; e solo un'affluenza di visitatori maggiore del solito glielo aveva fino ad allora impedito.

Il terzo giorno era una domenica talmente bella, ma talmente bella, da attrarre molta gente a Kensington Gardens, nonostante fosse solo la seconda settimana di marzo. La signora Jennings ed Elinor erano del gruppo, mentre Marianne, sapendo che Willoughby era tornato di nuovo in città e avendo una continua paura d'incontrarlo, aveva preferito rimanere a casa, piuttosto che avventurarsi in un luogo così frequentato.

Un'amica intima della signora Jennings le raggiunse appena furono entrate nei giardini, ed Elinor non fu dispiaciuta che, unendosi a loro e tenendo impegnata la conversazione della loro ospite, le permettesse di raccogliersi tranquillamente in se stessa. Non colse traccia di Willoughby, né di Edward, e per qualche tempo di nessuno che potesse risultarle, in alcun caso, lieto o triste che fosse, interessante. Ma a un certo punto, con sorpresa, si vide avvicinare dalla signorina Steele, che, anche se un po' timidamente, espresse la sua soddisfazione per l'incontro, e incoraggiata dalla particolare gentilezza della signora Jennings, lasciò per un po' il proprio gruppo per unirsi a loro. La signora Jennings sussurrò subito a Elinor:

«Tiratele fuori tutto, mia cara. Vi dirà ogni cosa, se gliela domandate. Come vedete io non posso lasciare la signora Clarke».

Fu una fortuna, quindi, per la curiosità della signora, e anche per quella di Elinor, che la signorina Steele fosse pronta a dire tutto senza che le venisse richiesto, giacché altrimenti di certo nessuna delle due avrebbe saputo nulla.

«Sono tanto contenta di avervi incontrata», disse la signorina prendendola sottobraccio con familiarità, «perché era voi che volevo vedere più di tutti al mondo.» Poi, abbassando la voce: «Immagino che la signora Jennings abbia saputo tutto. È arrabbiata?».

«Non certo con voi, a quel che credo.»

«Meno male! E Lady Middleton, è arrabbiata?»

«Non credo possibile che lo sia.»

«Ne sono enormemente felice. Dio mio! Che giornate ho passato! Non avevo mai visto Lucy così furibonda in vita mia. All'inizio giurava che non avrebbe mai più ornato un cappellino né fatto nient'altro per me fino alla fine dei suoi giorni, ma ora le è passato, e siamo buone amiche più di prima. Guardate, mi ha fatto questo nodo di nastro al cappellino e ci ha appuntato questa piuma, proprio ieri sera. Beh, adesso anche voi riderete di me, ma perché non dovrei portare nastri rosa? Che me ne importa se è il colore preferito del dottore? Per parte mia sono certa che non avrei mai saputo che gli piace più di tutti i colori del mondo, se non lo avesse detto lui stesso, per caso. I miei cugini mi hanno tormentata tanto! Dico la verità, qualche volta davanti a loro non so proprio da che parte guardare!»

Aveva dirottato su un argomento su cui Elinor non aveva nulla da dire, ma presto la signorina ritenne più conveniente tornare al primo.

«Ebbene, signorina Dashwood», annunciò trionfante, «la gente può dire quello che vuole del signor Ferrars, e del fatto che non vuole più Lucy, perché le cose non stanno così, ve lo dico io; ed è una vergogna che si mettano in giro certe maldicenze. Qualunque cosa Lucy potesse pensare su tutto quanto, non era affare loro, degli altri, dare la cosa per sicura.»

«Non ho mai sentito neppure accennare a nulla di simile, ve lo assicuro», disse Elinor.

«Ah no? Ma è stato detto, lo so, è stato detto, e come, e non solo da una persona; perché la signorina Godby ha detto alla signorina Sparks che nessuno che avesse la testa a posto poteva aspettarsi che il signor Ferrars rinunciasse a una donna come la signorina Morton, con trentamila sterline di dote, per Lucy Steele, che non ha un soldo, e l'ho saputo io stessa dalla signorina Sparks. E poi mio cugino Richard diceva anche lui che, quando si trattava di venire alla sostanza, aveva paura che il signor Ferrars se la desse a gambe; e quando Edward non si è fatto vedere per tre giorni, non sapevo nemmeno io cosa pensare, e dentro di me credevo che Lucy avesse dato tutto per finito, perché abbiamo lasciato la casa di suo fratello mercoledì, e non l'abbiamo visto né giovedì, né venerdì, né sabato, e non sapevamo neppure dove fosse andato a finire. Per un momento Lucy aveva pensato di scrivergli, poi il suo spirito si è ribellato a questa idea. Comunque stamattina si è presentato proprio quando tornavamo a casa dalla chiesa; e allora è venuto fuori tutto, che mercoledì era stato mandato a chiamare da sua madre ad Harley Street, e che sua madre e tutti gli altri gli avevano parlato, e lui aveva dichiarato davanti a tutti di amare solo Lucy e che avrebbe sposato Lucy e nessun'altra. Ed era stato tanto abbattuto da quel che era accaduto che appena uscito dalla casa di sua madre era saltato sul suo cavallo e se ne era andato in campagna, non so dove; e che era rimasto in una locanda tutto il giovedì e venerdì, per chiarirsi le idee. E poi, pensa e ripensa, ha detto, gli è parso che non sarebbe stato bello tenerla legata alla promessa ora che non è più ricco e non ha più nulla, perché sarebbe un danno per lei, visto che lui ha solo duemila sterline e nessuna speranza di avere altro, e se prendesse gli ordini come pensava di fare, gli spetterebbe solo un posto di curato, e come vivere in due con quello? Non poteva sopportare l'idea che lei dovesse accontentarsi di questo, e così la pregava, se era sufficientemente assennata, di mettere fine alla cosa immediatamente, e lasciarlo andare via a cavarsela da solo. Gli ho sentito dire tutto questo chiaro e tondo. E che era per il bene di lei, per il vantaggio di lei, che diceva quelle cose, e non per il suo. Posso giurare che non ha mai nemmeno accennato di essere stanco di lei, o di voler sposare la signorina Morton, o roba del genere. Ma si sa, Lucy non ha voluto dare ascolto a questo genere di discorsi, e così gli ha detto subito (con un sacco di paroline, sapete, amore, tesoro e così via... Oh, insomma! Queste cose non si possono ripetere, lo sapete), gli ha detto subito che non aveva la minima idea di rompere, che le bastava una sciocchezza per vivere con lui, e che per quanto poco lui potesse avere, lei sarebbe stata felice, capite, o qualcosa del genere. Allora lui è stato incredibilmente felice e per un po' di tempo hanno parlato di quello che avrebbero dovuto fare e hanno convenuto che lui prendesse gli ordini subito, e per sposarsi aspetteranno che trovi una parrocchia vacante. E a questo punto non ho potuto sentire altro, perché mia cugina mi ha chiamato dal piano di sotto per dirmi che la signora Richardson era venuta con la carrozza a portare una di noi ai Kensington Gardens; così ho dovuto entrare nella stanza e interromperli, per chiedere a Lucy se voleva andarci, ma lei non ci teneva a lasciare Edward, così sono corsa su a mettermi un paio di calze di seta e sono venuta qui con i Richardson.»

«Non capisco cosa intendiate dire con quell'"interromperli"», disse Elinor. «Voi eravate già nella stanza con loro, non è così?»

«No, no davvero! Beh, signorina Dashwood, credete che le persone facciano all'amore quando c'è lì qualcun altro? Oh, si vergognerebbero! Ma certo voi la sapete più lunga di così!» E con una risatina affettata aggiunse: «No, erano chiusi in salotto insieme, e tutto quel che ho sentito è stato ascoltato attraverso la porta».

«Cosa!», esclamò Elinor. «Mi avete ripetuto quello che voi stessa avete appreso origliando alla porta? Mi spiace di non averlo saputo prima, ché certo non avrei permesso che mi riferiste i particolari di una conversazione che non avreste dovuto conoscere nemmeno voi. Come avete potuto comportarvi in modo così disonesto con vostra sorella?»

«Oh, beh, non c'è nulla di male in questo. Ero alla porta, e ho udito quel che ho potuto. E sono sicura che Lucy avrebbe fatto lo stesso con me; perché uno o due anni fa, quando Martha Sharpe e io avevamo tanti segreti insieme, lei non si peritava di nascondersi in uno sgabuzzino, o dietro un parafuoco, per sentire quello che dicevamo.»

Elinor tentò di parlare d'altro, ma la signorina Steele non poteva esser distolta per più di un paio di minuti da quel che aveva in mente.

«Edward parla di andare subito a Oxford», disse. «Ma ora abita in Pall Mall, al numero... Che donna malvagia è sua madre, eh? E vostro fratello e vostra cognata non sono stati nemmeno loro molto gentili! A ogni modo, non ne voglio dir male davanti a voi; e poi a dire la verità, ci hanno mandato a casa con la loro carrozza, e questo io non me lo aspettavo nemmeno. Quanto a me, avevo una gran paura che vostra cognata ci richiedesse gli astucci da lavoro che ci aveva dato uno o due giorni prima; però non se ne è parlato, e ho badato bene a tenere il mio ben nascosto. Edward ha qualcosa da fare a Oxford, dice; così ci deve andare per un po' di tempo, e dopo, appena qualche vescovo gli capiterà a tiro, sarà ordinato. Chissà che posto avrà!... Dio santissimo», e mentre parlava ridacchiava, «ci scommetterei la pelle, lo so quello che diranno i miei cugini quando lo sapranno. Mi diranno che dovrei scrivere al dottore, perché nomini Edward coadiutore della sua nuova parrocchia. Lo so che lo diranno; ma io una cosa del genere non la farei per niente al mondo. "Oh", dirò immediatamente, "non so come potete pensare una cosa simile. Io scrivere al dottore, figuriamoci!".»

«Beh», disse Elinor, «essere preparati al peggio è un conforto. Si ha subito la risposta pronta.»

La signorina Steele stava per rispondere sullo stesso argomento, ma l'avvicinarsi del suo gruppo rese necessario trovarne un altro.

«Oh, ecco i Richardson. Avrei ancora una quantità di cose da dirvi, ma devo tornare da loro. Sono gente molto cortese, sapete? Lui fa una quantità enorme di denaro e tengono la carrozza. Non ho tempo di dirlo io stessa alla signora Jennings ma, per favore, diteglielo voi che sono contenta di sapere che non è in collera con noi, e lo stesso a Lady Middleton, e se capitasse che voi foste richiamate a casa per qualche ragione e la signora Jennings avesse bisogno di compagnia, di certo saremmo più che contente di stare con lei finché vuole. Suppongo che Lady Middleton non ci inviterà più, per questa volta. Arrivederci; mi dispiace che non ci sia la signorina Marianne. Fatemi la cortesia di ricordarmi a lei. Oh! Dunque vi siete messa il vestito di mussola a pallini! Mi chiedevo se non aveste paura di strapparlo!»

Questa fu la sua ultima preoccupazione, al momento del congedo; perché, dopo questo, ebbe tempo solo di salutare la signora Jennings prima che la signora Richardson reclamasse la sua compagnia, ed Elinor fu lasciata in possesso di notizie che per qualche tempo potevano alimentare la sua capacità di riflessione, nonostante avesse saputo ben poco più di quello che dentro di sé aveva già previsto e intuito. Il matrimonio di Edward con Lucy era fermamente deciso, e l'epoca era ancora incerta, proprio come lei aveva previsto; tutto dipendeva, esattamente come lei aveva immaginato, dall'ottenimento di quel posto di cui, per il momento, non pareva ancora esserci la minima possibilità.

Appena furono rientrate con la carrozza, la signora Jennings si mostrò molto ansiosa di essere messa al corrente; ma Elinor, desiderando diffondere il meno possibile le notizie che, in primo luogo, erano state ottenute in modo così disonesto, si limitò a ripetere brevemente alcuni semplici dettagli, quelli cioè che, ne era certa, Lucy avrebbe scelto di rendere noti in nome della propria dignità. Tutto ciò che comunicò fu che il fidanzamento continuava e i passi che si sarebbero fatti per arrivare alla sua conclusione; e ciò naturalmente provocò la seguente osservazione da parte della signora Jennings:

«Aspettare che trovi una sistemazione... eh, già, lo sappiamo tutti come finirà: aspetteranno un anno, e visto che non capita niente di buono si accontenteranno di un posto di coadiutore da cinquanta sterline l'anno, con l'interesse dei duemila che ha lui e quel poco che il signor Steele e il signor Pratt potranno dare a lei. E poi avranno un bambino all'anno, e, che Dio li aiuti, saranno davvero poveri!... Vedrò cosa posso dare loro per ammobiliare la casa. Due domestici e due servitori, come dicevo l'altro giorno, figuriamoci! No, no, si dovranno accontentare di una robusta ragazza tutto fare... Adesso la sorella di Betty non va più bene per loro».

La mattina dopo Elinor ricevette, dalla posta cittadina, una lettera da parte di Lucy. Diceva quel che segue:

Barlett's Buildings, marzo

Spero che la mia cara signorina Dashwood perdonerà la libertà che mi prendo scrivendole; so che, a causa della vostra amicizia per me, avrete piacere di ricevere così buone notizie mie e del mio caro Edward, dopo tutti i guai che abbiamo avuto negli ultimi tempi, e quindi non andrò avanti a scusarmi, ma passo a dirvi, con questa mia, che grazie a Dio, anche se abbiamo sofferto terribilmente, ora stiamo benissimo, e siamo felici come sempre saremo, nell'amore che ci unisce l'uno all'altro. Abbiamo subìto molte prove e molte persecuzioni, ma allo stesso tempo esprimiamo la nostra gratitudine a molti amici, fra i quali voi non siete certo l'ultima, e la vostra grande gentilezza io la ricorderò sempre con gratitudine, come farà anche Edward, a cui ho detto tutto. Sono sicura che sarete contenta di sapere, e credo lo sarà anche la cara signora Jennings, che nel pomeriggio di ieri ho trascorso due ore felici con lui. Lui non vuole saperne di separarci, anche se io, come credevo mio dovere, l'ho pregato seriamente di farlo, per prudenza, e mi sarei separata per sempre da lui immediatamente se avesse acconsentito; ma ha detto che non sarà mai, che non gli importa nulla della collera di sua madre, finché può avere il mio affetto; le nostre prospettive non sono molto brillanti, a dire la verità, ma dobbiamo aspettare e sperare per il meglio; Edward prenderà gli ordini tra poco, e se voi aveste la possibilità di raccomandarlo a qualcuno che disponga della possibilità di procurargli una sistemazione in una parrocchia, sono sicurissima che non vi dimenticherete di noi, e confido che anche la cara signora Jennings dirà una buona parola per noi a Sir John, o al signor Palmer, o a qualsiasi amico che possa aiutarci. La povera Anne è stata davvero biasimevole per quel che ha fatto, ma credeva di far bene, perciò io non dico niente. Spero che il farci una visita non sarà troppo disturbo per la signora Jennings; se passasse da qui una mattina sarebbe una grande gentilezza, e i miei cugini sarebbero orgogliosi di conoscerla. Il foglio mi rammenta che debbo concludere, e pregandovi di ricordarmi rispettosamente e con gratitudine alla signora Jennings, a Sir John, a Lady Middleton e ai cari bambini quando avrete occasione di vederli, e con tanti saluti alla signorina Marianne, ecc., ecc.

Appena ebbe finito di leggere la lettera Elinor soddisfece quello che era il vero intento della scrivente, mettendola nelle mani della signora Jennings, che la lesse ad alta voce con molte esclamazioni di soddisfazione e di lode.

«Davvero molto graziosa! Come scrive bene... Sì, è stato proprio giusto lasciarlo libero, se voleva. Proprio degno di Lucy... Povera creatura! Vorrei con tutto il cuore potergli offrire una sistemazione... Mi chiama la cara signora Jennings, vedete. Ha un cuore d'oro, quella ragazza... Benissimo, parola mia. Questa frase è scritta proprio bene. Sì, sì, andrò a trovarla, senz'altro. Com'è piena di premure, ha pensato a tutti!... Grazie, cara, per avermela mostrata. È la più bella letterina che abbia mai visto, e fa molto onore all'intelligenza e al cuore di Lucy.»

Capitolo trentanovesimo

Le signorine Dashwood erano a Londra ormai da più di due mesi, e Marianne era ogni giorno più impaziente di andarsene. Agognava l'aria aperta, la libertà e la quiete della campagna, e pensava che se c'era un posto che poteva darle la pace, quello era Barton. Elinor era ansiosa di partire quasi quanto lei, solo meno incline a farlo subito, perché consapevole delle difficoltà di un viaggio tanto lungo: difficoltà che non era possibile far riconoscere a Marianne. Comunque cominciò a pensarci seriamente, e aveva già esposto il loro desiderio alla gentile ospite, che ci si opponeva con tutta l'eloquenza della sua buona volontà, quando fu suggerito un progetto che, pur tenendole lontane da casa ancora qualche altra settimana, parve a Elinor molto più conveniente di qualsiasi altro. I Palmer dovevano trasferirsi a Cleveland alla fine di marzo per le vacanze pasquali, e la signora Jennings, con entrambe le sue amiche, ricevette da Charlotte un cordialissimo invito ad andare insieme a loro. La cosa, in sé, non sarebbe stata sufficiente alla delicatezza della signorina Dashwood, ma la schietta cortesia con cui il signor Palmer la appoggiò, insieme a un grande miglioramento nelle sue maniere verso di loro, da che aveva saputo del dolore di Marianne, la convinse ad accettare con piacere.

Quando tuttavia disse a Marianne ciò che aveva fatto, la prima reazione non fu molto piacevole.

«A Cleveland!», esclamò agitatissima. «No, non posso andare a Cleveland!»

«Tu dimentichi», disse Elinor con gentilezza, «che la sua posizione non è... che non è vicino a...»

«Ma è nel Somersetshire... non posso andare nel Somersetshire... Proprio dove avevo sperato di andare... No, Elinor, non puoi aspettarti che ci vada.»

Elinor non voleva discutere sull'opportunità di vincere quei sentimenti; cercò solo di contrastarli, insistendo su altri; e le presentò la decisione presa come un mezzo che le avrebbe messe in condizioni di fissare la data di ritorno alla cara mamma, che tanto desiderava rivedere, e di raggiungerla in modo più comodo, e forse senza ulteriori ritardi. Da Cleveland, che era a poche miglia da Bristol, Barton non distava più di una giornata, quantunque lunga, di viaggio, e il loro domestico poteva facilmente recarsi a prenderle là; siccome poi non era opportuno che rimanessero a Cleveland più di una settimana, potevano ormai essere a casa in poco più di tre settimane. Dato che l'affetto di Marianne per sua madre era sincero, non poteva non trionfare sugli ostacoli immaginari che aveva all'inizio presentato.

La signora Jennings era talmente lontana dall'essere stufa delle sue ospiti che insistette molto caldamente perché tornassero a Londra con lei da Cleveland. Elinor le fu riconoscente dell'invito, ma non si sentiva di modificare il suo progetto; e una volta ottenuta l'approvazione materna, fu predisposto tutto quel che riguardava il loro ritorno, per quanto era possibile; e Marianne ricavò un certo sollievo nel fare un calcolo preciso delle ore che la dividevano da Barton.

«Ah, Colonnello, non so cosa faremo voi e io, senza le signorine Dashwood», così gli disse la signora Jennings quando lui si presentò dopo che era stata fissata la loro partenza. «Giacché sono proprio decise a tornarsene a casa dopo la visita ai Palmer. Come saremo soli quando torneremo! Signore! Ce ne staremo seduti lì a guardarci, insulsi come due gatti.»

Forse la signora Jennings nutriva la speranza, con questo vigoroso quadro della noia che si prospettava, di provocarlo a fare quell'offerta che avrebbe potuto salvarlo da essa; e se così era, ebbe poco dopo un buon motivo per credere che il suo scopo fosse stato raggiunto. Quando infatti Elinor si accostò alla finestra per prendere, in modo più sbrigativo, le misure di una stampa che intendeva copiare per la sua amica, la signora vide che il Colonnello la seguiva con un'espressione particolarmente significativa, e rimaneva a parlare con lei per parecchi minuti. Anche l'effetto del discorso sul viso della signorina non poté sfuggirle, perché nonostante fosse troppo onesta per ascoltare, e avesse perfino cambiato posto proprio per non essere costretta ad ascoltare, sedendosi accanto al piano dove Marianne stava suonando, non poté fare a meno di vedere che Elinor impallidiva, ascoltava tutta agitata ed era troppo assorbita dalle parole del suo compagno per portare avanti quel che stava facendo. A confermare ancora le sue speranze, nella pausa in cui Marianne passava da una musica a un'altra, le giunsero inevitabilmente all'orecchio alcune parole del Colonnello, con cui lui pareva scusarsi perché la casa non era bella. Questo cancellò ogni dubbio. Si stupì, questo è vero, che lui ritenesse necessaria una scusa del genere, ma immaginò che fosse una questione di etichetta. Quel che Elinor disse in risposta lei non riuscì a capirlo, ma dal movimento delle sue labbra giudicò che non reputava essenziale quell'obiezione; e la signora Jennings, in cuor suo, la lodò per essere così onesta. Poi parlarono, per qualche altro minuto, senza che lei potesse afferrare nemmeno una sillaba, quando un'altra provvidenziale pausa nell'esecuzione di Marianne le portò queste parole pronunciate dalla voce calma del Colonnello:

«Ho paura che non potrà avere luogo molto presto».

Sbalordita e scandalizzata da quel discorso tanto poco degno di un innamorato, stava quasi per gridare: «Signore! Cosa mai potrebbe impedirlo?»; ma, controllando il proprio impulso, si limitò a dire tra sé e sé:

«Che strano! Non vorrà certo aspettare di diventare più vecchio».

Questo indugio da parte del Colonnello pareva però non risultare né offensivo né minimamente mortificante per la sua bella compagna, perché subito dopo, all'atto di concludere il loro scambio e di spostarsi in due punti diversi della stanza, la signora Jennings sentì chiaramente Elinor che diceva, con tono del tutto sincero:

«Mi sentirò sempre obbligatissima verso di voi».

La signora Jennings trovò deliziosa quella gratitudine, e si stupì solo che, dopo aver udito una frase del genere, il Colonnello si sentisse di prendere congedo da loro, come subito fece, col massimo autocontrollo, e di andarsene senza nemmeno risponderle. Non aveva mai pensato che il suo vecchio amico fosse un corteggiatore tanto freddo.

Ma ecco quello che in realtà i due si erano detti:

«Ho sentito», aveva detto il Colonnello con aria piena di compassione, «dell'ingiustizia che il vostro amico, il signor Ferrars, ha subìto da parte della sua famiglia, perché se ho ben capito ne è stato completamente espulso per non aver voluto rompere il suo fidanzamento con una giovane molto meritevole. Sono stato informato bene? È così?».

Elinor rispose che era proprio così.

«La crudeltà, la sbagliata crudeltà», continuò lui con molto sentimento, «di dividere o di tentare di dividere due giovani che si amano da molto tempo, è terribile... La signora Ferrars non sa quel che può aver fatto... a che cosa può trascinare suo figlio. Ho visto il signor Ferrars due o tre volte ad Harley Street, e l'ho trovato molto simpatico. Non è un giovane con cui si possa stringere un'amicizia intima in pochi giorni, però l'ho conosciuto abbastanza per augurargli ogni bene, e ancora di più glielo auguro perché è vostro amico. Ho sentito che intende prendere gli ordini. Vorreste essere tanto gentile da comunicargli che la parrocchia di Delaford, proprio ora vacante, come sono stato informato per posta oggi, è sua, se ritiene di accettarla?... Ma sembra non sia il caso di dubitarne, date le sfortunate circostanze in cui si trova. Vorrei solo che rendesse di più. È un rettorato, ma piccolo; credo che l'ultimo tenutario non riuscisse a ricavarne più di duecento sterline all'anno, e quantunque possa certamente migliorare, non potrà di certo, temo, migliorare tanto da procurargli un reddito molto confortevole. Comunque sia, però, il piacere che trarrò dall'offrirglielo sarà grande. Vi pregherei di assicurarlo di questo.»

Lo sbigottimento di Elinor nel ricevere quell'incarico non avrebbe potuto essere più grande se il Colonnello avesse davvero chiesto la sua mano. La situazione di Edward, che solo due giorni prima le era sembrata senza speranza, già gli forniva la possibilità di sposarsi; e lei, proprio lei, era stata scelta per consegnargliela! La sua commozione fu tale che la signora Jennings aveva ben potuto attribuirla a un motivo molto diverso; ma qualunque sentimento secondario, meno puro, meno gradevole avesse una parte in quella commozione, la sua stima per la sostanziale bontà e la sua gratitudine per la particolare amicizia che, insieme, avevano spinto il Colonnello a quel gesto, furono vivamente sentiti, ed espressi con calore. Lei lo ringraziò con tutto il cuore, parlò dei buoni princìpi di Edward e del suo carattere tessendone tutti gli elogi che meritavano, e promise di eseguire la commissione con piacere, se era proprio suo desiderio delegare ad altri un compito così gradito, anche se non poteva fare a meno di pensare che nessuno avrebbe potuto farlo meglio di lui. In breve era un compito che avrebbe preferito vedersi risparmiare, non volendo dare a Edward il dispiacere di essere obbligato verso di lei; ma il Colonnello Brandon, declinandolo per gli stessi motivi di delicatezza, pareva così desideroso che l'offerta venisse fatta per suo tramite, che lei non ritenne di dover fare alcuna ulteriore resistenza. Edward, a quel che lei credeva, doveva essere ancora in città; aveva saputo il suo indirizzo dalla signorina Steele; poteva cercare di informarlo, quindi, quel giorno stesso. Stabilito questo, il Colonnello Brandon prese a parlare della propria soddisfazione per essersi assicurato un vicino così rispettabile e simpatico, e fu allora che accennò, con rimpianto, che la casa era piccola e piuttosto brutta; un male che Elinor, come la signora Jennings aveva notato, non ritenne molto rilevante, soprattutto per quel che riguardava le dimensioni.

«Che la casa sia piccola», disse, «non mi pare sia per loro un inconveniente, visto che sarà in proporzione con la loro famiglia e i loro mezzi.»

Al che il Colonnello si stupì, accorgendosi che lei riteneva il matrimonio del signor Ferrars come la conseguenza sicura dell'offerta; non gli sembrava infatti possibile che la rendita di Delaford potesse fornire un reddito tale da permettere a una persona abituata al genere di vita in cui era cresciuto Edward di metter su famiglia; e lo disse.

«Quel piccolo rettorato non può fare più che sistemare abbastanza comodamente il signor Ferrars come scapolo; non può consentirgli di sposarsi. Sono spiacente di dire che il mio sostegno finisce lì; e le mie possibilità vanno di poco più avanti. Se però, per un caso imprevisto, avessi la possibilità di rendergli un ulteriore servizio, sarò pronto a essergli utile allora come sinceramente desidero esserlo adesso, se continuerò, come non dubito, a pensare di lui quel che penso ora. Quel che faccio è cosa proprio da poco, dato che non lo avvicina di molto a quello che deve essere il suo principale, il suo unico obiettivo di felicità. Il suo matrimonio sarà ancora un bene lontano. O almeno, ho paura che non potrà aver luogo tanto presto.»

Questa era stata la frase che, fraintesa, aveva giustamente ferito i delicati sentimenti della signora Jennings. Ma dopo questa spiegazione di quel che era veramente accaduto tra il Colonnello Brandon ed Elinor mentre stavano accanto alla finestra, è chiaro che la gratitudine dimostrata da quest'ultima nel separarsi non sarebbe stata, nel complesso, meno ragionevole, né meno appropriatamente espressa se fosse scaturita da una richiesta di matrimonio.

Capitolo quarantesimo

«Beh, signorina Dashwood», disse la signora Jennings con un sorriso astuto appena il gentiluomo se ne fu andato, «non vi domando cosa vi abbia detto il Colonnello; perché anche se, sul mio onore, ho cercato di non sentire, non ho potuto fare a meno di afferrare quanto è bastato per capire le sue intenzioni. E vi assicuro che non sono stata mai tanto contenta in vita mia. Infiniti auguri di tutto cuore!»

«Grazie, signora», rispose Elinor, «è motivo di grande gioia anche per me, e sono molto sensibile alla bontà del Colonnello. Non sono molti gli uomini che si sarebbero comportati come lui. Ben pochi hanno un cuore tanto generoso! Mi ha proprio stupita.»

«Buon Dio! Siete troppo modesta, mia cara. Io non ne sono stupita proprio per nulla, perché ho sempre pensato, negli ultimi tempi, che fosse assolutamente naturale che avvenisse.»

«Di certo voi conoscevate la cortesia e la bontà del Colonnello; ma non potevate sicuramente immaginare che l'opportunità si sarebbe presentata così presto!»

«L'opportunità!», ripeté la signora Jennings. «Oh, quanto a questo, quando un uomo si decide a un passo del genere, in un modo o nell'altro la trova, l'opportunità. Beh, mia cara, vi rinnovo tutti i miei auguri; e se mai c'è stata una coppia felice al mondo, credo che presto saprò dove andarla a cercare.»

«Pensate di andarla a cercare a Delaford, immagino», rispose Elinor, con un debole sorriso.

«Sì, mia cara, proprio così, proprio. E quanto alla casa, dire che è brutta... non so a cosa alludesse il Colonnello, perché in verità è una gran bella casa.»

«Ha detto che ha bisogno di riparazioni».

«E dunque di chi è la colpa? Perché non la fa riparare? Chi dovrebbe farlo, se non lui?»

Furono interrotte dal domestico che veniva ad annunciare che la carrozza era pronta; e la signora Jennings, preparandosi immediatamente a uscire, disse:

«Ebbene, mia cara, devo andare senza essere riuscita a dirvi neppure metà delle cose che volevo. Però concluderemo il discorso stasera, visto che saremo sole. Non vi offro di venire con me, perché oserei dire che la vostra mente sarà troppo piena di questa cosa per avere bisogno di compagnia, e poi di certo non vedete l'ora di raccontare tutto a vostra sorella».

Marianne era uscita dal salotto prima che cominciasse la conversazione.

«Certo, signora, lo dirò a Marianne; ma per il momento non lo dirò a nessun altro.»

«Oh, molto bene», disse la signora Jennings, piuttosto delusa. «Allora non volete che lo dica a Lucy? Perché oggi penso di arrivare fino a Horborn.»

«No, signora, neppure a Lucy, per piacere. Il ritardo di un giorno non potrà avere molta importanza; e finché non avrò scritto al signor Ferrars, credo che non dovrò parlarne con nessuno. Lo farò subito. È importante che lui non perda tempo, perché naturalmente avrà molto da fare per la sua ordinazione.»

Questo discorso all'inizio lasciò molto perplessa la signora Jennings. Perché bisognasse scriverne con tanta fretta al signor Ferrars, sul momento non riuscì a capirlo. Dopo qualche momento di riflessione, però, ebbe un'idea felice.

«Oh, oh, ho capito!», esclamò. «È stato scelto il signor Ferrars. Bene, bene, meglio per lui. Sì, sì, certo, deve fare in fretta a prendere gli ordini, e sono lieta di sapere che le cose stiano così avanti tra voi. Ma, cara, non è un po' inconsueto? Non dovrebbe essere il Colonnello a scrivere? Senza dubbio sarebbe lui la persona giusta per farlo.»

Elinor non comprese chiaramente l'inizio del discorso della signora, e neppure le sembrò valesse la pena di fare domande, così rispose solo alla conclusione.

«Il Colonnello Brandon è un uomo pieno di delicatezza, e preferisce che sia un altro ad annunciare le sue intenzioni al signor Ferrars.»

«E quindi siete costretta a farlo voi. Che strano tipo di delicatezza! Comunque non vi disturberò», aggiunse, vedendo che Elinor si accingeva a scrivere. «Conoscete meglio di me la vostra situazione. Allora arrivederci, mia cara. Non ho sentito nulla che mi facesse altrettanto piacere da quando Charlotte si è messa a letto.»

E se ne andò, ma solo per tornare indietro un attimo dopo:

«Mi è giusto adesso venuta in mente la sorella di Betty, mia cara. Sarei lietissima di procurarle una così buona padrona. Però non posso dire con certezza se vada bene come cameriera per signora. Di certo è una domestica eccellente, e sa cucire molto bene. A ogni modo, ci potrete pensare con comodo».

«Certamente, signora», rispose Elinor, senza avere neppure ascoltato, ansiosa di essere lasciata sola, più che di capire di cosa si trattasse.

Come doveva cominciare... come doveva esprimersi nel biglietto a Edward, era questo che si stava chiedendo. Le particolari circostanze della loro relazione rendevano difficilissimo ciò che per chiunque altro sarebbe stata la cosa più facile del mondo; temeva allo stesso modo di dire troppo o troppo poco, ed era seduta a meditare sul suo foglio, con la penna in mano, quando fu interrotta dall'ingresso di Edward in persona.

Aveva incontrato alla porta la signora Jennings, che stava salendo sulla carrozza, mentre arrivava a portare il suo biglietto d'addio; e lei, dopo essersi scusata di non tornare indietro con lui, lo aveva esortato a entrare, dicendogli che la signorina Dashwood era in casa e voleva parlargli in merito a un affare molto importante.

Elinor si stava appunto rallegrando con se stessa, pur nella sua perplessità, per il fatto che anche se era difficile esprimersi appropriatamente in una lettera, perlomeno scrivere era preferibile che dare la notizia a voce, quando il suo visitatore, entrando, la costrinse allo sforzo che più la spaventava. A quell'apparizione così improvvisa, il suo stupore, la sua confusione furono grandissimi. Lo aveva visto per l'ultima volta prima che il suo fidanzamento divenisse pubblico, e dunque prima che lui sapesse che lei ne era al corrente; e questo, insieme alla conoscenza di quel che aveva pensato e che aveva da dirgli, la rese per qualche attimo estremamente impacciata. Anche lui era assai turbato, e rimasero seduti per qualche momento tutti e due pieni di disagio. Lui non riusciva a ricordare se, all'atto di entrare, le avesse chiesto scusa per la sua intrusione; ma, risolvendosi a sistemare la cosa, presentò formalmente il suo rincrescimento appena poté dire qualcosa, dopo aver preso una sedia.

«La signora Jennings mi ha detto», disse, «che desideravate parlarmi, o almeno così mi è sembrato... o certo non mi sarei intromesso in tal modo... anche se, allo stesso tempo, sarei stato molto spiacente di partire da Londra senza salutare voi e vostra sorella; tanto più che passerà qualche tempo... non è probabile che io abbia presto il piacere di rivedervi... Vado a Oxford domani.»

«Però non potevate andarvene», disse Elinor riprendendosi, decisa ad affrontare al più presto quel che più temeva, «senza ricevere i nostri migliori auguri, anche se non fossimo state in grado di offrirveli di persona. La signora Jennings aveva ragione. Devo informarvi di una cosa importante, che stavo appunto per comunicarvi per lettera. Sono stata incaricata di un compito assai gradito», continuò respirando un po' più in fretta del solito. «Il Colonnello Brandon, che era qui solo dieci minuti fa, desidera che io vi dica che, sapendo che intendete prendere gli ordini, ha il grande piacere di offrirvi la parrocchia di Delaford, ora appunto vacante, e vorrebbe solo che avesse maggior valore. Permettetemi di congratularmi con voi, perché avete un amico così rispettabile e assennato, e di unirmi al desiderio che la rendita (si tratta di duecento all'anno) fosse molto più considerevole, e tale da permettervi di... tale da essere per voi più di una sistemazione temporanea... tale, insomma, da potervi assicurare la realizzazione della vostra felicità.»

Quel che Edward sentì, visto che non seppe dirlo lui stesso, non si può pretendere che qualcun altro riesca a dirlo. Sul suo viso si leggeva tutto lo stupore che quell'inaspettata, impensabile notizia non poteva non destare; balbettò solo tre parole:

«Il Colonnello Brandon!».

«Sì» continuò Elinor ritrovando il suo coraggio, perché il peggio era in gran parte passato, «il Colonnello Brandon la considera una testimonianza del suo dispiacere per quello che è avvenuto ultimamente... per la crudele situazione in cui vi ha messo l'ingiustificabile comportamento della vostra famiglia... dispiacere che, ne sono certa, Marianne, io e i nostri amici tutti condividiamo; e come una prova della sua sincera stima per il vostro carattere, e in particolare come testimonianza della sua approvazione per il vostro comportamento nell'attuale situazione.»

«Il Colonnello Brandon provvede alla mia sistemazione! Possibile?»

«La durezza dei vostri parenti vi ha reso difficile credere di poter trovare da qualche parte un amico.»

«No», rispose lui con improvvisa lucidità, «non di trovarlo in voi; perché non posso ignorare che lo devo tutto a voi, alla vostra bontà. Sento che... vorrei esprimere, se potessi... ma, come ben sapete, non sono un oratore.»

«Vi sbagliate completamente. Lo dovete tutto, ve lo assicuro, o almeno quasi tutto, al vostro merito, che il Colonnello Brandon ha saputo riconoscere. Io non ho avuto parte alcuna. Non sapevo neppure, prima di venire a conoscenza del progetto, che la parrocchia fosse vacante; non mi era venuto mai in mente che lui avesse un beneficio ecclesiastico da concedere. Come amico mio, della mia famiglia, può forse avere, anzi lo ha di certo, maggior piacere di offrirlo; ma, parola mia, non dovete nulla alle mie sollecitazioni.»

La verità la obbligava a riconoscere di aver avuto una piccola parte in quanto era avvenuto; però allo stesso tempo era così restia a figurare come la benefattrice di Edward, che lo riconobbe con esitazione; il che, probabilmente, contribuì a fissare nella mente di lui il sospetto che vi era entrato da poco. Quando Elinor ebbe finito di parlare, lui rimase seduto per qualche momento in silenzio, preso nei suoi pensieri; e alla fine, quasi con sforzo, disse:

«Pare che il Colonnello Brandon sia un uomo molto rispettabile e di grande valore. Ne ho sempre sentito parlare in tal modo, e vostro fratello ha di lui grande stima. Senza dubbio è un uomo di buon senso e ha modi da perfetto gentiluomo».

«Infatti», rispose Elinor, «credo che conoscendolo meglio lo troverete all'altezza di tutto quel che avete sentito dire di lui; e siccome sarete vicini (giacché pare che la sua parrocchia sia quasi accanto alla villa), è particolarmente importante che sia così.»

Edward non disse nulla; ma quando lei volse la testa da un'altra parte le rivolse uno sguardo così serio, così profondo e così triste che pareva esprimere il desiderio di una distanza molto maggiore fra le due case.

«Credo che il Colonnello Brandon abiti a St. James Street», disse poco dopo, alzandosi.

Elinor gli disse qual era il numero della casa.

«Devo affrettarmi, allora, a porgergli quei ringraziamenti che non mi permettete di rivolgere a voi, e ad assicurarlo che mi ha fatto molto... che mi ha fatto immensamente felice.»

Elinor non cercò di trattenerlo; si separarono con infiniti auguri per la sua felicità, da parte di lei, in ogni cambiamento di situazione che potesse capitargli; da parte di lui, con quello che fu più un tentativo di ricambiare quei buoni sentimenti piuttosto che una piena espressione di essi.

«Quando ci rivedremo», si disse Elinor mentre la porta si richiudeva alle sue spalle, «sarà il marito di Lucy.»

E con questa piacevole prospettiva sedette per tornare al passato, per richiamare le parole e tentare di comprendere i sentimenti di Edward; e, naturalmente, a riflettere sulla sua delusione.

Quando la signora Jennings rientrò a casa, anche se veniva da una visita a persone che non aveva mai incontrato prima, e sulle quali aveva quindi un sacco di cose da dire, la sua mente era tanto piena dell'importante segreto in suo possesso che tornò a parlarne appena comparve Elinor.

«Ebbene, mia cara», esclamò, «vi ho mandato il giovanotto. Ho fatto bene? Immagino non abbiate avuto grandi difficoltà... Non l'avete trovato riluttante ad accettare la proposta, vero?»

«No, signora, questo non sarebbe stato possibile.»

«Ebbene, e quando sarà pronto? Visto che a quel che sembra tutto dipende da questo!»

«A dire il vero», rispose Elinor, «conosco così poco quel genere di procedure che non ho la minima idea del tempo o della preparazione necessari; ma credo potrà essere ordinato fra due o tre mesi.»

«Due o tre mesi!», esclamò la signora Jennings. «Buon Dio! Mia cara, come ne parlate con calma! E il Colonnello può aspettare due o tre mesi? Che Dio mi benedica! Vi assicuro che io perderei la pazienza! E anche se chiunque sarebbe lieto di fare un favore al povero signor Ferrars, non credo proprio che valga la pena di attendere due o tre mesi per lui. Di certo si potrà trovare qualcun altro che vada altrettanto bene, qualcuno che abbia già preso gli ordini.»

«Mia cara signora», disse Elinor, «come potete pensare a una cosa del genere? Insomma, l'unico scopo del Colonnello Brandon è di essere utile al signor Ferrars.»

«Che Dio vi benedica, mia cara! Ma certo non vorrete farmi credere che il Colonnello vi sposi solo per poter dare dieci ghinee al signor Ferrars!»

Dopo questo, l'equivoco non poteva più andare avanti; ci fu un'immediata spiegazione, dalla quale entrambe trassero, sul momento, motivo di grande ilarità, senza nessuna materiale perdita di soddisfazione per alcuna delle due, perché la signora Jennings cambiò solo una fonte di gioia con un'altra, senza però abbandonare la speranza della prima.

«Sì, sì, è vero, la casa parrocchiale è piccola», disse, una volta passata la prima ondata di sorpresa e di soddisfazione, «e molto probabilmente avrà bisogno di riparazioni; ma sentire un uomo scusarsi, come credevo, per una villa che, l'ho vista con i miei occhi, ha cinque salotti al piano terreno, e mi sembra che la custode mi abbia detto che può predisporre quindici letti... e con voi, poi, abituata al villino di Barton... sembrava proprio ridicolo! Ma, mia cara, dobbiamo spronare il Colonnello perché faccia fare qualche lavoro alla casa parrocchiale, così che vada bene per loro, prima che ci vada Lucy.»

«Pare però che il Colonnello Brandon non creda che il beneficio sia sufficiente per permettere loro di sposarsi.»

«Il Colonnello è un po' balordo, mia cara; siccome lui ha una rendita di duemila sterline all'anno, crede che nessuno possa sposarsi con meno. Vi do la mia parola che, se sarò viva, farò una visita alla parrocchia di Delaford prima di San Michele; e di certo non ci andrò se non c'è la sposa.»

Elinor era della stessa opinione in merito alla probabilità che i due non avrebbero aspettato altro.

Capitolo quarantunesimo

Dopo aver recato i suoi ringraziamenti al Colonnello Brandon, Edward andò da Lucy con la sua felicità; e tale era il suo grado di contentezza quando raggiunse i Barlett's Buildings, che Lucy poté assicurare alla signora Jennings, presentatasi di nuovo il giorno dopo con le sue congratulazioni, di non averlo mai visto così esultante in vita sua.

Sulla felicità, sulla esultanza di lei, comunque, non c'erano dubbi; si unì con gioia al progetto della signora Jennings di ritrovarsi tutti insieme felici e contenti a Delaford prima di San Michele. Allo stesso tempo, era così poco restia ad assegnare a Elinor quel credito che Edward voleva riconoscerle che parlò con la più calda gratitudine dell'amicizia della signorina Dashwood per loro, riconobbe prontamente quanto le dovevano e dichiarò apertamente che nessun favore verso di loro da parte della detta signorina, al presente o in avvenire, l'avrebbe mai sorpresa, perché la credeva capace di fare qualsiasi cosa al mondo per le persone che stimava davvero. Quanto al Colonnello Brandon, non solo era pronta ad adorarlo come un santo, ma era ansiosa che fosse trattato come tale, per tutte le faccende mondane; ansiosissima che le sue rendite immobiliari fossero pagate fino all'ultimo centesimo; ma intanto segretamente decideva di utilizzare, a Delaford, fin dove possibile, i domestici, la carrozza, le mucche e i polli del Colonnello.

Era passata ormai circa una settimana da quando John Dashwood era andato a Berkeley Street, ed Elinor prese a dirsi che, dato che da allora avevano chiesto notizie dell'indisposizione di sua moglie una volta sola, e a voce, si imponeva la necessità di una visita. Era questo un obbligo, tuttavia, che non solo contrastava con la sua inclinazione, ma che le sue compagne non incoraggiavano in nessun modo. Marianne, non contenta di rifiutarsi di accompagnarla, insisteva per trattenerla dall'andare; e la signora Jennings, pur mettendo come al solito la sua vettura al servizio di Elinor, aveva una così forte antipatia per la moglie di John Dashwood che neppure la curiosità di vedere come stesse, dopo la recente scoperta, né il vivo desiderio che provava di affrontarla prendendo le difese di Edward potevano farle superare la ripugnanza a trovarsi di nuovo in sua compagnia. Di conseguenza, Elinor si mosse da sola per andare a fare una visita che nessuno poteva desiderare meno di lei, e a correre il rischio di un incontro a tu per tu con una donna che nessuna delle altre due aveva altrettante ragioni di lei per detestare.

La moglie di John Dashwood non la ricevette; ma prima che la carrozza ripartisse uscì per caso John Dashwood. Lui mostrò grande piacere di vedere Elinor, le disse che stava proprio andando a Berkeley Street e, assicurandole che Fanny sarebbe stata molto contenta di vederla, la invitò a entrare.

Salirono le scale ed entrarono nel salotto. Non c'era nessuno.

«Suppongo che Fanny stia nella sua camera», disse John. «Vado subito a chiamarla, perché sono sicuro che non farà assolutamente nessuna obiezione a riceverti. Tutt'altro. Specialmente adesso, non può esserci... A ogni modo, tu e Marianne siete state sempre le sue pupille. Perché Marianne non è venuta?»

Elinor inventò per lei una scusa qualsiasi.

«Non mi spiace di vederti da sola», disse lui, «perché ho molte cose da dirti. Quella posizione del Colonnello Brandon... ma è proprio vero? L'ha data proprio a Edward? L'ho inteso ieri per caso, e stavo appunto per venire da te per informarmi in proposito.»

«È verissimo. Il Colonnello Brandon ha sistemato Edward alla parrocchia di Delaford.»

«Davvero! Beh, è addirittura stupefacente! Senza parentela, senza nemmeno amicizia! E proprio adesso che i posti ecclesiastici hanno raggiunto certi prezzi! Quanto rende, questo?»

«Circa duecento all'anno.»

«Molto bene... E sì che, supponendo che l'ultimo titolare sia stato vecchio e malato, e quindi in condizioni di lasciare presto il posto, per la cessione del diritto di subentrare a un posto di quel valore avrebbe potuto ottenere, oserei dire, millequattrocento sterline. E come mai non ha sistemato la questione prima della morte di quella persona? Adesso certo sarebbe troppo tardi per venderlo, ma un uomo di buon senso come il Colonnello! Mi stupisco che sia stato tanto imprevidente a proposito di un interesse così comune, così naturale! Ebbene, sono convinto che in ognuno ci sia un alto grado di sconsideratezza. Tuttavia, a pensarci bene, suppongo che le cose potrebbero stare così. Edward terrà il posto solo finché la persona a cui il Colonnello l'ha venduto sia in età di assumerlo. Sì, sì, è proprio così, stanne pur certa.»

Elinor però contraddisse tutto questo in modo molto deciso; e riferendogli che lei stessa era stata utilizzata dal Colonnello Brandon per offrire il beneficio a Edward, e che quindi doveva conoscere i termini precisi dell'offerta, lo costrinse a ritenere attendibile la sua versione.

«È davvero straordinario!», esclamò Dashwood quando lei ebbe finito di parlare. «E che ragione poteva avere il Colonnello?»

«Una ragione molto semplice; essere utile al signor Ferrars.»

«Bene, bene; a ogni modo, Edward è un uomo molto fortunato! Però non far cenno alla cosa davanti a Fanny, perché anche se gliel'ho comunicata io stesso e lei l'ha sopportata molto bene, non le fa piacere parlarne.»

Elinor trovò difficile trattenersi dall'osservare che, a suo parere, Fanny poteva sopportare con assoluta indifferenza qualsiasi miglioramento della situazione di suo fratello, se non toglieva qualcosa a lei e al suo bambino.

«La signora Ferrars», aggiunse lui abbassando la voce al tono che si addiceva a un argomento tanto importante, «non ne sa ancora nulla, e credo sia meglio tenerglielo completamente nascosto il più a lungo possibile. Quando avrà luogo il matrimonio, temo che dovrà sapere tutto.»

«Ma perché adottare questa precauzione? Per quanto non si possa pensare che la signora Ferrars provi la minima soddisfazione dal sapere che suo figlio ha l'indispensabile per vivere, visto che dopo il suo recente comportamento questo è certo fuori questione, perché si dovrebbe supporre che gliene importi ancora qualcosa? Ha chiuso con suo figlio, l'ha ripudiato per sempre; ha ottenuto che tutti coloro su cui ha influenza si allontanassero da lui. Dopo questo, non si può pensare che suo figlio possa suscitare in lei alcuna impressione di dolore o di gioia; non può provare alcun interesse per quello che fa. Non sarà certo tanto avventata da gettare via il conforto di un figlio e tuttavia mantenere tutte le ansie di una madre!»

«Ah, Elinor», rispose John, «il tuo ragionamento non fa una piega, ma è basato sull'ignoranza della natura umana. Quando l'infelice matrimonio di Edward avrà luogo, stai pur certa che sua madre soffrirà come se non lo avesse mai ripudiato, e quindi qualsiasi circostanza che possa affrettare quel terribile evento deve esserle nascosta il più a lungo possibile. La signora Ferrars non potrà mai dimenticare che Edward è suo figlio.»

«Tu mi stupisci; pensavo che ormai fosse scomparso perfino dalla sua memoria.»

«Tu le fai un torto enorme. La signora Ferrars è una delle madri più tenere del mondo.»

Elinor non disse nulla.

«Pensiamo, adesso», continuò Dashwood dopo una breve pausa, «di maritare Robert alla signorina Morton.»

Sorridendo, per il tono serio e pieno di sussiego di suo fratello, Elinor rispose con calma:

«La dama in questione, immagino, non avrà voce in capitolo, per questo affare».

«Voce in capitolo! Che intendi dire?»

«Intendo dire che dal tuo modo di parlare pare che per la signorina non ci sia alcuna differenza tra lo sposare Edward o Robert.»

«Certo che non c'è differenza; giacché adesso Robert, sotto tutti i punti di vista, deve essere considerato il primogenito; e d'altra parte sono entrambi due giovani molto simpatici, e a me non pare che uno sia superiore all'altro.»

Elinor non disse nient'altro, ed anche John rimase per qualche tempo in silenzio. Poi concluse le sue riflessioni:

«Una cosa, mia cara sorella», disse prendendole gentilmente la mano, e parlando in un sussurro pieno di solennità, «ti posso assicurare; e lo farò, perché so di farti piacere. Ho buone ragioni per credere (in verità lo so dalla fonte principale, altrimenti non te lo riferirei, perché in caso contrario sarebbe molto sbagliato dire una cosa simile... ma lo so proprio dalla fonte principale... non che abbia sentito precisamente la signora Ferrars dirlo lei stessa, ma lo ha sentito sua figlia e io lo so da lei...) che, in breve, qualunque obiezione potesse esservi contro un certo... una certa parentela, tu mi comprendi, essa sarebbe stata preferibile per lei, non le avrebbe dato neppure la metà del dolore che le dà questa. Io sono stato molto felice di sapere che la signora Ferrars vede la cosa sotto questa luce; è una circostanza molto gradita, sai, per tutti noi. "Sarebbe stato, senza paragone, il minor male dei due", ha detto, e sarebbe felice di acconsentire, adesso, per timore del peggio. Ma, comunque, tutto questo ormai è fuori questione... non bisogna pensarci, né parlarne più... qualunque simpatia di cui sai... non poteva... insomma, tutto è finito. Ma ho creduto di dirtelo, perché sapevo quanto ti avrebbe fatto piacere. D'altra parte tu non hai nulla da rimpiangere, mia cara Elinor. Non c'è alcun dubbio che ti sistemerai straordinariamente bene... altrettanto bene, o forse meglio, tutto considerato. Hai visto il Colonnello Brandon, ultimamente?».

Elinor aveva sentito abbastanza, se non da lusingare la sua vanità o accrescere il suo amor proprio, almeno da agitare i suoi nervi e riempire la sua mente; fu quindi lieta che le fosse risparmiata la necessità di rispondere, o di sentire altro, dall'ingresso di Robert Ferrars. Dopo avere scambiato qualche parola, John, ricordando che Fanny non era stata ancora informata della presenza di sua sorella, uscì dalla stanza per andarla a cercare, ed Elinor fu lasciata ad approfondire la sua conoscenza con Robert, il quale, per l'allegra spensieratezza e la beata soddisfazione dei suoi modi, ora che godeva una parte tanto ingiusta dell'affetto e della generosità di sua madre a danno del fratello allontanato, una parte che si era guadagnato solo grazie alla sua dissipatezza e all'onestà del fratello, confermò una valutazione assai sfavorevole sulla sua assennatezza e sui suoi sentimenti.

Erano soli da appena due minuti quando cominciò a parlare di Edward, giacché anche lui aveva saputo dell'offerta del Colonnello e ne era molto incuriosito. Elinor ripeté i dettagli come li aveva raccontati a John, e l'effetto che fecero su Robert, anche se differente, non fu meno notevole. Rise senza alcun ritegno. L'idea che Edward facesse l'ecclesiastico, e abitasse in una piccola casa parrocchiale, lo divertiva smisuratamente; e quando ci aggiunse un quadro immaginario del fratello che leggeva le preghiere in abito talare bianco e curava le pubblicazioni per il matrimonio tra un tal John Smith e una Mary Brown, non poté pensare a niente di più ridicolo.

Elinor, pur aspettando in silenzio, immobile e grave, la fine di tanta mancanza di contegno, non poté fare a meno di fissarlo con uno sguardo pieno di tutto il disprezzo che destava in lei. Era uno sguardo, tuttavia, molto indovinato, perché alleviava i suoi sentimenti, pur non comunicando a lui niente di niente. Dopo tanta ilarità, fu richiamato alla compostezza non dal rimprovero di lei, bensì dalla propria sensibilità.

«Possiamo considerarla uno scherzo», disse, rimettendosi dalle risate affettate che avevano considerevolmente esteso la genuina allegria del primo momento, «ma, sull'anima mia, è anche una cosa molto seria. Povero Edward! È rovinato per sempre. Ne sono terribilmente addolorato, perché so che è molto buono; è forse la persona più ben intenzionata del mondo. Non lo dovete giudicare, signorina Dashwood, da una conoscenza superficiale. Povero Edward! Certo, i suoi modi non sono fra i più felici... Ma non nasciamo tutti con le stesse doti... le stesse qualità... Povero Edward! Se lo aveste visto, quando si trovava tra gente sconosciuta! A dire il vero, faceva proprio pena! Ma, sull'anima mia, credo abbia un cuore pieno di generosità, come pochi altri in tutto il regno; e giuro che non sono stato mai tanto colpito in vita mia come quando è venuta fuori tutta questa storia. Non ci potevo credere. Mia madre è stata la prima a comunicarmelo, ed io, sentendo che avrei dovuto agire con risolutezza, le ho detto: "Mia cara signora madre, non so quel che intendete fare in questa occasione, ma per quanto mi riguarda, devo dire la verità, se Edward sposerà quella donna io non lo guarderò mai più". Ecco che cosa ho detto immediatamente, ero proprio colpito! Povero Edward, si è rovinato con le sue stesse mani, si è escluso per sempre dalla buona società! Ma, come ho detto subito a mia madre, non ne sono stupito; dato il tipo di educazione che ha ricevuto bisognava aspettarselo. La mia povera madre era fuori di sé.»

«Avete mai visto la signorina?»

«Sì, una volta; mentre stava in questa casa. Mi capitò di star qui per una decina di minuti; e ho visto di lei quanto bastava. In tutto e per tutto una goffa ragazza di campagna, senza stile, senza eleganza, e neppure bella, direi! La ricordo perfettamente. Proprio il tipo che avrei immaginato capace di conquistare il povero Edward. Mi sono offerto immediatamente, appena mia madre mi ha messo al corrente della cosa, di parlargli io stesso per dissuaderlo da un tale matrimonio; ma purtroppo era già troppo tardi per fare qualcosa, perché all'inizio non ero sul posto, non ho saputo nulla se non quando la rottura era già avvenuta, e allora, capite, non spettava a me intromettermi. Ma se ne fossi stato informato poche ore prima, credo che con tutta probabilità si sarebbe ancora potuto fare qualcosa. Certo avrei presentato la faccenda a Edward sotto una luce molto chiara. "Mio caro ragazzo", gli avrei detto, "pensa bene a quel che stai facendo. Stai per affrontare un matrimonio disgraziatissimo, che tutta la tua famiglia è unanime nel condannare." In breve, non posso fare a meno di ritenere che qualche sistema lo si sarebbe trovato. Ma ora è troppo tardi. Deve essere già morto di fame, sapete; questo è certo; proprio morto di fame.»

Aveva appena stabilito questo punto, e con tale compostezza, quando l'ingresso della signora Dashwood mise fine all'argomento. Ma nonostante questa non ne parlasse di fronte a estranei, Elinor distinse l'effetto che la faccenda aveva sul suo spirito, sotto forma di una certa confusione nell'atteggiamento che aveva quando entrò, e di un tentativo di cordialità nel modo di comportarsi con lei. Giunse addirittura a mostrare interesse per il fatto che Elinor e la sorella stavano per partire da Londra, e disse che aveva sperato di vederle più spesso; uno sforzo, questo, in cui il marito, che l'aveva accompagnata nella stanza e che pendeva entusiasticamente dalle sue labbra, sembrava distinguere un'infinità di cose affettuose e gentili.

Capitolo quarantaduesimo

Un'altra breve visita ad Harley Street, nella quale Elinor ricevette le congratulazioni del fratello per il fatto che si sarebbero avvicinate tanto a Barton senza spendere nulla, e che il Colonnello Brandon le avrebbe seguite a Cleveland uno o due giorni dopo, completarono le relazioni tra fratello e sorelle a Londra; e un fievole invito di Fanny ad andare a Norland, se si fossero trovate a capitare da quelle parti (il che era la più improbabile fra tutte le cose) insieme a una più calda, seppure meno pubblica assicurazione a Elinor, da parte di John, della premura con cui sarebbe andato a visitarla a Delaford, fu tutto ciò che preannunciò un eventuale incontro in campagna.

Lei si divertì a osservare come tutti i suoi amici sembrassero decisi a mandarla a Delaford; proprio il posto che aveva meno desiderio di visitare, e tanto meno di abitare; non solo, infatti, era considerato la sua futura casa dal fratello e dalla signora Jennings, ma perfino Lucy, quando si separarono, le rivolse un caldo invito a visitarla, quando fosse stata là.

In un giorno all'inizio di aprile, e nelle prime ore della mattinata, le due comitive di Hanover Square e di Berkeley Street si mossero dalle rispettive case e si incontrarono sulla strada, dove si erano date appuntamento. Per maggiore comodità di Charlotte e del suo bambino, il loro viaggio sarebbe durato più di due giorni; il signor Palmer, che viaggiava più rapidamente insieme al Colonnello Brandon, le avrebbe raggiunte a Cleveland poco dopo il loro arrivo.

Marianne, per quanto a Londra le sue ore serene fossero state poche, e per quanto fosse da tempo ansiosa di andarsene, non poté, quando venne il momento, non provare un acuto dolore nel dire addio alla casa in cui aveva goduto per l'ultima volta quelle speranze e quella fiducia in Willoughby che ora era spenta per sempre, né poté lasciare il luogo in cui Willoughby rimaneva, tutto preso da nuove occupazioni e da nuovi progetti in cui lei non aveva più parte, senza spargere molte lacrime.

La soddisfazione di Elinor, al momento della partenza, era più positiva. Lei non aveva, come Marianne, un fatto così importante su cui fissare i suoi pensieri vaganti, non si lasciava dietro nessuno da cui le dispiacesse, neppure per un momento, doversi separare per sempre, ed era contenta di liberarsi dalla persecuzione dell'amicizia di Lucy, grata al Cielo di poter portare via sua sorella senza che avesse rivisto Willoughby dopo il suo matrimonio; e coltivava la speranza che qualche mese di tranquillità a Barton potesse ridare a Marianne la tranquillità d'animo, e rafforzare la sua.

Il loro fu un ottimo viaggio; il secondo giorno le condusse nell'agognata, ovvero nella proibita contea di Somerset, giacché tale era stata, di volta in volta, nell'immaginazione di Marianne, e il pomeriggio del terzo giorno arrivarono a Cleveland.

Cleveland era una casa spaziosa, costruita di recente su un verde pendio. Non aveva un parco, ma i giardini erano piuttosto ampi; e come ogni altro posto della stessa importanza, aveva il suo boschetto e il suo viale alberato; una bella strada inghiaiata, girando intorno al giardino, portava alla facciata principale; il prato era punteggiato di alberi d'alto fusto; e la casa era collocata sotto la protezione dell'abete, dell'acero e dell'acacia, mentre un fitto boschetto degli stessi alberi, mescolati ad alti pioppi, nascondeva i servizi.

Marianne entrò nella casa con il cuore pieno d'emozione all'idea di trovarsi a sole ottanta miglia da Barton e a trenta da Combe Magna; e prima di essere stata tra quelle mura per cinque minuti, mentre già gli altri aiutavano attivamente Charlotte a presentare il bambino alla custode, ne uscì di nuovo, e passò senza farsi notare tra i cespugli che cominciavano a dispiegare tutta la loro bellezza per raggiungere una collinetta a una certa distanza, dalla quale, dal tempietto greco, il suo sguardo poteva vagare per una vasta estensione di campagna verso sud-est e poggiarsi dolcemente sulle cime più lontane delle colline all'orizzonte, da cui, a quel che lei immaginava, si poteva scorgere Combe Magna.

In tali momenti di intensa, indicibile sofferenza, si rallegrò, versando lacrime d'angoscia, di essere a Cleveland; e mentre tornava indietro per un'altra strada, percependo tutta la dolcezza della libertà della campagna, che rendeva possibile vagabondare qua e là in libera e beata solitudine, risolse di trascorrere quasi tutte le sue giornate, fino a che rimaneva con i Palmer, indulgendo in quei solitari vagabondaggi.

Tornò appena in tempo per unirsi alle altre che uscivano dalla casa per fare un giro nei suoi immediati dintorni; e passarono il resto della mattinata oziando nell'orto, studiando gli alberi in fiore lungo le sue pareti, ascoltando le lamentele del giardiniere per le malattie delle piante e passeggiando nella serra, dove lo stato pietoso dei suoi fiori preferiti, incautamente esposti all'effetto delle continue gelate, scatenò le risate di Charlotte; e ancora visitando la corte delle galline, dove questa trovò altri motivi di buon umore nella delusione causata alla guardiana dalla fuga di alcune galline dal pollaio, o dal fatto che alcune erano state divorate dalla volpe, o dalla veloce scomparsa di una covata giovane e promettente.

La mattina era bella e asciutta, e Marianne, nel fare i suoi progetti di vita all'aperto, durante il soggiorno a Cleveland, non aveva fatto conto su un cambiamento del tempo. Fu con grande delusione, quindi, che si trovò nell'impossibilità di uscire di nuovo dopo pranzo per via di una pioggia fitta e continua. Aveva contato su una bella passeggiata al tramonto fino al tempietto e magari per tutta la proprietà, e certo non sarebbe bastato un pomeriggio umido o rigido a trattenerla; ma con quella pioggia incessante nemmeno lei si sentiva di dire che fosse un tempo adatto o piacevole per andarsene a spasso.

Il loro gruppo era piccolo, e le ore passavano tranquille. La signora Palmer aveva il suo bambino, e la signora Jennings le sue decorazioni per i tappeti; parlavano degli amici che avevano lasciato a Londra, pianificavano gli impegni di Lady Middleton, si chiedevano se il signor Palmer e il Colonnello Brandon sarebbero arrivati a Reading quella sera stessa. Elinor, seppure poco interessata, partecipava alla conversazione; mentre Marianne, che aveva un fiuto speciale per trovare, in qualsiasi casa, la strada della biblioteca, che in genere il resto della famiglia evitava, non tardò a procurarsi un libro.

Non mancava nulla, da parte della signora Palmer, di quel che poteva fare un costante, amichevole buon umore per comunicare alle sue ospiti la sensazione di essere ben accette e gradite. La naturalezza e la cordialità dei suoi modi, che compensavano ampiamente quella mancanza di riservatezza e di eleganza che spesso la rendevano carente nelle relazioni mondane, la sua gentilezza, il cui effetto era accentuato da quel visino così delizioso, non poteva non risultare attraente, e la sua insulsaggine, anche se rimaneva evidente, non disturbava, perché era priva di qualsiasi presunzione; così Elinor le avrebbe perdonato tutto, eccetto le sue risate.

I due gentiluomini arrivarono il giorno successivo, molto in ritardo per il pranzo, e portarono un piacevole allargamento del gruppo e una gradita varietà nella conversazione che una lunga mattinata di incessante pioggia aveva ridotto quasi a zero.

Elinor aveva visto così poco il signor Palmer, e in quelle brevi occasioni aveva notato tante varietà di comportamento verso di lei e sua sorella che non sapeva cosa attendersi da lui ora che si trovava in seno alla sua famiglia. Lo trovò, tuttavia, un gentiluomo perfetto per tutti i suoi ospiti, solo ogni tanto impaziente verso sua moglie e sua suocera; lo trovò più che in grado di essere un compagno piacevole, col solo limite determinato dalla sua troppo marcata tendenza a considerarsi tanto superiore alla gente in generale quanto doveva sentirsi superiore a Charlotte e alla signora Jennings. Per il resto, per quel che Elinor poté giudicare, il suo carattere e le sue abitudini erano quelli proprie del suo sesso e della sua età. Era accurato nel mangiare, imprevedibile negli appuntamenti; amava il suo bambino, e faceva mostra di disprezzarlo; perdeva oziando al biliardo le mattinate che avrebbe dovuto riservare agli affari. Però le piaceva, nell'insieme, più di quanto si sarebbe aspettata, e in cuor suo era contenta che non le piacesse di più, portata come era dall'epicureismo, dall'egoismo e dalla vanità di lui a ricordare con piacere il carattere generoso di Edward, la semplicità dei suoi gusti e la riservatezza dei suoi sentimenti.

Di Edward, o almeno di alcuni dei suoi interessi, ebbe notizia dal Colonnello Brandon, che era stato di recente nel Dorsetshire e che, rivolgendosi subito a lei come alla disinteressata amica del signor Ferrars, e la propria gentile confidente, le parlò molto del rettorato di Delaford, ne descrisse i difetti e quel che lui intendeva fare personalmente per porvi rimedio. Il suo atteggiamento verso di lei, in quella situazione come in qualsiasi altra, il sincero piacere che dimostrava nel rivederla dopo un'assenza di dieci giorni, la disponibilità a intrattenerla e il rispetto per le sue opinioni, potevano ben giustificare la convinzione della signora Jennings che nutrisse per lei un sentimento serio, e forse sarebbero stati sufficienti a farlo credere alla stessa Elinor, se non avesse saputo fin dall'inizio che la vera preferita era Marianne. A ogni modo, per come stavano le cose, un'idea del genere non le sarebbe nemmeno passata per la testa, se non fosse stato per l'influenza della signora Jennings, e non poteva fare a meno di ritenersi un'osservatrice più acuta di quest'ultima; lei guardava gli occhi del Colonnello, mentre la signora Jennings ne vedeva solo il comportamento; e mentre i suoi sguardi di ansiosa sollecitudine per il fatto che Marianne si sentiva, in testa e in gola, l'inizio di un grosso raffreddore, dato che non erano espressi a parole, sfuggivano completamente all'osservazione della signora, lei vi riconosceva le improvvise emozioni e le eccessive preoccupazioni dell'innamorato.

Due deliziose passeggiate al tramonto, il terzo e il quarto giorno, non solamente sulla ghiaia asciutta del viale ma attraverso i campi, e soprattutto negli angoli più raccolti, dove c'era qualcosa di più selvaggio, dove gli alberi erano più vecchi e l'erba più alta e piena di rugiada, avevano procurato a Marianne, insieme alla ancor più grave imprudenza di non essersi cambiata calze e scarpe bagnate, un raffreddore così forte che, trascurato o negato per un paio di giorni, finì con l'esplodere, con l'aumento dei sintomi, imponendosi all'attenzione di tutti e perfino di lei stessa. Le prescrizioni piovvero da ogni parte e, come al solito, furono tutte respinte. Pur se oppressa e febbricitante, con tutte le ossa doloranti, la tosse e il mal di gola, Marianne dichiarava che una buona notte di riposo sarebbe stata la cura migliore; e fu con difficoltà che Elinor poté far sì che, andando a letto, provasse uno o due dei rimedi più semplici.

Capitolo quarantatreesimo

La mattina successiva Marianne si alzò alla solita ora; a ogni domanda rispose che stava meglio, e cercò di dimostrarlo a se stessa dedicandosi alle consuete occupazioni. Ma una giornata passata a sedere rabbrividendo accanto al fuoco, con in mano un libro che non riusciva a leggere, o distesa, stanca e abbattuta, sopra un sofà, non deponeva certo a favore del suo miglioramento; e quando alla fine se ne andò a letto di buonora, sempre più indisposta, il Colonnello Brandon si meravigliò della calma di sua sorella, che, pur avendola vigilata e curata tutto il giorno, e costretta suo malgrado a prendere le medicine del caso, confidava, anche lei, sulla certezza e l'efficacia di un bel sonno, e non era veramente allarmata.

Una notte molto inquieta e febbrile deluse tuttavia le aspettative di entrambe; e quando Marianne, dopo aver insistito per alzarsi, confessò di non essere capace di stare in piedi, e tornò spontaneamente a letto, Elinor fu pronta a seguire il consiglio della signora Jennings, di mandare cioè a chiamare lo speziale dei Palmer.

Costui venne, esaminò la paziente e, pur incoraggiando la signorina Dashwood a sperare che nel giro di pochissimi giorni sua sorella sarebbe guarita, dichiarò che si trattava di setticemia; ed essendosi lasciato sfuggire dalle labbra la parola «infezione», suscitò immediatamente la paura della signora Palmer, per via del bambino. La signora Jennings, che fin dal principio era stata incline a ritenere l'indisposizione di Marianne più grave di quanto Elinor non credesse, assunse un'aria molto seria alla diagnosi del signor Harris, e giustificando le paure e le precauzioni di Charlotte, insistette sulla necessità che si allontanasse subito col piccino; mentre il signor Palmer, pur ritenendo superflue le loro apprensioni, capì che era impossibile opporsi all'ansia e all'insistenza di sua moglie. Fu quindi decisa la partenza di Charlotte; e un'ora dopo l'arrivo del signor Harris questa si mise in viaggio, con il bimbo e la balia, verso la casa di un parente del signor Palmer che abitava a poche miglia di distanza, dall'altra parte di Bath; in seguito alle sue fervide richieste, suo marito promise di raggiungerla un paio di giorni dopo; lei avrebbe voluto che l'accompagnasse anche sua madre, che fu pregata con la stessa insistenza. Ma la signora Jennings, con una bontà d'animo che la rese profondamente cara a Elinor, dichiarò la propria decisione di non muoversi da Cleveland finché Marianne era ammalata, e di tentare, con le sue attente cure, di prendere presso di lei il posto della madre a cui l'aveva tolta; ed Elinor la trovò, in tutte le occasioni, una compagna estremamente attiva e piena di buona volontà, sempre pronta a dividere le sue fatiche e spesso, grazie alla sua migliore esperienza d'infermiera, di grande aiuto.

La povera Marianne, fiacca e scoraggiata per il genere del suo male e piena di dolori, non poteva più sperare che il giorno successivo la trovasse ristabilita; anzi l'idea di quel che avrebbe promesso l'indomani, se non fosse stato per quello sfortunato malanno, rendeva la sua malattia ancora più pesante da sopportare, perché il giorno successivo avrebbero dovuto iniziare il viaggio di ritorno a casa e, accompagnate per tutta la strada da un domestico della signora Jennings, cogliere la mamma di sorpresa il pomeriggio seguente. Quel poco che diceva era un continuo lamento per quell'inevitabile rinvio, anche se Elinor cercava di rianimarla facendole credere, come realmente lei stessa credeva, che sarebbe stato molto breve.

Il giorno successivo portò pochi cambiamenti, o meglio nessuno, nello stato della paziente; di certo non stava meglio, ma se non per il fatto che non c'era miglioramento, non stava nemmeno peggio. Il loro gruppo fu ridotto ancora, perché il signor Palmer, pur molto riluttante ad andarsene, tanto per vera umanità e generosità d'animo quanto per resistenza a mostrare di essersi lasciato spaventare da sua moglie, fu infine convinto dal Colonnello Brandon a mantenere la promessa di seguirla; e mentre si apprestava ad andarsene, il Colonnello stesso, compiendo uno sforzo ben maggiore, cominciò a parlare di andarsene anche lui. A questo punto la cortesia della signora Jennings si interpose, in modo certo opportuno; mandare via il Colonnello, infatti, proprio in quel momento in cui la sua amata era in tale stato di agitazione per via della sorella, sarebbe stato, a suo parere, privare entrambi di ogni conforto; e così, dicendogli immediatamente che la sua permanenza a Cleveland era necessaria a lei, che avrebbe avuto bisogno della sua compagnia per giocare a piquet la sera, quando la signorina Dashwood era al piano di sopra con la malata, ecc., ecc., tanto disse e tanto fece perché rimanesse che lui non poté più fingersi restio ad accettare quello che costituiva il più vivo desiderio del suo cuore; tanto più che l'insistenza della signora Jennings fu assecondata con gran calore dallo stesso signor Palmer, che pareva veramente sollevato all'idea di lasciarsi dietro una persona tanto capace di assistere o consigliare la signorina Dashwood in qualsiasi evenienza.

Marianne, naturalmente, fu tenuta all'oscuro di tutte quelle manovre. Lei non sapeva di essere stata la causa che aveva allontanato da casa i padroni di Cleveland, solo sette giorni dopo il loro arrivo. Non si meravigliava di non vedere mai la signora Palmer; e siccome la cosa non la interessava, non pronunziò mai il suo nome.

Passarono due giorni dalla partenza del signor Palmer, e la situazione rimaneva, più o meno, la stessa. Il signor Harris, che veniva ogni giorno, parlava ancora di una pronta guarigione, e la signorina Dashwood si sentiva ugualmente fiduciosa; ma le previsioni degli altri non erano altrettanto allegre. La signora Jennings aveva deciso molto presto, all'insorgere della malattia, che Marianne non l'avrebbe superata, e il Colonnello, che era molto utile per stare ad ascoltare i suoi presentimenti, non pareva in uno stato d'animo tale da poter resistere a quell'influenza. Cercava di ragionare per liberarsi dalle paure che il giudizio dello speziale sembrava rendere assurdi; ma le lunghe ore del giorno in cui era lasciato del tutto solo erano fin troppo favorevoli ad albergare le idee più cupe, e lui non riusciva ad allontanare dalla mente la convinzione che non avrebbe mai più visto Marianne.

La mattina del terzo giorno, però, i tetri timori di entrambi furono quasi fugati, perché il signor Harris affermò che la sua paziente era sostanzialmente migliorata. Il polso era più forte, e tutti i segni erano più favorevoli di quanto non fossero nella visita precedente. Elinor, vedendo confermate le sue speranze, era piena d'animazione, e si rallegrò di aver seguìto il proprio giudizio anziché quello dei suoi amici, nelle lettere a sua madre, dando poca importanza alla malattia che le tratteneva a Cleveland; e stava quasi per stabilire il giorno in cui Marianne avrebbe potuto mettersi in viaggio.

Ma la giornata non si chiuse in modo così propizio come era cominciata. Verso sera Marianne si aggravò di nuovo, divenendo più oppressa, irrequieta e sofferente di prima. La sorella, però, sempre coraggiosa, era pronta ad attribuire il cambiamento alla stanchezza per essersi alzata per permettere che le rifacessero il letto; e, dopo averle somministrato coscienziosamente i cordiali prescritti, la vide con soddisfazione crollare infine in un sonno da cui si aspettava i più benefici effetti. Il sonno, anche se non fu così tranquillo come lei avrebbe voluto vederlo, durò a lungo; e, ansiosa di osservarne personalmente il risultato, lei decise di vegliare la sorella, mentre la signora Jennings, non sapendo nulla del cambiamento nello stato della malata, andò a letto insolitamente presto; la sua cameriera, che era una brava infermiera, riposava nella stanza della governante, ed Elinor rimase sola con Marianne.

Il riposo dell'inferma divenne sempre più agitato; e la sorella, che osservava con attenzione costante i continui cambiamenti di posizione e udiva i frequenti ma inarticolati lamenti che le uscivano dalle labbra, avrebbe quasi voluto scuoterla da un sonno così penoso, quando Marianne, improvvisamente risvegliata da qualche accidentale rumore nella casa, si drizzò a sedere e, con febbrile agitazione, gridò:

«Ma la mamma non arriva?».

«Non ancora», rispose l'altra, nascondendo il suo terrore e aiutandola a distendersi di nuovo, «ma spero che sarà qui tra poco. È molto lontano, sai, da qui a Barton.»

«Ma non deve passare da Londra», esclamò Marianne con la stessa precipitazione. «Se va a Londra, non la vedrò mai più.»

Elinor si accorse, con spavento, che non era in sé, e mentre cercava di tranquillizzarla le tastò ansiosamente il polso. Era più basso e più rapido che mai! E siccome Marianne continuava a delirare parlando della mamma, i suoi timori crebbero tanto da risolverla a mandare a chiamare subito il signor Harris e inviare un messaggio a Barton. Appena ebbe preso questa decisione, le venne in mente che per compiere quest'ultimo passo il mezzo migliore fosse consultare il Colonnello; così, appena ebbe suonato per la cameriera, perché prendesse il suo posto accanto alla sorella, si affrettò a scendere in salotto, dove sapeva che in genere il loro amico si tratteneva fino a un'ora anche molto più tarda.

Non c'era tempo per le esitazioni. Le paure, le difficoltà di Elinor gli furono immediatamente esposte. Le paure, lui non ebbe né il coraggio né la fiducia necessari per allontanarle; le ascoltò con silenziosa disperazione; ma le difficoltà furono immediatamente risolte, perché con una prontezza tale da far pensare che la situazione e il suo intervento fossero già previsti nella sua mente, si offrì di andare personalmente a prendere la signora Dashwood. In breve tempo, ogni opposizione di Elinor fu tranquillamente vinta. Lei lo ringraziò con intensa, se pur concisa gratitudine, e mentre il Colonnello si apprestava a spedire in tutta fretta il suo domestico dal signor Harris e a ordinare che i cavalli fossero preparati immediatamente, scrisse in fretta due righe per sua madre.

Il conforto di avere, in un momento del genere, un amico come il Colonnello Brandon, un simile compagno per sua madre... con quanta gratitudine era sentito! Un compagno il cui giudizio l'avrebbe guidata, la cui assistenza l'avrebbe sostenuta, la cui amicizia l'avrebbe potuta consolare! Anche se il colpo di un tale annuncio non poteva esserle alleviato, la sua presenza, il suo comportamento, la sua assistenza l'avrebbero attutito.

Lui, intanto, quali che fossero le sue emozioni, agiva con tutta la fermezza di una mente padrona della situazione, prendeva tutte le decisioni necessarie con la massima rapidità e calcolava con precisione l'ora in cui si sarebbe potuto attendere il suo ritorno. Non fu perso nemmeno un momento in indugi di nessun genere. I cavalli giunsero ancor prima del previsto, e, dopo avere stretto la mano di Elinor con uno sguardo solenne e poche parole pronunciate a voce troppo bassa per essere comprese da lei, il Colonnello entrò veloce nella carrozza. Era quasi mezzanotte, ed Elinor tornò nella camera della sorella, a vegliarla in attesa dell'arrivo dello speziale. Fu una notte di sofferenza quasi uguale per entrambe. Per Marianne le ore trascorsero una dopo l'altra in una pena insonne e nel delirio, mentre per Elinor passarono nell'ansia più atroce. Una volta risvegliate le sue apprensioni, pagava con il loro eccesso la precedente tranquillità; e la cameriera che vegliava con lei, giacché lei non aveva permesso che fosse chiamata la signora Jennings, non faceva che torturarla ancor di più accennando continuamente alle previsioni della sua padrona.

Le idee di Marianne erano ancora, a intervalli, incoerenti e fisse su sua madre, e ogni volta che la nominava feriva il cuore della povera Elinor, che, rimproverandosi per non avere dato importanza a tanti giorni di malattia, e desiderosa di trovare un po' di sollievo, sospettava con terrore che ogni tentativo dovesse ormai essere inutile, ché troppo era stato l'indugio; e dipingeva a se stessa la scena della povera madre che giungeva troppo tardi per rivedere la sua amata creatura, o per vederla cosciente.

Era sul punto di mandare di nuovo a chiamare il signor Harris, o, se questi non poteva venire, a sollecitare il parere di qualcun altro, quando (erano ormai le cinque del mattino) lo speziale si presentò. L'opinione che espresse servì a far perdonare, in certa misura, il suo ritardo, perché riconoscendo un peggioramento, del tutto inaspettato, nelle condizioni della paziente, sosteneva che non c'era un vero e proprio pericolo, e parlava del sollievo che avrebbe garantito un nuovo metodo di cura con una fiducia, che, anche se in minor grado, si comunicò a Elinor. Promise di ritornare nel giro di tre o quattro ore, e lasciò la paziente e la sua angosciata infermiera più calme di come le aveva trovate.

Con molto dispiacere, e molti rimproveri perché non l'avevano chiamata in loro aiuto, la signora Jennings seppe, la mattina, quel che era successo. Le sue antiche preoccupazioni, ora ritornate, e con maggior ragione, non le lasciavano dubbi sull'esito dell'evento; e anche se cercava di offrire conforto a Elinor, la convinzione del pericolo in cui versava Marianne non le consentiva di offrirle il conforto della speranza. Era sinceramente addolorata. Il rapido peggioramento, la morte prematura di una creatura così giovane e bella avrebbero colpito anche una persona non direttamente interessata; ma in lei la compassione aveva ben altri diritti. Marianne era stata per tre mesi a casa sua, ed era ancora affidata a lei, si sapeva che era stata gravemente ferita, e che da parecchio tempo era infelice. Aveva inoltre davanti agli occhi il dolore della sorella, da lei prediletta; e quanto alla loro madre, quando la signora Jennings pensava che Marianne doveva probabilmente rappresentare per lei quel che Charlotte rappresentava per lei stessa, la sua partecipazione alla sua sofferenza era veramente sincera.

Il signor Harris fu puntuale nella sua seconda visita; ma le sue speranze, in merito a quel che si attendeva di trovare, rimasero deluse. Le medicine da lui somministrate non avevano avuto effetto; la febbre non si era abbassata, e Marianne era solo più tranquilla (ma non più in sé) perché calata in un pesante torpore. Elinor, ritrovando in un momento tutte, e più che tutte, le sue paure, propose di chiedere il parere di qualcun altro. Lui tuttavia ritenne che non fosse necessario; aveva ancora qualcosa da provare, qualche nuovo medicamento, del cui risultato era fiducioso come lo era stato del precedente, e chiuse la visita con incoraggianti assicurazioni che raggiungevano l'orecchio, ma non potevano entrare nel cuore della signorina Dashwood. Questa era calma, eccetto quando pensava a sua madre, ma priva di speranza; e in questo stato rimase fino a mezzogiorno, senza mai spostarsi, si può dire, da quel capezzale, e i suoi pensieri vagavano da un'immagine di sofferenza a un'altra, da un amico angosciato a un altro, afflitta fino allo spasimo dalla conversazione della signora Jennings, che non si faceva scrupolo di attribuire la virulenza e la gravità di quell'attacco alle molte settimane di sofferenza causate dalla delusione subita da Marianne. Elinor comprendeva che quest'idea era più che plausibile, e ciò non faceva che aumentare il dolore portato dalle sue riflessioni.

Verso mezzogiorno, tuttavia, cominciò (ma con cautela, con un terrore di sbagliare che per qualche tempo la trattenne dal parlarne, sia pure con l'amica) a immaginare, a sperare di sentire un leggerissimo miglioramento nel polso di sua sorella; attese, guardò, riesaminò più e più volte; e alla fine, con un'agitazione più difficile a nascondere sotto la calma esteriore della precedente angoscia, si azzardò a comunicare le sue speranze. La signora Jennings, pur costretta a riconoscere a sua volta una temporanea ripresa, tentò di trattenere la sua giovane amica dall'abbandonarsi a ritenerla durevole; ed Elinor stessa, vincendo ogni sua resistenza, cercava di indursi a non nutrire speranze. Ma era troppo tardi; la speranza era già entrata, e sentendone l'ansioso palpitare, si chinava sulla sorella per vedere... non sapeva nemmeno lei cosa. Passò mezz'ora, e i segni positivi continuavano a incoraggiare le aspettative. Anzi, se ne aggiungevano anche altri, a confermarle. Il respiro, la pelle, le labbra, tutto induceva Elinor a distinguere nuovi segni di miglioramento, e Marianne la fissava con uno sguardo languido, ma lucido. Ansia e speranza la tormentavano ora in uguale misura, e non le consentirono un attimo di tranquillità, fino all'arrivo del signor Harris, alle quattro; quando le sue rassicurazioni e le sue felicitazioni per il miglioramento di sua sorella, che era perfino superiore alle aspettative, le dettero fiducia, conforto e lacrime di gioia.

Marianne stava, da ogni punto di vista, molto meglio, e lui la dichiarò fuori pericolo. La signora Jennings, forse soddisfatta della parziale giustificazione delle sue previsioni, consentì a se stessa di affidarsi al suo giudizio, e ammise prima con gioia sincera, e subito dopo con inequivocabile allegria, la probabilità di una completa guarigione.

Elinor non poteva essere allegra. La sua gioia era di un altro tipo, e portava a tutto eccetto che all'allegria. Marianne restituita alla vita, alla salute, agli amici, all'amore della madre, era un pensiero che riempiva il suo cuore di un sollievo infinito, e si espandeva in intensa gratitudine; però non la portava a dimostrazioni esteriori di gioia, non a parole, non a sorrisi. Tutto, nel cuore di Elinor, era soddisfazione, ma profonda e silenziosa.

Rimase accanto alla sorella, con pochissimi intervalli, tutto il pomeriggio, calmando ogni timore, soddisfacendo ogni richiesta del suo spirito esausto, quasi controllandone ogni sguardo e ogni respiro. Naturalmente la possibilità di una ricaduta sopraggiungeva, di tanto in tanto, a ricordarle cos'era l'angoscia; ma quando, dopo minuziosi e ripetuti esami, vide che tutti i sintomi di guarigione continuavano, quando vide Marianne, alle sei, sprofondare in un sonno calmo, regolare e, secondo tutte le apparenze, salutare, fece tacere ogni dubbio.

Si avvicinava ormai il momento in cui ci si poteva attendere il ritorno del Colonnello Brandon. Alle dieci, o poco più tardi, a quel che Elinor calcolava, sua madre sarebbe stata sollevata dal terribile stato di apprensione in cui certo in quel momento viaggiava verso di loro. E il Colonnello, anche lui! Anche lui meritava forse quasi la stessa pietà! Oh, come era lento il trascorrere del tempo che li teneva ancora nell'ignoranza!

Alle sette, lasciando Marianne sempre dolcemente addormentata, Elinor raggiunse la signora Jennings in salotto, per prendere il tè. Dato che la sua paura all'ora di colazione e la sua felicità a pranzo non le avevano consentito di mangiare quasi nulla, quello spuntino, arricchito dalla contentezza che lei vi portava, le fu particolarmente gradito. Quando ebbe finito, la signora Jennings voleva persuaderla a riposare un po' prima dell'arrivo della mamma, e prendere il suo posto accanto a Marianne; ma Elinor non provava il minimo senso di stanchezza, non aveva un briciolo di sonno in quel momento, e non fu possibile staccarla dalla sorella nemmeno un attimo, per quanto la sua presenza non fosse minimamente necessaria. La sua vecchia amica, quindi, dopo averla accompagnata nella camera dell'inferma, per assicurarsi che tutto procedesse bene, la lasciò di nuovo alla sua veglia e alle sue riflessioni, e si ritirò in camera per scrivere lettere e per coricarsi.

La serata era fredda e tempestosa. Il vento ululava intorno alla casa e la pioggia batteva alle finestre; ma Elinor, piena di felicità, non ci faceva caso. Marianne dormiva, nonostante il temporale, e quanto ai viaggiatori, quale ricco premio avevano in serbo, a compensare tutti i disagi presenti!

L'orologio batté le otto. Se fossero state le dieci, Elinor sarebbe stata convinta di aver sentito, in quel momento, una carrozza avvicinarsi; e così viva fu quell'impressione, che, a dispetto della quasi assoluta impossibilità che le persone che attendevano fossero già arrivate, entrò nel vicino spogliatoio e socchiuse una persiana, per accertarsi di come stavano le cose. Immediatamente vide che l'udito non l'aveva ingannata. Si vedevano luccicare le lampade di una carrozza. Alla loro incerta luce le parve di capire che fosse trainata da quattro cavalli; e questo, se testimoniava il terribile spavento della sua povera madre, poteva anche spiegare quella inaspettata velocità.

Mai, in vita sua, Elinor aveva trovato così difficile mantenere la calma come in quel momento. Consapevole di ciò che sua madre doveva provare mentre la carrozza si fermava davanti alla porta, dei suoi dubbi, della sua paura e forse della sua disperazione, e di tutto quanto aveva da dirle, non riusciva a dominarsi. Non c'era tempo da perdere, e lasciata la cameriera con Marianne corse giù per le scale.

Il rumore che veniva dal vestibolo, mentre attraversava il corridoio, le confermò che i viaggiatori erano già in casa. Si precipitò nel salotto, entrò... e vide solo Willoughby.

Capitolo quarantaquattresimo

Elinor, indietreggiando piena d'orrore alla sua vìsta, obbedì al primo impulso del cuore girandosi immediatamente per uscire dalla stanza, ed era già con la mano sulla maniglia quando fu trattenuta da Willoughby, che fece un passo avanti e disse, in tono di comando, più che di supplica:

«Signorina Dashwood, per mezzora... per dieci minuti... vi prego di rimanere».

«No, signore», replicò lei con fermezza. «Non rimarrò qui. Certo voi non potete essere qui per me. I domestici, immagino, hanno dimenticato di dirvi che il signor Palmer non è in casa.»

«Se anche mi avessero detto», esclamò lui con veemenza, «che il signor Palmer e tutti i suoi sono andati all'inferno, non mi avrebbero fatto allontanare da questa porta. Devo vedere voi, e voi sola.»

«Vedere me!», rispose Elinor al colmo dello stupore. «Ebbene... signore... siate breve... e, se potete, meno violento.»

«Sedetevi, e io sarò entrambe le cose.»

Lei esitò; non sapeva che fare. Le attraversò la mente la possibilità che il Colonnello Brandon arrivasse e lo trovasse là. Ma aveva promesso di ascoltarlo, e la sua curiosità non era meno viva del suo senso dell'onore. Così, dopo averci pensato un momento, concludendo che la prudenza richiedeva la fretta e che la sua disponibilità era il miglior modo per favorirla, si avvicinò in silenzio alla tavola e sedette. Lui prese la sedia di fronte, e per mezzo minuto tacquero tutt'e due.

«Vi prego di affrettarvi, signore», disse Elinor, impaziente. «Non ho tempo da perdere.»

Lui stava seduto in atteggiamento di profonda meditazione, e sembrò non averla neppure udita.

«Vostra sorella», disse all'improvviso, un momento dopo, «è fuori pericolo. L'ho sentito dal domestico. Che Dio sia lodato! Ma è vero?... È proprio vero?»

Elinor non rispose. Lui ripeté la domanda con ansia maggiore.

«Per amor di Dio, ditemelo, è fuori pericolo o no?»

«Speriamo di sì.»

Lui si alzò e cominciò a camminare per la stanza.

«Se lo avessi saputo mezzora fa... Ma visto che sono qui», aggiunse, con vivacità forzata, tornando a sedere, «cosa importa? Per una volta, signorina Dashwood, e forse sarà l'ultima, ci rallegreremo insieme. Ho proprio voglia di essere allegro. Ditemi, onestamente», e un vivo rossore gli si diffuse sulle guance, «mi credete un furfante o un imbecille?»

Elinor lo guardava più sbalordita che mai. Cominciò a pensare che avesse bevuto; la stravaganza di quella visita e di quelle maniere non era spiegabile altrimenti; e con quell'impressione si alzò subito, dicendo:

«Signor Willoughby, vi consiglio di tornare subito a Combe Magna.

Non ho tempo di stare ancora qui con voi. Qualunque cosa vogliate da me, potrà essere meglio formulata e spiegata domani».

«Vi capisco», rispose lui con un sorriso espressivo e una voce assolutamente calma. «Sì, sono molto ubriaco. Una pinta di birra scura col mio arrosto freddo a Marlborough è bastata a darmi alla testa.»

«A Marlborough!», esclamò Elinor, sempre più incapace di capire a cosa mirasse.

«Sì, ho lasciato Londra stamattina alle otto, e i soli dieci minuti che ho trascorso fuori del mio birroccio sono stati per procurarmi qualcosa da mangiare a Marlborough.»

La serietà dei suoi modi e la limpidezza del suo sguardo convinsero Elinor che, qualunque fosse l'imperdonabile follia che l'aveva portato a Cleveland, non era certo l'ubriachezza; e dunque disse, dopo un attimo di riflessione:

«Signor Willoughby, dovreste capire, come io certamente capisco, che dopo quanto c'è stato... il vostro venire qui, in questo modo, imponendomi la vostra presenza, necessita una scusa specialissima. Dove volete arrivare, con questo?».

«Voglio», rispose lui con vigorosa serietà, «farmi odiare da voi un po' meno di quanto mi odiate adesso. Voglio offrirvi una specie di spiegazione, delle scuse per il passato; aprirvi il cuore e convincervi che se sono stato sempre un imbecille, non sono stato sempre un furfante; ottenere qualcosa che si avvicini al perdono di Ma... di vostra sorella.»

«È questa la vera ragione della vostra venuta?»

«Sull'anima mia, è questa», fu la risposta che lui dette, con un calore che riportò al ricordo di Elinor l'antico Willoughby e che, suo malgrado, glielo fece credere sincero.

«Se questo è tutto, potete essere soddisfatto; perché Marianne vi perdona, vi ha già perdonato.»

«Ah, sì?», esclamò lui con lo stesso fervore. «Allora mi ha perdonato prima del tempo. Ma mi perdonerà ancora, e su basi molto più ragionevoli. Adesso, mi volete ascoltare?»

Elinor fece un cenno d'assenso con il capo.

«Non so», disse lui dopo un silenzio d'attesa da parte di lei, e di raccoglimento da parte sua, «come potrete avere giudicato la mia condotta verso vostra sorella; o quale diabolica motivazione possiate avermi attribuito. Forse non penserete più bene di me... ma comunque vale la pena di tentare; saprete tutto. Quando cominciai a diventare intimo amico della vostra famiglia, non avevo altra intenzione, altra prospettiva che quella di trascorrere piacevolmente il tempo che dovevo passare nel Devonshire; più piacevolmente del solito. La bellezza di vostra sorella e le sue maniere accattivanti non potevano non piacermi; e il suo comportamento verso di me, fin dal principio, fu tale... Mi sembra straordinario, quando penso a come si comportava, a come era, che il mio cuore sia stato tanto insensibile! Ma all'inizio, devo confessarlo, non risvegliò che la mia vanità. Incurante del suo bene, pensando solo al mio divertimento, dando libera espressione a sentimenti a cui ero abituato a indulgere anche troppo, cercai con ogni mezzo di risvegliare la sua simpatia, senza nessuna intenzione di ricambiare il suo affetto.»

A questo punto la signorina Dashwood, appuntando su di lui uno sguardo carico di furente disprezzo, disse:

«Non credo valga la pena, signor Willoughby, che mi riferiate e che io ascolti più oltre. Un inizio del genere non può condurre a nulla. Non procuratemi sofferenza facendomi ascoltare altre cose simili».

«Insisto perché ascoltiate tutto», rispose lui. «Non sono mai stato ricco, e ho sempre avuto la tendenza a spendere, a unirmi a persone con un reddito maggiore del mio. Ogni anno, raggiunta la maggiore età, e anche prima, credo, i miei debiti aumentavano, e anche se la morte della signora Smith, la mia vecchia cugina, mi avrebbe sistemato, siccome questo evento era incerto, e probabilmente ancora lontano, avevo da parecchio tempo l'intenzione di mettermi a posto sposando una donna ricca. Quindi, a legarmi a vostra sorella non ci pensavo nemmeno; e con una meschinità, un egoismo, una crudeltà per le quali nessuno sguardo indignato e sprezzante, neppure il vostro, signorina Dashwood, potrà mai rimproverarmi a sufficienza, mi comportavo così, cercando di conquistare il suo affetto, senza minimamente pensare a ricambiarlo. Ma una cosa si può dire a mia difesa, nonostante il mio terribile egoismo e vanità. Io non sapevo quanto fosse grande il danno che progettavo, perché non immaginavo, allora, cosa volesse dire amare. Ma l'ho mai saputo? C'è da dubitarne, perché se avessi amato veramente, avrei potuto sacrificare i miei sentimenti alla vanità, ai calcoli meschini? O, più ancora di questo, avrei potuto sacrificare i suoi? Tuttavia l'ho fatto. Per scampare a una relativa povertà, che il suo affetto e la sua compagnia avrebbero reso assai meno terribile, per raggiungere la ricchezza, ho perduto tutto ciò che poteva fare di quella ricchezza una benedizione.»

«Dunque avete creduto», disse Elinor, un po' addolcita, «una volta, di amarla.»

«Resistere a quelle attrazioni, opporsi a quella tenerezza... esiste uomo al mondo che avrebbe potuto farlo? Sì, a poco a poco, per gradi quasi impercettibili, mi sono trovato sinceramente attaccato a lei, e le ore più felici della mia vita sono state quelle passate al suo fianco, quando sentivo che le mie intenzioni erano del tutto onorevoli e i miei sentimenti irreprensibili. Anche allora tuttavia, quando ero fermamente deciso a dichiararmi, consentivo a me stesso di rimandare, giorno per giorno, il momento di farlo, per una riluttanza a impegnarmi mentre la mia situazione finanziaria era tanto dissestata. Non voglio discutere ora, né voglio interrompermi perché voi possiate rendervi conto dell'assurdità (peggio che assurdità!) di essermi fatto scrupolo di impegnare la mia fede quando il mio onore era già impegnato. I fatti hanno dimostrato che ero un folle calcolatore, intento a costruire per me stesso, con la massima attenzione, l'opportunità di rendermi spregevole e infelice per sempre. Alla fine, comunque, presi la mia decisione, e mi risolsi a giustificare, alla prima occasione di parlare da soli, le attenzioni che le avevo sempre rivolto, e a fornirle chiare assicurazioni su quell'affetto che già mi ero dato tanto da fare per manifestare. Ma nel frattempo... nel corso delle pochissime ore che dovevano passare prima che avessi l'occasione di parlarle in privato, si presentò una circostanza, una disgraziata circostanza a distruggere tutta la mia decisione, e con essa, tutto il mio avvenire. Ebbe luogo una scoperta...», e a questo punto esitò e abbassò gli occhi; «la signora Smith era stata informata, non so come, forse da qualche lontano parente che aveva interesse a togliermi il suo favore, di una certa storia, di un legame... ma non ho bisogno di spiegarmi», aggiunse, fissandola con il volto in fiamme e uno sguardo indagatore; «la vostra particolare intimità... probabilmente avrete sentito la storia da molto tempo.»

«Sì», rispose Elinor arrossendo anche lei e irrigidendosi per non sentire di nuovo compassione per lui, «ho sentito tutto. E come possiate spiegarvi in modo da diminuire la vostra colpa in quella terribile storia, confesso che è al di là della mia comprensione.»

«Ricordatevi», esclamò Willoughby, «da chi l'avete saputo. Poteva forse essere un narratore imparziale? Riconosco che dovrei rispettare la sua situazione, il suo carattere; non desidero giustificarmi, ma allo stesso tempo non voglio neppure lasciarvi pensare che io non abbia niente da dire a mia difesa... e che, siccome è stata offesa, quella signorina fosse irreprensibile; che siccome io sono un libertino, lei debba essere una santa. Se la violenza delle sue passioni, la debolezza della sua intelligenza... a ogni modo non intendo difendermi. Il suo affetto per me meritava un trattamento migliore, e ripenso spesso, con intenso rimorso, alla tenerezza che, per un brevissimo tempo, ha potuto creare un contraccambio. Vorrei... vorrei con tutto il cuore che la cosa non fosse successa mai. Ma ho fatto più male a me stesso che a lei; e ho fatto del male a una persona il cui affetto per me (posso dirlo?) era di poco meno ardente di quello di lei, e la cui mente era... oh, infinitamente superiore!»

«Tuttavia la vostra indifferenza verso quella disgraziata ragazza (devo dirlo, per quanto parlare di un simile argomento sia per me penoso) la vostra indifferenza non è una scusa per averla abbandonata così crudelmente. Nessuna debolezza, nessun difetto da parte di lei può far perdonare, credetemi, la capricciosa crudeltà così evidente da parte vostra. Dovevate saperlo, mentre vi prendevate il vostro sollazzo nel Devonshire, coltivando nuovi piani di seduzione, sempre lieto, sempre felice, che lei era ridotta a un'estrema indigenza.»

«Ma sull'anima mia, io *non* lo sapevo», rispose lui con calore, «non ricordavo di avere mancato di darle il mio indirizzo; e il buon senso avrebbe dovuto farle capire come trovarlo.»

«Ebbene, e cosa ha detto la signora Smith?»

«Lei mi ha subito rinfacciato la mia colpa, ed è facile immaginare la mia confusione. La purezza della sua vita, la convenzionalità delle sue idee, la sua ignoranza del mondo, tutto era contro di me. Non ho potuto negare quanto era accaduto, e ogni tentativo di limitarne la gravità è stato vano. Credo fosse già portata a dubitare della moralità della mia condotta in generale, e oltretutto era scontenta per le scarsissime premure, il pochissimo tempo che le avevo dedicato durante quella visita. In breve, si finì con una rottura definitiva. Lo strumento per salvarmi l'avrei avuto. Nella sua nobile concezione della morale, la povera donna mi offrì di perdonarmi tutto se avessi sposato Eliza. Questo era impossibile, così sono stato formalmente allontanato dal suo favore e dalla sua casa. Passai tutta la notte (dovevo andarmene la mattina successiva) a progettare la mia futura linea di condotta. La lotta fu violenta, ma troppo breve. Il mio affetto per Marianne, la mia assoluta convinzione del suo affetto per me... tutto fu insufficiente a contrastare quel terrore della povertà, o a sconfiggere quelle false idee sulla necessità di essere ricco che ero naturalmente portato a nutrire, e che le compagnie dispendiose che avevo frequentato avevano accresciuto. Avevo motivo di ritenermi sicuro della donna che avevo scelto, e sono riuscito a persuadermi che la più comune prudenza non mi permetteva altro. Mi attendeva tuttavia una scena molto penosa, però, prima che potessi allontanarmi dal Devonshire; proprio quel giorno ero atteso a pranzo da loro, ed era opportuno trovare una scusa per non mantenere l'impegno. Se dovessi mandare quelle scuse per iscritto, o recitarle a voce, fu un punto che dibattei a lungo dentro di me; sentivo che sarebbe stato terribile vedere Marianne, e dubitavo perfino di poterla rivedere e mantenere la decisione presa. In questo caso, tuttavia, sottovalutai la mia forza d'animo, come dimostrarono i fatti, perché andai, la vidi, e la vidi disperata, e la lasciai disperata... la lasciai, sperando di non rivederla mai più.»

«Ma perché siete venuto, signor Willoughby? Un biglietto poteva servire allo scopo. Perché era necessaria la vostra visita?»

«Era necessaria al mio orgoglio. Non potevo tollerare di lasciare il paese in un modo che potesse portare voi, o gli altri del vicinato, a sospettare qualcosa di quel che realmente era accaduto fra la signora Smith e me, e quindi decisi di fermarmi al villino andando a Honiton. Vedere la vostra cara sorella, tuttavia, fu atroce; e per aggravare le cose, la trovai sola. Voi eravate andate tutte non so dove. L'avevo lasciata solo la sera prima, così pienamente, così fermamente deciso dentro di me ad agire in modo degno! Poche ore ancora, e sarebbe stata legata a me per sempre; ricordo come ero contento, come ero entusiasta tornando dal villino ad Allenham, in pace con me stesso, in pace con tutti! Ma in quel nostro ultimo incontro d'amicizia mi sono avvicinato a lei con un senso di colpa che mi toglieva quasi la capacità di mentire. Il suo dolore, il suo disappunto, il suo profondo rammarico, quando le ho detto che ero obbligato a lasciare il Devonshire così all'improvviso... non lo potrò mai dimenticare; unito com'era, poi, a tanta certezza, a tanta fiducia in me! Oh Dio! Che crudele furfante sono stato!»

Rimasero entrambi in silenzio per qualche momento. Elinor fu la prima a parlare.

«Le avete detto che sareste tornato presto?»

«Non so cosa le ho detto», rispose lui, impaziente, «meno di quel che era dovuto, dato quanto era già accaduto, senza dubbio, e con ogni probabilità molto più di quel che è stato giustificato dagli eventi successivi. Non posso pensarci... non posso. Poi è venuta la vostra cara madre a peggiorare le mie torture, con la sua gentilezza e la sua fiducia. Grazie al cielo, è stata una vera tortura! Ero infelicissimo. Signorina Dashwood, non avete idea del sollievo che provo nel continuare a ricordare la mia pena. Nutro un tale risentimento verso di me per la sciocca, scellerata follia del mio cuore, che adesso ogni passata sofferenza è per me trionfo ed esultanza. Ebbene, me ne sono andato, ho lasciato tutto quel che amavo, per andare da coloro ai quali ero, nel migliore dei casi, indifferente. Il mio viaggio verso la città, dato che ero solo con i miei cavalli, fu assai tedioso; non potei scambiare una parola con anima viva; e i miei pensieri erano così lieti; tutto, quando guardavo dinanzi a me, era così invitante; e quando mi volgevo indietro, a Barton, il quadro offriva una tale consolazione; oh, è stato proprio un bel viaggio!»

Si interruppe.

«Ebbene, signore», disse Elinor che, pur impietosita, era sempre più impaziente che se ne andasse, «è tutto?»

«Tutto! No... avete dimenticato quel che avvenne a Londra? Quella lettera infame! Ve l'ha fatta vedere?»

«Sì, ho visto tutte le lettere che vi siete scambiate.»

«Quando ricevetti la sua prima lettera (e la ricevetti immediatamente, perché sono stato sempre in città) quel che sentii è... non si può esprimere con le comuni parole; forse, con una semplice parola... troppo semplice per suscitare commozione... i miei sentimenti erano molto, molto dolorosi. Ogni riga, ogni parola, era (secondo l'abusata metafora che la cara scrivente, se fosse qui, m'impedirebbe di usare) una pugnalata al mio cuore. Sapere Marianne in città è stato, per usare lo stesso linguaggio, un colpo di fulmine. Fulmini e pugnali! Come mi rimprovererebbe lei per queste espressioni! Il suo gusto, le sue opinioni... credo di conoscerle meglio delle mie... e di certo mi sono più care.»

Il cuore di Elinor che, durante quella straordinaria conversazione, aveva subito molti cambiamenti, era adesso nuovamente addolcito; eppure, lei sentì il dovere di frenare quel genere di pensieri nel suo interlocutore.

«Questo non va bene, signor Willoughby. Ricordatevi che siete un uomo sposato. Riferite solo quello che, secondo coscienza, credete necessario che io ascolti.»

«Marianne, assicurandomi che le ero sempre caro come nei giorni passati e che nonostante le molte, molte settimane di distacco ero sempre presente nei suoi sentimenti, e rivelandomi d'essere piena di fiducia nella costanza dei miei, risvegliò tutti i miei rimorsi. Dico risvegliò, perché il tempo e Londra, gli affari e i divertimenti li avevano fatti tacere fino a un certo punto, e io stavo diventando un insensibile furfante, pensavo che lei mi fosse del tutto indifferente e mi compiacevo di pensare di esserle diventato indifferente allo stesso modo; parlavo a me stesso del nostro passato legame come di un frivolo passatempo, alzando le spalle per dimostrare a me stesso che altro non era, e tacitavo ogni rimprovero, vincevo ogni scrupolo dicendomi, di tanto in tanto: "Sarò sinceramente lieto di saperla ben maritata". Ma quel biglietto mi fece conoscere meglio me stesso. Sentii che mi era incommensurabilmente più cara di qualsiasi donna al mondo e che la stavo trattando in modo indegno. Ma ormai era tutto stabilito con la signorina Grey. Tornare indietro era impossibile. Tutto quel che mi restava da fare era evitare voi e vostra sorella. Non risposi a Marianne, pensando così di salvarmi dal sapere altro di lei, e per qualche tempo fui perfino deciso a non farmi vedere a Berkeley Street; ma poi, pensando che simulare una certa freddezza, come se si fosse trattato di una conoscenza qualsiasi, fosse più saggio, una mattina rimasi ad aspettare che foste uscite tutte di casa, e lasciai il mio biglietto.»

«Avete aspettato che fossimo uscite di casa!»

«Proprio. Sareste sorpresa di sapere quante volte l'ho fatto, quante volte sono stato sul punto d'incontrarvi. In quanti negozi sono entrato per evitare di esser visto, quando passava la carrozza! Abitando a Bond Street, non c'era giorno, si può dire, in cui non vedessi di sfuggita l'una o l'altra di voi; e solo la più costante attenzione da parte mia, un perdurante desiderio di tenermi lontano dalla vostra vista ha potuto tenerci lontani per tanto tempo. Evitavo il più possibile i Middleton, come d'altra parte qualsiasi altra conoscenza comune. Non sapendo però che erano già in città, incontrai Sir John, credo proprio il giorno del suo arrivo, e il giorno dopo la mia visita alla signora Jennings. Lui mi invitò a una festa, un ballo in casa sua, quella sera. Anche se non mi avesse detto, per attrarmi, che ci sareste state voi e vostra sorella, l'avrei ritenuto troppo sicuro per azzardarmi a partecipare. La mattina dopo mi giunse un altro biglietto di Marianne, anch'esso affettuoso, spontaneo, semplice, pieno di fiducia e di tutto quel che poteva rendere odioso il mio comportamento. Non ho potuto rispondere. Ho tentato, ma non sono riuscito a formulare neppure una frase; ma pensavo a lei, credo, in ogni momento del giorno. Se avete pietà di me, signorina Dashwood, abbiate pietà della mia situazione di allora. Con la testa e il cuore colmi di vostra sorella, dover recitare con un'altra donna la parte dell'innamorato felice! Quelle tre o quattro settimane sono state le peggiori di tutte. Ebbene, alla fine, non ho bisogno di dirlo, la vostra presenza mi è stata imposta, e che bella figura ho fatto! E che serata d'angoscia è stata! Da una parte Marianne, bella come un angelo, che mi chiamava "Willoughby!" con un tono di voce... oh Dio! Tendendomi la mano, chiedendomi una spiegazione con quegli occhi che dicevano tutto, fissi con tanta ansia nei miei, e dall'altra Sophia, gelosa come il demonio, a cui assomigliava... Ebbene, non importa; cose passate! Ma che momenti! Appena mi è stato possibile sono fuggito, ma non senza, prima, aver visto il dolce viso di Marianne bianco come quello di una morta. Così mi è apparsa l'ultima volta! È stata una visione terribile! Eppure, quando oggi pensavo a lei, credendo che stesse veramente per morire, mi era quasi di conforto dire a me stesso che sapevo esattamente come sarebbe apparsa a coloro che l'avrebbero vista per l'ultima volta in questo mondo. Era davanti a me, sempre davanti a me, mentre viaggiavo, con quell'espressione, quel pallore.»

Seguì, per entrambi, una breve pausa di raccoglimento. Poi Willoughby, riscuotendosi per primo, l'interruppe:

«Ebbene, debbo affrettarmi e andarmene. È sicuro che vostra sorella stia meglio, che sia fuori pericolo?».

«Così ci è stato assicurato.»

«E la vostra povera madre, anche! Che adora Marianne!»

«Ma la lettera, signor Willoughby; la vostra lettera! Non avete nulla da dire a questo proposito?»

«Sì, sì, proprio! Vostra sorella mi scrisse di nuovo, come sapete, la mattina successiva. Avete visto quel che diceva. Stavo facendo colazione con gli Ellison, e la lettera mi fu recapitata lì insieme ad altre, da casa mia. Successe che essa colpì lo sguardo di Sophia prima del mio, e la forma e l'eleganza della carta, la calligrafia, tutto svegliò i suoi sospetti. Le era già giunta qualche generica notizia di una mia simpatia per una signorina del Devonshire, e quello che era accaduto la sera prima sotto i suoi occhi le aveva fatto capire chi era la signorina, e l'aveva resa più gelosa che mai. Così, facendo mostra di scherzare (cosa che è deliziosa, nella donna amata!), aprì subito la lettera e ne lesse il contenuto. Fu ben compensata per la sua impudenza; lesse quello che doveva portarle molto dolore. E che lei soffrisse io avrei potuto sopportarlo, ma la sua furia... la sua malignità... in ogni caso dovevo farla calmare. E in breve... che ne pensate dello stile epistolare di mia moglie? Delicato, tenero, molto femminile... non è così?»

«Vostra moglie! La lettera è stata scritta da lei!»

«Sì, io mi sono limitato a copiare servilmente quelle frasi a cui mi vergognavo di apporre il mio nome. L'originale era tutto suo; suoi i bei pensieri, la gentile dizione. Ma cosa potevo fare? Eravamo fidanzati, si stava preparando ogni cosa, il giorno era quasi fissato... Ma sto dicendo delle sciocchezze. Preparativi! Il giorno! In poche parole, il suo denaro mi era necessario, e in una situazione come la mia si doveva fare qualsiasi cosa per impedire una rottura. E dopo tutto, cosa poteva importare, nell'opinione di Marianne e dei suoi, il linguaggio in cui era scritta la mia lettera? Lo scopo era uno solo. Dovevo farle capire che ero un mascalzone, e cosa importava raggiungerlo con un inchino o con una frustata? "Sono rovinato per sempre nella loro opinione", mi sono detto, "sono bandito per sempre dalla loro compagnia; già pensano a me come a un individuo senza princìpi, e adesso diranno che sono un furfante." Così pensavo mentre, con una specie di disperata indifferenza, copiavo le parole di mia moglie e davo l'addio alle ultime reliquie di Marianne. I suoi biglietti (purtroppo erano tutti nella mia agendina, altrimenti avrei negato che esistessero, e li avrei conservati come un tesoro per sempre), fui costretto a tirarli fuori senza neppure baciarli. La ciocca di capelli (anche quella l'avevo sempre portata con me nella stessa agendina che ora era rovistata da Madama con la più amabile furia), la cara ciocca di capelli, tutto, ogni ricordo, mi fu strappato via.»

«Siete molto colpevole, signor Willoughby, molto colpevole», disse Elinor, ma la sua voce, suo malgrado, tradiva la commozione. «Non dovreste parlare in questo modo, né della signora Willoughby né di mia sorella. Avete fatto la vostra scelta; non vi è stata imposta da nessuno. Vostra moglie ha diritto alla vostra gentilezza, al vostro rispetto, almeno. Di sicuro lei vi vorrà bene, altrimenti non vi avrebbe sposato. Trattarla con indelicatezza, parlarne con disprezzo, non è una riparazione verso Marianne; e credo non dia nemmeno sollievo alla vostra coscienza.»

«Non parlatemi di mia moglie», rispose lui con un profondo sospiro. «Non merita la vostra compassione. Sapeva, quando ci siamo sposati, che non nutrivo alcun affetto per lei. Beh, una volta sposati siamo andati a Combe Magna, per godere la luna di miele; e poi siamo tornati in città, per divertirci... E ora, non sentite pietà di me, signorina Dashwood? O tutto quel che vi ho detto è stato inutile? Sono, sia pure di poco, meno colpevole di prima, ai vostri occhi? Le mie intenzioni non sono state sempre indegne. Sono riuscito a cancellare, spiegandole, parte delle mie colpe?»

«Sì, avete di certo cancellato qualcosa... un poco. Avete dimostrato, nel complesso, di essere meno biasimevole di quanto credevo. Avete dimostrato che il vostro cuore è meno colpevole, molto meno colpevole. E tuttavia... il dolore che avete inferto... non so cosa avrebbe potuto renderlo peggiore.»

«Ripeterete tutto questo a vostra sorella, appena si sarà rimessa? Permettetemi di migliorare un po' nell'opinione di lei, come nella vostra. Mi avete detto che sono stato già perdonato. Permettetemi di sognare che una migliore conoscenza del mio cuore e dei miei sentimenti ottenga da lei un perdono più spontaneo, più naturale, più benevolo, meno convenzionale. Ditele della mia pena e della mia penitenza... Ditele che il mio cuore non le è mai stato infedele, e se volete, che in questo momento mi è più cara che mai.»

«Le dirò tutto quello che è necessario per quella che si può praticamente chiamare la vostra giustificazione. Ma non mi avete spiegato la ragione della vostra venuta, né come avete saputo della malattia di mia sorella.»

«Ieri sera, nella galleria del Drury Lane, mi sono imbattuto in Sir John Middleton, che, vedendomi, mi ha salutato per la prima volta da due mesi. Che mi evitasse, dopo il mio matrimonio, me ne ero accorto, senza né stupore né risentimento. Ora però quell'anima buona, onesta e stupida, così piena di indignazione verso di me e di pena per vostra sorella, non ha potuto resistere alla tentazione di raccontarmi quello che, lo sapeva, avrebbe dovuto colpirmi in modo orribile, ma forse non credeva neppure che mi avrebbe colpito. E quindi senza tanti complimenti mi ha detto che Marianne stava morendo di setticemia a Cleveland; una lettera della signora Jennings, ricevuta quella stessa mattina, affermava che la fine era quasi imminente, che i Palmer erano scappati via di corsa, ecc., ecc. Sono stato troppo colpito per simulare l'indifferenza, anche con il poco sveglio Sir John. Il suo cuore si è commosso, notando la sofferenza del mio; ha superato il malanimo, tanto che nel congedarsi mi ha stretto la mano e mi ha ricordato la vecchia promessa di fargli avere un cucciolo di pointer. Quel che ho sentito apprendendo che vostra sorella stava per morire, e che moriva credendomi il più gran mascalzone della terra, disprezzandomi, odiandomi nei suoi ultimi istanti... perché come potevo sapere quali orribili scopi non mi fossero stati attribuiti? Ero certo che una certa persona mi avrebbe ritenuto capace di tutto! Quello che ho provato è stato terribile! Ho preso subito la mia decisione, e alle otto di questa mattina ero già in carrozza. Ora sapete tutto.»

Elinor non rispose. I suoi pensieri erano silenziosamente rivolti sul danno irreparabile che una indipendenza troppo prematura, con le sue conseguenti abitudini all'ozio, alla dissipazione e al lusso, avevano portato alla mente, al temperamento, alla felicità di un uomo che univa a tutti i benefici dell'avvenenza e dell'ingegno, a un carattere per natura aperto e onesto, una natura sensibile e affettuosa. Il mondo lo aveva reso prodigo e fatuo; la prodigalità e la vanità lo avevano reso egoista e spietato. La vanità, cercando il proprio colpevole trionfo a spese degli altri, lo aveva spinto a un affetto sincero, che la troppa prodigalità, o almeno ciò che ne era conseguito come necessità, aveva condannato al sacrificio. Tutte le sue colpevoli inclinazioni si erano attirate la punizione. L'affetto da cui si era apparentemente strappato, a dispetto dell'onore, del sentimento, dei suoi più cari interessi, dominava, ora che non era più lecito, tutti i suoi pensieri; e il legame per cui, con tanto poco scrupolo, aveva abbandonato Marianne nella sofferenza, si dimostrava per lui una sorgente di infelicità di una natura molto più incurabile. Dopo qualche istante fu richiamata a se stessa da Willoughby che, riscuotendosi anche lui da una fantasticheria altrettanto dolorosa, si era alzato per prendere congedo, dicendo:

«È inutile che rimanga qui; devo andarmene».

«Tornerete a Londra?»

«No, a Combe Magna. Ho qualcosa da fare laggiù; poi, fra due o tre giorni, andrò a Londra. Addio.»

Le tese la mano. Elinor non poté rifiutare di dargli la sua, che lui strinse con affetto.

«E ora vi siete fatta un'idea migliore di me?», chiese, lasciando la sua mano e appoggiandosi al caminetto, quasi si fosse dimenticato di dover andare.

Elinor lo assicurò di sì; che lo perdonava, che sentiva compassione per lui e gli augurava ogni bene; si interessò perfino della sua felicità, e aggiunse qualche delicato consiglio sul modo migliore per ottenerla. La sua risposta non fu molto incoraggiante.

«Quanto a questo», disse, «devo cercare di andare avanti come meglio posso. La felicità domestica è fuori questione. Se, però, mi sarà consentito di pensare che voi e i vostri conservate qualche interesse nel mio destino e nelle mie azioni, questo potrà essere lo strumento... potrà tenermi all'erta... almeno, sarà qualcosa per cui vivere. Per me Marianne, non c'è dubbio, è persa per sempre. Anche se, per una fortunata occasione, dovessi essere di nuovo libero...»

Elinor lo fermò con rimprovero.

«Ebbene», rispose lui, «allora ancora una volta addio. Ora me ne andrò e vivrò nel terrore di un solo evento.»

«Cosa intendete dire?»

«Il matrimonio di vostra sorella.»

«Sbagliate completamente. Marianne non sarà mai persa, per voi, più di quanto non lo sia adesso.»

«Ma sarà conquistata da qualcun altro. E se questo qualcuno dovesse essere proprio quello da cui, fra tutti quanti gli altri, meno sopporterei... Ma è inutile che io stia qui a derubare me stesso della vostra generosa buona volontà, rivelandovi che, là dove sono stato più offeso, meno mi è possibile perdonare. Addio... Che Dio vi benedica!»

E con queste parole lasciò, quasi di corsa, la stanza.

Capitolo quarantacinquesimo

Per qualche tempo dopo che lui se ne fu andato, e addirittura per qualche tempo dopo che si fu dissolto il rumore della carrozza, Elinor rimase talmente presa da una quantità di pensieri, tutti diversi, ma tutti tali da non poter portare altro che tristezza, da dimenticare perfino sua sorella.

Willoughby, proprio quel Willoughby che mezzora prima aveva aborrito come il più indegno degli uomini, le suscitava adesso, malgrado le sue colpe, anzi proprio per le sofferenze da quelle prodotte, una compassione che la costringeva a pensare a lui, ormai uscito per sempre dalla sua famiglia, con una dolcezza e un rammarico che, come presto si accorse, erano proporzionati ai suoi desideri, piuttosto che ai suoi meriti. Sentiva che la sua influenza sulla sua mente era esasperata da circostanze che non avrebbero dovuto avere peso sulla ragione; dalla sua eccezionale avvenenza, da quelle maniere così aperte, affettuose e vivaci che non era certo merito suo possedere; e da quell'ancora ardente amore per Marianne, su cui non era affatto innocente indugiare; lo sentiva, ma non riusciva a liberarsene tanto facilmente.

Quando infine tornò all'inconsapevole Marianne, la trovò che si destava, rinfrescata da un sonno lungo e pacifico al di là delle sue speranze. Il cuore di Elinor era gonfio. Il passato, il presente, l'avvenire, la visita di Willoughby, la salvezza di Marianne, l'atteso arrivo della madre, tutto la gettava in un'agitazione che cancellava qualsiasi traccia di stanchezza, e la faceva temere solo di tradirsi davanti alla sorella. Quel timore, tuttavia, non la tormentò a lungo, perché mezzora dopo la partenza di Willoughby fu nuovamente attratta al piano di sotto dal rumore di un'altra carrozza. Ansiosa di risparmiare a sua madre anche solo un momento di orribile incertezza, corse immediatamente nell'ingresso e raggiunse la porta appena in tempo per accoglierla fra le braccia mentre entrava.

La signora Dashwood, che nel suo terrore, a mano a mano che si avvicinava alla meta, era giunta quasi alla convinzione che Marianne fosse spirata, non aveva neppure un filo di voce per parlare a Elinor; ma lei, senza aspettare né saluti né domande, le dette immediatamente la lieta notizia; e la madre, che l'accolse con il consueto trasporto, nel giro di un solo momento fu tanto sopraffatta dalla felicità quanto prima lo era stata dallo spavento. Sostenuta dalla figliola e dall'amico, entrò nel salotto; e là, versando lacrime di gioia, quantunque ancora incapace di parlare, abbracciò ripetutamente Elinor, staccandosi da lei ogni tanto per stringere tacitamente la mano del Colonnello Brandon, con uno sguardo che rivelava allo stesso tempo tanto la sua gratitudine quanto la certezza che lui condividesse la felicità del momento. Lui la condivideva, comunque, con un silenzio anche più completo del suo.

Appena la signora Dashwood si fu rimessa, il suo primo desiderio fu di vedere Marianne; e due minuti dopo era accanto alla sua adorata creatura, resa ancor più cara dalla separazione, dal dolore e dal pericolo. La gioia di Elinor, quando vide quello che ognuna delle due sentiva nell'incontro, era trattenuta solo dal timore che dovesse impedire a Marianne di riprendere sonno. La signora Dashwood sapeva essere tranquilla, sapeva essere addirittura prudente quando era in gioco la vita di una sua creatura; e Marianne, soddisfatta di sapere di avere accanto la madre, e consapevole di essere troppo debole per chiacchierare, si sottomise con docilità al silenzio e alla tranquillità prescritta da tutte le sue infermiere. La signora Dashwood volle assolutamente vegliarla tutta la notte, ed Elinor, in osservanza alla richiesta della madre, andò a coricarsi. Ma il riposo, che una notte completamente insonne e molte ore di logorante ansia parevano rendere indispensabile, era impedito dall'agitazione dello spirito. Willoughby, il povero Willoughby, come adesso si consentiva di chiamarlo, era costantemente nei suoi pensieri; non avrebbe voluto per nulla al mondo avere mancato di ascoltare quelle sue rivendicazioni, e ora si biasimava, ora si assolveva, per averlo giudicato con tanta durezza; ma la promessa fatta di riferire tutto a sua sorella era invariabilmente dolorosa. Aveva paura di adempiere quel compito, temeva l'effetto che avrebbe avuto su Marianne; dubitava che dopo una tale spiegazione lei potesse essere felice con un altro; per un momento, desiderò addirittura che Willoughby rimanesse vedovo; poi, ricordando il Colonnello Brandon, si rimproverò, sentì che era lui, con la sua costanza e le sue sofferenze, a meritare di conquistare il cuore di sua sorella assai più del suo rivale, e desiderò tutto fuorché la morte dell'attuale signora Willoughby.

L'impressione suscitata dall'arrivo del Colonnello Brandon a Barton era stata molto attutita, per la signora Dashwood, dallo stato d'allarme in cui già si trovava; perché la sua agitazione per le condizioni di Marianne era talmente grande che aveva già deciso di partire per Cleveland quel giorno stesso, senza aspettare altre notizie, e aveva già preparato tutto per il viaggio, al punto che i Carey erano attesi da un momento all'altro per prendere con sé Margaret, dato che sua madre era riluttante a condurla dove poteva esserci rischio d'infezione.

Marianne continuò a migliorare ogni giorno, e l'animazione e l'allegria del volto e dello spirito della signora Dashwood provavano che, come ripetutamente affermava, lei era ora la donna più felice del mondo. Elinor non poteva sentirla mentre lo diceva, né assistere alle sue manifestazioni di quella gioia, senza domandare talvolta a se stessa se sua madre ricordasse ancora Edward. Ma la signora Dashwood, basandosi sul calmo resoconto della delusione di Elinor che lei stessa le aveva inviato, era trascinata dall'esuberanza della propria gioia a pensare solo a ciò che poteva aumentarla. Marianne le era stata restituita da un pericolo in cui, come cominciava a comprendere, aveva contribuito a metterla lei stessa, incoraggiandone senza criterio l'amore per Willoughby; e nella sua guarigione trovava un'altra fonte di gioia che Elinor non conosceva. Ma appena si presentò per loro una opportunità di parlare in privato, gliela rivelò.

«Finalmente siamo sole. Mia cara Elinor, tu non sai ancora tutta la mia felicità. Il Colonnello Brandon ama Marianne; me lo ha dichiarato lui stesso.»

In un miscuglio di felicità e preoccupazione, sorpresa e non sorpresa, sua figlia era tutta in silenziosa attenzione.

«So che sei sempre diversa da me, cara Elinor, altrimenti ora dovrei stupirmi della tua compostezza. Se avessi fatto qualche piano per il bene della mia famiglia avrei scelto, come obiettivo più auspicabile, che il Colonnello Brandon sposasse una di voi. E credo che quella delle due che può essere più felice con lui sia proprio Marianne.»

Elinor avrebbe voluto chiederle il motivo che la spingeva a pensare così, visto che non ce ne poteva essere nessuno basato su una considerazione imparziale della loro età, del loro carattere o della loro natura; ma sapeva che sua madre doveva sempre essere trasportata dall'immaginazione quando si trattava di un argomento interessante, e quindi, invece di indagare, si limitò a sorridere.

«Mi ha aperto il suo cuore ieri, durante il viaggio. È venuto fuori in modo del tutto inaspettato, del tutto spontaneo. Io, come puoi ben credere, non potevo parlare d'altro che della mia bambina; lui non poteva nascondere la sua agitazione; mi sono accorta che era pari alla mia; e lui, forse pensando che una semplice amicizia, per com'è oggi il mondo, non potesse giustificare una così calda partecipazione, o forse, magari, senza pensare a nulla, solo cedendo a un sentimento irresistibile, mi ha messo al corrente di nutrire per Marianne un sentimento serio, caldo, costante. L'ha amata, cara Elinor, dal primo momento in cui l'ha vista.»

A questo punto, però, Elinor riconobbe non il linguaggio, non le dichiarazioni del Colonnello Brandon, bensì i naturali abbellimenti della fervida fantasia materna, che foggiava come più le piaceva tutto ciò che le era gradito.

«Il suo affetto per lei, infinitamente superiore a quello che Willoughby abbia mai provato o simulato di provare, e più tenero, sincero e costante (o come altro vogliamo definirlo) non è venuto meno nonostante la consapevolezza dell'infelice infatuazione della nostra cara Marianne per quel giovane indegno! E senza alcun egoismo, senza alcuna speranza! Sarebbe stato perfino capace di vederla felice con un altro! In lui, non ci può essere inganno.»

«Che il Colonnello Brandon sia un uomo eccellente», disse Elinor, «è risaputo.»

«Lo so», rispose con serietà la madre, «e dopo quanto è accaduto sarei stata l'ultima a incoraggiare quest'affetto, e perfino a rallegrarmene. Ma il fatto che sia venuto da me con un atteggiamento amichevole così attivo e pronto, basta a provare che è uno degli uomini più degni del mondo.»

«E a riprova di questo», disse Elinor, «ci sono non pochi gesti di gentilezza che lasciano dedurre, oltre un senso d'umanità, l'affetto per Marianne. È conosciuto da molto tempo, e molto bene, dalla signora Jennings, e dai Middleton, che lo rispettano e gli vogliono bene; e anche la conoscenza che ne ho io è ormai considerevole, anche se recente; e lo stimo e lo apprezzo tanto che, se Marianne potrà essere felice con lui, sarò pronta come voi a ritenere che questa unione sarà la più grande benedizione al mondo per noi. Cosa gli avete risposto? Gli avete consentito di sperare?»

«Oh, amor mio, come parlare di speranza, per lui o per me stessa? Marianne poteva essere in fin di vita... Ma lui non chiedeva né speranze né incoraggiamento. Era, la sua, un'involontaria confidenza, un irreprimibile sfogo con una buona amica, non una richiesta di matrimonio a una madre. Eppure, dopo un certo tempo (all'inizio ero rimasta senza parole) ho detto che se la nostra cara fosse stata salva, come non dubitavo, la mia più grande felicità sarebbe stata quella di favorire il loro matrimonio; e dopo il nostro arrivo, dopo aver ricevuto questa beata assicurazione, gliel'ho ripetuto in modo più completo, gli ho dato tutti gli incoraggiamenti che era in mio potere dargli. Il tempo, pochissimo tempo, gli dico, farà tutto; il cuore di Marianne non si consumerà senza fine per un uomo come Willoughby. I suoi meriti glielo faranno conquistare in breve tempo.»

«A giudicare dallo stato d'animo del Colonnello, non siete riuscita a renderlo altrettanto fiducioso.»

«No. Lui crede che l'affetto di Marianne sia troppo profondamente radicato per cambiare in breve tempo, e anche supponendo che il suo cuore sia libero di nuovo, diffida troppo di se stesso per credere di potere suscitare il suo affetto, con tanta differenza d'età e di carattere. In questo, tuttavia, sbaglia. L'età è un vantaggio per lui, in quanto ha reso stabili il suo equilibrio e i suoi princìpi; e il suo carattere, ne sono sicura, è proprio quello che serve per rendere felice tua sorella. La sua persona, i suoi modi, tutto è in suo favore. Non sono accecata dalla parzialità; certo non è attraente come Willoughby, ma allo stesso tempo nel suo viso c'è qualcosa di simpatico. C'è sempre stata qualche cosa, negli occhi di Willoughby, che, come ricorderai, non mi piaceva.»

Questo Elinor non riusciva a ricordarlo; ma la signora Dashwood, senza aspettare una conferma, continuò:

«Quanto poi alle maniere, non solo quelle del Colonnello mi sono più simpatiche di quelle di Willoughby, ma sono anche di un genere che, lo so, finiranno con l'imporsi a Marianne. La sua gentilezza, la sua spontanea premura per gli altri, la sua virile semplicità si accordano al vero carattere di lei molto più della vivacità spesso artificiosa e fuori luogo dell'altro. Sono più che certa che se Willoughby si fosse rivelato veramente degno d'amore, anziché il contrario, Marianne non sarebbe stata tanto felice con lui come lo sarà con il Colonnello Brandon».

Si interruppe. Sua figlia non poteva essere d'accordo con lei; ma il suo disaccordo non fu sentito, perciò non recò offesa.

«A Delaford sarà relativamente vicina a me», aggiunse la signora Dashwood, «anche se resterò a Barton; e con ogni probabilità, dato che sento dire che è un grosso villaggio, lì ci sarà qualche casetta o qualche villino che risulterà conveniente come la sistemazione attuale.»

Povera Elinor! Un nuovo progetto per portarla a Delaford! Ma il suo spirito non vacillò.

«E poi il suo patrimonio! Perché alla mia età si pensa anche a questo; e anche se in realtà non so, e non voglio sapere a quanto ammonta la sua fortuna, sono certa che sia consistente.»

Qui furono interrotte dall'ingresso di una terza persona, ed Elinor si ritirò a pensare a tutto ciò in privato, e ad augurare al suo amico il successo, non senza provare, mentre formulava quell'augurio, una punta di dolore per Willoughby.

Capitolo quarantaseiesimo

La malattia di Marianne, nonostante fosse di un genere debilitante, non era stata tanto lunga da rendere lenti i tempi della guarigione; che, con l'aiuto della giovinezza, della forza naturale e della presenza della madre, procedette così liscia da permetterle di farsi trasportare, quattro giorni dopo, nello spogliatoio della signora Palmer. Là, per suo particolare desiderio, siccome era ansiosissima di esprimergli il suo grazie per essere andato a prendere la signora Dashwood, il Colonnello Brandon fu invitato a vederla.

La sua emozione nell'entrare in quella stanza, nel vedere la fisionomia alterata della convalescente, nel ricevere la pallida mano che lei gli porse immediatamente fu tale che Elinor fu costretta ad attribuirla a qualcosa di più dell'affetto per Marianne, o del fatto che quest'affetto fosse ormai noto anche ad altri; non tardò a intuire nel suo sguardo malinconico e nel suo pallore il probabile riaffiorare alla sua mente di molte scene di passate sofferenze, riportate dalla somiglianza, già riconosciuta, tra Marianne ed Eliza, e rafforzata ora dagli occhi infossati, dal volto cereo, dalla profonda debolezza, dalla figura reclinata sui guanciali e dal fervido riconoscimento di una particolare riconoscenza.

La signora Dashwood, non meno percettiva di sua figlia, ma con la mente assai diversamente influenzata, e quindi pronta a cogliere un diverso effetto, non vide, nel comportamento del Colonnello, se non quello che sorgeva da emozioni più semplici ed evidenti; e si persuadeva, allo stesso tempo, che nel comportamento e nelle parole di Marianne già albeggiasse qualcosa di più della gratitudine.

Dopo un paio di giorni, siccome Marianne diveniva visibilmente più forte dalla mattina alla sera, la signora Dashwood, spinta dal proprio desiderio e da quello delle figlie, cominciò a parlare di tornare a Barton. Dalle sue decisioni dipendevano quelle dei suoi amici; la signora Jennings non poteva partire da Cleveland fino a che c'erano le Dashwood, e il Colonnello Brandon fu subito convinto, dalla loro tacita richiesta, a considerare il proprio soggiorno lì ugualmente ovvio, se non ugualmente indispensabile. In cambio, dietro le sollecitazioni sue e della signora Jennings, la signora Dashwood fu costretta ad accettare di servirsi della carrozza di lui per il viaggio di ritorno, per maggior comodità della convalescente; il Colonnello, a seguito delle insistenze congiunte della signora Dashwood e della signora Jennings, che l'attiva bontà rendeva cordiale e ospitale per sé e per gli altri, si impegnò con piacere ad accettare, in contraccambio, un invito al villino, qualche settimana dopo.

Giunse il giorno della separazione e della partenza; e Marianne, dopo aver preso dalla signora Jennings un congedo così particolare e prolungato, così fervidamente grato, così pieno di rispetto e di affettuosità da sembrare un'ammenda fatta al cuore di lei in segreto riconoscimento delle passate scortesie, e dopo aver salutato il Colonnello Brandon con tutta la cordialità di un'amica, fu da questi assistita con ogni cura a salire nella carrozza di cui lui pareva ansioso di farle occupare almeno la metà. Seguirono la signora Dashwood ed Elinor, mentre gli altri due rimasero soli a parlare delle viaggiatrici e ad annoiarsi, fino a che la signora Jennings non si ritirò sul suo calesse per consolarsi della perdita delle sue giovani amiche con i pettegolezzi della cameriera; e immediatamente dopo il Colonnello Brandon riprese la sua solitaria strada per Delaford.

Il viaggio delle Dashwood durò due giorni, e Marianne li sopportò entrambi senza eccessiva stanchezza. Tutto quel che l'affetto più zelante e la cura più sollecita potevano escogitare per la sua comodità fu messo in pratica dalle sue attente compagne, che entrambe trovarono un compenso alle loro fatiche nel suo benessere materiale e nella serenità del suo spirito. Per Elinor, osservare quest'ultima era cosa particolarmente gradita. Dopo aver visto sua sorella soffrire in modo così incessante, una settimana dopo l'altra, sotto il peso di un'angoscia che non aveva il coraggio di confessare né la forza d'animo di nascondere, adesso vedeva in lei, con una gioia che nessuno poteva condividere, un'apparente compostezza della mente che, essendo il risultato, come confidava, di serie riflessioni, doveva infine condurla a una ritrovata felicità.

In verità, mentre si avvicinavano a Barton ed entravano in quello scenario che in ogni campo, in ogni albero offriva qualche ricordo particolare e penoso, Marianne diventò silenziosa e assorta e, distogliendo il viso dalla madre e la sorella, rimase a guardare intensamente fuori dal finestrino. Ma in questo Elinor non vedeva niente di strano o di riprovevole; e quando, aiutando Marianne a scendere dalla carrozza, si avvide che aveva pianto, considerò il fatto solo come una commozione troppo naturale per destare qualcosa di meno tenero della pietà, e anzi, nella sua riservatezza, del tutto lodevole. Nel complesso delle sue maniere, dopo di allora, riconobbe le direttive di uno spirito disposto a farsi guidare dalla ragione; giacché non appena entrate nel loro salotto, Marianne volse intorno uno sguardo risoluto, come decisa ad abituarsi subito alla vista di qualsiasi oggetto a cui fosse legato il ricordo di Willoughby. Disse ben poco, ma tutte le sue parole tendevano all'allegria, e anche se qualche volta le sfuggì un sospiro, non lo emetteva mai senza l'aggiunta di un sorriso. Dopo pranzo, volle provare il suo pianoforte. Vi si sedette; ma la prima musica su cui si posò il suo sguardo era un'opera che le aveva procurato Willoughby, che conteneva alcuni dei loro duetti preferiti e portava sulla copertina il suo nome, scritto di suo pugno. Questo non le piacque. Scosse il capo, mise da parte lo spartito, e dopo aver fatto scorrere le dita sulla tastiera si lamentò della sua debolezza e richiuse lo strumento; ma mentre lo faceva dichiarò con risolutezza che in futuro si sarebbe esercitata molto.

Il giorno dopo non ci fu nessuna diminuzione di quei segni tanto favorevoli. Al contrario, con la mente e il corpo rinforzati dal riposo, si muoveva e parlava con energia più spontanea, anticipando col pensiero il piacere del ritorno a casa di Margaret, e parlando del caro gruppo familiare finalmente riunito, delle loro rispettive occupazioni e della loro allegra compagnia come dell'unica felicità che valesse la pena di desiderare.

«Quando il tempo si sarà sistemato e avrò ripreso le forze», diceva, «faremo lunghe passeggiate insieme ogni giorno. Andremo fino alla fattoria ai piedi della collina, per vedere come stanno i bambini, arriveremo ai nuovi campi di Sir John a Barton Cross, e all'Abbeyland; e andremo spesso ai ruderi del vecchio Priorato, per cercare di trovarne le fondamenta fin dove ci hanno detto che una volta arrivavano. So che saremo felici e contente, e sono certa che passeremo una bellissima estate. Ho in programma di alzarmi sempre alle sei, e da quell'ora fino all'ora di pranzo tutto il mio tempo sarà diviso tra la musica e la lettura. Ho già fatto un piano, e sono decisa a intraprendere un serio corso di studi. La nostra biblioteca la conosco troppo bene per ricorrervi, se non per il semplice svago. Ma a Barton Park ci sono molte opere che meritano di essere lette; e ce ne sono altre, più moderne, che potrò farmi prestare dal Colonnello Brandon. Leggendo solo sei ore al giorno acquisirò nel giro di un anno tutta la cultura che mi manca.»

Elinor le fece i suoi complimenti per un programma così nobile, pur sorridendo fra sé nel vedere la stessa vivida fantasia che l'aveva condotta a quell'abisso di tedio e indolenza e di egoistica irrequietezza, ora tutta impegnata a portare all'eccesso un programma di occupazioni così assennate e di così virtuosa forza d'animo. Il suo sorriso tuttavia si trasformò in un sospiro, quando pensò che la promessa fatta a Willoughby era ancora inadempiuta, e temendo che quello che aveva da comunicare sconvolgesse di nuovo lo spirito di Marianne e disturbasse, almeno per un certo tempo, quel bel progetto di operosa tranquillità. Desiderando quindi rimandare quell'ora tanto pericolosa, decise di aspettare che la salute della sorella fosse più ferma. Ma tale decisione fu inutile.

Marianne era rimasta due o tre giorni in casa, in attesa che il tempo fosse abbastanza bello perché una convalescente come lei potesse azzardarsi a uscire; ma finalmente ci fu una mattina tiepida e serena, tale da tentare il desiderio della figlia e la fiducia della madre, e Marianne fu autorizzata a passeggiare, appoggiata al braccio di Elinor, fino a che non si fosse stancata, nel sentiero davanti alla casa.

Le due sorelle si avviarono a passo lento, come lo richiedeva la debolezza di Marianne, in un esercizio che ancora non era stato mai intrapreso dopo la sua malattia, e si erano allontanate dalla casa solo quel tanto necessario per permettere una vista completa della collina, quando, fermandosi con gli occhi fissi su di essa, Marianne disse, calma:

«Là, proprio là», indicando con la mano, «su quel monticello sporgente... è là che sono caduta, e ho visto Willoughby per la prima volta».

La voce le mancò mentre diceva quelle parole, ma riprendendosi subito, aggiunse:

«Ringrazio il Cielo di poter guardare quel punto con così poco dolore! Ne parleremo ancora, Elinor», disse, esitante, «o sarà meglio di no?... Ormai spero di poterne parlare nel modo giusto».

Elinor la invitò teneramente ad aprirsi con lei.

«Quanto al dispiacere», disse Marianne, «l'ho superato, per quanto riguarda lui. Non voglio parlarti di quel che sono stati i miei sentimenti verso di lui, ma di quello che provo adesso. Oggi, se potessi assicurarmi di una cosa sola, se mi fosse consentito pensare che non ha sempre recitato una parte, che non mi ha ingannata sempre; ma, soprattutto, se potessi sentirmi certa che non è stato mai tanto perfido come ho paura di averlo immaginato qualche volta dopo aver saputo la storia di quella povera ragazza...»

Si interruppe. Elinor accolse con gioia quelle parole, e le disse:

«Se potessi esser certa di questo, credi potresti trovare più facilmente la pace?».

«Sì. La pace dell'anima mia è doppiamente legata a questo: perché non solo è terribile sospettare tali disegni in una persona che ha rappresentato quello che lui è stato per me... ma cosa dovrei pensare di me stessa? Cosa, in una situazione come la mia, poteva farmi esporre così, se non un affetto vergognosamente avventato...»

«Fino a che punto, allora», chiese la sorella, «sei disposta a condannare il suo comportamento?»

«Vorrei poter pensare che sia stato... Oh, come sarei lieta se potessi ritenerlo solo volubile... molto, molto volubile!»

Elinor non disse altro. Dentro di sé stava cercando di decidere se fosse conveniente cominciare subito la sua storia, o rimandarla ancora di qualche giorno; e continuarono a procedere piano per qualche minuto, in silenzio.

«Io non gli farei certo un favore troppo grande», disse Marianne con un sospiro, «se gli augurassi che le sue riflessioni segrete non siano più penose delle mie. Così soffrirà già abbastanza.»

«Paragoni la tua condotta con la sua?»

«No. La paragono con quella che avrebbe potuto essere; la paragono con la tua.»

«Le nostre situazioni hanno ben poco in comune.»

«Più di quanto non abbia la nostra condotta. No, cara Elinor, non permettere che la tua bontà difenda quello che, lo so bene, il tuo giudizio non può non condannare. La malattia mi ha fatto pensare... mi ha dato la possibilità e la tranquillità per raccogliermi seriamente. Molto prima di essermi ristabilita tanto da poter parlare, ero perfettamente in grado di riflettere. Ho ripensato al passato; ho visto nel mio comportamento, fin dall'inizio della conoscenza che facemmo con lui lo scorso autunno, solo una serie di imprudenze verso me stessa, di mancanza di generosità verso gli altri. Ho capito che erano stati i miei sentimenti a preparare le mie sofferenze, e che la mia mancanza di forza nel sopportarle mi aveva quasi portato alla tomba. La malattia, lo capivo bene, me l'ero proprio voluta, trascurando la mia salute in un modo che qualche volta mi spaventava perfino allora. Se fossi morta... sarebbe stato un suicidio. Non ho riconosciuto del tutto il pericolo fino a che non è stato superato: ma con i sentimenti che quelle riflessioni destavano in me, mi stupisco di essere guarita, mi meraviglio che il fervore stesso del mio desiderio di vivere, di ricevere un contraccambio dal mio Dio e da tutti voi non mi abbia uccisa immediatamente. Se fossi morta... in quale dolore straordinario avrei lasciato te, infermiera, amica, sorella mia! Tu, che in quegli ultimi giorni avevi visto tutto il mio delirante egoismo, e avevi sentito tutti i sussurri del mio cuore! Come mi avresti ricordata? E la mamma! Come avresti potuto consolarla? Non so dire quanto mi detestavo! Ogni volta che mi volgevo indietro, vedevo qualche dovere trascurato, o qualche debolezza troppo tollerata. Mi pareva di avere fatto del male a tutti. La bontà, l'incessante bontà della signora Jennings, l'avevo ripagata con ingratitudine e disprezzo. Con i Middleton, con i Palmer, con le Steele, perfino con tutte le persone conosciute superficialmente, ero stata insolente e ingiusta; con il cuore indurito verso i loro meriti e lo spirito infastidito dalle loro stesse premure. A John, a Fanny... sì, perfino a loro, per quanto poco meritino, ho dato meno di quanto era dovuto. Ma tu... tu più di tutti quanti, anche più della mamma, quanto ti ho offesa! Io, solo io conoscevo il tuo cuore, i tuoi dolori; eppure, tutto ciò a cosa mi è servito? Non certo a provare quella compassione che poteva essere d'aiuto a te e a me. Avevo davanti a me il tuo esempio; a cosa mi è servito? Ho pensato mai a te e alle tue esigenze? Ho forse seguito l'esempio della tua tolleranza o alleviato gli sforzi che facevi per adattarti, partecipando a quegli sforzi di generica compiacenza o di specifica gratitudine che eri sempre lasciata a compiere da sola? No... tanto quando ti sapevo infelice come quando ti credevo tranquilla, ho girato le spalle a qualsiasi dovere imposto dalle convenzioni o dall'amicizia; senza mai voler riconoscere che qualcuno soffrisse oltre me, e rimpiangendo solo quel cuore che mi aveva offesa e abbandonata, e lasciando te, per cui dichiaravo un immenso affetto, a soffrire per causa mia.»

Qui si interruppe il veloce flusso delle sue parole di rimorso e di pentimento; ed Elinor, desiderosa di lenire, ma troppo onesta per adulare, le offrì subito quella lode e quel sostegno che la sua sincerità e il suo pentimento meritavano tanto. Marianne le strinse la mano e rispose:

«Come sei buona! Ma il futuro proverà la mia buona volontà. Ho fatto il mio programma, e se sarò capace di rispettarlo, i miei sentimenti saranno sotto controllo e il mio carattere migliorerà. Non saranno più un fastidio per gli altri e una tortura per me. D'ora in avanti vivrò esclusivamente per la mia famiglia. Tu, la mamma e Margaret sarete tutto il mio mondo; e tu condividerai in pieno tutti i miei affetti. Non sentirò più il minimo desiderio di staccarmi da te, dalla mia casa; e se mi unirò ad altre compagnie, sarà solamente per dimostrare che il mio spirito è mortificato, il mio cuore punito, e che anche io posso dispensare le piccole cortesie, i doveri minuti della vita, con bontà e tolleranza. Quanto a Willoughby... dire che lo dimenticherò, tra breve, o che non lo dimenticherò mai, sarebbe inutile. Nessun cambiamento di situazioni o di opinioni cancellerà mai il suo ricordo. Ma sarà tenuto a freno, sarà controllato dalla religione, dalla ragione, dalla costante operosità».

Fece una pausa, poi aggiunse a voce più bassa: «Se solo potessi conoscere il suo cuore, tutto sarebbe più facile».

Elinor, che da un po' andava riflettendo sulla maggiore o minore opportunità di anticipare il momento della narrazione, senza riuscire a decidere, sentì quelle parole; e accorgendosi che riflettere non serviva a nulla, e che la risolutezza era la cosa più importante, si trovò ben presto pronta ad agire.

Affrontò il racconto, almeno lo sperava, con abilità; preparò con cautela la sua ansiosa ascoltatrice; riferì in modo semplice ed esatto i punti salienti su cui Willoughby aveva basato la sua difesa; rese giustizia al suo pentimento e temperò solo le sue dichiarazioni di un amore che non sarebbe mai venuto meno. Marianne non disse una parola. Tremava, con gli occhi fissi a terra, e le sue labbra si fecero più bianche di come le aveva lasciate la malattia. Mille domande le spuntavano dal cuore, ma non osò pronunciarne alcuna. Ascoltava ogni parola con affannosa avidità; senza neppure accorgersene, stringeva la mano della sorella e le lacrime le scendevano lungo le guance.

Elinor, temendo che fosse stanca, la condusse verso casa: e fino a che non giunsero alla porta del villino, comprendendo facilmente quanta dovesse essere la curiosità di Marianne, che pure non osava rivelarsi, non parlò che di Willoughby e della conversazione che aveva avuto con lui; e fu minuziosamente accurata nel fare il suo resoconto delle parole e dell'aspetto di lui, quando sentiva di poter indulgere ai particolari. Quando entrarono in casa, Marianne, con un bacio pieno di gratitudine, balbettò tra le lacrime queste tre parole: «Dillo alla mamma»; poi si staccò dalla sorella e salì piano le scale. Elinor non volle far nulla per disturbare una solitudine tanto assennata come quella che in quel momento lei sentiva necessaria; e cercando ansiosamente di anticiparne con la mente il risultato, e decisa a non riprendere l'argomento se non fosse stata Marianne a farlo, tornò in salotto per fare quello che le era stato chiesto.

Capitolo quarantasettesimo

Non fu senza commozione che la signora Dashwood sentì la difesa di quello che era stato il suo beniamino. Si rallegrò che fosse riconosciuto innocente di parte della colpa che gli era stata attribuita; fu addolorata per lui; gli augurò di essere felice. I sentimenti di un tempo, però, non potevano essere riportati alla vita. Nulla poteva restituirlo a Marianne con la sua fede intatta e il suo carattere senza macchia; nulla poteva cancellare il ricordo di quanto lei aveva sofferto per causa sua, o giustificare il suo comportamento verso Eliza. Nulla, quindi, poteva restituirlo alla stima della signora, né danneggiare l'interesse del Colonnello Brandon.

Se la signora Dashwood, come sua figlia, avesse sentito la storia di Willoughby raccontata da lui stesso, se fosse stata testimone del suo dolore e sotto l'influenza del suo aspetto e delle sue maniere, avrebbe forse provato una compassione anche più viva. Non era però nella possibilità né nei desideri di Elinor di suscitare in altri, mediante un resoconto particolareggiato, i sentimenti che all'inizio erano stati destati in lei. La riflessione le aveva consentito di calmarsi e di moderare le proprie idee sul tradimento di Willoughby; desiderava quindi dichiarare solo la verità pura e semplice, e presentare i fatti come erano, senza alcun fronzolo capace di sviare la fantasia.

Quella sera, quando si ritrovarono tutte e tre insieme, Marianne ricominciò spontaneamente a parlare di lui; e ciò non senza sforzo, come era chiaramente rivelato dal silenzio inquieto e agitato in cui era stata sprofondata per un certo tempo e, quando cominciò a parlare, dalle sue guance arrossate e dalla voce incerta.

«Desidero rassicurarvi entrambe», disse, «sul fatto che vedo ogni cosa come voi desiderate che io la veda.»

La signora Dashwood l'avrebbe interrotta subito, con tenera comprensione, se Elinor, che desiderava veramente sapere se le idee della sorella erano rimaste immutate, non l'avesse ridotta al silenzio con un cenno carico d'ansia. E Marianne continuò lentamente:

«È stato un gran conforto per me... quel che Elinor mi ha detto stamattina... Ora so precisamente ciò che desideravo sapere». Per qualche istante le mancò la voce; poi, riprendendosi, aggiunse con maggior calma: «Ora sono perfettamente soddisfatta; e non chiedo altro. Non avrei mai potuto essere felice con lui dopo aver saputo tutto, e prima o poi l'avrei saputo... Non avrei avuto fiducia, o stima. Nulla avrebbe potuto ingannare i miei sentimenti».

«Lo so! Lo so!», esclamò la madre. «Felice con un libertino! Con uno che aveva provocato un così grave danno alla pace del più caro dei nostri amici, del migliore degli uomini! No, il cuore della mia Marianne non avrebbe potuto essere reso felice da un uomo del genere! La sua coscienza, la sua coscienza piena di sensibilità avrebbe sentito tutto quello che sarebbe stata la coscienza di suo marito a dover sentire.»

Marianne sospirò, e ripeté: «Non desidero che le cose cambino».

«Tu consideri la cosa», disse allora Elinor, «proprio come va considerata da una mente giudiziosa e da un'intelligenza pronta, e oserei dire che riconosci come me, non solo in questa, ma in molte altre situazioni, motivi sufficienti per convincerti che il tuo matrimonio ti avrebbe trascinata in molti problemi e in tante inevitabili delusioni, in cui saresti stata ben poco sostenuta da un affetto che, da parte sua, era molto meno certo del tuo. Se vi foste sposati, sareste stati sempre poveri. La sua prodigalità è ammessa anche da lui, e tutto il suo comportamento dichiara che quella di negarsi qualcosa è una pratica a lui quasi sconosciuta. Le sue esigenze e la tua esperienza, insieme, vi avrebbero procurato dispiaceri non meno dolorosi per te per il solo fatto di essere previsti. So molto bene che il tuo senso d'onore e di onestà ti avrebbe portata, appena fossi stata conscia della situazione, a provare tutte le economie possibili, e forse, fino a che la tua frugalità avesse limitato solo il tuo benessere, ti sarebbe stato consentito praticarla; ma più di questo... E fino a che punto sarebbero serviti i tuoi soli sforzi per porre freno alla rovina iniziata prima del vostro matrimonio? E oltre a ciò, se tu avessi cercato, anche nel modo più ragionevole, di porre un limite ai suoi divertimenti, non avresti corso il rischio che, invece di riuscire a porre un freno a tanto egoismo, tu vedessi diminuire la tua influenza sul suo cuore, spingendolo a rimpiangere un legame che lo aveva trascinato in simili difficoltà?»

Le labbra di Marianne tremavano, mentre lei ripeteva la parola «egoismo?», in un tono che voleva dire: «Ma davvero lo ritieni egoista?».

«Tutto il suo comportamento», rispose Elinor, «dall'inizio alla fine di questa storia, è stato fondato sull'egoismo. È l'egoismo che al principio lo ha fatto giocare col tuo affetto; che in seguito gli ha fatto rimandare la dichiarazione del suo, e che alla fine lo ha condotto via da Barton. Il suo piacere, o il suo vantaggio, è stato sempre, in ogni dettaglio, il principio che lo ha diretto.»

«È più che vero. Non ha mai avuto come scopo la mia felicità.»

«Ora», continuò Elinor, «rimpiange ciò che ha fatto. E perché lo rimpiange? Perché si accorge che non era ciò che si aspettava. Non lo ha fatto felice. Ora la sua situazione finanziaria è solida, da quella parte non corre più nessun pericolo, e pensa solo di avere sposato una donna dotata di un carattere meno amabile del tuo. Ma questo significa che se avesse sposato te sarebbe stato felice? I problemi sarebbero stati diversi. Soffrirebbe per le difficoltà finanziarie a cui in questo momento, dato che sono state eliminate, non dà alcuna importanza. Avrebbe una moglie del cui carattere non potrebbe rammaricarsi, ma sarebbe sempre in mille difficoltà... sempre povero; e probabilmente avrebbe presto imparato a valutare gli innumerevoli vantaggi di avere delle proprietà senza ipoteche e una buona rendita, molto, molto più importanti, per la felicità domestica, del carattere di una moglie.»

«Non ne dubito», disse Marianne, «e non ho nulla da rimpiangere... null'altro che la mia follia.»

«Parla piuttosto dell'imprudenza di tua madre, cara figlia mia!», esclamò la signora Dashwood. «La maggiore responsabile è lei».

Marianne non avrebbe voluto che andasse avanti; ed Elinor, paga che ciascuna riconoscesse il proprio errore, e desiderosa di evitare qualunque riesamina del passato che potesse indebolire lo spirito di sua sorella, riprese immediatamente:

«C'è una conclusione che credo dovremmo trarre da tutta questa storia... che tutte le difficoltà di Willoughby sono scaturite dal suo primo oltraggio alla virtù, per il modo con cui si è comportato con Eliza Williams. Quella colpa è stata l'origine di tutte quelle minori e di tutto il suo attuale scontento».

Marianne approvò con fervore questa conclusione, e questo portò la signora Dashwood a fare un elenco di tutte le sofferenze subite dal Colonnello Brandon e a elogiare ogni suo merito, con tutto il calore che l'amicizia e un intento specifico potevano dettare, uniti insieme. Non parve, però, che sua figlia stesse molto ad ascoltare quel che lei diceva.

Nei due o tre giorni successivi Elinor si accorse che, come si attendeva, il miglioramento di Marianne aveva un arresto; ma fintanto che, con coraggiosa decisione, lei cercava comunque di apparire allegra e tranquilla, era il caso di affidarsi con tutta sicurezza ai favorevoli effetti che sulle sue condizioni avrebbe avuto il tempo.

Margaret tornò, e tutta la famiglia si trovò di nuovo tranquillamente riunita e sistemata al villino e, se anche non era occupata nei consueti studi con lo stesso entusiasmo dei primi giorni passati a Barton, progettava però di riprenderli con lo stesso fervore nel futuro.

Elinor cominciava a essere impaziente di avere qualche notizia di Edward. Non sapeva più niente di lui da quando era partita da Londra, niente di nuovo dei suoi progetti, niente di sicuro della sua attuale dimora. Aveva scambiato alcune lettere con suo fratello, in occasione della malattia di Marianne; nel primo messaggio di John si leggeva la frase: «Non sappiamo nulla del nostro sfortunato Edward, e non possiamo cercare di sapere nulla di un argomento tanto proibito, ma crediamo, in conclusione, che sia ancora a Oxford», il che fu tutto quello che le consentì di sapere nella loro corrispondenza, perché il nome di Edward non fu più menzionato in nessuna delle lettere successive. Lei non era destinata, però, a rimanere a lungo all'oscuro delle sue azioni.

Il loro domestico era stato inviato una mattina a Exeter per affari, e quando, mentre serviva a tavola, ebbe soddisfatto l'interesse della sua padrona in merito al motivo della gita, la sua volontaria comunicazione fu:

«Suppongo sappiate, signora, che il signor Ferrars si è sposato».

Marianne trasalì violentemente e fissò Elinor, la vide impallidire e ricadde sulla sedia in preda a un attacco isterico. La signora Dashwood, i cui occhi, mentre rispondeva alla domanda del domestico, si erano istintivamente girati nella stessa direzione, fu colpita dal vedere la sofferenza dipinta sul volto di Elinor, e un momento dopo, ugualmente angosciata per lo stato di Marianne, non sapeva a quale delle figlie prestare aiuto.

Il domestico, che si era accorto solo che la signorina Marianne si sentiva male, aveva avuto la presenza di spirito di chiamare una delle domestiche, che aiutò la signora Dashwood a portare la sofferente nella stanza accanto. Marianne si riebbe subito, e la madre, quando l'ebbe affidata alle cure di Margaret e della governante, ritornò da Elinor che, pur molto turbata, aveva intanto ritrovato l'uso della ragione e della voce, al punto da iniziare a interrogare Thomas, come unica fonte d'informazione. La signora Dashwood si fece immediatamente carico di quel compito, cosicché Elinor poté avere il vantaggio di ricevere le informazioni senza prendersi la pena di ottenerle.

«Chi vi ha detto che il signor Ferrars si è sposato, Thomas?»

«Io stesso ho visto stamattina il signor Ferrars a Exeter, signora, e anche la sua signora, cioè la signorina Steele. Erano fermi in un birroccio alla porta del New London Inn mentre io andavo là con un'ambasciata di Sally a suo fratello, che è uno dei postiglioni. Ho guardato su per caso, passando accanto alla carrozza, e così ho visto subito che era la più giovane delle signorine Steele; e allora mi sono tolto il cappello, lei mi ha riconosciuto, mi ha chiamato e mi ha chiesto di voi, signora, e delle signorine, soprattutto della signorina Marianne, e mi ha detto di portarvi i suoi omaggi e quelli del signor Ferrars, e che era tanto spiacente di non potervi venire a salutare, ma avevano una gran fretta di proseguire perché dovevano andare un po' più avanti, ma comunque, al ritorno, avrebbe fatto di tutto per venire a trovarvi.»

«Ma vi ha detto di essersi sposata, Thomas?»

«Sì, signora. Ha sorriso e ha detto che aveva cambiato nome, da quando stava da queste parti. È stata sempre una signorina molto affabile e discorsiva, e così bene educata. Così, mi sono preso la libertà di farle i miei auguri.»

«Il signor Ferrars era in carrozza con lei?»

«Sì, signora, l'ho visto che si appoggiava all'indietro, ma non ha alzato gli occhi; è sempre stato un signore poco incline alle chiacchiere.»

Il cuore di Elinor poteva facilmente capire perché lui non si fosse fatto avanti; e probabilmente la signora Dashwood trovò la stessa spiegazione.

«C'era qualcun altro nella carrozza?»

«No, signora, solo loro due.»

«Sapete da dove venivano?»

«Venivano direttamente dalla città, come mi ha detto la signorina Lucy... cioè la signora Ferrars.»

«E andavano verso est?»

«Sì, signora, ma non per rimanerci a lungo. Torneranno presto, e verranno senz'altro a trovarvi.»

La signora Dashwood guardò sua figlia; ma Elinor sapeva benissimo che non era il caso di aspettarli. In quel messaggio riconosceva tutto il carattere di Lucy, ed era certa che Edward non si sarebbe mai avvicinato a loro. Disse a bassa voce a sua madre che probabilmente andavano dal dottor Pratt, vicino Plymouth.

Pareva che Thomas non avesse più nulla da dire.

Elinor, tuttavia, aveva l'aria di volerne sapere di più.

«Li avete visti partire prima di venire via?»

«No, signora, stavano giusto portando dei cavalli, ma non mi potevo trattenere di più, avevo paura di fare tardi.»

«Aveva un bell'aspetto la signora Ferrars?»

«Sì, signora, ha detto che stava molto bene; e a me era sempre parsa una gran bella signorina... e sembrava proprio contenta.»

Alla signora Dashwood non vennero in mente altre domande, e Thomas e la tovaglia, ormai tutt'e due inutili, furono subito licenziati. Marianne aveva già mandato a dire che non avrebbe mangiato altro. Anche la signora Dashwood ed Elinor non avevano più appetito, e Margaret poteva considerarsi fortunata che, con tutti i momenti di agitazione che avevano passato entrambe le sorelle, e tutti i motivi che avevano avuto, così spesso, per saltare i pasti, almeno lei non fosse stata costretta, prima di allora, a saltare il pranzo.

Sistemato il dolce e il vino e rimaste sole, la signora Dashwood ed Elinor stettero a lungo immerse nello stesso doloroso silenzio. La signora Dashwood non osava rischiare di fare qualche domanda, e non tentava di offrire consolazione. Si accorgeva ora di aver sbagliato, basandosi su quel che Elinor le aveva detto di sé; e ne concludeva, giustamente, che a suo tempo ogni cosa le era stata addolcita, così da risparmiarle una dose ulteriore di dolore, mentre soffriva come aveva sofferto per

Marianne. Si accorgeva che le prudenti, le premurose cure di sua figlia l'avevano condotta a ritenere, a torto, che l'attaccamento, un tempo da lei tanto bene compreso, fosse molto più superficiale, in realtà, di quanto lei avrebbe voluto credere, o di quanto si rivelava adesso. Temeva, data quella sua persuasione, di essere stata ingiusta, negligente e, sì, addirittura scortese verso Elinor; e che la sofferenza di Marianne, perché più riconosciuta e più immediatamente sotto i suoi occhi, aveva monopolizzato la sua tenerezza, e l'aveva portata a dimenticare che in Elinor poteva avere una figlia che soffriva quasi altrettanto, e certo con minore autocommiserazione, e più grande coraggio.

Capitolo quarantottesimo

Elinor si accorgeva adesso della differenza che esiste tra l'attesa di un evento temuto, nonostante quanto si possa dire e fare perché la mente lo accetti per certo, e la certezza stessa. Si accorgeva che, nonostante tutto, fino a che Edward era rimasto scapolo, lei aveva sempre nutrito la speranza che succedesse qualcosa che gli impedisse di sposare Lucy; che subentrasse una sua decisione, un intervento di amici, o qualche più favorevole opportunità di sistemarsi per la signorina, così da contribuire alla felicità di tutti. Ma ora era sposato, e lei condannava il suo cuore per avere ceduto a quelle oscure lusinghe che rendevano tanto acuto il dolore dell'intelligenza.

La sorprese un po', all'inizio, il fatto che lui si fosse sposato così presto, prima (lei immaginava) di avere preso gli ordini, e quindi prima di poter usufruire della rendita; ma di lì a poco capì quanto fosse comprensibile che Lucy, nel suo previdente egoismo, nella fretta di legarlo, avesse deciso di correre ogni rischio tranne quello dell'indugio. Si erano sposati, e sposati a Londra, e ora si affrettavano ad andare dallo zio. Cosa doveva aver sentito Edward, nel trovarsi a quattro miglia da Barton, vedendo il servitore di sua madre, sentendo il messaggio di Lucy!

Supponeva che presto si sarebbero sistemati a Delaford. Delaford, un luogo per il quale tutto pareva cospirare ad accrescere il suo interesse, e che lei desiderava conoscere, e allo stesso tempo desiderava evitare. Li vide, per un momento, nella casa parrocchiale; vide in Lucy l'attiva, l'esperta padrona di casa, che univa la massima parsimonia al desiderio di fare bella figura, e che sarebbe arrossita nell'esser sospettata di metà dei suoi espedienti per fare economia; che perseguiva in ogni cosa il proprio interesse, corteggiando il favore del Colonnello Brandon, della signora Jennings, di tutti gli amici ricchi. In Edward... non sapeva cosa vedere, né che cosa desiderava vedere; felice o infelice... non le piaceva in ogni caso; distoglieva lo sguardo da qualsiasi immagine di lui.

Elinor si lusingava di pensare che qualcuna delle conoscenze di Londra le avrebbe scritto per annunciare l'evento e offrire ulteriori particolari; ma i giorni passarono, uno dopo l'altro, senza portare nessuna lettera, nessuna informazione. Non sapendo chi rimproverare particolarmente, se la prendeva con tutti gli amici lontani; erano tutti trascurati, o indolenti.

«Quando scriverete al Colonnello Brandon, signora madre?», fu la domanda che scaturì dall'impazienza della sua mente, ansiosa che succedesse qualcosa.

«Tesoro mio, gli ho scritto la settimana scorsa, e mi aspetto di vederlo, piuttosto che di leggere un'altra sua lettera. Ho insistito caldamente perché venga a trovarci, e non mi stupirei se capitasse qui oggi stesso, o domani, oppure uno di questi giorni.»

Questo era già qualcosa, qualcosa da attendere e anticipare col pensiero. Di sicuro il Colonnello Brandon avrebbe portato qualche notizia.

Aveva a stento finito di formulare questo pensiero che la figura di un uomo a cavallo attrasse il suo sguardo alla finestra. Il cavaliere si fermò al cancello. Era un gentiluomo, era proprio il Colonnello Brandon. Ora ne avrebbe saputo di più, e già tremava nell'aspettativa. Ma... *non* era il Colonnello... quello non era né il suo aspetto, né la sua statura. Se fosse stato possibile, avrebbe detto che era Edward. Guardò di nuovo. Il cavaliere era appena smontato; no, non poteva sbagliarsi... era Edward. Si staccò dalla finestra e sedette. «È venuto dalla casa del signor Pratt proprio per noi. Rimarrò calma. Sarò padrona di me stessa.»

In un istante capì che anche le altre si erano accorte dell'errore. Vide sua madre e Marianne impallidire; vide che si scambiavano un'occhiata e sussurravano qualche frase tra di loro. Avrebbe dato ogni cosa al mondo per poter parlare, per dichiarare la fiducia che nel loro comportamento verso di lui non trapelasse alcuna freddezza, alcun disagio: ma non poté pronunciare una sola parola, e dovette lasciare tutto alla discrezione materna.

Non fu detta una sillaba. Tutte attendevano in silenzio di vedere il visitatore. Già i suoi passi risuonavano sulla ghiaia del sentiero; un momento dopo era nel corridoio; il momento dopo ancora era di fronte a loro.

Il suo atteggiamento, quando entrò, non era molto felice, neppure per Elinor. Era pallido dall'agitazione, e pareva incerto dell'accoglienza che avrebbe ricevuto, e conscio di non meritare la loro cordialità. Ma la signora Dashwood, attenendosi, come confidava, ai desideri di sua figlia, dalla quale aveva deciso di lasciarsi guidare in tutto e per tutto, lo ricevette con uno sguardo di forzato piacere, e gli tese la mano, facendogli le sue felicitazioni.

Lui arrossì e balbettò una risposta incomprensibile. Le labbra di Elinor si erano mosse con quelle di sua madre, e quando il momento passò rimpianse di non avergli stretto anche lei la mano. Ormai però era troppo tardi; così, con un'espressione che voleva essere serena, si sedette di nuovo, e parlò del tempo.

Marianne si era ritirata in un angolo, per nascondere il suo disagio; e Margaret, comprendendo qualcosa, ma non tutto, ritenne doveroso mantenersi distaccata e, presa una sedia il più possibile lontana da lui, si chiuse in un totale silenzio.

Quando Elinor ebbe finito di rallegrarsi della stagione asciutta, seguì una pausa molto solenne. La ruppe la signora Dashwood, che si sentì in dovere di esprimere la speranza che la signora Ferrars stesse bene. Lui, molto in fretta, rispose affermativamente.

Un'altra pausa.

Elinor, decisa a farsi forza, pur temendo il suono della sua voce, disse allora:

«La signora Ferrars è a Longstaple?».

«A Longstaple!», rispose lui, stupito. «No, mia madre è a Londra.»

«Intendevo riferirmi», disse Elinor, prendendo un lavoro dalla tavola, «a vostra moglie.»

Lei non osò alzare gli occhi; ma tanto sua madre che Marianne si volsero a guardarlo. Lui arrossì, parve confuso, assunse un'aria di dubbio, e dopo una certa esitazione disse:

«Forse intendete dire... mio fratello... la moglie di mio fratello Robert».

«La moglie di Robert!», fecero eco Marianne e sua madre, in tono di estremo stupore; e nonostante Elinor non riuscisse a parlare, anche i suoi occhi si fissarono su di lui, con la stessa impaziente meraviglia. Lui si alzò e si accostò alla finestra, a quanto pareva senza accorgersi di quel che faceva; afferrò un paio di forbici che stavano sul davanzale, e mentre rovinava tanto le forbici che il loro fodero tagliando questo a pezzi, disse in fretta, con voce roca:

«Forse non sapete... non avete ancora sentito che mio fratello si è sposato da poco con... con la più giovane... con la signorina Lucy Steele».

Le sue parole furono ripetute, con indicibile stupore, da tutte quante eccetto Elinor, che sedeva con la testa curva sul suo lavoro, in uno stato di agitazione tale da non saper più dove si trovava.

«Sì», disse lui, «si sono sposati la settimana scorsa, e ora sono a Dawlish.»

Elinor non riuscì più a restare seduta. Fuggì, quasi, dalla stanza, e appena richiusa la porta scoppiò in lacrime di gioia che all'inizio credette non dovessero finire mai. Edward, che fino a quel momento aveva guardato tutto eccetto lei, la vide scappare via e forse notò, forse addirittura sentì, la sua commozione; perché subito dopo cadde in uno stato contemplativo che nessuna osservazione, nessuna domanda, nessun affettuoso tentativo della signora Dashwood riuscirono a penetrare, e alla fine, senza dire una parola, uscì dalla stanza e si avviò verso il villaggio, lasciando le altre in uno stato di totale sbigottimento e perplessità per quel cambiamento nella sua situazione, così eccezionale e così improvviso; una perplessità che non avevano modo di diminuire se non con le loro congetture.

Capitolo quarantanovesimo

Comunque, per quanto inesplicabili le circostanze della sua liberazione sembrassero a tutta la famiglia, era certo che Edward era libero, e a quale fine sarebbe stata adoperata la sua libertà, era facile per tutti prevedere; perché dopo aver sperimentato le gioie di un fidanzamento imprudente, contratto senza il consenso di sua madre, come aveva già fatto per più di quattro anni, da lui non ci si poteva attendere nulla di meno che, a fronte del fallimento del primo, ne contraesse immediatamente un secondo.

L'obiettivo del suo viaggio a Barton, infatti, era chiaro. Era solo quello di chiedere a Elinor di sposarlo; e visto e considerato che in tale genere di cose non era del tutto inesperto, era stato strano che nel caso presente si sentisse tanto a disagio come in realtà si sentiva, e tanto bisognoso di incoraggiamento e di aria fresca.

Con quanta rapidità riuscì a trovare la strada verso la decisione opportuna, con quanta prontezza si presentò l'opportunità di metterla in opera, in quale maniera si espresse e fu ricevuto, non è tuttavia necessario raccontarlo per filo e per segno. Basterà dire questo: che quando sedettero tutti a tavola alle quattro, circa tre ore dopo il suo arrivo, aveva conquistato la dama, ottenuto il consenso della madre di lei, ed era, non solo per quanto atteneva all'inebriante ruolo dell'innamorato, ma in realtà, e con ragione, l'uomo più felice del mondo. La sua situazione era infatti più che comunemente gioiosa; aveva ben più che il consueto trionfo dell'amore ricambiato per colmare il cuore e sollevare lo spirito. Si era affrancato, senza biasimo da parte sua, da un legame che da molto tempo per lui costituiva un tormento, da una donna che non amava più, ed era di colpo salito a una condizione di certezze rispetto a un'altra, a quelle certezze a cui aveva pensato quasi con disperazione quando si era accorto di contemplarla con desiderio. Era salito non dal dubbio o dall'incertezza, ma addirittura dall'infelicità, alla felicità; e parlava del cambiamento con una gioia così genuina, così eloquente e così piena di gratitudine che le sue amiche non avevano in lui ancora conosciuto.

Ora il suo cuore era aperto a Elinor; tutte le sue debolezze, tutti i suoi errori confessati, e il suo primo, ancor fanciullesco sentimento per Lucy, trattato con la filosofica dignità dei ventiquattro anni.

«È stata un'inclinazione sciocca e futile da parte mia», disse, «conseguenza dell'ignoranza del mondo e della mancanza di occupazioni. Se mia madre mi avesse dato una professione, quando a diciotto anni fui tolto alla tutela del signor Pratt, credo che... anzi, ne sono certo, non sarebbe mai accaduto; perché anche se ero partito dalla casa del signor Pratt con quella che credevo, a quel tempo, un'irriducibile inclinazione per sua nipote, se avessi avuto uno scopo, un obiettivo capace di occupare il mio tempo e tenermi lontano da lei per qualche mese, avrei facilmente superato quell'amore immaginario; soprattutto se mi fossi mescolato di più con la gente, come in tal caso sarebbe stato necessario. Ma invece di aver qualcosa da fare, invece di avere una professione, scelta per me o lasciata scegliere a me, ritornai a casa per essere completamente inattivo; nel primo anno non ebbi nemmeno l'occupazione nominale che mi avrebbe offerto l'università, visto che non entrai a Oxford prima dei diciannove anni. Non avevo quindi nient'altro da fare al mondo che ritenermi innamorato; e visto che mia madre non mi rendeva piacevole la casa sotto nessun aspetto, siccome non avevo amici, non avevo altro compagno che mio fratello e non mi piaceva fare nuove conoscenze, non c'era niente di strano che andassi spesso a Longstaple, dove mi sentivo sempre a casa mia, ed ero sempre certo di essere bene accolto; e quindi, fra i diciotto e i diciannove anni, passai lì gran parte del mio tempo. Lucy mi pareva un modello di amabilità e di gentilezza. Era graziosa, anche, o almeno così allora credevo, e conoscevo tanto poco le donne che non potevo fare paragoni, né notare difetti. Così, tutto considerato, spero si possa riconoscere che il nostro fidanzamento è stato una sciocchezza, come è stato poi dimostrato in tutti i modi, ma non è stato una stravaganza o un'imperdonabile follia.»

Il cambiamento che poche ore avevano prodotto nella mente e nella felicità delle Dashwood era tale, e talmente grande, da promettere loro il piacere di una notte insonne. La signora Dashwood, troppo felice per riposare tranquillamente, non sapeva come esprimere il suo affetto per Edward ed elogiare Elinor a dovere, come essere sufficientemente riconoscente al cielo per aver prodotto la liberazione di lui senza minimamente intaccare la sua delicatezza, né come fare a dare ai due innamorati l'opportunità di discorrere liberamente tra di loro e allo stesso tempo godere, come desiderava, della vista e della compagnia di tutt'e due.

Marianne poteva esprimere la sua felicità solo per mezzo delle lacrime. Nascevano confronti, sorgevano rimpianti; e la sua gioia, anche se era sincera, per amore di sua sorella, era di un genere che non poteva darle né esultanza né parole.

Quanto a Elinor, come descrivere i suoi sentimenti? Dal momento in cui aveva appreso che Lucy aveva sposato un altro, e che Edward era libero, dal momento in cui aveva giustificato le speranze così immediatamente suscitate, era stata di volta in volta tutto tranne che tranquilla. Ma passato il primo momento, quando comprese che ogni dubbio, ogni ansia erano stati cancellati, quando, confrontando la situazione di lui a quella che era stata negli ultimi tempi, lo vide, appena onorevolmente liberato dal suo primo impegno, approfittare immediatamente della liberazione per correre da lei e dichiararle quell'affetto tenero e costante che lei aveva sempre immaginato, si sentì schiacciata, si sentì sopraffatta dalla felicità; e quantunque per fortuna la mente umana sia facilmente disposta a familiarizzarsi con qualunque cambiamento in meglio, ci vollero parecchie ore per sedare il suo spirito e consentire un certo grado di tranquillità al suo cuore.

Ora Edward si era stabilito al villino per almeno una settimana, perché, qualsiasi altro impegno richiedesse il suo ritorno, era impossibile che meno di una settimana fosse dedicata alla felicità di godere la compagnia di Elinor, o bastasse per dire la metà di quel che c'era da dire sul passato, il presente e il futuro; anche se, infatti, pochissime ore trascorse nello sforzo non indifferente di chiacchierare ininterrottamente basterebbero a liberare il campo di più argomenti di quanti possano averne in comune due esseri ragionevoli, con gli innamorati è diverso. Fra di loro nessun argomento è mai finito, non viene mai presa nessuna decisione senza prima tornarci sopra almeno una ventina di volte.

Il matrimonio di Lucy, quella incessante e comprensibile causa di stupore per tutti loro, costituì naturalmente uno dei primi motivi di conversazione fra i due. Agli occhi di Elinor, per la particolare conoscenza che aveva di entrambe le parti, pareva sotto ogni punto di vista una delle più incredibili storie mai udite. Come si erano conosciuti, grazie a quale attrazione Robert era stato trascinato a sposare una ragazza delle cui attrattive lei stessa lo aveva sentito parlare con disprezzo, una ragazza già fidanzata a suo fratello, e per colpa della quale quel fratello era stato ripudiato dalla famiglia, tutto questo pareva un mistero fuori della sua possibilità di comprensione. Per il suo cuore, era una cosa deliziosa, per la sua immaginazione era perfino ridicolo, ma per la sua ragione, il suo criterio, era un vero e proprio enigma.

Edward poté tentare di offrire una spiegazione solo supponendo che, dopo un iniziale incontro avvenuto per caso, la vanità dell'uno fosse stata tanto ben lavorata dall'adulazione dell'altra da portare a poco a poco a tutto il resto. Elinor rammentò quel che Robert le aveva detto in Harley Street, la sua opinione su quello che avrebbe potuto ottenere la sua mediazione negli affari del fratello se fosse stata esercitata in tempo, e lo ripeté a Edward.

«Questo è proprio da Robert», fu l'immediata osservazione di lui. «E forse», aggiunse subito, «in mente aveva solo questo quando la loro conoscenza è cominciata. E forse Lucy, da principio, pensava solo a procurarsi i suoi buoni uffici a mio favore. Gli altri disegni sono sopraggiunti dopo.»

Da quanto tempo la cosa andasse avanti tra loro, tuttavia, era un mistero che lasciava interdetto anche lui; giacché a Oxford, dove aveva deciso di trattenersi dopo aver lasciato Londra, non aveva alcuna possibilità di ricevere notizie se non da lei stessa, e le sue lettere, fino all'ultimo, erano state non meno frequenti e affettuose del solito. Non gli si era dunque mai presentata la minima ragione di sospetto per prepararlo a quanto era seguìto; e quando infine la faccenda era esplosa, con una lettera della stessa Lucy, era rimasto per un certo tempo, a quel che ricordava, paralizzato tra lo stupore, l'orrore e la gioia di quella liberazione. Mise la lettera nelle mani di Elinor:

Gentile signore,

Essendo più che certa di avere da molto tempo perduto il vostro affetto, mi sono ritenuta libera di concedere il mio a un altro, e non dubito che sarò felice con lui come una volta credevo sarebbe stato con voi; disdegno però di accettare la mano di un uomo il cui cuore è di un'altra. Sinceri auguri di essere felice nella vostra scelta, e non sarà colpa mia se non saremo sempre buoni amici come adesso sarà necessario, vista la nostra stretta parentela. Posso dire con tutta sicurezza che non vi serbo rancore, e sono certa che siete troppo generoso per cercare di danneggiarci. Vostro fratello si è conquistato tutto il mio affetto, e siccome non potevamo proprio vivere l'uno senza l'altra, siamo giusto adesso di ritorno dall'altare e siamo sulla strada di Dawlish per qualche settimana, posto che il vostro caro fratello ha molta curiosità di vedere, anche se io ho pensato, prima di andarci, di disturbarvi con questa mia, e sempre rimarrò, con molti auguri, la vostra sincera amica e sorella,

Lucy Ferrars

Ho bruciato tutte le vostre lettere, e vi restituirò il vostro ritratto alla primissima occasione. Per piacere distruggete i miei scarabocchi; ma l'anello con i miei capelli, se volete, tenetevelo pure.

Elinor lesse, poi restituì il foglio senza commenti.

«Non chiedo il vostro parere quanto al suo modo di scrivere», disse Edward. «Una volta per nulla al mondo avrei voluto che vedeste una sua lettera. È già abbastanza brutto, trattandosi di una cognata, ma quando si tratta di una moglie! Quante volte sono arrossito sulle sue pagine! E credo di potere affermare che dopo i primi sei mesi della nostra sciocca... storia, questa sia l'unica lettera ricevuta da lei il cui contenuto mi faccia perdonare le carenze stilistiche.»

«Comunque sia andata», riprese Elinor dopo una pausa, «ormai sono di certo sposati. E vostra madre si è tirata addosso una giusta punizione. L'indipendenza che ha assicurato a Robert per risentimento verso di voi lo ha messo in grado di fare la sua scelta; e così ha regalato a un figlio mille sterline l'anno perché facesse proprio ciò per cui aveva diseredato l'altro. Non sarà meno ferita, immagino, dal fatto che Robert sposi Lucy, di quanto non lo sarebbe stata se l'aveste sposata voi.»

«Lo sarà anche di più, perché Robert è stato sempre il suo prediletto. Ne sarà più ferita, e per la stessa ragione sarà più veloce nel perdonarlo.»

Come stessero al presente le cose fra loro, Edward non lo sapeva, poiché non aveva ancora tentato di comunicare con nessuno della sua famiglia. Aveva lasciato Oxford meno di ventiquattr'ore dopo l'arrivo della lettera di Lucy, e con davanti a sé un solo obiettivo, imboccare la strada più diretta per Barton, senza avere avuto il tempo di formare nessun piano di condotta che non concernesse strettamente quella strada. Non poteva fare nulla prima di essersi assicurato sul proprio futuro con la signorina Dashwood, e dalla sua rapidità nel cercare quel futuro si può supporre che nonostante la gelosia con cui una volta aveva pensato al Colonnello Brandon, nonostante la modestia con cui giudicava i propri meriti e la formalità con cui parlava dei propri dubbi, non si attendeva, nel complesso, un'accoglienza molto crudele. Era suo dovere, tuttavia, dire che se lo attendeva, e lo disse con molto garbo. Quanto a quel che avrebbe potuto dire in proposito un anno dopo, questo lo lasciamo all'immaginazione dei mariti e delle mogli.

Che Lucy avesse avuto sicuramente l'intenzione di ingannare, di andarsene tirandogli una malevola stoccata col messaggio affidato a Thomas, era perfettamente chiaro per Elinor; e lo stesso Edward, ormai disilluso sul suo carattere, non ebbe scrupolo a ritenerla capace di tutte le meschinità proprie di una natura perfida e capricciosa. Anche se aveva aperto gli occhi da molto tempo, ancor prima di conoscere Elinor, sulla sua ignoranza e sulla sua mancanza di generosità, aveva attribuito tutto alle carenze dell'educazione ricevuta, e fino all'arrivo dell'ultima lettera l'aveva sempre ritenuta una ragazza di buon carattere e buon cuore, molto attaccata a lui. Solo una tale convinzione lo aveva trattenuto dal mettere fine a un legame che, ben prima che la scoperta scatenasse l'ira di sua madre, per lui era stato fonte continua di turbamento e di rammarico.

«Ho creduto fosse mio dovere», disse, «indipendentemente dai miei sentimenti, di darle la possibilità di continuare il fidanzamento o meno, quando sono stato cacciato da mia madre e, stando alle apparenze, non avevo al mondo un amico che mi potesse aiutare. In una situazione come quella, in cui pareva che non ci fosse nulla che potesse tentare l'avidità o la vanità di un essere umano, come potevo immaginare, mentre insisteva con tanta serietà e tanto calore di voler condividere la mia sorte in qualsiasi caso, che non fosse sollecitata dall'affetto più disinteressato? E ancora non riesco a comprendere quale motivo la spingesse ad agire così, o quale vantaggio potesse rappresentare, per lei, legarsi a un uomo verso il quale non provava nulla, e che al mondo aveva solo duemila sterline. Non poteva prevedere che il Colonnello Brandon mi avrebbe fatto avere quella rendita.»

«No, ma poteva ben supporre che qualcosa sarebbe successo in vostro favore; che col tempo la vostra famiglia potesse venire a più miti propositi. A ogni modo, continuando il fidanzamento non perdeva nulla, dato che ha dimostrato che questo non rappresentava un impedimento né alle sue inclinazioni né alle sue azioni. La parentela era di sicuro rispettabile, e con tutta probabilità le creava molta considerazione fra i suoi amici; e se non le si fosse offerto nulla di più vantaggioso, era sempre meglio sposare voi che restare zitella.»

Edward, naturalmente, fu subito convinto che non ci fosse nulla di più naturale del comportamento di Lucy, e nulla di più evidente dei motivi che l'avevano ispirato.

Elinor lo rimproverò, con tutta la severità con cui le signore rimproverano un'imprudenza che costituisce per loro un complimento, per avere trascorso tanto tempo a Norland, giacché questa era una prova della sua incostanza.

«Il vostro comportamento è stato di certo molto riprovevole», disse, «perché, pur lasciando da parte ciò che pensavo io, tutti i nostri parenti sono stati portati a fare fantasie e ad aspettarsi quello che, data la vostra situazione di allora, non avrebbe mai potuto essere.»

Lui poté difendersi solo chiamando in causa la sua incapacità a leggere nei propri sentimenti, e una malriposta fiducia nella forza del suo fidanzamento.

«Ero così ingenuo da ritenere che non ci potesse essere alcun pericolo nello stare con voi, perché la mia parola era impegnata con un'altra, e la coscienza del mio impegno avrebbe tenuto il mio cuore sicuro e sacro come il mio onore. Mi accorgevo di ammirarvi, ma dicevo a me stesso che si trattava solo di una buona amicizia; e solo quando ho cominciato a fare confronti fra voi e Lucy mi sono accorto di dove ero arrivato. Dopo questo, sì, credo di avere fatto male a trattenermi tanto tempo nel Sussex, e le ragioni grazie alle quali mi riconciliavo con un tale espediente non erano migliori di queste: "Il pericolo lo corro solo io; non faccio del male a nessuno eccetto che a me stesso...".»

Elinor sorrise, e scosse il capo.

Edward sentì con piacere che il Colonnello Brandon era atteso al villino, giacché desiderava non solo conoscerlo meglio, ma avere la possibilità di convincerlo che non si era risentito per l'offerta della sistemazione a Delaford. «Perché al presente», aggiunse, «dopo i ringraziamenti che ho tanto goffamente presentati in quell'occasione, deve pensare che io non l'abbia mai perdonato di avermela offerta.»

Si stupiva anche lui di non essere ancora andato sul posto, ma fino ad allora così poco era stato il suo interesse in proposito, che doveva tutta la sua conoscenza della casa, del giardino e del campo, dell'estensione della parrocchia, delle condizioni della terra e del tasso delle decime a Elinor, che ne aveva sentito molto parlare dal Colonnello, e aveva ascoltato tutto con tanta attenzione da essere completamente padrona dell'argomento.

Dopo questo, rimaneva una sola questione in sospeso fra loro, rimaneva una sola difficoltà da superare. Erano uniti dal reciproco affetto, con la più calda approvazione dei loro veri amici; la conoscenza intima che avevano l'uno dell'altro pareva rendere sicura la loro felicità; e tutto ciò di cui avevano bisogno era qualcosa per vivere. Edward aveva duemila sterline, Elinor ne aveva mille, il che, insieme alla rendita di Delaford, era tutto quello che potevano dire loro su questa terra: giacché era impossibile che la signora Dashwood fosse in grado di mettere a disposizione qualcosa, e nessuno dei due era accecato dall'amore tanto da credere che trecentocinquanta sterline l'anno li avrebbero mantenuti negli agi.

Edward non era del tutto restio a sperare in qualche favorevole cambiamento nell'atteggiamento di sua madre verso di lui; e si basava su questo per arrotondare i loro redditi. Elinor però non era altrettanto fiduciosa; perché, visto che Edward era ancora dell'idea di non sposare la signorina Morton, e che il fatto di aver scelto lei era già stato giudicato, nel lusinghiero linguaggio della signora Ferrars, solo «un male minore», lei temeva che la colpa di Robert servisse solo ad arricchire Fanny.

Circa quattro giorni dopo l'arrivo di Edward, arrivò il Colonnello Brandon a completare la soddisfazione della signora Dashwood, e a darle l'opportunità, per la prima volta da quando abitavano a Barton, di avere più ospiti di quanti la sua casa ne potesse contenere. A Edward fu riconosciuto il privilegio di primo arrivato, cosicché il Colonnello tutte le sere prendeva la strada che conduceva ai suoi vecchi quartieri a Barton Park, da dove tornava la mattina abbastanza presto per interrompere il primo *tête-à-tête* degli innamorati prima della colazione. Un soggiorno di tre settimane a Delaford dove, almeno nelle ore della sera, aveva poco da fare oltre che calcolare la sproporzione fra trentasei e diciassette, lo aveva condotto a Barton in uno stato d'animo che richiedeva, per rasserenarlo, tutto il miglioramento dell'aspetto di Marianne, tutta la gentilezza della sua accoglienza e tutto l'incoraggiamento della conversazione di sua madre. Fra quelle amiche, e quelle lusinghe, però, si sentì rivivere. Non lo aveva ancora raggiunto nessuna notizia del matrimonio di Lucy, non sapeva nulla di quanto era accaduto, e le prime ore della sua visita furono quindi passate ad ascoltare e a meravigliarsi. Gli fu spiegato tutto dalla signora Dashwood, e trovò nuove ragioni di rallegrarsi di quello che aveva fatto in favore del signor Ferrars, perché in conclusione favoriva gli interessi di Elinor.

Non c'è bisogno di dire che la reciproca stima dei due gentiluomini aumentò a mano a mano che progrediva la loro amicizia, e non poteva essere altrimenti. La loro somiglianza, quanto ad assennatezza e solidità di princìpi, carattere e modi di pensare, sarebbe stata senz'altro sufficiente a costituire un legame di amicizia; ma il fatto di essere innamorati di due sorelle molto affezionate rendeva inevitabile e immediata una reciproca simpatia che forse, diversamente, avrebbe dovuto attendere gli effetti di un giudizio maturato col tempo.

Le lettere dalla città, che pochi giorni prima avrebbero fatto fremere di gioia tutte le fibre di Elinor, arrivarono, e furono lette con più divertimento che emozione. La signora Jennings scriveva per annunciare la straordinaria notizia e sfogare la sua onesta indignazione contro la ragazza infedele, e riversava tutta la sua compassione sul povero signor Edward, che, lei ne era certa, aveva adorato quell'indegna civetta e ora stava senza dubbio a Oxford col cuore spezzato. «Credo», proseguiva, «che niente sia mai stato portato avanti con tanta ipocrisia, perché solo due giorni prima Lucy era venuta a trovarmi, e si era trattenuta un paio d'ore. Non c'era nessuno al mondo che nutrisse qualche sospetto, neppure Nancy, che, poverina, è venuta da me il giorno dopo piangendo, tutta sconvolta, sia per la paura della signora Ferrars che perché non sapeva come tornare a Plymouth, dato che Lucy, a quel che pare, prima di andare a sposarsi aveva preso a prestito tutto il suo denaro, allo scopo, suppongo, di avere di che sfoggiare, e la povera Nancy non aveva più un soldo; così sono stata ben contenta di darle cinque ghinee per rispedirla a Exeter, dove crede di potere trascorrere tre o quattro settimane con la signora Burgess, nella speranza, come io le ho suggerito, di tornare a far innamorare il dottore. E devo dire che la cattiveria di Lucy, che non l'ha presa in carrozza con loro, è la cosa peggiore di tutte. Povero signor Edward! Non me lo posso togliere dalla testa, ma voi dovete farlo venire a Barton, e la signorina Marianne dovrà cercare di consolarlo.»

Il tono del signor Dashwood era più solenne. La signora Ferrars era la più disgraziata delle donne, la povera Fanny aveva sofferto tutte le pene della sensibilità ferita, e lui ringraziava il cielo, con grata meraviglia, che fossero sopravvissute entrambe a un simile colpo. La colpa di Robert era imperdonabile, ma quella di Lucy infinitamente più grave. Nessuno dei due doveva esser più nominato davanti alla signora Ferrars; e se in seguito lei avrebbe anche potuto essere indotta a perdonare suo figlio, la moglie di lui non sarebbe mai stata riconosciuta come tale, né le sarebbe stato consentito di comparire alla sua presenza. La segretezza con cui tutto era stato organizzato e portato a termine tra loro aggravava immensamente, e a ragione, la loro colpa, perché se gli altri avessero avuto qualche sospetto si sarebbero prese le misure necessarie per impedire il matrimonio; invitava Elinor a unirsi a lui per deprecare che Lucy non avesse portato a buon fine il fidanzamento con Edward, invece che spargere tanto dolore nella famiglia. E così continuava:

«La signora Ferrars non ha ancora mai pronunciato il nome di Edward, il che non ci sorprende; ma con nostra grande meraviglia nella presente occasione non abbiamo ricevuto da lui nemmeno una parola. Forse, però, è trattenuto dal timore di offendere, e quindi gli manderò due righe a Oxford, per accennargli che tanto sua sorella che io riteniamo che una lettera di doverosa sottomissione da parte sua, magari indirizzata a Fanny e da lei mostrata alla mamma, non sarebbe male accolta, perché tutti sappiamo quanto è tenero il cuore della signora Ferrars, e che lei non desidera altro che di essere in buoni termini con i suoi figli».

Questa parte aveva una certa importanza per le prospettive e il comportamento di Edward; e lo decise a tentare una riconciliazione, anche se non proprio nel modo indicato da suo cognato e da sua sorella.

«Una lettera di doverosa sottomissione!», ripeté. «Vogliono che implori il perdono di mia madre per l'ingratitudine di Robert verso di lei e l'infedeltà verso di me?... Io non posso fare alcun atto di sottomissione, non mi sento né umiliato né pentito di quello che è accaduto, anzi, ne sono molto felice... ma questo a loro non interesserebbe. Non so di nessuna sottomissione che sia doverosa, da parte mia.»

«Voi potete sicuramente chiedere scusa», disse Elinor, «perché avete offeso; e direi che *adesso* potreste arrischiarvi a esprimere un certo dispiacere per aver contratto, un giorno, l'impegno che ha attirato su di voi la collera di vostra madre.»

Lui fu d'accordo su questo.

«E quando vi avrà perdonato, forse sarà conveniente un po' di umiltà, nel rendere noto un secondo fidanzamento che, ai suoi occhi, è quasi altrettanto imprudente del primo.»

Su questo Edward non aveva nulla da obiettare, ma si opponeva ancora all'idea di una lettera di «doverosa sottomissione», e quindi, per rendergli la cosa più facile, giacché dichiarava di essere molto più disposto a fare piccole concessioni a voce piuttosto che per iscritto, si decise che, invece di scrivere a Fanny, andasse a Londra e invocasse personalmente i suoi buoni uffici. «E se si interesseranno davvero», disse

Marianne, che adesso era tutta piena di buona volontà, «a ottenere una riconciliazione, riconoscerò che neppure John e Fanny sono del tutto senza merito.»

Dopo la visita del Colonnello Brandon, di non più di tre o quattro giorni, i due gentiluomini partirono da Barton insieme. Dovevano andare immediatamente a Delaford, perché Edward potesse prendere conoscenza personalmente della sua futura casa e aiutare il suo patrono e amico a decidere quali fossero i miglioramenti necessari; e da là, dopo un paio di notti, doveva continuare il viaggio verso Londra.

Capitolo cinquantesimo

Dopo un'opportuna resistenza da parte della signora Ferrars, violenta e ferma quanto bastava per salvarla dall'accusa in cui pareva avere sempre paura di incorrere (l'accusa di essere troppo amabile) Edward fu ammesso alla sua presenza, e solennemente dichiarato di nuovo suo figlio.

La famiglia della signora aveva subìto, negli ultimi tempi, eccezionali fluttuazioni. Per molti anni lei aveva avuto due figli: ma la colpa e la cancellazione di Edward, poche settimane prima, gliene aveva tolto uno; la corrispondente cancellazione di Robert l'aveva lasciata per una settimana senza nessun figlio; ora, con la resurrezione di Edward, ne aveva di nuovo uno.

Questi tuttavia, anche se gli era concesso di nuovo di vivere, non poteva dirsi sicuro della sua situazione, fino a che non avesse rivelato il nuovo fidanzamento; temeva che quel dettaglio, una volta confessato apertamente, potesse dargli un colpo improvviso, e cancellarlo con la stessa rapidità della volta precedente. Si espresse perciò con apprensiva cautela, e fu ascoltato con una calma inattesa. All'inizio la signora Ferrars cercò ragionevolmente di dissuaderlo dallo sposare la signorina Dashwood, con tutti gli argomenti di cui poteva disporre; gli disse che nella signorina Morton avrebbe trovato una donna di rango superiore, e dal patrimonio più grande; e ribadì tale dichiarazione osservando che la signorina Morton era figlia di un nobile, e possedeva trentamila sterline, mentre la signorina Dashwood non era che la figlia di un gentiluomo qualunque e di sterline ne possedeva solo *tre*; ma quando vide che Edward, pur riconoscendo perfettamente la verità del quadro da lei rappresentato, non era minimamente disposto a lasciarsene impressionare, giudicò più saggio, dopo le esperienze del passato, rassegnarsi, e dopo un antipatico indugio, che lei riteneva indispensabile alla sua dignità, e che serviva a scoraggiare qualunque sospetto di benevolenza, emise il suo decreto di consenso alle nozze di Edward ed Elinor.

Quello che si sarebbe impegnata a fare per aumentare i loro redditi era ancora da decidere; e qui venne fuori chiaramente che se Edward era ora il suo unico figlio, non era per nulla il primogenito, perché mentre Robert era irrevocabilmente dotato di mille sterline l'anno, non fu fatta nessuna obiezione al fatto che Edward prendesse gli ordini per guadagnarne al massimo duecentocinquanta; né gli fu dato nulla per il presente o promesso nulla per l'avvenire, al di fuori delle diecimila che erano state assegnate a Fanny.

Era questo, tuttavia, tutto quel che Edward ed Elinor desideravano, e più di quanto si attendessero; e la stessa signora Ferrars, con le sue imbarazzate scuse, pareva la sola a stupirsi di non aver dato loro di più.

Una volta che si furono così assicurati un reddito pienamente sufficiente alle loro esigenze, dovevano attendere, dopo l'ordinazione di Edward, solo che fosse pronta la casa a cui il Colonnello stava apportando notevoli migliorie, per riguardo a Elinor; e dopo aver aspettato per qualche tempo che fosse finita, dopo aver subìto, come al solito, mille delusioni e rinvii per gli incredibili ritardi degli operai, Elinor, con la consueta decisione, infranse la decisione originaria di non sposarsi fino a che tutto non fosse pronto, e la cerimonia ebbe luogo nella chiesa di Barton, al principio dell'autunno.

Passarono il primo mese di matrimonio con il loro amico, nella casa padronale, da dove potevano controllare i progressi dei lavori e dirigerli, trovandosi sul posto, come desideravano; scegliere le carte, progettare un boschetto e inventare un viale che facesse una curva davanti all'entrata. Le profezie della signora Jennings, anche se parecchio confuse, nel complesso si avverarono; ché a San Michele poté far visita a Edward e a sua moglie a casa loro, e trovò che Elinor e suo marito erano davvero, come si era fermamente aspettata, una delle coppie più felici del mondo. Non avevano infatti nulla da desiderare, eccetto il matrimonio del Colonnello Brandon e Marianne, e un pascolo migliore per le loro mucche.

Appena si furono sistemati, ricevettero la visita di quasi tutti i loro parenti e amici. La signora Ferrars si presentò a ispezionare quella felicità che quasi si vergognava di avere consentito, e anche i Dashwood si addossarono la spesa di un viaggio dal Sussex per far loro onore.

«Non dirò di essere deluso, mia cara sorella», dichiarò John mentre stavano passeggiando insieme, una mattina, davanti ai cancelli di Delaford House, «perché questo sarebbe dir troppo; di certo sei stata una delle giovani più fortunate del mondo, da come stanno le cose; ma confesso che mi avrebbe fatto molto piacere poter chiamare cognato il Colonnello Brandon. La sua tenuta qui, la sua casa, tutto è in così dignitose ed eccellenti condizioni! E i suoi boschi! Non ho visto da nessuna parte del Dorsetshire il legname che vedo a Delaford! E quantunque forse Marianne non sia proprio il tipo di ragazza che possa piacergli, credo sarebbe davvero indicato, da parte sua, che la invitassi spesso, perché, visto che a quel che sembra il Colonnello sta molto a casa, non si può dire cosa non possa succedere... quando le persone stanno molto insieme, e non vedono quasi nessun altro... e tu potrai sempre cercare di metterla in buona luce e così via... In breve, cerca di offrirle un'occasione, tu mi capisci.»

Ma anche se la signora Ferrars era andata a trovarli, e li trattava sempre con una dignitosa parvenza di affetto, loro non furono mai insultati dal suo favore, dalla sua preferenza. Questa spettava alla balordaggine di Robert e all'astuzia di sua moglie, che prima che passassero molti mesi se la guadagnarono. La furbizia egoista di Lucy, che prima aveva messo Robert nei guai con la loro fuga, fu poi il principale strumento per affrancarlo; poiché la sua rispettosa umiltà, le sue continue attenzioni e le sue innumerevoli adulazioni, non appena si aprì il minimo spiraglio alla possibilità di metterle in atto, riconciliarono la signora Ferrars con la scelta del figlio, e gli restituirono completamente il suo favore.

Il comportamento di Lucy in quella storia, e il successo da cui fu coronato, possono essere quindi presentati come un esempio molto incoraggiante di quel che può ottenere un'appassionata quanto incessante ricerca del proprio interesse, anche se il suo percorso può sembrare talvolta ostruito, per assicurarsi tutti i vantaggi della sorte, senz'altro sacrificio che quello del tempo e della coscienza. Quando Robert l'aveva conosciuta, andando a visitarla in segreto ai Barlett's Buildings, aveva solo l'intenzione che suo fratello aveva giustamente intuito: voleva unicamente convincerla a rinunciare al fidanzamento; e dato che non poteva esserci altra difficoltà da superare se non l'affetto di entrambi, si attendeva, naturalmente, che una o due visite risolvessero la questione. Qui, però, e solo qui, si sbagliava; giacché anche se Lucy gli dette presto da sperare che la sua eloquenza l'avrebbe col tempo convinta, era sempre necessaria un'altra visita, un'altra chiacchierata per convincerla. Quando si separavano, nella sua mente rimaneva sempre qualche dubbio che poteva essere chiarito solo da un'altra mezzora di conversazione con lui. La sua assiduità fu garantita con questo mezzo, e il resto seguì naturalmente. Invece di parlare di Edward, a poco a poco presero a parlare solo di Robert (argomento su cui questi aveva sempre avuto molto più da dire che su qualsiasi altro, e per il quale lei ben presto mostrò un interesse addirittura uguale al suo) e presto divenne chiaro a entrambi che lui aveva spodestato il fratello. Fu orgoglioso della conquista, orgoglioso di poter fare un brutto scherzo a Edward, e più che fiero di sposarsi senza il consenso materno. Quel che seguì è noto. I due sposi passarono alcuni mesi a Dawlish, in gran felicità, perché lei aveva molti parenti e vecchie amicizie da guardare dall'alto in basso, e lui stese parecchi progetti di magnifici villini; poi, ritornati in città, si guadagnarono il perdono della signora Ferrars col semplice espediente di chiederlo, adottato su istigazione di Lucy. A dire la verità, il perdono, com'era ragionevole, all'inizio era riservato solo a Robert, e Lucy, che prima del matrimonio non aveva nessun dovere verso la madre di lui, e quindi non ne aveva trasgredito alcuno, rimase per qualche settimana ancora senza averlo ottenuto. Ma la perseveranza nell'atteggiamento di umiltà, e i messaggi di autocondanna per la colpa di Robert e di gratitudine per la durezza del castigo le procurarono, col tempo, la solenne notizia, che la sopraffece per la sua generosità e la portò poi, velocemente, al più alto grado di affetto e d'influenza. Lucy divenne, alla signora Ferrars, altrettanto necessaria di Robert e Fanny; e mentre Edward non fu mai fino in fondo perdonato per aver desiderato, un tempo, di sposarla, e mentre di Elinor, nonostante fosse superiore a lei per fortuna e per rango, si parlava sempre come di un'intrusa, lei era considerata in tutto e per tutto, e ovunque apertamente dichiarata, come una figlia prediletta. I due sposi si stabilirono a Londra, godettero di generosissimi aiuti dalla signora Ferrars, stabilirono i migliori rapporti che si possano immaginare con i Dashwood; e a parte le gelosie e l'animosità continuamente esistenti tra Lucy e Fanny, in cui naturalmente erano coinvolti i loro mariti, e le frequenti dispute domestiche fra gli stessi Robert e Lucy, l'armonia in cui vivevano tutti insieme era insuperabile.

Cosa mai avesse fatto Edward per essere privato del diritto del primogenito, era cosa che avrebbe messo in difficoltà molti fra quanti si fossero assunti il compito di scoprirlo; e scoprire cosa avesse fatto Robert per prendere il suo posto, ne avrebbe messo in difficoltà anche di più. Era, però, una sistemazione giustificata dagli effetti, se non dalla causa; perché niente, nello stile di vita e nel modo di parlare di Robert, fece mai sospettare che si rammaricasse d'aver lasciato al fratello così poco, né di essersi preso troppo; e a giudicare Edward dal meticoloso adempimento di tutti i suoi doveri, dal crescente attaccamento a sua moglie e alla sua casa e dalla consueta serenità e gioia del suo spirito, si sarebbe detto fosse non meno contento della sua sorte, e non meno libero da qualsiasi desiderio di cambiamento.

Il matrimonio separò Elinor dalla sua famiglia giusto quel poco che si poteva auspicare, senza rendere del tutto inutile il villino di Barton, perché sua madre e le sue sorelle passavano più della metà del loro tempo con lei. Ragioni di politica, oltre che di piacere, spingevano la signora Dashwood a quelle visite tanto frequenti, perché il suo desiderio di avvicinare Marianne e il Colonnello Brandon era di poco meno vivo, anche se molto più generoso, di quello espresso da John. Era, adesso, il suo obiettivo più caro. Per quanto preziosa le fosse la compagnia della figlia, non desiderava di meglio che cederne il godimento costante al suo degno amico; e vedere Marianne sistemata nella casa padronale era desiderio anche di Edward ed Elinor. Loro conoscevano le pene sofferte dal Colonnello, e riconoscevano gli obblighi che avevano verso di lui; Marianne, per consenso generale, doveva essere la ricompensa per tutto.

Con una simile alleanza tutt'intorno a lei, e con una conoscenza così intima della sua bontà, con la certezza di aver suscitato in lui un amore profondo (certezza che alla fine, anche se era già da molto tempo evidente per tutti, le si era presentata in tutta la sua luce), cosa poteva fare?

Marianne Dashwood era nata per un destino particolare. Era nata per scoprire la falsità delle sue opinioni, e per cancellare con il suo comportamento i suoi princìpi più cari. Era nata per superare un affetto scaturito niente meno che alla rispettabile età di diciassette anni, e, animata da un sentimento che non era nulla di più di una stima sincera e una viva amicizia, dare la sua mano a un altro! E quest'altro era un uomo che aveva sofferto non meno di lei a causa di un precedente amore; e che, due anni prima, lei aveva ritenuto addirittura troppo vecchio per sposarsi... eppure non aveva neppure rinunciato alla salutare protezione rappresentata da un panciotto di flanella!

Eppure, fu proprio così. Invece di rimanere vittima di una passione irresistibile, come una volta si era teneramente illusa fosse, invece di restare per sempre con sua madre e trovare i suoi soli piaceri nel raccoglimento e nello studio come, in più tranquillo ed equilibrato stato di spirito aveva deciso di fare, si trovò, a diciannove anni, sottomessa a nuovi legami, sottoposta a nuovi doveri, collocata in una nuova dimora, come moglie, come padrona di casa e autorità di un villaggio.

Ora il Colonnello Brandon era felice come meritava, a sentire tutti quelli che gli volevano bene; godeva la consolazione dei passati dolori nell'affetto e nella compagnia di Marianne, che aveva ridato la vivacità alla sua mente e la gioia al suo spirito; e che Marianne trovasse la propria felicità nel costruire la sua, era insieme la convinzione e la soddisfazione degli amici più attenti. Lei, del resto, era incapace di amare a metà; e col tempo il suo cuore divenne altrettanto devoto a suo marito quanto lo era stato a Willoughby.

Willoughby non poté apprendere del suo matrimonio senza provare dolore; e poco dopo la sua punizione fu resa completa dal volontario perdono della signora Smith, che, considerando come sorgente della sua clemenza il fatto che aveva sposato una donna di carattere, gli dette motivo di credere che, se con Marianne si fosse comportato in modo onorevole, avrebbe potuto essere sia felice che ricco. Che tale pentimento per il suo cattivo modo di comportarsi, che gli aveva tirato addosso la punizione, fosse sincero, non è da dubitare; è inoltre certo che per molto tempo pensò al Colonnello Brandon con invidia, e a Marianne con rimpianto. Non c'era però da attendersi che rimanesse inconsolabile, che sfuggisse la società, che assumesse un'abituale tetraggine di carattere, o che morisse di dolore; giacché non fece nulla di tutto ciò. Superò quei sentimenti e visse una vita spesso piacevole. Sua moglie non era perennemente di cattivo umore, e la sua casa non era sempre un inferno; e nell'allevare cavalli e cani e nel praticare sport di tutti i generi, trovò un livello non disprezzabile di felicità domestica.

Per Marianne, tuttavia (nonostante la rozzezza dimostrata nel sopravvivere alla sua perdita), conservò sempre quella costante attenzione che lo portava a interessarsi di tutto quanto la riguardava, e che faceva di lei il suo segreto ideale di perfezione femminile; e più di un esemplare di fiorente bellezza venne, nel periodo successivo, da lui disprezzata come incapace di reggere il confronto con la signora Brandon.

La signora Dashwood fu sufficientemente prudente da rimanere al villino, senza cercare di trasferirsi a Delaford; e fortunatamente per

Sir John e per la signora Jennings, quando fu loro strappata Marianne, Margaret aveva raggiunto un'età del tutto appropriata per ballare, e per nulla sconveniente per poter supporre che avesse un innamorato.

Tra Barton e Delaford ci furono quei rapporti costanti che non potevano non essere incoraggiati da un profondo affetto di famiglia; e tra i meriti e le felicità di Elinor e Marianne non è certo la cosa meno notevole che, pur essendo sorelle e abitando, per così dire, l'una sotto gli occhi dell'altra, potessero vivere senza screzi e senza provocare mai alcuna freddezza tra i loro mariti.

Orgoglio e pregiudizio

Introduzione

La bocca minuscola dalle labbra sottili serrate, il naso diritto, gli occhi scuri, acutissimi e singolarmente vivi che spiccano nell'ovale un po' aguzzo del volto: così ci si presenta Jane Austen nel piccolo ritratto a matita schizzato dall'amatissima sorella Cassandra[1]*. Ritrattino modesto, nato di certo a uso e consumo familiari, e per di più incompiuto, dove solo il viso appare lavorato con una certa affettuosa diligenza: la scrittrice è raffigurata seduta a braccia conserte, il busto che si indovina non proprio perfettamente armonioso poggiato alla spalliera della seggiola, il capo di tre quarti, chiuso in una cuffietta pieghettata da cui spuntano alcuni riccioli bruni a illegiadrire la fronte spaziosa: lo sguardo, serissimo e penetrante, è «altrove», intento a osservare qualcosa e qualcuno con educata ma profonda curiosità. Una delle innumerevoli signorine di buona famiglia come se ne vedono talvolta nelle* conversation pieces *dipinte da Zoffany o da Copley? Una garbata zitellina di provincia pacatamente rassegnata a trascorrere una piatta esistenza tra visite, festicciole, passeggiate e qualche rara incursione nella capitale?... Sì e no. Di questa enigmatica Miss – enigmatica, come è stato detto, «per troppa luce meridiana di quieta vita borghese»*[2]*, sorella esemplare, zia affettuosissima e al tempo stesso autrice di romanzi che sono da annoverare tra gli esiti più alti dell'intera narrativa inglese, esiste, a dire il vero, un altro «ritratto»; un ritratto biografico stavolta, di pugno del fratello Henry, scritto nel 1817 e stampato l'anno successivo nella prima edizione di* Northanger Abbey *e* Persuasion*, prezioso per ciò che (a dispetto dell'intenzione modestamente – e a tratti fastidiosamente – agiografica) vi si può leggere in filigrana sul carattere di Jane: «Se c'è al mondo chi ritiene che un temperamento perfettamente sereno non possa conciliarsi con una fervida fantasia e un'autentica passione per l'arguzia, sarebbe smentito per sempre da tutti coloro che hanno avuto la felicità di conoscere l'autrice delle opere che seguono. Le debolezze e le piccole manie altrui non sfuggivano mai alla sua pronta e acuta capacità di osservazione, ma neppure di fronte ai vizi veri e propri si abbandonava a commenti puramente malevoli [...] In quei casi dove non esistevano scusanti, il silenzio era per lei un rifugio sicuro. Non pronunciò mai una frase frettolosa, sciocca o severa. In breve, il suo carattere era raffinato*

[1] Il disegno è attualmente conservato alla National Portrait Gallery di Londra.
[2] A. Bertolucci, «Introduzione» a J. Austen, *Orgoglio e pregiudizio*, trad. it. di I. Maranesi, Milano, Garzanti 1975, più volte ristampato.

come la sua ironia»[3]. *Viene in mente quello che, molti anni dopo, scriverà su di lei Virginia Woolf: «Finché* Pride and Prejudice *non dimostrò quale splendida gemma si nascondesse in quel rigido astuccio, il suo posto in società non era molto più riguardevole di quello di un attizzatoio o di un parafuoco [...] Ma ora la cosa è molto diversa [...], Jane è sempre un attizzatoio, sì, ma un attizzatoio di cui tutti hanno paura [...] Un bello spirito, una disegnatrice di caratteri che però non parla, è davvero qualcosa che fa paura»*[4]. *Quella «disegnatrice», infatti, era così supremamente oggettiva che (è sempre la Woolf a parlare) «mai, nemmeno all'emotiva età di quindici anni, scrisse qualcosa per un suo senso di colpa, e in un uno spasimo di pietà cancellò un sarcasmo, o lasciò impreciso un contorno in una nebbia rapsodica [...] Sta solo canticchiando tra sé un motivetto, provando alcune battute della musica di* Pride and Prejudice *e di* Emma. *Ma noi sappiamo che non c'è nessun altro capace di cantare in quel modo. Non occorre neppure che alzi la voce. Ogni sillaba ci giunge nettamente distinta attraverso le porte del tempo»*[5].

«E cosa potrei mai farmene, mio carissimo E., dei tuoi bozzetti così vigorosi e virili, ricchi di tanto spirito e tanto ardore? Come farei a congiungerli a quel pezzettino di avorio, largo due pollici, su cui lavoro col più fine dei pennelli, in modo da produrre il minimo degli effetti col massimo dello sforzo?»[6] *Con questa ironica, pungente letterina Jane Austen si difende scherzosamente dall'accusa – non si capisce bene quanto scherzosa anch'essa – di aver rubacchiato idee e immagini dai manoscritti di un giovane parente. Nulla di particolarmente interessante, certo: interessantissima e di singolare precisione è invece la definizione che Miss Austen dà della propria scrittura, di quel suo concentrarsi sul microcosmo che la circonda (il «pezzettino di avorio largo due pollici») riuscendo a estrarne con impareggiabile grazia e sobrietà (il «minimo effetto col massimo sforzo») quella che Attilio Bertolucci ha felicemente definito «una commedia umana limitata nell'estensione, non nella profondità»*[7]. *Ed è davvero una finissima, nitida miniatura su avorio questo suo secondo romanzo – secondo per pubblicazione –, uscito nel 1813:* Pride and Prejudice *è forse l'opera più popolare e tradotta di Jane Austen, senz'altro la più ineccepibile per il perfetto equilibrio della struttura narrativa e lo stile terso e smagliante («estremo limite dell'antiromantico, oltre il quale non c'è più arte, ma mero discorso logico»*[8], *divenuta sopra tutte le altre emblematica della*

[3] *Northanger Abbey*, primo romanzo veramente compiuto della Austen, uscì postumo insieme a *Persuasion*, ultimo romanzo della scrittrice. Il breve scritto di Henry Austen è pubblicato in Italia nel volume J. Austen, *L'Abbazia di Northanger*, a cura di M. Skey, trad. it. di L.G. Romano, Theoria, Roma 1982.

[4] V. Woolf, *The Common Reader*, London 1923; trad. it. *Per le strade di Londra*, a cura di L. Bacchi Wilcock e J. R. Wilcock, Milano, Il Saggiatore, 1981.

[5] V. Woolf, *The Common Reader, II*, London, The Hogarth Press, 1932; trad. it. *Le donne e la scrittura*, Milano, La Tartaruga, 1981.

[6] Il brano è riportato nel *Poscritto* alla nota biografica del fratello Henry.

[7] Bertolucci, op. cit.

[8] M. Praz, *La letteratura inglese*, nuova ediz. aggiornata, Firenze, Sansoni-Accademia, 1967, vol. II.

«cristallina precisione» austeniana. «È persino troppo leggero, luminoso, scintillante, manca un po' di ombre...» così ebbe a giudicarlo l'autrice, ma non si può, almeno stavolta, essere d'accordo con lei: «sarebbe come accusare Mozart di leggerezza, senza rendersi conto della profondità che lo accompagna e ne è, per così dire, parte integrante»[9]*. Romanzo «provinciale» (ad eccezione di un breve, concitato intermezzo londinese),* Pride and Prejudice *è popolato da una serie di figure e figurine che sembrano anticipare, più che altrove, certi personaggi di Thackeray e di Dickens: madri ciarliere e arruffone, ufficiali dalle affascinanti uniformi, signorine assennate e ragazzette sventate, governanti fedeli, aristocratiche signore dal piglio imperioso, zie apprensive, qualche pericoloso* vilain *a caccia di dote, timide ereditiere, reverendi pedanti e ossequiosi, padri di poco cervello, giovanotti innamorati e compitissimi sfilano davanti ai nostri occhi tra cene, riunioni e balli (quanti balli! «Il punto debole della Austen è il ballo», notava Mario Praz*[10]*) con i loro affari di cuore decifrati in una casistica dei sentimenti con un «casto e contenuto linguaggio che sarebbe andato a genio al Manzoni»*[11]*. Un piccolo mondo in via di estinzione, tutto urbanità e* nature methodised*, «un'isola nell'insulare Britannia» dove l'autrice, regista espertissima, riesce a cavare «infinite variazioni da una scala limitata»*[12] *senza darci mai alcun sospetto di angustia. «Tre o quattro famiglie in un villaggio di campagna, questo è l'argomento su cui lavorare»*[13]*: ammirando la sua «linda stesura notarile»*[14] *sempre percorsa da un implacabile* sense of humor*, la sua miracolosa misura, la sua assoluta mancanza di sbavature, non possiamo non pensare che questa strana figlia del secolo di Rousseau e di Prévost (nella quale Natura e Ragione si identificano come in Boileau) è, con il suo «pezzettino di avorio» tanto minuscolo da risultare invisibile ai più, «grande come il più gran romanziere che abbia mai dato fondo a cielo e terra»*[15].

RICCARDO REIM

[9] Bertolucci, op. cit.
[10] Praz, op. cit.
[11] *Ibidem.*
[12] *Ibidem.*
[13] La frase è in una lettera della Austen: la riporta P. Rogers nella sua *The Oxford Illustrated History of English Literature*, Oxford, Oxford University Press, 1987; trad. it. *Storia della letteratura inglese*, a cura di P. Faini, Roma, Lucarini, 1990, vol. I.
[14] Bertolucci, op. cit.
[15] Praz, op. cit.

Capitolo primo

È cosa ormai risaputa che a uno scapolo in possesso di un vistoso patrimonio manchi soltanto una moglie.

Questa verità è così radicata nella mente della maggior parte delle famiglie che, quando un giovane scapolo viene a far parte del vicinato – prima ancora di avere il più lontano sentore di quelli che possono essere i suoi sentimenti in proposito – è subito considerato come legittima proprietà di una o dell'altra delle loro figlie.

«Caro Mr Bennet», disse un giorno una signora al marito, «hai sentito che Netherfield Park è finalmente affittato?»

Mr Bennet rispose che non lo sapeva affatto.

«Oramai non ci sono più dubbi», ribatté la signora, «perché è venuta qui poco fa Mrs Long e mi ha raccontato ogni cosa.»

Mr Bennet non rispose.

«Non hai voglia di sapere chi lo ha preso?», esclamò sua moglie impaziente.

«Sei tu che hai voglia di dirmelo, e non ho nulla in contrario a sentirlo.»

Come incoraggiamento poteva bastare.

«Dunque, mio caro, devi sapere che Mrs Long dice che Netherfield è stato affittato a un ricchissimo giovane dell'Inghilterra del Nord, che arrivò lunedì con un tiro a quattro per vedere il posto; ne fu talmente entusiasta da prendere immediatamente tutti gli accordi con Mr Morris; prenderà possesso della proprietà prima di San Michele e una parte della servitù arriverà per la fine della settimana ventura.»

«Come si chiama?»

«Bingley.»

«È sposato o scapolo?»

«Oh, scapolo, scapolo, grazie a Dio. Scapolo e, per di più, ricchissimo: quattro o cinquemila sterline di rendita. Che fortuna per le nostre ragazze!»

«Perché? che c'entrano loro?»

«Come sei noioso, caro Bennet!», rispose sua moglie. «Puoi immaginare che spero ne sposi una, no?»

«È questo il suo proposito nello stabilirsi qui?»

«Proposito! che sciocchezze! che modi di parlare son questi! Nulla però *gli può impedire* di innamorarsi di una di loro e di sposarla; per cui, appena arriva, devi recarti immediatamente a fargli visita.»

«Non ne vedo proprio la ragione. Puoi andare tu con le ragazze, oppure puoi mandarle da sole, cosa ancora migliore dato che, essendo tu graziosa come loro, Mr Bingley potrebbe, fra tutte, preferire te.»

«Caro, tu vuoi adularmi. Non nego di essere stata graziosa ai miei tempi, ma non pretendo di essere adesso più niente di raro. Quando una donna ha cinque figliole da marito, è meglio che rinunci a pensare alla propria bellezza.»

«Questo accade soltanto quando a una donna non rimane più molta bellezza.»

«Ti ripeto, mio caro, che quando Mr Bingley diventerà nostro vicino, dovrai farti un dovere di andarlo a conoscere.»

«Mi stai chiedendo un po' più di quanto possa prometterti, ti assicuro.»

«Ma così poco ti premono le nostre figlie? Pensa che partito sarebbe per una di loro! Sir William e Lady Lucas hanno già deciso di fargli visita, e la ragione non può essere che questa, perché, come sai, generalmente non si recano dai nuovi arrivati. Davvero dovrai andare anche tu, perché a noi sarebbe impossibile farlo, se tu non ci hai precedute.»

«Mi sembri più che scrupolosa. Sono certo che Mr Bingley sarà felicissimo di vederti; e io, a mezzo tuo, gli manderò due righe per assicurarlo del mio cordiale consenso al suo matrimonio con quella delle nostre ragazze che sceglierà; e sarà mia premura mettere una buona parola per la mia piccola Lizzy.»

«Spero che non farai una cosa simile. Lizzy non vale più delle altre e non è certo bella come Jane, né ha il carattere brioso di Lydia. Ma tu hai sempre avuto una preferenza per lei.»

«Nessuna di loro vale molto», rispose Mr Bennet, «sono tutte sciocchine e ignoranti come le altre ragazze; ma Lizzy è un po' più sveglia delle sue sorelle.»

«Come puoi insultare così le tue figlie? Lo fai apposta per irritarmi. Non hai nessuna pietà dei miei poveri nervi.»

«Ti sbagli, cara. Ho un profondo rispetto per i tuoi nervi. Sono miei vecchi amici. Sono almeno vent'anni che te ne sento parlare.»

«Ah, tu non sai davvero quello che soffro.»

«Ma spero che ormai ti farai forza, e che vivrai abbastanza lungamente per vedere stabilirsi nei dintorni molti giovani con quattromila sterline di rendita.»

«A cosa servirebbe che ne venissero venti, se tu non vuoi degnarti di far loro nemmeno una visita?»

«Sta pur certa, cara, che quando saranno venti, andrò a far visita a tutti.»

Mr Bennet era un tale impasto di vivacità e di sarcasmo, di riserbo e di estrosità, che a sua moglie non erano bastati ventitré anni di esperienza per comprenderne il carattere. Lei era invece meno difficile a capirsi. Era una donna di intelligenza mediocre, di poca cultura e di carattere volubile. Quando era scontenta, si immaginava di essere nervosa. Il grande scopo della sua vita era di dar marito alle figlie; le sue uniche distrazioni, le visite e i pettegolezzi.

Capitolo secondo

Mr Bennet fu tra i primi a recarsi in visita da Mr Bingley. Benché fino all'ultimo momento avesse garantito a sua moglie che non vi sarebbe mai andato, aveva avuto l'intenzione di farlo fin da quando Mr Bingley s'era stabilito a Netherfield. Mantenne però il più assoluto riserbo e ne parlò soltanto la sera dopo la visita.

Stava osservando la seconda delle sue figliole che si provava un cappellino, quando le disse a bruciapelo:

«Spero che piacerà a Mr Bingley, Lizzy».

«Non potremo essere certo in grado di sapere che cosa piace a Mr Bingley», disse sua moglie risentita, «dato che, non conoscendoci, non ci onorerà di un invito.»

«Ma dimentichi, mamma», disse Elizabeth, «che lo troveremo ai ricevimenti e che Mrs Long ha promesso di presentarcelo.»

«Non credo che Mrs Long lo farà mai. Ha due nipoti anche lei. È una donna egoista e ipocrita; non la stimo affatto.»

«Tanto meno io», disse Mr Bennet. «E sono lieto di vedere che non conti su di lei per ottenere un piacere.»

Mrs Bennet non si degnò di rispondere, ma, non potendo più dominarsi, incominciò a strapazzare una delle figlie.

«Per amor di Dio! Kitty, non tossire a quel modo! Abbi pietà dei miei poveri nervi. Li metti proprio alla tortura.»

«Kitty è veramente indiscreta con i suoi raffreddori», disse il padre. «Li ha sempre al momento meno opportuno.»

«Non tossisco per mio divertimento», ribatté Kitty stizzosamente. «Quando è il prossimo ballo, Lizzy?»

«Domani a quindici.»

«Proprio così!», esclamò la madre. « E Mrs Long non torna che il giorno prima, così sarà impossibile che ce lo presenti, perché non lo conoscerà neppure lei.»

«Allora, mia cara, il vantaggio è tutto dalla tua parte: sarai tu che potrai presentare Mr Bingley alla tua amica.»

«Impossibile, Mr Bennet, impossibile, poiché non lo conosco; perché ti diverti a tormentarmi?»

«Apprezzo la tua prudenza. Infatti come ci si può arrischiare a dire di conoscere un uomo dopo appena quindici giorni che gli siamo stati presentati? Ma poiché, se non lo faremo noi, lo farà qualcun altro, e poiché, dopo tutto, anche Mrs Long e le sue nipoti devono correre questo rischio, dal momento che essa giudicherà il nostro agire molto corretto, se non ti vuoi prestare tu, me ne incaricherò io.»

Le ragazze rimasero di stucco e spalancarono gli occhi. Mrs Bennet si accontentò di mormorare: «Sciocchezze, sciocchezze!».

«Che significa questa tua esclamazione? Vuoi dire che le presentazioni e la responsabilità che ne deriva, sono sciocchezze? *Non posso* essere d'accordo con te. Che ne dici tu, Mary, che sei la ragazza più riflessiva della famiglia, che leggi dei libroni e prendi anche degli appunti?»

Mary avrebbe voluto dire qualcosa di molto profondo, ma non sapeva come esprimerlo.

«Mentre Mary raccoglie le idee», continuò suo padre, «torniamo a Mr Bingley.»

«Sono stufa di Mr Bingley!», esclamò la moglie.

«Mi dispiace. Ma perché non dirmelo prima? Se lo avessi saputo soltanto questa mattina, non sarei davvero andato da lui! È un peccato. Ma ormai che la cosa è fatta, non possiamo più evitarne la conoscenza.»

Si era immaginato lo stupore con il quale sarebbero state accolte le sue parole; e la sorpresa di Mrs Bennet sorpassò forse quella delle figlie, anche se, dopo il primo moto di gioia, si affrettò a dichiarare che, quanto a lei, non aveva mai dubitato che avrebbe voluto compiacerla.

«Come sei stato buono, Mr Bennet! Ma ero certa che alla fine ti avrei persuaso. Sapevo che vuoi troppo bene alle tue figlie per trascurare una conoscenza simile. Come sono contenta! Pensare che ci sei andato fin da stamattina e non ne hai parlato che adesso!»

«E ora, Kitty, puoi tossire quanto vuoi», disse Mr Bennet, lasciando la camera, per sottrarsi agli entusiasmi di sua moglie che minacciavano di soffocarlo.

«Che ottimo padre avete, ragazze mie», disse questa, appena la porta si chiuse. «Non so proprio come potrete ringraziarlo per la sua bontà; come me per la mia, del resto. Alla nostra età, non è affatto gradevole conoscere ogni giorno gente nuova, ma, per il vostro bene, si farebbe qualunque cosa. Lydia, amor mio, nonostante tu sia la più giovane, sono certa che Mr Bingley ti inviterà per qualche ballo alla prossima festa.»

«Oh!», disse Lydia sicura di sé, «non sto certo in pena per questo, perché, anche se sono la minore, sono la più alta.»

Il resto della serata trascorse in piacevoli congetture: Mr Bingley, non si sapeva quando, avrebbe certamente restituito la visita a Mr Bennet. Anzi, fu addirittura deciso che sarebbe stato bene invitarlo a pranzo.

Capitolo terzo

Tutti i tentativi fatti da Mrs Bennet, coadiuvata dalle sue cinque figlie, non valsero a ottenere dal marito una soddisfacente descrizione di Mr Bingley. Lo attaccarono in vario modo: con domande esplicite, con abili insinuazioni e per vie traverse; ma egli seppe eludere la tattica di tutte quante, e dovettero finire per accontentarsi di una notizia di seconda mano, avuta dalla loro vicina, Lady Lucas. Le sue informazioni furono assai incoraggianti. Sir William aveva subito simpatizzato con lui. Era giovane, straordinariamente bello, molto simpatico, e, per completare il tutto, aveva intenzione di intervenire alla prossima festa con una folta schiera di amici. Non poteva darsi nulla di meglio! Amare il ballo era già il primo passo per innamorarsi; il cuore della signora Bennet si apriva alle più rosee speranze.

«Se potessi vedere una delle mie ragazze felicemente stabilita a Netherfield», disse Mrs Bennet a suo marito, «e tutte le altre ugualmente bene accasate, non avrei più nulla da desiderare.»

Dopo alcuni giorni Mr Bingley ricambiò la visita a Mr Bennet, e rimase con lui per dieci minuti nella sua biblioteca. Aveva sperato di poter vedere le signorine, della cui bellezza aveva tanto sentito parlare; ma non vide che il padre. In compenso le signore furono più fortunate, perché, da una finestra del piano superiore, poterono constatare che il giovane indossava una giacca azzurra e che montava un cavallo morello.

Poco tempo dopo gli mandarono un invito per il pranzo; e Mrs Bennet aveva appena finito di decidere le varie portate che avrebbero messo in maggior valore i suoi meriti di padrona di casa, quando giunse una risposta che rimandava ogni cosa. Mr Bingley doveva recarsi in città il giorno seguente ed era quindi nell'impossibilità di accettare l'onore del loro invito... ecc. ecc.

Mrs Bennet rimase male. Non poteva capire quali affari lo richiamassero in città così presto dopo il suo arrivo all'Hertfordshire, e già temeva che fosse di quelli che sono abituati a correre da un posto all'altro e che non si sarebbe mai stabilito tranquillamente a Netherfield, come sarebbe stato suo dovere. Lady Lucas placò le sue ansie, suggerendo che forse era andato a Londra per radunare gli amici per il ballo; e ben presto si venne infatti a sapere che con Mr Bingley sarebbero venuti al ricevimento dodici signore e sette uomini. Il cruccio delle ragazze a sentire il numero delle signore fu grande, ma il giorno prima del ballo ebbero la consolazione di sapere che, invece di dodici, sei soltanto lo avrebbero accompagnato da Londra: le sue cinque sorelle e una cugina. Quando poi il gruppo fece il suo ingresso nella sala, era composto di cinque sole persone: Mr Bingley, le sue due sorelle, il marito della maggiore e un altro giovanotto.

Mr Bingley era alto e distinto, con un aspetto simpatico e modi semplici e disinvolti. Le sorelle erano belle ed eleganti. Il cognato, Mr Hurst, si distingueva soltanto per il suo fare di gentiluomo, mentre l'amico, Mr Darcy, attirò ben presto l'attenzione di tutta la sala per la sua alta e snella figura, il volto dai lineamenti bellissimi, il nobile aspetto, e per la notizia, che circolò dopo soli cinque minuti dalla sua entrata, che possedeva diecimila sterline di rendita. Gli uomini dichiararono che era un tipo virile; le signore che era molto più bello di Mr Bingley, e per tutta la prima parte della serata fu circondato da una viva ammirazione, finché i suoi modi, disgustando tutti quanti, ne minarono la popolarità, perché quando si venne a scoprire che era orgoglioso e che dimostrava di sentirsi superiore sia alla compagnia, sia a quella sorta di divertimenti, tutta la sua tenuta del Derbyshire non bastò a far dimenticare il suo contegno scontroso e antipatico, per nulla degno di quello dell'amico.

Mr Bingley si era fatto subito presentare alle persone più importanti che erano in sala; allegro e schietto, non perse una sola danza; si dolse che il ballo terminasse così presto e parlò di darne uno egli stesso a Netherfield. Qualità tanto simpatiche parlavano di per sé. Il contrasto con il suo amico si mostrò ancora più evidente. Mr Darcy ballò una volta sola con Mrs Hurst, e una con Miss Bingley, rifiutando di essere presentato alle altre signore, e passò il resto della sera errando qua e là per la sala o parlando ogni tanto con qualcuno del suo gruppo. Da quel momento fu giudicato per sempre: era il più orgoglioso, il più antipatico uomo che si potesse vedere, e tutti speravano che non sarebbe mai più tornato. La più accanita contro di lui era Mrs Bennet, la cui antipatia verso il suo contegno in genere era maggiormente inasprita da un risentimento particolare, dovuto al fatto che aveva disprezzata una delle sue figlie.

Per la scarsità dei cavalieri, Elizabeth era stata costretta a rimanere seduta per due giri di danza, durante le quali Mr Darcy le era stato abbastanza vicino perché ella avesse potuto afferrare una sua conversazione con Mr Bingley, il quale aveva smesso di ballare qualche minuto per indurre il suo amico a prender parte alle danze.

«Suvvia, Darcy», gli aveva detto, «vorrei proprio che tu ballassi. Mi dà veramente fastidio vederti lì impalato a quel modo. Faresti molto meglio a muoverti.»

«Per nulla al mondo. Lo sai che detesto il ballo se non conosco bene la mia compagna, e in una riunione simile mi sarebbe addirittura insopportabile. Le tue sorelle sono impegnate, e non c'è una sola signora in tutta la sala con la quale ballerei senza sacrificio.»

«Davvero, se fossi in te non farei tanto il difficile», esclamò Bingley. «In fede mia, non ho mai incontrato tante ragazze simpatiche come questa sera; e molte sono addirittura deliziose.»

«Tu balli con la sola bella ragazza che ci sia», disse Mr Darcy guardando la maggiore delle signorine Bennet.

«È la più bella creatura che abbia mai visto! Ma c'è una delle sue sorelle, seduta proprio dietro di te, che è assai graziosa, e, sono certo, anche molto simpatica. Lascia che io chieda alla mia dama di presentartela.»

«A chi alludi?», disse Darcy e, volgendosi, fissò per un attimo Elizabeth, finché, sorprendendone lo sguardo, ritrasse il suo, dicendo freddamente: «È passabile, ma non abbastanza bella per tentarmi, e non sono affatto in vena di consolare le signorine trascurate dagli altri giovanotti. Faresti meglio a tornare dalla tua bella e a bearti dei suoi sorrisi, perché con me perdi il tuo tempo».

Mr Bingley seguì il consiglio. Mr Darcy si allontanò, ma a Elizabeth rimasero nell'animo sentimenti tutt'altro che cordiali verso di lui. Tuttavia raccontò con molto brio la storia alle sue amiche, perché il suo carattere allegro e spiritoso sapeva cogliere spassosamente il lato comico delle cose.

In ogni modo fu una serata piacevole per tutta la famiglia. Mrs Bennet aveva visto la figlia maggiore particolarmente apprezzata dal gruppo di Netherfield: Mr Bingley l'aveva fatta ballare due volte, e anche le sue sorelle erano state cortesi con lei. Jane era soddisfatta come sua madre, anche se in tono più riservato; Elizabeth godeva della felicità di Jane. Mary si era sentita presentare a Miss Bingley come la più colta ragazza dei dintorni, e Catherine e Lydia erano state così fortunate da non rimanere mai senza cavalieri, cosa che – per il momento – era tutto quanto esse chiedevano a un ballo. Tornarono dunque tutti di buon umore a Longbourn, villaggio dove risiedevano, e del quale erano la famiglia più importante. Trovarono Mr Bennet ancora alzato; quando aveva un libro tra le mani, perdeva la nozione del tempo, e questa volta aveva contribuito a farlo rimanere alzato anche una buona dose di curiosità per gli eventi di una serata che aveva suscitato tante belle aspettative. Aveva quasi sperato che le illusioni di sua moglie sul forestiero fossero andate deluse, ma scoprì ben presto che non era affatto così.

«Oh, caro Mr Bennet», disse appena entrata, «abbiamo avuto una serata deliziosa e un magnifico ballo. Avrei voluto che ci fossi stato anche tu. Jane è stata talmente ammirata! Non c'era nessuno che potesse starle a pari. Tutti dicevano che era uno splendore, e Mr Bingley l'ha trovata bellissima e ha danzato con lei per due volte! *Pensa*, nientemeno: ha danzato con lei per due volte! Ed è stata l'unica signorina invitata per la seconda volta. Per prima ha invitato Miss Lucas. Immaginati la mia delusione quando l'ho visto rivolgersi a lei! Tuttavia non è sembrato affatto che l'ammirasse: d'altra parte nessuno potrebbe ammirarla, lo sai bene; è sembrato invece assai colpito da Jane quando l'ha vista ballare. Ha chiesto chi era, si è fatto presentare e l'ha invitata per le due danze seguenti. Poi le due terze le ha ballate con Miss King, le due quarte con Mary Lucas, le due quinte ancora con Jane, le due seste con Lizzy, e il *boulanger*...»

«Se avesse avuto pietà *di me*», esclamò a questo punto suo marito con impazienza, «non avrebbe ballato neppure la metà! Per l'amor di Dio, non parlarmi più delle sue dame! Gli si fosse storto un piede al primo ballo!»

«Oh, mio caro», continuò Mrs Bennet, «tu sapessi quanto è simpatico! Ed è così bello! E anche le sue sorelle sono delle signore squisite. Non ho mai visto abiti più eleganti! Sono sicura che il pizzo della gonna di Mrs Hurst...»

Ma qui fu di nuovo interrotta. Mr Bennet protestò contro ogni discorso sulla moda: sua moglie dovette ripiegare su un altro argomento, e raccontò con molta amarezza e alquanta esagerazione la sconveniente scortesia di Mr Darcy.

«Ti posso però assicurare», aggiunse, «che Lizzy non perde molto a non essere di suo gusto, perché è un uomo odioso e detestabile cui non vale proprio la pena di piacere: così sprezzante e pieno di sé, da rendersi addirittura insopportabile. Passeggiava in su e in giù, credendosi chissà chi! Non abbastanza bella per ballare con lui! Avrei voluto che tu fossi stato presente, mio caro, per trattarlo come si meritava. Detesto quell'uomo!»

Capitolo quarto

Non appena Jane ed Elizabeth rimasero sole, la prima, che fino allora era stata assai misurata sulle sue lodi per Mr Bingley, disse alla sorella quanto ne fosse rimasta colpita.

«È proprio quello che dovrebbe essere un giovane», disse; «intelligente, con un buon carattere, allegro. Non ho mai incontrato nessuno con modi così avvincenti, semplici e pieni di educazione.»

«Ed è anche bello», rispose Elizabeth. «Hai ragione, non gli manca veramente nulla per essere il tipo del giovanotto ideale.»

«Sono stata così lusingata del suo secondo invito! Non mi sarei mai aspettata una cortesia simile.»

«Non te l'aspettavi? Io sì, per te. È proprio in questo che siamo tanto diverse noi due. Ti stupisci *sempre* che la gente sia gentile con te, io *mai*. Non c'era niente di più naturale che ti invitasse per la seconda volta. Non poteva fare a meno di accorgersi che eri la più bella di tutta la sala. Non è davvero il caso di avere della gratitudine per la sua galanteria. In ogni modo è molto simpatico e sono d'accordo che ti piaccia. Hai ammirato persone ben più inconcludenti.»

«Ma... Lizzy!»

«Oh, lo sai bene che sei troppo incline ad apprezzare la gente. Non vedi mai i difetti di nessuno: per te sono tutti buoni e simpatici. Non ti ho mai sentito parlar male di anima viva.»

«Cerco di non esser facile alla critica, ma dico sempre quello che penso.»

«Lo so; ed è *questo* che mi sorprende. Tu, così piena di buon senso, essere tanto onestamente cieca per le follie e le sciocchezze degli altri! Ostentare il candore, è cosa abbastanza comune; direi che non si vede far altro; ma essere come te, candida non per progetto o per ostentazione, ma per natura, scoprire il lato buono di ogni carattere e renderlo ancora migliore, e non rilevare mai il cattivo, in niente e in nessuno, questo è proprio una tua prerogativa. E, dimmi un po', ti piacciono anche le sorelle di Mr Bingley? I loro modi non sono però da paragonarsi ai suoi.»

«No, a prima vista, almeno. Ma a starci un po' insieme sono simpatiche. Miss Bingley verrà ad abitare con suo fratello e dirigerà la casa, e penso di non sbagliarmi giudicando che sarà una vicina molto piacevole.»

Elizabeth ascoltava in silenzio, ma senza essere convinta; il contegno delle signorine Bingley al ricevimento non era stato tale da accattivarsi la simpatia generale: più pronta nei suoi giudizi e con un carattere meno arrendevole della sorella, non era troppo disposta ad ammirarle. Erano delle vere signore, non mancavano di allegria e sapevano rendersi amabili, ma si capiva che erano orgogliose e piene di sé. Erano piuttosto belle; avevano ricevuto una educazione perfetta in uno dei primi collegi di Londra, avevano una sostanza di ventimila sterline e l'abitudine di spendere più di quello che avrebbero dovuto; frequentavano gente della migliore società e si credevano in diritto di pensare molto bene di loro stesse e molto meno bene degli altri. Appartenevano a una rispettabile famiglia dell'Inghilterra del Nord, cosa della quale si ricordavano più volentieri che non del fatto che la loro ricchezza e quella del fratello erano frutto del commercio.

Mr Bingley aveva ereditato una sostanza di quasi centomila sterline da suo padre, il quale, pur avendo avuto l'intenzione di acquistare una tenuta, non aveva vissuto abbastanza per attuare il proprio progetto. Anche Mr Bingley ci pensava, e sembrava aver fatto talvolta anche la scelta della contea; ma dato che ormai era provvisto di una bella casa, chi conosceva il suo carattere adattabile era convinto che avrebbe passato il resto dei suoi giorni a Netherfield, lasciando alla futura generazione la cura di comprare nuove terre.

Le sue sorelle desideravano ardentemente vederlo padrone di una tenuta; pure, anche se per ora era soltanto in una villa affittata, Miss Bingley non si mostrò restìa a occuparsene e anche Mrs Hurst, che aveva sposato un uomo più elegante che ricco, era dispostissima a considerare come sua la casa del fratello, quando le faceva comodo. Mr Bingley era diventato maggiorenne appena da due anni, quando un'informazione fortuita lo aveva spinto a visitare Netherfield House. La vide e in mezz'ora si innamorò della località e della casa dentro e fuori; soddisfatto delle lodi che gli faceva il proprietario, la fissò immediatamente.

Con Darcy era legato da una solida amicizia, nonostante la grande diversità dei loro temperamenti. Bingley si era accattivato l'affetto di Darcy per la semplicità e la duttilità della sua natura aperta, pur così differente da quella dell'amico. Si sentiva sicuro dell'amicizia di Darcy e teneva le sue opinioni nella più alta considerazione. E per quanto Bingley non fosse privo di intelligenza, Darcy gli era infinitamente superiore. Nello stesso tempo, però, era altero, sostenuto e sprezzante, e i suoi modi, nonostante la perfetta educazione, non erano attraenti. Sotto questo aspetto Bingley valeva molto più dell'amico ed era certo di essere bene accolto dovunque andasse, mentre Darcy finiva sempre con l'urtare qualcuno. È logico che giudicassero le riunioni di Meryton ciascuno secondo la propria mentalità: Bingley non aveva mai incontrato gente più simpatica e ragazze tanto carine; tutti erano stati pieni di attenzioni e di cortesia verso di lui; non aveva trovato né formalismi né sussiego: in poco tempo aveva conosciuto tutti; quanto a Miss Bennet, non esisteva creatura più angelica! Darcy invece aveva visto solo una sfilata di gente brutta e assolutamente priva di eleganza; non una sola persona lo aveva interessato o si era occupata di lui o gli era riuscita gradita. Riconosceva che Miss Bennet era bella, ma trovava che sorrideva troppo.

Anche Mrs Hurst e sua sorella convennero su questo punto, pur ammirandola e trovandola così simpatica che avrebbero avuto piacere di conoscerla meglio. E poiché Miss Bennet venne classificata come una ragazza graziosa, Mr Bingley si sentì autorizzato da un così profondo giudizio a pensare di lei quello che più gli piaceva.

Capitolo quinto

A poca distanza da Longbourn abitava una famiglia con la quale i Bennet erano legati da particolare amicizia. Sir William Lucas aveva fatto una discreta fortuna nel commercio a Meryton, e per un discorso rivolto al Sovrano, nel periodo in cui era sindaco, era stato elevato all'onore della nobiltà. Onore che aveva mostrato di apprezzare anche troppo. Arrivato a questo punto, si era sentito in dovere di provare disgusto per gli affari, nonché per la vita in una piccola città commerciale. Così, aveva abbandonato gli uni e l'altra, trasferendosi con la famiglia in una casa a quasi un miglio da Meryton, che da allora fu detta Lucas Lodge, dove poteva compiacersi amabilmente della sua nuova e importante posizione, e, non più costretto dagli affari, dedicarsi soltanto al piacere di essere gentile con tutti. La soddisfazione della posizione raggiunta, lungi dal renderlo altero, lo spingeva a ostentare una grande cortesia verso ciascuno. Di carattere inoffensivo per natura, cordiale e compiacente, la presentazione a Corte lo aveva fatto diventare un modello di gentilezza.

Lady Lucas era una brava donna, di intelligenza piuttosto limitata, ma non per questo meno preziosa vicina per Mrs Bennet. Avevano molti figli. La maggiore, di ventisette anni, una ragazza giudiziosa e intelligente, era intima amica di Elizabeth.

Niente di più naturale che le signorine Lucas e Bennet trovassero necessario incontrarsi dopo il ballo per scambiarsi le proprie impressioni; e la mattina dopo il ricevimento le Lucas andarono a Longbourn.

«Hai iniziato bene la serata, Charlotte», disse la signora Bennet con voluta amabilità. «Fosti la prima ad essere scelta da Mr Bingley.»

«Sì, ma poi lui diede indubbiamente prova di preferire la seconda.»

«Vuoi alludere a Jane, perché ballò due volte con lei? Certo, mostrò apertamente la sua ammirazione; e pareva realmente sincero; ne era addirittura infatuato. Ho sentito dire qualcosa, non so di preciso di che cosa si trattasse... a proposito di Mr Robinson...»

«Parli forse del discorso che ho sentito io per caso, tra lui e Mr Robinson? Non ve l'ho raccontato? Mr Robinson gli chiese se gli piacevano le nostre riunioni di Meryton e se non gli sembrava che ci fossero parecchie belle signore e signorine, chiedendogli quale fosse secondo lui la più graziosa. E lui, pronto, rispose immediatamente: "Oh, senza dubbio la maggiore delle signorine Bennet: è impossibile dare un giudizio diverso in proposito".»

«Dici davvero? Più esplicito di così... si direbbe quasi... ma può ancora finire tutto in nulla!»

«La conversazione che ho sentito io, invece, era ben diversa da quella sorpresa da te, Eliza», disse Charlotte. «Mr Darcy è meno simpatico del suo amico, non ti pare? Povera Eliza, essere giudicata *appena* passabile!»

«Ti prego, non mettere in testa a Lizzy di essere seccata della sua scortesia; è un uomo talmente antipatico che sarebbe una disgrazia essere notate da lui. Mrs Long mi disse che l'altra sera è rimasto vicino a lei per mezz'ora senza aprir bocca.»

«Davvero? Non ci sarà dell'esagerazione? Ho veduto io Mr Darcy che le parlava.»

«Sì, quando lei si decise finalmente a chiedergli se Netherfield gli piaceva e lui non poté fare a meno di risponderle; ma pare che si mostrasse piuttosto infastidito dal fatto che gli venisse rivolta la parola.»

«Miss Bingley mi ha detto», raccontò Jane, «che non parla mai molto, tranne con gli amici intimi, con i quali però è particolarmente cortese.»

«Non posso crederlo. Se avesse avuto un minimo di gentilezza, avrebbe parlato con Mrs Long. Ma mi figuro come saranno andate le cose; tutti dicono che è divorato dalla superbia, e certo avrà sentito dire che Mrs Long non possiede una carrozza, e che era venuta al ballo in una vettura a noleggio.»

«Il fatto che non abbia parlato con Mrs Long», disse Miss Lucas, «per me non ha molta importanza, ma avrei voluto che avesse ballato con Eliza.»

«Un'altra volta, Lizzy, se fossi in te», disse sua madre, «sarei io a non voler ballare *con lui*.»

«Credo, mamma, di poterti assicurare che non ballerò mai con lui.»

«Tuttavia», disse Miss Lucas, «il suo orgoglio non è così criticabile come in altri casi, perché ha qualche attenuante. Non fa meraviglia che un giovane intelligente, con un bel nome, ricco, al quale tutto arride ed è favorevole, abbia una grande opinione di sé. Direi quasi che ha un certo diritto di essere orgoglioso.»

«È verissimo», rispose Elizabeth, «e potrei scusare facilmente il suo orgoglio, se non avesse ferito il mio.»

«L'orgoglio», osservò Mary che teneva a dimostrare la profondità dei suoi pensieri, «è un difetto assai comune. Da tutto quello che ho letto, sono convinta che è assai frequente; che la natura umana vi è facilmente incline e che sono pochi quelli tra noi che non provano un certo compiacimento a proposito di qualche qualità – reale o immaginaria – che suppongono di possedere. Vanità e orgoglio sono ben diversi tra loro, anche se queste due parole vengono spesso usate nello stesso senso. Una persona può essere orgogliosa senza essere vana. L'orgoglio si riferisce soprattutto a quello che pensiamo di noi stessi; la vanità a ciò che vorremmo che gli altri pensassero di noi.»

«Se io fossi ricco come Mr Darcy», esclamò uno dei piccoli Lucas che era venuto con le sue sorelle, «non starei tanto a badare al mio orgoglio. Terrei una muta di cani da caccia e berrei una bottiglia di vino al giorno.»

«Vorrebbe dire bere assai più del ragionevole», disse Mrs Bennet, «e se io ti vedessi, ti toglierei la bottiglia.»

Il ragazzo protestò che non sarebbe stata capace di far questo; la signora invece continuò a sostenere di sì; e la discussione si protrasse scherzosa per tutto il resto della visita.

Capitolo sesto

Le signore di Longbourn, poco tempo dopo, si recarono a trovare quelle di Netherfield. La visita fu subito resa, come di dovere. La grazia di Miss Bennet conquistò tutta la simpatia di Mr Hurst e di Miss Bingley, che, pur trovando la madre intollerabile e le sorelle minori insipide e insignificanti, espressero alla maggiore il desiderio di vederla più spesso. Jane accolse con grande piacere questo segno di cortesia, ma Elizabeth, notando l'aria di condiscendenza e di superiorità che usavano verso tutte loro, sua sorella compresa, non riusciva a trovarle simpatiche. Pure, la loro gentilezza verso Jane aveva un certo valore, perché non poteva essere che il riflesso dell'ammirazione del loro fratello per lei. Ad ogni nuovo incontro la sua predilezione per la piccola Jane appariva infatti sempre più evidente, e per Elizabeth non era meno evidente che anche Jane si abbandonava a quella simpatia che aveva provato per lui fin dal primo momento, simpatia che era già sulla buona strada per diventare un vero e proprio amore. Vedeva anche, e se ne compiaceva, che nessun altro poteva accorgersi di questo, perché Jane univa a una grande profondità di sentire un temperamento così calmo e una così uniforme serenità di contegno, che la salvaguardava da ogni commento maligno. Ne parlò con la sua amica, Miss Lucas.

«Forse, può essere comodo riuscire a non tradirsi davanti alla gente», rispose Charlotte. «Ma essere troppo prudenti può costituire anche uno svantaggio. Se una donna nasconde i suoi sentimenti con tanta cura anche all'oggetto amato, può perdere l'occasione di conquistarlo, e in questo caso sarebbe una ben magra consolazione pensare che nessuno ne ha saputo mai nulla. Vi è tanta parte di gratitudine e addirittura di vanità in quasi tutti i sentimenti, che è più prudente saper far vibrare tutte queste corde all'unisono. Ognuno di noi s'innamora spontaneamente, ma sono ben poche le persone dal cuore tanto generoso da amare senza essere incoraggiate. In nove casi su dieci, a una donna conviene mostrare ancora più affetto di quello che prova. A Bingley tua sorella piace di sicuro, ma, se non lo incoraggia, questo sentimento rischia di rimanere una pura e semplice simpatia.»

«Ma lo incoraggia, almeno per quanto è possibile alla sua natura riservata. Se mi accorgo io della sua preferenza per Bingley, sarebbe proprio uno stupido a non capirlo lui pure.»

«Ma lui, Eliza, non conosce il carattere di Jane come te.»

«Se una ragazza ha del tenero per un uomo e non lo nasconde, tocca a lui capirlo.»

«Forse se ne potrebbe render conto se la vedesse di più. Ma benché

Bingley e Jane si incontrino spesso, non stanno mai a lungo insieme, e vedendosi sempre fra tanta gente, non possono passare il tempo a parlare tra di loro. Jane dovrebbe dunque approfittare di ogni mezz'ora che lui le dedica. Quando sarà sicura di averlo conquistato, potrà concedersi di innamorarsi a modo suo.»

«Il tuo piano sarebbe perfetto», rispose Elizabeth, «se si trattasse solo di fare un bel matrimonio; e se io avessi in mente di cercarmi un marito ricco, o un marito qualsiasi, lo adotterei senz'altro. Ma Jane non pensa a questo, non agisce per progetto. Per ora non si è neppur resa conto del suo sentimento, né sa se è un sentimento ragionevole. Ha conosciuto Bingley solamente quindici giorni fa. Ha ballato quattro volte con lui a Meryton; lo ha visto una mattina a casa sua, e, dopo di allora, ha pranzato in sua compagnia quattro volte. Non può bastare per farsi un giudizio su di lui.»

«Non è esatto. Se avesse soltanto pranzato con lui, si sarebbe soltanto potuta accertare se ha più o meno appetito, ma devi ricordare che hanno passato insieme quattro sere; e quattro sere possono significare parecchio.»

«Sì, in quelle quattro sere hanno potuto assicurarsi che tutti e due preferiscono il *Ventuno* al *Mercante in Fiera*; ma non credo che abbiano avuto modo di approfondire argomenti più importanti.»

«Insomma», disse Charlotte, «auguro di cuore ogni successo a Jane, e per conto mio credo che se lo sposasse anche domani, avrebbe la stessa probabilità di essere felice che se ne studiasse il carattere per un anno. La felicità nel matrimonio è solo una questione di fortuna. Ammettendo anche che due si conoscano da sempre, e abbiano dei caratteri identici, non è detto che questo basti a renderli felici. Si scopriranno sempre abbastanza diversi, dopo il matrimonio, per provare la loro parte di guai, ed è assai meglio conoscere il meno possibile i difetti della persona con cui si ha da passare tutta la vita.»

«Sei proprio divertente, Charlotte, ma non direi che è una teoria troppo pratica. Sai benissimo che non ci sarebbe da fidarsi, e sono convinta che neppure tu agiresti in questo modo.»

Occupata com'era a osservare la corte che Mr Bingley faceva a sua sorella, Elizabeth non si era neppure accorta di essere diventata lei stessa oggetto di interesse per l'orgoglioso amico di lui. Mr Darcy, che in principio si era appena degnato a trovarla graziosa; al ballo non l'aveva ammirata affatto e negli incontri seguenti l'aveva guardata unicamente per criticarla. In un primo tempo si era limitato ad affermare a se stesso e ai suoi amici che il volto di lei non era niente di straordinario, poi aveva cominciato a scoprire che quel volto rivelava invece una rara intelligenza, grazie anche a due magnifici occhi neri profondi ed espressivi. A questa scoperta ne seguirono altre ugualmente mortificanti per lui. Nonostante il suo senso critico avesse notato più di un difetto nei tratti irregolari di lei, dovette convenire che aveva una figura snella e flessuosa e benché avesse sostenuto che il suo comportamento non era il più adatto a una persona che frequentava la buona società, pure era incantato dalla sua spontanea vivacità. Ma Elizabeth non se ne rendeva affatto conto: egli era per lei soltanto l'uomo che restava antipatico a tutti e che non l'aveva trovata abbastanza bella per invitarla a ballare.

Darcy cominciò a desiderare di conoscerla meglio e, come primo passo per arrivare a parlarle direttamente, prestò attenzione quando discorreva con gli altri. Elizabeth lo notò. Si trovavano dai Lucas, dove c'era molta gente.

«Che cosa salta in mente a Mr Darcy», disse a Charlotte, «di stare ad ascoltare tutto quello che dicevo, mentre parlavo col colonnello Forster?»

«Questa è una domanda che dovresti fare a lui.»

«Se ricomincia, gli farò vedere che capisco le sue intenzioni. Ha degli occhi troppo beffardi, e, se non lo attacco io per prima, finirò per avere paura di lui.»

Poco dopo Mr Darcy si avvicinò, senza aver tuttavia l'aria di voler parlare con loro, e Miss Lucas sfidò la sua amica, che, messasi d'impegno, si rivolse immediatamente a lui, dicendogli:

«Non vi sono sembrata abbastanza eloquente, un momento fa, quando cercavo di indurre il colonnello Forster a dare un ballo per noi a Meryton?».

«Avete dimostrato una rara energia; ma si trattava di un soggetto che desta sempre l'ardore di una donna.»

«Siete severo con le donne.»

«Fra poco toccherà a te», disse Miss Lucas. «Vado ad aprire il piano, Eliza, e sai che cosa ti aspetta...»

«Sei un bel tipo di amica! Vorresti farmi sempre suonare e cantare davanti a tutti e a chiunque! Se fossi particolarmente fiera delle mie attitudini musicali, saresti proprio preziosa, ma a dire la verità non ho nessun desiderio di espormi davanti a chi è abituato ad ascoltare i migliori esecutori.»

Ma siccome Miss Lucas insisteva, aggiunse: «Va bene, visto che sei proprio decisa, ti accontento...». E guardando con gravità Mr Darcy, aggiunse: «C'è un vecchio detto, che qui tutti conoscono e che suona così: "Serba il tuo fiato per raffreddare la zuppa"; io serberò il mio per cantare meglio».

Cantava in modo gradevole, se non alla perfezione. Dopo una o due canzoni, e prima ancora che potesse acconsentire alle richieste rivoltele perché continuasse, la sostituì al piano sua sorella Mary che, come l'unica bruttina della famiglia, si era dedicata appassionatamente agli studi e a tutto quello che serve per brillare in società, e aveva la manìa di fare sfoggio della sua bravura.

Mary non aveva né gusto né talento, e tutta la sua applicazione era servita solo a darle un tono pedante e presuntuoso che avrebbe fatto sfigurare anche una abilità maggiore della sua. Elizabeth, semplice e naturale, era stata ascoltata con molto maggior piacere, per quanto avesse suonato molto meno bene della sorella. Mary, finito un lungo concerto, fu ben contenta di essere ringraziata e lodata per delle arie irlandesi e scozzesi richiestele dalle sorelle, che, con alcune delle Lucas e due o tre ufficiali, si erano messe a ballare allegramente a un'estremità del salone.

Mr Darcy stava lì vicino, indignato di un tal modo di trascorrere la serata che escludeva per lui ogni possibilità di conversazione, ed era così immerso nei suoi pensieri da non accorgersi di Sir William Lucas, fino a che questi non gli rivolse la parola:

«Che divertimento garbato, per i giovani, non è vero, Mr Darcy? Non c'è niente di paragonabile al ballo. Lo considero come una delle forme di svago più raffinate della società elegante».

«Senza dubbio, e ha, fra l'altro, il vantaggio di essere in voga anche tra le società meno raffinate del mondo. Qualunque selvaggio sa ballare.»

Sir William si accontentò di sorridere. «Il vostro amico danza alla perfezione», continuò dopo una pausa, vedendo Bingley unirsi al gruppo, «e non dubito che siate voi pure un cultore di questa arte, Mr Darcy.»

«Credo che mi avrete visto ballare a Meryton.»

«Sì, certo, e quella vista fu per me un vero godimento. Ballate spesso a Corte?»

«Mai, Sir.»

«Non vi sembra cosa che si confaccia a quel luogo?»

«È una cosa che evito sempre, quando mi è possibile.»

«Avrete casa a Londra, immagino?»

Mr Darcy assentì con un cenno del capo.

«Anch'io, un tempo, avevo pensato di stabilirmi nella capitale, perché adoro la buona società, ma non ero sicuro che il clima cittadino si confacesse a Lady Lucas.»

Tacque sperando in una risposta, ma il suo vicino non era disposto a dargliene, per cui, vedendo Elizabeth che si dirigeva in quel momento verso di loro, credette di fare un gesto molto galante chiamandola:

«Cara Miss Eliza, perché non ballate? Mr Darcy, permettete che vi presenti questa signorina come una delle migliori dame. Certo, davanti a una simile bellezza, non rifiuterete più di ballare». E, prendendo una mano di Elizabeth, voleva metterla addirittura in quella di Mr Darcy che, anche se sorpreso, non sembrava affatto riluttante, quando ella si ritrasse con prontezza, dicendo a Sir William con un certo turbamento:

«Davvero, Sir, non ho la più lontana intenzione di ballare. Vi prego di credere che non ero venuta qui a cercare un cavaliere».

Mr Darcy, con lo stile della più perfetta correttezza, le chiese l'onore di poterla invitare, ma inutilmente. Elizabeth era decisa a rifiutare, né le insistenze di Sir William valsero a scuotere la sua determinazione.

«Ballate così bene, Miss Eliza, che è una vera crudeltà privarci del piacere di contemplarvi, e sebbene il signore non sembri apprezzare questo genere di divertimento, sono sicuro che non vorrà rifiutarsi di compiacerci per una mezz'ora.»

«Mr Darcy è la cortesia in persona», disse Elizabeth sorridendo.

«Certamente, ma in questo caso, cara Miss Eliza, non c'è da meravigliarsi della sua arrendevolezza, perché chi rifiuterebbe una damina simile?»

Elizabeth sorrise maliziosamente, allontanandosi. La sua fermezza non le aveva nuociuto agli occhi di Darcy che stava pensando a lei con una certa simpatia, quando fu avvicinato da Miss Bingley:

«Indovino l'oggetto dei vostri pensieri».

«Non credo.»

«Voi state pensando a come sarebbe insopportabile dover trascorrere molte sere a questo modo e in un ambiente simile; e condivido pienamente il vostro modo di vedere. Non mi sono mai annoiata tanto! Sono tutti così insulsi e così rumorosi! Tutta gente da nulla, eppure che importanza si danno! Come vorrei sentire le vostre critiche!»

«Vi assicuro che siete in errore. I miei pensieri erano molto più piacevoli. Meditavo sulla gioia squisita che possono dare due begli occhi nel volto di una donna graziosa.»

Miss Bingley lo fissò stupita e gli chiese quale dama avesse avuto il dono di ispirargli tali riflessioni.

Mr Darcy rispose intrepidamente:

«Miss Eliza Bennet».

«Miss Eliza Bennet!», ripeté Miss Bingley. «Possibile! Da quanto tempo siete un suo ammiratore? E, ditemi, a quando gli auguri?...»

«Era proprio la domanda che mi aspettavo. L'immaginazione femminile è veloce: dall'ammirazione passa all'amore, dall'amore al matrimonio in un momento solo. Ero sicuro che mi avreste fatto gli auguri.»

«Se dite sul serio, considererò la cosa come già avvenuta. Avrete una suocera adorabile, e che naturalmente sarà sempre con voi a Pemberley.»

Egli la lasciò dire con perfetta indifferenza, mentre lei ricamava da sola sull'argomento: vedendolo così tranquillo, si persuase che nella cosa c'era molto di vero e insistette a lungo nei suoi motteggi e nei suoi scherzi pungenti.

Capitolo settimo

Il patrimonio di Mr Bennet era costituito per la massima parte da una tenuta che rendeva duemila sterline l'anno; tenuta che – disgraziatamente per le figlie – era vincolata, in mancanza di eredi maschi, a un diritto di trasmissione che delegava unico erede un lontano parente; e la sostanza della madre, anche se abbastanza notevole per la loro posizione, non era certo bastante a sopperire alla mancanza di quella paterna. Il padre di lei, che era stato avvocato a Meryton, le aveva lasciato 4.000 sterline. Aveva una sorella sposata a un certo Mr Philips, antico sostituto di loro padre e che ne aveva ereditato lo studio, e un fratello commerciante a Londra in un importante ramo d'affari.

Il villaggio di Longbourn era a un miglio da Meryton, distanza assai comoda per le signorine, che, due o tre volte alla settimana, cedevano alla tentazione di andarvi, sia per trovare la zia, sia per fermarsi da una modista che si trovava proprio sulla loro strada. Le più assidue in queste gite erano le più giovani, Catherine e Lydia, che, avendo delle testoline più vuote di quelle delle sorelle, se la giornata non prometteva di meglio, intraprendevano la passeggiata a Meryton per occupare le ore del mattino e per fornire gli argomenti alla conversazione della sera, perché, se la vita in campagna offriva pochi diversivi, trovavano sempre il modo di sapere qualche novità dalla zia. Ora poi stavano facendo ampia provvista sia di notizie che di felicità, per il recente arrivo nei dintorni di un reggimento che doveva fermarsi per tutto l'inverno, con il quartier generale proprio a Meryton.

Le loro visite a Mrs Philips diventarono una inesauribile fonte di novità. Ogni giorno imparavano il nome di un nuovo ufficiale e dei suoi amici; riuscirono a scoprire dove abitavano e finalmente conobbero gli ufficiali stessi. Mr Philips li andò a trovare tutti, mettendo così le nipotine all'apice della felicità. Non parlavano d'altro, e perfino la grande ricchezza di Mr Bingley, che destava tanto interesse nella loro mamma, scomparve ai loro occhi dinanzi alle fiammanti uniformi.

Una mattina, dopo aver ascoltato un fiume di parole su questo argomento, Mr Bennet osservò freddamente:

«Da quanto mi risulta dal vostro modo di parlare, credo che siate due tra le più stupide ragazze dei dintorni. Lo sospettavo da tempo, ma ora ne sono proprio convinto».

Catherine, sconcertata, non rispose; ma Lydia, con assoluta indifferenza, proseguì nel cantare le lodi del capitano Carter, esprimendo la speranza di vederlo in giornata, dato che l'indomani sarebbe andato a Londra.

«Sono veramente sorpreso, caro», disse la signora Bennet, «che tu sia così pronto a dar delle sciocche alle tue ragazze. Se mi piacesse disprezzare i figli di qualcuno, non sceglierei proprio i miei.»

«Se le mie figliole sono delle stupide, spero di conservare abbastanza buon senso per riconoscerlo.»

«Sì, ma c'è il fatto che sono tutte molto intelligenti.»

«Mi auguro che sia questo il solo punto in cui non andiamo d'accordo. Avrei sperato che il nostro modo di pensare coincidesse nei minimi particolari, ma purtroppo questa volta non ho le tue medesime opinioni e sono convinto di non sbagliarmi asserendo che le nostre due ultime figliole sono molto più sciocche delle altre ragazze in genere.»

«Caro Bennet, non puoi aspettarti che le tue figlie siano ragionevoli come i loro genitori. Quando avranno la tua età, sono sicura che non penseranno agli ufficiali, come non ci pensiamo noi. Ricordo ancora i tempi in cui apprezzavo anch'io una bella divisa, e in fondo al cuore la apprezzo sempre; e se un giovane elegante colonnello con cinque o seimila sterline di rendita chiedesse una delle mie ragazze, non sarei io a dirgli di no; l'altra sera da Sir William, il colonnello Forster era veramente elegante nella sua uniforme.»

«Mamma», esclamò Lydia, «la zia dice che il colonnello Forster e il capitano Carter non vanno più tanto spesso da Miss Watson; ora li vede di sovente nella libreria di Clarke.»

L'entrata di un domestico che portava un biglietto per Miss Bennet, impedì alla madre di rispondere; il biglietto veniva da Netherfield e il domestico attendeva risposta. Gli occhi della signora Bennet sfavillarono di contentezza, e, mentre la figlia leggeva, chiese impetuosamente:

«E così, Jane, chi ti scrive? che c'è di nuovo? che cosa dice? Via, Jane, spicciati, raccontaci; presto, amor mio!».

«È di Miss Bingley», disse Jane, e lesse ad alta voce:

Cara amica,

se non avrai pietà di noi, venendo a pranzare con Louisa e con me quest'oggi, correremo il rischio di odiarci per il resto della nostra vita, perché un'intera giornata di *tête-à-tête*, tra due donne, finisce sempre in una disputa. Ricevendo questo, vieni appena ti è possibile. Mio fratello e gli altri signori sono a pranzo con gli ufficiali. Sempre tua

Caroline Bingley

«Con gli ufficiali!», esclamò Lydia. «Mi stupisce che la zia non ce l'abbia detto.»

«Fuori a pranzo...», disse la signora Bennet, «che peccato!»

«Posso prendere la carrozza?», chiese Jane.

«No, cara, faresti meglio ad andarci a cavallo, perché sembra che voglia piovere e così dovrai per forza fermarti là per la notte.»

«Sarebbe un'ottima idea», disse Elizabeth, «se fosse certo che non le offriranno di farla riaccompagnare a casa.»

«Oh, non c'è pericolo, perché i signori avranno preso la vettura di Mr Bingley per andare a Meryton, e gli Hurst non hanno carrozza propria.»

«Veramente preferirei andare in carrozza.»

«Ma, cara, sono certa che tuo padre non può cedere i cavalli. Ne hanno bisogno alla fattoria, non è vero Bennet?»

«I cavalli in fattoria occorrerebbero assai più spesso di quanto non li possano avere.»

«Ma se glieli lasci oggi», disse Elizabeth, «è proprio quello che la mamma desidera.»

Tanto fece e tanto disse, che il padre dovette convenire che i cavalli erano impegnati; così Jane fu costretta ad andare a cavallo, mentre sua madre la accompagnava alla porta con i più lieti pronostici di un pessimo tempo. Le sue speranze si avverarono: Jane era appena partita che incominciò a piovere dirottamente. Le sue sorelle erano in pena per lei, ma la mamma era raggiante. La pioggia continuò ininterrotta per tutta la sera; Jane non sarebbe tornata di certo.

«Ho avuto proprio una buona idea», ripeté la signora Bennet a varie riprese, come se la pioggia fosse tutto merito suo. Soltanto al mattino seguente, però, ne poté conoscere i fortunati sviluppi. Avevano appena terminata la colazione, quando arrivò il seguente biglietto per Elizabeth:

Cara Lizzy,

questa mattina sto proprio poco bene; cagione, credo, di tutta la pioggia presa ieri. Le mie gentili amiche non mi lasciano tornare a casa fintanto che non sia guarita. Vogliono che mi veda Mr Jones, per cui non allarmatevi se sentite dire che è venuto a visitarmi; del resto tranne un po' di male alla gola e di emicrania, non ho niente di grave. Vostra ecc.

«E ora, mia cara», disse Mr Bennet, quando Elizabeth ebbe terminato di leggere il biglietto ad alta voce, «se tua figlia si ammalasse gravemente, se morisse, sarebbe una bella consolazione sapere che è stato per accalappiare Mr Bingley dietro tuo ordine.»

«Oh, non c'è pericolo che muoia. Non si muore per dei raffreddori da nulla. La cureranno bene. Finché rimane là, va tutto benissimo. Andrei a trovarla, se avessi la carrozza.»

Elizabeth, che si sentiva inquieta per davvero, decise di andare da Jane anche senza vettura, e dato che non sapeva andare a cavallo, non le rimaneva altra alternativa che quella di andare a piedi. Dichiarò che sarebbe andata ugualmente.

«Come puoi pensare a una cosa simile», esclamò la madre, «con tutto quel fango! Non saresti neppure presentabile, una volta arrivata.»

«Sarò sempre presentabile per Jane, che è l'unica persona che mi preme vedere.»

«Sarebbe un'allusione a me», disse suo padre, «perché ti dia i cavalli?»

«No davvero. Non ho paura di camminare. Dopotutto per un motivo così grave non è neppure una grande distanza; tre miglia solamente. Sarò di ritorno per l'ora di pranzo.»

«Ammiro la forza del tuo affetto», osservò Mary, «ma tutti gli impulsi del sentimento dovrebbero essere controllati dalla ragione; secondo me, lo sforzo deve essere sempre proporzionato al motivo che lo ha originato.»

«Ti accompagneremo fino a Meryton», dissero Lydia e Catherine. Elizabeth accettò la proposta e le tre ragazze partirono insieme.

«Se facciamo presto», disse Lydia mentre camminavano, «forse riusciremo a vedere il capitano Carter prima che parta.»

Si separarono a Meryton; le due più giovani si fermarono in casa della moglie di un ufficiale, ed Elizabeth continuò la strada da sola, attraversando un campo dopo l'altro con passo veloce, scavalcando steccati a saltando pozzanghere con impaziente premura, finché si trovò in vista della casa con le caviglie stanche, le calze inzaccherate e il volto acceso per tutto quel moto.

Fu introdotta nella sala di soggiorno dove erano riuniti tutti tranne Jane, e dove il suo apparire creò una vera sorpresa. Mrs Hurst e Miss

Bingley non volevano quasi credere che avesse fatto tre miglia tutta sola, così di buon mattino e con quel tempo orrendo, ed Elizabeth comprese che in cuor loro la schernivano. Tuttavia fu accolta con grande gentilezza, e nei modi di Mr Bingley vi era qualcosa di più: premura e soddisfazione. Mr Darcy non disse quasi nulla e Mr Hurst non aprì bocca. Il primo era combattuto tra l'ammirazione per lo splendido incarnato che il moto aveva dato al volto di Elizabeth e il dubbio se valesse la pena di venire da sola così da lontano per un motivo del genere. Il secondo pensava soltanto alla sua colazione.

Quando chiese di sua sorella, non ottenne una risposta molto consolante. Miss Bennet aveva dormito male, e, benché fosse alzata, aveva un po' di febbre e non stava abbastanza bene per lasciare la camera. Elizabeth fu subito accompagnata da lei, e Jane, che nella sua lettera non aveva ceduto alla tentazione di confessare quanto desiderasse la sua visita, fu felice di vederla. Non poteva però parlare molto, e quando Miss Bingley le lasciò sole, non riuscì a dire quasi nulla; si limitò ad esprimere la sua gratitudine per la straordinaria bontà che le avevano dimostrato. Elizabeth ascoltò in silenzio.

A colazione finita, furono raggiunte dalle sorelle; e perfino Elizabeth incominciò ad apprezzarle vedendo tutta la sollecitudine e l'affetto che prodigavano a Jane. Venne il farmacista, e, dopo aver esaminato l'ammalata, disse, come era da aspettarsi, che aveva preso un violento raffreddore e che doveva cercare di curarlo; le consigliò di tornare a letto e promise di mandarle alcune medicine.

Jane seguì prontamente il consiglio, perché la febbre andava aumentando e la testa le doleva.

Elizabeth non lasciò la camera neppure per un momento, né le signore stettero a lungo assenti, dato che gli uomini erano fuori e non avevano niente di meglio da fare.

Quando suonarono le tre, Elizabeth sentì che era ora di muoversi, ed espresse a malincuore la sua intenzione. Miss Bingley le offrì la carrozza, e, dietro la loro insistenza, l'avrebbe accettata, quando Jane mostrò un tale dispiacere per la sua partenza, che Miss Bingley fu costretta a mutare l'offerta della carrozza in un invito di ospitalità a Netherfield. Elizabeth acconsentì con gratitudine: fu spedito un domestico a Longbourn per avvertire la famiglia e per procurarsi qualche abito di ricambio.

Capitolo ottavo

Alle cinque le due signore andarono a vestirsi e alle sei e mezza Elizabeth fu chiamata per il pranzo. Tutti le chiesero gentilmente di sua sorella, e lei notò con piacere che l'interesse di Bingley era assai più vivo di quello degli altri, ma non poté dare notizie troppo buone. Jane non migliorava affatto. Nel sentir questo, le signore espressero due o tre volte il loro dispiacere, commentando quanto fosse noioso un brutto raffreddore, e come anche loro odiassero essere ammalate; dopo di che non ci pensarono più, e la loro indifferenza per Jane, quando non era presente, confermò Elizabeth nella sua antica antipatia verso di loro.

Il fratello era l'unico del gruppo che le andasse a genio. La sua preoccupazione per Jane era evidente, e le sue attenzioni verso di lei, Elizabeth, confortandola un poco, le impedivano di sentirsi un'intrusa come credeva di essere considerata dagli altri. Infatti, tranne Bingley, nessuno si occupava di lei. Miss Bingley si dedicava completamente a Mr Darcy, e sua sorella non meno di lei; quanto a Mr Hurst, che aveva per vicino, era un uomo indolente che pensava solo a mangiare, bere e giocare a carte, e che, dopo avere osservato che preferiva un cibo semplice a qualsiasi intingolo, non trovò altro da dirle.

Terminato il pranzo, Eliza tornò subito da Jane ed era appena uscita dalla camera, che Miss Bingley cominciò a criticarla.

I suoi modi furono giudicati pessimi, un insieme di orgoglio e di impertinenza; non sapeva discorrere, mancava di stile, era priva di gusto e di bellezza. Anche Mrs Hurst era della stessa opinione, e aggiunse:

«In fondo, non ha proprio altra qualità, se non quella di essere una buona camminatrice. Non potrò mai dimenticare la sua apparizione di stamani. Sembrava una mezza selvaggia!».

«Davvero, Louisa, per poco non ce la facevo a trattenermi dal ridere. E che esagerazione accorrere a quel modo! Sgambare così per i campi, soltanto perché sua sorella aveva preso un raffreddore! Con quei capelli, tutti scarruffati, al vento!»

«Sì; e le sue gonne! Avrai osservato, immagino, la sua sottana coperta di fango per venti centimetri buoni, e il mantello che avrebbe dovuto nasconderla e che non serviva affatto allo scopo!»

«Può darsi che la tua descrizione sia esatta», disse Bingley, «ma io non me ne sono accorto affatto. Miss Elizabeth Bennet, stamani quando è entrata, mi è parsa graziosissima. E la sua gonna infangata è sfuggita proprio alla mia attenzione.»

«Non certo alla vostra, Mr Darcy», disse Miss Bingley, «e sono convinta che non vi piacerebbe affatto vedere vostra sorella andare in giro in quello stato.»

«No davvero.»

«Camminare per tre miglia, o quattro, o cinque, o quelle che sono, con il fango fin oltre le caviglie, e sola, tutta sola! Che ha creduto di fare? Non è altro che l'ostentazione di un'odiosa forma di orgogliosa indipendenza che tradisce tutta l'indifferenza dei provinciali al decoro.»

«Dimostra anche un profondo affetto per sua sorella, il che la rende simpatica», disse Bingley.

«Temo, Mr Darcy», sussurrò Miss Bingley, «che questa avventura avrà un poco raffreddato la vostra ammirazione per i begli occhi di Elizabeth.»

«Tutt'altro», rispose lui, «erano anzi più brillanti dopo la passeggiata.» Queste parole furono seguite da una breve pausa, e Mrs Hurst riprese:

«Ho molta simpatia per Jane Bennet, che è veramente una cara ragazza e desidero con tutto il cuore che faccia un buon matrimonio. Ma con una madre e un padre simili e dei parenti così volgari, temo non le sarà facile».

«Mi pare di averle sentito dire che un loro zio è avvocato a Meryton.»

«Sì, e ne hanno un altro che dicono abbia qualche negozio dalle parti di Cheapside...»

«Magnifico!», aggiunse la sorella, e tutt'e due risero di cuore.

«Anche se avessero tanti zii da riempire *tutta* Cheapside», esclamò Bingley, «non sarebbero per questo meno graziose né meno simpatiche.»

«Dobbiamo però convenire che questo diminuisce indubbiamente la loro probabilità di sposare degli uomini della buona società», rispose Darcy.

Bingley non rispose; ma le sue sorelle annuirono cordialmente e continuarono per qualche tempo a schernire il volgare parentado delle loro amiche.

Tuttavia, con una ripresa d'affetto, lasciando la camera da pranzo, si recarono da Jane e rimasero con lei fino a quando furono chiamate per il caffè. Jane stava ancora poco bene, ed Elizabeth non volle lasciarla che tardi, sulla sera, quando la vide addormentata, e le parve cosa gentile verso i suoi ospiti, più che piacevole in se stessa, scendere in sala. Entrando, trovò la compagnia intenta al gioco, e fu subito invitata a prendervi parte, ma, temendo che le poste fossero troppo alte, rifiutò con la scusa che, non volendo lasciare a lungo sola sua sorella, nel poco tempo che poteva trattenersi si sarebbe distratta leggendo. Mr Hurst la guardò con stupore.

«Preferite leggere a giocare?», chiese. «Che cosa strana!»

«Miss Eliza Bennet», disse Miss Bingley, «disprezza le carte. È una grande lettrice e non si diletta d'altro.»

«Non merito né questa lode, né questo biasimo», esclamò Elizabeth. «Non sono una grande lettrice, e ci sono anche molte altre cose che mi piacciono.»

«Sono certo che vi piace assistere vostra sorella», disse Bingley, «e che questo piacere sarà presto accresciuto vedendola ristabilirsi.»

Elizabeth lo ringraziò dal fondo del cuore, e si avviò verso un tavolo sul quale c'erano alcuni libri. Egli si offrì immediatamente di andarne a cercare degli altri: tutti quelli che poteva offrire la sua biblioteca.

«Vorrei che la mia biblioteca fosse più ricca, per il vostro piacere e a onor mio, ma sono così pigro che i pochi libri che ho sono sempre troppi per quello che ne faccio.»

Elizabeth lo assicurò che le bastavano quelli che si trovavano in sala.

«È strano», disse Miss Bingley, «che mio padre abbia lasciato così pochi libri. La vostra biblioteca di Pemberley, Mr Darcy, è meravigliosa!»

«È naturale che lo sia», egli rispose, «perché è l'opera di molte generazioni.»

«E voi stesso l'avete molto accresciuta, comperando sempre nuovi libri.»

«Non posso capire come, ai nostri giorni, si possa trascurare la biblioteca di famiglia.»

«Trascurare! Non c'è pericolo che voi trascuriate nulla per migliorare quella nobile dimora. Charles, quando costruirai la tua casa, mi auguro che riesca bella anche soltanto la metà di Pemberley!»

«Magari!»

«Ma ti consiglierei di comprare il terreno da quelle parti, e di prendere Pemberley come modello. Il Derbyshire è la più bella contea dell'Inghilterra.»

«Sarei felice di comprare Pemberley stesso, se Darcy la vendesse.»

«Parlavo di cose possibili, Charles.»

«In fede mia, Caroline, sarebbe più facile acquistare Pemberley che copiarla.»

Elizabeth si interessava talmente alla conversazione che non riusciva a prestare attenzione al suo libro, per cui, messolo da parte, si accostò al tavolino dove sedette tra Mr Bingley e sua sorella maggiore per osservare il gioco.

«È cresciuta ancora da questa primavera Miss Darcy?», chiese Miss Bingley. «Si farà alta come me?»

«Credo di sì. È già grande come Miss Elizabeth Bennet, o forse di più.»

«Come vorrei rivederla! Non ho mai incontrato una ragazza più carina. Un contegno, dei modi così perfetti! Ed è così colta per la sua età; suona il pianoforte in maniera incantevole.»

«Sono sempre meravigliato», disse Bingley, «della pazienza che hanno tutte le ragazze nel coltivarsi!»

«Tutte le ragazze! Ma, Charles, che cosa intendi dire?»

«Sì, tutte, o almeno così mi sembra. Tutte dipingono, o ricoprono paraventi, o ricamano borse. Non ne conosco una che non possegga queste abilità; e la prima cosa che mi dicono, parlandomi di una signorina, è che ha un'educazione perfetta ed è molto colta.»

«La tua lista delle abilità femminili», disse Darcy, «è anche troppo esatta purtroppo. Si usa la parola "colta" per definire una signorina che spesso sa soltanto ricoprire un paravento o ricamare una borsa. Tuttavia non sono affatto d'accordo con te nell'affermare che tutte le donne in genere meritino i tuoi complimenti. Nell'intera cerchia delle mie conoscenze non saprei trovarne più di una mezza dozzina che siano veramente colte.»

«Nemmeno io», confermò Miss Bingley.

«È segno che vi fate un'idea molto alta di come dovrebbe essere una donna», disse Elizabeth.

«Sì, secondo me, una donna deve possedere molte qualità.»

«Oh, certo!», esclamò la sua vivace interlocutrice, «nessuna donna può essere considerata veramente colta se non sorpassa di gran lunga la misura comune. Una donna deve possedere una conoscenza profonda della musica, del canto, del disegno e della danza, conoscere le lingue moderne, e, oltre a questo, deve avere nel suo aspetto e nel suo modo di muoversi, nella sua voce e nella sua maniera di parlare, qualcosa che la distingua veramente.»

«Non solo», continuò Darcy, «ma deve aggiungere a tutto questo qualcosa di ancor più importante: sapere coltivare la sua mente con delle profonde letture.»

«Non c'è da meravigliarsi se conoscete soltanto sei donne di questo genere; è già strano che ne conosciate una.»

«Siete così severa verso il vostro sesso?»

«Io non ho mai incontrato una donna simile. Mai ho visto tanta cultura, gusto, applicazione ed eleganza, come quelle da voi descritte, riunite in una persona sola.»

Mrs Hurst e Miss Bingley protestarono tutte e due contro la severità di questo giudizio, e stavano già per asserire di conoscere parecchie signore che rispondevano a questa descrizione, quando Mr Hurst le richiamò all'ordine, lamentandosi aspramente per la loro disattenzione al gioco. Troncata così ogni conversazione, Elizabeth poco dopo lasciò la sala.

«Eliza Bennet», disse Miss Bingley quando la porta si richiuse dietro di lei, «è una di quelle ragazze che cercano di farsi belle agli occhi dell'altro sesso svalutando il proprio; ed è un fatto che, con molti uomini, vi riescano. Ma, secondo me, è un mezzuccio meschino, un artificio volgare.»

«Vi è senza dubbio della meschinità in ogni artificio di cui le signore si servono per accattivarsi gli uomini», rispose Darcy, al quale era rivolta principalmente questa osservazione. «Tutto quello che si presenta sotto la veste della furberia è spregevole.»

Questa risposta non soddisfece troppo Miss Bingley che preferì lasciar cadere l'argomento.

Elizabeth ritornò soltanto per avvertire che sua sorella stava peggio, e che non poteva lasciarla. Bingley insistette perché fosse chiamato subito Mr Jones, mentre le sue sorelle, convinte che un medico di campagna non potesse essere di grande aiuto, raccomandarono di mandare un espresso in città per un medico di valore. Ma Elizabeth non volle sentirne parlare, e propendeva più per la proposta di Mr Bingley. Fu quindi deciso che, se Miss Bennet non migliorava, l'indomani mattina di buon'ora si sarebbe chiamato Mr Jones. Bingley era proprio costernato; le sue sorelle si dichiararono desolate; ma questo non impedì loro di distrarsi e mitigare il proprio dolore cantando dopo cena dei duetti, mentre Bingley trovò invece conforto nell'impartire ordini alla governante perché l'ammalata e sua sorella fossero circondate di ogni cura.

Capitolo nono

Elizabeth passò gran parte della notte in camera di sua sorella, e al mattino ebbe la gioia di dare una risposta confortante alle domande che le pervennero assai di buon'ora da parte di Mr Bingley tramite una donna di servizio, e un po' più tardi dalle sue sorelle, a mezzo di due eleganti cameriere addette alla loro persona. Ma nonostante questo miglioramento, Elizabeth chiese di mandare un biglietto a Longbourn, desiderando che sua madre venisse a trovare Jane e giudicasse personalmente la situazione. Il biglietto fu spedito immediatamente, e il desiderio esaudito con grande prontezza. Mrs Bennet, accompagnata dalle due figlie minori, arrivò a Netherfield poco dopo colazione.

Non si può mettere in dubbio che, se la signora Bennet avesse trovato Jane in pericolo, ne sarebbe stata profondamente desolata, ma, data la lievità della malattia, non provava alcun desiderio che sua figlia si rimettesse prontamente, perché una volta guarita, avrebbe dovuto lasciare Netherfield. Non volle quindi nemmeno ascoltare la proposta di Jane di essere trasportata a casa, e anche il farmacista, arrivato in quel momento, giudicò la cosa sconsigliabile. Dopo aver trascorso un po' di tempo con Jane, accogliendo un vago invito di Miss Bingley, la madre e le tre figlie la seguirono in sala da pranzo. Bingley le accolse esprimendo la speranza che Mrs Bennet non avesse trovato sua figlia peggio di quanto si aspettava.

«Purtroppo sì», fu la sua risposta, «è ancora troppo malata per poter essere trasportata a casa. Mr Jones dice di non pensarci nemmeno. Saremo proprio costretti ad approfittare ancora della vostra cortesia.»

«Trasportarla!», esclamò Bingley, «non è neppure il caso di parlarne. Sono sicuro che mia sorella non acconsentirebbe mai a lasciarla partire.»

«Potete esser sicura, Madam», disse Miss Bingley con fredda cortesia, «che Miss Bennet avrà tutte le cure fino a quando starà con noi.»

Mrs Bennet si profuse in ringraziamenti.

«Non so proprio», aggiunse, «che ne sarebbe di lei se non avesse trovato amici tanto gentili, perché sta proprio poco bene e soffre parecchio, sebbene con molta pazienza, com'è del resto sua abitudine, perché ha, posso dirlo con cognizione, il miglior carattere che io conosca. Dico spesso alle mie altre figliole che non valgono nulla in confronto *a lei*. Come è bella questa camera, Mr Bingley, e che graziosa veduta sul viale! Non conosco altra villa in campagna paragonabile a Netherfield. Spero che, anche se avete concluso un affitto breve, non penserete di lasciarla tanto presto.»

«Sono sempre piuttosto precipitoso nelle mie decisioni», egli rispose, «e così, se venissi nella determinazione di lasciare Netherfield, probabilmente me ne andrei in cinque minuti. Tuttavia, per ora, mi considero qui come se mi ci fossi stabilito per sempre.»

«Questo risponde esattamente all'idea che mi sono fatta di voi», disse Elizabeth.

«Incominciate a capirmi, non è vero?», esclamò Bingley rivolto alla ragazza.

«Oh sì, vi capisco perfettamente.»

«Vorrei che fosse un complimento, ma ho paura che l'esser capito così a prima vista significhi che sono una persona di ben poco valore.»

«Non è detto che un carattere chiuso e complicato sia più stimabile di uno come il vostro.»

«Lizzy», interruppe sua madre, «ricordati dove sei e non lasciarti andare a parlare a vanvera come ti lasciamo fare a casa.»

«Non sapevo che foste un'osservatrice di caratteri», continuò in fretta Bingley. «Dev'essere uno studio interessante.»

«Sì, ma i caratteri complicati sono i *più* divertenti. Hanno almeno questo vantaggio.»

«La campagna», disse Darcy, «offre generalmente pochi soggetti per uno studio del genere. Ci si muove sempre nel cerchio della solita invariata e limitata società.»

«Ma la stessa gente cambia talmente, che c'è sempre qualcosa di nuovo da osservare.»

«È proprio così», esclamò Mrs Bennet, offesa di quell'apprezzamento sul modo di vivere in campagna. «Vi assicuro che anche in mezzo a noi c'è altrettanta animazione che in città.»

Tutti rimasero sorpresi a quest'uscita, e Darcy, dopo averla fissata un istante, volse altrove lo sguardo silenziosamente. Mrs Bennet, sicura di averlo totalmente sconfitto, continuò trionfante:

«Per conto mio, non vedo proprio in che cosa Londra sia tanto superiore alla provincia, se non per i negozi e i luoghi pubblici. In campagna si sta molto meglio: non è vero, Mr Bingley?».

«Quando sono in campagna non vorrei mai andarmene», rispose, «ma mi avviene lo stesso quando sono in città. Tutte e due hanno i loro vantaggi, e sono ugualmente felice tanto in un posto come nell'altro.»

«Questo dipende dal vostro buon carattere; ma quel signore», disse guardando Darcy, «aveva l'aria di pensare che la campagna non valga un gran che.»

«Ma ti sbagli, mamma», disse Elizabeth arrossendo per sua madre. «Non hai compreso Mr Darcy: voleva dire che in campagna non si trova una società così varia come in città; e devi riconoscere che è vero.»

«Certamente, cara, nessuno dice che ci sia; ma quanto a vedere tanta gente, non credo esista un posto nel quale si possano coltivare le relazioni come questo. Basti pensare che noi frequentiamo e siamo invitate a pranzo in ben ventiquattro case.»

Bingley mantenne la sua gravità solo per un riguardo verso Elizabeth; le sue sorelle, con minor delicatezza, lanciarono a Mr Darcy un sorriso molto espressivo. Elizabeth, per cambiare il corso dei pensieri di sua madre, chiese se Charlotte Lucas era stata a Longbourn dopo la loro partenza.

«Sì, è venuta a trovarci ieri con suo padre. Che persona simpatica è Sir William, non è vero Mr Bingley? Un vero uomo di mondo. Tanto semplice e cortese! Trova sempre una parola per tutti. Questa, secondo me, è la vera educazione; ma chi si dà tante arie e non apre mai bocca, mostra proprio di esserne sprovvisto.»

«Charlotte si è fermata a pranzo?»

«No, volle tornare a casa. Credo fosse attesa per preparare il pasticcio di fegato. Io, vede, Mr Bingley, ho sempre della servitù che sa il suo mestiere e le mie figliole sono state educate ben diversamente, ma ognuno ha il suo modo di vedere, e le Lucas sono delle ottime ragazze. Peccato che non siano belle! *Non si può dire* che Charlotte sia proprio una nullità e del resto è la nostra amica prediletta.»

«Sembra una signorina molto simpatica», disse Bingley.

«Oh, sì! Ma dovete convenire che è proprio brutta. Lo riconosce anche Lady Lucas, e spesso mi invidia la bellezza di Jane... non si vede spesso una bellezza simile. Lo dicono tutti e questo giudizio non è davvero frutto della mia parzialità. Aveva appena quindici anni quando un signore, che si trovava da mio fratello Gardiner a Londra, era talmente innamorato di lei che mia cognata credeva si dichiarasse prima della nostra partenza. Non lo fece. Forse la trovò troppo giovane. Tuttavia scrisse per lei alcuni versi, ed erano proprio graziosi.»

«E così terminò il suo amore», disse Elizabeth con impazienza. «Non sarà l'unico, credo, che avrà fatto la stessa fine. Mi domando chi sarà stato il primo a scoprire l'efficacia della poesia per spegnere l'amore!»

«Ho sempre pensato che la poesia fosse il nutrimento dell'amore», disse Darcy.

«Forse di un amore deciso e vigoroso. Quello che è già forte, trae nutrimento da ogni cosa. Ma se si tratta soltanto di una tenue, pallida inclinazione, sono sicura che un buon sonetto ne ha subito ragione.»

Darcy sorrise e la pausa che seguì fece tremare Elizabeth per il timore che sua madre si esponesse di nuovo al ridicolo. Avrebbe voluto parlare, ma non sapeva pensare a nulla da dire, e dopo un breve silenzio, Mrs Bennet riprese a ringraziare Mr Bingley per la sua bontà verso Jane e a scusarsi per il disturbo che arrecava Lizzy. Mr Bingley rispose con cortese naturalezza, e obbligò sua sorella minore a essere gentile a sua volta e a dire quello che l'occasione richiedeva. Costei fece la sua parte senza troppa buona grazia, ma la signora Bennet se ne accontentò ugualmente e poco dopo ordinò la carrozza. A questo segnale, la figlia minore si fece avanti. Le due ragazze non avevano fatto che bisbigliare tra loro durante l'intera visita e il risultato fu che la minore dovette ricordare a Mr Bingley la promessa fatta di dare un ballo a Netherfield.

Lydia era una ragazza di quindici anni, forte e ben sviluppata, con una bella carnagione e un carattere spigliato; era la preferita dalla madre, che, per questa predilezione, l'aveva condotta in società troppo presto. Era molto vivace e molto disinvolta; tale disinvoltura era aumentata fino a diventare sfacciataggine da quando era oggetto delle attenzioni degli ufficiali, attirati dagli ottimi pranzi di suo zio e dal suo fare tutt'altro che riservato. Era quindi indicata per fare la richiesta a Mr Bingley a proposito del ballo; e infatti gli rammentò a bruciapelo la sua promessa, aggiungendo che sarebbe stata una vera vergogna se non l'avesse mantenuta. La risposta a questo improvviso attacco suonò deliziosamente agli orecchi della madre:

«Vi assicuro che sono prontissimo a mantenere la mia promessa; e appena vostra sorella sarà guarita, fisserà lei stessa la data del ballo. Non vorreste certamente ballare mentre è ancora malata».

Lydia si dichiarò soddisfatta. «Oh, senza dubbio sarà molto meglio aspettare che Jane stia bene, e così sarà anche più facile che per allora sia tornato a Meryton il capitano Carter. E, quando avrete dato il vostro ballo», aggiunse, «insisterò perché ne diano uno anche gli ufficiali. Dirò al colonnello Forster che sarebbe una vergogna, se non lo dessero.»

La signora Bennet e le figlie se ne andarono, ed Elizabeth tornò subito da Jane, lasciando che le due signore e Mr Darcy commentassero il contegno suo e della sua famiglia. Ma quest'ultimo, nonostante tutto lo spirito di Miss Bingley a proposito di certi «begli occhi», non poté essere indotto a unirsi a loro nelle critiche.

Capitolo decimo

Il giorno dopo trascorse press'a poco come il precedente. Mrs Hurst e Miss Bennet avevano passato alcune ore del mattino con la malata, che, sebbene lentamente, andava ristabilendosi, e la sera Elizabeth raggiunse in sala la compagnia. Il tavolino da gioco però non apparve. Mr Darcy scriveva, e Miss Bingley, seduta accanto a lui, seguiva i progressi della sua lettera cercando di attirare continuamente la sua attenzione con la scusa di alcuni messaggi per sua sorella. Mr Hurst e Mr Bingley facevano una partita a picchetto e Mrs Hurst seguiva il loro gioco.

Elizabeth prese un lavoro di cucito divertendosi un mondo a osservare quello che accadeva tra Darcy e la sua compagna. I continui commenti che lei faceva sulla sua calligrafia, o la regolarità delle sue righe, o la lunghezza della sua lettera, e l'assoluta indifferenza con cui venivano accolte le sue frasi, formavano uno strano dialogo che rispondeva perfettamente all'opinione che Elizabeth si era formata di loro due.

«Come sarà contenta Miss Darcy di ricevere una così lunga lettera!»

Nessuna risposta da parte di Darcy.

«Scrivete con una rara velocità.»

«Vi sbagliate: scrivo piuttosto adagio.»

«Quante lettere avrete da scrivere nel corso di un anno! E anche lettere d'affari! Quanto a me, le troverei detestabili!»

«Per fortuna tocca scriverle a me e non a voi.»

«Vi raccomando, dite a vostra sorella che ho un gran desiderio di rivederla.»

«Glielo scrissi già una volta, come mi avete pregato.»

«Ho paura che la vostra penna non vada bene. Lasciate che ve l'accomodi io: sono abilissima nel preparare la penna.»

«Grazie, ma le preparo sempre da me.»

«Come fate a scrivere così diritto?»

Silenzio.

«Dite a vostra sorella che mi rallegro dei suoi progressi sull'arpa; e scrivetele anche, vi prego, che sono addirittura entusiasta del suo delizioso disegno, e che lo trovo molto superiore a quelli di Miss Grantley.»

«Potrei rimandare i vostri entusiasmi alla mia prossima lettera? Non ho più abbastanza posto per esprimerli come meritano.»

«Oh, non fa nulla. La vedrò in gennaio. Ma le scrivete sempre lettere così lunghe e così belle, Mr Darcy?»

«Generalmente sono lunghe; non sta a me dire se sono belle.»

«Ho sempre pensato che chi scrive a lungo con facilità non può scrivere male.»

«Darcy non merita davvero questo complimento, Caroline», esclamò suo fratello, «perché non si può proprio dire che scriva facilmente. Sceglie troppo le parole. Non è così, Darcy?»

«Il mio stile è molto diverso dal tuo.»

«Oh», esclamò Miss Bingley, «Charles scrive con incredibile trascuratezza. Dimentica metà delle parole e scarabocchia le altre.»

«Le mie idee si succedono con una tale rapidità che non faccio a tempo ad esprimerle, ecco perché spesso le mie lettere non trasmettono nessuna idea a quelli che le leggono.»

«La vostra modestia, Mr Bingley», disse Elizabeth, «disarma ogni critica.»

«Nulla è più ingannevole dell'apparente modestia. Spesso non è che indifferenza alle opinioni altrui, e spesso è una forma indiretta di vanagloria.»

«E a quale delle due forme attribuisci la mia modestia?»

«La vanagloria, perché in realtà sei fiero dei difetti del tuo stile che attribuisci alla rapidità dei tuoi pensieri e alla tua indifferenza al modo di esprimerli, cosa che, se non bella, trovi per lo meno interessante. La facoltà di fare tutto velocemente è una qualità sempre molto apprezzata da chi la possiede, anche se va a scapito del modo di fare le cose. Quando, stamattina, dicevi a Mrs Bennet che se ti decidessi a lasciare Netherfield, lo faresti in cinque minuti, sembrava quasi che te ne vantassi; eppure che cosa c'è di tanto apprezzabile in una precipitazione che lascerebbe per forza metà delle cose in sospeso, e non porterebbe alcun vantaggio né a te, né agli altri?»

«È una vera indegnità», esclamò Bingley, «ricordare la sera le sciocchezze dette al mattino! Eppure, parola d'onore, ho creduto dire la verità sul mio carattere, e lo credo tuttora. Non è che volessi apparire inutilmente impulsivo al solo scopo di farmi bello agli occhi delle signore.»

«Sono certo che tu ne eri convinto; ma non sono altrettanto sicuro che partiresti con la velocità di cui parlavi. La tua condotta, come quella di tutti gli uomini, dipenderebbe per metà dal caso, e se, quando tu fossi già a cavallo, un amico ti dicesse: "Bingley, faresti meglio a restare fino alla settimana prossima", probabilmente cederesti, forse ti fermeresti, e magari basterebbe un'altra parola per trattenerti un mese intero», concluse Darcy.

«Con questo», disse Elizabeth, «avete soltanto provato che Mr Bingley non conosce se stesso, e lo avete messo in una luce molto migliore di quanto non abbia fatto lui da solo.»

«Vi sono molto grata di convertire le parole del mio amico in un elogio del mio carattere. Ma ho paura che la vostra interpretazione sia ben lontana da quello che intendeva dire quel signore, perché lui mi stimerebbe molto di più se in una circostanza simile, io rispondessi con un secco rifiuto e fuggissi il più lontano possibile.»

«Mr Darcy dunque troverebbe che la vostra impetuosità sarebbe scusata dalla vostra ostinazione?»

«In fede mia, non so spiegare esattamente la cosa; Darcy stesso si difenda come meglio sa.»

«Tu vorresti che spiegassi delle opinioni che ti piace attribuirmi, ma che non sono le mie. Tuttavia in questo caso, e secondo il tuo modo di esporre le cose, devo ricordare, Miss Bennet, che l'amico che supponiamo voglia indurre Bingley a rimanere a casa rimandando i suoi progetti di partenza, ha espresso soltanto un desiderio senza avvalorarlo con alcuna ragione per dimostrarne l'opportunità.»

«Ma per voi accondiscendere prontamente alla *persuasione* di un amico non rappresenta un merito? Cedere senza convinzione non depone favore dell'intelligenza né dell'uno, né dell'altro.»

«Mi sembra, Mr Darcy, che voi non lasciate alcun margine all'ascendente dell'amicizia e dell'affetto. La deferenza verso un amico può spesso bastare per acconsentire subito alla sua domanda, senza aspettare di conoscere gli argomenti che può esporre in suo favore. Non parlo di un caso come quello da noi supposto riguardo Mr Bingley: forse sarà meglio aspettare che si verifichi, prima di discutere se il suo modo di comportarsi sia giusto o meno. Ma in genere, quando tra due amici uno prega l'altro di cambiare una decisione non troppo importante, biasimereste la persona che cede a quella preghiera senza attendere di essere persuasa?»

«Non vi parrebbe meglio, prima di continuare l'argomento, definire con maggior precisione il grado di importanza della domanda, come il grado di intimità tra i due amici?»

«Ma certo», esclamò Bingley, «precisiamo con cura tutti i particolari, non dimenticando la statura degli amici e la loro figura, perché, vedete, Miss Bennet, ogni cosa ha il suo peso più di quanto possiate credere. Vi assicuro che se Darcy non fosse tanto più alto di me, non lo ascolterei con la stessa deferenza! Non conosco persona più terribile di lui in certe circostanze e in certi luoghi: a casa sua specialmente, e la domenica sera soprattutto, quando non ha niente da fare.»

Mr Darcy sorrise, ma Elizabeth, accorgendosi che era piuttosto offeso, si trattenne dal ridere. Miss Bingley, con fare risentito, fece rilevare a suo fratello che stava dicendo un mucchio di sciocchezze.

«Mi accorgo a che cosa miri, Bingley», disse il suo amico, «non ami la discussione e così ci riduci al silenzio.»

«Forse hai ragione. Le discussioni somigliano troppo alle liti. Se tu e Miss Bennet vorrete differire la vostra fino a quando sarò fuori dalla camera, ve ne sarò gratissimo, e così potrete dire di me tutto quello che vorrete.»

«Non mi chiedete certo un sacrificio», disse Elizabeth, «e Mr Darcy farebbe meglio a terminare la sua lettera!»

Mr Darcy seguì il suo consiglio e finì la lettera. A cosa fatta, chiese a Miss Bingley e a Elizabeth di fare un po' di musica. Miss Bingley andò prontamente al pianoforte, e, dopo aver chiesto cortesemente a Elizabeth di prodursi per prima – invito che lei, con altrettanta cortesia ma con maggior fermezza, respinse, – sedette al piano.

Mrs Hurst cantò con sua sorella, ed Elizabeth, che scorreva alcuni quaderni di musica, non poté fare a meno di accorgersi che gli occhi di Mr Darcy la fissavano di frequente. Era difficile supporre che un uomo così importante l'ammirasse, e tuttavia era ancora più strano che la guardasse per antipatia. Finì quindi col pensare di aver attirato la sua attenzione perché ci fosse in lei qualche cosa che, secondo le sue rigide idee, fosse inopportuna o riprovevole. Ma questa supposizione non l'afflisse: aveva troppo poca simpatia per lui perché potesse starle a cuore la sua approvazione.

Cantata qualche romanza italiana, Miss Bingley variò il programma con una vivace aria scozzese, e, poco dopo, Mr Darcy, avvicinandosi a Elizabeth, le disse:

«Non vi piacerebbe, Miss Bennet, cogliere l'occasione per ballare un *reel*?».

Essa sorrise, senza rispondere. Sorpreso per il suo silenzio, rinnovò la domanda.

«Oh», disse lei, «avevo sentito, ma non sapevo risolvermi sulla risposta. So che desideravate che dicessi di sì per poter disprezzare i miei gusti; ma sono sempre felice quando posso sventare uno di questi tranelli e privare chi vuol punzecchiarmi del piacere di esercitare a mie spese la sua premeditata ironia. Così mi sono decisa a dirvi che non desidero affatto ballare un *reel*: e ora disprezzatemi pure, se volete.»

«Non oso davvero.»

Elizabeth, che si aspettava di averlo offeso, fu stupita della sua gentilezza; in realtà vi era in lei un misto di dolcezza e di malizia che le rendeva difficile offendere qualcuno, e Darcy non era mai stato affascinato da nessuna donna come da lei in quel momento: sentiva che se non ci fosse stata l'inferiorità della sua famiglia, avrebbe potuto correre qualche pericolo.

Miss Bingley vedeva o sospettava abbastanza per essere gelosa, e il suo vivo interessamento alla salute di Jane era alimentato anche dal desiderio di liberarsi di Elizabeth. Cercava di provocare Darcy, per rendergli invisa la loro ospite, parlandogli della probabilità di un matrimonio tra Lizzy e lui, e facendo ironiche previsioni sulla felicità di quell'unione.

«Spero», disse la mattina seguente, mentre passeggiavano nel bosco, «che, quando avrà luogo il lieto evento, darete a vostra suocera qualche suggerimento sull'opportunità di frenare la lingua, e che, se vi sarà possibile, cercherete di correggere le sorelle minori dalla manìa di correre dietro agli ufficiali. E, se posso toccare un argomento così delicato, dovreste anche moderare quel non so che, tra l'orgoglio e l'impertinenza, che distingue l'oggetto dei vostri pensieri.»

«Avete altro da proporre per il piano della mia futura felicità domestica?»

«Oh, sì! Fate collocare i ritratti dello zio e della zia Philips nelle gallerie di Pemberley. Metteteli ben vicini a quello del vostro prozio, il giudice. Appartengono alla stessa professione, non vi pare? Soltanto in due rami diversi. Quanto al ritratto di Elizabeth, è inutile tentare di farlo fare, perché chi saprebbe riprodurre degnamente quegli splendidi occhi?»

«Non è facile davvero cogliere la loro espressione, ma si potrebbe sempre copiare il loro colore e il loro taglio, e le belle ciglia così lunghe e così fini.»

A questo punto si imbatterono in Mrs Hurst che, proprio con Elizabeth, spuntava da un altro viale.

«Non sapevo che foste andate voi pure a passeggio», disse Miss Bingley, un po' confusa, temendo che avessero udito.

«Ci avete proprio tradito», rispose Mrs Hurst, «scappando via senza avvertirci.»

E, prendendo il braccio libero di Mr Darcy, lasciò che Elizabeth proseguisse da sola. Nel sentiero infatti non c'era posto che per tre. Mr Darcy, accorgendosi della loro scortesia, disse immediatamente:

«Questo sentiero è troppo stretto per camminare in quattro, è meglio andare nel viale».

Ma Elizabeth, che non aveva nessuna voglia di restare con loro, rispose ridendo:

«No, no, rimanete come siete. Formate un bellissimo gruppo, delizioso a vedersi, e un quarto guasterebbe tutto il pittoresco! Arrivederci».

E scappò via allegramente, compiacendosi in cuor suo al pensiero di tornare a casa tra un giorno o due. Jane si era rimessa così bene da poter lasciare la camera per qualche ora quella sera stessa.

Capitolo undicesimo

Quando, dopo pranzo, le signore si alzarono, Elizabeth corse da sua sorella, e vedendola ben coperta e riparata dal freddo, la accompagnò in sala dove fu accolta dalle sue amiche con grandi proteste di gioia: Elizabeth non le aveva mai viste così amabili come in quell'ora che precedette l'apparizione degli uomini. Avevano una conversazione piacevole, sapevano descrivere a meraviglia un ricevimento, riportare un aneddoto con brio e prendere in giro le loro conoscenze con molto spirito.

Ma, non appena entrarono in sala i signori, Jane cessò di essere il personaggio principale; gli occhi di Miss Bingley si volsero immediatamente a Mr Darcy, e questi era appena entrato, che lei aveva già qualche cosa da dirgli. Darcy si rivolse cortesemente a Miss Bennet per rallegrarsi con lei; perfino Mr Hurst accennò un lieve inchino dicendo che «era ben lieto», ma tutto il calore e l'eloquenza si espressero nell'accoglienza di Mr Bingley che, mostrando tutta la sua felicità, colmò Jane di premure. La prima mezz'ora si dedicò a riattizzare il fuoco nel timore che la ragazza potesse risentire del cambiamento di ambiente e la fece spostare all'altro lato del camino perché fosse più lontana dalla porta. Poi sedette accanto a lei, non parlando quasi con nessun altro. Elizabeth, che lavorava nell'angolo opposto, osservava ogni cosa con vivo compiacimento.

Preso il tè, Mr Hurst ricordò a sua cognata il tavolo da gioco, ma inutilmente. Miss Bingley infatti aveva saputo, in via privata, che Darcy non amava le carte e così, anche quando formulò più apertamente la sua domanda, Mr Hurst ebbe un netto rifiuto. Lo assicurò che nessuno aveva voglia di giocare, e il silenzio generale sembrò darle ragione. A Mr Hurst non rimase che stendersi su di un sofà e addormentarsi. Darcy prese un libro, Miss Bingley fece lo stesso, e Mrs Hurst, occupata a gingillarsi con i suoi braccialetti e i suoi anelli, prendeva parte di quando in quando alla conversazione di suo fratello con Miss Bennet.

Miss Bingley badava assai più a seguire la lettura di Mr Darcy che non al proprio libro: ogni momento gli rivolgeva una domanda o guardava a che pagina era arrivato, ma non riuscì a trascinarlo nella conversazione; egli rispondeva, poi continuava a leggere. Stanca finalmente del tentativo di interessarsi da sola al libro che aveva preso unicamente perché era il secondo volume di quello scelto da Darcy, con un grande sbadiglio disse: «Che delizia passare la sera così! Nessun piacere è paragonabile alla lettura. Ci si stanca di tutto, ma non di leggere! Quando avrò una casa, non sarò contenta senza una magnifica biblioteca».

Nessuno rispose. Sbadigliò un'altra volta, e, messo il libro da parte, girò intorno lo sguardo in cerca di distrazione, e, sentendo che suo fratello parlava di un ballo con Miss Bennet, si volse improvvisamente verso di lui dicendo:

«A proposito, Charles, pensi davvero di dare un ballo a Netherfield? Prima di deciderti, ti consiglierei di informarti dei desideri delle persone presenti; non credo di sbagliarmi nel pensare che c'è tra noi chi considera un ballo più un castigo che un piacere».

«Se alludi a Darcy», rispose il fratello, «è libero di andare a letto prima che incominci; quanto al ballo è già cosa combinata, e appena S. Nicola avrà fatto la sua apparizione, manderò gli inviti.»

«Come mi piacerebbero di più i balli», replicò la sorella, «se si svolgessero in altro modo! Ma sono invece così insopportabilmente noiosi nella loro monotonia! Sarebbe certo più ragionevole se, invece delle danze, fosse all'ordine del giorno la conversazione.»

«Senza dubbio più ragionevole, Caroline cara, ma non si tratterebbe più di un ballo.»

Miss Bingley non rispose, e poco dopo si alzò, mettendosi a passeggiare per la stanza. Aveva una figura elegante e si muoveva con grazia, ma, sebbene tutto questo suo darsi da fare fosse dedicato a Darcy, lui si ostinò nel prestare un'impassibile attenzione al suo libro.

La ragazza non si dette per vinta e fece un ultimo tentativo dicendo a Elizabeth:

«Miss Eliza, non vorreste seguire il mio esempio e muovervi un po'? Vi assicuro che fa proprio bene dopo essere stata tanto tempo ferma».

Elizabeth, benché sorpresa, acconsentì subito. Miss Bingley aveva finalmente raggiunto il suo scopo perché Mr Darcy, non meno stupito di Elizabeth nel constatare questa impreveduta cortesia proprio dove non se l'aspettava, alzò gli occhi e inconsciamente chiuse il libro. Fu subito invitato a raggiungerle, ma egli rifiutò, osservando che, visto che potevano avere solo due motivi per passeggiare insieme, egli, unendosi a loro, avrebbe mandato a vuoto sia l'uno che l'altro.

«Che cosa vorrà dire?», Miss Bingley moriva dalla curiosità di capire a che cosa avesse voluto alludere, e chiese a Elizabeth se le riusciva di indovinarlo.

«Niente affatto», rispose Elizabeth, «ma ha voluto certo criticarci, e il miglior modo per deluderlo è di non chiedergli spiegazioni.»

Miss Bingley però, incapace com'era di dare una delusione a Mr Darcy, si ostinò nel chiedergli quali fossero quei due motivi.

«Non ho nessuna difficoltà a spiegarmi», disse Darcy appena lei lo lasciò parlare. «O avete scelto quel modo di passare la sera perché, essendo in grande confidenza, vi volete scambiare dei segreti, oppure perché sapete che, passeggiando, il vostro personale risalta in tutta la sua eleganza; nel primo caso farei da terzo incomodo, nel secondo posso ammirarvi molto meglio dal mio posto accanto al fuoco.»

«Orrore!», esclamò Miss Bingley, «Non ho mai sentito discorso più odioso! Come lo castigheremo per le sue parole?»

«Niente di più facile, se ne avete proprio l'intenzione», disse Elizabeth. «C'è sempre modo di tormentare qualcuno. Stuzzicatelo, prendetevi gioco di lui. Data la confidenza che c'è tra voi, non vi dovrebbe essere difficile.»

«No, parola d'onore, vi assicuro che non saprei da che parte incominciare. La nostra intimità non mi ha ancora insegnato tanto. Stuzzicare un carattere così fermo, una tale presenza di spirito! In questo ci vincerebbe sempre. Quanto a burlarci di lui, ci renderemmo ridicole a farlo senza un motivo. Non si può che ammirare Mr Darcy.»

«Non si può ridere di Mr Darcy? È un raro privilegio; e spero sia veramente raro, perché sarei desolata di aver parecchie conoscenze di questo genere. Mi piace tanto poter ridere un po' degli amici!»

«Miss Bingley esagera», disse Darcy. «Anche il più savio e il migliore degli uomini, perfino la più saggia e la migliore delle sue azioni, può esser messa in ridicolo da chi non abbia altro scopo al mondo che di fare dello spirito.»

«Esistono veramente simili persone», rispose Elizabeth, «ma spero di non essere tra quelle. Credo di non farmi mai gioco delle cose serie e buone. Le stramberie e le sciocchezze, le stravaganze e le incoerenze mi divertono, lo riconosco, e, quando mi capita, ne rido volentieri. Ma penso che questi difetti non si possano proprio attribuire a voi.»

«Non tutti forse. Ad ogni modo ho sempre cercato di evitare quelle debolezze che espongono spesso al ridicolo anche le persone più serie.»

«Come la vanità e l'orgoglio?»

«Sì, la vanità è una debolezza vera e propria e come tale da evitarsi. E l'orgoglio... uno spirito che sia veramente superiore saprà controllare il proprio orgoglio.»

Elizabeth si voltò per nascondere un sorriso.

«E ora che avete terminato l'esame di Mr Darcy», chiese Miss Bingley, «potrei saperne l'esito?»

«Sono assolutamente convinta che Mr Darcy è privo di difetti. Lo riconosce apertamente lui stesso.»

«No», disse Darcy, «non ho mai preteso tanto. Ho la mia parte di difetti, ma spero di non mancare di discernimento. Non garantisco del mio carattere. Credo per esempio di essere poco arrendevole, e comunque troppo poco per piacere alla gente. Non so dimenticare presto, come dovrei, gli errori e i vizi degli altri, né tanto meno le offese che mi vengono fatte. I miei sentimenti non mutano a ogni più lieve sollecitazione. Forse si potrebbe dire di me che serbo rancore. Una volta persa la mia stima, è persa per sempre.»

«Questo è davvero un difetto!», esclamò Elizabeth. «Un risentimento implacabile getta una vera ombra anche sopra il carattere più bello. Ma avete scelto bene il vostro difetto. Non è tale da *poterne ridere*. Siete al riparo dai miei strali.»

«Credo che in ogni carattere ci sia una tendenza o un difetto particolare, una disposizione naturale che neppure l'educazione riesce a reprimere.»

«E il vostro difetto è una tendenza a vedere *tutti in cattiva luce*.»

«Il vostro», rispose Darcy con un sorriso, «quello di misconoscere tutti volontariamente.»

«Facciamo un po' di musica», esclamò Miss Bingley, stanca di una conversazione cui non prendeva parte. «Louisa, ti dispiace se sveglio Mr Hurst?»

Sua sorella non fece obiezioni; il pianoforte fu aperto, e Darcy, dopo qualche momento di riflessione, non ne fu scontento. Incominciava a capire che occuparsi troppo di Elizabeth poteva essere veramente un pericolo.

Capitolo dodicesimo

Il giorno dopo Elizabeth, d'accordo con le sue ospiti, scrisse alla madre pregandola di mandare la carrozza nel pomeriggio. Mrs Bennet però, che aveva contato di vedere prolungarsi il soggiorno delle figlie a Netherfield fino al giovedì seguente, il che avrebbe voluto dire un'intera settimana per Jane, non poteva rassegnarsi ad accoglierle prima. Così non mandò una risposta soddisfacente, o per lo meno, non quale la desiderava Elizabeth, impaziente di tornare a casa. Mrs Bennet scrisse che non poteva avere la carrozza a sua disposizione prima di giovedì, aggiungendo nel poscritto che, se Mr Bingley e le sue sorelle avessero insistito per trattenerle, lei non avrebbe avuto nulla in contrario a che si fermassero ancora un poco. Ma Elizabeth era fermamente decisa a non restare più a lungo, né si aspettava di esserne pregata; al contrario, temendo di essere giudicate importune prolungando la visita senza ragione, propose allora a Jane di chiedere a Mr Bingley per cortesia in prestito la carrozza, confermando la loro intenzione di lasciare Netherfield la mattina stessa.

Questo annuncio provocò molte espressioni di rimpianto, e le insistenze perché rimanessero almeno fino al giorno seguente furono abbastanza vive da convincere Jane: così la loro partenza fu rimandata all'indomani. Miss Bingley si pentì allora di aver proposto questo ritardo, perché ormai l'antipatia e la gelosia che provava per una delle sorelle sorpassava di molto il suo affetto per l'altra.

Il padrone di casa, invece, si mostrò sinceramente desolato sentendo che partivano così presto, e, a più riprese, cercò di persuadere Miss Bennet che era una imprudenza, che non si era ancora ristabilita abbastanza bene; ma Jane sapeva esser ferma quando sentiva di aver ragione.

La notizia fece piacere a Mr Darcy. Elizabeth era stata anche troppo a Netherfield. Lo attraeva più di quanto avrebbe voluto. Miss Bingley cominciava a essere sgarbata con lei e più pungente del solito con lui. Così si propose, molto accortamente, di non lasciarsi più sfuggire nessun segno di ammirazione, nulla che potesse destare in lei la speranza di poter influire sulla sua felicità, convinto che se la ragazza si era già messa in mente una idea simile, il suo modo di comportarsi verso di lei in quell'ultima giornata avrebbe avuto abbastanza peso per confermare quell'illusione o per farla svanire. Fermo in questo proposito, non le rivolse quasi la parola per tutto quel sabato e, benché avessero avuto l'occasione di trovarsi soli per mezz'ora, rimase coscienziosamente chino sul suo libro, senza guardarla nemmeno.

La separazione, che era ormai gradita a tutti o quasi, avvenne la domenica, dopo il Servizio del mattino. La gentilezza di Miss Bingley verso Elizabeth subì un rapido crescendo, come il suo affetto per Jane; e quando si lasciarono, dopo avere assicurato quest'ultima del piacere che le avrebbe sempre fatto vederla sia a Longbourn che a Netherfield e averla abbracciata teneramente, arrivò perfino a stringere la mano alla seconda. Elizabeth si congedò da tutta la compagnia con il più lieto animo.

La madre non le accolse troppo cordialmente: fu sorpresa di vederle arrivare; le biasimò di aver dato tanto disturbo; era sicura che Jane si sarebbe raffreddata di nuovo. In compenso il babbo, nonostante la forma laconica del suo compiacimento, fu veramente felice di rivederle; si era reso conto del posto che esse tenevano nella piccola cerchia familiare. Infatti, di sera, quando tutti erano riuniti, la conversazione, durante l'assenza di Jane e di Elizabeth, aveva perso molto della sua vivacità e quasi tutto il suo interesse.

Trovarono Mary immersa, come al solito, nello studio dell'armonia e della natura umana: dovettero ammirare nuovi brani copiati da lei e ascoltare una serie di considerazioni su trite sentenze morali. Catherine e Lydia avevano invece ben altre notizie da raccontare. Al reggimento si erano fatte e dette molte cose dallo scorso mercoledì: parecchi ufficiali avevano pranzato dallo zio; un soldato era stato gravemente punito, e si mormorava che il colonnello Forster stesse per sposarsi.

Capitolo tredicesimo

«Spero, mia cara», disse Mr Bennet a sua moglie il mattino seguente durante la prima colazione, «che avrai ordinato un buon pranzo per oggi, perché ho ragione di aspettarmi che un nuovo ospite venga ad accrescere la nostra compagine familiare.»

«Chi intendi dire, caro? Che io sappia non aspettiamo nessuno, a meno che Charlotte Lucas non ci venga a trovare; ma penso, in questo caso, che i miei pranzi siano sempre abbastanza buoni per lei. Non credo che a casa sua ne abbia spesso di migliori.»

«La persona alla quale alludo è un gentiluomo forestiero.»

Gli occhi di Mrs Bennet sfavillarono. «Un gentiluomo forestiero? Non può essere che Mr Bingley. Come mai, Jane, non hai detto nulla? Furbacchiona! Bene, mi farà gran piacere vedere Mr Bingley. Ma... buon Dio! Che disgrazia! Oggi è impossibile avere del pesce. Lydia, amor mio, suona il campanello: devo parlare subito con Hill.»

«*Non è* Mr Bingley», disse suo marito, «è qualcuno che non ho mai visto in vita mia.»

Questa affermazione sollevò lo stupore generale; Mr Bennet ebbe così il piacere di essere interrogato con ansia dalla moglie e dalle cinque figlie contemporaneamente.

Dopo aver stuzzicato per qualche tempo la loro curiosità, si spiegò:

«Un mese fa, ricevetti questa lettera, e risposi quindici giorni dopo, perché mi sembrava cosa piuttosto delicata e che richiedesse la mia attenzione. Viene da mio cugino, il quale, alla mia morte, potrà mettervi alla porta di questa casa quando vorrà».

«Oh, caro!», esclamò la moglie, «non ne posso neppure sentir parlare. Non nominarmi quell'essere odioso. Niente è più ingiusto che la tua proprietà sia trasmessa ad altri, piuttosto che alle tue figliole, e, se io fossi in te, da un pezzo avrei tentato di fare qualcosa in proposito.»

Jane ed Elizabeth cercarono di spiegarle la natura del vincolo. Avevano già tentato di farlo altre volte, ma era un argomento sul quale Mrs Bennet non voleva intender ragioni, e continuò a divagare amaramente contro la crudeltà di una legge che poteva disporre di una proprietà a discapito di una famiglia di cinque figlie, in favore di un uomo che non interessava a nessuno.

«È certamente un'iniquità», disse Mr Bennet, «ma nulla può redimere Mr Collins dalla colpa di essere l'erede di Longbourn. Però, se avrai la pazienza di ascoltare la sua lettera, il suo modo di esprimersi servirà forse a placarti.»

«No, sono sicura che non mi placherò affatto e mi sembra che lo scriverti sia stato da parte sua un'impertinenza di più, una vera ipocrisia. Odio i falsi amici. Perché non mantenere il disaccordo, come fece suo padre prima di lui?»

«Non lo so davvero; sembra anzi che lui stesso abbia avuto qualche scrupolo filiale a questo proposito, come sentirete.»

Hunsford, presso Westerham, Kent, 15 ottobre

Caro Signore,

lo screzio che esisteva tra voi e il mio defunto, onorato Genitore, mi ha sempre turbato e, da quando ebbi la sventura di perderlo, ho spesso desiderato di colmare l'abisso aperto tra di noi; per qualche tempo fui trattenuto dai miei scrupoli, temendo potesse sembrare poco rispettoso verso la sua memoria riappacificarmi con qualcuno verso il quale egli aveva creduto bene di essere in disaccordo.

«Sentito, Mrs Bennet?»

Tuttavia, ora mi sono deciso a questo passo, perché, avendo preso gli ordini sacri a Pasqua, ebbi la fortuna di venir favorito dal patrocinio della nobilissima Lady Catherine de Bourgh, vedova di Sir Lewis de Bourgh, la cui generosità e benevolenza mi ha prescelto per l'importante direzione di questa parrocchia, dove sarà mia precipua cura condurmi col maggior rispetto verso Sua Signoria, e adempiere a tutti i riti istituiti dalla Chiesa Anglicana. Inoltre, come ecclesiastico, considero mio precipuo dovere promuovere e portare la benedizione della pace in tutte le famiglie che si trovano nel cerchio della mia influenza; mi lusingo che la mia presente iniziativa sia altamente apprezzabile; e che la circostanza di essere io il futuro erede della tenuta di Longbourn, sarà gentilmente trascurata da parte vostra e non vi indurrà a respingere il ramo d'ulivo che vi tendo.

Non posso fare a meno di angustiarmi all'idea di essere causa di danno per le vostre amabili figliole, e chiedo di volermene scusare, accettando le ferme proteste del desiderio che nutro di risarcirle, per quanto stia in me. Ma di ciò parleremo in seguito. Se non avete nulla in contrario a ricevermi in casa vostra, mi propongo di avere il piacere di venire a ossequiare voi e la vostra famiglia, lunedì 18 novembre alle quattro, e di abusare della vostra ospitalità fino al sabato della settimana seguente, cosa che posso fare senza inconvenienti, poiché Lady Catherine non ha nulla in contrario a una mia eventuale assenza per una domenica, previa assicurazione che un altro ministro si assuma i doveri della giornata. Resto, caro signore, con i più rispettosi omaggi alla vostra signora e figliole, il vostro amico

William Collins

«Alle quattro, dunque, possiamo aspettarci questo signore desideroso di fare la pace», disse Mr Bennet, ripiegando la lettera. «Si direbbe, in fede mia, un giovane assai coscienzioso e garbato, e sono sicuro che potrà divenire una preziosa conoscenza per noi, soprattutto se Lady Catherine sarà tanto indulgente da lasciarlo tornare.»

«Dimostra della buona volontà in quello che dice a proposito delle ragazze, e se è disposto a riparare in qualche modo non sarò certo io a scoraggiarlo.»

«Anche se è difficile immaginare», disse Jane, «in che modo possa compensarci, come crede di dover fare, tale desiderio gli fa veramente onore.»

Elizabeth fu soprattutto colpita dalla sua straordinaria deferenza verso Lady Catherine e dalla sua benevola intenzione di battezzare, maritare e seppellire i suoi parrocchiani, quando ne fosse richiesto.

«Deve essere un bell'originale, mi pare», disse. «Non so proprio figurarmelo. Ha uno stile molto pomposo. E perché scusarsi di essere il futuro erede? Non possiamo supporre che vi rinuncerebbe, anche se potesse. Vi sembra una persona ragionevole?»

«No, cara, non credo. Spero anzi di scoprire proprio il contrario. Vi è nella sua lettera un misto di servilità e di presunzione che promette bene. Sono impaziente di vederlo.»

«Nella forma», disse Mary, «la sua lettera non manca di pregio. Forse l'immagine del ramo d'ulivo non è molto nuova, ma la trovo espressa bene.»

A Catherine e a Lydia non interessavano né la lettera né lo scrivente. Era quasi impossibile che il cugino potesse apparire in una fiammante uniforme, e da qualche settimana la compagnia di qualsiasi uomo che non si fregiasse dei colori del reggimento aveva perso per loro ogni attrattiva. Quanto alla loro madre, la lettera di Mr Collins aveva notevolmente diminuito la sua antipatia per lui, ed era pronta a riceverlo con un'equanimità che sorprendeva il marito e le figlie.

Mr Collins arrivò puntualmente e fu accolto con grande cortesia da tutta la famiglia. Veramente Mr Bennet non aprì quasi bocca, ma in compenso parlarono le signore, e Mr Collins non sembrava aver bisogno di incoraggiamento, né essere silenzioso per natura. Era alto, un po' pesante per i suoi venticinque anni; aveva un aspetto grave e imponente e maniere cerimoniose. Non appena seduto si rallegrò con Mrs Bennet per le sue graziose figlie; disse che aveva sentito parlare molto della loro bellezza, ma che, in questo caso, la fama era inferiore alla realtà, e aggiunse che non dubitava di vederle concludere tutte, col tempo, degli splendidi matrimoni. Questa galanteria non parve del gusto di qualcuna delle sue ascoltatrici, ma Mrs Bennet, per la quale ogni complimento era ben accetto, rispose prontamente:

«Siete davvero molto gentile, e mi auguro di cuore che abbiate ragione, altrimenti si troverebbero a mal partito. Le cose sono disposte in modo così strano...».

«Alludete forse alla successione della proprietà?»

«Ah, Sir, proprio a quella. È una cosa ben triste per le mie povere ragazze, dovete convenirne. Non che io intenda farne colpa a voi, perché so che in questo mondo tutto dipende dalla fortuna. Non si sa mai dove vanno a finire le proprietà quando sono ereditate soltanto dal ramo maschile.»

«Sono sensibile, Madam, al danno che ne deriva alle mie graziose cugine, e avrei molto da dire in proposito, se non temessi di apparire ardito e precipitoso. Ma posso assicurare le signorine che sono venuto qui preparato ad ammirarle. Per ora non voglio dire di più, ma forse, quando ci conosceremo meglio...»

Fu interrotto dal segnale del pranzo e le ragazze si scambiarono occhiatine e sorrisetti di complicità. Né esse erano l'unico oggetto della sincera ammirazione di Mr Collins. La sala, la camera da pranzo con tutto il suo arredamento, vennero esaminate e lodate, e i suoi elogi avrebbero toccato il cuore di Mrs Bennet, se costei non avesse pensato che egli considerasse ogni oggetto come sua futura proprietà. Anche il pranzo fu vivacemente apprezzato: a quale delle graziose cugine era da attribuirsi una così eccellente cucina? Ma qui fu rimesso a posto da Mrs Bennet, che gli assicurò con fare piuttosto seccato che potevano concedersi il lusso di tenere un'abile cuoca e che le sue figliole non avevano nulla a che vedere con la cucina. Mr Collins si scusò per il suo sbaglio. Con tono più dolce Mrs Bennet dichiarò allora di non essersi offesa, ma l'altro continuò a scusarsi per un buon quarto d'ora.

Capitolo quattordicesimo

Durante il pranzo Mr Bennet non parlò quasi mai; però, ritiratasi la servitù, credette venuto il momento di scambiare quattro chiacchiere con il suo ospite, e portò quindi la conversazione sopra un argomento nel quale si aspettava di vederlo brillare, cominciando col rilevare che era stato molto fortunato nella sua protettrice. Sembrava infatti che la condiscendenza di Lady Catherine ai suoi desideri e le premure per il suo benessere fossero veramente eccezionali.

Mr Bennet non avrebbe potuto toccare un tasto migliore. Mr Collins si fece quanto mai eloquente nelle lodi della sua nobile patronessa. Quel soggetto sembrava infondere una solennità anche maggiore ai suoi modi; e con aria d'importanza asserì che mai in vita sua aveva visto un tratto simile in una persona d'alto rango, una tale affabilità e condiscendenza, come quelli di cui era oggetto da parte di Lady Catherine. Si era degnata di approvare tutti e due i sermoni che aveva già avuto l'onore di tenere davanti a lei. Lo aveva anche invitato due volte a pranzo a Rosings, e anche sabato scorso lo aveva mandato a chiamare per fare il quarto a carte la sera. Lady Catherine da molti era giudicata orgogliosa; quanto a lui, non aveva riscontrato in lei che affabilità. Gli parlava come a qualsiasi altro gentleman; e non era affatto contraria che frequentasse la società dei dintorni, né che lasciasse ogni tanto la parrocchia per una o due settimane per visitare i suoi parenti. Aveva perfino accondisceso a consigliarlo di sposarsi presto, purché scegliesse con giudizio; e una volta era venuta a trovarlo nel suo modesto Rettorato, dove aveva approvato tutte le modifiche da lui ordinate, e si era perfino degnata di suggerirne lei stessa qualcuna per le camerette superiori.

«Tutto questo è molto corretto e garbato da parte sua», disse Mrs Bennet, «e sono convinta che è una signora assai simpatica. Peccato che, in genere, le grandi dame non siano come lei. Abita vicino a voi, Sir?»

«Il giardino che circonda la mia umile dimora è separato soltanto da un sentiero da Rosings-Park, la residenza di Sua Signoria.»

«Avete detto che è vedova? Non ha famiglia?»

«Ha una figlia soltanto, unica erede di Rosings e di altre grandi proprietà.»

«Ah!», esclamò Mrs Bennet, facendo cenni di assenso col capo, «allora è meglio provvista di molte ragazze. E che genere di signorina è? È bella?»

«È veramente assai graziosa. Lady Catherine stessa dice che in fatto di avvenenza Miss de Bourgh supera le più belle del suo sesso, perché vi è nei suoi tratti qualcosa che denota la nobiltà dei suoi natali. Purtroppo è di salute delicata, per cui non poté proseguire gli studi fino a quella perfezione che non avrebbe mancato di raggiungere, secondo quanto mi disse la signora che si è occupata della sua educazione e che vive tuttora con loro. Miss de Bourgh è di una estrema cortesia e spesso accondiscende a venire col suo carrozzino e i suoi *poney* fino alla mia modesta dimora.»

«È già stata presentata a corte? Non ricordo di aver letto il suo nome tra quelli delle dame presentate.»

«Disgraziatamente la sua salute delicata non le consente di vivere in città; ciò che ha privato, come ebbi a dire un giorno a Lady Catherine, la Corte d'Inghilterra di uno dei suoi più brillanti ornamenti. Sua Signoria parve compiacersi di questa idea; quanto a me, come potete credere, sono felice di porgere ad ogni occasione uno di quei delicati complimenti che sono così accetti alle signore. Ho spesso fatto notare a Lady Catherine che sua figlia sembra nata per essere una duchessa, e che quel rango così elevato, lungi dall'innalzarla, sarebbe piuttosto onorato da lei. Questo è il genere di cortesie che piacciono a Sua Signoria e che io credo sia mio particolare dovere di prodigarle.»

«È giusto», disse Mr Bennet, «ed è una fortuna che possediate il dono di adulare con delicatezza. Posso chiedervi se questi complimenti nascono così all'improvviso o se sono preparati e studiati in precedenza?»

«Sorgono così, per caso, e se anche talvolta mi diverto a comporre e preparare di queste frasi eleganti che possono adattarsi alle varie circostanze, cerco sempre di dar loro l'aria più spontanea che mi sia possibile.»

Mr Collins rispondeva pienamente all'aspettativa di Mr Bennet. Il cugino era l'uomo ridicolo che si era immaginato, e lui si divertiva un mondo ascoltandolo col suo fare impassibile, non cercando – tranne per qualche furtiva occhiata a Elizabeth – di dividere con altri il proprio divertimento.

Tuttavia, all'ora del tè ne ebbe abbastanza e fu ben contento di ricondurre il suo ospite nella stanza di soggiorno, dove, una volta finito il tè, lo invitò a leggere ad alta voce alle signore. Mr Collins acconsentì ben volentieri. Gli porsero un libro, ma, mentre faceva per prenderlo, arretrò e, chiedendo scusa, asserì che non leggeva mai romanzi. Kitty lo fissò stupita e Lydia fece un'esclamazione di meraviglia. Gli portarono altri libri, e lui dopo aver alquanto ponderato, scelse i Sermoni di Fordyce. Aveva appena iniziato a leggere, che Lydia si mise a sbadigliare a bocca aperta e non aveva ancora terminato tre pagine, che lo interruppe:

«Sapete, mamma, che lo zio Philips parla di licenziare Richard? E, se lo fa, lo prenderà il colonnello Forster. Me lo disse la zia, sabato. Domattina andrò a Meryton per saperne qualcosa e per sentire se Mr Denny è tornato dalla città».

Le due sorelle maggiori la pregarono di tacere, ma Mr Collins, offeso, deposto il libro, disse:

«Ho spesso osservato che i libri seri interessano poco le signorine, sebbene siano proprio scritti per loro. Confesso che mi sorprende, perché non potrebbe esserci nulla di più adatto e di più utile per la loro istruzione. Ma non annoierò più a lungo la mia giovane cugina».

Rivoltosi quindi a Mr Bennet, gli propose di giocare con lui a *tric-trac*. Mr Bennet accettò la sfida, dicendo che faceva benissimo ad abbandonare le ragazze alle loro stupide distrazioni. Mrs Bennet e le figliole chiesero scusa con insistente gentilezza per l'interruzione di Lydia, promettendo che, se avesse ripreso a leggere, non si sarebbe rinnovata. Mr Collins, però, pur assicurando che non serbava alcun rancore alla sua giovane cugina, né interpretava come un affronto il suo modo di fare, sedette a un altro tavolo con Mr Bennet, preparandosi a giocare a *tric-trac*.

Capitolo quindicesimo

Mr Collins era privo d'intelligenza, e questa mancanza naturale non era stata attenuata dall'educazione o dal vivere in società; aveva trascorso gran parte della sua gioventù sotto la guida di un padre avaro e ignorante; e, benché avesse frequentato una delle Università, ne aveva seguito i corsi senza trarne alcun profitto. Doveva la sua eccessiva umiltà alla tirannia con la quale era stato educato da suo padre, ma ormai questa umiltà era controbilanciata da una grande presunzione, propria delle persone di debole carattere che si trovano d'un tratto favorite da un'improvvisa prosperità. Per un caso fortunato era stato raccomandato a Lady Catherine de Bourgh, mentre la curia di Hunsford era vacante; e la reverenza che egli provava per il rango della sua patronessa, unita a una notevole fiducia in se stesso, nella propria autorità di ministro e nei suoi diritti di rettore, avevano fatto di lui uno strano impasto di orgoglio e di servilismo, di boria e di umiltà.

Ora che possedeva una bella casa e un reddito più che sufficiente, aveva intenzione di sposarsi, e nel cercare di riconciliarsi con la famiglia di Longbourn aveva in mente di trovare lì una moglie, pensando di sceglierne una tra le figlie, se le avesse trovate belle e amabili come avevano fama di essere. Era questo il suo piano per riparare, o ricompensarle, come diceva, di essere l'erede della proprietà di loro padre; e si compiaceva del progetto e lo trovava conveniente e straordinariamente generoso da parte sua.

Questo piano non mutò dopo averle viste. L'incantevole volto di Miss Jane Bennet lo confermò nelle sue vedute, rafforzò le sue rigide convinzioni sui diritti della primogenitura, e durante quella prima sera *fu lei* la prescelta. Il mattino seguente portò un cambiamento, perché in un quarto d'ora di *tête-à-tête* con Mrs Bennet, prima di colazione, avendo iniziato la conversazione col parlare della sua casa parrocchiale e arrivando quindi alla naturale conclusione della sua speranza di trovarne a Longbourn la futura padrona, la stessa Mrs Bennet, fra compiacenti sorrisi e un generico incoraggiamento, alluse all'inutilità di pensare proprio a quella Jane che lui aveva prescelta. Quanto alle figliole *minori*, non toccava a lei dirlo, non poteva proprio essere sicura, ma per lo meno *ignorava* che vi fosse nessun impegno; per la *maggiore*, doveva *ammettere*, le sembrava giusto far sapere che facilmente si sarebbe presto fidanzata.

A Mr Collins non rimaneva che passare da Jane a Elizabeth, cosa che fece immediatamente, mentre Mrs Bennet riattizzava il fuoco. Elizabeth, che veniva subito dopo Jane sia per bellezza che per età, le successe naturalmente.

Mrs Bennet chiuse in cuor suo le mezze confidenze ricevute e sperò di veder presto sposate due delle figlie; e l'uomo che il giorno prima non poteva neppur sentire nominare, salì di molto nelle sue buone grazie.

L'intenzione espressa da Lydia di recarsi a Meryton non fu dimenticata. Tutte le sorelle, tranne Mary, decisero di accompagnarla; le avrebbe scortate Mr Collins, dietro invito di Mr Bennet, il quale era impaziente di liberarsi del cugino e di riavere a sua disposizione la biblioteca dove questi lo aveva seguito, apparentemente assorto nel più voluminoso *in-folio* della sua raccolta, ma in verità non facendo che parlare della sua casa e del suo giardino di Hunsford. Questa cosa indisponeva moltissimo Mr Bennet, abituato a fare i propri comodi e a godersi la pace della sua biblioteca e che, come diceva Elizabeth, anche se si aspettava di trovare stravaganza e presunzione in ogni altra camera della casa, era sicuro di esserne al riparo almeno lì dentro. Per cui si affrettò con sollecita cortesia a incoraggiare Mr Collins a seguire le signorine nella passeggiata, e questi, che in realtà preferiva le passeggiate alla lettura, fu assai soddisfatto di chiudere il libro e uscire.

Tra l'ampollosa vacuità delle sue frasi e il cortese assentire delle cugine, arrivarono fino a Meryton, dove però non gli fu possibile riuscire a farsi ascoltare dalle più giovani. I loro occhi erravano per la strada in cerca degli ufficiali, e soltanto un bel cappellino o una nuova mussola in una vetrina potevano riuscire ad arrestare i loro sguardi.

L'attenzione delle ragazze fu ben presto attirata da un giovane signore che non conoscevano, dall'aspetto molto distinto, che passeggiava con un ufficiale dall'altro lato della via. L'ufficiale era proprio quello stesso Mr Denny, sul cui ritorno Lydia era venuta ad informarsi; egli s'inchinò al loro passaggio. Tutti rimasero colpiti dall'aspetto del forestiero, domandandosi chi poteva essere; Kitty e Lydia, determinate a scoprirlo ad ogni costo, traversarono la strada col pretesto di acquistare qualcosa in una bottega di fronte. Avevano appena raggiunto il marciapiede, quando i due signori, tornando sui loro passi, le raggiunsero. Mr Denny si avvicinò immediatamente chiedendo il permesso di presentare loro il suo amico, Mr Wickham, venuto con lui il giorno prima dalla città e che, era lieto di annunciare, avrebbe fatto parte del loro reggimento. Era proprio quello che ci voleva, perché al giovane non mancava che un'uniforme per essere del tutto affascinante. Il suo aspetto rispondeva per lui; aveva ciò che vale anche più della bellezza: un portamento elegante, una figura alta e snella e un modo di fare simpatico e cordiale.

Non appena presentato, Mr Wickham iniziò una conversazione animata, ma assai corretta e priva di qualsiasi presunzione; e il gruppo era ancora fermo, assorto in piacevoli chiacchiere, quando si udì uno scalpitìo di cavalli e Darcy e Bingley apparvero all'imbocco della via. Riconoscendo le signore, i due amici si diressero subito verso di loro scambiando le usuali cortesie: Bingley parlava più di tutti e Jane era il principale oggetto delle sue attenzioni. Stava appunto recandosi a Longbourn, disse, per informarsi della sua salute. Mr Darcy confermava il tutto con un inchino, più che mai determinato a non degnare di un'occhiata Elizabeth, quando il suo sguardo fu improvvisamente attratto dal forestiero, ed Elizabeth che sorprese per caso il contegno dei due mentre si fissavano, fu assai stupita dell'effetto provocato da quell'incontro.

Tutti e due avevano cambiato colore: uno era diventato bianco, l'altro rosso. Mr Wickham, dopo un istante, toccò il suo cappello, saluto che Mr Darcy si degnò appena di ricambiare. Che cosa poteva significare tutto ciò? Era impossibile immaginarlo, ma impossibile anche non desiderare di saperlo.

Poco dopo, Mr Bingley, che sembrava non aver notato nulla, prese congedo e si allontanò a cavallo con il suo amico.

Mr Denny e Mr Wickham accompagnarono le signore fino alla porta di casa di Mr Philips, dove si congedarono, nonostante le insistenze di Lydia perché entrassero e quelle di Mr Philips che, dalla finestra aperta del salotto, assecondò l'invito ad alta voce.

Mrs Philips era sempre contenta di vedere le sue nipoti; le due maggiori, data la loro recente assenza, furono accolte con particolari espansioni. Stava esprimendo vivacemente la sua sorpresa per il loro improvviso ritorno a casa, – ritorno del quale non avrebbe saputo nulla, poiché non era stata la loro carrozza a ricondurle, se casualmente non avesse incontrato per la strada il garzone della farmacia il quale le aveva detto che Mr Jones non mandava più medicine a Netherfield poiché le signorine Bennet erano partite, – quando Jane richiamò la sua attenzione per presentarle Mr Collins. Lo accolse con la più grande cortesia, ed egli la ricambiò con altrettanto se non maggior garbo, scusandosi per essersi preso la libertà di venire in casa sua prima di essere conosciuto, libertà tuttavia che confidava potesse essere giustificata dalla sua parentela con le signorine che lo raccomandavano alla sua benevolenza.

Mrs Philips fu ridotta al silenzio da questo eccesso di urbanità; ma la sua contemplazione di quel forestiero fu ben presto interrotta da esclamazioni e domande su quell'altro, del quale tuttavia poté dire alle sue nipoti solo quanto già sapevano: che era stato condotto da Londra da Mr Denny, e che sarebbe entrato come sottotenente nel reggimento di stanza a Meryton. Lo stava osservando da mezz'ora, disse, mentre passeggiava su e giù per la strada. Occupazione nella quale Lydia e Kitty l'avrebbero imitata se Mr Wickham fosse riapparso, ma disgraziatamente nessuno passò sotto la finestra, tranne alcuni ufficiali che, paragonati al forestiero, erano diventati «stupidi e antipatici». Alcuni di essi dovevano pranzare con i Philips il giorno dopo, e la zia promise di indurre suo marito a far visita a Mr Wickham, per poter invitare lui pure, a patto che la famiglia di Longbourn fosse venuta per la sera. La cosa fu combinata e Mrs Philips promise un'animata tombola, e, sul tardi, una cenetta calda. Con questa seducente prospettiva, si separarono con gran soddisfazione. Mr Collins, nel lasciare la casa, rinnovò le sue scuse e fu rassicurato, con grande affabilità, che non erano affatto necessarie.

Sulla via del ritorno, Elizabeth narrò a Jane quello che era accaduto fra i due signori, ma, sebbene Jane fosse disposta a difendere l'uno o l'altro, o tutti e due, se fossero stati nel torto, non poteva, più di sua sorella, spiegarsi una simile condotta.

Una volta a casa, Mr Collins entrò sempre più nelle grazie di Mrs Bennet, lodando i modi e la cortesia di Mrs Philips. Dichiarò che, ad eccezione di Lady Catherine e di sua figlia, non aveva visto mai una signora così compita; perché, non soltanto lo aveva ricevuto con estrema bontà, ma, pur avendolo conosciuto solo in quel momento, lo aveva incluso nell'invito per la sera seguente. Certo, tutte queste cortesie e questi riguardi erano forse dovuti al fatto di essere parenti; nondimeno, non aveva mai incontrato in vita sua persona più cortese.

Capitolo sedicesimo

Nessuno si oppose all'impegno preso dalle ragazze con la zia, ed essendo stati respinti energicamente gli scrupoli di Mr Collins a lasciare soli per una sera i signori Bennet, la carrozza accompagnò lui e le cinque cugine per l'ora fissata a Meryton. Le ragazze, entrando nel salotto, ebbero il piacere di sentire che Mr Wickham aveva accettato l'invito di loro zio ed era già arrivato. Avuta questa informazione, quando furono tutti seduti, Mr Collins poté guardarsi intorno a suo agio ammirando la casa dei suoi ospiti, e fu così favorevolmente impressionato dalla vastità e dalla mobilia della sala, da dichiarare che gli pareva di essere nel salottino estivo di Rosings, quello dove prendevano la prima colazione. Il paragone non parve dapprima dar troppa soddisfazione a Mrs Philips, ma, quando essa seppe che casa era Rosings e chi ne fosse la proprietaria, quando ebbe ascoltato la descrizione di una soltanto delle sale di Lady Catherine, e saputo che un semplice camino era costato ottocento sterline, comprese tutta la portata del complimento e non si sarebbe offesa neppure di un paragone con la stanza della governante.

Mr Collins fu piacevolmente occupato nel descrivere tutte le grandezze di Lady Catherine e della sua sontuosa abitazione con eventuali digressioni in lode della propria umile dimora e dei miglioramenti che vi andava facendo, fino a quando furono raggiunti dai due gentiluomini: Mrs Philips era un'ascoltatrice attenta, che, attraverso quanto udiva, si andava formando un'opinione sempre più favorevole di lui e della sua importanza, ripromettendosi già in cuor suo di raccontare alla prima occasione ogni cosa alle sue amiche.

Ma alle ragazze, alle quali le verbosità del cugino non importavano affatto, e che non avevano nulla da fare se non desiderare un pianoforte o contemplare le porcellane allineate sul camino, l'attesa sembrò molto lunga. Finalmente ebbe fine. I signori si avvicinarono e quando Mr Wickham entrò, Elizabeth sentì che l'ammirazione con la quale lo aveva osservato la prima volta non era affatto esagerata. Gli ufficiali di quel reggimento erano tutti assai distinti, e i migliori erano presenti al ricevimento degli zii, eppure Wickham li superava tutti nella persona, nel contegno e nel comportamento, quanto *gli altri* potevano essere superiori al rubicondo e pesante zio Philips, dall'alito greve di Porto, che li seguiva in sala.

Tutti gli sguardi femminili si appuntarono verso Mr Wickham, ed Elizabeth fu la donna fortunata presso la quale venne finalmente a sedersi: discorreva con tale garbo e piacevolezza, parlava con fare così brillante, anche soltanto per dire che era una sera umida e che si annunciava facilmente una stagione piovosa, da far sembrare interessanti gli argomenti più comuni e banali.

Di fronte a simili rivali, che attiravano l'attenzione del bel sesso, Mr Collins ricadde nell'ombra; per le signorine non rappresentava assolutamente nulla, ma di quando in quando trovava in Mrs Philips una cortese ascoltatrice e, grazie alle sue attenzioni, fu largamente provvisto di caffè e di pasticcini.

Quando le tavole da gioco furono portate in sala, egli si sdebitò sedendosi al tavolo del *whist*.

«Non so giocare molto bene», disse, «ma sarò lieto di perfezionarmi, perché, data la mia posizione sociale...» Mrs Philips gli era grata per la sua condiscendenza, ma non fino al punto di poter sopportare anche le sue spiegazioni.

Mr Wickham non sapeva giocare al *whist*, e, con grande piacere, fu accolto all'altro tavolo tra Elizabeth e Lydia. Dapprima corse il rischio che Lydia lo accaparrasse completamente, perché era un'infaticabile parlatrice, ma essendo altrettanto appassionata per la tombola, ben presto, troppo avvinta dal gioco, troppo ansiosa di scommettere, dando in esclamazioni eccitate a ogni premio, non poté più dedicarsi a nessuno in particolare.

Così, pur adattandosi alle esigenze del gioco, Mr Wickham poté parlare con Elizabeth, dispostissima ad ascoltarlo, benché non potesse sperare di sentire da lui quello che più le premeva di sapere, e cioè come mai conoscesse Mr Darcy. Non osava neppure nominarlo. La sua curiosità venne appagata proprio quando meno se lo aspettava. Fu Mr Wickham a toccare l'argomento: si informò se Netherfield era molto lontano da Meryton, e ottenuta la risposta, chiese con fare esitante da quanto tempo Mr Darcy vi abitava.

«Da quasi un mese», disse Elizabeth, e per non lasciare cadere il discorso, aggiunse: «Credo che abbia una grande proprietà nel Derbyshire».

«Sì», rispose Wickham, «una tenuta grandiosa. Rende diecimila sterline nette. Nessuno lo sa meglio di me, perché conosco intimamente la sua famiglia e lui, fin dall'infanzia.»

Elizabeth non poté nascondere la sua sorpresa.

«Avete ragione di stupirvi, Miss Bennet, se, come è probabile, avete notato il nostro incontro, più che freddo, di ieri. Conoscete bene Mr Darcy?»

«Quel tanto che mi basta!», esclamò Elizabeth con calore. «Ho passato quattro giorni nella stessa casa con lui e lo trovo più che antipatico.»

«Non ho diritto di giudicare se sia più o meno simpatico. Non sarei in grado di farlo. Lo conosco da troppo tempo e troppo bene per poter essere un giudice imparziale. Ma credo che il vostro giudizio così reciso su di lui, stupirebbe in genere la gente e forse, fuori di qui non avreste il coraggio di esprimerlo con tanta energia. Qui siete in casa vostra.»

«Vi assicuro che non dico niente di più di quanto direi in ogni altra casa dei dintorni, eccettuato Netherfield. Non è affatto benvoluto nell'Hertfordshire. Sono rimasti tutti disgustati dal suo orgoglio. Non sentirete nessuno parlare di lui con maggiore benevolenza.»

«Non potrei dire che mi dispiaccia», disse Wickham, dopo una breve interruzione, «che egli o qualsiasi altro venga giudicato come merita, ma non credo che a lui questo accada spesso. Il mondo è abbagliato dalla sua ricchezza e dalla sua posizione, o intimidito dal suo fare altezzoso, e lo giudica come lui vuole apparire.»

«A me, per quel poco che l'ho conosciuto, è parso un uomo di pessimo carattere.»

Wickham si accontentò di scuotere il capo.

«Mi chiedo», disse appena poté parlarle di nuovo, «se si tratterrà ancora a lungo in campagna.»

«Non lo so proprio; ma, quando ero a Netherfield, non sentii mai accennare a una eventuale partenza. Spero che i vostri progetti di entrare nel reggimento non verranno modificati dalla sua presenza qui.»

«Oh, no! Non toccherebbe certo a me andarmene per via di Mr Darcy. Se desidera evitarmi non ha che da partire. Non siamo in buoni rapporti, e incontrarlo mi dà sempre noia, ma non ho nessun motivo di fuggirlo se non quello che potrei proclamare di fronte a chiunque, e che cioè so di essere stato trattato malissimo da lui, e che rimpiango amaramente che egli sia quello che è. Suo padre, Miss Bennet, il defunto Mr Darcy, era uno dei migliori uomini che sia vissuto, e l'amico più fidato che io abbia mai avuto; e non posso trovarmi con l'attuale Mr Darcy, senza esser rattristato fin nel profondo dell'anima dai più commoventi ricordi. La condotta di quest'ultimo a mio riguardo è stata scandalosa, eppure credo che potrei perdonargli tutto, tranne di avere deluso le speranze di suo padre e di averne disonorata la memoria.»

L'interesse di Elizabeth si faceva sempre più vivo, e ascoltava con grande attenzione, ma, per delicatezza, non poteva chiedere di più.

Mr Wickham prese a discorrere di argomenti più generali: Meryton, i dintorni, la società, esprimendo tutto il suo entusiasmo per quanto aveva già veduto, e specialmente per la gente incontrata, con una cortese e assai significativa galanteria.

«È appunto il desiderio di un ambiente stabile e della buona società», aggiunse, «che mi ha indotto a entrare in questo reggimento che sapevo essere uno dei più stimati e distinti, e il mio amico Denny ha finito col tentarmi, parlandomi dell'attuale destinazione e di tutte le accoglienze e conoscenze che Meryton gli aveva procurato. Confesso che ho bisogno della vita di società. Sono un uomo deluso, e il mio animo non sopporta più la solitudine. Devo avere qualche cosa che mi occupi, e stare tra la gente mi è ormai indispensabile. Benché non fossi destinato alla vita militare, le circostanze mi hanno costretto ad abbracciare questa carriera. La mia professione avrebbe dovuto essere quella ecclesiastica, e a quest'ora dovrei essere in possesso di un importante beneficio, se così fosse piaciuto a quel signore del quale parlavamo.»

«Davvero?»

«Sì, il defunto Mr Darcy mi aveva, nel suo testamento, destinato il primo posto vacante della migliore tra le parrocchie che dipendevano da lui. Era il mio padrino e mi voleva un gran bene. Non posso dire come fosse buono. Desiderava provvedere a me con generosità; credeva di averlo fatto, ma quando il posto si rese vacante, il beneficio venne dato ad altri.»

«Santo cielo!», esclamò Elizabeth, «ma *come* poté accadere? Come poté esser trasgredito il suo desiderio? E perché non avete tentato le vie legali per far riconoscere il vostro diritto?»

«C'era nella formula del lascito un'irregolarità che non dava adito a sperare in nessuna soluzione legale. Nessun uomo d'onore avrebbe potuto mettere in dubbio l'intenzione del testatore, eppure Mr Darcy preferì dubitarne, o la trattò come fosse soltanto una raccomandazione condizionata, e asserì che io avevo perso ogni diritto al lascito per la mia leggerezza e prodigalità, insomma una scusa come un'altra. Quello che è certo è che quel beneficio restò vacante due anni fa, proprio quando avevo l'età per assumerlo, e che fu dato a un altro; ed è altrettanto sicuro che io non ho fatto nulla per meritare di perderlo. Ho un carattere focoso e impulsivo, e forse qualche volta ho espresso troppo apertamente la mia opinione *su* Mr Darcy, e *davanti* a lui. Non so ricordare nulla di più grave. Ma il fatto è che siamo di carattere assai diverso e che egli mi odia.»

«È uno scandalo! Meriterebbe di essere svergognato pubblicamente.»

«Un giorno o l'altro *lo sarà*; ma non *da me*. Fino a quando ricorderò il padre, non potrò mai né sfidare, né accusare il figlio.»

Elizabeth non poteva fare a meno di apprezzare questi suoi sentimenti, e lo trovava più bello che mai mentre andava esprimendoli.

«Ma che motivo poteva avere?», chiese dopo una pausa. «Che cosa può averlo indotto ad agire con tanta perfidia?»

«Un'assoluta, decisa antipatia per me; antipatia che, fino a un certo punto, può essere dovuta alla gelosia. Se il defunto Mr Darcy mi avesse voluto meno bene, forse suo figlio mi avrebbe sopportato; ma credo che fin dai suoi primi anni egli rimanesse inasprito dall'insolito affetto di suo padre per me. Il suo carattere non sopportava quella specie di rivalità latente tra noi, e la preferenza che mi veniva spesso dimostrata.»

«Non avrei mai creduto Mr Darcy capace di tanta malvagità, e, sebbene non mi sia mai piaciuto, non pensavo così male di lui. Lo credevo sprezzante dei suoi simili, ma non l'avrei supposto capace di scendere a vendette così basse, di rendersi colpevole di una simile ingiustizia, e di tale mancanza di umanità.»

Dopo qualche istante di riflessione, continuò: «Ricordo come un giorno a Netherfield si sia vantato di esser capace di un risentimento implacabile, e di non saper perdonare. Deve avere un carattere spaventoso».

«Non voglio pronunciarmi in proposito», rispose Wickham, «non potrei essere equanime.»

Elizabeth fu di nuovo assorta nei suoi pensieri, poi esclamò: «Trattare in tal modo il figlioccio, l'amico, il favorito di suo padre!» e avrebbe voluto aggiungere: «un giovane come voi, il cui solo aspetto denota tanta amabilità», ma si accontentò di continuare: «il suo compagno d'infanzia, legato a lui, come mi avete detto, da una così profonda intimità».

«Siamo nati nella stessa parrocchia, abbiamo giocato nello stesso parco; trascorremmo insieme la maggior parte della nostra fanciullezza nella stessa casa, dividendo giochi e trastulli, oggetto delle stesse cure paterne. Mio padre, che aveva iniziato la sua carriera in quella professione alla quale vostro zio, Mr Philips, fa tanto onore, lasciò ogni cosa per rendersi utile al defunto Mr Darcy, e dedicò tutto il suo tempo ad amministrare la tenuta di Pemberley. Aveva tutta la stima di Mr Darcy, ed era suo intimo amico. Mr Darcy asseriva spesso di dovere moltissimo alla sua attività e alla cura che egli aveva dei suoi beni, e quando, poco prima che mio padre morisse, Mr Darcy gli promise spontaneamente che avrebbe provveduto a me, sono convinto che non lo facesse soltanto per affetto, ma anche per debito di gratitudine verso di lui.»

«Che stranezza!», esclamò Elizabeth, «che cosa abominevole! Stupisco che, almeno per orgoglio, l'attuale Mr Darcy non abbia agito rettamente verso di voi! Se non per altri motivi, almeno per questo; lo credevo troppo fiero, per essere disonesto; perché questo suo modo di procedere non può essere definito che disonesto.»

«È strano davvero», rispose Wickham, «perché quasi tutte le sue azioni possono essere attribuite all'orgoglio, e l'orgoglio è stato spesso il suo migliore consigliere. Questo sentimento più di ogni altro lo ha indirizzato alla virtù. Egli, nella sua condotta verso di me, non ha saputo nemmeno essere coerente ed è stato trascinato da impulsi più forti dell'orgoglio.»

«Un così abbominevole orgoglio può dunque avergli mai giovato?»

«Sì, perché lo ha spesso indotto a essere liberale e generoso, a profondere largamente il suo denaro, a essere ospitale, ad assistere i suoi coloni e a soccorrere i poveri. Tanto hanno potuto l'orgoglio familiare e l'orgoglio filiale, perché è assai fiero della memoria di suo padre. Restare degno del suo nome, non degenerare dagli esempi lasciati dalla sua famiglia; non perdere il prestigio di Pemberley-House, sono motivi potenti. Questo suo orgoglio del nome e della casata, unito a *una specie* di affetto fraterno, lo rende oggi un tutore assai buono e premuroso per sua sorella, e lo sentirete generalmente citare come il più affezionato e il migliore dei fratelli.»

«Che tipo di ragazza è questa Miss Darcy?»

Egli scosse il capo. «Vorrei poterla definire attraente perché mi spiace parlare male di una Darcy. Ma assomiglia troppo a suo fratello, è molto altera. Da bambina era dolce e affettuosa e mi voleva un gran bene; ho dedicato a lei ore intere per divertirla. Ma adesso non rappresenta più niente per me. È una bella ragazza di quindici o sedici anni, e, a quanto si dice, molto istruita. Dopo la morte di suo padre si è stabilita a Londra, dove vive con una signora che sorveglia la sua educazione.»

Dopo pause frequenti e vari tentativi di toccare altri argomenti, Elizabeth non poté trattenersi dal tornare al primo.

«Quello che più mi sorprende è la sua intimità con Mr Bingley, che ha un ottimo carattere. Come mai Mr Bingley, che credo sia una buonissima persona, può essere tanto amico di un uomo simile? Come possono andare d'accordo? Conoscete Mr Bingley?»

«Per nulla.»

«È un giovane attraente, di buona indole, e assai amabile. Certo, deve ignorare la vera natura di Mr Darcy.»

«È assai probabile, perché, quando vuole, Mr Darcy può piacere. Non gli mancano le qualità. Quando gli pare che ne valga la pena, sa essere socievole, e con i suoi pari è molto diverso da come si mostra con gli inferiori. Il suo orgoglio non lo abbandona mai, ma con i ricchi è di vedute larghe, giusto, sincero, ragionevole e anche simpatico, quando si degna di fare tali concessioni alla ricchezza e alla migliore società.»

Finita la partita di *whist*, i giocatori si raccolsero intorno all'altro tavolo, e Mr Collins prese posto tra Elizabeth e Mrs Philips. Questa gli chiese come era andato il gioco. Non aveva avuto un gran successo, aveva perso tutti i punti, ma quando Mrs Philips espresse il suo rammarico, egli l'assicurò con molta serietà che questo non aveva per lui la minima importanza: non dava alcun peso al danaro, e la pregò di non preoccuparsene.

«So benissimo, signora», disse, «che, sedendo al tavolo da gioco, bisogna essere pronti a correre tali rischi; fortunatamente non sono in condizioni di dover guardare a cinque scellini! Non tutti certo potrebbero dire altrettanto, ma, grazie a Lady Catherine de Bourgh, sono ben lontano dal dovermi preoccupare di simili inezie.»

Questo discorso attrasse l'attenzione di Mr Wickham che, dopo avere osservato Mr Collins per alcuni istanti, chiese a bassa voce a Elizabeth se il loro parente conoscesse intimamente la famiglia de Bourgh.

«Lady Catherine de Bourgh», rispose lei, «gli concesse ultimamente un benefizio. Non so bene chi le abbia presentato Mr Collins, ma so che non la conosce da molto tempo.»

«Non ignorate certo che Lady Catherine de Bourgh e Lady Anne Darcy erano sorelle; essa è quindi la zia di Mr Darcy.»

«Non lo sapevo davvero. Non conosco la parentela di Lady Catherine de Bourgh. Non avevo nemmeno mai sentito parlare di lei fino a ieri sera.»

«Sua figlia, Miss de Bourgh, erediterà una immensa ricchezza, e si pensa che lei e suo cugino uniranno le due proprietà.»

Questa informazione fece sorridere Elizabeth, che pensò subito alla povera Miss Bingley. Tutte le sue attenzioni, tutto il suo affetto per la sorella di Darcy, e le lodi che prodigava a lui stesso, sarebbero riuscite vane se lui era già destinato a un'altra.

«Mr Collins parla con entusiasmo tanto di Lady Catherine come di sua figlia; ma da alcuni particolari che ci ha raccontato a proposito di Sua Signoria, sospetto che la gratitudine lo accechi e che, benché sua patronessa, costei debba essere una donna arrogante e piena di sé.»

«Credo che lo sia veramente», rispose Wickham; «non la vedo da diversi anni, ma ricordo che non mi è mai piaciuta e che i suoi modi erano altezzosi e prepotenti. Ha fama di essere donna energica e intelligente, ma credo che tale fama sia dovuta in parte al suo rango e alla sua ricchezza, in parte al suo fare autoritario, e per il resto all'orgoglio di suo nipote al quale basta che qualcuno appartenga alla propria famiglia, per essere ritenuto una persona di valore.»

Elizabeth riconobbe che aveva saputo rendere esattamente la situazione, e continuarono a parlare insieme con reciproca soddisfazione, finché la cena, interrompendo il gioco, permise anche alle altre signore di condividere con Elizabeth le attenzioni di Mr Wickham. La cena era troppo rumorosa perché fosse possibile tenere una vera e propria conversazione, ma i modi affabili di Mr Wickham conquistarono tutti. Ogni cosa che diceva era ben detta, qualunque cosa faceva era fatta con grazia. Elizabeth uscì con la mente piena di lui. Non poteva pensare che a Mr Wickham e a ciò che le aveva raccontato, ma non ebbe neppure il tempo di nominarlo, perché né Lydia né Mr Collins stettero zitti un momento. Lydia parlò ininterrottamente della tombola, del suo vincere e perdere, e Mr Collins non ebbe parole che per descrivere tutte le cortesie di Mrs Philips, affermando di non rimpiangere affatto le perdite subite al *whist*, per enumerare tutte le portate della cena, per ripetere a più riprese che temeva di essere d'ingombro alle sue cugine. Ne ebbe fin troppe da dire durante il tragitto fino a Longbourn.

Capitolo diciassettesimo

Il giorno dopo Elizabeth riferì a Jane quello che Mr Wickham le aveva narrato. Jane la ascoltò stupita e turbata; non poteva credere che Mr Darcy fosse così indegno della stima di Mr Bingley, e d'altra parte non era nel suo carattere dubitare della veridicità di un giovane dall'apparenza così simpatica come Wickham. La possibilità che egli fosse stato realmente vittima di tanta perfidia bastava a destare tutta la sua compassione; non le restava quindi altra via che pensare bene di tutti e due i giovani, difendere la condotta di ciascuno, e attribuire a un caso o a un errore quello che non si poteva spiegare altrimenti.

«Tutti e due», ella disse, « sono stati ingannati in un modo o nell'altro; come, non ci è dato sapere. Forse persone che avevano interesse a farlo li hanno calunniati l'uno con l'altro. Insomma, è impossibile per noi immaginare le cause o le circostanze che possono averli separati senza che nessuno dei due sia nel torto.»

«Verissimo, mia cara Jane, ma dimmi: cosa troverai da dire in difesa di quelle persone interessate alle quali forse risale la colpa di tutto? Prova a scusare *anche loro*, altrimenti saremo costrette a pensar male di qualcuno.»

«Ridi pure di me quanto vuoi, non potrai scuotere la mia opinione. Cara Lizzy, provati a pensare in che orrenda luce metterebbe Mr Darcy il fatto di aver trattato in quel modo l'amico di suo padre, la persona alla quale il defunto aveva promesso di provvedere. Nessun uomo dotato di un po' di umanità, nessun uomo che abbia stima di se stesso, ne sarebbe capace. Possono dunque i suoi più intimi amici ingannarsi su di lui a quel modo? Oh, no!»

«Mi è più facile credere che Mr Bingley si illuda, anziché pensare Mr Wickham capace di inventare la storia dell'altra sera citando nomi, fatti così, apertamente. Se non è vero, Mr Darcy non ha che da contraddirlo. E poi tutto nel suo volto esprimeva la verità.»

«È un caso molto complicato e... doloroso. Non si sa proprio che cosa pensare.»

«Scusami, io so esattamente che cosa pensare.»

Ma Jane era certa di una cosa sola: se Mr Bingley si era davvero ingannato sul conto del suo amico, avrebbe sofferto molto una volta che il fatto fosse venuto in luce.

Jane ed Elizabeth furono richiamate dal boschetto dove si svolgeva questo colloquio proprio dall'arrivo di alcune delle persone di cui stavano parlando. Mr Bingley e le sue sorelle venivano a invitarle personalmente per il tanto atteso ballo di Netherfield, che era stato fissato per il martedì prossimo. Le due signore si mostrarono lietissime di riabbracciare la loro cara amica, dissero che pareva fosse trascorso un secolo da quando si erano viste l'ultima volta, e le chiesero ripetutamente che cosa avesse fatto dopo la loro separazione. Non si occuparono quasi del rimanente della famiglia, evitando per quanto fu loro possibile Mrs Bennet, parlarono appena a Elizabeth, e per niente a tutte le altre sorelle. Se ne andarono quasi subito alzandosi improvvisamente dalle loro sedie, e tanto frettolosamente da cogliere il fratello quasi di sorpresa; parevano ansiose di evitare i convenevoli di Mrs Bennet.

La prospettiva del ballo a Netherfield riuscì assai gradita a tutti i membri femminili della famiglia. Mrs Bennet era oltremodo lusingata e considerava il ballo né più né meno che un omaggio alla sua figlia maggiore, ed era rimasta molto colpita dal fatto che Mr Bingley fosse venuto a invitarle personalmente, invece di rimettersi al cerimoniale di un formale biglietto. Jane sognava già la felicità di passare una sera in compagnia delle sue amiche e accanto al loro fratello; Elizabeth pensava con gioia che avrebbe spesso ballato con Mr Wickham, e sperava di veder confermato tutto quello che aveva saputo dal contegno e dagli occhi di Mr Darcy. La felicità che si prospettavano Lydia e Catherine non dipendeva invece né da una singola persona, né da un solo evento, perché, anche se tutte e due, come Elizabeth, avevano l'intenzione di ballare, per metà della sera almeno, con Mr Wickham, questi non era il solo cavaliere al quale aspirassero, e, dopo tutto, un ballo era sempre un ballo. Perfino Mary assicurò la sua famiglia che non era affatto restia a prendervi parte.

«Quando posso avere a mia disposizione le mattinate», disse, «mi basta. Non considero un sacrificio accettare qualche volta un invito per la sera. La società ha i suoi diritti, e anche io, come tutti, desidero una parentesi di riposo e di divertimento.»

Elizabeth era talmente di buon umore che, sebbene non le accadesse spesso di rivolgere la parola a Mr Collins quando non era strettamente necessario, non poté trattenersi dal chiedergli se intendeva accettare l'invito di Mr Bingley, e se riteneva opportuno prender parte a quello svago serale. Rimase abbastanza sorpresa nello scoprire che egli non nutriva alcuno scrupolo al riguardo, e che era ben lontano dal temere un rimprovero, sia dall'Arcivescovo come da Lady Catherine de Bourgh, se si fosse azzardato a ballare.

«Vi assicuro», disse, «che non credo possa esservi alcunché di male in un ballo di questo genere, offerto da un gentiluomo a gente rispettabile; sono anzi così alieno dal rifiutarmi di ballare io stesso, che spero di essere onorato da un giro con tutte le mie cugine nel corso della serata, e colgo appunto quest'occasione per sollecitare da voi, Miss Elizabeth, le due prime danze, preferenza che spero mia cugina Jane attribuirà alla sua particolare posizione e non a una mancanza di rispetto verso di lei.»

Elizabeth si trovò così presa in trappola! Aveva sperato di essere invitata da Mr Wickham proprio per quelle prime due danze; e doverle invece promettere a Mr Collins! La sua gentilezza verso di lei non avrebbe potuto essere più inopportuna! Tuttavia non c'era modo di esimersi. Del resto, la sua felicità e quella di Mr Wickham non avrebbero subito che un lieve ritardo; accettò quindi la proposta di Mr Collins con la miglior buona grazia possibile, sebbene tanta galante premura le fosse doppiamente sgradita perché sembrava nascondere qualche secondo fine. A un tratto fu colpita dal pensiero di essere lei la prescelta tra le sorelle come degna di diventare la padrona del Rettorato di Hunsford, e di fare il quarto a un tavolo di Rosings, quando fossero mancate visite più importanti. Quest'idea divenne presto convinzione: le premurose attenzioni di Mr Collins verso di lei avevano un crescendo impressionante e i tentativi di complimentarla per il suo spirito o la sua vivacità erano sempre più frequenti. Più sorpresa che compiaciuta di questo inaspettato effetto della propria grazia, non passò molto tempo prima che sua madre le desse a capire che l'eventualità di un simile matrimonio l'avrebbe trovata assai favorevole.

Elizabeth finse di non raccogliere l'allusione, sicura che una risposta da parte sua non avrebbe fatto altro che provocare una grave discussione. C'era ancora speranza che Mr Collins non si dichiarasse, e fintanto che non lo faceva, era inutile litigare in proposito.

Se non ci fosse stato da prepararsi e da discutere per il ballo di Netherfield, le due più giovani Bennet si sarebbero trovate in uno stato pietoso, perché tra il giorno dell'invito e quello del ballo ci fu un tale susseguirsi di piogge dirotte da impedire anche una sola passeggiata a Meryton. Niente zia, niente ufficiali, nessuna notizia. Perfino le scarpine da ballo furono mandate per procura!

Anche la pazienza di Elizabeth fu messa a dura prova dal tempo che interruppe ogni progresso nella sua amicizia con Mr Wickham; e soltanto la prospettiva di ballo del martedì poté rendere sopportabili a Catherine e a Lydia un venerdì, un sabato, una domenica e un lunedì simili.

Capitolo diciottesimo

Fino al momento di entrare nella sala di Netherfield e avere invano cercato Mr Wickham nel gruppo vivace delle uniformi, Elizabeth non aveva mai dubitato che avrebbe potuto mancare. Si era vestita con maggior cura del solito e si era preparata, nello stato d'animo più battagliero, per muovere all'attacco di quanto ci fosse ancora da conquistare nel cuore di lui, confidando che non ci fosse da espugnare più di quel tanto che il breve spazio di una serata consentisse. Improvvisamente fu colta dal terribile sospetto che, per compiacere Mr Darcy, egli fosse stato volontariamente escluso dall'invito fatto agli altri ufficiali.

Mr Denny – al quale Lydia si era rivolta per le informazioni del caso – asserì che Mr Wickham era stato costretto a recarsi in città il giorno prima e che non era ancora tornato; aggiunse però con un sorriso significativo:

«Ma non credo che i suoi affari lo avrebbero trattenuto proprio ora, se non avesse desiderato evitare un certo signore».

Quest'ultima parte dell'informazione, che Lydia non udì fu però afferrata da Elizabeth e la confermò nella convinzione che, se anche la sua prima supposizione era errata, Darcy non era per questo meno responsabile dell'assenza di Mr Wickham. La cosa acuì talmente la sua antipatia per lui, da farle rispondere con appena il garbo necessario alle cortesi domande che le rivolse, poco dopo, avvicinandosi. Le sembrava quasi di offendere Wickham nel dare ascolto a Darcy, nell'essere paziente e tollerante con lui. Decisa a non rivolgergli la parola, si volse da un'altra parte con tanto cattivo umore da non riuscire a vincersi neppure con Mr Bingley, la cui cieca parzialità la spazientiva.

Elizabeth però non sapeva conservare a lungo il broncio, e benché tutte le sue prospettive di felicità fossero sfumate, la delusione non durò a lungo nel suo spirito e, dopo aver raccontato tutti i suoi dispiaceri a Charlotte Lucas, che non vedeva da una settimana, si dedicò a osservare quanto fosse ridicolo e goffo suo cugino e a farlo notare all'amica. Le due prime danze con lui però riaccesero le sue angustie: furono un vero martirio. Mr Collins, impacciato e cerimonioso, chiedeva perennemente scusa invece di badare ai movimenti, e non sapendo tenere il tempo, le fece provare tutta la vergogna e l'infelicità che può causare a una perfetta dama un pessimo cavaliere. Liberarsi di lui fu una delizia.

Ballò poi con un ufficiale ed ebbe almeno il conforto di poter così parlare di Wickham e di sentire che era benvoluto da tutti al reggimento. Terminate anche queste danze, tornò da Charlotte Lucas e stava appunto discorrendo con lei, quando si sentì rivolgere la parola da Mr Darcy, il quale la colse così all'improvviso, invitandola, che, prima di rendersene conto, aveva accettato. Egli si allontanò subito, lasciandola irritatissima contro se stessa per essersi fatta prendere tanto alla sprovvista.

Charlotte cercò di consolarla:

«Sono sicura che lo troverai piacevolissimo».

«Dio me ne guardi! Sarebbe una vera disgrazia! Trovare simpatico un uomo che si è decisi a odiare! Non augurarmi questo malanno!»

Nondimeno, quando ripresero le danze e Darcy si avvicinò per reclamare la promessa, Charlotte non poté fare a meno di bisbigliarle di non fare la stupida, e di non permettere che un semplice capriccio per Wickham la rendesse antipatica a un uomo che lo valeva cento volte.

Elizabeth non rispose e prese il suo posto nella quadriglia, stupita di essere innalzata all'onore di stare di fronte a Mr Darcy, e leggendo negli occhi dei suoi vicini la sua stessa meraviglia. Per qualche tempo non si scambiarono una parola, ed essa cominciava già a credere che il loro silenzio sarebbe durato per le due danze intere, decisa com'era a non essere lei la prima a romperlo, quando, immaginando che nulla avrebbe contrariato tanto il suo compagno, quanto l'essere costretto a parlare, fece qualche osservazione a proposito del ballo. Darcy rispose brevemente, per ricadere subito nel silenzio. Dopo una breve pausa, gli si rivolse per la seconda volta, dicendo:

«*Tocca a voi*, ora, parlare, Mr Darcy. Io ho accennato al ballo, voi ora dovreste fare qualche osservazione sulla grandezza della sala, o sul numero delle coppie».

Egli sorrise, assicurandola che avrebbe detto tutto quello che avrebbe potuto farle piacere.

«Benissimo. Per ora mi basta questa risposta. Forse, tra poco, vi farò notare che i balli privati sono assai più divertenti di quelli pubblici. Ma per il momento possiamo rimanere silenziosi.»

«Avete dunque delle regole di conversazione, quando ballate?»

«Qualche volta si è costretti a scambiare poche parole, no? Parrebbe strano tacere stando insieme per mezz'ora; eppure ci sono dei casi in cui la conversazione dovrebbe ridursi a scambiare il minor numero di parole possibile.»

«Esprimete un vostro desiderio, o credete di assecondare il mio?»

«Quello di tutti e due», rispose Elizabeth maliziosamente, «perché mi sono accorta che sotto molti aspetti noi ci somigliamo. Siamo tutti e due poco socievoli, inclini a essere taciturni, senza alcun desiderio di parlare se non per dire qualche cosa di straordinario che stupisca tutta la sala, e sia degno di passare ai posteri come storico.»

«Non direi che sia un ritratto molto esatto di voi; quanto a me, non posso essere io a giudicare. Ma voi dovete esser certa che questa definizione mi si adatti a meraviglia.»

«Non tocca a me commentare i miei detti.»

Darcy non rispose, e tacquero ancora mentre proseguiva la contraddanza, fino a quando lui le chiese se andava spesso a Meryton con le sorelle. Lei rispose annuendo, e, incapace di resistere alla tentazione, aggiunse:

«Quando ci incontraste l'altro giorno, avevamo appena fatto una conoscenza».

L'effetto fu immediato. La nativa fierezza parve accentuarsi sul volto di Darcy, velando di un'ombra i suoi tratti; tuttavia non disse nulla, ed Elizabeth, pur rimproverandosi la propria debolezza, non seppe proseguire. Fu lui finalmente, che, con fare sostenuto, disse:

«Mr Wickham è dotato di modi così insinuanti che di sicuro sa *farsi* degli amici. È meno certo che sia altrettanto capace di *conservarli*».

«Ha avuto la sfortuna di perdere la *vostra* amicizia», rispose Elizabeth con calore, «e in modo da esserne probabilmente danneggiato per sempre.»

Darcy non rispose e sembrò desideroso di cambiare argomento. In quel punto comparve accanto a loro Sir William Lucas con l'intenzione di attraversare la quadriglia per raggiungere l'altro lato della sala, ma vedendo Mr Darcy, si fermò, con un inchino cortese, congratulandosi con lui tanto per il suo modo di ballare quanto per la sua dama.

«È un vero diletto osservarvi, Mr Darcy. Non si vede spesso ballare con uno stile così perfetto. Si riconosce a prima vista che appartenete alla più distinta società. Tuttavia concedetemi di rilevare come la vostra graziosa compagna vi faccia molto onore e lasciatemi sperare di avere spesso questo piacere, soprattutto se un evento tanto desiderato avrà luogo, cara Miss Eliza.» E guardò con intenzione sua sorella e Mr Bingley. «Quante congratulazioni quel giorno! Che ne dite Mr Darcy? Ma non voglio interrompervi, Sir, non mi sareste certo grato se vi distraessi ancora dall'incantevole conversazione di questa signorina i cui occhi luminosi stanno già rimproverandomi.»

Quest'ultima frase non fu forse neppur sentita da Mr Darcy, ma l'allusione di Sir William al suo amico sembrò fargli molta impressione e il suo sguardo si fermò con un'espressione assai grave sopra Bingley e Jane che ballavano insieme. Si riprese quasi subito, e volgendosi alla sua dama, disse: «L'interruzione di Sir William mi ha fatto dimenticare di che cosa stavamo discorrendo».

«Non credo che parlassimo affatto. Sir William non poteva interrompere, in tutta la sala, due persone che avessero meno da dirsi di noi. Abbiamo già tentato due o tre argomenti senza alcun successo, e non so proprio di che cosa potremmo ancora parlare.»

«Che ne direste se parlassimo di libri?», chiese lui sorridendo.

«Libri? Oh, no! Sono sicura che non leggiamo gli stessi, o per lo meno, non con gli stessi sentimenti.»

«Mi dispiace che siate di questo avviso, ma, se è vero, non ci mancherebbero ugualmente soggetti di conversazione; potremmo confrontare le nostre contrastanti opinioni.»

«No, non posso parlare di libri in una sala da ballo; ci sono troppe cose che mi distraggono.»

«Vi curate solo del presente, quando siete in questo ambiente?»

«Sì, sempre», rispose Elizabeth, senza sapere che cosa diceva, perché i suoi pensieri vagavano lontano, come dimostrò chiaramente pochi momenti dopo, quando esclamò: «Ricordo di avervi sentito dire una volta, Mr Darcy, che vi era difficile perdonare; che, una volta destato, il vostro rancore era implacabile. Immagino dunque che sarete assai cauto perché non venga provocato facilmente».

«Lo sono», egli disse con voce sicura.

«E non vi lasciate mai accecare dai pregiudizi?»

«Spero di no.»

«Quelli che non cambiano mai di opinione dovrebbero essere sicuri di giudicare rettamente fin dal principio.»

«Posso chiedervi a che cosa tendono tutte queste domande?»

«Soltanto a rendermi conto del vostro carattere», disse lei cercando di vincere la gravità con la quale parlava. «Sto cercando di studiarlo.»

«E a che punto siete arrivata?»

Elizabeth scosse il capo. «Non faccio un passo avanti. Sento parlare di voi sotto aspetti così differenti da rimanere sempre più perplessa.»

«Sono convinto», rispose lui gravemente, «di venire giudicato nei modi più diversi, e desidererei, Miss Bennet, che non vi formaste un'opinione su di me, per ora: probabilmente non riuscirebbe né a mio né a vostro vantaggio.»

«Ma se non ci riesco ora, può darsi che non ne abbia più l'occasione.»

«Non desidero affatto guastarvi un passatempo», disse Darcy freddamente. Elizabeth tacque; ballarono la seconda danza e si separarono in silenzio, scontenti tutti e due, sebbene in misura diversa, perché Darcy nutriva già per lei un sentimento abbastanza forte per poterle perdonare, mentre tutta la sua collera si riversava su di un altro.

Si erano appena separati, quando Miss Bingley, avvicinandosi, le disse con fare sprezzante:

«E così, Miss Eliza, sento che siete entusiasta di George Wickham; vostra sorella mi ha parlato di lui facendomi una serie di domande, e ho scoperto che quel giovanotto, fra le altre informazioni, ha dimenticato di dirvi che era il figlio del vecchio Wickham, l'amministratore del defunto Mr Darcy. Permettete quindi che, come amica, vi raccomandi di non credere a tutte le sue affermazioni. È falso che Mr Darcy lo abbia trattato male, anzi egli è stato straordinariamente generoso verso di lui, benché George Wickham si sia condotto in una maniera infame. Non conosco i particolari, ma so benissimo che Mr Darcy non è minimamente da biasimare, che non può sentir neppur nominare George Wickham e che, sebbene mio fratello non potesse fare a meno di includerlo nell'invito fatto agli ufficiali, è stato ben contento di constatare che ha avuto il buon senso di non farsi vedere. Lo stesso suo venire a Meryton fu di per sé un gesto insolente e mi chiedo come possa aver avuto il coraggio di compierlo. Mi rincresce, Miss Eliza, di dovervi rivelare le colpe del vostro prediletto, ma veramente, data la sua origine, non c'era da aspettarsi di meglio.»

«Direi che per voi la sua colpa più grave sta nella sua origine», disse Elizabeth irritata, «perché non vi ho sentito accusarlo d'altro se non di essere il figlio dell'amministratore di Mr Darcy, e vi posso assicurare che di questo mi informò lui stesso.»

«Vogliate scusarmi», rispose Miss Bingley andandosene con un sorriso ironico, «mi spiace di aver parlato così, ma l'ho fatto a fin di bene!»

«Insolente che non sei altro!», disse Elizabeth dentro di sé. «Ti sbagli se credi di influenzarmi con un attacco così volgare. Non depone che contro la tua cieca ignoranza e la malizia di Mr Darcy.» Cercò poi sua sorella maggiore che, anche con Bingley, si era informata sullo stesso argomento. Jane la accolse con un sorriso così lieto, un'espressione talmente raggiante, che bastavano a dimostrare tutta la sua felicità per come si svolgeva la serata. Elizabeth intuì subito i suoi sentimenti, e l'interesse per Wickham, il proprio risentimento contro i nemici di lui come ogni altro pensiero, scomparvero di fronte alla speranza che Jane stesse per raggiungere la felicità.

«Desideravo sapere», disse con un volto non meno sorridente di quello della sorella, «che cosa hai sentito a proposito di Mr Wickham. Ma forse eri troppo piacevolmente occupata per pensare ad altro; in questo caso, sei già sicura del mio perdono.»

«No», disse Jane, «non ho dimenticato, ma non ho nulla di buono da dirti. Mr Bingley non conosce la storia per esteso e ignora le circostanze che hanno particolarmente offeso Mr Darcy, ma è pronto a giurare sulla condotta, la probità e l'onore del suo amico, ed è assolutamente convinto che Mr Wickham non meritava altro trattamento di quello ricevuto; mi spiace doverti dire che da quanto asseriscono sia Mr Bingley che sua sorella, Mr Wickham non appare affatto un giovane rispettabile. Temo che sia stato assai imprudente e che abbia meritato di aver perso la stima di Mr Darcy.»

«Mr Bingley non lo conosce personalmente?»

«No, non l'aveva mai visto prima dell'altra mattina.»

«La sua opinione si basa quindi su quello che afferma Mr Darcy. Tanto basta. Ma che dice del lascito?»

«Non ricorda bene le circostanze, sebbene le abbia sentite raccontare più di una volta, ma crede che fosse soltanto condizionale.»

«Non dubito della sincerità di Mr Bingley», disse Elizabeth con calore, «ma devi perdonarmi se le sue spiegazioni non mi convincono. Difende con molta abilità il suo amico, ma, dato che non conosce tutti i fatti, e ha saputo il resto soltanto da lui stesso, mi limiterò a pensare, di questi due signori, quello che ne pensavo prima.»

Cambiò quindi argomento con un altro più gradito a tutte e due e sul quale non potevano dissentire. Elizabeth ascoltò con gioia le speranze, piene di riserbo, che Jane nutriva nei riguardi di Bingley, e disse quanto poteva per accrescere la sua fiducia. E poiché Mr Bingley si era avvicinato, Elizabeth tornò da Miss Lucas, che stava appunto chiedendole se era stata contenta del suo ultimo cavaliere, quando sopraggiunse Mr Collins che, esultante, le raccontò di avere avuto la fortuna di fare un'importante scoperta.

«Ho saputo», disse, «per uno strano caso, che vi è in sala uno stretto parente della mia protettrice. Ho sentito questo gentiluomo stesso, mentre parlava con la signorina che fa gli onori di casa, fare il nome di Miss de Bourgh come di sua cugina e della madre di lei, Lady Catherine. Sono coincidenze sorprendenti! Chi avrebbe detto che potrò forse conoscere un nipote di Lady Catherine de Bourgh, in questo ricevimento! Che fortuna avere fatto in tempo una tale scoperta, in modo da potergli presentare i miei omaggi, cosa che farò subito, confidando che vorrà perdonarmi di non averlo fatto prima. Del resto sono scusabilissimo per la totale ignoranza in cui ero di questa parentela.»

«Non vorrete presentarvi a Mr Darcy?»

«Lo farò immediatamente. Chiederò il suo perdono per non averlo fatto prima. Mi pare di avere udito che è proprio il nipote di Lady Catherine. Sarò in grado di assicurarlo che, quindici giorni fa, Lady Catherine godeva ottima salute.»

Elizabeth cercò di dissuaderlo da un tale passo, spiegandogli che Darcy avrebbe considerato piuttosto un'impertinenza verso di lui che un atto di ossequio verso Lady Catherine, il fatto di parlargli senza essergli stato presentato, e che, in caso, toccava semmai a Mr Darcy, come più autorevole, fare il primo passo. Mr Collins la ascoltò, già determinato però a fare di testa propria e quando lei ebbe finito, le rispose: «Cara Miss Elizabeth, ho la più alta stima del vostro giudizio su tutto quanto è di vostra competenza, ma permettete che vi dica che c'è una grande differenza tra i rapporti ammessi tra i secolari e quelli che regolano il clero; perché, concedetemi di farvi osservare che io considero la professione ecclesiastica pari in dignità alle più alte cariche, purché si tenga sempre contegno modesto e decoroso. Dovete dunque permettermi di seguire i dettami della mia coscienza in questa occasione, facendo quello che credo il mio dovere. Scusate se non approfitto del vostro consiglio che, in ogni altra evenienza sarà sempre la mia guida, ma in questo caso io mi considero più adatto, per l'educazione e lo studio assiduo, a decidere su quanto va fatto, che non una signorina come voi». E con un profondo inchino la lasciò, per muovere tutto tronfio all'attacco di Mr Darcy.

Elizabeth osservò ansiosamente l'accoglienza che gli fece Mr Darcy. La sorpresa di lui nell'essere abbordato in simile maniera fu evidente. Mr Collins diede inizio al suo discorso con un solenne inchino, e benché Elizabeth non potesse udire una sola parola, le pareva quasi di sentirlo, e dal movimento delle sue labbra riconobbe le espressioni «scuse» «Hunsford» e «Lady Catherine de Bourgh». Le seccava molto vederlo rendersi ridicolo proprio agli occhi di un uomo come Darcy, che lo contemplò con malcelata sorpresa, e finalmente quando gli fu possibile parlare, rispose con distante cortesia. Tutto questo era troppo poco per scoraggiare un Mr Collins, mentre il disprezzo di Mr Darcy sembrava aumentare in proporzione alla lunghezza del secondo discorso che dovette subire, alla fine del quale ringraziò con un breve inchino, allontanandosi in fretta.

Mr Collins ritornò da Elizabeth.

«Vi assicuro», disse, «che non ho motivo di esser malcontento dell'accoglienza ricevuta. Mr Darcy sembrò gradire molto la mia premura. Mi rispose con la migliore cortesia, e mi fece perfino l'onore di dirmi che era così convinto del discernimento di Lady Catherine da essere sicuro che la zia non avrebbe mai conferito un favore che non fosse meritato. Pensiero questo veramente elevato. Insomma, sono proprio soddisfatto.»

Elizabeth, non avendo più nulla a cui interessarsi direttamente, rivolse la sua attenzione a sua sorella e a Mr Bingley, e i pensieri suscitati da queste osservazioni la resero felice quasi quanto Jane. Le pareva già di vederla signora in quella casa, felice come solo un matrimonio d'amore può rendere, e, davanti a questa prospettiva, si sentiva capace di amare perfino le sorelle di Bingley. Si accorse chiaramente che anche i pensieri di sua madre erano dello stesso genere, e cercò di non avvicinarla per paura di sentirli manifestare troppo apertamente. Fu quindi davvero grande la sua desolazione nel trovarsi a cena vicina a lei, e fu ancora più contrariata nel sentire che sua madre non faceva altro che parlare a Lady Lucas, e nel modo più aperto, della sua certezza che Jane avrebbe presto sposato Mr Bingley. Questo soggetto di conversazione era ricco di sviluppi, e la signora Bennet si mostrava instancabile nell'enumerare i vantaggi di quell'unione. Vi erano tante ragioni di compiacimento! Un giovane così simpatico e così ricco, che abitava tre miglia soltanto distante da loro; e poi era un conforto grande il vedere come le due sorelle di Bingley si fossero affezionate a Jane e desiderassero questo matrimonio almeno quanto lei!

Tutto questo rappresentava un vantaggio anche per le sorelle minori, mettendole in grado di conoscere giovani ricchi e della migliore società, e dopotutto era proprio comodo, alla sua età, poter affidare le sue ragazze alla sorella maritata, e non essere quindi obbligata a frequentare divertimenti e balli più di quel che non le facesse piacere, poiché, per quanto fosse necessario adattarsi alle circostanze e far mostra di divertirsi, dato che l'etichetta lo esigeva, nessuno più di lei apprezzava la gioia di starsene a casa propria. Concluse con i migliori auguri a Lady Lucas, perché fosse ugualmente fortunata, sebbene l'espressione trionfante del suo viso mostrasse chiaramente che non credeva affatto a una tale probabilità.

Elizabeth cerò invano di arrestare il fiume delle parole materne, o di persuaderla a esprimere la sua gioia in un bisbiglio meno intelligibile, avendo notato, con sua indicibile mortificazione, che Mr Darcy, seduto di fronte a loro, era in grado di sentire tutto, o quasi, il discorso. Sua madre la sgridò di essere così sciocca.

«Chi è Mr Darcy, perché debba avere paura di lui? Mi pare che non gli dobbiamo nessun riguardo particolare che ci impedisca di dire quello che a lui non garba di sentire.»

«Per amor del cielo, mamma, parlate piano. Che vantaggio c'è nell'offendere Mr Darcy? Non è certo questo il modo di riuscire simpatici al suo amico!»

Ma nulla di quanto poté dire valse a frenare sua madre che continuava a ragionare a voce alta in modo che tutti potessero sentirla. Elizabeth, per la vergogna e il dispetto, arrossiva ogni momento. Non poteva trattenersi dall'osservare Mr Darcy, ma ogni volta che lo guardava si convinceva ancor più di quello che temeva, perché, se anche costui non fissava sempre Mrs Bennet, si capiva che la sua attenzione era invariabilmente appuntata su di lei. L'espressione del suo volto passò gradatamente da un indignato disprezzo a una penosa gravità.

Finalmente Mrs Bennet non ebbe più niente da dire, e Lady Lucas, che da tempo sbadigliava ascoltando a ripetizione il racconto di tutte quelle delizie che non era facile potessero toccare presto anche a lei, passò a consolarsi col prosciutto e il pollo freddo. Elizabeth si sentì rivivere. Ma questo intervallo non durò a lungo perché, appena finita la cena, fu proposto di cantare, e le toccò la mortificazione di vedere che Mary, senza farsi troppo pregare, si preparava ad accontentare la compagnia. Cercò allora, con occhiate significative e ripetuti cenni, di indurla a star zitta, di evitare quella prova di arrendevole compiacenza, ma inutilmente. Mary non volle intendere: era felice dell'occasione che le si offriva di prodursi, e incominciò a cantare. Elizabeth la guardava, divisa tra le più penose sensazioni, enumerando il susseguirsi delle strofe con una impazienza degna di miglior compenso, perché infatti Mary, appena finita la romanza, anziché smettere, al primo invito a continuare, ne attaccò un'altra. I suoi mezzi vocali non erano adatti a un simile sfoggio; la sua voce era debole e suoi modi affettati; Elizabeth si sentiva morire dalla vergogna. Guardò Jane per vedere come sopportava la cosa, ma Jane parlava quietamente con Bingley. Guardò le sorelle di lui e le vide scambiarsi sorrisi ironici e lanciarne a Darcy, che si mantenne però serio e impassibile. Guardò suo padre per pregarlo di intervenire onde evitare che Mary cantasse tutta la sera. Egli afferrò a volo l'accenno e, quando Mary terminò la seconda romanza disse a voce alta: «Molto bene, bambina mia, ma ora ci hai deliziato abbastanza. Lascia che abbiano modo di prodursi anche le altre signorine».

Mary, pur fingendo di non aver sentito, rimase sconcertata, ed Elizabeth, spiacente per lei e per le parole di suo padre, temette di aver peggiorato la situazione.

Fu chiesto ad altri del gruppo di cantare.

«Se avessi la fortuna di saper cantare», disse Mr Collins, «sarei ben lieto di favorire la compagnia, perché considero la musica un piacere innocente e perfettamente compatibile con la professione ecclesiastica. Non voglio con ciò asserire che noi persone del culto saremmo giustificate se dedicassimo troppo tempo alla musica, perché è certo che dobbiamo occuparci di molte altre cose. Il rettore di una parrocchia è sempre occupato. In primo luogo deve pensare a un accordo sulle decime che possa essergli di vantaggio senza danno della sua patronessa. Poi deve scrivere le sue prediche, e il tempo che gli rimane è appena bastante per i suoi doveri verso la parrocchia e per la cura della sua dimora, che deve cercare di migliorare sempre. Né mi sembra meno importante che abbia dei modi concilianti con tutti, e specialmente verso quelli a cui deve la sua posizione. Non potrei infatti esimerlo da tale dovere, né potrei pensare bene di chi omettesse una sola occasione per dimostrare il suo rispetto verso chiunque sia imparentato con la famiglia dei suoi protettori...», e con un inchino a Mr Darcy, concluse il suo discorso pronunciato con voce così forte che poté essere udito da tutti in sala. Parecchi lo guardarono stupiti, molti sorrisero; ma nessuno parve così divertito come Mr Bennet, proprio lui, mentre sua moglie, che lo aveva preso sul serio, si rallegrava con Mr Collins per le sue idee piene di buon senso, e intanto bisbigliava a Lady Lucas che era un giovane di valore e molto intelligente.

A Elizabeth sembrava che se i membri della sua famiglia si fossero messi d'accordo per rendersi sommamente ridicoli nel corso di quella serata, non avrebbero potuto recitare le loro parti né con maggior spirito né con migliore successo; il solo conforto in tanta angustia le veniva dal pensiero che, fortunatamente, parte delle loro esibizioni erano sfuggite a Bingley, il cui carattere ad ogni modo non era tale da lasciarsi impressionare da tante stupidaggini.

Era più che sufficiente che le due sorelle e Mr Darcy avessero avuto l'opportunità di mettere in ridicolo i suoi parenti, e non avrebbe saputo dire che cosa le fosse più intollerabile, se il silenzioso disprezzo di lui, o gli insoliti sorrisi delle signore.

Né il resto della serata fu più divertente. Era assillata da Mr Collins, che, determinato a restarle accanto, pur non riuscendo a ottenere di ballare con lei, impediva che altri lo potessero. Invano Elizabeth lo spingeva a occuparsi di qualcun'altra e gli offriva di presentarlo ad altre signorine. Egli l'assicurò che non gli importava di ballare, che il suo unico scopo era di dedicarsi a lei, e, con le sue delicate attenzioni, di rendersi accetto al suo cuore: era quindi deciso a rimanere con lei tutta la sera. Non c'era modo di salvarsi. L'unico sollievo lo dovette alla sua amica, Miss Lucas, la quale, raggiungendoli spesso, la aiutava a intrattenere Mr Collins.

Mr Darcy non si occupò più di lei, e benché le si trovasse spesso vicino e libero da ogni compagnia, non cercò mai di parlare. Elizabeth immaginò che fosse la conseguenza delle allusioni da lei fatte a Mr Wickham, e ne fu felice.

La famiglia di Longbourn fu l'ultima a partire e, per una delle solite manovre di Mrs Bennet, dovette attendere la carrozza per un altro quarto d'ora, dopo che tutti se ne erano già andati, avendo così agio di notare come alcune persone sospirassero il momento della loro partenza. Mrs Hurst e Miss Bingley non aprivano quasi bocca tranne che per lamentarsi della stanchezza, mostrando un impaziente desiderio di essere finalmente libere. Respinsero ogni velleità di conversazione da parte di Mrs Bennet, gettando un gran gelo su tutta la compagnia, gelo che neppure i lunghi discorsi di Mr Collins, che si rallegrava con Mr Bingley e le sue sorelle per l'eleganza del ricevimento e la loro ospitalità e cortesia verso gli invitati, poterono dissipare. Darcy taceva. Mr Bennet, altrettanto silenzioso, si divertiva a osservare la scena. Mr Bingley e Jane, un po' discosti dagli altri, parlavano fra loro. Elizabeth si manteneva determinatamente in silenzio, come Mrs Hurst e Miss Bingley, e perfino Lydia, esausta, non sapeva dir altro che: «Signore, come sono stanca!», accompagnando la frase con un violento sbadiglio.

Quando, finalmente, si alzarono per prendere congedo, Mrs Bennet espresse con cortese insistenza la speranza di vederli tutti presto a Longbourn, e rivolgendosi a Mr Bingley in particolare, lo assicurò del piacere che avrebbe procurato loro venendo a pranzo familiarmente un giorno qualsiasi, senza bisogno di un invito formale. Bingley si mostrò lietissimo e grato, e promise di venirli a trovare appena tornato da Londra, dove doveva recarsi il giorno dopo, per un breve periodo.

Mrs Bennet, soddisfatta, lasciò la casa con la deliziosa impressione che, calcolando il tempo necessario per fissare la dote, ordinare le carrozze nuove e gli abiti del corredo, nel corso di tre o quattro mesi avrebbe visto sua figlia accasata a Netherfield. Con uguale certezza, e notevole, se non uguale piacere, confidava di aver presto un'altra delle figlie sposata a Mr Collins. Elizabeth le era meno cara delle altre, e, sebbene l'uomo e il partito fossero abbastanza buoni *per lei*, l'importanza dell'uno e dell'altro erano completamente eclissati da Mr Bingley e da Netherfield.

Capitolo diciannovesimo

Il giorno seguente portò un nuovo avvenimento a Longbourn. Mr Collins fece la sua domanda in piena regola. Deciso a non perdere altro tempo, dato che il suo permesso durava soltanto fino al sabato successivo, e senza che alcun dubbio premonitore gli facesse temere quel momento, si accinse al compito come se si trattasse di un affare qualunque, usando solo quelle forme che credeva fossero di prammatica. Trovando Mrs Bennet, Elizabeth e una delle figlie minori riunite poco dopo colazione, si rivolse alla madre in questi termini: «Posso contare, Madam, sulla vostra approvazione, se nel corso della mattina avrò l'onore di chiedere un colloquio privato alla vostra leggiadra Elizabeth?».

Prima che Elizabeth potesse far altro che arrossire per la sorpresa, Mrs Bennet rispose precipitosamente: «Oh, figuratevi! Ma sì, certo. Sono sicura che Lizzy sarà felice. Sono certa che non avrà nulla in contrario. Vieni, Kitty, ho bisogno di te, di sopra». E, raccogliendo il loro lavoro, già si affrettavano a uscire tutte e due, quando Elizabeth esclamò:

«Cara mamma, non ve ne andate. Vi prego di non andarvene. Mr Collins deve scusarmi. Non può aver nulla da dirmi che tutti non possano ascoltare. Me ne andrò io».

«Non dire sciocchezze, Lizzy, desidero che tu rimanga.» E poiché Elizabeth, seccata e imbarazzata, sembrava proprio sul punto di scappare, aggiunse: «Lizzy, insisto perché tu rimanga e ascolti Mr Collins».

Elizabeth non volle opporsi a quest'ordine e riflettendo che, dopo tutto, sarebbe stato meglio esaurire l'argomento al più presto e il più tranquillamente possibile, sedette di nuovo e cercò di nascondere, seguitando a lavorare, i suoi sentimenti, che oscillavano tra l'ansia e lo spasso. Mrs Bennet e Kitty uscirono, e, appena rimasti soli, Mr Collins cominciò:

«Credete, cara Miss Elizabeth, che la vostra modestia, anziché nuocervi, accresce piuttosto le vostre altre perfezioni. Mi sareste piaciuta meno senza questa vostra riluttanza, ma permettetemi di accertarvi che mi sono assicurato l'autorizzazione della vostra rispettabile madre, prima di farvi la mia domanda. Anche se la vostra naturale delicatezza vi porta a dissimulare, non potete certo ignorare lo scopo del mio discorso; le mie attenzioni sono state troppo palesi per passare inosservate. Quasi appena entrato nella vostra casa, vi ho prescelto come la futura compagna della mia vita. Ma, prima di lasciarmi trasportare dai sentimenti, sarebbe forse preferibile che io esponessi le ragioni che ho per sposarmi, e, per di più, di venire, come ho fatto, nell'Hertfordshire allo scopo di scegliermi una moglie».

L'idea che il solenne Mr Collins potesse essere trasportato dai suoi sentimenti, fece quasi scoppiare a ridere Elizabeth, che non poté così approfittare di questa pausa per fermarlo; e quello proseguì:

«Le ragioni che ho per sposarmi sono: prima, che credo esser giusto per ogni ministro della Chiesa che si trovi in una buona posizione, come è il mio caso, di dare l'esempio alla parrocchia sposandosi; seconda, sono convinto che il matrimonio accrescerà notevolmente la mia felicità; terza, e avrei dovuto dire questa ragione per prima, che il matrimonio mi venne consigliato in modo particolare e raccomandato espressamente dalla nobilissima signora che ho l'onore di avere come protettrice. Già due volte, senza che neppure glielo avessi chiesto, essa condiscese a dirmi la sua opinione a questo proposito: e fu proprio sabato sera, prima che io lasciassi Hunsford, mentre facevamo la partita a quadriglia e Mrs Jenkinson metteva a posto lo sgabello di Miss de Bourgh, che mi disse: "Mr Collins, dovete sposarvi. Un pastore come voi deve sposarsi. Scegliete con cura, scegliete una gentildonna per riguardo *a me*, e *per voi* guardate che sia attiva, capace, non allevata con idee grandiose, ma che sappia far figura con un reddito modesto. Questo è il mio consiglio. Trovate una donna simile, appena potete conducetela a Hunsford e verrò a farle visita". Permettetemi a questo proposito di osservare, cara cugina, che non considero la benevolenza di Lady Catherine de Bourgh come uno dei minori vantaggi che sono in grado di offrirvi. Troverete i suoi modi superiori a tutto quello che io potrei dirvi di lei, e credo che apprezzerà molto il vostro spirito e la vostra vivacità; soprattutto se temperati dal silenzio e dal rispetto che il suo rango necessariamente impone. Questo per quanto riguarda le mie idee in genere a favore del matrimonio; mi rimane da spiegare perché mi sono rivolto a Longbourn piuttosto che cercare nei miei dintorni, dove non mancano, vi assicuro, signorine amabilissime. Ma il fatto è che, dovendo ereditare questa proprietà alla morte di vostro padre (possa egli tuttavia vivere ancora cent'anni!), non potevo decidermi a scegliere una moglie se non tra le sue figlie, onde la perdita che esse verranno a subire sia ridotta al minimo, quando il triste evento avrà luogo, cosa che, come ho già detto, speriamo non si avveri per molti anni ancora. Questo è stato il motivo, graziosa cugina, e mi lusingo che non mi abbasserà nella vostra stima. E ora non mi rimane altro che assicurarvi, con le più fervide espressioni, della violenza del mio affetto. Sono assolutamente indifferente alla ricchezza, e a tale proposito non rivolgerò a vostro padre nessuna richiesta, sapendo perfettamente che sarebbe inutile, e che quelle 1000 sterline al quattro per cento che avrete alla morte di vostra madre, sono il massimo che potete aspettarvi. Su questo punto perciò non farò mai parola e potete essere certa che, quando saremo sposati, non udrete mai da me rimproveri ingenerosi».

A questo punto era assolutamente necessario interromperlo.

«Come correte, Sir!», esclamò Elizabeth. «Dimenticate che non vi ho dato la mia risposta. Permettete che lo faccia senza indugio. Accogliete i miei ringraziamenti per l'onore che mi fate. Vi sono assai grata, ma non posso fare altro che rifiutare la vostra proposta.»

«Non è da ora soltanto», riprese Mr Collins, quasi scartando col gesto questa eventualità, «che conosco l'abitudine delle signorine di respingere la prima volta l'uomo che intendono accettare; e può anche accadere che il rifiuto sia ripetuto una seconda e una terza volta. Non sono quindi affatto scoraggiato dalle vostre parole e spero di condurvi all'altare quanto prima.»

«In fede mia, Sir», esclamò Elizabeth, «la vostra speranza è ben strana dopo la mia dichiarazione. Vi assicuro che non sono affatto di quelle signorine, se ve ne sono di tal genere, che hanno il coraggio di arrischiare la loro felicità nella speranza di essere chieste una seconda volta. Il mio rifiuto è assolutamente serio. Non potreste farmi felice e sono convinta di esser l'ultima donna che riuscirebbe a rendere felice voi. Sono persuasa che se la vostra amica, Lady Catherine de Bourgh, mi conoscesse, mi giudicherebbe anche lei completamente inadatta alla situazione.»

«Se fossi sicuro che Lady Catherine pensasse così...», disse Mr Collins con estrema gravità. «Ma non so immaginare che Sua Signoria possa disapprovarvi. E potete essere certa che, quando avrò l'onore di vederla ancora, parlerò nei termini più entusiasti della vostra modestia, della vostra economia e delle vostre amabili qualità.»

«No, davvero, Mr Collins. Non sarà proprio necessario fare le mie lodi. Permettete che mi giudichi da me, e vogliate farmi la cortesia di credere a quello che dico. Vi auguro di essere molto felice e molto ricco, e, rifiutando la vostra mano, faccio tutto quanto è in mio potere per impedirvi di diventare proprio il contrario. Facendomi questa offerta, avete appagato la vostra delicatezza nei riguardi della mia famiglia, e potrete a suo tempo entrare in possesso di Longbourn senza aver nulla da rimproverarvi. Perciò l'argomento può essere considerato definitivamente chiuso.» Così dicendo, si alzò per lasciare la camera, quando Mr Collins le rivolse ancora la parola:

«Quando avrò l'onore di intrattenervi la prossima volta su questo argomento, spero di ricevere una risposta più favorevole, anche se non voglio ora accusarvi di crudeltà, sapendo come sia un'inveterata abitudine del vostro sesso respingere un uomo alla sua prima richiesta, e forse voi stessa avete già detto anche troppo per incoraggiare i miei propositi, secondo tutta la delicatezza dell'animo femminile».

«Davvero, Mr Collins», esclamò Elizabeth accalorandosi, «mi stupite terribilmente. Se quanto vi ho detto può sembrarvi incoraggiante, non so proprio come esprimere il mio rifiuto perché siate veramente persuaso che è vero rifiuto.»

«Concedete, cara cugina, che mi lusinghi che il vostro rifiuto sia soltanto per la forma. Le mie ragioni di ritenere che sarò accettato, sono, in breve, queste: non mi sembra che la mia mano sia indegna di essere accolta da voi, o che il partito che io rappresento non sia più che desiderabile. La mia posizione sociale, le mie relazioni con la famiglia de Bourgh e la mia parentela con la vostra, sono tutte circostanze in mio favore; e dovreste prendere pure in considerazione il fatto che, nonostante le vostre molte attrattive, non è tanto facile che possiate ricevere un'altra domanda di matrimonio. La vostra dote è disgraziatamente così meschina da controbilanciare l'effetto della vostra bellezza e delle vostre qualità. Devo concludere dunque che il vostro rifiuto non è una cosa seria: penso che desideriate accrescere il mio amore tenendolo in sospeso, come usano fare le signorine eleganti.»

«Vi assicuro, Sir, che non pretendo affatto di possedere quel genere di eleganza che consiste nel tormentare una persona rispettabile. Preferirei che mi faceste la cortesia di ritenermi sincera. Vi ringrazio nuovamente per l'onore che mi fate con le vostre rinnovate proposte, ma mi è assolutamente impossibile accettarle. I miei sentimenti me lo vietano sotto ogni aspetto. Potrei esprimermi più chiaramente di così? Vi prego, non vogliate considerarmi come una donna elegante che si diverte a stuzzicarvi, ma come una creatura ragionevole che dice la verità dal profondo del cuore.»

«Siete sempre più affascinante», proruppe Collins con goffa galanteria, «e sono persuaso che quando la mia proposta sarà avallata dall'autorità di tutti e due i vostri eccellenti genitori, non mancherà di essere accettata.»

Elizabeth non diede più alcuna risposta a una così perseverante e voluta cecità e si ritirò immediatamente, determinata, se egli persisteva nel considerare il suo rifiuto come incoraggiamento, a rivolgersi a suo padre perché parlasse lui in modo decisivo, sperando che almeno il suo modo di fare non sarebbe stato interpretato come la civetteria di una signorina elegante.

Capitolo ventesimo

Mr Collins non fu lasciato a lungo in silente contemplazione del suo felice amore, perché Mrs Bennet, che si aggirava nel vestibolo in attesa della fine del colloquio, appena vide Elizabeth aprire la porta e passarle accanto rapidamente, diretta alle scale, entrò in camera da pranzo e si congratulò con se stessa e con lui nei termini più calorosi, per la felice prospettiva di una più stretta parentela.

Mr Collins accolse e ricambiò le felicitazioni con altrettanto entusiasmo, e riferì i particolari del colloquio, del cui risultato poteva dirsi soddisfatto, dato che il rifiuto avuto da sua cugina era da attribuirsi unicamente alla sua modestia e alla naturale ingenuità del suo carattere.

Questo particolare turbò non poco Mrs Bennet. Avrebbe voluto poter essere convinta che sua figlia, respingendo la domanda di Mr Collins, avesse inteso incoraggiarlo, ma non osava crederlo, e non poté fare a meno di dirlo.

«Ma fidatevi di noi, Mr Collins: Elizabeth sarà ricondotta alla ragione. Le parlerò subito. È una ragazza sciocca e caparbia che non conosce il tornaconto, ma glielo farò capire io.»

«Vogliate scusarmi se v'interrompo, Madam», esclamò Mr Collins, «ma se è realmente sciocca e caparbia, non so se sarebbe la moglie più adatta per un uomo nelle mie condizioni, che cerca naturalmente la felicità nel matrimonio. Se quindi essa si ostina a respingere la mia offerta, sarà meglio non costringerla ad accettarla, perché se il suo carattere ha questi difetti, non potrebbe contribuire certo alla mia felicità.»

«Non mi avete affatto compresa», disse Mrs Bennet allarmata: «Lizzy è ostinata soltanto quando si tratta di queste cose. Per tutto il resto, ha il miglior carattere del modo. Andrò immediatamente da Mr Bennet e metteremo subito a posto tutto, vedrete».

Non gli diede il tempo di rispondere, ma, affrettandosi alla ricerca del marito, gridò, aprendo la porta della biblioteca: «Oh, Bennet, abbiamo subito bisogno di te; siamo tutti in subbuglio. Devi venire, e costringere Lizzy a sposare Mr Collins, lei giura di non volerlo, e se non ti affretti, sarà lui a cambiare idea e a non volere più lei».

Mr Bennet, vedendola entrare, sollevò gli occhi dal suo libro e la fissò con una calma che non si alterò neppure davanti a una comunicazione simile.

«Non ho il piacere di comprenderti», disse quando la moglie tacque. «Di che cosa stai parlando?»

«Di Mr Collins e di Lizzy. Lizzy dichiara di non volere Mr Collins, e Mr Collins incomincia a dire che non vuole più Lizzy.»

«E che devo farci io? Mi sembra un caso senza rimedio.»

«Parla tu con Lizzy. Dille che è tuo fermo desiderio che essa lo sposi.»

«Chiamala; le dirò la mia opinione.»

Mrs Bennet suonò il campanello e fu ordinato a Miss Elizabeth di scendere nella biblioteca.

«Vieni avanti, bimba», esclamò suo padre appena la vide. «Ti ho chiamata per una cosa importante. Sento che Mr Collins ti ha chiesto in matrimonio. È vero?»

Elizabeth rispose affermativamente.

«Benissimo; e, dimmi, tu hai rifiutato l'offerta?»

«Sì.»

«Benissimo. Ora veniamo al punto. Tua madre insiste perché tu l'accetti. Non è così, Mrs Bennet?»

«Sì, o non vorrò vederla mai più.»

«Ti trovi di fronte a una triste alternativa, Lizzy. Da oggi diventerai una straniera per uno dei tuoi genitori. Tua madre non ti vorrà più vedere se non sposi Mr Collins, e io se tu lo sposi.»

Elizabeth non poté trattenere un sorriso a questa conclusione, ma Mrs Bennet che era rimasta presente al colloquio per convincersi che suo marito considerava la questione dal suo stesso punto di vista, rimase assai delusa.

«Che intendi dire, Bennet, parlando in questo modo? Mi avevi promesso che avresti insistito perché lo sposasse.»

«Mia cara», rispose suo marito; «vorrei chiederti due piccoli favori. Primo, che tu mi permetta di avere le mie opinioni, e secondo, che tu mi conceda l'uso della mia stanza. Ti sarò grato se potrò avere la biblioteca tutta per me, appena possibile.»

Ma neppure la delusione procuratale dal marito indusse Mrs Bennet a cedere. Continuò ad assillare Elizabeth, con le buone e con le cattive. Cercò di ottenere l'appoggio di Jane, ma Jane, con tutta la dolcezza possibile, rifiutò di intervenire; ed Elizabeth, ora sul serio, ora scherzando, rispondeva ai suoi attacchi. Ma la sua decisione non mutava, per quanto variasse il modo di esporla.

Intanto Mr Collins meditava in solitudine su quanto era accaduto. Aveva una troppo alta opinione di sé per poter comprendere le ragioni per cui sua cugina lo aveva rifiutato, e a parte il suo orgoglio ferito, non soffriva per altro motivo. Il suo affetto per Elizabeth era del tutto immaginario, e la sola possibilità che si potessero attribuire al carattere di lei i difetti rilevati dalla madre, gli impediva di provare il più piccolo rimpianto.

Mentre la famiglia si trovava in questa confusione, arrivò Charlotte Lucas per trascorrere la giornata con loro. Fu accolta nel vestibolo da Lydia che, abbracciandola, le mormorò in un soffio:

«Sono felice che tu sia venuta, perché qui sta succedendo una vera festa. Non t'immagini mai cosa sia accaduto stamani! Mr Collins si è dichiarato a Lizzy, ma lei non lo vuole».

Charlotte non fece a tempo a rispondere, perché furono raggiunte da Kitty, la quale ripeté la notizia; e appena entrati in sala da pranzo, dove Mrs Bennet era sola, anche lei riprese l'argomento, facendosi compiangere da Miss Lucas e inducendola a persuadere la sua amica Lizzy ad accontentare i desideri di tutta la famiglia. «Fatelo per me, vi prego, Miss Lucas», aggiunse in tono dolente, «perché nessuno è dalla mia parte, nessuno mi comprende, nessuno mi appoggia. Mi trattano proprio male, non c'è alcuno che abbia pietà dei miei poveri nervi.»

L'entrata di Jane e di Elizabeth, evitò a Charlotte ogni risposta.

«Eccola che viene», continuò Mrs Bennet, «con l'aria più indifferente del mondo e senza un pensiero per noi, pur di fare quello che più le piace. Ma ti dico, Lizzy, se ti metti in testa di rifiutare a questo modo ogni offerta di matrimonio, non troverai mai marito, e non so davvero chi ti manterrà quando sarà morto tuo padre. Io no davvero, non sarò certo in grado. Ti avviso a tempo. Fra te e me, da oggi è finita. Ti ho già detto in biblioteca che non ti avrei più parlato, e vedrai se mantengo la mia parola. Non mi piace parlare con dei figli disobbedienti. Non che mi faccia piacere parlare con alcuno. Chi, come me, soffre di nervi, non è portato a discorrere. Nessuno sa quanto soffro! Ma è sempre così. Chi non si lamenta, non è mai compatito.»

Le figlie ascoltarono in silenzio lo sfogo, ben sapendo che ogni tentativo di placarla non avrebbe fatto che accrescere la sua irritazione. Poté così continuare a parlare senza interruzioni, fino a quando furono raggiunte da Mr Collins che entrò con aspetto più imponente del solito. Nel vederlo, Mrs Bennet disse alle ragazze:

«E ora, vi prego, tacete tutte e lasciate che Mr Collins ed io possiamo parlare indisturbati».

Elizabeth uscì in silenzio dalla stanza; Jane e Kitty la seguirono, ma Lydia non abbandonò il terreno, determinata a sentire tutto quello che poteva, mentre Charlotte, trattenuta dapprima dalla cortesia di Mr Collins che si informò minutamente di lei e della sua famiglia, e poi da una certa curiosità, si avvicinò alla finestra per non aver l'aria di ascoltare. Con voce dolente, Mrs Bennet incominciò la conversazione:

«Oh, Mr Collins!».

«Cara signora», egli rispose, «non tocchiamo più quell'argomento. Lungi da me», continuò con voce che mostrava chiaramente il suo dispetto, «l'essere offeso dalla condotta di vostra figlia. È per tutti un dovere rassegnarsi ai mali inevitabili ed è particolare dovere per chi, come me, fu così fortunato in altro campo; si tranquillizzi, sono proprio rassegnato. Forse lo sono anche maggiormente per il dubbio sorto in me che se la mia graziosa cugina mi avesse onorato della sua mano, forse non avrei raggiunto con lei la sperata felicità. Ho spesso osservato che la rassegnazione non è mai così perfetta, come quando la fortuna intravista perde qualcosa del suo valore ai nostri occhi. Spero che non vorrete perciò considerare come mancanza di rispetto verso la vostra famiglia, cara signora, se ritiro le mie pretese alla mano della vostra figliola, senza chiedere né a voi né a Mr Bennet l'onore di interporre la vostra autorità in mio favore. Forse potrete biasimarmi per aver io accettato il rifiuto dalle labbra di vostra figlia, invece che da voi. Ma tutti siamo soggetti all'errore. Il mio scopo era di assicurarmi un'amabile compagna considerando anche il vantaggio per tutta la vostra famiglia, e se il mio modo di fare è stato reprensibile in qualcosa, vi prego caldamente di scusarmi.»

Capitolo ventunesimo

La discussione sulla proposta di Mr Collins era ormai quasi esaurita; Elizabeth doveva sopportare soltanto le inevitabili conseguenze e, ogni tanto, le stizzose osservazioni di sua madre. Quanto a Mr Collins, non esternava i suoi sentimenti con un contegno imbarazzato o avvilito, o cercando di evitare Elizabeth, ma con un fare rigido e un silenzio risentito. Non le parlava quasi e, per il resto della giornata, le sue attenzioni furono trasferite a Miss Lucas, la cui gentilezza nell'ascoltarlo fu un vero sollievo per tutti; specialmente per la sua amica.

Il mattino seguente non portò alcun miglioramento né al malumore, né al malessere di Mrs Bennet; e anche Mr Collins perdurava nel suo contegno di uomo ferito nell'orgoglio.

Elizabeth aveva sperato che il dispetto avrebbe abbreviato la sua visita, ma i piani di lui non subirono alcuna modifica. Aveva stabilito di rimanere fino al sabato successivo, e fino a sabato era deciso a restare.

Dopo colazione le ragazze andarono a Meryton per informarsi se Mr Wickham era tornato, e per esprimergli il rimpianto per la sua assenza al ballo di Netherfield. Egli le raggiunse proprio mentre entravano in città, e le accompagnò dalla zia, dove si poté a lungo discorrere del suo disappunto, del suo dispiacere, e dell'interessamento di tutti. Con Elizabeth, però, convenne di essersi imposto volontariamente di non intervenire alla festa.

«Ho pensato», disse, «che era meglio non incontrarmi con Mr Darcy; essere insieme nella stessa stanza, nella stessa compagnia per tante ore, era più di quanto avrei potuto sopportare; potevano sorgere degli incidenti sgradevoli e non soltanto per me.»

Elizabeth approvò pienamente la sua prudenza: ebbero tutto il tempo di discutere a lungo la cosa e di scambiarsi l'espressione della loro reciproca simpatia, perché Wickham e un altro ufficiale le accompagnarono fino a Longbourn, e durante tutta la strada egli rimase sempre con lei. Cosa dalla quale derivò un doppio vantaggio: ella ebbe modo di apprezzare tutta la gentilezza del giovane e poté poi presentarlo a suo padre e a sua madre.

Erano appena rientrati, quando fu recapitata una lettera per Miss Bennet: veniva da Netherfield e fu aperta immediatamente. La busta conteneva un elegante foglietto dalla slanciata calligrafia femminile, ed Elizabeth si accorse che l'espressione di sua sorella si alterava nel leggerlo; osservò pure che si soffermava attentamente su alcuni periodi. Jane si ricompose però subito e, mettendo via la lettera, cercò con l'usata serenità di prender parte alla conversazione generale; ma Elizabeth si sentiva così inquieta da non riuscire a occuparsi nemmeno di Wickham. Infatti appena i due amici presero congedo, un'occhiata di Jane la invitò a seguirla di sopra. Quando furono nella loro stanza, Jane, tirando fuori la lettera, disse: «È di Caroline Bingley: sono molto sorpresa di quanto mi annuncia. A quest'ora hanno già lasciato tutti Netherfield, e sono diretti in città, senza nessuna intenzione di ritornare. Senti che cosa dice».

Lesse quindi ad alta voce il primo periodo con la notizia che avevano deciso di seguire immediatamente loro fratello in città, così che quella sera stessa avrebbero pranzato in Grosvenor Street, dove Mr Hurst aveva una casa. Il secondo diceva così:

Non pretendo rimpiangere nulla di quanto lascio nell'Hertfordshire, tranne la sua compagnia, cara amica, ma speriamo in avvenire di godere di altri periodi come quello trascorso; per ora inganneremo il dispiacere con una frequente e intima corrispondenza; sono sicura di poter contare su di te.

Elizabeth ascoltava con diffidenza questo stile fiorito, ma, per quanto sorpresa di quella partenza improvvisa, non vedeva in essa nulla di preoccupante, perché la loro assenza da Netherfield non avrebbe impedito a Bingley di tornarvi, e, quanto alla perdita della loro compagnia, era convinta che potesse essere largamente compensata da quella di lui.

«È un peccato», disse dopo una pausa, «che tu non abbia potuto salutare le tue amiche prima che lasciassero la campagna. Ma perché non sperare che i felici giorni ai quali allude Miss Bingley, possano giungere prima di quanto ci si aspetti, e che quella deliziosa intimità che avete goduto come amiche, si rinnovi con più soddisfazione come cognate? Non saranno loro a trattenere Mr Bingley a Londra.»

«Caroline afferma chiaramente che nessuno tornerà nell'Hertfordshire per l'inverno. Ora ti leggo:

Quando ieri nostro fratello ci lasciò, credeva che gli affari che lo avevano condotto a Londra potessero concludersi in tre o quattro giorni; ma siamo convinte che ciò non sia possibile e, nello stesso tempo, sapendo che quando Charles è in città non ha tanta fretta di andarsene, abbiamo deciso di raggiungerlo perché non sia costretto, nelle sue ore libere, a stare in albergo. Parecchie delle mie amiche sono già tornate a Londra per l'inverno, e vorrei che anche tu, carissima, potessi essere del numero, ma non ci conto. Mi auguro sinceramente che il vostro Natale nell'Hertfordshire abbondi di tutta l'allegria propria di tali ricorrenze, e che i tuoi adoratori siano così numerosi da impedirti di sentire la mancanza dei tre di cui ti abbiamo privato».

«È dunque evidente», aggiunse Jane, «che lui non tornerà per quest'inverno.»

«È soltanto evidente che Miss Bingley non vuole che torni.»

«Perché pensi così? Dipende tutto da lui. È libero. Ma non sai ancora tutto; ti leggerò il periodo che mi ha fatto più male. Non ti voglio nascondere nulla:

Mr Darcy è impaziente di rivedere sua sorella, e a dire il vero anche noi non siamo meno desiderose di incontrarla. Non credo che Georgiana Darcy abbia chi la eguagli per bellezza, eleganza e compitezza, e l'affetto che ispira a Louisa e a me è rafforzato dalla speranza che possa diventare un giorno nostra cognata. Non so se ti ho mai accennato ai miei sentimenti al riguardo, ma non posso lasciare la campagna senza confidarteli, sicura che non li troverai irragionevoli. Mio fratello l'ammira già molto; avrà ora frequenti occasioni di vederla nella più grande familiarità, i parenti di tutti e due desiderano la cosa, e, se il mio affetto non mi acceca, credo Charles capace di conquistare qualsiasi cuore femminile. Con tante circostanze favorevoli, e nulla che possa contrariare questo affetto, sono forse in errore, diletta Jane, nel coltivare la speranza che si realizzi un evento che renderà felici tante persone?».

«Che ne pensi, Lizzy?», disse appena finito di leggere. «Non è abbastanza chiaro? Non dice esplicitamente che Caroline né si aspetta, né desidera che io diventi sua cognata; che è perfettamente convinta dell'indifferenza di suo fratello a mio riguardo, e che, sospettando la natura del mio sentimento per lui, cerca (con grande bontà) di mettermi in guardia? Si può avere un'altra opinione in proposito?»

«Sì, certo, perché la mia è totalmente diversa. Vuoi sentirla?»

«Ben volentieri.»

«Te la dico in poche parole. Miss Bingley sa che suo fratello è innamorato di te; mentre lei desidera che sposi Miss Darcy. Lo segue in città con la speranza di trattenerlo lì e cerca di persuaderti che lui non si cura di te.»

Jane scosse il capo.

«Jane, dovresti credermi. Nessuno di quelli che vi hanno visti insieme può dubitare del suo affetto. Neppure Miss Bingley stessa. Non è così ingenua. Se avesse potuto scoprire che Mr Darcy nutriva verso di lei soltanto la metà di quell'affetto che suo fratello nutre per te, avrebbe già ordinato il corredo. Ma la verità è questa. Non siamo né abbastanza ricche né abbastanza altolocate per loro; e lei è tanto più ansiosa di unire Miss Darcy a suo fratello, in quanto spera che un primo matrimonio possa provocarne più facilmente un secondo, idea che mi sembra abbastanza ingegnosa, e la cosa potrebbe anche andare, se non ci fosse di mezzo Miss de Bourgh. Ma, cara la mia Jane, tu non vorrai credere davvero che, perché Miss Bingley ti racconta che suo fratello ammira Miss Darcy, egli sia per questo meno sensibile alle tue qualità di quando ti lasciò martedì scorso, o che lei abbia il potere di persuaderlo di essere profondamente innamorato della sua amica, invece che di te.»

«Se avessimo la stessa opinione su Miss Bingley», rispose Jane, «il tuo modo di vedere la cosa mi conforterebbe molto. Ma io so che il tuo giudizio è ingiusto. Caroline è incapace di ingannare volontariamente qualcuno; e il massimo che io possa sperare, in questo caso, è che lei stessa si sbagli in perfetta buonafede.»

«Benissimo. Non avresti potuto avere un'idea migliore, visto che non vuoi consolarti con la mia. Pensa pure che si inganna, così avrai fatto il tuo dovere verso di lei e non ti cruccerai oltre.»

«Ma, Lizzy mia, potrei essere felice, anche supponendo che tutto andasse per il meglio, accettando un uomo, le sorelle e gli amici del quale desiderano che sposi un'altra?»

«Questo sta a te deciderlo», disse Elizabeth «e se, dopo matura riflessione, trovi che il dolore di scontentare le sue sorelle è superiore alla felicità di essere sua moglie, ti consiglio senz'altro di rifiutarlo.»

«Come puoi dire una cosa simile?», disse Jane con un pallido sorriso. «Sai benissimo che, per quanto addolorata dalla loro disapprovazione, non potrei esitare.»

«Né io pensavo che lo avresti fatto, ed è per questo che posso considerare la tua situazione senza troppo compiangerti.»

«Ma se non torna quest'inverno non avrò da pormi davvero nessuna alternativa. Quante cose possono accadere in sei mesi!»

Ma Elizabeth non volle prendere in considerazione l'idea che egli non tornasse. Le pareva che questa ipotesi fosse soltanto l'espressione dei desideri di Caroline, e non poteva supporre neppure per un attimo che questi desideri, manifestati in modo aperto o subdolo, potessero influenzare un uomo come Bingley che non dipendeva da nessuno.

Cercò di infondere nella sorella la propria fiducia, ed ebbe ben presto la gioia di constatare che vi era riuscita. Jane non era di carattere pessimista e si lasciò gradatamente indurre a sperare, anche se il timore ispirato dall'affetto vinceva talvolta la certezza che Bingley sarebbe tornato a Netherfield per appagare tutte le speranze del suo cuore.

Furono d'accordo nel convenire che avrebbero annunciato a Mrs Bennet soltanto la partenza della famiglia, senza allarmarla a proposito della condotta di Bingley; ma quella parziale notizia bastò a preoccuparla, e si lamentò sulla disgraziata circostanza che faceva partire le signore di Netherfield proprio quando stavano per stringere una così bella intimità con loro. Dopo essersi rammaricata diffusamente, si consolò tuttavia pensando che Mr Bingley sarebbe presto tornato in campagna e avrebbe pranzato a Longbourn; e concluse con la confortante dichiarazione che, anche se era invitato a un semplice desinare di famiglia, avrebbe avuto cura lei di fargli servire un pranzo coi fiocchi.

Capitolo ventiduesimo

I Bennet furono invitati a pranzo dai Lucas, e per gran parte della giornata, Miss Lucas si prestò ancora cortesemente a dar retta a Mr Collins. Elizabeth alla prima occasione cercò il modo di ringraziarla. «È tutto merito tuo se è di buon umore», disse, «e non ti so dire quanto te ne sia grata.» Charlotte assicurò la sua amica che era molto contenta di poterle essere utile e che questo bastava a compensarla del tempo sacrificato. Era molto gentile da parte sua, ma la bontà di Charlotte andava più in là di quanto non potesse supporre la stessa Elizabeth; tendeva, nientemeno, a impedire ogni ripresa delle attenzioni di Mr Collins per la sua amica, accaparrandole invece per sé. Questo era il piano di Miss Lucas, e le cose si mettevano così bene, che, quella sera, quando si separano, si sarebbe sentita sicura del successo, se lui non avesse dovuto lasciare l'Hertfordshire così presto. Ma aveva sottovalutato l'infiammabilità ed il carattere indipendente di Mr Collins che lo indussero, all'indomani, a svignarsela con ammirevole destrezza da Longbourn House e ad affrettarsi a Lucas Lodge, per gettarsi ai piedi di lei. Era ansioso di evitare le cugine, convinto che, se lo avessero visto partire, avrebbero indubbiamente compreso le sue intenzioni. Egli invece non le voleva rendere note fino a quando fossero coronate dal successo, perché, pur sentendosi a ragione quasi sicuro, dato che Charlotte era stata abbastanza incoraggiante, era diventato un po' diffidente, dopo l'avventura del mercoledì. Invece fu ricevuto nel modo più lusinghiero. Miss Lucas lo vide giungere da una finestra del piano superiore e si affrettò a scendere per incontrarlo, come a caso, nel viale;

però non avrebbe mai osato sperare che tanto amore e tanta eloquenza fossero lì ad attenderla.

Nel più breve tempo possibile, concesso dai lunghi sproloqui di Mr Collins, combinarono ogni cosa con soddisfazione reciproca; ed entrando in casa, egli la pregò ardentemente di fissare il giorno nel quale lo avrebbe reso il più felice degli uomini; ma quantunque per il momento Miss Lucas dovesse esimersi dal dare una risposta a questa domanda, si capiva che non aveva nessuna intenzione di prendere alla leggera il suo amore. La stupidità di cui natura gli era stata prodiga, privava Mr Collins di ogni seduzione che potesse rendere accetta la sua corte, e Miss Lucas, che lo sposava soltanto per il puro e disinteressato desiderio di accasarsi, non aveva nessuna voglia di prolungare questo periodo preferendo concludere presto il matrimonio.

Il consenso di Sir William e di Lady Lucas fu subito richiesto e concesso con lieta premura. La posizione di Mr Collins lo rendeva un ottimo partito per la loro figliola, alla quale non potevano dare che una dote modesta, e le sue prospettive di ricchezza e di carriera erano notevoli. Lady Lucas, con un interesse mai prima dimostrato, cominciò subito a calcolare quanti anni ancora poteva vivere Mr Bennet, e Sir William espresse la ferma opinione che, quando Mr Collins fosse entrato in possesso della tenuta di Longbourn, sarebbe stato veramente il caso che tanto lui come sua moglie fossero presentati a Corte. Insomma tutta la famiglia era esultante. Le sorelle minori accarezzavano la speranza di andare in società uno o due anni prima del previsto, e i fratelli furono sollevati dall'incubo che Charlotte morisse zitella. L'unica che si mantenne calma e serena era Charlotte: aveva raggiunto il suo scopo e ora poteva rifletterci sopra tranquillamente. Le sue conclusioni furono piuttosto soddisfacenti. Mr Collins non era evidentemente né intelligente né simpatico, la sua compagnia era noiosa e il suo affetto per lei puramente immaginario. Ma sarebbe stato suo marito. Senza avere un concetto troppo elevato né degli uomini né del matrimonio, Charlotte aveva sempre avuto l'intenzione di sposarsi; era l'unica soluzione per una ragazza ben educata ma non troppo ricca, e quantunque non fosse del tutto certa di raggiungere la felicità, era questo l'unico mezzo per mettersi al riparo dal bisogno. Aveva raggiunto il suo scopo, e, a ventisette anni senza essere mai stata bella, poteva considerarsi fortunata. L'unica circostanza spiacevole era la sorpresa che avrebbe provato Elizabeth Bennet, la cui amicizia ella valutava più di ogni altra. Elizabeth sarebbe rimsta sorpresa e forse l'avrebbe biasimata, e per quanto questo non fosse sufficiente a smuoverla dai suoi propositi, Charlotte soffriva nel suo intimo di questa disapprovazione.

Risolse quindi di informarla lei stessa, e chiese a Mr Collins che, tornando a Longbourn per il pranzo, non alludesse a quanto era avvenuto con nessuno della famiglia. Il segreto fu debitamente promesso, ma non fu facile mantenerlo, perché la curiosità suscitata dalla sua lunga assenza esplose in domande così esplicite al ritorno, che gli occorse non poca abilità per sventarle, tanto più che tacere rappresentava per lui un vero sacrificio, impaziente com'era di proclamare il suo amore fortunato.

Siccome l'indomani sarebbe partito troppo presto per poter salutare la famiglia, la cerimonia del congedo ebbe luogo quando le signore si ritirarono per la notte; e Mr Bennet con estrema cortesia e cordialità disse che sarebbero stati contenti di rivederlo a Longbourn appena i suoi altri impegni glielo avessero concesso.

«Cara signora», rispose, «il vostro invito mi è tanto più gradito proprio perché speravo di riceverlo e potete essere certi che ne approfitterò appena mi sarà possibile.»

Rimasero tutti sorpresi, e Mr Bennet, che non desiderava affatto un così sollecito ritorno, disse immediatamente:

«Ma non vi è pericolo che Lady Catherine vi disapprovi, Sir? È meglio trascurare i parenti anziché correre il rischio di offendere la vostra protettrice».

«Vi sono particolarmente grato per il vostro amichevole consiglio, e potete esser certo che non farei mai un passo simile senza il consenso di Sua Signoria.»

«Non potrete essere mai abbastanza cauto. Rischiate qualunque cosa, ma non la sua disapprovazione, e se credete possibile che le dispiaccia che ritorniate da noi, cosa che mi sembra assai probabile, restate tranquillamente a casa vostra e siate sicuro che non ci offenderemo.»

«Credete, caro signore, nella mia estrema gratitudine per questa vostra affettuosa premura, e non dubitate che riceverete presto una mia lettera per ringraziarvi di questo come di ogni altro segno di stima da me ricevuto durante il mio soggiorno nell'Hertfordshire. Quanto alle mie belle cugine, anche se la mia assenza non sarà così lunga da renderlo necessario, mi prenderò la libertà di augurare loro salute e felicità, non eccettuata mia cugina Elizabeth.»

Dopo i convenevoli di circostanza, le signore si ritirarono, tutte sorprese che egli meditasse un così prossimo ritorno. Mrs Bennet sperava che fosse per dedicarsi a una delle figlie minori e che Mary si sentisse disposta ad accettarlo: aveva del talento di Mary un concetto assai superiore a quello che ne avevano gli altri; era impressionata dalla solidità dei suoi ragionamenti e benché non credesse Mr Collins intelligente come lei, pensava che, se incoraggiato a leggere e a coltivarsi dal suo esempio, avrebbe potuto diventare un compagno assai gradevole. Ma il mattino seguente anche questa speranza doveva svanire. Miss Lucas venne a trovarle, subito dopo colazione, e raccontò prontamente a Elizabeth quanto era accaduto il giorno precedente.

Elizabeth negli ultimi due giorni aveva subodorato che Mr Collins potesse credersi innamorato della sua amica, ma l'idea che Charlotte lo incoraggiasse, le sarebbe parsa impossibile come se l'avessero attribuita a lei stessa e rimase quindi talmente sorpresa da dimenticare ogni convenienza al punto di esclamare:

«Fidanzata a Mr Collins! Charlotte cara, è impossibile!».

Il fare sicuro che Charlotte si era imposta per raccontare la sua storia cedette a un momentaneo smarrimento nel ricevere un rimprovero così diretto, ma si riprese ben presto, e rispose calma:

«Perché ti sorprende tanto, cara Elizabeth? Ti sembra impossibile che, perché non ha avuto la fortuna di ottenere il tuo, Mr Collins possa ottenere il consenso di un'altra donna?».

Ma Elizabeth, che con uno sforzo di volontà era riuscita a dominarsi, fu in grado di affermare con bastante naturalezza che era lietissima all'idea di diventare parenti, e che le augurava tutta la felicità.

«Immagino quello che provi», rispose Charlotte. «Devi essere sorpresa, molto sorpresa, dato che Mr Collins così recentemente desiderava sposare te. Ma quando rifletterai meglio sulla cosa, spero troverai che ho fatto bene. Tu sai che non sono romantica, né lo sono mai stata. Tutto quello che desidero è una casa comoda e bella e, dato il carattere di Mr Collins, la sua parentela e la sua posizione sociale, sono convinta che la probabilità che ho di essere felice con lui, è all'incirca quella che chiunque può sperare nel contrarre il matrimonio.»

Elizabeth non seppe rispondere che: «Indubbiamente», e dopo una pausa penosa per entrambe, raggiunsero il resto della famiglia. Charlotte non si trattenne a lungo, ed Elizabeth poté riflettere bene su quanto aveva sentito. Ci volle del tempo prima che potesse assuefarsi all'idea di un matrimonio così poco assortito. La stranezza di Mr Collins che in meno di tre giorni aveva fatto due diverse domande di matrimonio, scompariva di fronte al fatto che qualcuno poteva avere accettato. Elizabeth non ignorava che Charlotte aveva del matrimonio un concetto ben diverso dal suo, ma non si sarebbe mai immaginata che, messa alla prova, avrebbe potuto sacrificare ogni sentimento migliore al benessere materiale. Charlotte moglie di Mr Collins! Le sembrava una cosa troppo umiliante! E alla delusione di vedere un'amica abbassarsi e scadere nella sua stima, si univa la triste convinzione che sarebbe stato impossibile per quella stessa amica essere neppure passabilmente felice nel destino che si era scelto.

Capitolo ventitreesimo

Elizabeth era seduta con la madre e le sorelle, riflettendo su quello che aveva saputo e chiedendosi se fosse autorizzata a farne partecipe i famigliari, quando comparve Sir William in persona, mandato dalla figlia ad annunciare ai signori Bennet il suo fidanzamento con Mr Collins.

Dopo molti complimenti e dopo avere esternata la propria compiacenza per la prospettiva di questo nuovo legame tra le due case, costui diede la notizia a un uditorio non soltanto stupefatto, ma incredulo. Infatti Mr Bennet, con più petulanza che cortesia, insisteva nel dire che doveva esserci certamente un errore e Lydia, sempre impulsiva e spesso sgarbata, esclamò impetuosamente:

«Buon Dio! Sir William, che cosa andate dicendo? Non sapete che Mr Collins vuole sposare Lizzy?».

Occorreva tutta la condiscenza e la diplomazia di un uomo avvezzo alla Corte, per sopportare senza alterarsi un'accoglienza simile; per fortuna l'educazione di Sir William lo assistette in tale circostanza e, pur chiedendo il permesso di affermare che quanto diceva era vero, sopportò tutte le loro impertinenze con la più paziente gentilezza.

Elizabeth, comprendendo che toccava a lei toglierlo da una situazione così spiacevole, si fece avanti per confermare la sua asserzione, raccontando come ne avesse avuto poco prima la notizia da Charlotte stessa, e cercando di porre fine alle esclamazioni di sua madre e delle sorelle esprimendo tutte le sue congratulazioni a Sir William, imitata subito da Jane. Si fece premura anche di aggiungere alcune frasi gentili sulla felicità che ci si poteva aspettare da questa unione, sull'ottimo carattere di Mr Collins, e la comoda vicinanza di Hunsford a Londra.

Mrs Bennet, troppo sopraffatta per parlare finché Sir William fu presente, appena furono soli diede libero sfogo ai suoi sentimenti. Anzitutto persistette nel dubitare della cosa; in secondo luogo era sicura che Mr Collins era stato accalappiato; terzo, sperava che non sarebbero mai stati felici insieme, e quarto, che il fidanzamento si sarebbe rotto. Ad ogni modo da tutto questo si potevano dedurre due cose: una, che la causa di tutti quei guai era Elizabeth, e due, che lei stessa e i suoi poveri nervi erano stati trattati in barbaro modo da tutti loro; e per il resto della giornata non fece che ribattere questi punti. Nulla serviva a consolarla o a placarla. Né il suo risentimento durò per quel giorno soltanto. Ci volle una intera settimana prima che potesse vedere Elizabeth senza sgridarla; un mese, prima che riuscisse a parlare con Sir William e Lady Lucas senza essere scortese; e dovettero passare molti mesi, prima che potesse perdonare a Charlotte.

L'impressione di Mr Bennet a questo proposito fu molto più pacata, anzi espresse tutto il suo compiacimento, perché si rallegrava – disse – di scoprire che Charlotte Lucas, che egli credeva abbastanza intelligente, era invece sciocca come sua moglie e assai più di sua figlia!

Jane confessò di essere un po' stupita di quell'unione; ma espresse meno il suo stupore che non il desiderio di vederli felici; né Elizabeth riuscì a persuaderla che la cosa era molto improbabile. Kitty e Lydia erano ben lontane dall'invidiare Miss Lucas, visto che Mr Collins era soltanto un uomo di Chiesa, e non apprezzarono il fatto altro che come notizia da diffondere a Meryton.

Lady Lucas, che trionfava di fronte a Mrs Bennet avendo avuto lei per prima la fortuna di accasare bene una figlia, veniva a Longbourn più spesso del solito per parlare della propria felicità, anche se gli acidi sorrisi e le osservazioni maligne di Mrs Bennet sembravano fatte apposta per dissipare ogni sua idea di contentezza.

Una specie di ritegno si formò invece tra Elizabeth e Charlotte che faceva evitare a tutte e due quell'argomento: Elizabeth era persuasa che tra loro non ci sarebbe mai più stata l'antica confidenza. La delusione provata a proposito di Charlotte l'avvicinò con accresciuta tenerezza a sua sorella, certa che la sua fiducia nella delicatezza e nella rettitudine di lei non sarebbero mai venute meno, mentre invece cominciava a impensierirsi ogni giorno di più per la sua felicità dal momento che Bingley era già partito da una settimana e non si sentiva ancora parlare del suo ritorno.

Jane aveva risposto subito alla lettera di Caroline e contava i giorni in attesa di potere avere qualche notizia. La lettera di ringraziamento promessa da Mr Collins arrivò martedì, indirizzata a loro padre e scritta con tutta la solenne gratitudine che avrebbe potuto ispirare il soggiorno di un anno intero nella loro casa: sollevata la sua coscienza a questo proposito, continuava informandoli con espressioni entusiaste della sua felicità nell'aver ottenuto l'affetto della loro amabile vicina Miss Lucas, e spiegando poi che era stato appunto in vista di poter godere della compagnia di lei, che aveva così prontamente accettato il loro cortese desiderio di vederlo di nuovo a Longbourn, dove sperava poter tornare martedì a quindici, perché Lady Catherine, aggiungeva, approvava così cordialmente questo matrimonio da desiderare che avesse luogo al più presto, argomento che confidava sarebbe stato decisivo per indurre la sua amabile Charlotte a scegliere un giorno molto vicino per far di lui il più felice degli uomini.

Per Mrs Bennet, il ritorno di Mr Collins non era più un motivo di compiacimento. Al contrario ne era seccata almeno quanto suo marito. Era assai strano che venisse a Longbourn invece che a Lucas Lodge; e poi era davvero inopportuno e noioso. Odiava avere degli ospiti quando stava così poco bene, e gli innamorati erano poi le persone più seccanti. Tali erano i blandi lamenti di Mrs Bennet, che cedevano il posto soltanto a una più viva inquietudine per la prolungata assenza di Mr Bingley.

Né Jane né Elizabeth erano più tranquille: i giorni passavano senza recare alcuna notizia tranne la voce, ben presto ricorrente a Meryton, che non sarebbe più tornato a Netherfield per tutto l'inverno; voce che irritò eccessivamente Mrs Bennet e che essa non mancava di smentire, come una scandalosa menzogna.

Perfino Elizabeth cominciò a temere, non che Bingley fosse indifferente, ma che le sue sorelle riuscissero a trattenerlo lontano da Netherfield. Per quanto fosse restia ad accogliere un'idea che avrebbe condannato irrimediabilmente le speranze di felicità di Jane e che era ingiuriosa per la costanza del suo innamorato, non poteva impedirsi di tornare spesso con la mente sopra l'argomento: temeva che gli sforzi riuniti delle due sorelle e del suo ultrapotente amico, aiutati dal fascino di Miss Darcy e dalle distrazioni londinesi, potessero essere più forti del suo affetto.

Jane, la cui ansia era naturalmente più acuta di quella di Elizabeth, cercava però di nasconderla, e lei ed Elizabeth non parlavano mai di quell'argomento. Non c'era però da aspettarsi delicatezza simile dalla madre, che non lasciava passare un'ora senza nominare Bingley mostrando grande impazienza per il suo ritorno, e sollecitando perfino Jane a confessare che, se lui non fosse tornato, avrebbe dovuto riconoscere di essere stata trattata proprio male. Ci voleva tutta la ferma dolcezza di Jane per sopportare questi attacchi con serenità.

Mr Collins ritornò puntualmente a Longbourn per la data fissata, ma senza trovarvi la stessa cordiale accoglienza che lo aveva salutato al suo primo arrivo. Tuttavia era troppo felice perché fosse necessario occuparsi molto di lui, e fortunatamente il dovere di corteggiare Charlotte, trattenendolo lontano, assolse tutti dal compito di perdere molto tempo a tenergli compagnia. Passava quasi tutto il giorno a Lucas Lodge, e spesso tornava a Longbourn solo per fare in tempo a scusarsi della propria assenza prima che la famiglia andasse a dormire. Mrs Bennet era veramente in uno stato pietoso. La minima allusione al fidanzamento la gettava in un abisso di malumore, e da qualunque parte andasse non sentiva parlare d'altro. La vista di Miss Lucas le era diventata odiosa. Pensando che un giorno sarebbe succeduta a lei come padrona nella sua casa, la guardava con geloso odio. Se Charlotte veniva a trovarli, si immaginava che lo facesse quasi per anticipare l'ora del possesso, e se parlava a voce bassa con Mr Collins era convinta che parlassero della tenuta di Longbourn, pronti a cacciare di casa lei e le sue figlie, appena Mr Bennet fosse morto. Se ne lamentò amaramente col marito.

«È ben duro, mio caro Bennet», disse, «pensare che Charlotte Lucas sarà padrona di questa casa; sarò obbligata a cedergliela e dovrò vivere per vederla prendere il mio posto!»

«Mia cara, non abbandonarti a pensieri così tristi. Speriamo in qualcosa di meglio. Illudiamoci che possa essere io a sopravvivere!»

L'idea non era molto consolante per Mrs Bennet, la quale, invece di rispondere, continuò sullo stesso tono:

«Non posso sopportare il pensiero che debbano avere tutta questa proprietà. Se non fosse per l'eredità non me ne importerebbe tanto».

«Che cosa non t'importerebbe?»

«Non m'importerebbe di nulla.»

«Ringraziamo Dio che ti ha preservata da un tale stato di insensibilità.»

«Non posso ringraziare nessuno, riguardo l'eredità. Non so capire come si possa essere così privi di coscienza da permettere che la proprietà sia tolta alle figlie per cederla a un Mr Collins! Perché lui piuttosto di un altro?»

«Lascio a te il compito di indovinarlo», disse Mr Bennet.

Capitolo ventiquattresimo

La lettera di Miss Bingley giunse ponendo fine a ogni incertezza. Fin dalla prima frase, assicurava infatti che si erano ormai stabiliti a Londra per l'inverno, e concludeva col riferire tutto il rimpianto di suo fratello per non aver potuto salutare i suoi amici dell'Hertfordshire prima di lasciare la campagna.

Ogni speranza era dunque svanita, svanita per sempre; e quando Jane poté continuare la lettura, non trovò nulla che la confortasse se non le espressioni d'affetto della scrivente. Caroline non parlava quasi d'altro che di Miss Darcy, decantando tutte le sue qualità; raccontava felice la loro crescente intimità, confidando di poter predire il compimento dei desideri espressi nella sua ultima lettera. Ripeteva anche con grande piacere che suo fratello era ospite in casa Darcy, e accennava con entusiasmo ad alcuni progetti di quest'ultimo per rinnovare la mobilia.

Elizabeth, alla quale Jane comunicò ben presto i punti essenziali della lettera, ascoltò in silenzio, indignata. Il suo cuore era diviso tra il dolore che provava per sua sorella, e il risentimento verso tutti gli altri. Non credeva all'asserzione di Caroline che suo fratello ammirasse Miss Darcy. Non dubitava, più di quanto avesse mai dubitato, che egli fosse realmente innamorato di Jane, e per quanto avesse sempre avuto della simpatia per lui, non poteva pensare senza collera, quasi senza disprezzo, a quel suo carattere debole, a quella mancanza di volontà che lo rendevano schiavo dei suoi amici, fino a sacrificare la propria felicità ai loro capricci.

Comunque, se si fosse trattato della sua felicità soltanto, era padrone di comportarsi come meglio credeva; ma ne andava di mezzo anche sua sorella, e lui doveva ben saperlo.

Era un argomento su cui riflettere a lungo, anche se forse sarebbe risultato inutile. Non poteva pensare ad altro, ma, sia che l'affetto di Bingley si fosse già spento, o che fosse stato cancellato dall'influenza del suo amico; sia che si fosse accorto del sentimento di Jane, o che fosse sfuggito alla sua osservazione; qualunque di queste ipotesi fosse quella vera, anche se poteva servire a modificare il giudizio che Elizabeth si era fatta di lui, non poteva cambiare la situazione di sua sorella: la sua pace era ugualmente turbata.

Passarono due o tre giorni prima che Jane sentisse il coraggio di parlare dei suoi sentimenti con Elizabeth, ma finalmente, trovandosi sole, dopo una delle solite sfuriate di Mrs Bennet contro Netherfield e il suo proprietario, non poté trattenersi dal dire:

«Oh se la mia cara mamma potesse controllarsi un po' di più! Non può rendersi conto della pena che mi procura con i suoi continui commenti su di lui. Ma non voglio lagnarmi. Non può durare a lungo. Presto lo dimenticheremo e torneremo come eravamo prima di averlo conosciuto».

Elizabeth guardò sua sorella con affettuosa incredulità, ma non disse nulla.

«Tu ne dubiti», esclamò Jane arrossendo, «ma hai torto. Lo ricorderò sempre come l'amico più gentile che abbia mai avuto, ma nulla più. Non ho né speranze, né inquietudini, e nulla da rimproverargli. Grazie a Dio, almeno *quel dolore* mi è risparmiato. Ancora un po' di tempo... e cercherò di vincermi...»

Poi aggiunse con voce più sicura: «Almeno ho il conforto di pensare che è stato soltanto un errore da parte mia, e non ho fatto del male che a me stessa».

«Cara Jane», esclamò Elizabeth, «sei troppo buona: la tua dolcezza e il tuo disinteresse sono veramente angelici; non so cosa dirti. Mi pare di non avere saputo, prima d'ora, tutto quello che vali, né di averti voluto tutto il bene che meriti.»

Jane non volle riconoscere di essere alcunché di raro, e ricambiò le espressioni d'affetto di sua sorella.

«No», disse Elizabeth, «non è giusto. Tu pensi che tutti siano perfetti e ti dispiace se parlo male di qualcuno. Quando però desidero pensare *che tu* sei perfetta, ti metti contro di me. Non temere che io esageri, che io usurpi la tua dote di considerare tutti con benevolenza. Sono poche le persone che io amo per davvero e ancora meno quelle delle quali io penso bene. Più conosco il mondo, più ne sono disgustata; e ogni giorno conferma la mia convinzione dell'incoerenza del carattere umano, e della poca fiducia che possiamo riporre in tutto ciò che può apparire merito o intelligenza. Ne ho avuto ultimamente due prove: di una non parlo, l'altra è il matrimonio di Charlotte. È incredibile! Sotto ogni aspetto mi sembra sempre più inverosimile!»

«Cara Lizzy, non abbandonarti a queste idee che distruggerebbero la tua felicità. Non tieni conto abbastanza delle differenze di situazioni e di temperamento. Pensa alla rispettabilità di Mr Collins e al carattere fermo e prudente di Charlotte. Ricordati che fa parte di una famiglia numerosa, che non è ricca: per lei è un partito accettabilissimo, e cerca di credere, per amore di tutti e due, che possa provare per nostro cugino una certa stima e del rispetto.»

«Per farti piacere, vorrei tentare di credere qualunque cosa, ma non questa, perché se fossi persuasa che Charlotte lo apprezza, dovrei giudicare la sua intelligenza ancora peggio di come giudico il suo cuore. Cara Jane, Mr Collins è uno sciocco, pieno di sé, tronfio e di idee ristrette; lo sai quanto me, e anche tu, come me, devi sentire che la donna che lo sposa non dimostra un retto sentire. Non puoi difenderla, anche se si tratta di Charlotte Lucas. Non puoi, per amore di una persona, cambiare il significato stesso di un principio morale, né tentare di persuadere te e me che l'egoismo è prudenza e l'incoscienza del pericolo una garanzia di felicità.»

«Trovo che li giudichi tutti e due troppo severamente», rispose Jane, «e spero che ne sarai convinta quando li vedrai insieme, felici. Ma ora basta. Hai alluso a un altro fatto: hai parlato di *due* circostanze. Non posso fraintenderti, ma ti scongiuro, cara Lizzy, di non addolorarmi pensando che *quella persona* sia da biasimare e affermando che è scaduto nella tua stima. Non dobbiamo essere così pronte a credere di essere state offese volontariamente. Non ci si può aspettare che un giovane vivace, brillante, sia sempre guardingo e prudente. Spesso è soltanto la nostra vanità che ci illude. Le donne credono sempre che l'ammirazione significhi qualcosa di più di quello che è in realtà.»

«E gli uomini fanno di tutto per farcelo credere.»

«Se lo fanno con intenzione non hanno scuse; ma io non credo vi sia nel mondo tanta malizia come s'immagina.»

«Sono ben lontana dal voler attribuire alla condotta di Mr Bingley una premeditata malizia», disse Elizabeth, «ma, pur senza voler fare del male o senza voler rendere gli altri infelici, si può sbagliare e far soffrire. Bastano per questo la spensieratezza, l'incuria dei sentimenti altrui e la mancanza di volontà.»

«E lo incolpi di tutto ciò?»

«Sì, perlomeno. Ma, se continuo, ti addolorerò col dire quello che penso di persone che tu stimi. Fermami finché sei in tempo.»

«Insisti dunque nel supporre che le sue sorelle lo abbiano influenzato?»

«Sì, loro e il suo amico.»

«Non posso crederlo. Perché avrebbero cercato di farlo? Non possono desiderare che la sua felicità, e, se mi ama, nessun'altra donna può dargliela.»

«Il tuo ragionamento è sbagliato. Possono desiderare molte cose all'infuori della sua felicità: possono augurargli di accrescere la sua ricchezza e la sua posizione; possono aspirare a fargli sposare una ragazza che abbia tutti i vantaggi del denaro, di una parentela aristocratica, e della posizione sociale.»

«Non c'è dubbio che esse desiderano che sposi Miss Darcy», rispose Jane, «ma può essere per motivi più nobili di quelli che tu pensi. La conoscono da molto più tempo di quanto non conoscano me; è naturale che le siano più affezionate. Ma, quali che siano i loro desideri, è assai improbabile che abbiano ostacolato quelli del fratello. Quale sorella oserebbe farlo, a meno che vi siano delle ragioni veramente gravi? Se credessero che mi vuol bene, non cercherebbero di separarci, e, se lui me ne volesse veramente, non ci riuscirebbero. Ma tu, sentendoti sicura che questo affetto ci sia, pensi che tutti agiscano male e siano nel torto, e mi dai così un vero dispiacere. Non darmi questo dolore. Non mi vergogno di essermi sbagliata o, per lo meno, è una pena ben lieve, in confronto a quella che proverei se dovessi pensare male di lui o delle sue sorelle. Lascia che continui a vederli nella luce migliore, la luce nella quale devono essere visti.»

Elizabeth non poteva certo opporsi a questo desiderio, e da quella volta il nome di Mr Bingley non fu più pronunciato tra di loro. Mrs Bennet invece continuava a lamentarsi e a meravigliarsi che non tornasse, e benché non passasse giorno senza che Elizabeth cercasse di spiegargliene la ragione, sembrava poco probabile che arrivasse a capacitarsene. Elizabeth tentò allora di convincerla di quanto nemmeno lei stessa credeva, e che cioè le attenzioni di Bingley per Jane non fossero state che l'effetto di una simpatia passeggera, spentasi con la lontananza, ma, anche se al momento Mrs Bennet sembrava considerare plausibile questa spiegazione, la figlia era obbligata a ripeterle la stessa cosa ogni giorno. La più grande consolazione di Mrs Bennet era pensare che Mr Bingley sarebbe tornato per l'estate.

Mr Bennet vedeva la cosa da un punto di vista differente: «Dunque, Lizzy!», le disse un giorno, «sento che tua sorella soffre per un amore contrastato. Non ho che da congratularmi con lei. Dopo il matrimonio, quello che una ragazza preferisce è di essere, di quando in quando, infelice in amore. Le dà qualcosa a cui pensare e le conferisce una specie di aureola tra le amiche. Quando verrà la tua volta? Non vorrai lasciarti distanziare troppo da Jane. Adesso è il tuo momento. Ci sono a Meryton abbastanza ufficiali per deludere tutte le signorine dei dintorni. Wickham potrebbe fare al caso tuo. È un giovane seducente e potrebbe prendersi gioco di te con vero successo».

«Grazie, Sir, ma mi accontenterei anche di un uomo meno seducente. Non possiamo aspettarci tutte di avere la fortuna di Jane.»

«È vero», disse Mr Bennet, «ma c'è sempre la consolazione di pensare che, se ti accadesse qualcosa di simile, hai una madre affettuosa che ne saprebbe fare una tragedia.»

La compagnia di Mr Wickham servì a dissipare la malinconia in cui gli ultimi avvenimenti avevano gettato alcuni membri della famiglia di Longbourn. Lo vedevano spesso, e alle sue molte qualità aggiunse quella di una totale franchezza. Tutto quello che da principio Elizabeth sola aveva saputo, era ormai discusso apertamente: le sue aspettative deluse per colpa di Mr Darcy e quello che aveva sofferto per causa sua divennero di dominio pubblico, e ognuno si rallegrava nel constatare di aver sempre trovato odioso Mr Darcy, ancor prima di aver avuto sentore di questi fatti.

Miss Bennet era l'unica a supporre che vi fossero delle attenuanti, ignorate dalla società dell'Hertfordshire; il suo mite e sereno candore invocava indulgenza e suggeriva la possibilità di qualche errore. Ma tutti gli altri furono concordi nel condannare Mr Darcy come il peggiore degli uomini.

Capitolo venticinquesimo

Dopo una settimana passata in proteste d'amore e in progetti di felicità, giunse il sabato e Mr Collins dovette abbandonare la sua adorabile Charlotte. Tuttavia tanto dolore poteva essere mitigato, almeno per lui, dal doversi occupare dei preparativi per ricevere la sua sposa; avendo egli ragione di sperare che al suo prossimo ritorno nell'Hertfordshire, il giorno che lo avrebbe reso il più felice degli uomini sarebbe stato fissato per una data molto prossima. Si congedò dai suoi parenti di Longbourn con la consueta solennità, augurò ancora alle sue graziose cugine salute e felicità, e promise al padre un'altra forbita lettera di ringraziamento.

Il lunedì seguente Mrs Bennet ebbe il piacere di accogliere suo fratello con la moglie, che come al solito, venivano a passare il Natale a Longbourn. Mr Gardiner era un uomo intelligente e distinto, molto superiore alla sorella, sia per indole che per educazione. Le signore di Netherfield avrebbero stentato a credere che un uomo che viveva nel commercio, vicino ai propri magazzini, potesse essere così ben educato e simpatico. Mrs Gardiner, di parecchi anni più giovane di Mrs Bennet e di Mrs Philips, era una donna gentile e intelligente, molto elegante, ed era la prediletta delle sue nipoti di Longbourn. Specialmente le due maggiori, che erano state spesso da lei in città, avevano per la giovane zia un affetto particolare.

La prima cosa che fece Mrs Gardiner arrivando, fu di distribuire i suoi doni e descrivere le ultime novità della moda. Dopo di che la sua parte divenne passiva e fu il suo turno di ascoltare. Mrs Bennet aveva molti guai da raccontare e parecchie cose di cui lamentarsi. Avevano avuto tutti delle delusioni dall'ultima volta in cui aveva visto sua cognata. Due delle sue figliole erano state sul punto di sposarsi e poi non se ne era concluso nulla.

«Non biasimo Jane», continuò, «perché Jane avrebbe preso Mr Bingley, se avesse potuto! Ma Lizzy! cara cognata! è ben duro pensare che a quest'ora avrebbe potuto essere la signora Collins, e che non lo è per la sua cattiveria! La chiese proprio in questa camera, e lei lo rifiutò. La conseguenza è che Lady Lucas avrà, prima di me, una figlia sposata, e che la tenuta di Longbourn è più che mai destinata a Collins. I Lucas, cognata mia, sono furbi. Non vivono che per arraffare. Mi spiace parlare così di loro, ma è la verità. I miei poveri nervi ci vanno di mezzo a essere sempre contrariata nella mia stessa famiglia, e ad avere dei vicini che pensano a sé prima che agli altri. Meno male che il tuo arrivo, ora, è venuto a consolarmi, e sono proprio contenta di sentire quello che hai detto a proposito delle maniche lunghe.»

Mrs Gardiner, che, attraverso la sua corrispondenza con Jane ed Elizabeth, era al corrente delle notizie principali, rispose brevemente alla cognata e, per riguardo alle nipoti, cercò di sviare il corso della conversazione.

Più tardi, rimasta sola con Elizabeth, parlò più a lungo dell'argomento.

«Sembra che quello di Jane fosse un buon partito», disse, «e mi dispiace che sia veramente andato a monte. Ma sono cose che accadono spesso! È facile che un giovane del tipo di Bingley si innamori di una bella ragazza per qualche settimana, e la dimentichi con altrettanta disinvoltura se un caso qualunque li separa. Questo genere di incostanza è molto frequente.»

«Ottima consolazione, in genere», disse Elizabeth, «ma che non vale in questo caso. Non capita spesso che un amico, interponendosi, persuada un giovane indipendente e ricco, a non pensare più a una ragazza della quale era ardentemente innamorato soltanto pochi giorni prima.»

«Ma l'espressione "ardentemente innamorato" è così abusata, così dubbia, così indefinita che non mi dà un'idea esatta. È attribuita spesso sia a sentimenti sorti dopo mezz'ora di conoscenza, sia a un vero forte affetto. Dimmi, ti prego, sapresti essere in grado di definire l'"ardente amore" di Mr Bingley?»

«Non ho mai visto un affetto più promettente; non si occupava quasi più di nessuno e badava soltanto a lei; a ogni nuovo incontro la cosa era sempre più palese e notevole. Al ballo dato in casa sua, offese due o tre signorine non invitandole, e io stessa gli parlai due volte senza ottenere risposta. Potrebbero darsi sintomi più evidenti? La scortesia verso gli altri, non è proprio la caratteristica dell'amore?»

«Oh, sì! Di quel genere d'amore che mi immaginavo! Povera Jane! Mi duole per lei, perché con il suo temperamento, non dimenticherà tanto facilmente. Sarebbe stato meglio fosse capitato a te, Lizzy. Lo avresti preso meno sul serio. Ma credi che Jane accetterà di venire a Londra con noi? Forse le farebbe bene cambiare ambiente, e forse anche più che ogni altra cosa potrebbe giovarle trovarsi lontana da casa.»

Elizabeth fu contentissima della proposta, sicura che sua sorella l'avrebbe accolta con gioia.

«Spero», aggiunse Mrs Gardiner, «che non sarà trattenuta da nessuna considerazione verso quel signore. Stiamo in due parti così diverse della città, e usciamo così poco, che è assai improbabile che si incontrino, a meno che lui non venga a trovarla.»

«La cosa è assolutamente impossibile ora che è sotto la tutela del suo amico; mai Mr Darcy gli permetterebbe di far visita a Jane in un quartiere come il vostro! Cara zia, come puoi pensarci? Forse Mr Darcy avrà inteso parlare di un posto come Gracechurch Street, ma non gli basterebbe un mese di abluzioni per purificarsi se gli accadesse di metterci piede una volta, e puoi essere certa che Mr Bingley non muove un passo senza di lui.»

«Tanto meglio. Tutto fa allora sperare che non s'incontreranno mai. Ma Jane non è in corrispondenza con sua sorella? Quella, immagino, non potrà fare a meno di venire a trovarla.»

«Lascerà cadere completamente la relazione.»

Eppure, nonostante questa ostentata certezza, e quella che le sorelle avrebbero indotto Bingley a non vedere Jane, Elizabeth, dentro di sé, nutriva ancora qualche speranza. Era possibile, e le accadeva di pensare che fosse perfino probabile, che l'affetto di Bingley potesse riaccendersi, e che col tempo l'influenza dei suoi amici potesse venir sopraffatta da quella, più naturale, delle attrattive di Jane.

Miss Bennet accettò con trasporto l'invito di sua zia, ma, se in quel momento pensava ai Bingley, era solo con la speranza che, poiché Caroline non abitava con il fratello, avrebbe potuto passare qualche mattina con lei senza correre il rischio di vederlo.

I Gardiner si trattennero una settimana a Longbourn, e tra i Philips, i Lucas e gli ufficiali, non passò giorno senza qualche invito. Mrs Bennet aveva disposto così accuratamente il programma per far divertire suo fratello e sua cognata che non pranzarono neppure una volta sola in famiglia. Quando restavano in casa era sempre invitato qualche ufficiale, e tra questi Mr Wickham non mancava mai. Mrs Gardiner, messa sull'avviso dai caldi elogi che gliene aveva fatto Elizabeth, li osservava attentamente. Senza supporre, da quanto poteva vedere, che fossero seriamente innamorati, le sembrava che la loro reciproca simpatia fosse già un po' inquietante, e risolvette di parlarne a Elizabeth, prima di lasciare l'Hertfordshire, mostrandole tutta l'imprudenza che c'era nell'incoraggiare quell'inclinazione.

Wickham piaceva alla signora Gardiner, oltre che per la sua naturale amabilità, per un'altra ragione. Dieci o dodici anni prima infatti, quando non era ancora sposata, aveva trascorso molto tempo proprio in quella parte del Derbyshire dalla quale egli proveniva. Avevano quindi molti amici in comune, e quantunque Wickham vi fosse tornato raramente dopo la morte del padre di Darcy, era tuttavia in grado di fornirle, intorno alle sue conoscenze di un tempo, notizie molto più fresche delle sue.

Mrs Gardiner aveva visto Pemberley e conosciuto di fama il defunto Mr Darcy, cosa che offriva inesauribile materia di discorso. Confrontando i suoi ricordi di Pemberley con le accurate descrizioni che ne faceva Wickham, e tessendo le lodi del vecchio Mr Darcy, si trovavano tutti e due soddisfatti. Quando seppe come era stato trattato dall'attuale Mr Darcy, la signora frugò nei suoi ricordi per rammentare quello che si diceva a proposito del suo carattere quando era ancora un ragazzo e se c'era qualcosa che potesse spiegare la sua condotta di poi, e finalmente le parve di ricordarsi che già a quel tempo si parlava di Mr Fitzwilliam Darcy come di un ragazzo orgoglioso e di carattere difficile.

Capitolo ventiseiesimo

Mrs Gardiner, alla prima occasione che ebbe di trovarsi sola con Elizabeth, le diede con molta bontà l'avvertimento che si era prefissa, e, dopo averle detto onestamente quello che pensava, continuò:

«Sei troppo intelligente, Lizzy, per innamorarti soltanto perché ti si mette in guardia contro qualcuno; non ho quindi paura di parlarti apertamente. Davvero, se fossi in te, starei attenta. Non lasciarti coinvolgere e non cercare di coinvolgere lui, in un affetto che porterebbe a un'unione che la mancanza di mezzi renderebbe per lo meno imprudente. Non che io abbia nulla contro di lui; è un giovane molto interessante, e se avesse la posizione che sembra dovesse spettargli, penserei che non avresti potuto incontrare di meglio. Ma, stando così le cose, non devi lasciarti trasportare dalla fantasia. Sei una ragazza di giudizio e tutti ci aspettiamo che tu lo sappia adoperare. Sono sicura che tuo padre ha fiducia nelle tue decisioni e nella tua condotta. Non devi deludere tuo padre».

«Cara zia, allora stai parlando proprio sul serio.»

«Sì, e spero che tu vorrai essere altrettanto seria.»

«Ti chiedo scusa: tenterò di esserlo. Per ora non sono innamorata di Mr Wickham, no, non lo sono certamente. Ma è l'uomo più simpatico che abbia mai conosciuto e, se mi volesse veramente bene... credo sia meglio che ciò non avvenga. Capisco anch'io che sarebbe un'imprudenza. Oh, quell'odioso Mr Darcy! Sono molto lusingata dell'opinione che mio padre ha di me, e non vorrei mai deludere la sue aspettative. Tuttavia mio padre ha simpatia per Mr Wickham. Insomma, cara zia, sarei desolata di darvi un dolore, ma siccome si vede ogni giorno che, quando nasce l'amore, i giovani raramente sono trattenuti soltanto dalla mancanza di mezzi, come posso promettere che io sarò più saggia di tanti miei simili, se dovessi essere tentata? Eppoi come sapere veramente che sarebbe saggezza resistere? Tutto quello che però ti posso promettere, è di non far nulla con precipitazione. Non mi affretterò a credere di essere il suo unico pensiero. Quando sarò con lui, non mi lascerò andare a castelli in aria. Insomma farò del mio meglio.»

«Sarebbe forse bene che tu non incoraggiassi le sue visite troppo frequenti. O, almeno, potresti fare a meno di ricordare a tua madre di invitarlo.»

«Come feci l'altro giorno», disse Elizabeth con un sorriso consapevole. «È verissimo, e sarebbe più saggio da parte mia astenermene. Ma non credere che egli sia qui così di frequente come ora. È per voi che questa settimana è stato invitato tanto spesso. Conosci le idee della mamma sulla necessità di avere sempre degli invitati per i suoi ospiti. Ma davvero, e sul mio onore, cercherò di fare quello che tu reputi sia meglio; e ora spero che sarai soddisfatta.»

Sua zia le assicurò di esserlo, e dopo che Elizabeth l'ebbe ringraziata per i buoni consigli, si lasciarono. Mirabile esempio di avvertimenti dati su di un argomento così delicato.

Mr Collins ritornò nell'Hertfordshire poco dopo che i Gardiner e Jane l'avevano lasciato, ma, poiché fu ospite dei Lucas, il suo arrivo non disturbò troppo Mrs Bennet. Il famoso matrimonio si avvicinava rapidamente; ella finì per rassegnarsi all'inevitabile, e arrivò perfino a dire ripetutamente, in tono di malumore, che «sperava potessero essere felici». Giovedì doveva essere il giorno dello sposalizio, e il mercoledì Miss Lucas fece la sua visita di congedo; quando si alzò per andarsene, Elizabeth, confusa per gli auguri riluttanti e sgarbati di sua madre, e sinceramente commossa, accompagnò l'amica fuori della camera. Mentre scendevano insieme le scale, Charlotte disse:

«Spero di avere spesso tue notizie, Eliza».

«Oh, puoi esserne certa.»

«E ti devo chiedere un altro piacere. Mi verrai a trovare?»

«Spero che ci incontreremo spesso nell'Hertfordshire.»

«Non credo che lascerò il Kent per un po' di tempo; promettimi di venire tu a Hunsford.»

Elizabeth non poté rifiutare, pur non ripromettendosi un gran piacere da quella visita.

«Mio padre e Maria verranno da me a marzo», continuò Charlotte, «e spero vorrai accompagnarli. Credimi, ti aspetto con lo stesso desiderio con cui aspetto loro.»

Il matrimonio ebbe luogo: la sposa e lo sposo partirono dalla chiesa direttamente per il Kent e tutti, come è d'uso, ebbero qualcosa da dire o da ascoltare sull'argomento. Elizabeth ricevette presto notizie dalla sua amica, e la loro corrispondenza riprese regolare e frequente come un tempo, ma l'antica confidenza era ormai svanita per sempre. Elizabeth non poteva scriverle senza sentire che tutto il piacere della loro intimità era ormai finito, e benché determinata a non trascurare la corrispondenza con l'amica, lo faceva più per ricordo del passato che per la gioia presente. Le prime lettere di Charlotte furono aperte con molta impazienza: tutti erano curiosi di sentire che cosa avrebbe detto della sua nuova casa, l'impressione che le aveva fatto Lady Catherine e fino a qual punto avrebbe osato alludere alla propria felicità. Ma una volta lette le lettere, Elizabeth osservò che Charlotte si era espressa esattamente come si poteva prevedere. Scriveva serena, sembrava circondata da ogni comodità; e parlava soltanto di quello che le era possibile lodare. La casa, l'arredamento, i vicini e le strade, tutto era di suo gusto, e il contegno di Lady Catherine era assai affabile e gentile. Erano le stesse descrizioni di Hunsford e di Rosings fatte a suo tempo da Mr Collins, debitamente sfumate e attenuate, ed Elizabeth si rese conto che avrebbe dovuto aspettare di essere laggiù per conoscere il resto.

Jane aveva già scritto poche righe a sua sorella per annunciare il loro felice arrivo a Londra, ed Elizabeth sperava che nella sua prossima lettera avrebbe potuto dirle qualcosa dei Bingley. La sua impazienza per questa seconda lettera venne ricompensata come lo sono per lo più tutte le impazienze. Jane era già da una settimana in città e non aveva ancora visto, né avuto notizie da Caroline. Essa attribuiva questo al fatto che la sua ultima lettera scritta da Longbourn, all'amica, fosse andata smarrita.

La zia – continuava – deve andare domani in quella parte della città, e coglierò l'occasione per fare una visita in Grosvenor Street.

Scrisse di nuovo a visita fatta e dopo aver visto Miss Bingley.

Caroline non mi sembrò molto entusiasta – diceva – mi parve assai contenta di vedermi e mi rimproverò di non averla avvertita del mio arrivo a Londra. Ero quindi nel giusto, supponendo che non avesse ricevuto la mia ultima lettera. Chiesi, naturalmente, di loro fratello. Gode ottima salute, è sempre talmente occupato con Mr Darcy che non lo vedono quasi mai. Seppi che Miss Darcy era attesa per il pranzo. Mi piacerebbe vederla. La mia visita non fu lunga perché Caroline e la sorella stavano per uscire. Credo che le vedrò presto qui.

Elizabeth scosse il capo. Era convinta che soltanto un caso avrebbe potuto fare sapere a Mr Bingley che Jane era in città. Infatti passarono quattro settimane e Jane non lo vide. Cercava di persuadersi che non lo rimpiangeva, ma, nonostante questo, le era impossibile non rilevare l'indifferenza di Caroline a suo riguardo. Dopo averla aspettata a casa tutte le mattine per quindici giorni, e inventando ogni sera una nuova scusa in suo favore, finalmente vide apparire Miss Bingley; ma la brevità della sua visita e, più ancora, il mutamento del suo contegno, non permisero a Jane di illudersi oltre. La lettera che scrisse a sua sorella in questa occasione rivelava i suoi sentimenti:

La mia diletta Lizzy sarà, ne sono sicura, incapace di trionfare a mie spese constatando di aver visto giusto, quando le confesserò che mi ero completamente illusa sull'affetto di Miss Bingley per me. Ma, cara sorella, anche se i fatti ti danno ragione, non credermi ostinata se continuo a dire che, dato il suo precedente modo di fare, la mia fiducia era naturale quanto la tua diffidenza. Non posso capire per quale ragione abbia desiderato un tempo la mia amicizia, e se le stesse circostanze si ripetessero, sono convinta che tornerei ad ingannarmi. Caroline non mi rese la visita che ieri, e nel frattempo non ho ricevuto un solo biglietto, una sola riga da lei. Quando venne, era evidente che lo faceva solo per dovere, si scusò molto brevemente per la forma, di non esser venuta prima, e non accennò al desiderio di rivedermi, ed era insomma una creatura talmente cambiata che, quando se ne andò, ero decisissima a non continuare la nostra relazione. La compiango, anche se non posso fare a meno di biasimarla. Il suo torto sta nell'avermi trattata tanto diversamente nei primi tempi; posso infatti dire con sicurezza che fu sempre lei a incoraggiare una nostra maggiore intimità; ma la compiango, perché deve accorgersi di agire male, e perché sono sicura che tutto questo è dovuto alla sua preoccupazione per il fratello. Non occorre che mi spieghi meglio, e anche se noi sappiamo che la sua inquietudine è del tutto superflua, se lei la prova, questo basta a giustificare il suo contegno verso di me; tale e tanto è il suo amore per il fratello, che qualsiasi trepidazione possa provare a suo riguardo, è naturale e scusata in partenza. Pure mi stupisce che abbia ancora di questi timori perché, se lui si fosse appena curato di me, avremmo già dovuto incontrarci da molto, molto tempo! Da un accenno sono sicura che sa che io sono a Londra, eppure dal modo di parlare di Caroline si direbbe che lei per prima voglia convincersi che egli ha davvero una spiccata preferenza per Miss Darcy. Non ci si capisce nulla. Se non temessi di dare un giudizio temerario, sarei quasi tentata di dire che in tutto questo c'è un grande sospetto di doppiezza. Ma cerco di allontanare ogni pensiero penoso e voglio ricordare soltanto quello che mi rende felice: il tuo affetto e l'invariabile bontà dei cari zii. Scrivimi presto. Miss Bingley accennò vagamente che il fratello non sarebbe più tornato a Netherfield e che avrebbe ceduto la casa. Meglio però non parlarne. Sono felice che tu abbia così buone notizie dai nostri amici di Hunsford. Va a trovarli, ti prego, con Sir Wickham e Maria, sono sicura che ti troverai benissimo. Tua... ecc.

Questa lettera rattristò un poco Elizabeth; ma si consolò al pensiero che Jane aveva finalmente aperto gli occhi, almeno su Caroline Bingley. Quanto al fratello, le sue speranze erano del tutto svanite. Ormai non desiderava certo più che le sue attenzioni si ravvivassero. Bingley scendeva rapidamente nella stima di Elizabeth e come punizione per lui, e anche per il bene di Jane, cominciò a sperare seriamente che sposasse presto la sorella di Mr Darcy, che secondo quanto ne aveva detto Mr Wickham gli avrebbe fatto non poco rimpiangere quella che aveva disprezzato.

In quei giorni, Mrs Gardiner ricordò a Elizabeth la sua promessa a proposito di Mr Wickham, e le chiese di lui. Le notizie che Elizabeth poté mandare furono tali da fare più piacere alla zia che non a lei stessa. Egli le dimostrava sempre un'apparente simpatia, ma non si dedicava più a lei: corteggiava un'altra. Elizabeth era abbastanza avveduta per accorgersene, e poteva pensarci e riferirlo senza provarne dolore. Il suo cuore era stato appena scalfito, e la sua vanità era salva, perché era sicura che, se le condizioni materiali lo avessero permesso, sarebbe stata lei la preferita. Un'improvvisa eredità di diecimila sterline era infatti la maggiore attrattiva della signorina che egli cercava ora di conquistare; ma Elizabeth, forse meno chiaroveggente in questo caso di quanto non lo fosse stata per quello di Charlotte, non biasimava il suo desiderio di indipendenza. Lo trovava perfettamente naturale e, mentre poteva supporre che l'abbandonare lei gli fosse costato un certo sacrificio, riconosceva che era stato un passo saggio e desiderabile per tutti e due, e gli augurava sinceramente ogni felicità.

Nella sua lettera a Mrs Gardiner conveniva di tutto questo e continuava:

> Sono ora convinta, cara zia, di non essere stata mai molto innamorata di lui, perché l'esperienza insegna che, se il mio fosse realmente stato un vero e proprio amore, a quest'ora detesterei anche il suo solo nome e gli augurerei ogni sorta di mali. Invece i miei sentimenti non soltanto sono cordiali verso di lui, ma anche imparziali verso Miss King. Non vedo proprio come farei a odiarla o a non riconoscere che è un'ottima ragazza. Non si trattava dunque di amore. Il mio buon senso è veramente stato prezioso, e, benché sarei certo più interessante agli occhi delle mie amiche se fossi pazzamente innamorata di lui, non posso rimpiangere di apparire invece una creatura del tutto insignificante. Essere delle eroine da romanzo può costare qualche volta un po' troppo. Kitty e Lydia prendono molto più a cuore di me il suo cambiamento. Sono troppo ignare del mondo, e non possono ancora accettare l'umiliante verità che i bei giovani devono avere qualche cosa di cui vivere, come i brutti.

Capitolo ventisettesimo

I mesi di gennaio e febbraio passarono senza altri eventi di maggior rilievo per la famiglia di Longbourn, tranne i soliti diversivi delle passeggiate a Meryton, talvolta nel fango, talvolta col gelo. In marzo Elizabeth doveva recarsi a Hunsford; da principio non aveva preso l'idea troppo sul serio, ma presto si accorse che Charlotte contava sulla sua visita e così anche lei cominciò a pensarci con più piacere e con più certezza. La lontananza aveva accresciuto il suo desiderio di rivedere l'amica e diminuita la sua avversione per Mr Collins. E poi il viaggio era un cambiamento, e siccome con quella madre e con delle sorelle di così poche risorse la casa non era più molto piacevole, un po' di novità non era da disprezzarsi. Il viaggio le avrebbe anche dato modo di passare da Jane, e così man mano che si avvicinava il momento di partire, le sarebbe dispiaciuto ogni ritardo. Ma tutto andò senza intoppi, secondo il piano di Charlotte. Elizabeth avrebbe accompagnato Sir William e la sua seconda figlia nella loro visita a Hunsford. Il programma fu reso ancora più interessante, includendo una sosta per la notte a Londra e riuscì quindi perfetto, almeno quanto può esserlo un programma.

L'unico dolore per Elizabeth era di lasciare suo padre, che avrebbe sentito molto la sua mancanza; egli infatti, arrivato il momento della partenza, era talmente desolato di vederla andar via, che le chiese di scrivergli e arrivò perfino a prometterle di rispondere.

L'addio tra lei e Wickham fu assai cordiale, specialmente da parte di lui. La sua nuova conquista non poteva fargli dimenticare che Elizabeth era stata la prima ad ascoltarlo e a compatirlo, a suscitare e a meritare la sua attenzione; la prima che aveva ammirato, e nel suo modo di salutarla, negli auguri che le fece di divertirsi, nel ricordare che cosa si poteva aspettare da Lady Catherine de Bourgh – sicuro che anche in questa, come in tutte le altre opinioni, si sarebbero sempre trovati d'accordo – ci fu una tale sollecitudine, un così sincero interessamento, che le fecero sentire che sarebbe sempre restata legata a lui da una profonda amicizia, e che, scapolo o sposato, egli sarebbe rimasto sempre per lei un ideale di amabilità e cortesia.

Né i suoi compagni di viaggio, il giorno dopo, erano fatti per farle cambiare opinione. Sir William Lucas e sua figlia Maria, una ragazza allegra ma vuota come suo padre, non dicevano nulla che valesse la pena di essere udito; li stava a sentire con lo stesso piacere col quale ascoltava il cigolio della vettura. Elizabeth, che si divertiva alle stramberie di tutti, conosceva ormai da troppo tempo Sir William per poter ridere ancora delle sue; egli non aveva più niente di nuovo da dirle sulla sua presentazione a Corte o sull'ottenuta patente di nobiltà, e anche i suoi complimenti erano monotoni come i suoi discorsi.

Il viaggio era appena di ventiquattro miglia, e si misero in via così di buon'ora che giunsero in Gracechurch Street verso mezzogiorno. Quando si fermarono alla porta di Mr Gardiner, Jane era alla finestra del salotto per spiare il loro arrivo, e andò loro incontro fino all'ingresso ad accoglierli. Elizabeth, spiandone il volto con ansia, fu lieta di vederla piena di salute e bella come sempre. Sulle scale c'era una truppa di maschietti e di bambine, che per l'impazienza non si erano fermati ad aspettare la cugina nel salotto, ma per timidezza, poiché non la vedevano da un anno, non osavano neppure scenderle incontro. Tutto spirava allegria e bontà. La giornata trascorse nel più piacevole dei modi: la mattinata in chiacchiere e commissioni e la sera a teatro.

Elizabeth riuscì a stare un po' in compagnia della zia. Per prima cosa parlarono di sua sorella; fu più rattristata che sorpresa nel sentire che Jane, sebbene facesse del suo meglio per mantenersi serena, attraversava dei periodi di depressione. C'era però da sperare che diventassero sempre più rari. Mrs Gardiner raccontò anche i particolari della visita di Miss Bingley a Gracechurch Street, e come Jane dimostrasse ormai di avere, in cuor suo, rinunciato a quell'amicizia.

Mrs Gardiner canzonò poi Elizabeth per la diserzione di Wickhman, e si rallegrò con lei per lo spirito con cui l'aveva presa.

«Ma, cara Lizzy», soggiunse, «che ragazza è questa Miss King? Mi dispiacerebbe pensare che il nostro amico abbia agito per sola cupidigia.»

«Scusa, cara zia, ma che differenza c'è, in fatto di matrimonio, tra venalità e prudenza? E dov'è che finisce una e incomincia l'altra? Il Natale scorso ti inquietavi al pensiero che mi sposasse, ritenendo la cosa imprudente; ora, perché cerca di ottenere una ragazza che ha soltanto diecimila sterline di rendita, vorresti convincermi che è interessato.»

«Se mi descriverai che tipo di ragazza è Miss King, saprò cosa pensare.»

«È una buonissima ragazza. Non credo si possa dire niente contro di lei.»

«Ma lui non se ne era occupato mai fino a quando la morte del nonno non l'ha resa padrona di una notevole sostanza.»

«Infatti, perché avrebbe dovuto farlo? Se non era giusto che cercasse di conquistare il mio affetto perché io non sono ricca, perché avrebbe dovuto fare la corte a una ragazza che non lo interessava e che era povera come me?»

«Ma sembra piuttosto indelicato dedicarsi a lei non appena sia venuta in possesso dell'eredità.»

«Un uomo che si trova in circostanze difficili non ha tempo di pensare a salvare le apparenze come possono fare gli altri. E se non ci trova nulla a ridire *lei*, perché dovremmo trovarcelo *noi*?»

«Il fatto che lei non lo condanni, non basta a giustificarlo. Dimostra soltanto che manca lei pure di sensibilità o di giudizio.»

«Va bene!», esclamò Elizabeth. «Sarà come vuoi tu: lui è venale e lei stupida.»

«No, Lizzy, non è come voglio. Sai bene che mi dispiace dover pensare male di un giovane che è stato così a lungo nel Derbyshire».

«Oh, se è per questo, io non ho davvero grande opinione dei giovani signori che vivono del Derbyshire, né i loro intimi amici che vivono nell'Hertfordshire valgono molto di più. Sono stufa di tutti quanti. Grazie al cielo, domani andrò in un posto dove troverò un uomo che non ha una sola qualità attraente; che non ha né modi seducenti né intelligenza che lo distingua particolarmente. Dopo tutto, gli uomini stupidi sono i soli che vale la pena di conoscere.»

«Bada, Lizzy, questo tuo discorso ha un forte sapore di delusione.»

Prima di separarsi, alla fine dello spettacolo, Elizabeth ebbe la gioia inaspettata di essere invitata dagli zii ad accompagnarli in un viaggetto di piacere che avevano intenzione di fare nell'estate.

«Non sappiamo ancora dove andremo», disse Mrs Gardiner, «ma forse arriveremo fino ai Laghi.»

Nessun progetto poteva far tanto piacere a Elizabeth, che accettò subito l'invito con viva gratitudine.

«Cara, cara zia», disse entusiasta, «che delizia, che felicità! Mi fai rinascere. Addio delusioni e malinconie. Che cosa sono gli uomini rispetto alle rocce, alle montagne? Che ore incantevoli passeremo! E quando ritorneremo, non saremo come gli altri viaggiatori, incapaci di dare un'idea esatta di quello che hanno visto. *Noi* sapremo dove siamo stati; descriveremo i luoghi visitati. Laghi, montagne e fiumi non si confonderanno nella nostra mente, e quando tenteremo di descrivere un paesaggio, non incominceremo a litigare a proposito del posto dove si trovava. Speriamo che i nostri racconti saranno meno insopportabili di quelli della maggioranza dei viaggiatori.»

Capitolo ventottesimo

Nella seconda giornata di viaggio, tutto fu nuovo e interessante per Elizabeth. Il suo animo era sereno perché aveva trovato così bene Jane da poter escludere ogni preoccupazione per la sua salute, e la prospettiva del futuro viaggio nel Nord era per lei una grande fonte di gioia.

Appena ebbero lasciato la strada principale per una via secondaria diretta a Hunsford, tutti gli occhi cercavano il Rettorato e a ogni svolta si aspettavano di vederlo apparire. Da un lato la strada fiancheggiava la cinta del parco di Rosings, ed Elizabeth sorrideva tra sé, ricordando tutto quello che le era stato detto a proposito dei suoi abitanti.

Finalmente poterono distinguere la casa parrocchiale: il giardino declinante verso la strada, la casa nel bel mezzo, i pali verdi e la siepe d'alloro, tutto indicava che stavano per arrivare. Mrs Collins e Charlotte comparvero sulla porta e la carrozza si fermò a un cancelletto che conduceva, attraverso un viale ghiaiato, alla casa. Tra complimenti e sorrisi, uscirono in fretta dalla carrozza, rallegrandosi reciprocamente di rivedersi. Charlotte accolse la sua amica con il più vivo piacere, ed Elizabeth, nel vedersi ricevuta così affettuosamente, si sentì sempre più contenta di essere venuta. Si accorse subito che il matrimonio non aveva per niente mutato i modi di suo cugino; la sua cortesia era rimasta manierata e convenzionale. Egli la trattenne per qualche minuto al cancello per informarsi minutamente sulla sua famiglia.

Quindi, senza altra sosta se non per far loro notare l'elegante semplicità dell'ingresso, i viaggiatori furono introdotti in casa, e appena nel salotto Mr Collins diede loro per la seconda volta il benvenuto nella sua umile dimora, sempre nella forma più cerimoniosa, e ripeté insistentemente le offerte di qualche rinfresco già fatte da sua moglie.

Elizabeth si era preparata a vederlo in tutta la sua gloria e non poté trattenersi dal pensare che, nel mostrare le belle proporzioni della camera, la sua eleganza e la sua mobilia, aveva l'aria di rivolgersi in modo particolare a lei, quasi per farle notare tutto quello che aveva perduto col suo rifiuto. Ma, nonostante tutte le eleganze e le comodità, Elizabeth fu incapace di compiacerlo dando il più lieve segno di pentimento; guardava invece con un certo stupore la sua amica chiedendosi come poteva avere un'aria così allegra accanto a un compagno simile. Quando Mr Collins diceva qualcosa di cui sua moglie poteva a buon diritto vergognarsi, cosa che accadeva spesso, Elizabeth guardava involontariamente Charlotte; e due volte poté sorprendere un lieve rossore, ma in genere Mrs Collins, molto saviamente, pareva non rilevare nemmeno quello che udiva. Dopo aver ammirato abbastanza a lungo ogni mobile della camera, dal canterano al paracenere, e dopo aver raccontato il loro viaggio e tutto quello che avevano fatto a Londra, Mr Collins li invitò a fare un giro nel giardino che era grande e ben disposto e del quale si occupava lui stesso. Lavorare il giardino era infatti uno dei suoi piaceri preferiti, ed Elizabeth ammirò il modo con cui Charlotte parlava di questo esercizio così utile alla salute, e nel quale lo incoraggiava il più possibile. Guidando i propri ospiti per viali e sentieri, senza lasciar loro il tempo di esprimere quelle lodi che si faceva grande premura di sollecitare, andava additando le diverse vedute con una meticolosità di dettagli che toglieva loro ogni facoltà di godere della bellezza del paesaggio. Era fiero di poter numerare a uno a uno i campi all'interno e avrebbe potuto dire quanti alberi ci fossero nelle boscaglie più lontane. Ma nessun panorama di cui il suo giardino o la contea, o il regno stesso, avessero potuto menar vanto, era paragonabile alla visione di Rosings che s'inquadrava in un'apertura tra gli alberi che orlavano il parco, proprio quasi di fronte a casa sua. Era una bella costruzione moderna, situata su un'altura.

Dal giardino Mr Collins voleva condurli nei prati, ma le signore, che non avevano calzature adatte ad affrontare i resti di una brinata, tornarono indietro, e mentre Sir William lo accompagnava, Charlotte condusse sua sorella e l'amica a visitare la casa, ben contenta forse di poterlo fare senza l'aiuto del marito. La casa era piuttosto piccola, ma ben costruita e comoda, ogni camera era ammobiliata con una eleganza e praticità che Elizabeth attribuì tutta a Charlotte. Quando si riusciva a dimenticare Mr Collins, l'insieme aveva un aspetto così confortevole che, vedendo come Charlotte ne godeva, Elizabeth concluse che Mr Collins doveva essere spesso dimenticato.

Aveva già saputo che Lady Catherine era ancora in campagna; durante il pranzo se ne parlò di nuovo e Mr Collins osservò:

«Sì, Miss Elizabeth, avrete l'onore di vedere Lady Catherine de Bourgh domenica prossima in chiesa, ed è inutile dirvi che ne rimarrete entusiasta. La sua affabilità e condiscendenza sono tali che non dubito sarete onorata della sua attenzione, appena finito l'ufficio. Non esiterei quasi ad affermare che, durante il vostro soggiorno qui, includerà voi e mia cognata Maria in ogni invito del quale ci favorisce. Il suo modo di trattare con la mia cara Charlotte è veramente incantevole. Pranziamo a Rosings due volte alla settimana e non permette mai che torniamo a piedi. La carrozza di Sua Signoria è sempre pronta per noi. Dovrei dire una delle sue carrozze, perché ne ha parecchie».

«Lady Catherine è veramente degna di rispetto», aggiunse Charlotte, «è una vicina molto premurosa.»

«Verissimo, cara, è proprio quello che volevo rilevare io. Appartiene a quel genere di signore verso le quali non si può usare mai abbastanza deferenza.»

La serata trascorse parlando dell'Hertfordshire, ripetendo quello che era già stato scritto, e, quando Elizabeth si trovò nella solitudine della sua camera, poté meditare sul grado di felicità raggiunto da Charlotte, e ammirando la sua arte nel dirigere la casa, e la sua calma nel sopportare il marito, dovette convenire che assolveva molto bene i propri compiti. Cercò anche di immaginare come sarebbe passato il tempo della sua visita: il tranquillo andamento delle normali occupazioni, le irritanti intromissioni di Mr Collins, il divertimento dei ricevimenti a Rosings. La sua vivace immaginazione le dipingeva già ogni cosa.

Verso la metà del giorno seguente, mentre era in camera per prepararsi ad uscire, un improvviso rumore parve mettere tutta la casa in subbuglio, e, dopo aver ascoltato per un momento, sentì qualcuno salire di corsa le scale, e si sentì chiamare a voce alta. Aprì la porta e incontrò Maria sul pianerottolo che, tutta agitata e quasi senza fiato gridò:

«Eliza, Eliza, scendi subito in camera da pranzo perché c'è qualcosa di straordinario da vedere! Non voglio dirti che cosa. Spicciati e scendi».

Elizabeth cercò invano di interrogarla; Maria non volle dir altro e corsero nella sala da pranzo che guardava sul viale per osservare il prodigio. Erano due signore con un piccolo *phaëton* fermo al cancello del giardino.

«È tutto qui?», esclamò Elizabeth. «Mi aspettavo almeno che i maiali fossero entrati in giardino; invece è semplicemente Lady Catherine con sua figlia!»

«Ma, cara mia», disse Maria scandalizzata da tanto errore, «non è Lady Catherine. La vecchia signora è Mrs Jenkinson che abita con loro; l'altra è Miss de Bourgh. Guarda com'è piccolina e sottile! Chi avrebbe pensato che potesse essere così esile e delicata!»

«Io trovo che è molto sgarbata a obbligare Charlotte a star fuori con questo vento. Perché non entra?»

«Oh, Charlotte dice che non lo fa quasi mai. È un raro favore quando Miss de Bourgh entra in casa.»

«Mi piace il suo aspetto», disse Elizabeth seguendo tutto un suo filo di pensieri; «con quell'aria di gracilità e di musoneria, è proprio adatta a lui. Proprio la moglie che gli occorre.»

Mr Collins e Charlotte stavano in piedi tutti e due al cancello discorrendo con le signore, e Sir William, con gran divertimento di Elizabeth, se ne stava sulla porta in contemplazione dei grandi di questo mondo, facendo un inchino ogni volta che Miss de Bourgh guardava dalla sua parte.

Finalmente non ci fu più nulla da dire; le signore partirono, e tutti ritornarono in casa.

Mr Collins, appena vide le due ragazze, incominciò a congratularsi per la grande fortuna che era loro toccata: Charlotte spiegò che l'indomani erano stati tutti invitati a pranzo a Rosings.

Capitolo ventinovesimo

Il trionfo di Mr Collins, dopo questo invito, fu completo. Nulla egli aveva tanto desiderato come poter mostrare ai suoi ospiti ammirati la munificenza della sua protettrice, la cortesia verso di lui e sua moglie, ma che questo avvenisse così presto era una tale prova della degnazione di Lady Catherine de Bourgh che non sapeva come compiacersene abbastanza.

«Confesso», disse, «che non mi sarei affatto meravigliato se Sua Signoria ci avesse invitati domenica per il tè e per passare la sera a Rosings. Conoscendo la Sua affabilità, potrei dire che me l'aspettavo. Ma chi avrebbe potuto prevedere una cortesia simile? Chi avrebbe immaginato che avremmo avuto un invito a pranzo (e un invito che comprende tutti!) così presto dopo il vostro arrivo?»

«Sono meno sorpreso di voi di quanto è avvenuto», rispose Sir William, «perché nella mia posizione, ho avuto occasione di conoscere gli usi della nobiltà. Negli ambienti di Corte queste prove di squisita educazione non sono rari.»

Per quel giorno e il mattino seguente, non si parlò quasi d'altro che della visita a Rosings. Mr Collins li informò accuratamente di quanto li aspettava, affinché non fossero del tutto sopraffatti alla vista dei grandiosi saloni, di una servitù così numerosa e di un pranzo addirittura sbalorditivo.

Quando le signore si separarono per andare a vestirsi, egli si fece un dovere di dire a Elizabeth:

«Non datevi pena, cara cugina, per il vostro abbigliamento. Lady Catherine è ben lontana dal pretendere da noi quell'eleganza che si addice a lei e alla sua figliola. Vi consiglierei però ugualmente di indossare il migliore dei vostri abiti: non avrete occasione più adatta. Lady Catherine non penserà meno bene di voi, se sarete vestita semplicemente. Le piace che si osservi la distanza dovuta al suo rango».

Mentre stavano vestendosi, venne due o tre volte alla loro porta a raccomandare che facessero presto, dato che Lady Catherine non sopportava che si arrivasse in ritardo per il pranzo. Questi impressionanti ragguagli su Lady Catherine e le sue esigenze spaventarono a tal segno Maria Lucas, che non era abituata alla vita di società, da farle pensare alla sua presentazione a Rosings con la stessa apprensione che aveva provato suo padre quando era stato presentato a Corte.

Il tempo era così bello che la passeggiata di mezzo miglio attraverso il parco fu piacevolissima. Ogni parco ha una sua speciale bellezza, ed Elizabeth trovò molto da ammirare, anche senza abbandonarsi al rapimento che Mr Collins si aspettava dovesse ispirarle il paesaggio; né si commosse soverchiamente all'enumerazione di tutte le finestre sulla facciata della casa, né all'informazione di quanto erano costate a Sir Lewis de Bourgh tutte le vetrate.

Mentre salivano la scalinata che portava all'ingresso, l'inquietudine di Maria andò sempre crescendo e perfino Sir William non sembrava perfettamente calmo. Elizabeth era l'unica che sembrava non perdersi di coraggio. Non aveva mai sentito dire che Lady Catherine fosse nota per un talento fuor del comune o per qualche particolare virtù, e le pareva di poter tener fronte senza trepidazione a un prestigio che era dovuto unicamente al denaro e alla posizione sociale.

Dal vestibolo, del quale Mr Collins fece subito notare, pieno d'entusiasmo, le belle proporzioni e le delicate decorazioni, seguirono un servitore attraverso l'anticamera, fino alla sala dove si trovavano Lady Catherine, sua figlia e la signora Jenkinson.

Sua Signoria, con grande degnazione, si alzò per riceverli e, poiché Mrs Collins, d'accordo col marito, aveva stabilito di prendersi il compito delle presentazioni, queste si svolsero in modo perfetto, senza tutte quelle scuse e quei ringraziamenti di cui egli si sarebbe creduto in dovere di infiorarle.

Nonostante che fosse stato a Corte, Sir William rimase talmente impressionato dalla magnificenza che lo circondava, da trovare appena il coraggio di profondersi in un inchino e prender posto senza dire una parola, mentre sua figlia, quasi fuor di sé dallo spavento, stava seduta sulla punta della propria seggiola, senza sapere dove posare lo sguardo. Elizabeth invece che non era per niente intimidita, poté osservare con calma le tre signore che le stavano davanti. Lady Catherine era una donna alta e robusta, dai lineamenti marcati, che forse un tempo era stata bella. La sua espressione non era benevola, né il suo modo di ricevere gli ospiti era tale da far dimenticare loro l'inferiorità del rango. Non che ella amasse trincerarsi in un silenzio che avrebbe potuto intimidire chi la circondava, ma qualunque cosa dicesse, era detta con tono così autoritario da accentuare la sua aria arrogante, cosa che fece subito ricordare a Elizabeth Mr Wickham. Lady Catherine era proprio come lui l'aveva descritta.

Quando, dopo aver esaminato la madre, nel cui aspetto e contegno trovò ben presto una certa rassomiglianza con Mr Darcy, volse lo sguardo alla figlia, provò lo stesso stupore di Maria nel vederla così piccola ed esile. Le due donne non si rassomigliavano affatto sia nel volto che nella persona. Miss de Bourgh era pallida e malaticcia, i suoi lineamenti, se non brutti, erano insignificanti, parlava pochissimo e quel poco a bassa voce con Mrs Jenkinson, che badava solo ad ascoltarla e a rimuovere il paravento nel miglior modo per riparare i suoi occhi dal riflesso del fuoco.

Dopo essere rimasti seduti un momento, furono mandati tutti a una finestra per ammirare il panorama, sotto la guida di Mr Collins che ne additava le maggiori bellezze, mentre Lady Catherine li informava cortesemente che la stagione in cui valeva veramente la pena di vederlo era l'estate.

Il pranzo fu grandioso, e vi era tutta la servitù e lo sfoggio di argenteria promessi da Mr Collins che, secondo quanto aveva predetto, prese posto a capotavola per espresso desiderio di Sua Signoria, con l'aria di chi non può chiedere nulla di più alla vita.

Trinciò, mangiò e lodò con la più soddisfatta alacrità: ogni pietanza fu commentata prima da lui, poi da Sir William che si era abbastanza rimesso per poter far eco a tutte le parole di suo genero con un servilismo tale che faceva stupire Elizabeth di come Lady Catherine potesse sopportarlo. Ma Lady Catherine sembrava compiacersi della loro stragrande ammirazione e si degnava sfoggiare graziosi sorrisi specialmente ogni volta che una nuova portata appariva in tavola. La conversazione però non era molto brillante. Elizabeth sarebbe stata pronta a parlare, se ne avesse avuto l'occasione, ma sedeva tra Charlotte e Miss de Bourgh, e la prima era intenta ad ascoltare Lady Catherine, mentre la seconda non disse una parola per tutta la durata del pranzo. Mrs Jenkinson era occupata esclusivamente a sorvegliare il poco che mangiava Miss de Bourgh, spingendola ad assaggiare qualche altra pietanza e temendo che fosse indisposta. Maria non si sognava neppure di aprire bocca e gli uomini erano intenti solamente a masticare e lodare.

Quando le signore tornarono in salotto, non rimase loro che ascoltare

Lady Catherine che parlò senza interruzione fino all'arrivo del caffè, esprimendo su tutto la sua opinione in modo così reciso da mostrare che non era abituata a esser contraddetta. Si informò minuziosamente e familiarmente degli affari domestici di Charlotte, dandole un'infinità di consigli a proposito di ogni cosa; le disse come doveva regolarsi in una famiglia piccola come la sua, e la istruì nel modo di accudire le vacche e i polli. Elizabeth notò che nessun argomento era troppo umile per quella gran dama, purché le desse il modo di dettar legge agli altri. Negli intervalli della sua conversazione con Mrs Collins, rivolse una serie di domande a Maria e a Elizabeth, ma specialmente a quest'ultima che conosceva poco e che, come fece notare a Charlotte, era un grazioso tipetto di ragazza. Le domandò a varie riprese quante sorelle avesse, se erano maggiori o minori, se c'era la probabilità che qualcuna si sposasse, se erano belle, dove erano state educate, che genere di carrozza teneva loro padre, e che cognome aveva da ragazza la loro madre. Elizabeth, pur sentendo tutta l'impertinenza di queste domande, rispose con molta dignità. Lady Catherine osservò poi:

«La tenuta di vostro padre toccherà per legge a Mr Collins, non è vero? Per amor vostro», disse rivolgendosi a Charlotte, «ne sono contenta, ma, a parte questo, non vedo il motivo di trasmettere le proprietà solo dal lato maschile. Nella famiglia di Sir Lewis de Bourgh non è stato ritenuto necessario. Sapete suonare e cantare, Miss Bennet?».

«Un poco.»

«Bene, allora una volta o l'altra saremo liete di ascoltarvi. Il nostro è un ottimo pianoforte, senz'altro superiore a quello... Qualche giorno lo proverete. Le vostre sorelle suonano e cantano?»

«Una di loro soltanto.»

«Perché non hanno imparato tutte? Tutte avreste dovuto impararlo. Le signorine Webbs suonano tutte, eppure loro padre non ha una rendita pari a quella del vostro. Disegnate?»

«No, affatto.»

«Come! nessuna di voi?»

«Nessuna.»

«È molto strano. Ma immagino che non ne avrete avuto il modo. Vostra madre avrebbe dovuto condurvi ogni primavera a Londra per approfittare dei buoni insegnanti che vi si trovano.»

«Mia madre non si sarebbe opposta, ma mio padre odia Londra.»

«E l'istitutrice?»

«Non abbiamo mai avuto un'istitutrice.»

«Senza istitutrice! Come è possibile? Cinque ragazze allevate in casa senza istitutrice! Non ho mai udito una cosa simile! Vostra madre deve essere stata schiava della vostra educazione.»

Elizabeth trattenne appena un sorriso, assicurandole che non lo era stata affatto.

«E allora chi vi ha istruito? chi si occupava di voi? Senza un'istitutrice dovete esser state trascurate.»

«In confronto ad altre ragazze di famiglie superiori alla nostra, credo che lo fossimo; tuttavia a quelle di noi che desideravano studiare non sono mai mancati i mezzi necessari. Siamo sempre state incoraggiate a leggere, e abbiamo avuto tutto quello che occorreva alla nostra educazione. Chi poi preferiva non far nulla, poteva farlo liberamente.»

«Non ne dubito, ed è proprio quello che deve impedire un'istitutrice. Se avessi conosciuta vostra madre, l'avrei consigliata molto seriamente di prenderne una. Ho sempre ritenuto non essere possibile educare bene senza metodo, e soltanto un'istitutrice può farlo. È incredibile il numero di famiglie a cui ho dato modo di provvedersene. Sono sempre contenta di poter mettere a posto una brava giovane. Quattro nipoti di Mrs Jenkinson sono state collocate benissimo per opera mia, e anche pochi giorni fa ho raccomandato un'altra ragazza che mi era stata appena presentata, e la famiglia ne è stata contentissima. Mrs Collins, vi ho già raccontato che Lady Metcalf è venuta ieri a farmi visita, per ringraziarmi? Trova che Miss Pope sia un tesoro. "Lady Catherine", ha detto, "mi avete dato un vero tesoro." Qualcuna delle vostre sorelle, Miss Bennet, è già comparsa in società?»

«Sì, signora. Tutte.»

«Come, tutte e cinque introdotte in società nello stesso tempo? Che stranezza! E voi siete soltanto la seconda! Le minori non dovrebbero mai andare in società prima che le maggiori non siano sposate. Le vostre sorelle più piccole devono essere giovanissime!»

«Sì, la più giovane ha sedici anni. Forse è veramente troppo giovane per comparire in società, eppure, signora, sarebbe ben duro per le sorelle minori non avere la loro parte di divertimento solo perché le maggiori non hanno avuto il modo o il desiderio di sposarsi presto. L'ultima ha lo stesso diritto agli svaghi della gioventù, come la prima. Ed esserne privati per un motivo così futile! Non credo che sia il modo più adatto per sviluppare l'affetto tra sorelle o dei sentimenti delicati.»

«Mi sembra», disse Sua Signoria, «che esprimiate le vostre opinioni con una grande sicurezza, per la vostra età. Quanti anni avete, prego?»

«Vostra Signoria non si aspetterà che, con tre sorelle minori già in età da marito, io confessi i miei anni!», rispose Elizabeth sorridendo.

Lady Catherine sembrò molto sorpresa di non ricevere la risposta diretta, ed Elizabeth fu colta dal dubbio di essere stata la prima creatura che avesse osato sorridere dell'impertinenza piena d'alterigia di Sua Signoria.

«Non potete avere più di vent'anni, quindi non avete ancora bisogno di nascondere la vostra età.»

«Ne ho quasi ventuno.»

Quando i signori le raggiunsero, fu preso il tè e poi vennero disposti i tavoli da gioco. Lady Catherine e Sir William, Mr Collins e Charlotte sedettero per il *quadriglio*, e poiché Miss de Bourgh volle giocare a *cassino*, le due ragazze ebbero l'onore di completare con Mrs Jenkinson il suo tavolo. Il loro gruppo era inimmaginabilmente noioso. Non scambiarono una sola parola che non si riferisse al gioco, tranne quando Mrs Jenkinson esprimeva il timore che Miss de Bourgh avesse troppo freddo o troppo caldo, o troppa o troppo poca luce. All'altra tavola le cose erano ben diverse. Lady Catherine non faceva che parlare, rilevando gli errori dei suoi compagni o raccontando qualche aneddoto di cui era immancabilmente la protagonista. Mr Collins annuiva a tutto quello che diceva Sua Signoria, ringraziando a ogni punto vinto o scusandosi se gli pareva di vincerne troppi. Sir William non parlava molto. Faceva provvista di aneddoti e di illustri nomi della nobiltà per ricordarli.

Quando Lady Catherine e sua figlia ne ebbero abbastanza, il gioco fu interrotto; venne offerta la carrozza a Mrs Collins che la accettò con espressioni di gratitudine. Gli invitati si raccolsero allora intorno al fuoco per ascoltare le previsioni di Lady Catherine sul tempo che avrebbe fatto l'indomani. L'arrivo della carrozza li sottrasse a questo soliloquio, e, con molte parole di ringraziamento da parte di Mr Collins, e altrettanti inchini di Sir William, finalmente partirono.

Erano appena usciti, che Mr Collins chiese ad Elizabeth la sua opinione su tutto quello che aveva visto a Rosings, opinione che, per amore di Charlotte, essa cercò di rendere più favorevole di quello che fosse in realtà. Ma per quanto le sue lodi le costassero perfino qualche fatica, non riuscirono tuttavia a soddisfare abbastanza Mr Collins, che fu ben presto costretto ad assumere personalmente il compito di lodare Sua Signoria.

Capitolo trentesimo

Sir William rimase a Hunsford soltanto una settimana, ma gli bastò per convincersi che sua figlia era sistemata molto bene e che possedeva un marito e una vicina come se ne incontrano di rado. Finché Sir William restò con loro, Mr Collins dedicò le mattinate ad accompagnarlo con il suo calessino in giro per la campagna; ma, quando fu partito, tutta la famiglia ritornò alle occupazioni abituali. Elizabeth ebbe però la gioia di constatare che, nonostante questo cambiamento, non aveva occasione di vedere più spesso suo cugino, perché questi tra la prima colazione e il pranzo passava il tempo lavorando nel giardino o leggendo e scrivendo, oppure guardando dalla finestra della sua biblioteca che dava sulla strada. La camera dove stavano le signore dava invece sul retro. Elizabeth da principio si era stupita che Charlotte non avesse preferito stare abitualmente nella camera da pranzo che era più grande e più allegra, ma ben presto capì che la sua amica aveva un'ottima ragione per la sua scelta: infatti, se fossero state in una camera meglio esposta, Mr Collins vi sarebbe passato molto più di frequente, e approvò Charlotte per quella sistemazione.

Dal loro salotto non potevano vedere la strada ed era quindi Mr Collins che le informava del passaggio delle carrozze e soprattutto di quante volte appariva Miss de Bourgh guidando il suo *phaëton,* cosa della quale non mancava mai di avvertirle, sebbene il fatto si ripetesse quasi giornalmente. Sovente essa si fermava al Rettorato e scambiava qualche parola con Charlotte, ma difficilmente si lasciava persuadere a entrare.

I giorni in cui Mr Collins non andava a Rosings erano rari e altrettanto rari quelli in cui sua moglie non credesse necessario di accompagnarlo nelle sue visite; e finché Elizabeth non si rese conto che forse vi erano altri benefici disponibili, non poté capire perché sacrificassero lì tante ore. Di quando in quando, erano onorati da una visita di Sua Signoria, durante la quale nulla sfuggiva alla sua attenzione. Si informava delle loro occupazioni, guardava i loro lavori che naturalmente consigliava di eseguire in maniera del tutto diversa; criticava la disposizione dei mobili o scopriva che la cameriera aveva trascurato qualcosa, e, se accettava di fare un piccolo spuntino, sembrava lo facesse al solo scopo di far notare che le provviste di Mrs Collins erano troppo abbondanti per una famiglia così piccola.

Elizabeth si accorse ben presto che anche se questa gran dama non faceva parte del Consiglio della Contea, era tuttavia un attivo magistrato nella sua parrocchia della quale sapeva i più piccoli dettagli attraverso Mr Collins, e, se avveniva qualche lite tra i coloni, o vi era qualcuno malcontento o in miseria, essa partiva per il villaggio a comporre dissidi, a placare lamentele, e, con i suoi ammonimenti, a riportare l'armonia e il benessere.

Gli inviti a Rosings generalmente si ripetevano due volte la settimana, e tranne che per la mancanza di Sir William c'era una sola tavola di gioco, il divertimento era immancabilmente uguale a quello della prima volta. Ricevevano pochi altri inviti perché il tono di vita del vicinato era superiore a quello dei Collins, ma questo non dispiaceva a Elizabeth che trascorreva il suo tempo abbastanza piacevolmente; passava delle buone ore in conversazione con Charlotte, e il tempo era così bello, per la stagione, che aveva spesso la gioia di potersene stare all'aperto. La sua passeggiata preferita (e vi si recava spesso quando gli altri erano in visita da Lady Catherine) era lungo il confine del parco, dove vi era un sentiero riparato che nessuno sembrava apprezzare tranne lei, e dove si sentiva al riparo dalla curiosità di Lady Catherine.

Le prime settimane trascorsero così piuttosto tranquillamente. La Pasqua si avvicinava e nella settimana precedente si sarebbe visto apparire un nuovo membro della famiglia di Rosings: evento abbastanza importante in una cerchia così ristretta. Poco dopo il suo arrivo, Elizabeth aveva sentito dire che Mr Darcy era atteso per quell'epoca, e sebbene non fosse certo lui il preferito tra i suoi conoscenti, il suo arrivo costituiva pur sempre qualcosa di nuovo nell'ambiente di Rosings, e lei si sarebbe potuta divertire nel constatare l'inutilità delle speranze nutrite da Miss Bingley, osservando il contegno di Darcy verso sua cugina, alla quale era certamente destinato da Lady Catherine. Questa accennava con grande soddisfazione alla sua venuta, parlava di lui con la più calda ammirazione, e sembrava quasi seccata che Elizabeth e Miss Lucas lo avessero già visto più volte.

Il suo arrivo fu presto risaputo alla Parrocchia, perché Mr Collins, che passeggiò tutta la mattinata in vista della villa per essere il primo a vederlo, dopo aver fatto un inchino alla carrozza che svoltava nel parco, corse a casa a portare la grande notizia. Il mattino dopo si affrettò a correre a Rosings a presentare i suoi omaggi: due erano i nipoti di Lady Catherine cui porgerli, perché Mr Darcy aveva condotto con sé il colonnello Fitzwilliam, figlio minore di suo zio Lord ***, e con grande sorpresa di tutti, quando Mr Collins ritornò a casa, i due gentiluomini lo accompagnarono. Charlotte, che li aveva visti dallo studio di suo marito mentre attraversavano la strada, corse subito nell'altra stanza ad avvertire le ragazze dell'onore che le aspettava, aggiungendo:

«Devo a te, Eliza, questo atto di cortesia. Mr Darcy non sarebbe venuto così presto per far visita a me».

Elizabeth non ebbe quasi tempo di schermirsi della cortese supposizione, prima che il campanello annunciasse il loro arrivo, e poco dopo i tre signori entrarono. Il colonnello Fitzwilliam, che li precedeva, era sulla trentina, non bello, ma nella persona e nel tratto un vero gentiluomo. Mr Darcy era sempre tale e quale come lo avevano visto nell'Hertfordshire. Presentò i suoi omaggi a Mrs Collins con la sua solita riservatezza, e quali che fossero i suoi sentimenti verso la sua amica la salutò con la massima calma. Elizabeth s'inchinò senza dire una parola.

Il colonnello Fitzwilliam iniziò subito a conversare, con la prontezza e la disinvoltura di una persona educata, e parlò molto piacevolmente; ma suo cugino, dopo aver rivolto a Mrs Collins qualche frase sulla casa e sul giardino, si sedette senza parlare con nessuno. Finalmente però, in una resipiscenza di cortesia, si informò con Elizabeth sulla salute della sua famiglia. Elizabeth rispose; poi aggiunse dopo un momento:

«Mia sorella maggiore è in città da tre mesi. Non l'avete per caso incontrata?».

Sapeva benissimo che non era possibile che Mr Darcy avesse visto Jane a Londra, ma desiderava vedere se si sarebbe tradito mostrando di sapere quello era avvenuto tra lei e i Bingley, e le sembrò infatti un po' confuso quando rispose che non aveva mai avuto la fortuna di incontrare Miss Bennet.

Lasciarono cadere l'argomento e i signori se ne andarono poco dopo.

Capitolo trentunesimo

Il contegno del colonnello Fitzwilliam fu molto apprezzato al Presbiterio, e le signore pensavano che la sua presenza avrebbe aumentato di molto il piacere delle loro serate a Rosings. Trascorsero però alcuni giorni prima che ricevessero un invito; ora che Rosings aveva visite importanti, la loro presenza non era più necessaria, e fu soltanto a Pasqua, quasi una settimana dopo l'arrivo degli ospiti, che ebbero l'onore di un invito per la sera, all'uscita dalla chiesa. Nell'ultima settimana avevano visto raramente sia Lady Catherine che sua figlia. Il colonnello Fitzwilliam era venuto più di una volta da loro, ma non avevano visto Mr Darcy che in chiesa.

Naturalmente accettarono l'invito e alla debita ora raggiunsero la compagnia nel salotto di Lady Catherine. Sua Signoria li ricevette con gentilezza, ma era facile vedere che la loro presenza non era così gradita come quando non aveva di meglio; era troppo occupata a parlare con i suoi ospiti, specialmente con Darcy, che la interessava più di tutti.

Il colonnello Fitzwilliam mostrò tutto il piacere che provava a vederli; ogni distrazione era benvenuta a Rosings, senza calcolare che la graziosa amica Mrs Collins aveva colpito la sua fantasia. Si sedette accanto a lei parlando con tanta piacevolezza del Kent e dell'Hertfordshire, del viaggiare e dello stare a casa, dei libri recenti e di musica, che Elizabeth non si era mai trovata tanto bene in quel salotto, e la loro conversazione divenne così animata ed espansiva da attirare non solo l'attenzione di Lady Catherine ma anche quella di Mr Darcy. I suoi occhi si erano spesso rivolti a loro con curiosità, e ben presto Sua Signoria, dividendo la stessa curiosità, la espresse apertamente, perché, senza troppi scrupoli, chiese:

«Che cosa state dicendo, Fitzwilliam? Di che cosa parlate? Che cosa raccontate a Miss Bennet? Voglio sentire anch'io».

«Discorriamo di musica, Madam», egli disse, quando non poté evitare di rispondere.

«Di musica! Allora parlate, vi prego, a voce alta. È l'argomento che preferisco. Devo prender parte anch'io alla conversazione, se parlate di musica. Credo che in tutta l'Inghilterra vi siano poche persone che apprezzino la musica come me, o che abbiano un più innato buon gusto. Se avessi studiato, sarei una grande conoscitrice. E anche Anne, se la sua salute le avesse permesso di applicarsi, avrebbe suonato deliziosamente. E Georgiana, come va, Darcy?»

Darcy fece gli elogi più affettuosi dei progressi di sua sorella.

«Ne sono proprio contenta», disse Lady Catherine, «ma ditele, vi prego, che non può aspettarsi di eccellere se non si esercita parecchio.»

«Vi assicuro, signora», rispose lui, che non ha bisogno di questo consiglio. Studia con molta costanza e impegno.»

«Tanto meglio. Non sarà mai abbastanza, e la prima volta che le scriverò, le raccomanderò di non trascurare il pianoforte per nessun motivo. Dico spesso alle ragazze che non si può raggiungere, in musica, la perfezione senza un esercizio costante. Ho già ripetuto parecchie volte a Miss Bennet che non suonerà mai veramente bene se non studierà di più, e poiché Mrs Collins non ha un piano, sarà sempre benvenuta se verrà a Rosings, anche tutti i giorni, per suonare sul pianoforte che è in camera di Mrs Jenkinson. In quell'ala della casa non c'è pericolo che dia fastidio a nessuno.»

Mr Darcy sembrò piuttosto seccato per la sgarberia di sua zia e non rispose.

Preso il caffè, il colonnello Fitzwilliam ricordò a Elizabeth che gli aveva promesso di suonare per lui, e lei sedette subito al piano, mentre lui le si poneva accanto. Lady Catherine ascoltò metà di una romanza, poi riprese a parlare come prima con suo nipote, finché costui alzandosi, si diresse deliberatamente verso il pianoforte, mettendosi in modo da poter guardare in volto la graziosa suonatrice. Elizabeth, vedendolo, alla prima pausa si volse a lui con un sorriso malizioso:

«Avete l'intenzione di farmi paura, Mr Darcy, venendo ad ascoltarmi con tanta solennità? Ma non mi spavento, anche se vostra sorella suona così bene. Sono talmente ostinata che non mi lascio smuovere dalla volontà degli altri. Il mio coraggio anzi si ridesta a ogni tentativo di intimidirmi».

«Non vi dirò che sbagliate», egli rispose, «anche se so che non credete affatto che io abbia l'intenzione di spaventarvi; ho il piacere di conoscervi da abbastanza tempo per sapere che vi diverte professare delle opinioni che non sono affatto le vostre.»

Elizabeth rise di cuore a questo ritratto di se stessa, e disse al colonnello Fitzwilliam:

«Vostro cugino vi farà un tale quadro di me che sarete indotto a non credere una sola parola di quello che dico. Sono proprio sfortunata nel trovare una persona che può rivelare il mio vero carattere, proprio in quell'angolo del mondo dove speravo di potere avere qualche successo. Davvero Mr Darcy, è assai poco generoso da parte vostra riferire tutto quello che avete scoperto contro di me nell'Hertfordshire, e permettetemi di dire anche che è poco politico, perché può provocare la mia vendetta, e ne potrebbe venir fuori qualcosa che scandalizzerebbe i vostri parenti».

«Non mi fate paura», disse lui sorridendo.

«Di grazia, ditemi di che cosa potete accusarlo», esclamò il colonnello Fitzwilliam. «Mi piacerebbe sapere come si comporta tra gli estranei.»

«Lo saprete; ma preparatevi a qualche cosa di orribile. Dovete sapere che la prima volta che lo vidi nell'Hertfordshire, fu a un ballo, e volete sapere che cosa fece a questo ballo? Ballò quattro volte soltanto! Mi duole di affliggervi, ma fu proprio così. Ballò solo quattro danze benché ci fossero pochi uomini, e posso dire che più di una ragazza fu costretta a star seduta per mancanza di cavalieri. Non potete negarlo, Mr Darcy.»

«Non avevo allora l'onore di conoscere nessuna signora all'infuori di quelle del mio gruppo.»

«Verissimo, e nessuno si può far presentare in una festa da ballo. E ora, colonnello Fitzwilliam, che cosa devo suonare? Le mie dita sono a vostra disposizione.»

«Forse», disse Darcy, «avrei fatto meglio a farmi presentare, ma non ho le qualità adatte per piacere a chi non conosco.»

«Dobbiamo chiederne la ragione a vostro cugino?», disse Elizabeth sempre rivolta al colonnello Fitzwilliam, «dobbiamo chiedergli perché un uomo intelligente e colto che ha vissuto nel mondo, non sa piacere agli estranei?»

«Posso rispondere per lui», disse Fitzwilliam. «È perché non vuol darsene la pena.»

«Certo non ho l'arte che hanno alcuni», disse Darcy, «di parlare facilmente con chi non ho mai visto. Non so mettermi al loro tono, né interessarmi ai loro argomenti, come vedo fare a tanti.»

«Le mie dita», replicò Elizabeth, «non corrono su questa tastiera con la maestria che ammiro in molte altre persone. Non hanno la stessa forza, né la stessa rapidità e non ottengono gli stessi risultati. Ma ho sempre creduto che la colpa fosse mia, per non aver fatto la fatica di esercitarmi; non che io creda che le mie dita non potrebbero essere altrettanto capaci di una esecuzione perfetta, come quella raggiunta da chiunque altro.»

Darcy sorrise, dicendo: «Avete perfettamente ragione. Avete impiegato mille volte meglio il vostro tempo. Nessuno tra quelli che hanno il privilegio di sentirvi può pensare che vi manchi qualcosa. Ma nessuno di noi due sa esibirsi davanti agli estranei».

A questo punto furono interrotti da Lady Catherine che chiese ad alta voce di che cosa stessero discorrendo.

Elizabeth ricominciò subito a suonare. Lady Catherine si avvicinò e, dopo aver ascoltato per alcuni minuti, disse a Darcy:

«Miss Bennet non suonerebbe affatto male se studiasse di più e se avesse avuto un professore di Londra. Ha una grande agilità, anche se il suo gusto non è paragonabile a quello di Anne. Anne sarebbe stata un'ottima pianista se la sua salute le avesse permesso di esercitarsi».

Elizabeth guardò Darcy per vedere con quanta prontezza assentisse all'elogio della cugina, ma né in quel momento né altre volte poté mai scorgere in lui alcun sintomo d'amore anzi, dall'insieme del suo contegno verso Miss de Bourgh le parve, a consolazione di Miss Bingley, che avrebbe altrettanto probabilmente sposato lei, se fosse stata sua parente.

Lady Catherine continuò a dare i suoi giudizi sul modo di suonare di Elizabeth, unendovi molti consigli sull'esecuzione e sul gusto. Elizabeth li accolse con tutta la pazienza che le suggeriva l'educazione, e, alla richiesta dei due cavalieri, rimase al pianoforte finché la carrozza di Sua Signoria fu pronta per riaccompagnarli tutti a casa.

Capitolo trentaduesimo

L'indomani mattina Elizabeth era sola e stava scrivendo a Jane, mentre Mrs Collins e Maria erano andate per compere al villaggio, quando fu sorpresa da una scampanellata, segno certo di una visita. Non avendo sentito rumore di carrozze, pensò che potesse essere Lady Catherine e stava già riponendo la lettera incominciata per sfuggire alle sue domande impertinenti quando la porta si aprì e con sua grande sorpresa vide entrare in camera Mr Darcy; Mr Darcy e nessun altro.

Parve stupito di trovarla e si scusò per il disturbo: credeva, disse, che tutte e tre le signore fossero in casa.

Sedette, e quando Elizabeth si fu informata su Rosings, sembrò ci fosse il pericolo di cadere nel silenzio più assoluto. Bisognava pensare a qualcosa di cui parlare, e, ricordando l'ultima volta che lo aveva visto nell'Hertfordshire, curiosa di sapere che cosa avrebbe detto a proposito della loro partenza affrettata, osservò:

«Come avete lasciato improvvisamente Netherfield, il novembre scorso, Mr Darcy! Mr Bingley sarà stato molto contento nel vedersi raggiunto così presto, perché, se ben ricordo, era partito soltanto il giorno prima. Spero che lui e le sue sorelle stessero bene quando avete lasciato Londra».

«Perfettamente, grazie.»

Visto che non riceveva altra risposta, dopo una breve pausa continuò:

«Mi pare di aver capito che Mr Bingley non ha intenzione di ritornare a Netherfield».

«Non gliel'ho mai sentito dire: ma è facile che non vi si trattenga a lungo, in avvenire. Ha molti amici, ed è in quel periodo della vita in cui gli amici e gli impegni aumentano continuamente.»

«Se non ha intenzione di stare molto a Netherfield, sarebbe meglio per i suoi vicini che rinunciasse addirittura al posto, così almeno potremmo acquistare nel vicinato una famiglia decisa a stabilirvisi. Ma forse, Mr Bingley non ha affittato la casa per il piacere del vicinato, bensì per il suo; e tanto tenerla che lasciarla dipenderà per lui unicamente dallo stesso motivo.»

«Non mi stupirebbe», disse Darcy, «se la cedesse, alla prima buona offerta.»

Elizabeth non rispose. Non osava parlargli più a lungo del suo amico e, non avendo altro da dire, era decisa a lasciare a lui il disturbo di trovare un nuovo argomento.

Egli comprese benissimo e incominciò:

«Questa casa è veramente comoda. Credo che Lady Catherine, quando Mr Collins venne a Hunsford, vi abbia fatto molte riparazioni».

«Lo credo anch'io, e sono certa che non poteva elargire i suoi favori a persona più capace di gratitudine.»

«Mr Collins è stato molto fortunato nella scelta della moglie.»

«Sì, e i suoi amici possono proprio rallegrarsi che si sia imbattuto in una delle poche donne assennate capaci di accettarlo, e che, accettandolo, sappia renderlo felice. La mia amica è molto intelligente anche se io non posso pensare che aver sposato Mr Collins sia la cosa più saggia che abbia fatto. Tuttavia sembra perfettamente felice, e il suo matrimonio, considerato come matrimonio di ragione, risulta veramente ottimo.»

«Quello che deve farle più piacere deve essere trovarsi a così poca distanza dalla famiglia e dagli amici.»

«Vi pare una piccola distanza? Sono quasi cinquanta miglia.»

«E che cosa sono cinquanta miglia su di una buona strada? Poco più di mezza giornata di viaggio; a me, in verità, la distanza sembra breve.»

«Non avrei mai pensato alla *distanza* come a uno dei vantaggi di questo matrimonio», esclamò Elizabeth. «E non avrei mai detto che Mrs Collins sia rimasta vicino alla propria famiglia.»

«Ciò dimostra come siete affezionata all'Hertfordshire. Penso che qualsiasi posto che non sia nei dintorni immediati di Longbourn vi sembri lontano.»

Parlava con un lieve sorriso, ed Elizabeth credette di indovinare: supponeva certo che lei pensasse a Jane e a Netherfield, e arrossì sorridendo:

«Non voglio dire che una donna non possa accasarsi che nelle vicinanze della propria famiglia. La distanza può essere relativa e dipendere da molte circostanze. Quando si è ricchi e non importa la spesa del viaggio, le distanze non rappresentano un guaio. Ma questo non è il caso. Mr Collins e la sua signora hanno un buon reddito, ma non tale da potersi permettere viaggi frequenti, e sono convinta che la mia amica non considererebbe di trovarsi vicino ai suoi neppure se fosse a metà distanza».

Mr Darcy avvicinò un po' la sua seggiola a quella di lei e disse: «Ma voi non dovreste avere alcuna ragione per essere così attaccata a quel luogo. Non potete esser rimasta sempre a Longbourn».

Elizabeth sembrò sorpresa. Al suo compagno non sfuggì quel mutamento d'umore; ritrasse la sedia, prese un giornale dal tavolo e, dandovi un'occhiata, le chiese in tono più freddo: «Vi piace il Kent?».

Seguì un breve dialogo sulla regione, calmo e conciso da ambedue le parti, presto interrotto dall'entrata di Charlotte e di sua sorella, che tornavano allora dalla passeggiata. Rimasero stupite di quel *tête-a-tête*. Mr Darcy spiegò per quale ragione si era trovato a disturbare involontariamente Miss Bennet, e dopo pochi minuti, senza aver quasi più parlato con nessuno di loro, se ne andò.

«Che cosa significa tutto questo?», disse Charlotte appena fu uscito. «Cara Eliza, deve essere innamorato di te. Altrimenti non sarebbe mai venuto a trovarci con tanta semplicità.»

Ma quando Elizabeth raccontò come era stato accigliato e taciturno, la cosa non parve più possibile neppure a Charlotte, malgrado il suo carattere ottimista; e, dopo varie congetture, l'unica ragione alla quale poté essere attribuita la sua visita fu quella della noia: si era degnato fino a tanto proprio per non aver altro da fare, cosa abbastanza facile in quella stagione, in cui tutti gli svaghi all'aperto erano finiti. In casa c'erano, è vero, Lady Catherine, dei libri e un bigliardo, ma gli uomini non possono stare sempre in casa, e, sia per la bellezza delle passeggiate, sia per la vicinanza stessa del Rettorato e per la piacevole compagnia che vi trovavano, i due cugini da quel momento vennero quasi tutti i giorni a far loro visita. Arrivavano al mattino nelle ore più disparate, a volte insieme, a volte ciascuno per proprio conto e di rado accompagnati dalla zia. Si vedeva chiaramente che il colonnello Fitzwilliam ci veniva perché si trovava bene tra loro, cosa che naturalmente lo rendeva ancor più accetto; Elizabeth provava piacere a trovarsi con lui, e la palese ammirazione che le mostrava le ricordava il suo favorito di un tempo, George Wickham; e pur constatando che il colonnello Fitzwilliam non aveva le maniere seducenti di lui, lo trovava tuttavia molto più brillante.

Più difficile era capire come mai anche Mr Darcy si recasse così spesso al Rettorato. Non certo per cercarvi compagnia, perché rimaneva spesso senza aprir bocca, e, quando parlava, sembrava lo facesse più per dovere che per piacere, quasi compisse un sacrificio dovuto alle convenienze sociali. Era raro che lo si vedesse animato. Mrs Collins non riusciva a capirlo. Il colonnello Fitzwilliam lo canzonava per il suo umore silenzioso, e questo stava a dimostrare che non si comportava sempre così; e Mrs Collins, nutrendo in cuor suo la speranza che questo mutamento dipendesse da un innamoramento per Elizabeth, si mise d'impegno per cercare di scoprire se era vero. Certo egli guardava molto la sua amica, ma l'espressione di quel suo sguardo era difficile da definirsi. La fissava con aria seria e grave. Charlotte si domandava se quello sguardo rivelasse una vera ammirazione oppure fosse soltanto, per lui, un modo come un altro di essere soprappensiero.

Due o tre volte Charlotte aveva suggerito a Elizabeth che Darcy avesse un debole per lei, ma questa aveva sempre riso all'idea, e l'altra non credette il caso di insistere, per paura di destare delle speranze che potessero andar deluse, convinta com'era che tutta l'antipatia della sua amica sarebbe svanita, quando avesse potuto credere di tenerlo in suo potere.

Tra gli affettuosi progetti di Charlotte per Elizabeth c'era anche quello di sposarla al colonnello Fitzwilliam. Fra i due egli era, senza confronto, il più simpatico; era certo che la ammirava, la sua posizione era splendida; ma a controbilanciare tutti questi vantaggi, c'era il fatto che Mr Darcy aveva invece una forte influenza sul patronato ecclesiastico, mentre suo cugino non ne aveva alcuna.

Capitolo trentatreesimo

Più di una volta durante le sue passeggiate nel parco, Elizabeth si era imbattuta improvvisamente in Mr Darcy. Era il colmo della sfortuna incontrarlo proprio negli angoli più riposti e più tranquilli, e, per impedire che la cosa si rinnovasse, ebbe cura di informarlo che quella era la sua passeggiata favorita. Le parve quindi strano che l'incontro si ripetesse, non solo una seconda volta, ma anche una terza. Sembrava che lo facesse per dispetto, o per infliggere a se stesso una strana punizione, perché, non contento delle poche e banali frasi scambiate insieme e intercalate da pause imbarazzanti, aveva ritenuto opportuno tornare indietro e accompagnarla. Darcy non diceva gran che e lei non si curava di parlare o di ascoltare con molta attenzione; ma al loro terzo incontro fu colpita nell'osservare che lui le rivolgeva domande piuttosto strane su come si trovava a Hunsford, sulla sua preferenza per le passeggiate solitarie, su quello che pensava della felicità di Mr Collins e di sua moglie; e, parlando di Rosings, che lei non conosceva ancora bene, le dava l'impressione di credere che la prossima volta che sarebbe tornata nel Kent, avrebbe abitato lei pure lì. Questo era ciò che le sue parole sembravano far supporre. Possibile che pensasse al colonnello Fitzwilliam? Se le sue erano allusioni, non potevano avere altro riferimento. Si sentì un po' turbata, e fu ben contenta di essere arrivata al cancello della palizzata di fronte al Rettorato.

Un giorno che passeggiava rileggendo l'ultima lettera di Jane, soffermandosi su alcuni punti che le provavano come l'animo di sua sorella non fosse troppo sereno quando aveva scritto, invece di essere sorpresa da Mr Darcy, alzando gli occhi, vide il colonnello Fitzwilliam che le veniva incontro. Mettendo subito via la lettera e forzandosi a sorridere, disse:

«Non avrei mai creduto che anche voi aveste per meta delle vostre passeggiate questi paraggi».

«Ho fatto il giro di tutto il parco», rispose, «come faccio ogni anno, e pensavo di terminarlo con una visita al Rettorato. Andate ancora lontano?»

«No, stavo per ritornare.» E detto fatto, tornò indietro e si diressero insieme verso il Presbiterio.

«È vero che lasciate il Kent, sabato?», chiese Elizabeth.

«Sì, se Darcy non rimanda ancora la partenza. È lui che decide come più gli aggrada.»

«Dunque anche se un progetto non gli va a genio, ha almeno la grandissima soddisfazione di prendere le decisioni che vuole. Non ho mai conosciuto nessuno che sembri godere più di Mr Darcy nel fare quello che più gli pare e piace.»

«È veramente un temperamento che ama la propria indipendenza», rispose il colonnello Fitzwilliam, «cosa che del resto piace a tutti. Soltanto, lui ha più mezzi a sua disposizione, perché è ricco, mentre molti altri sono poveri. Parlo per esperienza. Come ben sapete un figlio minore deve abituarsi a saper rinunziare e a dipendere dagli altri.»

«Secondo me, il figlio minore di un conte conosce poco sia l'una che l'altra cosa. Ditemi, in verità, che ne sapete voi di rinunce e di dipendenza? Quando mai la mancanza di mezzi vi ha impedito di andare dove volevate o di procurarvi quello che desideravate?»

«Queste sono piccolezze e forse non potrei dire di aver sofferto di vere e proprie privazioni, ma in cose di maggior importanza posso soffrire anch'io per la mancanza di mezzi. Per esempio, i figli minori non possono sposare chi vogliono.»

«A meno che non s'innamorino di donne ricche, cosa che mi pare avvenga spesso.»

«Siamo schiavi delle nostre abitudini dispendiose, e sono pochi quelli del mio ceto che possono sposarsi senza dare importanza al denaro.»

«Che voglia alludere a me?», pensò Elizabeth arrossendo; ma, riprendendosi, disse con tono vivace: «E ditemi dunque, vi prego, qual è il prezzo corrente per il figlio minore di un conte? A meno che il primogenito non sia molto malandato di salute, penso che non pretenderà più di cinquantamila sterline».

Anche lui rispose sullo stesso tono e l'argomento fu abbandonato. Temendo però che potesse interpretare il suo silenzio come segno che lei fosse rimasta turbata dal discorso fatto, Elizabeth continuò quasi subito:

«Immagino che vostro cugino vi abbia condotto con sé soprattutto per il piacere di avere qualcuno a sua disposizione. Mi domando come mai non si sposa, per assicurarsi stabilmente questo vantaggio. Ma forse sua sorella per ora può bastare: dato che è affidata alle sue cure, può comandarla come vuole».

«No», disse il colonnello Fitzwilliam, «è una cura che deve dividere con me. Sono anch'io tutore di Miss Darcy.»

«Davvero? E che genere di tutori siete? La vostra pupilla vi dà molto da fare? Le signorine di quell'età sono talvolta un po' difficili da guidare, e se ha il vero carattere dei Darcy, forse piacerà anche a lei fare quello che vuole.»

Mentre parlava, notò che lui la guardava attentamente, e dal modo con cui le chiese subito perché supponeva che Miss Darcy potesse dare delle preoccupazioni, comprese di essere andata molto vicina alla verità. Rispose in fretta:

«Non inquietatevi. Non ho mai sentito parlare male di lei, e sono sicura che è una delle più docili creature del mondo. È la prediletta di alcune signore che conosco, Mrs Hurst e Miss Bingley. Credo che le conosciate voi pure».

«Le conosco poco. Loro fratello è un uomo distinto, e un grande amico di Mr Darcy.»

«Oh, sì», rispose Elizabeth asciutta; «Mr Darcy mostra un grande attaccamento per Mr Bingley, e si prende cura di lui forse anche più di quanto dovrebbe.»

«Sì, credo *proprio* che Darcy si curi di lui lì dove mostra di averne veramente bisogno. Da qualcosa che mi ha detto durante il nostro viaggio, ho ragione di credere che Bingley gli può essere molto grato. Ma forse non ho il diritto di pensare che si trattasse di lui. È soltanto una mia congettura.»

«Di che cosa intendete parlare?»

«Si tratta di un caso che Darcy non desidera certo che venga risaputo, perché sarebbe spiacevole che arrivasse agli orecchi della famiglia della signorina.»

«Potete esser sicuro che non ne farò parola.»

«E guardate che non ho nessuna ragione speciale per credere che si tratti proprio di Bingley. Darcy mi disse soltanto questo: che si rallegrava di aver recentemente salvato un amico dal contrarre un matrimonio imprudente, ma senza far nomi, né dare particolari, e ho supposto che si trattasse di Bingley perché mi pare proprio il tipo di giovane capace di mettersi in un imbroglio di questo genere, e perché sapevo che avevano passato tutta l'estate insieme.»

«Mr Darcy vi ha spiegato le ragioni del suo intervento?»

«Mi è parso che vi fossero gravi impedimenti da parte della signorina.»

«E quali arti impiegò per separarli?»

«Non mi parlò delle sue arti», disse Fitzwilliam sorridendo. «Mi disse soltanto quello che vi ho riferito.»

Elizabeth non rispose e continuò a camminare; il suo cuore era gonfio d'indignazione. Dopo averla osservata qualche tempo, Fitzwilliam le chiese perché fosse così pensierosa.

«Pensavo a quello che mi avete detto», rispose. «Non mi piace il modo d'agire di vostro cugino. Perché arrogarsi il diritto di giudicare?»

«Vi pare che il suo intervento sia ingiustificato?»

«Non vedo quale diritto avesse Mr Darcy per decidere se l'inclinazione del suo amico fosse più o meno giusta, o perché dovesse bastare il suo giudizio per decidere o meno della felicità del suo amico. Ma», continuò riprendendosi, «siccome non conosciamo i particolari, non possiamo neppure condannarlo. Ad ogni modo penso che non si trattasse di un vero e grande amore.»

«Non è improbabile», disse Fitzwilliam, «ma questo diminuirebbe, e non di poco, la vittoria di mio cugino.»

Questa conclusione venne tratta scherzando, ma a lei parve che dalle parole del colonnello balzasse fuori così nitido il carattere di Mr Darcy, che non si fidò di rispondere, per cui, cambiando discorso, parlò di altri argomenti fino all'arrivo al Rettorato. Qui, chiusa nella sua camera, appena il visitatore se ne fu andato, poté pensare senza essere interrotta a tutto quello che aveva saputo. Senza dubbio si trattava proprio della sua cara Jane. Non poteva esservi al mondo, oltre a Mr Bingley, un altro uomo sul quale Mr Darcy esercitasse una influenza così illimitata. Non aveva mai dubitato ch'egli avesse avuto parte nel separarlo da Jane; ma aveva sempre attribuito a Miss Bingley la responsabilità più grande dell'accaduto. Invece, se non era stata la sua leggerezza ad allontanarlo da Jane, era stato proprio lui, con il suo orgoglio e il suo capriccio, la causa di tutto quello che sua sorella aveva sofferto e continuava a soffrire. Aveva distrutto, per qualche tempo almeno, ogni speranza di felicità nel cuore più affettuoso e più generoso, e nessuno poteva sapere quanto avrebbe potuto durare tutto il male che aveva fatto. «C'erano gravi impedimenti da parte della signorina», aveva detto Fitzwilliam, e i «gravi impedimenti» erano probabilmente avere uno zio avvocato di campagna, e un altro commerciante a Londra. Non potevano esserci davvero «impedimenti gravi» d'altro genere contro Jane personalmente, tutta bellezza e bontà, intelligente, con una mente superiore e dei modi affascinanti. «Né può addurre qualcosa contro mio padre», pensò, «che, anche se un po' originale, ha delle qualità che lo stesso Mr Darcy non può disprezzare e un'onorabilità ch'egli forse non saprebbe mai raggiungere». Quando pensava a sua madre si sentiva meno sicura; ma non poteva ammettere che le obiezioni contro di lei avessero un gran peso per Mr Darcy, il cui orgoglio doveva essere certo più ferito dal fatto che il suo amico si imparentasse con gente di poca importanza, piuttosto che di poco giudizio. Finì quindi per concludere che era stato guidato in parte dal suo peggiore orgoglio, in parte dal desiderio di serbare Mr Bingley per sua sorella.

Le lacrime e l'agitazione prodotte da queste riflessioni le causarono un gran mal di testa che andò peggiorando verso sera, e poiché non aveva nessun desiderio di vedere Mr Darcy decise di non accompagnare i suoi cugini a Rosings, dove erano attesi per il tè. Charlotte vedendo che la sua amica stava veramente poco bene non insisté e cercò di impedire che suo marito lo facesse; ma Mr Collins non poté nascondere il suo timore che Lady Catherine si sarebbe seccata non vedendo apparire Elizabeth.

Capitolo trentaquattresimo

Quando se ne furono andati, Elizabeth, quasi per aumentare la sua esasperazione contro Mr Darcy, si mise a leggere tutte le lettere che Jane le aveva scritto da quando si trovava nel Kent. Non che essa si lamentasse, né rievocasse il passato, o accennasse al presente dolore; mancava però la gaiezza propria del suo carattere e del suo stile, che, derivando dalla serenità di uno spirito in pace con se stesso e ben disposto verso tutti, non era fino allora mai stato offuscato. Elizabeth scorgeva ora in ogni frase una tristezza che le era sfuggita alla prima lettura. E il fatto che Mr Darcy si fosse vantato di aver causato tanta infelicità, le faceva dividere più profondamente tutta la pena di sua sorella. Si consolò, sapendo che il suo soggiorno a Rosings sarebbe terminato tra un paio di giorni, e ancor di più pensando che tra due settimane sarebbe stata di nuovo con Jane, e avrebbe con tutto il suo affetto contribuito a farle riacquistare pace e serenità.

Non poteva pensare alla partenza di Darcy senza ricordare che con lui sarebbe partito anche suo cugino, ma il colonnello Fitzwilliam le aveva fatto capire chiaramente di non avere nessuna intenzione al suo riguardo, e, per simpatico che fosse, non aveva proprio voglia di affliggersi per causa sua.

Aveva appena preso questa decisione, quando fu scossa improvvisamente dal suono del campanello della porta, e si sentì un po' turbata all'idea di vedere proprio Fitzwilliam, che già altre volte di pomeriggio era venuto a trovarli e che forse veniva a informarsi di lei in particolare. Ma si sbagliava, e la sua emozione fu ben diversa, quando, con sua grandissima sorpresa, vide entrare Mr Darcy, il quale con parole piuttosto concitate cominciò a informarsi della sua salute, dicendo che era venuto nella speranza di trovarla migliorata. Elizabeth rispose con fredda cortesia. Mr Darcy sedette per un momento, poi, alzatosi, prese a camminare nervosamente su e giù per la stanza. Elizabeth era sempre più stupita, ma non disse una parola. Dopo un silenzio abbastanza lungo, le si avvicinò dicendo in tono concitato:

«Ho lottato invano. È inutile. I miei sentimenti non possono più essere soffocati. Dovete permettermi di dirvi che vi ammiro e vi amo ardentemente».

La sorpresa di Elizabeth fu indicibile. Trasalì, arrossì e tacque dubitando. Egli pensò che fosse un incoraggiamento bastante, e seguitò con un'immediata confessione di tutto quello che provava e che aveva provato da tanto tempo per lei. Parlava bene; ma vi erano altri sentimenti, oltre a quelli del cuore, che doveva esporre, e non fu meno eloquente nel dimostrare il suo orgoglio di quanto non lo fosse stato per rilevare il suo affetto. L'idea dell'inferiorità sociale di Elizabeth, per lui così umiliante, degli ostacoli familiari, per cui aveva sempre cercato di combattere la sua inclinazione verso di lei, tutto fu esposto con un calore forse dovuto ai pregiudizi che aveva la forza di vincere, ma che non era certo adatto a rendere accetta la sua domanda.

Nonostante la ormai convinta antipatia che nutriva per Darcy, Elizabeth non poteva rimanere insensibile a sentirsi oggetto d'amore per un uomo come lui e, benché non esitasse un istante di fronte ai propri sentimenti, non poté fare a meno di essere spiacente all'idea della pena che stava per infliggergli; alla fine però, il risentimento provocato dalle sue ultime parole mutò questa compassione in vivo sdegno. Cercò nondimeno di ricomporsi per potergli rispondere il più gentilmente possibile, quando fosse venuto il momento. Egli concluse esponendo la violenza di un sentimento che, nonostante tutti i suoi tentativi, non era stato capace di vincere, ed esprimendo la speranza di esserne ricompensato ottenendo la sua mano. Mentre diceva così, Elizabeth poté facilmente accorgersi come lui non dubitasse affatto di ricevere una risposta favorevole. Parlava di apprensione e di ansia, ma il suo contegno denotava un'effettiva sicurezza. Questo non fece che esasperare Elizabeth, che disse arrossendo:

«Credo che in questi casi sia regola di squisita educazione dichiarare la propria riconoscenza per i sentimenti manifestati, anche se non sono ricambiati. Forse sarebbe naturale sentire anche della gratitudine, e, se io provassi questo sentimento, dovrei ringraziarvi. Ma non posso. Non ho mai aspirato alla vostra stima e voi me l'avete concessa molto a malincuore. Sono desolata di avervi causato un dolore. Tuttavia se questo è avvenuto, è stato involontariamente da parte mia e credo durerà poco. I sentimenti che, come mi avete detto, vi hanno così a lungo impedito di mostrarmi il vostro affetto, dopo questa spiegazione sapranno spegnerlo facilmente».

Darcy, che, appoggiato al camino, la guardava intensamente, sembrò afferrare le sue parole con una sorpresa più grande del risentimento. Divenne pallido per la collera, e in ogni tratto del suo volto rivelava un intenso turbamento. Lottava per riacquistare il dominio di se stesso e non aprì bocca finché non fu certo di esser perfettamente calmo. Questa pausa fu terribile per Elizabeth. Finalmente, con voce volutamente tranquilla, egli disse:

«Questa è tutta la risposta che ho l'onore di ricevere? Potrei, forse, pregarvi di informarmi perché mi rifiutate senza neppure darvi la pena di essere gentile? Ma questo ha poca importanza».

«Potrei anch'io chiedere», fu la risposta «perché, con l'intenzione così evidente di insultarmi e di offendermi, avete voluto dichiararmi che mi amate contro la vostra volontà, la vostra ragione, e perfino contro la vostra natura? Non basterebbe questo a scusare la mia scortesia, ammesso che sia stata scortese? Ma ho contro di voi altre ragioni di antipatia. E voi lo sapete. Se il mio stesso sentimento non vi fosse contrario, se fosse stato indifferente o anche favorevole, sappiate che nessuna considerazione mi avrebbe tentata ad accettare l'uomo che è stato la causa della rovina, forse per sempre, della felicità di una sorella che adoro.»

A queste parole Mr Darcy cambiò colore; ma fu una breve emozione, e ascoltò senza cercare di interromperla, mentre Elizabeth continuava:

«Ho tutte le ragioni del mondo per pensare male di voi. Non vi è un solo motivo che possa giustificare quello che avete fatto: non oserete negare che siete stato lo strumento principale, se non forse l'unico, per dividere due persone che si amavano, esponendo uno ad esser tacciato di capriccioso e volubile, e l'altra ad essere derisa per le sue speranze deluse, gettando tutti e due nel dolore più cocente».

Tacque, e vide, non senza indignazione, che lui ascoltava con l'aria di non provare alcun rimorso. La guardò perfino con un sorriso di aperta incredulità.

«Potete forse negare di averlo fatto?», ripeté Elizabeth.

Egli rispose con calma: «Non intendo negare di avere fatto tutto quanto era in mio potere per separare il mio amico da vostra sorella, o di essermi rallegrato del mio successo. Sono stato più bravo verso di lui che verso di me».

Elizabeth sdegnò di raccogliere questa riflessione galante, anche se non gliene sfuggì il senso, riflessione non certo adatta per riconciliarla.

«Ma non è soltanto su questa disgraziata faccenda», continuò, «che si fonda la mia antipatia. Molto prima che ciò avvenisse, la mia opinione su di voi si era già formata. Il vostro carattere mi fu rivelato da quello che seppi, molti mesi fa, da Mr Wickham. Che potere dire in proposito? Quale immaginario tratto di amicizia potete invocare a vostra difesa? O per mezzo di quale mistificazione cercherete di illudere il prossimo?»

«Mi sembra che v'interessiate molto di quel signore», disse Darcy in tono alterato, arrossendo.

«Chi, sapendo le sue disgrazie, non s'interesserebbe di lui?»

«Le sue disgrazie!», ripeté Darcy sdegnosamente. «Sì, le sue disgrazie sono state grandi davvero!»

«E per colpa vostra», esclamò Elizabeth energicamente. «Siete voi che l'avete ridotto alla sua attuale povertà. Gli avete tolto i vantaggi che sapevate gli erano destinati, lo avete privato negli anni migliori di quell'indipendenza che gli era dovuta e che meritava, siete voi la causa di tutto questo! Eppure potete ridere e schernire le sue disgrazie!»

«Ed è questa», disse Darcy, passeggiando agitato per la camera, «l'opinione che avete di me? Questa è la stima in cui mi tenete? Vi ringrazio di esservi spiegata così chiaramente. Secondo i vostri calcoli, le mie colpe sono davvero gravi. Ma forse», egli disse fermandosi, «avreste perdonato questi difetti se il vostro orgoglio non fosse stato ferito dalla mia onesta confessione degli scrupoli che mi hanno impedito per tanto tempo di pensare seriamente a voi. Se io, con maggior diplomazia, avessi nascosto le mie lotte e vi avessi illuso che ero stato spinto da un'inclinazione incontrollabile oltre che dal ragionamento e dalla riflessione, forse non mi avreste accusato così amaramente. Ma aborrisco ogni finzione. Non mi vergogno dei sentimenti che vi ho palesato. Erano giusti e naturali. Vi aspettavate forse che mi rallegrassi dell'inferiorità della vostra famiglia? Che mi congratulassi di acquistare dei parenti, la cui posizione nella scala sociale è di tanto inferiore alla mia?»

Elizabeth sentiva che la sua collera aumentava di momento in momento, tuttavia cercò di parlare con la massima calma, mentre diceva:

«Vi sbagliate, Mr Darcy, supponendo che il tono della vostra dichiarazione abbia influito sui miei sentimenti, se non in quanto mi ha risparmiato il dispiacere che avrei provato nel rifiutarvi se vi foste comportato più da gentiluomo».

A queste parole lo vide trasalire; pure non disse nulla e continuò:

«In qualunque modo mi aveste offerta la vostra mano, non avreste potuto mai indurmi ad accettarla».

Lo stupore di Darcy apparve ancora più manifesto: la guardò con un'espressione mista di mortificazione e di incredulità. Lei continuò:

«Fin da principio, posso quasi dire dal primo momento della nostra conoscenza, i vostri modi mi hanno rivelato tutta la vostra arroganza, la vostra presunzione e il vostro egoistico disprezzo dei sentimenti altrui. Questo è bastato a formare la base di quella disapprovazione sulla quale gli eventi successivi hanno costruito una irremovibile antipatia; e non era passato un mese, che avevo compreso che sareste stato l'ultimo uomo al mondo che io avrei pensato a sposare!».

«Avete detto quanto basta, signorina. Comprendo a pieno i vostri sentimenti e non mi rimane altro che vergognarmi di quelli che erano i miei. Perdonatemi di aver rubato tanto del vostro tempo, e accogliete i miei migliori auguri di salute e di felicità.»

E con queste parole lasciò frettolosamente la camera. Elizabeth lo sentì un momento dopo aprire la porta di casa e andarsene.

Il tumulto del suo animo era grandissimo. Non si sosteneva quasi e, vinta dalla debolezza, cadde a sedere e pianse. Il suo stupore, nel riflettere a quello che era accaduto, aumentava continuamente. Ricevere una offerta di matrimonio da Mr Darcy! Saperlo innamorato di lei da tutti questi mesi! E così innamorato da volerla sposare nonostante tutte le obiezioni che lo avevano indotto a impedire all'amico di sposare sua sorella, e che non potevano essere meno valide nel proprio caso! Sembrava addirittura incredibile! Era fiera di avere ispirato senza saperlo un affetto così profondo. Ma l'orgoglio di lui, quel suo abominevole orgoglio, la sua sfacciata confessione di quello che aveva fatto contro Jane, la sua imperdonabile tracotanza nel riconoscerlo, e l'indifferenza con la quale aveva parlato di Mr Wickham senza negare la severità usata contro di lui, tutti questi sentimenti ebbero ben presto ragione della compassione che il pensiero del suo affetto verso di lei aveva destato per un attimo. Queste agitate riflessioni la tennero occupata finché non le giunse il rumore della carrozza di Lady Catherine, e presumendo che le sarebbe stato impossibile di sfuggire ai commenti di Charlotte, si affrettò a rifugiarsi nella sua camera.

Capitolo trentacinquesimo

Elizabeth si svegliò l'indomani mattina con gli stessi pensieri sui quali aveva chiuso gli occhi. Non poteva ancora riaversi dalla sorpresa per quello che era avvenuto; non poteva pensare ad altro, e incapace di dedicarsi a qualsiasi occupazione, risolvette di prendere un po' d'aria e di fare del moto. Stava per avviarsi verso la sua passeggiata favorita, ma ricordandosi che Mr Darcy talvolta dirigeva i suoi passi da quella parte, invece di entrare nel parco si avviò verso il sentiero che se ne allontanava. La palizzata del parco segnava sempre il confine da una parte, ed essa attraversò uno dei cancelli che davano nella campagna.

Dopo aver camminato su e giù due o tre volte per quel sentiero, fu tentata, dalla bellezza della mattinata, di fermarsi al cancello e gettare un'occhiata nel parco. Le cinque settimane che aveva trascorse nel Kent avevano trasformato la campagna e ogni giorno aumentava la verzura degli alberi più precoci. Stava per continuare la sua passeggiata, quando intravide qualcuno nel boschetto che costeggiava il parco; veniva verso di lei, ed ella, temendo che fosse Mr Darcy, si ritrasse prontamente. Ma questi era abbastanza vicino per vederla, e avvicinandosi la chiamò per nome. Elizabeth, che era già voltata, sentendosi chiamare, pur riconoscendo la voce di Mr Darcy, si riavvicinò al cancello. Anch'egli vi era arrivato, e porgendole una lettera che Elizabeth prese istintivamente, disse con tono freddamente altero: «Ho passeggiato nel boschetto per qualche tempo nella speranza di incontrarvi. Volete farmi l'onore di leggere questa lettera?». E, con un leggero inchino, rientrò nel parco e scomparve.

Senza alcun piacere, ma con la più viva curiosità, Elizabeth aprì la lettera e con sempre crescente stupore vide che conteneva due fogli scritti assai fitti, con una minutissima calligrafia. Continuando nel sentiero, incominciò a leggere. Era datata da Rosings, alle otto del mattino, e diceva così:

Non vi allarmate, signorina, nel ricevere questa lettera, pensando che contenga una ripetizione di quei sentimenti o il rinnovarsi di quella proposta che la sera scorsa vi furono tanto sgraditi. Scrivo senza nessuna intenzione di addolorarvi, né per umiliarmi ritornando su desideri che, per il bene di entrambi, non potranno essere dimenticati mai abbastanza presto; e avrei risparmiato lo sforzo che costa a me lo scrivere e a voi il leggere questa lettera, se la mia coscienza non richiedesse che fosse e scritta e letta. Vogliate dunque perdonare la libertà che mi prendo; so che il vostro sentimento lo farà a malincuore, ma lo chiedo al vostro senso di giustizia.

Ieri sera mi avete accusato di due colpe di natura assai diversa, e di ben diversa portata. La prima era che, incurante dei sentimenti di entrambi, avevo distaccato Mr Bingley da vostra sorella; e l'altra che, nonostante ogni diritto e contro ogni senso di onore e di umanità, avevo rovinato l'avvenire di Mr Wickham spogliandolo di ciò che gli spettava. L'aver volutamente respinto il compagno della mia gioventù, il beniamino di mio padre, un giovane che non aveva quasi altra fortuna all'infuori della nostra protezione e che era cresciuto aspettandosene i benefici, sarebbe una tale prova di malvagità, che davanti a essa la separazione di due persone, il cui affetto durava da poche settimane, è senza confronto assai meno grave. Ma spero che per tutti e due questi fatti sarò scagionato dal durissimo biasimo con il quale mi avete così severamente colpito ieri sera, quando avrete letto la relazione dei miei atti e dei motivi che mi hanno indotto ad agire. Se per spiegare le mie ragioni sarò costretto a toccare argomenti che possono dispiacervi, non mi resta che esternarvi il mio rincrescimento e obbedire alla necessità che me lo impone. Non ero da molto tempo nell'Hertfordshire quando mi accorsi, e la cosa non era un mistero per nessuno, che Bingley preferiva vostra sorella a tutte le signorine dei dintorni. Compresi però che si trattava di un vero e proprio attaccamento soltanto la sera del ballo a Netherfield. Avevo visto Bingley innamorarsi spesso, prima di allora. A quel ballo, mentre avevo l'onore di danzare con voi, fui informato per la prima volta dalle fortuite osservazioni di Sir William Lucas, che la corte fatta da Bingley a vostra sorella aveva destato la generale aspettativa del loro matrimonio. Se ne parlava come di un avvenimento sicuro, del quale rimaneva da stabilire soltanto la data. Da quel momento osservai attentamente il mio amico e non potei fare a meno di riconoscere che egli era attratto da Miss Bennet più di quanto non lo fosse mai stato da nessun'altra ragazza. Osservai anche vostra sorella. Il suo aspetto e i suoi modi erano aperti, vivaci e seducenti come sempre, senza pertanto che desse segno di provare un'inclinazione speciale, e dalle osservazioni di quella sera rimasi convinto che, se accoglieva la corte di Bingley con piacere, non la sollecitava con nessun particolare sentimento da parte sua. Se non siete stata *voi* a ingannarvi, devo essere *io* in errore. Cosa probabile, visto che conoscete vostra sorella meglio di me. Se è così, se questo mio errore è stato causa di dolore per lei, il vostro risentimento contro di me non è irragionevole. Ma non mi faccio scrupolo nell'asserire che la serenità del contegno e dell'espressione di vostra sorella era tale che avrebbe dato al più attento osservatore la convinzione che, per quanto fosse attratta da Bingley, il suo cuore non ne fosse veramente preso. Che io desiderassi crederla indifferente è certo; posso però garantire che le mie convinzioni e le mie decisioni non sono di solito influenzate dalle mie speranze e dai miei desideri. Non la giudicai indifferente perché desiderassi crederlo; lo credevo per un convincimento imparziale con la stessa sincerità con cui desideravo che così fosse.

Le mie obiezioni a quel matrimonio non erano soltanto quelle che solo la travolgente forza della passione mi fece superare nel mio caso; l'inferiorità della famiglia non poteva essere così grave per il mio amico come per me. Ma vi erano altre ragioni, che sussistono tuttora, e sussistono in pari misura in entrambi i casi, anche se io ho cercato di dimenticarle. Queste ragioni vanno dette, anche se brevemente. La posizione sociale di vostra madre, anche se discutibile, non era niente in confronto a quella mancanza di contegno dimostrata così spesso, quasi costantemente da lei e dalle vostre tre sorelle, e talvolta persino da vostro padre. Perdonatemi; mi duole di offendervi. Ma se vi deve rattristare che vengano notati i difetti dei vostri parenti, dovete pur consolarvi nel sapere che nemmeno l'ombra di un simile biasimo può sfiorare, e questo sia detto a lode vostra e di vostra sorella Jane, il comportamento di entrambe. Dirò soltanto che quanto avvenne quella sera non fece che confermare la mia opinione su tutte queste persone, e rafforzò il mio desiderio di trattenere il mio amico da quella che giudicavo una infelicissima unione. Egli lasciò Netherfield per Londra il giorno dopo, come ricordate, con l'intenzione di tornare presto. E ora devo spiegare la parte sostenuta da me. L'inquietudine delle sorelle di Bingley non era inferiore alla mia; ci accorgemmo presto che eravamo d'accordo nel nostro modo di sentire, e, ugualmente convinti che non c'era tempo da perdere per staccare Bingley da Jane, risolvemmo senz'altro di raggiungerlo subito a Londra. Così facemmo, e io mi assunsi l'incarico di mostrare al mio amico l'errore della sua scelta. Ma, per quanto le mie parole possano aver scossa o ritardata la sua decisione, non credo che alla fine avrebbero impedito il matrimonio, se io non lo avessi assicurato, come feci senza esitare, che vostra sorella non era innamorata di lui. Egli aveva sempre creduto che il suo affetto fosse corrisposto con sincera, se non uguale tenerezza. Ma Bingley è di natura assai semplice e si fida più del mio giudizio che del proprio. Fu quindi facile convincerlo che si era illuso, e, con una simile convinzione, fu questione di poco persuaderlo a non tornare nell'Hertfordshire. Non riesco a biasimarmi per quello che ho fatto. C'è soltanto un punto, nel mio modo di procedere, al quale penso con poca soddisfazione, ed è che mi abbassai a nascondergli che vostra sorella era in città. Io lo sapevo, come lo sapeva Miss Bingley, ma suo fratello lo ignora anche adesso. È probabile che il loro incontro sarebbe stato senza conseguenze, ma mi sembrava che il suo affetto per lei non fosse abbastanza attenuato perché la potesse rivedere senza pericolo. Forse questo silenzio, questa dissimulazione furono indegni di me, ma ormai è cosa fatta, e fu fatta a fin di bene. Non ho più nulla da aggiungere in proposito, né altre giustificazioni da dare. Se ho ferito i sentimenti di vostra sorella, l'ho fatto senza saperlo, e se anche i motivi che mi hanno guidato possono sembrarvi insufficienti, io non sono ancora arrivato a condannarli.

Riguardo all'altra, più grave accusa, di avere danneggiato Mr Wickham, posso solo ribatterla esponendovi tutti i suoi rapporti con la mia famiglia. Ignoro di che cosa egli mi abbia particolarmente incolpato, ma posso produrre più di un testimone a prova della indubbia verità di quanto vi narrerò.

Mr Wickham è figlio di un uomo rispettabile che per molti anni ebbe l'amministrazione di tutte le proprietà di Pemberley, e la cui abilità nel ricoprire tale carica indusse spontaneamente mio padre a cercare di essergli utile: per cui fu largo della sua bontà verso George Wickham, suo figlioccio: lo mantenne a scuola, e più tardi all'università di Cambridge, aiuto non indifferente perché suo padre, sempre in ristrettezze per la prodigalità di sua moglie, non sarebbe stato in grado di dargli un'educazione signorile. A mio padre non soltanto piaceva la compagnia di questo giovane le cui maniere furono sempre seducenti, ma aveva anche grande opinione di lui, e sperando che volesse abbracciare la carriera ecclesiastica, aveva l'intenzione di provvedere per lui anche in quel campo. Quanto a me, sono molti, molti anni che per la prima volta incominciai a considerarlo in modo ben diverso. Le tendenze viziose, la mancanza di ogni principio, che sapeva accuratamente nascondere, non potevano sfuggire a me che avevo occasione di vederlo quando non si sorvegliava, cosa che a mio padre non era dato di fare. E anche qui devo ancora procurarvi un dispiacere, la profondità del quale può essere giudicata soltanto da voi... Ma quali che siano i sentimenti suscitati in voi da Mr Wickham, nessun dubbio sulla loro natura può trattenermi dal rivelarvi il suo vero carattere; anzi può offrirmi un motivo di più per farlo.

Il mio ottimo padre morì cinque anni fa, e il suo affetto per Mr Wickham fu così profondo fino alla fine, che nel suo testamento mi raccomandò particolarmente che lo favorissi nel modo migliore in qualunque carriera egli volesse abbracciare, e, se avesse preso gli ordini sacri, manifestava il desiderio che gli fosse destinata, appena si fosse resa vacante, una buona parrocchia dipendente dalla nostra famiglia. Vi era, in più, un legato di mille sterline. Il padre di Wickham non sopravvisse a lungo al mio, e sei mesi dopo questi avvenimenti, Mr Wickham mi scrisse per informarmi che, avendo definitivamente rinunciato a prendere gli ordini, sperava che io non avrei trovato irragionevole da parte sua la richiesta di un immediato compenso materiale al posto della rendita della parrocchia di cui non avrebbe più potuto beneficiare. Aveva l'intenzione, aggiungeva, di studiare legge e l'interesse di mille sterline era un ben misero aiuto. Desideravo credere, più che non lo credessi, che fosse sincero, ma comunque ero prontissimo ad acconsentire alla sua richiesta. Sapevo che non era adatto per la carriera ecclesiastica. La cosa fu dunque conclusa: egli rinunciò a ogni pretesa sulla parrocchia e in compenso accettò tremila sterline. Con questo sembrava che ogni rapporto tra noi fosse finito. Pensavo troppo male di lui per invitarlo a Pemberley o per accoglierlo come amico nella mia casa in città. Credo che vivesse a Londra, ma lo studio della legge era soltanto un pretesto, e, libero da ogni freno, conduceva una vita oziosa e dissoluta. Per circa tre anni non udii quasi più parlare di lui; ma alla morte del titolare della parrocchia che gli era stata destinata, mi scrisse di nuovo per ottenerla. La sua situazione, mi assicurava (e non avevo alcuna difficoltà a credergli), era assai difficile. Riteneva che lo studio della legge non dovesse essergli di grande utilità, e si sarebbe risoluto a prendere gli ordini se io gli avessi dato la parrocchia in questione; cosa che non metteva in dubbio, sapendo che io non avevo l'obbligo di provvedere a nessun altro, e che non potevo aver dimenticato le intenzioni del mio riverito padre. Non credo che potrete biasimarmi per aver rifiutato di soddisfare questa domanda, e di aver poi ignorato il ripetersi di tale richiesta. Il suo rancore fu proporzionato alle difficoltà in cui si trovava e non si fece scrupolo di accusarmi indegnamente presso gli altri. Da quel momento parve che ogni rapporto fosse chiuso tra noi. Ma l'estate scorsa, per mia disgrazia, si impose nuovamente alla mia attenzione, nel modo più doloroso.

Devo ora riferirvi una circostanza che vorrei dimenticare io stesso, e che soltanto un caso come questo può indurmi a rivelare ad altra persona. Dopo quanto vi ho detto non dubito della vostra lealtà e segretezza. Mia sorella, che è di dieci anni minore di me, fu affidata alla tutela di un nipote di mia madre, il colonnello Fitzwilliam, e alla mia. Circa un anno fa uscì dal collegio, e si stabilì a Londra. L'estate scorsa si recò, con la signora alla quale era affidata, a Ramsgate; qui si trovava pure Mr Wickham, probabilmente di proposito, perché si venne poi a sapere che egli conosceva già Mrs Jounge, sul cui carattere ci eravamo disgraziatamente ingannati. Con il suo aiuto e la sua connivenza, infatti, si rese talmente accetto a Georgiana, nel cui cuore affettuoso era rimasto impresso il ricordo delle gentilezza di cui la colmava da bambina, che finì col persuadersi di esserne innamorata e acconsentì a fuggire con lui. Non aveva allora che quindici anni, sia detto a sua discolpa; ma, dopo aver riferito la sua imprudenza, sono lieto di poter aggiungere che devo a lei stessa se riuscii a scoprire e sventare tutto.

Li raggiunsi inaspettatamente un giorno o due prima della progettata fuga, e Georgiana, incapace di sopportare l'idea di addolorare e offendere un fratello che aveva considerato quasi come un padre, mi confessò ogni cosa. Potete immaginare quello che provai e come agii. Per riguardo a mia sorella non permisi che la cosa fosse risaputa, ma scrissi immediatamente a Mr Wickham, che abbandonò il posto; naturalmente Mrs Jounge fu licenziata. Certo il principale movente di Mr Wickham era la sostanza di mia sorella che ammonta a trentamila sterline; ma non posso fare a meno di credere che fosse anche spinto da un vivo desiderio di vendicarsi di me. E la sua vendetta sarebbe stata davvero completa.

Questa è, signorina, la narrazione fedele di tutte le circostanze nelle quali fummo insieme coinvolti; e, se non la respingerete come falsa, spero che mi assolverete da ogni accusa di crudeltà verso Mr Wickham. Non so in quale forma, sotto quale falso aspetto egli vi abbia ingannato, ma non c'è da stupirsi che vi sia riuscito, ignara come eravate di tutti i precedenti. Non vi era possibile smascherarlo e non è nella vostra natura essere sospettosa.

Forse vi stupirete che io non vi abbia raccontato tutto questo ieri sera; ma non ero abbastanza padrone di me per sapere quello che potevo e dovevo fare. Per la verità di quanto ho asserito, posso invocare la testimonianza del colonnello Fitzwilliam, che, come nostro stretto parente e vivendo costantemente nella nostra intimità (e per di più come uno degli esecutori testamentari di mio padre), è stato sempre al corrente di tutte queste vicende. Se l'avversione che nutrite per me vi impedisce di dar peso alle mie asserzioni, non avete le stesse ragioni per diffidare di mio cugino, e perché abbiate ancora la possibilità di consultarlo, cercherò di avere l'occasione di consegnare questa lettera nelle vostre mani stamattina stessa. Aggiungo soltanto poche parole: che Dio vi benedica.

Fitzwilliam Darcy

Capitolo trentaseiesimo

Se Elizabeth, quando Darcy le consegnò la lettera, non si aspettava di trovarvi un rinnovo dei suoi sentimenti e delle sue proposte, non poteva neppure immaginare quale potesse essere il contenuto. Ma è facile intendere con quanta ansia la scorse, e a quali diverse emozioni era in preda mentre leggeva. I suoi sentimenti non erano facili a definirsi. Dapprima fu stupita che egli pensasse di potersi giustificare, convinta com'era che non avesse alcuna scusa che non sarebbe stato meglio tacere, per un giusto senso di vergogna. Già prevenuta contro tutto quello che potesse dire, incominciò a leggere il resoconto di quanto era avvenuto a Netherfield. Leggeva con una fretta che le impediva di ben comprendere, e, nell'impazienza di arrivare alla frase seguente, era incapace di soffermarsi sul senso di quella che aveva sotto gli occhi. Giudicò subito falso che egli avesse creduto nella insensibilità di sua sorella, e si irritò talmente alla sua confessione sui motivi più veri, più gravi, contro quel matrimonio, da non avere alcun desiderio di rendergli giustizia. Non esprimeva rammarico per quanto aveva fatto, cosa che non poteva certo soddisfarla; il suo stile denotava tutt'altro che il pentimento, anzi, piuttosto un'irritante alterigia. Era tutto orgoglio e insolenza.

Ma quando da questo argomento passò a quello di Wickham, quando, con più serena attenzione, lesse il resoconto dei fatti che, se veri, avrebbero capovolto ogni sua opinione su di lui, resoconto che assomigliava in modo così impressionante a quello che Wickham stesso aveva dato della sua posizione, allora i suoi sentimenti si fecero ancora più penosi e difficili a definire. Lo stupore, l'inquietudine, una specie di orrore, la opprimevano.

Avrebbe desiderato non credere a quanto le stava sotto gli occhi e andava continuamente esclamando: «È falso! Non può essere! È la più grande menzogna!». Terminata la lettura senza aver quasi compreso il senso delle due ultime pagine, mise prontamente da parte la lettera protestando in cuor suo di non volerla considerare e di non volerla mai più guardare.

In tanta agitazione, non riuscendo a fissare su nulla il proprio pensiero, continuò a passeggiare, ma non le giovò affatto; dopo un momento riaprì la lettera, e, cercando di dominarsi, riprese la mortificante lettura di tutto quello che riguardava Wickham, e si dominò al punto di riuscire a esaminare il significato di ogni frase. Il resoconto delle relazioni di Wickham con la famiglia di Pemberley era uguale a quello che ne aveva dato lui stesso, e la bontà del defunto Mr Darcy, era espressa in parole quasi identiche a quelle usate dallo stesso Wickham. Un racconto dunque confermava l'altro, ma sul punto del testamento la differenza era immensa. Erano ancor vive nella memoria di Elizabeth le parole che Wickham aveva avuto a questo proposito. Come non pensare dunque che da una parte o dall'altra doveva esservi una grande falsità?

Ma leggendo e rileggendo con la più grande attenzione i particolari che seguivano la rinuncia a ogni pretesa sulla parrocchia, quel suo ricevere in compenso la cospicua somma di tremila sterline, ricadeva di nuovo in una grande perplessità. Riposta la lettera, pesò ogni circostanza con presunta imparzialità; esaminò la probabilità di ogni asserzione, ma si trovò ugualmente perplessa e disorientata. Rilesse ancora, ma ogni riga provava sempre più chiaramente che proprio la questione per la quale aveva creduto di dover condannare senza remissione la condotta di Mr Darcy, prendeva invece adesso una piega tale da renderlo del tutto innocente!

Le stravaganze e i vizi dei quali egli non si peritava di accusare Mr Wickham la scandalizzarono enormemente, tanto più che non aveva nessuna prova della loro infondatezza. Non aveva mai sentito parlare di lui, prima che entrasse nel reggimento, nel quale si era arruolato su consiglio di un amico incontrato per caso in città. Sulla sua vita precedente, nessuno era informato nell'Hertfordshire, tranne per quello che lui stesso aveva narrato nei suoi racconti. Quanto a lei, anche potendo, non aveva mai provato il desiderio di informarsi sul suo conto. Il contegno, la voce e le belle maniere di Wickham l'avevano indotta ad attribuirgli di primo acchito ogni virtù. Cercò di ritrovare qualche tratto di bontà, qualche particolare segno di generosità che lo potesse riscattare dagli attacchi di Mr Darcy; o, almeno, ricordare di lui qualità tanto nobili da poter compensare quei fuggevoli errori, come Elizabeth cercava di classificare quegli anni di ozio e di vizio di cui Mr Darcy aveva parlato. Ma non le sovvenne di alcuna di queste doti eccezionali. Le pareva quasi di vederselo davanti, affascinante nell'aspetto e nel modo di parlare; ma non poteva ricordare di lui nessuna virtù, se non la generale approvazione e la stima che si era acquistato con le sue brillanti qualità presso gli altri ufficiali. Dopo essersi soffermata non poco su questo punto, riprese a leggere. Ma ahimè, quello che seguiva delle mire di lui su Georgiana Darcy era confermato dal colloquio che ella aveva avuto col colonnello Fitzwilliam il mattino prima; e infine le si chiedeva appunto di controllare la verità di ogni particolare, proprio presso lo stesso colonnello Fitzwilliam, della cui lealtà non aveva ragione di dubitare.

In un primo momento fu quasi sul punto di rivolgersi a lui, ma subito scartò l'idea come sconveniente, e finì per escluderla nella convinzione che Mr Darcy non si sarebbe mai permesso una affermazione simile, se non fosse stato ben sicuro di essere assecondato dal cugino.

Ricordava perfettamente la sua conversazione con Wickham, la prima sera, dai Philips. Le ritornarono in mente molte sue espressioni; vedeva ora tutta la sconvenienza delle confidenze fatte a un'estranea, e si stupì che le fosse sfuggita allora. Vedeva l'indelicatezza con la quale si era messo in evidenza e la contraddizione tra le sue parole e la sua condotta.

Rammentava come, dopo essersi vantato di non temere di incontrarsi con Mr Darcy affermando che toccava a quello e non a lui di lasciare la contea, avesse evitato di venire al ballo di Netherfield pochi giorni dopo. Ricordava anche che, fino a quando la famiglia di Netherfield non era partita, aveva raccontato soltanto a lei la sua storia, ma che, appena partiti, la storia era stata risaputa da tutti; che egli non aveva avuto più nessun ritegno né scrupolo nel calunniare Mr Darcy, benché a lei avesse assicurato che il rispetto per il padre gli avrebbe sempre impedito di diffamare il figlio.

Come tutto appariva sotto un altro aspetto! La sua corte a Miss King non era che la conseguenza delle sue intenzioni interessate, e la modestia della dote della signorina non le sembrava più la prova della moderazione dei suoi desideri, quanto della sua avidità di afferrare qualunque cosa. La sua stessa condotta verso di lei, Elizabeth, non era più facile a spiegarsi: o si era illuso sulla sua ricchezza, o aveva soltanto voluto soddisfare la propria vanità, incoraggiando la preferenza che ella comprendeva adesso di avergli imprudentemente mostrata.

Gli ultimi tentativi che faceva per giustificarlo si indebolivano sempre più, mentre, a maggior onore di Mr Darcy, doveva convenire che Mr Bingley, interrogato da Jane, aveva sempre sostenuto la completa innocenza di Darcy in quella faccenda. Ricordava anche che, malgrado i modi freddi e orgogliosi dello stesso Darcy, nel primo periodo della loro conoscenza – una conoscenza che ultimamente li aveva messi spesso in contatto, dandole modo di comprenderlo meglio – non aveva mai notato nulla che tradisse in lui la mancanza di buoni principi o di rettitudine, nulla che denotasse in lui abitudini immorali o irreligiose; che, fra le sue conoscenze, era stimato e valutato, e che perfino Wickham aveva riconosciuto i suoi meriti di fratello affettuoso nei riguardi di Miss Georgiana, della quale anche lei lo aveva sentito parlare così spesso e con tanto affetto. Cosa, questa, che provava come egli fosse capace di sentimenti nobili e gentili. Le azioni delle quali Wickham lo accusava, erano una tale violazione di ogni diritto, che difficilmente sarebbero rimaste nascoste, senza contare che l'amicizia tra un essere capace di tanta cattiveria e un uomo buono come Mr Bingley, sarebbe stata incomprensibile.

Incominciò allora a vergognarsi di se stessa. Non poteva pensare né a Darcy né a Wickham, senza convenire di essere stata cieca, parziale, piena di pregiudizi, assurda.

«Come ho agito spregevolmente!», esclamò. «Io che mi sono sempre vantata del mio discernimento! Io che mi fidavo del mio criterio, che sorridevo del generoso candore di mia sorella e che mi sentivo così superiore a lei, professando una sfiducia veramente condannabile! Che scoperta umiliante! Eppure che giusta umiliazione! Se fossi stata innamorata non avrei potuto essere più stupidamente cieca! Ma la mia follia è stata la vanità, non l'amore. Lusingata dalla preferenza dell'uno e offesa dall'indifferenza dell'altro, fin dall'inizio della nostra conoscenza mi sono lasciata guidare dal pregiudizio allontanandomi dal buonsenso. Posso dire veramente di non essermi mai conosciuta prima d'ora!»

Passando da se stessa a Jane, da Jane a Bingley, i suoi pensieri la riportarono alle spiegazioni di Darcy, che, su questo punto, le erano parse insufficienti, e le rilesse. Ma alla seconda lettura, l'impressione fu ben diversa. Come poteva negare valore alle sue asserzioni su quel punto, quando aveva già dovuto accordarglielo su quell'altro? Egli dichiarava di essere stato completamente ignaro dell'affetto di sua sorella; e Elizabeth non poté fare a meno di ricordare a questo proposito le opinioni di Charlotte. Né poteva negare quanto fosse giusta la descrizione ch'egli faceva di Jane. Elizabeth conosceva Jane e sapeva come fosse poco incline a manifestare i propri sentimenti anche quando erano forti e sinceri; nel suo aspetto e nei suoi modi vi era quella costante sorveglianza di se stessa che non sempre va unita a una grande sensibilità.

Quando arrivò a quella parte della lettera in cui si parlava della sua famiglia con termini di così mortificante, eppur meritata disapprovazione, provò un grave senso di vergogna. Tuttavia la giustezza di quei rimproveri la colpì troppo a fondo perché potesse negarla, e i fatti a cui alludeva, accaduti al ballo di Netherfield, non potevano aver fatto maggior impressione sull'animo di lui, di quanto non avessero ferito lei stessa.

L'elogio che rivolgeva a lei e a sua sorella non andò perduto. Diminuì, pur senza consolarla, il senso di vergogna per il disprezzo che si erano attirati tutti i rimanenti membri della sua famiglia, e pensando come la delusione di Jane fosse dovuta, di fatto, ai suoi più stretti parenti, e riflettendo come tutte e due fossero danneggiate dalla strana condotta degli altri, si sentì più avvilita di quanto non lo fosse mai stata fino allora.

Dopo aver vagabondato per più di due ore, abbandonandosi a ogni sorta di pensieri, ritornando a riflettere sugli eventi, considerando le probabilità, e rimettendosi come meglio poteva da un così subitaneo e notevole cambiamento di opinione, la stanchezza e il pensiero della sua lunga assenza la fecero risolvere a tornare a casa, dove rientrò decisa ad apparire serena come sempre e risoluta quindi a reprimere tutte le riflessioni che l'avrebbero resa incapace di sostenere la conversazione.

Le fu subito riferito che i due signori di Rosings erano venuti segretamente a trovarli durante la sua assenza. Mr Darcy per pochi minuti soltanto, per prendere congedo; ma il colonnello Fitzwilliam si era fermato per un'ora almeno sperando nel suo ritorno e quasi deciso ad andarla a cercare.

Elizabeth riuscì a far mostra di essere *dolente* d'aver perso la sua visita: in realtà ne era ben contenta. Del colonnello Fitzwilliam non le importava più nulla. Non sapeva ormai più distogliere il pensiero da quella lettera.

Capitolo trentasettesimo

I due amici lasciarono Rosings il mattino dopo, e Mr Collins che si era trovato in vicinanza della villa per fare il suo ultimo inchino, poté portare a casa la buona notizia che apparivano in ottima salute e di umore abbastanza sereno per quanto ci si poteva aspettare dopo la malinconica scena degli addii svoltasi a Rosings. Si affrettò poi a recarsi a consolare Lady Catherine e sua figlia: al ritorno era latore, con grande soddisfazione, di un messaggio di Sua Signoria, che si sentiva talmente depressa da desiderare vivamente di averli tutti a pranzo da lei.

Elizabeth non poté rivedere Lady Catherine senza pensare che, se lo avesse voluto, in quel momento avrebbe potuto esserle presentata come sua futura nipote; né poteva immaginare, senza sorridere, lo sdegno di lei. Che cosa avrebbe detto? Come si sarebbe comportata? Erano le domande che si divertiva a porsi.

Naturalmente il primo argomento fu il vuoto lasciato dai partenti: «Vi assicuro che lo sento infinitamente», disse Lady Catherine, «credo che nessuno soffra quanto me per la partenza degli amici. E a questi giovani sono particolarmente affezionata, come so che essi lo sono a me! Erano più che spiacenti di partire. Lo sono sempre, del resto. Il caro colonnello si è fatto forza fino all'ultimo, ma Darcy sembrava assai più desolato dell'anno scorso. È un fatto che il suo attaccamento per Rosings vada sempre crescendo».

Era proprio il momento propizio per Mr Collins per introdurre un complimento e un'allusione che madre e figlia accolsero con un sorriso.

Lady Catherine, dopo pranzo, osservò che Elizabeth sembrava depressa, e naturalmente ne indicò lei la ragione, supponendo che non avesse voglia di tornare a casa così presto, e aggiunse:

«Ma se è per questo, dovete scrivere a vostra madre, pregandola di lasciarvi stare un altro po' di tempo. Sono sicura che Mrs Collins sarà felicissima della vostra compagnia».

«Sono molto grata a Vostra Signoria, per il cortese invito», rispose Elizabeth, «ma non mi è possibile accettarlo. Sabato prossimo devo essere in città.»

«Insomma, siete rimasta sei settimane soltanto. Credevo che vi sareste trattenuta due mesi. Lo dissi a Mrs Collins prima ancora che arrivaste. Non vedo la ragione perché dobbiate partire così presto. Certo Mrs Bennet può fare a meno di voi per altri quindici giorni.»

«Ma è mio padre che non lo può. Mi ha scritto l'altra settimana per affrettare il mio ritorno.»

«Oh, quanto a vostro padre, potrà bene rinunciare a voi, se lo può vostra madre. Le figlie non contano molto per un padre. E se vi fermaste tutto un altro mese, potrei accompagnare almeno una di voi a Londra dove andrò i primi giorni di giugno per una settimana. Siccome Dawson si adatta ad andare in calesse, vi sarà posto nella mia vettura almeno per una di voi, e, se il tempo fosse fresco, non avrei difficoltà a portarvi tutte e due, dato che nessuna di voi è grassa.»

«Siete la bontà personificata, signora, ma credo che dovrò attenermi al mio primo progetto.»

Lady Catherine sembrò rassegnarsi: «Mrs Collins, dovete farle accompagnare da un servitore. Sapete che vi dico sempre quello che penso, e non posso sopportare l'idea che due giovani donne viaggino sole.

È assolutamente indecoroso. Dovete trovare il modo di mandare qualcuno con loro. È la cosa che detesto di più al mondo. Le signorine dovrebbero essere sempre sorvegliate e assistite, secondo la loro posizione sociale. Quando mia nipote Georgiana l'estate scorsa andò a Ramsgate, ho imposto che due domestici andassero con lei. Miss Darcy, la figlia di Mr Darcy di Pemberley, e di Lady Anne, non avrebbe potuto viaggiare diversamente, per il suo decoro. Sono assai meticolosa in proposito. Dovete mandare John con le due signorine, Mrs Collins; sono contenta di averci pensato, perché vi farebbe torto se le lasciaste andar sole.»

«Mio zio ci manderà un servitore.»

«Ah, vostro zio! Tiene dunque un servitore? Sono molto contenta che vi sia qualcuno che pensa a queste cose. Dove cambierete i cavalli? A Bromley, naturalmente. Se fate il mio nome alla Locanda della Campana vi serviranno bene.»

Lady Catherine fece parecchie altre domande sul loro viaggio, e siccome non a tutte trovava da sola una risposta, era necessario prestarle attenzione, cosa che era una fortuna per Elizabeth, perché con la mente oppressa da tanti pensieri, avrebbe finito per dimenticare dove si trovava. La riflessione era riservata alle ore di solitudine; era il suo più grande sollievo, appena si trovava sola, e non passava giorno senza che ella si rifugiasse in una passeggiata solitaria durante la quale si abbandonava alla malinconica dolcezza degli ingrati ricordi. Ormai sapeva quasi a memoria la lettera di Mr Darcy. Ne aveva studiato ogni frase e i suoi sentimenti verso colui che l'aveva scritta erano di volta in volta estremamente diversi. Quando ricordava il tono del suo discorso si sentiva ancora ribollire per l'indignazione, ma quando pensava all'ingiustizia con la quale lei stessa lo aveva poi condannato e rimproverato, la sua indignazione le si rivolgeva contro, e finiva per avere compassione di lui e dei suoi sentimenti delusi. Gli era grata per il suo affetto e rispettava il suo carattere, ma non poteva apprezzarlo, né pentirsi del suo rifiuto, e non provava alcun desiderio di rivederlo. Provava una continua irritazione ripensando al proprio contegno né minor dolore le davano quegli odiosi difetti della sua famiglia che sembravano senza rimedio. Suo padre, che pareva aver esaurito il proprio compito mettendole in ridicolo, non avrebbe mai fatto la fatica di frenare la folle leggerezza delle sue figlie minori, e la madre, così priva di buon senso lei stessa, era incapace di vedere alcun male nella loro condotta. Elizabeth, insieme con Jane, aveva cercato di moderare la storditezza di Catherine e di Lydia, ma finché queste erano appoggiate dalla indulgenza materna, come si poteva sperare di correggerle? Catherine, priva di volontà, irritabile e completamente dominata da Lydia, aveva sempre resistito ai loro consigli; Lydia, ostinata e trascurata, non dava loro nemmeno ascolto. Erano ignoranti, oziose e frivole. Finché a Meryton ci fosse stato un ufficiale, avrebbero sempre civettato, e finché Meryton era così vicino a Longbourn, non avrebbero mai rinunciato ad andarci. La sua pena maggiore era per Jane. La spiegazione di Mr

Darcy, permettendole di rendere a Mr Bingley tutta la sua stima, accresceva la coscienza di quello che Jane aveva perduto. L'affetto di lui era stato veramente sincero, e la sua condotta scevra da ogni colpa, se si esclude quella di avere avuto troppa fiducia nel suo amico. Come era doloroso pensare che Jane aveva perso un avvenire che poteva schiuderle ogni felicità, solo per la follia e la mancanza di decoro della sua stessa famiglia!

Se si aggiungeva a tutti questi pensieri la rivelazione sulla vera indole di Wickham, si potrà capire come l'ottimismo di Elizabeth, che non era stato quasi mai intaccato prima d'ora, l'avesse abbandonata al punto che le era difficile avere anche solo l'apparenza della serenità.

Anche nell'ultima settimana del loro soggiorno, gli inviti a Rosings furono frequenti come al principio. Dovettero passare là l'ultima sera, e Sua Signoria si informò di nuovo minutamente sui particolari del loro viaggio, le istruì sul miglior modo di fare i bagagli e insistette talmente sulla maniera di piegare gli abiti, che, tornata a casa, Maria si credette obbligata a disfare tutto il lavoro del mattino e a rifare il suo baule.

Quando presero congedo, Lady Catherine, con grande degnazione, augurò loro un buon viaggio, e le invitò a ritornare a Hunsford l'anno prossimo; e Miss de Bourgh si sforzò fino a fare una parvenza di inchino e a tendere la mano ad entrambe.

Capitolo trentottesimo

Il sabato mattina, Elizabeth e Mr Collins si trovarono a colazione qualche minuto prima degli altri e lui ne approfittò per porgerle quegli ultimi saluti che gli sembravano cerimonia indispensabile.

«Non so, Miss Elizabeth», disse, «se Mrs Collins vi ha già espresso tutta la nostra riconoscenza per la vostra bontà nel venire da noi; ma sono sicuro che non lascerete la mia casa senza ricevere i nostri ringraziamenti. Il piacere della vostra compagnia è stato, vi assicuro, veramente sentito. Sappiamo come la nostra modesta dimora non abbia nulla da offrire. Il nostro semplice modo di vita, le nostre piccole camere, i pochi domestici e la mancanza di vita brillante, deve rendere Hunsford molto noioso per una signorina come voi; ma spero che crederete alla nostra gratitudine per la condiscendenza usataci, e che saprete come abbiamo fatto tutto quanto era in nostro potere per impedire che vi annoiaste.»

Elizabeth si profuse in ringraziamenti e in assicurazioni di essere stata addirittura felice. Aveva passato sei settimane di vero godimento; e il piacere di stare con Charlotte e tutte le gentilezze ricevute facevano sì che era lei a dovere esser grata. Mr Collins fu soddisfatto, e con più sorridente solennità, continuò:

«Sono veramente lieto di sentire che avete passato il tempo piacevolmente. Certo abbiamo fatto del nostro meglio; e poiché avevamo la fortuna di potervi introdurre nella migliore società, e, grazie agli inviti di Rosings, di poter variare spesso la nostra umile vita casalinga, penso che possiamo lusingarci che la vostra permanenza a Hunsford non sia stata del tutto noiosa. I nostri rapporti con la nobile famiglia di Lady Catherine costituiscono infatti uno di quei vantaggi e di quelle fortune quali poche persone possono vantare. Avete potuto constatare da voi stessa su che piede di confidenza ci troviamo. Come riceviamo inviti cordiali e frequenti. Devo riconoscere che nonostante gli svantaggi di questo umile Rettorato, chi lo abita non può essere oggetto di compassione finché può vantare il compenso di una tale intimità con Rosings».

Non trovando altre parole per esprimere il suo entusiasmo, Mr Collins si mise a camminare su e giù per la stanza, mentre Elizabeth si dava da fare per combinare in brevi frasi cortesia con sincerità.

«Così, cara cugina, potrete dare di noi ottime notizie nell'Hertfordshire, o almeno, mi lusingo che lo farete. Siete stata una testimone quotidiana delle eccezionali gentilezze di Lady Catherine per Mrs Collins; e nell'insieme spero non vi sembrerà che la vostra amica sia stata sfortunata... Ma su questo argomento, forse è meglio tacere. Permettetemi di augurarvi, cara Miss Elizabeth, cordialmente e di tutto cuore, nel vostro matrimonio una uguale felicità. La mia cara Charlotte e io abbiamo un unico modo di sentire e di pensare. Ci assomigliamo moltissimo nel carattere e nelle idee, e questa nostra affinità mi fa proprio pensare che eravamo destinati l'uno all'altra.»

Elizabeth poté, senza venire a compromessi con la propria coscienza, riconoscere che è una grande fortuna quando questo si verifica nel matrimonio e con uguale sincerità aggiunse che era convinta della felicità domestica sua e di Charlotte e che se ne rallegrava. Tuttavia non le dolse affatto che l'esposizione dettagliata di questa felicità fosse interrotta dal sopraggiungere della signora che ne era la causa. Povera Charlotte! Era proprio triste davvero lasciarla in simili mani! Ma aveva scelto a occhi aperti, e anche ora, mentre mostrava sinceramente il proprio dispiacere per la partenza delle sue ospiti, non sembrava davvero bisognosa di essere compatita. La sua casa e le cure domestiche, la parrocchia e il pollaio, e tutti gli annessi e connessi non avevano ancora perduto ai suoi occhi le loro attrattive.

Finalmente arrivò la carrozza. I bauli furono legati sul tetto, i pacchi messi nell'interno, e tutto fu pronto. Dopo un affettuoso addio fra amiche, Elizabeth fu accompagnata alla vettura da Mr Collins, che, mentre percorrevano il viale, la incaricò dei suoi rispetti per tutta la famiglia non dimenticando di ringraziare ancora per tutte le cortesie ricevute a Longbourn nel passato inverno, e di porgere i suoi omaggi ai signori Gardiner, benché non li conoscesse. Poi la aiutò a salire, Maria la seguì, e lo sportello stava per esser chiuso quando improvvisamente Mr Collins ricordò loro, con fare costernato. che avevano dimenticato di lasciare un messaggio per le dame di Rosings.

«Ma», aggiunse, «sono certo che entrambe desiderate che siano porti a quelle signore i vostri umili omaggi con i più grati ringraziamenti per la loro gentilezza verso di voi.»

Elizabeth non ebbe nulla da obiettare; lo sportello poté esser chiuso e la carrozza partì.

«Buon Dio!», esclamò Maria dopo alcuni minuti di silenzio, «sembra solo un giorno o due che siamo arrivate, eppure quante cose sono accadute!»

«Anche troppe!» rispose la sua compagna con un sospiro.

«Abbiamo pranzato nove volte a Rosings, senza contare che siamo state invitate altre due volte per il tè. Quante cose avrò da raccontare!»

Elizabeth aggiunse in cuor suo: «Mai quante ne avrò da tacere io!».

Il viaggio proseguì senza che parlassero molto e senza nessun incidente, e dopo quattro ore arrivarono alla casa di Mrs Gardiner dove dovevano trattenersi per alcuni giorni.

Jane stava bene, ed Elizabeth non ebbe quasi il tempo di studiarne il morale, tanti erano gli inviti e gli svaghi che la bontà della zia aveva preparato per le giovani ospiti. Ma Jane sarebbe tornata a casa con loro, e a Longbourn ci sarebbe stato tutto il tempo per osservarla. Nel frattempo però non fu un piccolo sforzo, dover aspettare di essere a Longbourn per raccontare a Jane quello che era successo con Mr Darcy. Avere da rivelare una cosa che avrebbe addirittura meravigliato Jane, una cosa che nello stesso tempo lusingava la propria vanità, era una tentazione tale per Elizabeth che soltanto l'incertezza su quello che avrebbe potuto o meno dire a proposito di Bingley, con il conseguente rischio di accrescere la pena di sua sorella, ebbe la forza di trattenerla dal parlare.

Capitolo trentanovesimo

Nella seconda settimana di maggio le tre signorine partirono insieme da Gracechurch Street per la città di *** nell'Hertfordshire, e avvicinandosi all'albergo designato, dove dovevano trovare la carrozza mandata da Mr Bennet, videro come prova della puntualità del cocchiere Kitty e Lydia affacciate alla finestra di una sala al piano superiore. Le due ragazze erano già arrivate da un'ora, che avevano allegramente impiegata nel fare una visita alla modista di fronte all'albergo, a osservare la sentinella di guardia e infine a condire un'insalata di cetrioli.

Dopo avere salutato le sorelle, mostrarono trionfalmente una tavola apparecchiata con dei cibi freddi, visto che la dispensa dell'albergo non offriva di meglio, ed esclamarono con entusiasmo: «Non è carino? non è una bella sorpresa?».

«E siamo noi che offriamo», aggiunse Lydia, «però dovete prestarci il denaro per pagare, perché abbiamo speso tutto quanto avevamo in quel negozio di fronte.» E mostrando gli acquisti fatti: «Guardate, ho comprato questo cappellino. Non è molto bello, ma ho pensato che potevo comprarlo lo stesso. Appena a casa lo disfarò, e vedrò se potrò farne qualcosa di meglio».

E quando le sorelle lo criticarono, trovandolo orrendo, aggiunse con perfetta indifferenza: «Oh, ce n'erano altri due o tre ancora più brutti, e quando avrò comprato della seta per rinfrescarlo, credo che diventerà passabile. E poi non importerà molto quello che porteremo quest'estate, quando il reggimento avrà lasciato Meryton: se ne vanno tra quindici giorni».

«Partono davvero?», esclamò Elizabeth con grande soddisfazione.

«Trasportano il campo vicino a Brighton; e mi piacerebbe proprio che papà ci conducesse là quest'estate! Sarebbe un progetto delizioso e non credo che costerebbe neppure molto. Alla mamma piacerebbe infinitamente! Pensate, altrimenti, che estate infelice sarà la nostra!»

«Sì», pensò Elizabeth, «sarebbe proprio il progetto che ci vuole per completare la stima che si ha di noi. Santo cielo! Brighton e un intero accampamento di soldati tutto per noi, che siamo già stati messi sottosopra da un solo reggimento, e dai balli mensili di Meryton!»

«E ora ho da darvi una notizia», disse Lydia quando si misero a tavola. «Che cosa credete? Un'ottima notizia! Una notizia meravigliosa, a proposito di una certa persona che piace a tutte noi.»

Jane ed Elizabeth si scambiarono un'occhiata e dissero al servitore che poteva andare. Lydia rise.

«La vostra solita mania delle forme e della discrezione. Vi secca che il servitore debba sentire, come se a lui importi qualcosa! Credo che sarà obbligato a sentire assai peggio di quello che ho da dirvi. Dio, quant'è brutto però! Sono contenta che se ne sia andato. Non ho mai visto una bazza così lunga in vita mia! Bene, torniamo alla mia notizia: si tratta del caro Wickham; troppo bella per il servitore, non è vero? Non c'è più pericolo che Wickham sposi Mary King. Questo per te Elizabeth! È andata da suo zio a Liverpool; andata per sempre. Wickham è salvo!»

«Ed è salva anche Mary King!», aggiunse Elizabeth; «salva da un'unione pericolosa, almeno dal punto di vista finanziario.»

«È stata una grande stupida ad andarsene, se Wickham le piaceva.»

«Non credo però che si trattasse di un grande affetto da nessuna delle due parti», disse Jane.

«Da parte di lui non c'era di certo. Posso garantire che non gliene è importato mai nulla; e a chi potrebbe piacere quel mostriciattolo tutto lentiggini?»

Elizabeth si turbò, pensando che lei stessa, per quanto incapace di *espressioni* così volgari, aveva provato, in altri tempi, sentimenti simili che non potevano ugualmente dirsi nobili davvero!

Appena ebbero mangiato, e le sorelle maggiori pagato il conto, fu ordinata la carrozza e dopo un po' di trambusto, l'intera compagnia, con bauli, valigie, pacchetti e l'aggiunta sgradita delle ultime compere di Kitty e di Lydia, riuscì a mettersi a posto.

«Siamo proprio ben pigiate!», gridò Lydia. «Sono contenta di aver comprato il cappello, non fosse che per il gusto di avere una scatola di più! Bene, ora mettiamoci proprio comode e chiacchieriamo e ridiamo tutto il tempo. E, prima di tutto, sentiamo che cosa vi è successo da quando siete partite. Avete incontrato degli uomini simpatici? Vi siete fatte corteggiare? Speravo che almeno una di voi avrebbe trovato marito prima di tornare a casa. Jane se non si spiccia non ha altra prospettiva che quella di diventare una zitella inacidita, ve lo dico io. Ha già quasi ventitré anni! Non avete idea di come la zia Philips desideri trovarvi un marito! Dice che Lizzy avrebbe fatto bene ad accettare Mr Collins, ma io non credo che sarebbe stato molto divertente. Dio, come mi piacerebbe sposarmi prima di tutte voi! Allora sarei io ad accompagnarvi ai balli. Se sapeste come ci siamo divertite l'altro giorno dal colonnello Forster! Kitty ed io dovevamo passare là la giornata, e Mrs Forster ci promise un piccolo ballo per la sera. A proposito, Mrs Forster e io siamo amicone! E così invitò le due Harringston, ma Harriet era ammalata e Pen fu costretta a venire sola; e allora, sapete che cosa abbiamo fatto? Vestimmo Chamberlayne da donna: immaginatevi com'era buffo! Nessuno lo sapeva fuorché il colonnello e Mrs Forster, Kitty e io, e la zia, perché fummo obbligate a chiederle uno dei suoi abiti. Non potete immaginare come stava bene! Quando arrivarono Denny e Wickham e Pratt, e due o tre altri di loro, non lo riconobbero affatto. Dio! quanto ho riso! e Mrs Forster lo stesso. Credevo di morire! Questo ha insospettito gli uomini e così scoprirono presto di che cosa si trattava.»

Con questo genere di racconti a proposito dei loro ricevimenti e delle loro burle, Lydia, aiutata dalle allusioni e dalle aggiunte di Kitty, si incaricò di distrarre le sue compagne per tutta la strada, fino a Longbourn. Elizabeth aveva ascoltato il meno possibile, ma non c'era modo di evitare il continuo ripetersi del nome di Wickham.

A casa furono accolte con grande festa. Mrs Bennet si rallegrò nel vedere Jane sempre splendente di bellezza; e, più di una volta, durante il pranzo, Mr Bennet disse spontaneamente a Elizabeth: «Sono contento che tu sia tornata, Lizzy!».

Erano parecchi in sala da pranzo quella sera, perché quasi tutti i Lucas erano venuti per vedere Maria e per sentire le novità, e gli argomenti di conversazione erano infiniti; Lady Lucas, attraverso la tavola si informava da Maria tanto della felicità quanto del pollaio della figlia maggiore; Mrs Bennet era doppiamente occupata a sentire da Jane i ragguagli sulle ultime tendenze della moda e a riferirli immediatamente alle Lucas, e Lydia, con la sua voce acuta che vinceva quella di tutti gli altri, enumerava i divertimenti della mattinata a chiunque volesse ascoltarla.

«Oh, Mary!», disse. «Avrei voluto che fossi venuta anche tu; ci siamo talmente divertite! Mentre andavamo, Kitty e io abbiamo abbassato le tendine, fingendo che non ci fosse nessuno in carrozza: io sarei andata così per tutta la strada, se Kitty non si fosse sentita male; arrivate poi all'albergo credo che ci siamo comportate assai bene, perché abbiamo offerto alle altre tre la migliore delle colazioni, e se ci fossi stata, l'avremmo offerta anche a te. E al ritorno che spasso! Credevo che non saremmo mai riuscite a entrare tutte nella carrozza! Da morire dal ridere. E siamo state così allegre durante tutta la strada! Parlavamo e ridevamo così forte che avrebbero potuto sentirci a dieci miglia di distanza!»

Mary rispose gravemente: «Non che io voglia, Lydia cara, disprezzare questi divertimenti! Certo sono adatti alla maggioranza delle menti femminili. Ma vi confesso che per me non hanno nessuna attrattiva. Preferisco infinitamente un bel libro».

Ma Lydia non sentì una parola di questa risposta. Era difficile che ascoltasse qualcuno per più di mezzo minuto, e a Mary poi non dava mai retta.

Nel pomeriggio Lydia insistette con le sorelle per andare fino a Meryton a vedere come stavano tutti, ma Elizabeth si oppose con fermezza al progetto. Non voleva che si dicesse che le signorine Bennet non potevano stare a casa mezza giornata senza correre dietro agli ufficiali. Per di più aveva un'altra ragione. Temeva di rivedere Wickham ed era decisa a evitarlo il più a lungo possibile. La partenza del reggimento rappresentava per lei un indicibile sollievo. Tra quindici giorni sarebbero partiti, e una volta andati via, sperava di non avere più motivo di tormentarsi per Wickham.

Era a casa da poche ore, quando si accorse che il progetto di Brighton, al quale Lydia aveva alluso all'albergo, era discusso di frequente tra i suoi genitori. Elizabeth si avvide subito che suo padre non aveva nessuna intenzione di cedere; ma le risposte di lui erano tuttavia così vaghe e ambigue che sua madre, anche se spesso scoraggiata, non disperava ancora di spuntarla.

Capitolo quarantesimo

Elizabeth non poteva più frenare la sua impazienza di raccontare a Jane quanto era successo; e finalmente, decisa a evitare ogni particolare che concernesse sua sorella, e preparandola a una grande sorpresa, la mattina dopo le narrò la scena avvenuta tra lei e Mr Darcy.

Lo stupore di Jane fu mitigato soltanto dal suo affetto, che le faceva sembrare naturale l'ammirazione suscitata da sua sorella. La sorpresa diede luogo ben presto ad altri sentimenti. Era spiacente che Mr Darcy avesse manifestato il suo amore in modo così poco atto a farlo apprezzare, ma era ancor più desolata pensando al dolore che doveva aver provato per il rifiuto di Elizabeth.

«Certo aveva torto di credersi così sicuro del successo», disse, «e tanto meno doveva mostrare la sua sicurezza, ma pensa come deve essere stata più grave la sua delusione!»

«Infatti», rispose Elizabeth, «me ne dispiace di tutto cuore, ma vi sono molte ragioni per cui sarà indotto a cancellare presto il sentimento che aveva verso di me. Non mi disapprovi, però, di averlo rifiutato?»

«Disapprovarti? Oh, no...»

«Ma mi biasimi di avere parlato con tanto calore di Wickham?»

«No, non direi che tu avessi torto nel parlare come hai fatto.»

«Ma, quando sentirai quello che avvenne il giorno dopo, saprai invece che avevo proprio torto.»

Parlò allora della lettera, riferendone il contenuto per quello che riguardava George Wickham. Che colpo per la povera Jane! Lei che avrebbe creduto di non trovare nemmeno girando il mondo intero tanta perfidia in tutta la razza umana riunita, fu costretta a doverla ammettere e riconoscere in un solo individuo! La riabilitazione di Darcy, pur facendole molto piacere, non bastava a consolarla della scoperta che aveva fatto. Provò con tutto l'impegno a dimostrare che vi potesse essere un errore, cercando di scagionare l'uno senza accusare l'altro.

«No», disse Elizabeth, «non riuscirai mai a provare che sono buoni tutti e due. Scegli, ma devi accontentarti di parteggiare per uno solo. Per parte mia, sono propensa a credere che abbia ragione Mr Darcy, ma tu sei libera di pensare come vuoi.»

Ci volle un po' di tempo, prima di riportare un sorriso sulle dolci labbra di Jane.

«Non credo di essere stata mai così scandalizzata! Wickham, così perfido! È quasi incredibile. E il povero Mr Darcy! Pensa, cara Lizzy, quanto deve aver sofferto. E sapere anche che tu lo giudicavi così male! E dover raccontare una cosa simile di sua sorella! È veramente doloroso. Sono sicura che anche tu ne soffri come me.»

«Oh, no! Il mio compatimento e il mio rammarico sono addirittura eclissati dalla violenza del tuo. Sono così sicura che tu gli renderai una giustizia assoluta e completa, che posso anche permettermi di adagiarmi nell'indifferenza. L'eccesso del tuo sentimento rende più avaro il mio, e se continui a piangere così su di lui, il mio cuore diventerà leggero come una piuma.»

«Povero Wickham! Ha un'espressione così buona, dei modi così aperti e gentili!»

«Per conto mio, nell'educazione di quei giovani è stato commesso qualche sbaglio. E trovo che a proposito di bontà, uno ne ha preso tutta la sostanza, e l'altro tutta l'apparenza.»

«Non ho mai trovato che Mr Darcy sia così totalmente privo di questa *apparenza*, come sembra a te.»

«Eppure credevo di essere stata così intelligente nell'aver sentito tanta antipatia per lui senza ragione alcuna. Mi sembrava proprio una prova di spirito, un'intuizione geniale. Si può condannare qualcuno senza dire mai una cosa giusta, ma un'antipatia come questa che genera l'ironia e lo sprezzo sarcastico, coglie sempre nel segno: una volta o l'altra ne vengono fuori per forza un'arguzia o un motto di spirito indovinati.»

«Lizzy, sono sicura che quando hai letto la lettera per la prima volta, non hai preso la cosa così alla leggera.»

«Ti garantisco di no. Ero veramente commossa, e, direi, infelice. E, pensa, non aver nessuno col quale parlare di quello che provavo, non una Jane che mi confortasse e mi dicesse che non ero stata poi così debole e vana e sciocca, come sapevo di essere stata! Oh, quanto ti ho desiderata!»

«Fu un peccato che tu abbia parlato in un modo così risentito a proposito di Wickham; ora si vede che non ne era proprio il caso.»

«Certo, ma l'amarezza delle mie parole era la logica conseguenza dei pregiudizi di cui ero imbevuta. C'è un punto, ora, sul quale desidero il tuo consiglio. Vorrei sapere se dovrei o no rivelare alle nostre conoscenze qual è il vero carattere di Wickham.»

Jane tacque un momento, prima di rispondere.

«A me non pare che sia il caso di esporlo così alla disapprovazione generale. E tu cosa ne pensi?»

«Sono anche io del tuo parere. Mr Darcy non mi ha autorizzata a dirlo pubblicamente. Anzi, avrei dovuto tenere per me tutto quello che riguarda sua sorella, e se tentassi di disingannare la gente sulla natura di Wickham, chi potrebbe credermi senza delle prove? Tutti hanno in tale antipatia Mr Darcy, che il tentare di metterlo in buona luce sarebbe la morte di metà almeno della gente rispettabile di Meryton. Io non me la sento. Wickham se ne andrà presto, per cui non ha più grande importanza sapere quello che è in realtà. Col tempo sarà manifesto, e noi potremo ridere della stupidità di chi non lo ha scoperto prima. Per ora non parliamone affatto.»

«Hai perfettamente ragione. Mettere in pubblico i suoi errori vorrebbe dire rovinarlo per sempre. Forse si sta pentendo già di quello che ha fatto, e desidera riabilitarsi. Non dobbiamo toglierli questa speranza.»

Quella conversazione placò l'agitazione di Elizabeth. Si era tolta il peso di due segreti che le gravavano sull'anima da quindici giorni, e sapeva di avere in Jane un'ascoltatrice sempre disposta a ricevere le sue confidenze, quando avesse desiderato fargliele. Ma c'era ancora qualcosa di cui per prudenza non doveva parlare.

Non osava comunicarle la seconda parte della lettera di Mr Darcy, né spiegarle come il suo amico l'avesse amata sinceramente. Era una cosa che nessuno doveva sapere, finché Jane e Bingley non fossero arrivati a una perfetta intesa. «E allora», pensava, «se questo improbabilissimo avvenimento dovesse accadere, non potrei dirle che quello che Bingley stesso le dirà, e molto meglio di me! Sarò libera di parlare solo quando questa libertà non avrà più alcun valore!»

Ormai che era tornata a casa, poteva osservare il vero stato d'animo di sua sorella. Jane non era felice. Amava ancora teneramente Bingley. Non essendo mai stata innamorata prima di allora, il suo sentimento aveva tutto l'entusiasmo di un primo amore, e, data la sua età e il suo carattere, una maggiore profondità di quanto non comporti in genere un sentimento simile. Lo ricordava con tanto fervore, lo preferiva talmente a ogni altro uomo, che soltanto il desiderio di non rattristare gli altri le impediva di abbandonarsi a un rimpianto che le avrebbe tolto e la salute e la pace.

«E così, Lizzy», disse Mrs Bennet un giorno, «che ne pensi di tutta questa triste storia di Jane? Per conto mio sono decisa a non parlarne mai più con nessuno. Lo dicevo anche l'altro giorno a mia sorella Philips. Ma non riesco a scoprire se Jane lo abbia visto a Londra. È proprio un giovane che non merita nulla, e temo che non ci sia più nessuna speranza che lei lo possa riconquistare. Non si sente dire nulla di un suo ritorno a Netherfield quest'estate: ho interrogato tutti quelli che potevano saperne qualcosa.»

«Non credo che tornerà più a Netherfield.»

«Bene, faccia quello che vuole. Nessuno si cura più di lui. Però dirò sempre che ha agito malissimo verso mia figlia, e se fossi stata in lei, non l'avrei sopportato. Pazienza; il mio solo conforto è che Jane ne morrà di crepacuore, e allora lui si pentirà di quello che ha fatto.»

Ma siccome questa prospettiva non era certo consolante per Elizabeth, essa non rispose.

«Ebbene, Lizzy», continuò sua madre poco dopo, «così i Collins stanno proprio bene, non è vero? Bene, bene, speriamo che duri. E tengono una buona tavola? Credo che Charlotte sia una bravissima massaia. Se poi è furba come sua madre, riuscirà anche a mettersi un buon gruzzolo da parte. Dopotutto non penso davvero che faranno degli sciali!»

«No, davvero.»

«Un'economia oculata: tutto dipende da quello. Sicuro. Staranno attenti a non spendere più del loro reddito. Così non saranno mai a corto di denaro. Bene, buon pro gli faccia! E suppongo che parlino spesso di quando entreranno in possesso di Longbourn alla morte di tuo padre. La considerano già cosa loro, ne sono sicura.»

«È un argomento del quale non potevano parlare in mia presenza.»

«Infatti sarebbe stato strano che lo avessero fatto; ma non dubito che ne discorreranno spesso. Bene, se possono vivere tranquilli in una proprietà che non spetta loro legittimamente, tanto meglio. *Io* mi vergognerei di entrare in possesso di una proprietà attraverso un semplice vincolo.»

Capitolo quarantunesimo

Era già passata la prima settimana dopo il loro ritorno. Incominciò la seconda. Era l'ultima che il reggimento restava a Meryton e tutte le signorine del vicinato si struggevano dalla pena. L'afflizione era generale. Solamente le maggiori delle signorine Bennet erano ancora in grado di mangiare, di bere, di dormire e di continuare le loro abituali occupazioni. Kitty e Lydia erano disperate, e le coprivano di rimproveri non potendo rendersi conto di una simile durezza di cuore.

«Santo cielo! Che cosa avverrà di noi? Che cosa faremo?», esclamavano nel loro amaro dolore. «Come puoi sorridere ancora, Lizzy?»

La tenera Mrs Bennet divideva tutto il loro affanno, ricordando quello che aveva sofferto lei stessa, in un'occasione simile, venticinque anni prima.

«Ricordo», disse, «che quando partì il reggimento del colonnello Miller, piansi per due giorni. Credevo che mi si spezzasse il cuore.»

«È quello che avverrà a me», disse Lydia.

«Se almeno potessimo andare a Brighton! Ma il papà è così sfavorevole a questo progetto!»

«Un po' di bagni di mare mi metterebbero a posto per sempre.»

«Anche la zia Philips è sicura che a me farebbero molto bene», aggiunse Kitty.

questi erano i lamenti che risuonavano continuamente tra le pareti di Longbourn. Elizabeth avrebbe voluto riderne, ma non ci riusciva, oppressa dalla vergogna. Sentiva come aveva colpito giusto Mr Darcy col suo severo giudizio; e mai, come ora, era disposta a perdonargli di essersi intromesso nei progetti di matrimonio dell'amico.

Ma ben presto ogni nube scomparve dall'orizzonte di Lydia, che fu invitata da Mrs Forster, la moglie del colonnello del reggimento, ad accompagnarla a Brighton. Questa amica preziosa era giovanissima, e sposata da poco. Una certa somiglianza di carattere e di gusti tra lei e Lydia le aveva avvicinate, e pur conoscendosi da tre mesi soltanto, una grande amicizia era nata fra loro.

Impossibile descrivere l'entusiasmo di Lydia, la sua adorazione per Mrs Forster e l'avvilimento di Kitty. Incurante dei sentimenti di sua sorella, Lydia svolazzava per la casa in un'estasi incessante, aspettandosi che tutti si congratulassero con lei, e parlando e ridendo più forte del solito, mentre in salotto la sfortunata Kitty si lamentava sul suo fato con termini esagerati e in tono stizzoso.

«Non capisco proprio perché Mrs Forster non mi abbia invitato insieme a Lydia», diceva, «anche se non sono la sua amica del cuore. Avrei avuto diritto quanto lei, se non di più, perché sono maggiore di due anni.»

Elizabeth cercò inutilmente di farla ragionare, e Jane di ottenere che si rassegnasse. Elizabeth, ben lontana dal condividere i sentimenti di sua madre e di Lydia, temeva che quest'invito avrebbe segnato la fine di quel pochissimo buon senso che rimaneva a quest'ultima, e, sebbene le seccasse di fare un passo simile, consigliò in segreto a suo padre di non lasciarla partire. Gli fece presente la condotta leggera della sorella, il nessun vantaggio che le poteva derivare dall'amicizia di una donna come la signora Forster, e la probabilità che, con una simile compagnia, fosse ancora più imprudente e sventata a Brighton, dove certo le tentazioni sarebbero state maggiori, di quanto non lo fosse già a casa. Egli l'ascoltò attentamente, poi disse:

«Lydia non sarà contenta finché non si sarà resa ridicola in un posto o nell'altro, e non capiterà mai occasione migliore perché lo faccia con minor spesa e minor danno per la famiglia».

«Se voi poteste sapere», disse Elizabeth, «tutto il danno che il contegno sfacciato e imprudente di Lydia ci procura, anzi ci ha già procurato, sono sicura che la pensereste in un altro modo.»

«Già procurato?», ripeté Mr Bennet. «Dunque ha già fatto scappare inorridito qualcuno dei tuoi ammiratori? Povera Lizzy! Ma non lasciarti sgomentare... Giovani tanto schifiltosi da spaventarsi all'idea di acquistare per parente una simile citrullina, non meritano tanti rimpianti. Vieni qua e fammi un po' la lista di quei poveretti che si sono spaventati per le follie di Lydia.»

«Siete in errore. Non ho sofferto simili offese. Non mi dolgo di mali particolari, bensì generali. La nostra rispettabilità, di fronte alla gente, è compromessa dalla leggerezza, dallo sprezzo di ogni freno che distingue Lydia. Perdonate se parlo così apertamente. Se voi, caro papà, non vi date la pena di domare la sua esuberanza, di insegnarle che le sue attuali aspirazioni non possono formare lo scopo della sua vita, fra poco non ci sarà più modo di correggerla. L'abitudine sarà presa per sempre, e a sedici anni sarà la più perfetta vanesia che possa rendere ridicola se stessa e la sua famiglia; e quel che è peggio, civetta e vanesia della peggior specie, senza nessuna qualità all'infuori della gioventù e della bellezza, e con la sua testolina così vuota e ignorante non sarà neppure capace di far fronte al disprezzo che le procurerà la sua mania di essere ammirata. E Kitty corre lo stesso pericolo. Seguirà le tracce di Lydia. Vanesia, oziosa, ignorante e senza freno! Oh, caro papà, come non vedete che saranno criticate e disprezzate dappertutto, e che le loro sorelle saranno coinvolte in quella vergogna?»

Mr Bennet, che vide come Elizabeth parlasse con passione, accarezzandole affettuosamente una mano, le rispose:

«Non crucciarti, cara. Chiunque conosca Jane e te non può che rispettarvi e apprezzarvi, e questo tanto più in confronto alle vostre due, o anche tre, sciocchissime sorelle. Se Lydia non va a Brighton non ci sarà modo di avere un po' di pace a Longbourn. Lasciamola dunque andare. Il colonnello Forster è un uomo di buon senso, che la terrà lontana dai guai, e per fortuna è troppo povera per attirare un cacciatore di dote. A Brighton, anche come civetta, non avrà la considerazione che ha qui. Gli ufficiali troveranno ben altre donne a cui dedicarsi. Speriamo dunque che questo soggiorno sia almeno una buona lezione per la sua smodata civetteria. Ad ogni modo non può diventare peggiore di quello che è, o saremo costretti a rinchiuderla per tutto il resto della sua vita».

Elizabeth dovette accontentarsi di questa risposta ma in cuor suo non mutò opinione, e lasciò suo padre delusa e malinconica. Ma non era nella sua natura aumentare la propria tristezza soffermandovisi sopra. Sapeva di aver fatto il suo dovere e trovava inutile disperarsi per mali inevitabili, o accrescerli con nuove ansie. Se Lydia e sua madre avessero saputo del suo colloquio col padre, non sarebbe bastata la parlantina di tutte e due riunite insieme per esprimere la loro indignazione. Lydia si aspettava dal soggiorno a Brighton tutta quella felicità che è possibile raggiungere sulla terra. Con gli occhi della fantasia, vedeva già le strade della cittadina balneare brulicanti di ufficiali. Si vedeva al centro delle attenzioni di decine e decine di loro anche se ancora non li conosceva. Vedeva il campo in tutta la sua maestà, le tende allineate in ordine, perfette, affollate di allegra gioventù smagliante nelle uniformi scarlatte, e, per completare il quadro, lei stessa seduta presso una tenda a civettare teneramente con almeno sei ufficiali alla volta. Che cosa avrebbe provato sapendo che sua sorella aveva cercato di sottrarla a una simile felicità? Sua madre soltanto, che divideva il suo modo di sentire, avrebbe potuto dirlo. Infatti l'idea che almeno Lydia sarebbe stata a Brighton la consolava della malinconica certezza che né suo marito, né loro, ci sarebbero mai andati. Ma per fortuna ignoravano il passo di Elizabeth e la loro beatitudine non ebbe interruzione alcuna fino al giorno della partenza di Lydia.

Elizabeth doveva vedere Mr Wickham per l'ultima volta. Lo aveva già incontrato spesso dopo il suo ritorno, così non provava alcuna agitazione, né tanto meno l'affanno dei primi giorni, quando era il suo preferito. Ormai aveva imparato a distinguere, in quella stessa gentilezza che tanto l'aveva affascinata un tempo, un'affettazione e una monotonia che la stancavano, disgustandola. E tanto più la disgustava il suo attuale contegno verso di lei, avendo egli subito mostrato di voler riprendere la consuetudine di quelle attenzioni con le quali l'aveva circondata al principio della loro conoscenza, cosa che, dopo quanto era avvenuto, non serviva che a indignarla. Non poteva più provare ora nessun interesse nel vedersi l'oggetto della sua oziosa e frivola galanteria; e, pur respingendo con fermezza la sua corte, si sentiva umiliata al pensiero che egli, anche dopo aver interrotto i suoi favori, qualunque ne fosse stato il motivo, credeva ora che bastasse rinnovare le sue attenzioni per farle piacere, e per essere sicuro di riacquistare subito tutta la sua preferenza.

L'ultimo giorno di permanenza del reggimento a Meryton, Wickham pranzò con alcuni altri ufficiali a Longbourn, ed Elizabeth era così poco disposta a separarsi da lui amichevolmente che, quando egli le chiese come si era trovata a Hunsford, raccontò che il colonnello Fitzwilliam e Mr Darcy avevano passato tre settimane a Rosings, chiedendogli se conosceva il colonnello.

Egli sembrò sorpreso, contrariato ed inquieto, ma, riprendendosi prontamente, rispose sorridendo che un tempo lo vedeva spesso, e osservò che era un vero gentiluomo. Le chiese se le era piaciuto. Ella ne parlò molto cordialmente. Con aria indifferente egli aggiunse poco dopo:

«Quanto avete detto che si sono fermati a Rosings?».

«Quasi tre settimane.»

«E li vedevate spesso?»

«Quasi ogni giorno.»

«È molto diverso da suo cugino.»

«Sì, molto. Ma trovo che Mr Darcy ci guadagni a essere conosciuto più da vicino.»

«Davvero?», esclamò Wickham con uno sguardo che non sfuggì a Elizabeth. «E, di grazia, posso chiedere...?», ma si trattenne e aggiunse in tono più gaio: «Ha forse migliorato il modo di trattare il prossimo? Si è deciso ad aggiungere un po' di cortesia al suo stile abituale? Perché non oso sperare», aggiunse in tono più sommesso e più grave, «che sia migliorato come carattere».

«Oh, no», disse Elizabeth, «credo che il suo carattere sia quello che è sempre stato.»

Ascoltando, sembrava che Wickham non sapesse se rallegrarsi delle sue parole o diffidare del loro senso. C'era qualcosa nel contegno di lei che lo costringeva a seguirla con un'attenzione inquieta e preoccupata. Ella soggiunse:

«Dicendo che guadagna a essere conosciuto, non volevo dire che il suo spirito o i suoi modi andassero migliorando, ma piuttosto che, conoscendolo meglio, si impara a comprenderlo».

Il rossore e l'agitazione di Wickham tradirono tutta la sua inquietudine; tacque per un momento, poi, scuotendosi dal suo imbarazzo, si rivolse ancora a lei dicendole col tono più gentile e compito:

«Voi che conoscete così bene i miei sentimenti per Mr Darcy, potete capire come io mi rallegri vedendolo assumere almeno l'apparenza di un uomo leale. Da questo lato il suo orgoglio può servire, se non a lui, almeno agli altri, col trattenerlo dall'agire pessimamente, come fece con me. Temo soltanto che questa prudenza alla quale, credo, avete alluso, sia adottata unicamente durante le sue visite alla zia, della quale teme il giudizio e l'opinione. Quando è vicino a lei, la paura agisce sempre su di lui, e penso che ciò sia dovuto al suo desiderio di sposare Miss de Bourgh, cosa che gli sta molto a cuore».

Elizabeth non poté trattenere un sorriso, ma rispose soltanto con un lieve cenno del capo. Vedeva che lui voleva tornare al discorso dei soprusi sofferti, e non aveva nessuna voglia di accontentarlo. Per tutto il resto della serata Wickham cercò di ostentare l'abituale allegria, ma non fece altri tentativi di occuparsi di lei, e alla fine si salutarono con reciproca cortesia e forse con il reciproco desiderio di non incontrarsi mai più.

Quando la compagnia si sciolse, Lydia andò con Mrs Forster a Meryton, da dove sarebbero partite il mattino seguente, di buon'ora. Il distacco dalla famiglia fu più rumoroso che commosso. Kitty fu l'unica a versare lagrime, ma piangeva per il dispetto e l'invidia. Mrs Bennet si dilungò nei suoi auguri di felicità per la figliola e insistette nel raccomandarle di non perdere nessuna occasione per divertirsi il più possibile, consiglio che si può ben credere sarebbe stato seguito con entusiasmo; e, nella clamorosa gioia del commiato, Lydia non parve neppure sentire i saluti più affettuosi delle sorelle.

Capitolo quarantaduesimo

Se Elizabeth avesse dovuto farsi un concetto della felicità familiare o della pace domestica basandosi su quello che vedeva nella sua famiglia, non avrebbe potuto farsene un'idea molto piacevole. Suo padre, conquistato dalla gioventù e dalla bellezza e da quell'apparente dolcezza che è spesso unita a queste doti, aveva sposato una donna di poca intelligenza e d'animo gretto e volgare, per cui, poco dopo il matrimonio, ogni affetto che aveva provato per lei era scomparso. Stima, rispetto e confidenza erano svaniti definitivamente, ed egli aveva finito col perdere ogni speranza di felicità domestica. Ma non era tipo da cercare conforto alla sua delusione in quei piaceri che troppo spesso consolano gli infelici della loro follia o delle loro colpe. Amava la campagna e i libri, e in queste due passioni aveva trovato il suo principale godimento. Sua moglie rappresentava per lui solo quel tanto di spasso che poteva offrirgli con la sua ignoranza e la sua stupidaggine. Non è questo il tipo di felicità che generalmente un uomo richiede alla propria compagna, ma, quando mancano altre distrazioni, il perfetto filosofo sa prenderle dove si trovano.

Elizabeth non era mai stata cieca nel giudicare quello che c'era di sconveniente nella condotta del padre, come marito. L'aveva osservato con dolore; ma ammirandolo per altre qualità, e grata per l'affetto che le dimostrava, cercava di dimenticare ciò che non poteva ignorare e cioè quei continui strappi ch'egli faceva al decoro coniugale, esponendo sua moglie al disprezzo delle figlie. Mai come ora aveva sentito il danno che ricadeva sopra di loro da un'unione così male assortita, né mai era stata così consapevole degli svantaggi che derivavano dal cattivo impiego che il padre faceva del proprio ingegno; ingegno che, usato rettamente, avrebbe salvato la rispettabilità delle figlie, anche se non fosse riuscito a rendere intelligente la madre.

Elizabeth, tranne il piacere della lontananza di Wickham, non trovò un grande vantaggio dalla partenza del reggimento. I ricevimenti erano meno brillanti di prima, e a casa la madre e la sorella, con le continue lamentele sulla noia di tutto, gettavano una vera ombra sulla vita domestica; e anche se Kitty avrebbe col tempo potuto riacquistare un po' di giudizio – ora che coloro che avevano messo a soqquadro la sua testolina se ne erano andati – restava il pericolo che l'altra sorella, dalla quale ci si poteva aspettare di tutto, in un posto come Brighton, doppiamente pericoloso come città balneare e come accampamento di militari, avrebbe facilmente esagerato in leggerezza e sfacciataggine.

Elizabeth (e questo le era già accaduto altre volte) dovette accorgersi che un avvenimento desiderato con impazienza non porta poi, quando si avvera, tutti quei vantaggi sui quali ci si compiace sperare. Bisognava dunque rimandare ad altra epoca il principio di una vera felicità; pensare a qualcosa d'altro su cui appuntare desideri e speranze, e, godendo nell'attesa, consolarsi del presente e prepararsi a un'altra delusione. La gita ai laghi era ora l'oggetto dei suoi pensieri più belli, la maggior consolazione in tutte le ore tristi che lo scontento di sua madre e di sua sorella rendevano inevitabili; e, se Jane avesse potuto venire con lei, il progetto sarebbe stato veramente perfetto.

«Ma è una fortuna», pensava, «che mi resti qualcosa da desiderare. Se fosse perfetto dovrei aspettarmi qualche delusione sicuramente. Ma, avendo sempre una ragione di rammarico e di desiderio per la mancanza di mia sorella, posso sperare che tutte le altre aspettative si realizzino. Un progetto che offre una totale felicità non può mai essere realizzabile, e, per evitare la delusione totale, è necessario pagarla con qualche contrarietà particolare.»

Partendo, Lydia aveva promesso di scrivere spesso e dettagliatamente alla madre e a Kitty, ma le sue lettere, attese e desiderate, erano sempre molto brevi. Alla madre raccontava soltanto di essere andata al circolo, accompagnata dal tale o talaltro ufficiale, e di aver visto nei saloni alcune decorazioni veramente splendide; di avere un vestito nuovo, o un nuovo ombrellino che avrebbe descritto meglio se non avesse dovuto interrompersi di gran premura perché Mrs Forster la chiamava per andare al campo. Dalla sua corrispondenza poi con Kitty c'era da apprendere ancora meno, perché queste lettere, benché piuttosto lunghe, erano troppo piene di sottintesi per poter essere lette in pubblico.

Dopo alcune settimane dalla partenza di Lydia, il buon umore e la serenità riapparvero a Longbourn. Tutto riprendeva un aspetto più lieto. Le famiglie che erano state in città per l'inverno facevano ritorno, e si cominciò a pensare nuovamente agli abiti e ai ritrovi estivi. Mrs Bennet tornò alla sua querula serenità, e alla metà di giugno Kitty si era rimessa al punto di poter tornare a Meryton senza piangere, fatto così promettente che Elizabeth cominciava a sperare che per Natale sarebbe diventata così ragionevole da non nominare un ufficiale più di una volta al giorno, a meno che, per una crudele e maliziosa disposizione del Ministero della Guerra, un altro reggimento non fosse venuto ad acquartierarsi a Meryton.

Si avvicinava l'epoca stabilita per il giro nel Nord, e non mancavano che quindici giorni alla partenza, quando arrivò una lettera di Mrs Gardiner per avvertire che rimandava la data della partenza e riduceva la durata del viaggio. Infatti gli affari di Mr Gardiner gli impedivano di partire prima di luglio, e egli aveva assoluta necessità di essere di ritorno a Londra entro un mese; dato che il tempo così limitato non permetteva più di andare tanto lontano e di vedere tutto quello che si erano proposti, o per lo meno di vederlo comodamente, erano costretti a rinunciare ai laghi e a cambiare itinerario. L'ultimo progetto era quindi di non andare più lontano del Derbyshire. In quella regione c'erano abbastanza cose da vedere per occupare le tre settimane, e per di più la contea aveva per Mrs Gardiner un'attrattiva speciale. La città dove aveva passato alcuni anni della sua giovinezza e dove si sarebbero fermati qualche giorno la attraeva ancora più di tutte le famose bellezze di Matlock, Chaterworth, Dovedale, o il Peak.

Per Elizabeth fu una grande delusione; aveva tanto sperato di vedere i laghi e trovava che il tempo, anche se ridotto, sarebbe stato sufficiente, ma doveva accontentarsi, e poiché il suo carattere la portava a vedere negli avvenimenti il lato migliore, seppe in breve consolarsi e compiacersi ugualmente. Al nome del Derbyshire molti pensieri si erano ridestati in lei. Era un nome che le richiamava alla mente Pemberley e il suo signore. «Potrò certamente», pensò Elizabeth sorridendo, «introdurmi furtiva nella sua contea e portare via per ricordo qualche pietruzza senza che lui se ne accorga.»

Il tempo dell'attesa si trovò così raddoppiato. Mancavano ancora quattro settimane all'arrivo degli zii. Ma passarono anche queste, e Mr e Mrs Gardiner comparvero finalmente a Longbourn con i loro quattro figli. Questi, due bambine di sei e otto anni, e due maschietti più piccoli, furono affidati alle cure della cugina Jane verso la quale avevano una speciale simpatia e la cui serietà e dolcezza di carattere la rendevano adatta a occuparsi di loro in tutti i modi, istruendoli, giocando e coccolandoli.

I Gardiner si trattennero una sola notte a Longbourn, e ripartirono l'indomani con Elizabeth alla ricerca di novità e divertimenti. Una cosa era assicurata: l'affiatamento tra i compagni, un affiatamento di gente sana e gioviale che si sarebbe prodigata vicendevolmente per sopportare ogni inconveniente del viaggio e non avrebbe lesinato gaiezza e allegria per accrescere ogni piacere; l'affetto reciproco e l'intelligenza comune li avrebbero comunque compensati se il viaggio si fosse rivelato deludente.

Non occorre qui descrivere il Derbyshire né alcuni dei posti notevoli che trovarono sulla loro strada: Oxford, Blenheim, Warwick, Keniluorth, Birmingham, sono abbastanza conosciuti. Ci preme parlare soltanto di una piccola parte del Derbyshire. Dopo aver visto le più note bellezze della contea, si diressero alla piccola città di Lambton, dove si era svolta una parte della gioventù di Mrs Gardiner, e dove abitavano ancora alcune sue conoscenze. Elizabeth seppe poi da sua zia, mentre erano a cinque miglia da Lambton, che in quei paraggi si trovava Pemberley. Non era sulla loro strada, ma una o due miglia distante. Discutendo l'itinerario, Mrs Gardiner espresse il desiderio di rivedere quel posto. Mr Gardiner si dichiarò dispostissimo e chiesero anche l'opinione di Elizabeth.

«Non ti piacerebbe, cara, vedere un posto del quale hai sentito tanto parlare?», disse sua zia, «un posto che tanti amici tuoi conoscono? Wickham, come sai, vi ha passato gran parte della sua gioventù.»

Elizabeth si sentì tutta turbata. Capiva che non avrebbe dovuto andare e fu costretta a fingere di non avere alcun desiderio di vedere Pemberley. Confessò di essere stanca di visitare dimore nobiliari; ne aveva viste tante, e ormai i bei tappeti o i tendaggi di damasco non le facevano più impressione. Mrs Gardiner la canzonò: «Se fosse soltanto una bella casa ben arredata», disse, «non interesserebbe neppure me. Ma è il posto che è meraviglioso. Ci sono i più bei boschi della regione».

Elizabeth non rispose, ma non trovava pace. Pensò subito alla possibilità di incontrare Mr Darcy mentre visitava la sua tenuta. Sarebbe stato terribile! Arrossì solo all'idea, e pensò se non era il caso di parlare apertamente a sua zia, piuttosto che correre quel rischio. Ma anche questo partito presentava i suoi inconvenienti, e decise di lasciarlo come ultima risorsa, nel caso che, dopo essersi informata privatamente se la famiglia era in villa, le avessero risposto affermativamente.

La sera, quando si ritirò in camera sua, chiese alla cameriera se Pemberley era veramente un luogo tanto incantevole, come si chiamava il proprietario, e, con un certo timore, se la famiglia era in villa per l'estate. Sentì con sollievo rispondersi negativamente e, non avendo più nulla da temere, si abbandonò alla curiosità di vedere finalmente quella casa. Così, la mattina dopo, quando se ne riparlò e le fu chiesto il suo parere, poté rispondere pronta, e con fare disinvolto, che l'idea non le dispiaceva. Si diressero dunque alla volta di Pemberley.

Capitolo quarantatreesimo

Mentre la carrozza si avvicinava a Pemberley, Elizabeth ne spiava, con un certo turbamento, l'apparire, e quando finalmente entrarono nella proprietà, il suo animo era profondamente agitato.

Il parco era vastissimo, e comprendeva una grande varietà di coltivazioni. Entrarono da uno dei punti più bassi e per qualche tempo la vettura percorse un bosco stupendo, che si stendeva su una vasta superficie.

Elizabeth aveva la mente troppo presa per poter parlare, ma vedeva e ammirava ogni palmo di terreno e si compiaceva di ogni bella veduta. Salirono gradatamente per circa mezzo miglio e si trovarono finalmente in cima a un'altura dove il bosco cessava, e da cui l'occhio spaziava su Pemberley-House, situata sul lato opposto di una valle dove la strada sboccava con una brusca curva. Il grande e bel fabbricato sorgeva su di un terreno rialzato che aveva per sfondo delle alte colline boscose, ai cui piedi scorreva un corso d'acqua che andava allargandosi, senza aver tuttavia nessuna apparenza di artificio. Le sue rive non erano né regolari né abbellite di ornamenti leziosi. Elizabeth era entusiasta. Non aveva mai visto un posto così favorito dalla natura o dove la bellezza naturale fosse così poco sciupata dal cattivo gusto. Tutti ne erano incantati, e in quel momento ella sentì che essere padrona di una dimora come Pemberley non era poi una cosa da nulla.

Discesero la collina, attraversarono il ponte e giunsero all'ingresso, e, mentre osservava la casa, Elizabeth fu ripresa dal timore di incontrare il proprietario. E se la cameriera non fosse stata bene informata? Quando chiesero di visitare il palazzo, furono ammesse nell'atrio, ed Elizabeth, aspettando la governante, ebbe tutto il tempo di riflettere con stupore sulla sua presenza in quella casa.

Venne Mrs Reynolds, la governante: una donna anziana dall'aspetto rispettabile, molto meno cerimoniosa e assai più gentile di come se l'era figurata. La seguirono nella sala da pranzo. Era una vasta camera di belle proporzioni, ammobiliata con squisito buon gusto. Elizabeth, dopo un breve sguardo, andò a una finestra per ammirare la veduta. La collina coronata di boschi dalla quale erano discesi, sembrando, per la distanza, più scoscesa, costituiva un magnifico sfondo; tutto il terreno era assai ben tenuto, tutto il paesaggio appariva magnifico: il fiume, dalle rive verdi e fresche, si perdeva tortuosamente nella vallata ed Elizabeth poteva seguirla a perdita d'occhio. Da ognuna delle finestre delle sale per le quali passavano, il paesaggio cambiava d'aspetto; ma il quadro era invariabilmente incantevole. Le stanze erano vaste e belle, e la mobilia degna della ricchezza del proprietario, ma Elizabeth vide, ammirandone il gusto, che non era né sfarzosa, né ricercata, meno lussuosa, ma di una eleganza più raffinata di quella di Rosings.

«E pensare che avrei potuto essere la padrona di tutto questo!», si diceva. «A quest'ora qui tutto mi sarebbe famigliare, e invece di visitare questa dimora come forestiera, avrei potuto goderne come di cosa mia e ricevere i miei zii come ospiti.» Si ritrasse sgomentata da quest'ultimo pensiero. «Non avrebbe mai potuto essere; gli zii sarebbero stati perduti per me; non mi sarebbe mai stato concesso di invitarli.» Fu un pensiero fortunato, ed ebbe il potere di salvarla da qualcosa che somigliava molto al rimpianto.

Desiderava domandare alla governante se era vero che il suo padrone fosse assente, ma non ne ebbe il coraggio. Alla fine, lo zio venne involontariamente incontro a questo suo desiderio, ed ella nel sentire la domanda si voltò trepidante dall'altra parte, mentre Mrs Reynolds rispondeva affermativamente, aggiungendo: «Ma lo aspettiamo domani con una comitiva di amici».

Come si rallegrò Elizabeth che la loro gita non fosse stata, per un qualche caso, ritardata di un giorno!

Sua zia la chiamò per farle osservare qualcosa. Si avvicinò e vide il ritratto di Wickham, appeso tra diverse altre miniature, sopra il camino. La zia le chiese sorridendo se le piaceva. La governante si fece avanti e disse loro che era il ritratto di un giovane, figlio dell'amministratore del defunto Mr Darcy, che lo aveva fatto educare a sue spese.

«Ora è nell'esercito», aggiunse, «ma temo che non sia riuscito niente di buono.»

Mrs Gardiner guardò sua nipote con un sorriso che Elizabeth però non poté contraccambiare.

«E questo», disse Mrs Reynolds, additando un'altra miniatura, «è il mio padrone, e molto assomigliante anche. È stato fatto nello stesso periodo dell'altro, quasi otto anni fa.»

«Ho sentito dire da tutti che è un bell'uomo», disse Mrs Gardiner guardando il ritratto. «Ha un bel volto. Ma tu, Lizzy, puoi dirci se è veramente somigliante.» Il rispetto di Mrs Reynolds per Elizabeth sembrò aumentare quando sentì che conosceva il suo padrone.

«La signorina conosce Mr Darcy?»

Elizabeth arrossì, rispondendo: «Un poco...».

«E non trovate, signorina, che è un signore molto bello?»

«Sì, bellissimo.»

«Quanto a me, non ne conosco di più belli; ma nella galleria di sopra, vedrete un ritratto più grande e migliore. Questa era la camera preferita dal mio defunto padrone e le miniature stanno ancora dove le aveva messe lui. Ci teneva molto.»

Questo spiegò ad Elizabeth come mai vi fosse quella di Wickham fra le altre. Quindi Mrs Reynolds attrasse la loro attenzione su di una miniatura di Miss Darcy, fatta quando aveva solo otto anni.

«Anche Miss Darcy è bella come il fratello?», chiese Mrs Gardiner.

«Oh, sì! La più bella signorina che si sia mai vista, e così compita! Canta e suona tutto il giorno. Nella camera attigua c'è un pianoforte venuto apposta per lei, un regalo del mio padrone: aspettiamo anche lei domani.»

Mr Gardiner con il suo fare disinvolto e cordiale incoraggiava la loquacità della donna con domande e osservazioni, e si capiva che Mrs Reynolds, sia per orgoglio, sia per affetto, provava un gran piacere a parlare del suo padrone e della padroncina.

«Il vostro padrone sta molto a Pemberley?»

«Non quanto vorrei io, Sir; ma si può dire che passi più di metà del suo tempo qui; e Miss Darcy viene sempre per i mesi estivi.»

«Tranne», pensò Elizabeth, «quando va a Ramsgate.»

«Se il vostro padrone si ammogliasse, lo vedreste ancora di più.»

«Sì, signore. Ma non so quando questo potrà avvenire. Non so davvero se esista una persona degna di lui.»

I signori Gardiner sorrisero. Elizabeth non poté trattenersi dal dire: «Questo vostro modo di pensare gli fa molto onore».

«Non dico che la verità; è quello che direbbe chiunque lo conosca», rispose l'altra. Elizabeth trovava la cosa un po' esagerata e, con grande meraviglia, sentì la donna aggiungere: «Non ho mai sentito da lui una parola sgarbata, e lo conosco da quando aveva quattro anni».

Era un elogio straordinario e veramente contrastante col concetto che si era fatta di lui. Era sempre stata convinta che avesse un cattivo carattere. La sua attenzione era più desta che mai; avrebbe desiderato sapere molte cose di lui e fu grata a suo zio che diceva: «Sono ben poche le persone delle quali si può dire altrettanto. Siete proprio fortunata ad avere un simile padrone».

«Davvero, Sir. So di esserlo. In tutto il mondo non avrei potuto trovarne uno migliore. Ma ho sempre visto che chi è buono da bambino, è buono anche da grande, e lui è sempre stato il più dolce, il più generoso dei ragazzi.»

Elizabeth la fissava sorpresa: possibile che si parlasse proprio di Mr Darcy?

«Suo padre era un uomo eccellente», disse Mrs Gardiner.

«Sì, signora, lo era per davvero, e suo figlio sarà come lui, altrettanto buono con i poveri.»

Elizabeth ascoltava, stupiva, dubitava, ed era impaziente di sempre nuovi dettagli. Questo era il solo argomento che la interessava, e Mrs Reynolds si affannava invano a spiegare il soggetto delle pitture, la dimensione delle camere e il prezzo dei mobili. Mr Gardiner, divertito da questo entusiasmo che attribuiva a una specie di orgoglio di domestica devota alla casa cui apparteneva, la riportò su quell'argomento, ed ella si profuse con energia a decantare tutti i meriti del suo padrone, mentre salivano lo scalone principale.

«È il miglior possidente e il miglior padrone che sia mai vissuto; non è come quei giovani d'oggi che pensano soltanto a se stessi. Non c'è uno dei suoi coloni o dei suoi servitori che non possa dire bene di lui. Secondo me è perché non si perde in inutili chiacchiere, come fanno gli altri giovani.»

«Come lo sa mettere in buona luce!», pensava Elizabeth.

«Questo magnifico elogio non corrisponde molto al suo modo d'agire verso il nostro povero amico», mormorò sua zia mentre camminavano.

«Forse siamo state ingannate.»

«È molto difficile. L'informazione veniva da fonte sicura.»

Arrivate in un'ampia anticamera, furono introdotte in un grazioso salotto ammobiliato di fresco con maggiore e più gaia eleganza delle camere terrene, e furono informate che era arredato da poco per fare cosa gradita a Miss Darcy, che si era innamorata di quella stanza l'ultima volta che era stata a Pemberley.

«Certo è un gran bravo fratello», disse Elizabeth avviandosi verso una delle finestre.

Mrs Reynolds s'immaginava la gioia che avrebbe provato Miss Darcy quando sarebbe entrata in quella camera. «Ed è sempre così», aggiunse. «Qualunque cosa può far piacere a sua sorella è fatta immediatamente. Non c'è cosa che non farebbe per lei.»

Non restava che da visitare la galleria e due o tre camere principali. La prima conteneva molte pitture di pregio, ma Elizabeth, che non era buona conoscitrice di cose d'arte, preferì guardare alcuni disegni di Miss Darcy per lei più semplici e comprensibili. Vi erano anche molti ritratti di famiglia, che non potevano interessare né dire niente agli estranei.

Elizabeth cercò solo il volto che avrebbe potuto riconoscere. Finalmente lo scorse: era di una rassomiglianza impressionante. Mr Darcy aveva quello stesso sorriso che ricordava di avergli visto qualche volta quando la guardava. Si arrestò per alcuni minuti davanti al ritratto, guardandolo attentamente, e vi ritornò prima di lasciare la galleria. Mrs Reynolds li informò che era stato dipinto quando il padre di Mr Darcy viveva ancora.

In quel momento l'animo di Elizabeth si aprì a un sentimento di simpatia per l'originale del quadro, molto più viva di quanto non ne avesse mai provata durante la loro conoscenza. Le lodi che Mrs Reynolds gli prodigava non erano da tenere davvero in poco conto. Quale elogio può essere più prezioso di quello di un fedele domestico? Come fratello, come proprietario, come padrone, di quante persone egli aveva nelle mani il benessere e la felicità! Quanto bene e quanto male poteva fare! La governante invece non aveva avuto che parole buone per lui, ed Elizabeth, mentre fissava la tela che sembrava guardarla, pensò all'affetto di Mr Darcy con una gratitudine mai provata prima di allora; ricordava il suo ardore, e il suo modo inopportuno di esprimersi non le sembrava ora più così urtante.

Quando ebbero visto tutta quella parte della casa che era aperta al pubblico, ritornarono al piano terreno e, congedatisi dalla governante, furono affidati al giardiniere che li aspettava nel vestibolo.

Attraversando i prati che conducevano al fiume, Elizabeth si volse a guardare la casa; anche gli zii si fermarono e, mentre lo zio cercava di rendersi conto di che epoca potesse essere la costruzione, videro comparire il proprietario che veniva dal viale delle scuderie.

Erano a soli venti metri di distanza, e l'apparizione di lui fu così improvvisa, da essere impossibile evitarlo. I loro occhi si incontrarono all'istante ed entrambi arrossirono vivamente. Egli trasalì, e sembrò irrigidirsi per la sorpresa, ma dominandosi subito, si avvicinò al gruppo e si rivolse a Elizabeth, se non del tutto calmo, con perfetta cortesia.

Ella si era voltata istintivamente come per andarsene, ma nel vederlo avvicinare si fermò e accolse i suoi saluti senza tuttavia riuscire a vincere completamente la propria confusione.

Se il suo aspetto e la rassomiglianza con il ritratto appena veduto non fossero bastati a rivelare agli zii di aver di fronte Mr Darcy, l'espressione di sorpresa del giardiniere nel riconoscere il suo padrone sarebbe valsa a illuminarli. Stavano un po' discosti, mentre egli parlava con la loro nipote, la quale, stupita e confusa, osava appena alzare gli occhi verso di lui, e non sapeva come rispondere alle cortesi domande che egli le rivolgeva sulla sua famiglia. Elizabeth era meravigliata del cambiamento avvenuto nei modi di Mr Darcy da quando si erano lasciati; ogni parola di lui aumentava il suo imbarazzo, e ritornando col pensiero alla sconvenienza di farsi trovare proprio lì, quei pochi momenti di conversazione furono tra i più penosi della sua vita. Né egli sembrava più calmo: il suo tono aveva perso l'abituale rigidità, e il modo con cui ripeteva sempre le stesse domande su quando aveva lasciato Longbourn e sul loro soggiorno nel Derbyshire, dimostrava tutto il suo turbamento.

Finalmente sembrò non saper più cosa dire, e dopo qualche momento di silenzio prese congedo.

Allora gli altri raggiunsero Elizabeth, esprimendo la loro ammirazione per Mr Darcy, ma ella non sentì una sola parola, e, tutta assorta nei suoi pensieri, li seguì in silenzio. Era sopraffatta dalla vergogna e dal dispetto. Esser venuta a Pemberley era stata la cosa più disgraziata, più inopportuna del mondo! Che brutta impressione doveva avergli fatto il suo comportamento! In che strana luce poteva metterla agli occhi di un uomo così superbo! Egli avrebbe potuto anche credere che avesse voluto mettersi di nuovo volontariamente sulla sua strada. Oh, perché era venuta? E perché lui aveva anticipato di un giorno il proprio arrivo? Se almeno si fossero mossi dieci minuti prima, avrebbero potuto evitare di essere visti; perché era evidente che aveva lasciato in quel momento o la carrozza o il suo cavallo. Disgraziatissimo incontro che le riempiva l'animo di vergogna e il volto di rossore. E che poteva significare quel suo contegno così cambiato? Era già una sorpresa che le avesse parlato, ma parlarle poi con tanta gentilezza, informandosi della sua famiglia! Non l'aveva mai visto così semplice, mai era stato così gentile come in quell'imprevedibile incontro. Che contrasto con l'ultima volta, quando si erano veduti nel parco di Rosings, e le aveva consegnato la lettera! Elizabeth non sapeva proprio cosa pensare né come spiegarsi questo mutamento.

Percorrevano ora un magnifico viale lungo il ruscello, e ogni passo rivelava una nuova bellezza del paesaggio, una più ampia veduta dei boschi ai quali erano diretti, ma ci volle un po' di tempo prima che Elizabeth potesse accorgersi di tanto splendore, e anche se macchinalmente sembrava ammirare quello che gli zii le andavano man mano additando, non poteva quasi distinguere il paesaggio. I suoi pensieri erano tutti rivolti a quel punto di Pemberley dove si trovava in quel momento Mr Darcy. Avrebbe dato chissà che cosa per sapere le idee che gli passavano per la mente, che cosa pensava di lei, e se, nonostante tutto, gli fosse ancora cara. Forse era stato gentile perché gli era ormai indifferente; eppure c'era nella sua voce qualcosa che non sembrava indifferenza. Non avrebbe potuto dire se si fosse mostrato contento o no di rivederla, ma certo l'incontro l'aveva visibilmente commosso.

Finalmente i suoi compagni, ridendo della sua distrazione, la riscossero ed Elizabeth capì che era necessario riprendersi e darsi un contegno.

Penetrarono nei boschi, e lasciato il fiume per un tratto, salirono verso alcune collinette, dalla sommità delle quali, tra le radure, l'occhio si poteva spingere nella bella vallata, sulle opposte pendici coperte di boschi e qua e là sul serpeggiante fiume. Mr Gardiner espresse il desiderio di visitare tutto il parco, ma temeva di non poterlo fare a piedi. Il rimanente della comitiva ebbe un sorriso di trionfo quando gli fu detto che si trattava di un giro di dieci miglia. L'argomento fu decisivo, e continuarono nel giro abituale, che li riportò dopo qualche tempo, attraverso una boscaglia in discesa, fino alla riva del fiume, in uno dei punti più stretti. Lo attraversarono su di un ponte rustico in carattere col paesaggio. Era il punto più selvaggio incontrato fino allora; la valle si restringeva fino a lasciare solo lo spazio per il torrente e per uno stretto sentiero tra le spinose fratte che lo costeggiavano.

Elizabeth avrebbe voluto esplorarne i meandri, ma, attraversato il ponte e vedendo come erano ancora lontani dalla casa, Mrs Gardiner, che non era una grande camminatrice, non si sentì l'animo di proseguire e pensò soltanto a ritornare al più presto alla carrozza.

La nipote fu quindi costretta a seguirla, e si avviarono verso la casa dal lato opposto del fiume, ma assai lentamente, perché Mr Gardiner, che aveva rare occasioni di abbandonarsi alla sua passione favorita, la pesca, era talmente occupato se si vedesse apparire qualche trota nell'acqua, e a parlare, camminando molto adagio, con l'uomo che li accompagnava. Andando così pian piano, furono di nuovo sorpresi, e lo stupore di Elizabeth non fu minore della prima volta, nel vedere, non molto distante da loro, Mr Darcy avvicinarsi. Il viale, che in quel punto era più scoperto, permise loro di scorgerlo qualche tempo prima di incontrarlo. Per un attimo ella pensò che avrebbe preso un altro sentiero, perché una curva lo nascose alla loro vista, ma svoltata la curva, se lo trovarono davanti. Con una sola occhiata, Elizabeth si avvide con grande stupore che non aveva affatto dimesso la cortesia di poco prima, e per imitare la sua cortesia prese subito a lodare la bellezza del luogo, ma aveva appena pronunciato le parole «delizioso, incantevole» che, oppressa dai ricordi, le sembrò che i suoi elogi su Pemberley potessero essere male interpretati. Cambiò colore e tacque.

Mrs Gardiner era rimasta un poco indietro e Mr Darcy chiese a Elizabeth di fargli l'onore di presentarlo ai suoi amici. Tanta gentilezza la colse impreparata, represse a stento un sorriso all'idea ch'egli domandasse di conoscere proprio quei parenti, per causa dei quali il suo orgoglio gli aveva impedito di chiederla in moglie. «Come rimarrà», pensava, «quando saprà chi sono! Certo li ha presi per gente del gran mondo.»

Nondimeno, lo presentò prontamente e, spiegando la loro parentela, gli lanciò un'occhiata furtiva per vedere come prendesse la cosa, aspettando di vederlo allontanarsi al più presto da una compagnia così poco adatta alle sue esigenze. La sorpresa di lui fu, è vero, evidente: tuttavia non soltanto non se ne andò, ma ritornando sui propri passi, li riaccompagnò chiacchierando con Mr Gardiner. Elizabeth era felice, trionfante. Era una tale consolazione che conoscesse almeno alcuni suoi parenti, dei quali non si doveva arrossire! Ascoltò tutta la loro conversazione ed era fiera di ogni espressione, di ogni frase di suo zio che denotava tutta la sua intelligenza, il suo gusto, la sua educazione.

Ben presto parlarono di pesca; e sentì che Mr Darcy invitava molto gentilmente suo zio a venire a pescare ogni volta che gli facesse piacere, fino a quando si tratteneva nei dintorni, offrendogli anche tutti gli arnesi necessari e indicandogli quelle parti del fiume più ricche di pesce. Mrs Gardiner, che camminava col braccio infilato in quello della nipote, la guardò con stupore. Elizabeth non disse nulla, ma era assai contenta; tanta cortesia era dovuta soltanto a un riguardo per lei. Il suo stupore era immenso, e andava continuamente ripetendosi: «Come mai è così cambiato? Da che cosa può dipendere? Non può essere per me, per amor mio, che i suoi modi si sono fatti così cortesi. I miei rimproveri di Hunsford non possono averlo mutato. È impossibile che mi ami ancora».

Dopo aver camminato per un po', le due signore davanti e gli uomini dietro, scendendo verso la riva per vedere qualche strana pianta acquatica, avvenne un cambiamento. Mrs Gardiner, stanca del cammino fatto, trovò che il braccio di Elizabeth non era un appoggio bastante, e chiese quello di suo marito. Mr Darcy prese il suo posto accanto alla nipote, e si avviarono insieme. Elizabeth ruppe per prima il silenzio. Desiderava spiegargli che, prima di venire a Pemberley, le era stato assicurato che la casa era vuota; osservò quindi che il suo arrivo era stato una sorpresa, perché «la governante», aggiunse, «ci informò che eravate aspettato solo per domani, e infatti prima di lasciare Bakewell, ci era stato detto che non eravate ancora atteso in campagna.» Darcy riconobbe che era la verità e che era venuto in anticipo sul resto della compagnia, avendo alcuni affari da sbrigare col suo fattore.

«Mi raggiungeranno domani», continuò, «e nel gruppo c'è qualcuno che avrà sicuramente piacere di rivedervi: Mr Bingley e le sue sorelle.»

Elizabeth fece appena un cenno col capo. I suoi pensieri la riportarono immediatamente all'ultima volta in cui avevano parlato di Mr Bingley e, a giudicare dalla espressione di Darcy, anche i pensieri di lui non dovevano essere diversi.

«C'è anche qualcun altro», continuò dopo una pausa «che desidera particolarmente conoscervi. Mi permettete, o domando troppo, di presentarvi mia sorella, mentre vi tratterrete a Lambton?»

Elizabeth fu talmente sorpresa da questa domanda, da non sapere come rispondere. Capì che se Miss Darcy desiderava conoscerla, non poteva essere che per quanto le aveva detto suo fratello, e senza pensare ad altro, provò una grande soddisfazione per il fatto che il suo risentimento non lo aveva indotto a pensare veramente male di lei.

Camminavano in silenzio, assorti tutti e due in profonde riflessioni. Elizabeth non era a suo agio, sarebbe stato troppo, però si sentiva lusingata e contenta. Il desiderio di presentarle la sorella era, da parte di lui, il più simpatico dei complimenti. Ben presto si distanziarono dagli altri, e, quando arrivarono alla carrozza, Mr e Mrs Gardiner erano ancora distanti un quarto di miglio.

Egli la pregò allora di entrare in casa, ma Elizabeth disse di non essere stanca, e rimasero sul prato. Avevano molte cose da dirsi, e il silenzio era imbarazzante. Elizabeth voleva parlare, ma nessun argomento le sembrava abbastanza adatto per cominciare. Finalmente pensò che poteva raccontare il suo viaggio e si misero a discorrere con ardore di Matlock e di Dovedale. Ma il tempo e la zia procedevano con la stessa lentezza e la sua pazienza e le sue idee stavano per esaurirsi, prima che il *tête-à-tête* terminasse. Quando arrivarono gli zii, furono tutti invitati a entrare in casa a prendere qualche rinfresco, ma essi rifiutarono e si lasciarono con la massima cortesia da ambo le parti. Mr Darcy aiutò le signore a salire in carrozza, e mentre si allontanavano, Elizabeth lo vide avviarsi lentamente verso la casa.

Allora incominciarono i commenti degli zii; tutti e due lo trovarono molto meglio di quanto si erano aspettati. «È così educato, tanto semplice e gentile!», disse lo zio.

«Direi che c'è in lui qualcosa di altero», disse la zia, «ma è più che altro apparenza, e gli si addice. Posso dire anch'io, come la governante, che anche se qualcuno può trovarlo orgoglioso, *io* non ho notato nulla di simile.»

«Sono rimasto sorpreso anch'io del suo contegno verso di noi. Era più che cortese, veramente cordiale, e non c'era alcun motivo per tante premure. Conosce Elizabeth soltanto da poco tempo.»

«Certo», disse sua zia, «non è bello come Wickham, o per lo meno non ha la sua espressione seducente, però, quanto a lineamenti, è perfetto. Come mai mi avevi detto che era così antipatico?»

Elizabeth si scusò come poté; disse che già incontrandolo nel Kent le era piaciuto molto più di prima, ma che non lo aveva mai visto così gentile come quella mattina.

«Ma forse è un po' originale nella sua gentilezza», continuò lo zio. «Quei vostri grandi uomini sono spesso così! Non voglio quindi prenderlo in parola a proposito della pesca, perché un altro giorno potrebbe aver cambiato idea e farmi riaccompagnare ai cancelli della sua proprietà.»

Elizabeth pensò che avevano sbagliato completamente nel loro modo di giudicarlo, ma non disse nulla.

«Da quello che abbiamo visto», proseguì Mrs Gardiner, «potrei pensare qualunque cosa, tranne che possa aver trattato così male Wickham. Non sembra certo cattivo, anzi, c'è qualcosa di talmente dignitoso in tutto il suo contegno, che non dà certo l'idea di un uomo duro di cuore. Quella buona signora che ci mostrava la casa parlava di lui con un entusiasmo incredibile! Duravo perfino fatica a trattenermi dal ridere. Ma si capisce che deve essere generoso, e questa agli occhi dei dipendenti è la più grande virtù!»

Elizabeth comprese che doveva dire qualcosa in difesa della condotta di Darcy verso Wickham; e perciò fece loro capire, con il maggior riserbo possibile, che da quanto aveva sentito da comuni amici del Kent, il suo modo di agire poteva essere interpretato in maniera assai diversa e che il torto non era tutto da una parte come poteva sembrare, né Wickham era così perfetto come lo avevano tutti giudicato nell'Hertfordshire. A conferma di ciò, raccontò dei compensi pecuniari che aveva avuto senza dare altri dettagli, ma assicurando che sapeva la cosa da fonte certa.

Mrs Gardiner rimase turbata e sorpresa; ma poiché si avvicinavano ai luoghi dove aveva passato la sua giovinezza, dimenticò ogni pensiero di fronte al piacere delle rimembranze, e fu troppo occupata nell'additare al marito tutti i posti interessanti dei dintorni, per poter pensare ad altro. Malgrado la stanchezza per la passeggiata del mattino, appena pranzato uscì per ricercare le sue vecchie conoscenze e la serata fu dedicata al piacere di riannodare tante amicizie interrotte per lunghi anni.

Gli avvenimenti della giornata erano stati troppo interessanti per Elizabeth perché essa potesse occuparsi dei nuovi amici; non faceva che pensare, e pensare con sempre rinnovato stupore, alla grande amabilità di Mr Darcy, e, soprattutto, al suo desiderio di farle conoscere la sorella.

Capitolo quarantaquattresimo

Elizabeth era d'accordo con Mr Darcy, che quest'ultimo le avrebbe condotto la sorella l'indomani del suo arrivo a Pemberley, e aveva quindi deciso di non allontanarsi dall'albergo per tutta la mattinata. Ma si era sbagliata, perché la visita avvenne il pomeriggio stesso del loro arrivo a Lambdon. Erano appena ritornati da una passeggiata con i nuovi amici, e stavano per cambiarsi per andare a pranzo, quando un rumore di ruote li attrasse alla finestra e videro avvicinarsi un calessino, nel quale erano un signore e una signora. Elizabeth riconobbe subito la livrea, indovinò chi erano e rivelò agli zii stupiti l'onore che li aspettava. La sorpresa fu generale e l'imbarazzo di Elizabeth, l'avvenimento in se stesso, e tutte le altre circostanze della giornata precedente fecero loro sospettare molte cose. Non ci avevano mai pensato prima, ma ora non potevano dare altra spiegazione a tutte quelle cortesie da parte di Darcy, se non attribuendole a una simpatia per la nipotina. Mentre queste idee si affacciavano alla loro mente, Elizabeth andava turbandosi sempre più. Era stupita lei stessa di sentirsi commossa, ma, fra le altre ragioni di agitazione, c'era la paura che Mr Darcy avesse parlato troppo bene di lei a sua sorella; e, tutta ansiosa com'era di piacerle, era già sicura che, proprio per questo, non ci sarebbe riuscita.

Si ritrasse dalla finestra, nella paura che potesse vederla, e mentre andava su e giù per la camera tentando di ricomporsi, scorse una tale espressione di curioso stupore negli occhi degli zii, che contribuì a renderla ancora più nervosa.

Finalmente Miss Darcy e il fratello entrarono e avvenne la presentazione. Elizabeth si accorse con sorpresa che la sua nuova conoscenza era imbarazzata almeno quanto lei.

A Lambdon aveva sentito dire che Miss Darcy era molto altera, ma le bastarono pochi momenti per capire che era invece straordinariamente timida. Non poté ottenere da lei che qualche monosillabo.

Miss Darcy era più alta e più forte di Elizabeth, e sebbene non ancora sedicenne, aveva la figura di una giovane donna; meno bella del fratello, aveva però un aspetto ridente e dei modi semplici e gentili. Elizabeth, che si aspettava di trovare un'osservatrice acuta e sicura di sé come Mr Darcy, fu tutta sollevata nel riconoscerla così diversa.

Erano insieme da poco tempo, quando Darcy le disse che anche Bingley sarebbe venuto a trovarla e lei aveva appena avuto il tempo di esprimere il suo compiacimento, che si udì su per le scale il passo svelto di Bingley, che un attimo dopo entrava nel salotto. Da tempo tutta la collera che Elizabeth aveva provato contro di lui era scomparsa, ma se ancora ne fosse rimasta una traccia, sarebbe subito svanita di fronte alla spontanea cordialità con la quale egli mostrò tutto il piacere che aveva di rivederla. Chiese amichevolmente, ma in modo generico, della sua famiglia, e tutto in lui ricordava la sua abituale naturalezza.

Mr e Mrs Gardiner lo osservavano con molto interesse. Da tempo desideravano conoscerlo. Tutti e tre i visitatori, del resto, destavano la loro vigile, sebbene velata, curiosità. Le supposizioni, appena formulate, a proposito delle premure di Mr Darcy, li spinsero a osservare attentamente tanto lui come Elizabeth, e furono presto convinti che, uno almeno di loro due, sapeva che cosa volesse dire amare. Da parte di lei non si poteva argomentare gran che, ma l'ammirazione di lui era abbastanza evidente.

Dal canto suo Elizabeth era veramente molto impegnata. Avrebbe voluto rendersi conto dei sentimenti di tutti i suoi amici, comprendere i propri, e piacere a tutti: e proprio in questo, lì dove temeva più di mancare, il suo successo era invece sicuro, perché quelli che voleva conquistare, erano già ben disposti in suo favore. Bingley era ben disposto, Georgiana desiderosa, e Darcy determinato ad ammirarla.

Nel vedere Bingley, i pensieri di Elizabeth corsero a sua sorella: come avrebbe desiderato sapere se anche quelli di lui seguivano la stessa direzione! Le pareva che parlasse meno del solito, e due o tre volte si volle illudere che, guardandola, cercasse in lei la somiglianza di una persona cara. Ma anche se questo poteva essere frutto della sua fantasia, non poteva certo ingannarsi sul contegno di lui verso Miss Darcy, che le era stata presentata come una rivale di Jane. Non uno sguardo tra loro tradì una speciale intesa; nulla tra i due dava a vedere qualcosa che giustificasse le speranze della sorella di Bingley. Su questo punto si sentì dunque rassicurata e, prima che si lasciassero, due o tre piccoli fatti sembrarono, alla sua ansiosa trepidazione, la prova che Bingley ricordava Jane con tenerezza e le rivelarono il suo desiderio di dire di più, quasi di arrivare a nominarla, se avesse osato. Mentre gli altri parlavano tra loro, le disse con un tono di profondo rimpianto, che «era tanto tempo che non aveva avuto il piacere di vederla» e, prima che lei potesse rispondere, aggiunse: «Sono quasi otto mesi. Non ci siamo più visti dal 26 novembre, quando ballammo tutti insieme a Netherfield».

Questo ricordo così esatto fece molto piacere a Elizabeth, e, poco dopo, quando nessuno ascoltava, egli le chiese se tutte le sue sorelle erano a Longbourn. Non che questa o le precedenti frasi volessero dir molto, ma tutto il loro significato consisteva nel modo con cui erano dette.

Elizabeth non osava guardare spesso verso Mr Darcy, ma, se le accadeva di dare una rapida occhiata, notava in lui una specie di contentezza; tutto quello che diceva era così lontano dalla sua abituale alterigia, dal suo fare sprezzante, da convincerla che quel miglioramento nei suoi modi, notato il mattino precedente, anche se destinato a essere passeggero, aveva resistito almeno per un giorno.

Nel vederlo così desideroso di fare la conoscenza e di guadagnare la stima di gente che solo pochi mesi prima avrebbe ritenuto indegna di sé, nell'osservare tanta cortesia, non verso di lei soltanto, ma verso quei parenti che aveva apertamente disprezzato, e ricordando la scena avvenuta al Presbiterio di Hunsford, il cambiamento, la differenza, le apparivano così straordinari da non saper quasi nascondere il suo stupore.

Si trattennero per una mezz'ora e, quando si alzarono per congedarsi, Mr Darcy chiese a sua sorella di unirsi a lui nell'esprimere il desiderio di avere un giorno a pranzo a Pemberley i signori Gardiner con Miss Bennet, prima che partissero. Miss Darcy ubbidì prontamente, malgrado l'impaccio che denotava come non fosse abituata a fare degli inviti. Mrs Gardiner cercò con gli occhi la nipote, desiderando capire se lei, alla quale l'invito era principalmente rivolto, desiderava accettare, ma Elizabeth era voltata da un'altra parte. Attribuendo però questa sua voluta manovra più all'imbarazzo che al desiderio di evitare l'invito, e vedendo che suo marito, sempre socievole, era desideroso di accettare, non ebbe scrupoli a potersi impegnare per tutti, e il pranzo fu fissato per il dopodomani.

Bingley non nascose il suo piacere all'idea di rivedere ancora Elizabeth, avendo infinite cose da dirle e molte domande da rivolgerle a proposito dei loro amici dell'Hertfordshire. Elizabeth, pensando che si riferisse soprattutto al desiderio di parlare di Jane, fu assai contenta; e per questa e per varie altre ragioni, quando le visite presero congedo, si sentì molto soddisfatta della mezz'ora trascorsa, anche se in se stessa non conteneva un divertimento intenso o particolare. Desiderosa di starsene da sola, temendo le domande o le allusioni degli zii, si trattenne soltanto quanto bastava per sentire il loro giudizio favorevole su Bingley, poi si affrettò ad andare a vestirsi.

Ma non era il caso di temere la curiosità degli zii, che non volevano forzare la sua confidenza: era evidente che conosceva Mr Darcy molto più intimamente di quanto avevano creduto. Erano vivamente interessati, ma non per questo si credevano giustificati nel volerne sapere di più.

Ormai era doveroso pensare bene di Mr Darcy: per quello che a loro risultava, non trovavano in lui niente da criticare. Erano commossi della sua gentilezza, e se avessero dovuto descrivere il suo carattere secondo i loro sentimenti e le parole della governante, senza tener conto di altri giudizi, certo la gente dell'Hertfordshire che lo aveva conosciuto non avrebbe in tale descrizione ravvisato Mr Darcy. Le parole della governante acquistavano sempre più valore. Né quanto avevano sentito dai loro amici a Lambdon poteva infirmare tale opinione. Non era accusato che di una certa sdegnosa alterigia, e orgoglioso lo era, probabilmente, ma, anche se non lo fosse stato, gli abitanti di un piccolo centro commerciale che egli evitava di frequentare, non avrebbero potuto mancare di fargli questo appunto. Ad ogni modo, anche loro riconoscevano che era generoso e che faceva molto bene tra i poveri.

Quanto a Wickham, scoprirono che laggiù non era molto stimato, perché, anche se i suoi rapporti con Darcy non erano ben conosciuti, era un fatto risaputo che, abbandonando il Derbyshire, vi aveva lasciato molti debiti che Mr Darcy stesso aveva poi pagato.

Le riflessioni di Elizabeth erano più che mai rivolte a Pemberley, e anche se la serata le sembrò interminabile, non fu lunga abbastanza per darle modo di accertarsi dei propri sentimenti verso una persona che abitava in quella casa; rimase sveglia due ore intere cercando di districare l'imbroglio dei suoi pensieri. Certo non l'odiava più. No, l'odio era svanito da tempo e da quasi altrettanto tempo si vergognava perfino di aver provato dell'antipatia per lui.

Ora non riusciva nemmeno più a negare a se stessa di provare un senso di rispetto per le sue alte qualità, rispetto che andava mutandosi in un sentimento più amichevole davanti a tante testimonianze in suo favore che nella giornata precedente lo avevano messo presso di lei in una luce così lusinghiera.

Ma, al di sopra della stima e del rispetto, c'era in lei qualche cosa di più. Era gratitudine; gratitudine non soltanto per quel sentimento che un tempo egli aveva nutrito per lei, ma per amarla ancora abbastanza da perdonarle tutta l'acredine e la petulanza con cui lo aveva respinto, e le ingiuste accuse che avevano accompagnato il suo rifiuto. Proprio lui, quando era ormai persuasa che avrebbe dovuto evitarla come la peggiore delle nemiche, ritrovandola per caso, si era invece mostrato desideroso di continuare la loro conoscenza, e, senza la minima, indelicata allusione a quanto era avvenuto tra loro, cercava di piacere ai suoi parenti e desiderava farle conoscere sua sorella! Un tale cambiamento, in un uomo così orgoglioso, non solo destava meraviglia, ma vera gratitudine, perché non poteva avere per movente che l'amore, e un amore ardente. Ella non poteva fare a meno di incoraggiare questi pensieri, niente affatto spiacevoli, anche se ancora vaghi e indefinibili. Lo rispettava, lo stimava, gli era grata, gli augurava ogni bene; non sapeva però ancora fino a qual punto sperava che la sua felicità dipendesse da lei, e se sarebbe stato un bene per tutti e due che lei adoperasse il potere che credeva di possedere ancora, per indurlo a rinnovare la sua domanda.

Quella sera stessa, zia e nipote decisero che la grande cortesia di Miss Darcy di venire a trovarle appena giunta a Lambdon, andava ricambiata da parte loro e che si sarebbero quindi recate a Pemberley il mattino seguente. Elizabeth si sentiva felice, ma chiedendosene la ragione, non riusciva a trovare una risposta.

Mr Gardiner le lasciò subito dopo colazione. L'invito a pescare era stato rinnovato il giorno prima, ed egli aveva preso un appuntamento con alcuni signori a Pemberley per mezzogiorno.

Capitolo quarantacinquesimo

Convinta com'era, che l'antipatia di Miss Bingley si fosse mutata in gelosia, Elizabeth già immaginava come la sua apparizione a Pemberley sarebbe stata sgradita, ed era curiosa di vedere con quanta gentilezza la signorina avrebbe rinnovato la loro conoscenza.

Giunte alla villa, furono introdotte attraverso l'atrio nel salone che, esposto a nord, era delizioso per l'estate. Le finestre aperte direttamente sul giardino inquadravano un'ariosa veduta delle alte boscose colline dietro la casa e delle bellissime querce e dei castagni sparsi a gruppi nei prati.

Miss Darcy si trovava in sala con Mrs Hurst, Miss Bingley e la signora con la quale viveva a Londra. Georgiana le accolse molto affabilmente anche se non riusciva a liberarsi da quell'imbarazzo che, per quanto derivi solo dalla timidezza e dalla paura di sbagliare, è così spesso scambiato per orgoglio. Mrs Gardiner e sua nipote, però, la compresero e la compatirono.

Le sorelle di Mr Bingley si limitarono a salutare con un inchino, al quale seguì uno di quei silenzi così imbarazzanti e penosi. La prima a romperlo fu Mrs Annesley, una signora graziosa dall'aspetto gentile, i cui tentativi di cominciare un discorso dimostrarono quanto fosse più educata delle altre due, e tra lei e Mrs Gardiner, con l'aiuto di Elizabeth, la conversazione s'avviò. Miss Darcy mostrava tutto il suo desiderio di parteciparvi senza averne il coraggio, e solo talvolta si arrischiò ad azzardare una frase, quando c'era minor pericolo di essere sentita.

Elizabeth si accorse ben presto di essere osservata da Miss Bingley, e di non poter dire una parola, soprattutto a Miss Darcy, senza richiamare la sua attenzione, cosa che non l'avrebbe trattenuta dal parlare a quest'ultima, se non fossero state sedute troppo distanti l'una dall'altra. Non le dispiaceva però che le fosse evitato il dovere di parlare molto, tutta presa com'era dai suoi pensieri. Si aspettava di momento in momento che entrasse uno dei signori. Temeva e desiderava che il padrone di casa fosse tra questi, e non sapeva se era maggiore la paura o il desiderio. Era già passato un quarto d'ora senza che Miss Bingley avesse fatto udire la sua voce, quando Elizabeth si riscosse sentendosi chiedere freddamente notizie della sua famiglia. Rispose con uguale indifferenza e brevità, e nessuno aggiunse altro.

L'entrata dei domestici, recanti carne fredda, una torta e ogni genere di frutta, portò qualche diversivo, ma ciò non avvenne se non dopo molte occhiate significative da parte di Mrs Annesley a Miss Darcy, per ricordare i suoi doveri di padrona di casa. Ora tutte ebbero qualche cosa da fare, perché, se non di parlare, tutte erano almeno capaci di mangiare, e le magnifiche piramidi di uva, mandarini e pesche le riunirono presto intorno alla tavola.

Mentre erano così occupate, Elizabeth ebbe modo di sincerarsi se era più forte il timore o il desiderio di vedere Mr Darcy, dai sentimenti che provò al suo entrare in sala. Infatti, se fino a un momento prima aveva creduto di desiderare la sua venuta, ora incominciò a rimpiangere che fosse arrivato.

Darcy era stato qualche tempo al fiume con Mr Gardiner e con altri due o tre amici, e lo aveva lasciato soltanto sentendo che le signore sarebbero andate da Georgiana quel mattino. Appena apparve, Elizabeth risolvette di essere molto calma e disinvolta, risoluzione tanto necessaria, quanto difficile a mantenersi; ella si accorse infatti che l'attenzione sospettosa di tutta la compagnia si era risvegliata, e che non c'era occhio che non spiasse il contegno di lui quando entrò nella camera. Nessuno però mostrò una così attenta curiosità come Miss Bingley, nonostante i sorrisi che le illuminavano il volto, ogni volta che si rivolgeva a uno dei protagonisti della sua curiosità, perché la gelosia non le aveva ancora tolto del tutto le speranze e lei non aveva certo smesso di rivolgere le sue attenzioni a Darcy.

Miss Darcy, dopo la venuta del fratello, cercò di parlare molto di più, ed Elizabeth si accorse che egli desiderava che sua sorella e lei diventassero amiche, e che cercava di facilitare in ogni modo la loro conversazione. Miss Bingley pure se ne accorse, e, con l'imprudenza della collera, colse la prima occasione per dire con ironica gentilezza:

«Ditemi, Miss Eliza, è vero che il reggimento è partito da Meryton? Deve essere stata una grande perdita per la vostra famiglia».

Non osò nominare Wickham alla presenza di Darcy, ma Elizabeth capì al volo che alludeva a lui, e i molti ricordi collegati a quel nome le diedero un attimo di smarrimento. Tuttavia, volendo sventare il perfido attacco, seppe rispondere in tono abbastanza disinvolto. Mentre parlava, un'occhiata involontaria le rivelò che Darcy, acceso in volto, la guardava fissamente, mentre sua sorella, sopraffatta dalla confusione, non osava alzare gli occhi. Se Miss Bingley avesse saputo il dolore che dava al suo amico, si sarebbe astenuta da questa allusione, ma invece pensava soltanto di sconcertare Elizabeth ricordandole una persona che credeva le piacesse, facendole così tradire un sentimento che sperava l'avrebbe danneggiata nell'opinione di Darcy; in più, voleva ricordare a lui tutte le sventatezze delle sorelle minori di Elizabeth durante il soggiorno del reggimento. Miss Bingley non aveva mai avuto il minimo sentore della progettata fuga di Georgiana Darcy. Il segreto non era stato rivelato ad alcuno, se non a Elizabeth, e Darcy lo aveva nascosto tanto più ai parenti di Bingley proprio per quel motivo che Elizabeth gli aveva tempo prima attribuito: per la speranza, cioè, che divenissero parenti di sua sorella. Certo egli aveva formulato questo progetto, e se non era per tale ragione che aveva tentato di separare Bingley da Miss Bennet, è probabile che, inconsciamente, la sua condotta verso l'amico ne fosse stata influenzata.

Ma il contegno calmo di Elizabeth lo tranquillizzò ben presto, e siccome Miss Bingley, seccata e delusa, non osò parlare più apertamente di Wickham, Georgiana si riprese abbastanza, anche se non fino al punto di riuscire a parlare ancora. Suo fratello, del quale temeva gli sguardi, non ricordava quasi che lei fosse implicata nella faccenda, e l'allusione, che avrebbe dovuto allontanarlo da Elizabeth, sembrò non raggiungere altro scopo che di farlo rivolgere a lei sempre più cordialmente.

La visita dei Gardiner non si protrasse più a lungo, e mentre Darcy scortava le signore alla carrozza, Miss Bingley si abbandonò a criticare la persona, i modi, gli abiti di Elizabeth. Ma Georgiana non le diede retta. A lei bastava che piacesse a suo fratello, il cui giudizio era per lei inappellabile, e lui le aveva parlato di Elizabeth in termini tali che non avrebbe potuto trovarla che graziosa e simpatica. Quando Darcy tornò in salotto, Miss Bingley non seppe trattenersi dal ripetergli in parte quello che aveva detto alla sorella.

«Come stava male, questa mattina, Eliza Bennet!», esclamò, «non ho mai visto nessuno cambiare tanto. Come è mutata da quest'inverno! È diventata così bruna e scura di carnagione! Louisa ed io stavamo dicendo che non l'avremmo riconosciuta.»

Per poco piacere che gli potesse fare quest'osservazione, Darcy si accontentò di rispondere freddamente che non vedeva in lei un gran cambiamento, se non una certa abbronzatura, cosa abbastanza naturale quando si viaggia d'estate.

«Per conto mio», continuò quella, «confesso di non averla mai trovata bella. Ha un volto troppo magro, una carnagione priva di splendore, e i suoi tratti non sono regolari. Il suo naso manca di carattere; non ha linea. I suoi denti sono passabili, ma niente fuor del comune, e i suoi occhi, che sono stati definiti "tanto belli", non ho mai capito che cosa abbiano di straordinario. Hanno uno sguardo acuto e penetrante che non mi piace affatto, e in tutto il suo aspetto c'è una sicurezza priva di eleganza, veramente intollerabile.»

Persuasa com'era che Darcy ammirasse Elizabeth, non era certo questo il modo di rendersi simpatica, ma chi è in collera dimentica spesso di essere prudente, e, vedendolo seccato, le parve di aver raggiunto il suo scopo. Egli era tuttavia determinato a tacere e lei allora per farlo parlare continuò:

«Ricordo, quando la conoscemmo nell'Hertfordshire, come fummo stupite nel sentire che era considerata una bellezza, e mi rammento che la sera che erano a pranzo a Netherfield, voi mi diceste: "*Lei* una bellezza! Sarebbe come dire che sua madre è un genio!". Ma in seguito mutaste opinione, e la consideravate abbastanza bellina».

«Sì», disse Darcy, non sapendosi più frenare. «Ma fu soltanto al principio della nostra conoscenza, perché ormai sono già parecchi mesi che la considero come una delle più belle donne che io conosca.»

Detto questo, se ne andò, lasciando a Miss Bingley la soddisfazione di averlo costretto a dire quello che addolorava soltanto lei.

Ritornando a casa, Mrs Gardiner ed Elizabeth parlarono di tutto quello che si era svolto durante la loro visita, tranne di quanto stava più a cuore ad entrambe, discussero dell'apparenza e del contegno di tutti quelli che avevano visto, all'infuori della sola persona che più le interessava. Parlarono di sua sorella, dei suoi amici, della sua casa, dei suoi frutti, di tutto insomma, ma non di lui, eppure Elizabeth sospirava di sapere quello che ne pensava Mrs Gardiner, e lei avrebbe dato qualunque cosa perché la nipote fosse la prima ad entrare in argomento.

Capitolo quarantaseiesimo

Al suo arrivo a Lambdon, Elizabeth era stata molto delusa di non trovare una lettera di Jane; delusione che si rinnovava ogni mattina; ma al terzo giorno non ebbe più da lamentarsi e sua sorella fu giustificata dall'arrivo di due lettere, una delle quali aveva avuto un disguido, cosa di cui non c'era da stupirsi, dato che Jane aveva scritto malissimo l'indirizzo.

Quando le lettere arrivarono, Elizabeth stava per uscire a passeggio con gli zii, i quali però vollero lasciarla al piacere di leggere e si avviarono da soli. Ella cominciò dalla più vecchia, che risaliva a cinque giorni avanti. Iniziava raccontando dei trattenimenti, festicciole, novità che può offrire la vita in campagna, ma la seconda parte, che recava la data del giorno dopo, dimostrava di essere stata scritta sotto il peso di una violenta agitazione. Diceva così:

Da che ti ho scritto quanto sopra, cara Lizzy, è accaduto qualcosa di inaspettato e di molto grave. Ma temo di agitarti. Rassicurati, di salute stiamo tutti bene. Quanto ho da dirti riguarda la povera Lydia. L'altra sera, mentre stavamo per andare a letto, arrivò una lettera del colonnello Forster, per informarci che essa era fuggita in Scozia con uno dei suoi ufficiali: con Wickham, per essere chiari. Immagina la nostra sorpresa; solo per Kitty non sembrò cosa del tutto inaspettata. Sono più che desolata. Un'unione così imprudente da ambo le parti! Ma voglio sempre sperare per il meglio e che il carattere di lui sia stato misconosciuto. Avventato e imprudente lo è di certo, ma questo passo (e almeno di questo rallegriamoci) non dimostra un cuore cattivo. La sua scelta è per lo meno disinteressata, perché deve sapere che nostro padre non può dar nulla a Lydia. La povera mamma è abbattutissima. Papà sopporta meglio la cosa. Che fortuna che non abbiamo mai fatto sapere quello che si dice contro di lui! Dobbiamo dimenticarlo noi stesse. Sono partiti sabato a mezzanotte, come sembra, ma nessuno se ne è accorto fino al mattino dopo, alle otto. Il messaggio è stato mandato immediatamente. Cara Lizzy, devono essere passati a dieci miglia da qui! Il colonnello Forster ci fa sperare che verrà da noi al più presto. Lydia ha lasciato poche righe per Mrs Forster, informandola delle loro intenzioni. Devo smettere perché non posso lasciare a lungo la povera mamma. Temo che non potrai capirmi e non so neppure io che cosa ho scritto.

Senza perdere tempo a ragionare, e non rendendosi neppur conto di quello che provava, finita la prima lettera, Elizabeth prese subito quell'altra, e aprendola con estrema impazienza, lesse quanto segue:

A quest'ora, cara sorella, avrai avuto la mia frettolosa lettera; vorrei che questa fosse più comprensibile, ma la mia testa è talmente confusa che non posso promettere di essere coerente. Carissima Lizzy, non so come scriverlo, ma devo darti cattive notizie. Per quanto un matrimonio fra Wickham e la nostra povera Lydia possa essere una vera imprudenza, il nostro solo desiderio è di sapere che abbia almeno avuto luogo, perché si ha molto da temere che quei due non siano andati in Scozia. Il colonnello Forster venne ieri, poiché lasciò Brighton poco dopo avere scritto il messaggio espresso. Benché nel suo biglietto a Mrs Forster Lydia parlasse di andare a Gretna Green, Denny manifestò invece il dubbio che Wickham non avesse nessuna intenzione di recarvisi, né che pensasse affatto a sposarla, cosa che venne subito ripetuta al colonnello, il quale, allarmato, partì da Brighton per rintracciarli... Poté seguire facilmente le loro tracce fino a Clapham, ma non più in là, perché in quel posto licenziarono la carrozza che li aveva condotti da Epsom, e ne presero una a nolo. Dopo questo non si sa altro, all'infuori che sono stati visti proseguire per la strada di Londra. Non so proprio che cosa pensare. Dopo aver fatto tutte le indagini possibili dalla parte di Londra, il colonnello Forster è venuto nell'Hertfordshire, rinnovando le sue ricerche a tutte le barriere, e alle locande di Bernet e Hatfield, ma senza alcun risultato. Nessuno li aveva visti passare. Con il più affettuoso interessamento, è venuto a Longbourn preparandoci alla notizia in un modo così delicato da far onore al suo cuore. Sono veramente desolata per lui e per Mrs Forster, ma nessuno potrebbe riversare il biasimo su di loro. Il nostro dolore, cara Lizzy, è immenso. Papà e mamma temono il peggio, ma io non posso pensare così male di lui. Ci possono essere varie ragioni per cui abbiano preferito sposarsi privatamente in città, piuttosto che seguire il loro primo progetto, e se anche egli fosse capace di un atto simile verso una ragazza di buona famiglia come Lydia, non posso credere che *lei* abbia potuto perdere ogni dignità. Impossibile! Tuttavia mi affligge vedere che il colonnello Forster non crede molto al loro matrimonio; quando gli espressi la mia speranza, scosse la testa, e disse che Wickham non era uomo di cui fidarsi. La mamma è veramente ammalata e non esce di camera. Se potesse farsi forza, sarebbe meglio, ma non c'è da aspettarselo. Quanto a papà, non l'ho mai visto così abbattuto in vita sua. La povera Kitty ora è arrabbiatissima di aver nascosto il loro amore, ma non c'è da stupirsene, dato che si trattava di una confidenza segreta. Sono sinceramente contenta, cara Lizzy, che almeno parte di queste scene ti siano state risparmiate; ma ora che il primo colpo è passato, posso confessarti che sospiro il tuo ritorno? Non sono però tanto egoista da sollecitarlo, se tornare fosse per te un sacrificio troppo grande. Addio! Riprendo la penna per dirti proprio quello che non volevo, ma le circostanze sono tali che devo seriamente pregarti di venire al più presto. Conosco così bene lo zio e la zia che non ho paura di chiederlo anche se devo pregare proprio lo zio di un altro favore. Papà va a Londra sabato con il colonnello Forster per cercare di rintracciarli. Non so che intenzioni abbia; ma la sua estrema agitazione non gli può permettere di agire nel modo migliore e più prudente, e il colonnello Forster è obbligato a tornare a Brighton domani sera. In frangenti di simile gravità, il consiglio e l'aiuto dello zio sarebbero cosa preziosissima; egli capirà tutto quello che provo e mi affido alla sua bontà.

«Dov'è, dov'è lo zio?», gridò Elizabeth alzandosi di colpo, appena terminata la lettura, ansiosa di raggiungerlo senza perdere un solo attimo; ma era appena arrivata alla porta, che questa fu aperta da un servitore e apparve Mr Darcy.

Il pallore e l'impeto di Elizabeth lo fecero trasalire, e prima ancora che potesse parlare, lei, che pensava soltanto alla situazione in cui si trovava Lydia, esclamò in fretta:

«Scusatemi, ma devo lasciarvi. Devo trovare Mr Gardiner, per una cosa che non può essere rimandata. Non ho un minuto da perdere».

«Santo Dio! Che è accaduto?», esclamò Darcy con passione; poi, riprendendosi: «Non voglio trattenervi neppure un momento, ma permettete che vada io o il domestico a cercare Mr e Mrs Gardiner. Non state abbastanza bene per farlo voi stessa».

Elizabeth esitò, ma le ginocchia le tremavano, e comprese che non sarebbe riuscita a raggiungerli. Comandò al domestico, con una voce appena intelligibile tanto era tremante, di richiamare immediatamente a casa i suoi padroni. Appena il domestico fu uscito, si rimise a sedere, incapace di reggersi in piedi, così affranta che Darcy non poté lasciarla, né seppe trattenersi dal dirle con grande affetto:

«Lasciate che chiami la vostra cameriera. Che cosa posso fare? Posso portarvi un po' di vino? Si vede che state male...».

«No, grazie», rispose Elizabeth cercando di ricomporsi, «non ho nulla, sto bene, sono soltanto sconvolta per alcune cattivissime notizie avute da Longbourn.»

Nel dir così, scoppiò in lacrime e non poté proseguire. Darcy, completamente all'oscuro dell'accaduto, non poté che esprimere qualche vaga espressione di conforto, e osservarla in silenzio, pieno di amorosa compassione. Finalmente lei continuò:

«Ho ricevuto ora una lettera di Jane con notizie veramente orribili. Non possono essere tenute segrete. Mia sorella minore ha lasciato gli amici presso i quali era ospite... è fuggita con Wickham. Sono partiti insieme da Brighton. Voi lo conoscete troppo bene per dubitare del seguito. Essa non ha denaro, non viene da una famiglia, l'ascendente della quale possa tentarlo... È perduta per sempre».

Darcy rimase a lungo senza fiato per lo stupore.

«Quando penso», ella aggiunse con voce anche più agitata, «che avrei potuto impedirlo! *Io*, che lo conoscevo, sarebbe bastato che avessi narrato solo in parte quanto avevo saputo sul conto di lui, alla mia famiglia! Se avessero immaginato di che persona si trattava, la cosa non sarebbe avvenuta. Ma ormai... è troppo tardi!»

«Sono veramente desolato», esclamò Darcy, «desolato... indignato. Ma è certo? È assolutamente certo?»

«Oh, sì! Hanno lasciato insieme Brighton sabato notte e sono stati rintracciati fin quasi a Londra, ma non più in là; ma non sono certo andati in Scozia.»

«E che cosa è stato fatto, tentato, per ritrovarli?»

«Mio padre è andato a Londra, e Jane in questa sua lettera prega lo zio di accorrere in suo aiuto, e spero che potremo partire tra mezz'ora. Ma non si può far nulla, so benissimo che non si può far nulla. Cosa c'è ormai più da fare con un individuo simile? E come, del resto, scoprirli? Non ho la minima speranza. È veramente orribile.»

Darcy scosse il capo annuendo silenziosamente.

«Avessi almeno io aperti gli occhi su quello che egli era veramente... Avessi saputo quello che dovevo fare! Ma non lo sapevo, temevo di esagerare. Triste, triste errore!»

Darcy non rispose. Pareva quasi non sentirla e camminava su e giù per la stanza, pensando intensamente, con la fronte aggrondata e l'espressione piena di corruccio. Elizabeth, osservandolo, comprese immediatamente. Ogni suo potere su di lui svaniva; qualsiasi sentimento doveva scomparire davanti a questa prova della debolezza dei suoi, davanti a una tale vergogna. Non poteva né stupirsi né condannarlo, ma questo pensiero non le recò alcuna consolazione, né era il più adatto a lenire il suo dolore. Tutto sembrava anzi portarla a chiarire finalmente i suoi sentimenti, e non aveva mai capito così sinceramente di amarlo tanto come ora, quando l'amore era vano.

Ma la forza di un sentimento egoistico, anche se affiorato per un breve istante, non poteva occuparla a lungo. Lydia, l'umiliazione, la pena che l'accaduto portava a tutti loro, soppressero ben presto ogni altra cura e, nascondendo il volto nel fazzoletto, Elizabeth si immerse nei propri pensieri. Dopo qualche momento però fu richiamata alla realtà dalla voce del suo compagno che, in tono pieno di compassione, ma anche di ritegno, diceva: «Temo che da tempo desideriate che io me ne vada, né posso trovare alcuna scusa all'essermi trattenuto se non nel profondo interesse col quale divido la vostra pena. Volesse il cielo che potessi dire o fare qualcosa per potervi consolare di questo dolore! Ma non voglio affliggervi con desideri vani che sembrerebbero espressi soltanto per suscitare la vostra gratitudine. Credo che questa disgraziata circostanza toglierà a mia sorella il piacere di avervi oggi a Pemberley».

«Oh, sì! Siate così gentile da scusarci con Miss Darcy. Ditele che affari urgenti ci richiamano a casa immediatamente. Nascondete la triste verità più a lungo che sia possibile... so che questo, purtroppo, non potrà essere per molto tempo.»

Egli l'assicurò prontamente della sua discrezione; ripeté il suo dolore nel vederla così afflitta; augurò che le cose si mettessero meglio di quanto si aveva ragione di sperare, e con i saluti per i suoi parenti e un grave sguardo di addio, la lasciò.

Mentre se ne andava, Elizabeth sentì come fosse difficile che si potessero mai più ritrovare con quella cordialità che aveva contraddistinto i loro incontri nel Derbyshire, e ripensando tutta la loro conoscenza, così piena di contrasti e di mutamenti, sospirò, rimpiangendo la perversità di quei sentimenti che le avrebbero fatto ora desiderare di continuare quell'amicizia che un tempo desiderava vedere troncata.

Né si può biasimare il cambiamento dei sentimenti di Elizabeth, se stima e gratitudine possono essere le basi per un affetto. Ma se si vuole ritenere che il vero amore è quello che nasce a prima vista e prima ancora che si siano scambiate due parole con l'oggetto amato, allora nulla può essere detto in difesa di Elizabeth, se non che, avendo provato questo metodo con la sua inclinazione per Wickham, così mal riuscita, era naturale che fosse ora portata a tentare un'altra forma di affetto, anche se meno romantica. Ma qualunque ne fosse la ragione, Elizabeth vide con rimpianto Darcy allontanarsi, e in questa prima prova di quelle che sarebbero state le conseguenze del disonore di Lydia, trovò una nuova ragione di angoscia che aggravava una situazione già così triste.

Dopo la lettura della seconda lettera di Jane, non aveva più nessuna speranza che Wickham intendesse sposare Lydia. Ma non era la sorpresa il sentimento più forte che provava. Leggendo la prima lettera, sì, era rimasta stupita che Wickham sposasse una ragazza priva di ricchezza; e del resto le sembrava ancora più incomprensibile che Lydia avesse potuto conquistarlo fino a indurlo a contrarre un matrimonio così privo di interesse per lui. Ma sotto il nuovo aspetto, la cosa appariva molto più naturale. Per un legame di quel genere, Lydia era abbastanza seducente, e, quantunque a Elizabeth ripugnasse l'idea che la sorella si fosse decisa alla fuga senza aver avuto una promessa di matrimonio, non aveva abbastanza fiducia né nella sua virtù, né nel suo buon senso, per non temere che diventasse una facile preda per Wickham.

Finché il reggimento era ancora nell'Hertfordshire, non si era mai accorta che Lydia avesse una simpatia particolare per Wickham, ma era convinta che le bastasse il più lieve incoraggiamento per innamorarsi di chicchessia. Ora l'uno, ora l'altro degli ufficiali era stato volta a volta il preferito, a seconda di come si occupavano di lei. Il suo affetto oscillava continuamente da questo a quello, ma non restava mai privo di oggetto. Come si rendeva conto, ora, del male che la poca sorveglianza e una sbagliata indulgenza, potevano aver fatto a una ragazza simile!

Desiderava solo di arrivare a casa: di sentire, di vedere, di essere sul posto a dividere con Jane tutto il peso che certo lei portava da sola, in una famiglia così colpita; compito reso maggiormente grave dall'assenza del padre e dall'assoluta incapacità della madre a vincersi e farsi animo. Benché fosse quasi certa che non si poteva fare nulla per Lydia, era sicura che l'intervento dello zio sarebbe stato di grande importanza. Mr Gardiner e sua moglie si erano affrettati a rientrare, allarmatissimi, temendo, dalle parole del servitore, che la nipote si fosse improvvisamente sentita male, ma, rassicuratili su questo punto, Elizabeth spiegò la ragione per cui li aveva chiamati, leggendo forte le due lettere, e indugiando, con voce tremante, sul poscritto della seconda. Benché Lydia non fosse mai stata la loro preferita, Mr e Mrs Gardiner furono profondamente sconvolti. Non si trattava di Lydia soltanto, tutta la famiglia era colpita da questa sciagura, e dopo le prime esclamazioni di sorpresa e di dolore, Mr Gardiner promise prontamente di dare tutto il suo aiuto. Elizabeth, anche se non si aspettava di meno, lo ringraziò con lacrime di gratitudine, e trovandosi tutti e tre dello stesso animo, si prepararono in fretta alla partenza.

«Ma che faremo per Pemberley?», esclamò Mrs Gardiner. «John ci ha detto che Mr Darcy era qui quando ci hai mandato a chiamare, è vero?»

«Sì, e gli dissi che non ci era più possibile mantenere il nostro impegno; così anche *questo* è sistemato.»

«Che cosa è sistemato?», si chiese Mrs Gardiner, mentre scappava in camera a prepararsi. «Sono così intimi da potergli rivelare l'intera verità? Oh, se potessi sapere come stanno le cose!»

Ma era un desiderio vano, che bastò tutt'al più a distrarla, nella fretta e nella confusione dell'ora che seguì. Se Elizabeth avesse potuto rimanere in ozio, sarebbe stata convinta che nessuna occupazione era possibile a una persona disperata come lei, ma dovette invece dividere il lavoro della zia, e, fra l'altro, scrivere dei biglietti a tutte le conoscenze di Lambdon, giustificando con dei pretesti la loro affrettata partenza. In un'ora riuscirono a fare tutto; e dopo che Mr Gardiner ebbe pagato il conto dell'albergo, non rimase che partire, ed Elizabeth, dopo tante ore angosciose, si trovò in minor tempo di quanto avrebbe supposto, nella carrozza, alla volta di Longbourn.

Capitolo quarantasettesimo

«Ci ho ripensato ancora, Elizabeth», disse suo zio mentre lasciavano la città, «e davvero tutto considerato, mi sento quasi di condividere l'idea di tua sorella su questa faccenda. Mi sembra talmente impossibile che un giovane possa comportarsi in quel modo verso una ragazza non priva di protezione e di amici, ospite presso la famiglia del suo colonnello, che mi sento proprio incoraggiato a sperare il meglio. Come potrebbe non supporre che parenti e amici si mettano alla ricerca di Lydia? E come potrebbe essere accolto al reggimento dopo un simile affronto al colonnello Forster? Il gioco non vale la candela.»

«Credi davvero?», esclamò Elizabeth, rianimandosi per un momento.

«Parola d'onore», disse Mrs Gardiner, «comincio anch'io a pensarla come tuo zio. È una violazione troppo sfacciata di ogni senso dell'onore, del decoro e persino dell'interesse, perché egli se ne renda colpevole. Non posso pensare così male di Wickham. Tu stessa, Lizzy, puoi crederlo capace di tanto?»

«Forse di trascurare il suo interesse, no, ma di tutte le altre cose lo credo capace. Voglia Dio che diciate il vero! Ma non oso sperarlo. Perché allora non sarebbero andati in Scozia?»

«Prima di tutto», rispose Mr Gardiner, «non si ha nessuna prova che non ci siano andati.»

«No, ma il fatto di aver cambiato il calesse con una vettura a nolo, è un indizio che non lascia dubbi! E poi non si è trovata traccia del loro passaggio sulla strada di Barnet.»

«Bene, supponiamo che siano a Londra. Possono essere lì soltanto per stare nascosti e per nessun'altra ragione. È facile che da ambo le parti siano a corto di quattrini, e possono aver trovato più economico, anche se meno sbrigativo, sposarsi a Londra piuttosto che in Scozia.»

«Ma perché tanti misteri? Perché aver paura di essere scoperti? Perché il loro matrimonio dovrebbe essere segreto? Oh, no, no, non è così! Da quanto dice Jane, il suo amico più intimo è persuaso che lui non avesse alcuna intenzione di sposarla. Wickham non sposerà mai una donna priva di mezzi. Non può permetterselo. E che pregi ha Lydia, quale seduzione, se non la gioventù, la salute e l'allegria, perché lui rinunci, sposandola, ai vantaggi che avrebbe potuto trarre da un buon matrimonio? Non so quale freno poteva essere per lui il biasimo che questa disonorevole fuga avrebbe suscitato al reggimento, perché non conosco le conseguenze che possa avere un passo simile. Ma per altre obiezioni, temo che ci sia poco da illudersi. Lydia non ha fratelli che la possano difendere, e dal modo di fare di nostro padre, dalla sua indulgenza e dalla poca cura che sembra prendersi di quanto accade nella sua famiglia, Wickham si può illudere che si preoccuperà meno di ogni altro padre, in questa circostanza.»

«Ma credi che Lydia sia così accecata dal suo amore da acconsentire a vivere con lui al di fuori del matrimonio?»

«Lo si direbbe; ed è veramente doloroso», rispose Elizabeth con le lacrime agli occhi, «dubitare del decoro e della virtù della propria sorella. Ma realmente, non so che cosa dire. Forse sono ingiusta verso di lei. Ma è giovanissima, nessuno le ha mai insegnato a riflettere; e negli ultimi tempi, anzi da quasi un anno a questa parte, non ha pensato che ai divertimenti e alle frivolezze. Le è sempre stato concesso di passare tutto il suo tempo nel modo più stupido e ozioso, e di seguire tutti i capricci che le passavano per la testa. Da che il reggimento è venuto a Meryton, non ha avuto in testa che civetterie, amori e ufficiali. Ha fatto tutto quello che poteva per parlare e pensare solo di questi argomenti, ingigantendo, come posso dire?... le sue facoltà affettive, che sono già abbastanza vivaci. E noi sappiamo che Wickham ha tutto quanto occorre sia nell'apparenza, sia nel modo di fare, per sedurre una donna.»

«Ma tu hai sentito che Jane», disse sua zia, «non pensa tanto male di Wickham da crederlo capace di una così riprovevole condotta.»

«Jane è forse capace di pensare male di qualcuno? E quando mai crederebbe qualsiasi persona al mondo, qualunque sia stata la sua condotta precedente, capace di agire in tal modo, finché non ne avesse la prova? Ma Jane, come me, sa chi è veramente Wickham. Tutt'e due sappiamo che è un libertino nel pieno significato della parola, che non possiede né rettitudine né onore, che è tanto falso e imbroglione quanto vano e calunniatore.»

«E tu sai davvero tutto questo?», esclamò Mrs Gardiner, la cui curiosità di sapere come Elizabeth potesse essere informata a questo proposito, si era ridestata.

«Lo so da fonte sicura», disse Elizabeth arrossendo. «L'altro giorno ti dissi come si è comportato indegnamente verso Mr Darcy, e tu stessa a Longbourn hai sentito in che maniera parlava di un uomo che è stato così tollerante e generoso verso di lui. E ci sono altri fatti che non posso... che non vale la pena di ripetere; ma le sue menzogne sulla famiglia di Pemberley sono innumerevoli. Da quanto mi aveva raccontato di Miss Darcy, mi aspettavo di trovare una ragazza orgogliosa, riservata e antipatica; eppure sapeva che era proprio l'opposto. Doveva sapere che è semplice e amabile come l'abbiamo trovata noi.»

«Ma Lydia non sapeva la verità su Wickham? Come poteva ignorare quello di cui tu e Jane eravate informate?»

«Purtroppo, no! Ed è questa la cosa peggiore. Mentre ero nel Kent, dove incontrai molto spesso Mr Darcy e il colonnello Fitzwilliam, suo parente, lo ignoravo io stessa. E quando tornai a casa, il reggimento doveva lasciare Meryton dopo quindici giorni. Così né io, né Jane, alla quale raccontai tutto, trovammo opportuno dire quello che sapevamo, perché a che cosa sarebbe servito distruggere la buona opinione che tutti avevano di lui? Poi, quando fu deciso che Lydia andasse con Mrs Forster, non pensai affatto alla necessità di aprirle gli occhi sul carattere di Wickham. Non mi passò neppure per la mente che potesse essere ingannata a tal punto da lui. Avrei immaginato tutto, tranne che potesse accadere una cosa simile.»

«Così, quando andò a Brighton, non avevi nessun motivo per credere che fossero innamorati l'uno dell'altra?»

«Nemmeno lontanamente. Non posso ricordare nessun segno d'affetto né da una parte né dall'altra, e sai che se ce ne fosse stata soltanto l'ombra, non c'è pericolo che a casa nostra sarebbe passata inosservata. Quando Wickham entrò al reggimento, Lydia lo ammirava molto, come noi tutte del resto. Tutte le ragazze di Meryton avevano perso la testa per lui, durante i primi mesi; ma egli non se ne occupò mai in modo particolare e perciò dopo un periodo di folle e stravagante ammirazione, l'infatuazione di Lydia passò, e altri ufficiali che le facevano la corte tornarono a essere i suoi preferiti.»

Sebbene continuare a discutere su questi argomenti non potesse portare nessun nuovo elemento tale da aumentare o diminuire i loro timori o dare un particolare indirizzo alle loro speranze o congetture, non furono capaci di parlare d'altro durante tutto il viaggio. Elizabeth non riusciva a pensare a niente: stretta dall'angoscia e dal rimorso, non poteva trovare pace né oblio.

Viaggiarono con la massima velocità, e dormendo una notte lungo il percorso, raggiunsero Longbourn il giorno dopo, all'ora di pranzo. Elizabeth era sollevata all'idea che Jane non aveva dovuto logorarsi in un'attesa troppo lunga. I piccoli Gardiner, attratti dalla vista della carrozza, si fecero trovare sulla scala, e appena la carrozza fu alla porta, la gioconda sorpresa che illuminò i loro volti e si manifestò per mezzo di salti e di capriole, fu il primo gradito benvenuto. Elizabeth saltò dalla vettura, e dopo aver dato a tutti un rapido bacio, si affrettò nell'atrio, dove Jane arrivava scendendo di corsa la scala, venendo dalla camera della mamma. Baciandola con tenerezza, mentre le lacrime riempivano i loro occhi, chiese senza perdere un attimo se si avevano notizie dei fuggiaschi.

«Non ancora», rispose Jane. «Ma adesso che è venuto il nostro caro zio, spero che tutto andrà bene.»

«Papà è a Londra?»

«Sì, è partito martedì, come ti ho scritto.»

«E avete avuto sue notizie?»

«Una volta sola. Poche righe mercoledì, per annunciare che era arrivato bene e per dirmi quello che intendeva fare, come gli avevo chiesto. Aggiungeva che non avrebbe più scritto finché non avesse avuto qualche notizia importante.»

«E la mamma come sta, come state tutti?»

«La mamma sta benino, mi pare, anche se è molto scossa. È di sopra, e sarà felice di vedervi. Non lascia ancora il suo salottino. Mary e Kitty, grazie a Dio, stanno benissimo.»

«Ma tu, come stai, tu?», esclamò Elizabeth. «Sei pallida. Quante ne devi aver passate!»

Sua sorella però la rassicurò dicendole di sentirsi benissimo, e la loro conversazione fu interrotta dall'arrivo degli zii che si erano trattenuti con i bambini. Jane corse dagli zii, dando loro il benvenuto e ringraziandoli tra lacrime e sorrisi. Quando si riunirono in salotto, furono ripetute tutte le domande che Elizabeth aveva già fatto, e si venne così ben presto a sapere che Jane non poteva dare alcuna notizia. Tuttavia il suo cuore gentile non nascondeva l'ottimistica speranza che ancora non l'aveva abbandonata: dichiarò infatti sorridendo che ogni mattina si aspettava una lettera da Lydia o dal padre che desse qualche spiegazione degli avvenimenti, e, forse, annunciasse il matrimonio.

Mrs Bennet, nella cui camera finirono per andare dopo questa breve conversazione, li ricevette proprio come era da aspettarsi. Tra lacrime e gemiti, invettive contro l'indegno procedere di Wickham e lamenti sulle proprie sofferenze, sul modo come era trattata; ebbe parole di biasimo contro tutti, senza fare però una allusione sola a chi, con la sua irragionevole indulgenza, era la maggiore responsabile degli errori di sua figlia.

«Se avessi potuto andare, come volevo, a Brighton con tutta la famiglia, questo non sarebbe accaduto; ma la povera Lydia non aveva nessuno che si occupasse di lei. Perché i Forster non l'hanno sorvegliata meglio? Sono sicura che c'è stata una grande trascuratezza da parte loro, perché non è il tipo di ragazza da fare queste cose. Sarebbe bastata soltanto un po' di oculatezza. Ho sempre pensato che non erano adatti a incaricarsi di lei; ma non sono stata ascoltata, come avviene sempre. Povera, cara bimba! E ora Mr Bennet è partito e sono sicura che si batterà con Wickham se lo incontra, e resterà ucciso. E che accadrà allora di noi tutti? I Collins ci cacceranno di casa prima ancora che il suo cadavere sia freddo, e se tu non avrai pietà di noi, fratello mio, non so proprio che cosa faremo.»

Tutti protestarono contro queste lugubri idee, e Mr Gardiner, dopo averla più volte rassicurata con proteste di affetto per lei e per tutta la sua famiglia, le disse che intendeva andare a Londra il giorno dopo per aiutare Mr Bennet a ritrovare Lydia.

«Non abbandonarti a inutili pessimismi», aggiunse; «anche se è giusto aspettarsi il peggio, non è il caso di credere che sia certo. Hanno lasciato Brighton solo da una settimana. Fra qualche giorno potremo avere loro notizie, e finché non sapremo che non sono sposati o che non hanno intenzione di farlo, non dobbiamo considerare già tutto perduto. Appena in città, andrò da mio cognato e lo farò venire da me in Gracechurch Street, e lì ci consulteremo sul da farsi.»

«Oh, fratello caro», rispose Mrs Bennet; «è proprio quello che desidero! E, quando sarai a Londra, scoprili dovunque siano, e, se non fossero ancora sposati, falli sposare. Quanto al corredo, che non ritardino per questo: Lydia avrà tutto il denaro che vuole per comprarlo dopo sposata. E, soprattutto, impedisci a Mr Bennet di battersi. Digli in che stato mi trovo, che sono fuori di me dal terrore, che ho tali tremori e brividi, tali fitte e spasimi in testa, tali palpitazioni di cuore, che non posso riposare né giorno né notte. Ma di' alla cara Lydia di non ordinare gli abiti fino a quando non mi ha visto, perché non conosce i negozi migliori. Oh, quanto sei buono! Tu riuscirai a mettere a posto tutto, ne sono sicura!»

Mr Gardiner, pur tornando ad assicurarla che avrebbe fatto tutto quanto era in suo potere, non poté fare a meno di raccomandarle di non esagerare sia nelle speranze che nei timori, e dopo aver cercato di calmarla con questi ragionamenti fino all'ora di pranzo, la lasciarono a sfogare tutti i suoi crucci nel seno della governante, che la assisteva quando le sue figlie si assentavano.

Benché sua cognata e suo fratello fossero persuasi che non c'era ragione alcuna perché rimanesse così appartata, non cercarono di dissuaderla, sapendola incapace di frenare la lingua di fronte ai domestici quando servivano a tavola; e pensavano che fosse meglio che una sola persona di servizio, l'unica della quale si potevano fidare, fosse al corrente di tutte le sue ansie e le sue pene su quel triste argomento.

Mary e Kitty, troppo occupate nelle loro camere per farsi vedere fino a quel momento, li raggiunsero in sala da pranzo. Una aveva lasciato i suoi libri, l'altra le sue acconciature. Tutte e due sembravano abbastanza serene e non apparivano affatto cambiate, se non per il fatto che la perdita della sorella preferita e le recriminazioni ricevute in proposito, avevano accentuato l'abituale nervosismo di Kitty. Quanto a Mary, era abbastanza padrona di sé per mormorare a Elizabeth, appena sedettero a tavola, con espressione assai grave:

«È un caso disgraziato del quale si parlerà molto. Ma dobbiamo far fronte al dilagare della malignità e spargere sui nostri animi esulcerati il balsamo della consolazione fraterna».

Poi, vedendo che Elizabeth non dava segno di voler rispondere, aggiunse: «Per quanto questo caso sia disgraziato per Lydia, noi dobbiamo trarne l'utile insegnamento che la perdita della virtù è irrimediabile in una donna; che un solo passo falso la trascina in una rovina senza fine; che la sua reputazione è fragile quanto preziosa; e che non si può essere mai abbastanza guardinghi nei nostri rapporti con l'altro sesso».

Elizabeth la guardò trasecolata, ma era troppo oppressa per rispondere. Mary tuttavia continuava a consolarsi, con queste belle sentenze, della sventura che li aveva colpiti. Nel pomeriggio le due sorelle maggiori poterono passare un'altra mezz'ora insieme, ed Elizabeth ne approfittò per rivolgere altre domande a Jane. Dopo essersi sfogata nel lamentare le terribili conseguenze che avrebbe avuto quell'avventura, chiese:

«Ma dimmi tutto quello che non so ancora. Dammi altri particolari. Che ha detto il colonnello Forster? Non si erano accorti di nulla prima della fuga? Li avranno pure visti stare insieme!».

«Il colonnello Forster dice che aveva spesso dubitato che fra loro ci fosse qualcosa, soprattutto da parte di Lydia, ma niente che potesse allarmare. Mi dispiace tanto per lui! È così buono e gentile! Voleva già venire a dirci tutto il suo rincrescimento prima ancora di sapere che non erano andati in Scozia; quando poi si incominciò a temere il peggio, si è affrettato a venire.»

«E Denny è convinto che Wickham non ha intenzione di sposarla? Non sa dove intendessero andare? Il colonnello Forster ha visto Denny?»

«Sì, ma, interrogato da lui, Denny negò di sapere i loro progetti e non volle dire la sua opinione in proposito. Non ripeté neppure la sua convinzione che non si sarebbero sposati, ed è per questo che spero abbia interpretato male i sentimenti dell'amico.»

«E prima della venuta del colonnello Forster, nessuno di voi ebbe il più lontano dubbio che essi non si fossero sposati?»

«Come potevamo neanche supporlo? Ero un po' inquieta: temevo per la felicità di nostra sorella in questo matrimonio perché sapevo che la condotta di Wickham non era stata sempre raccomandabile. Papà e mamma non sapevano niente di questo e consideravano soltanto che fosse un matrimonio imprudente dal lato materiale. Allora Kitty, tutta trionfante, confessò di saperne più di noi, perché Lydia nella sua ultima lettera le aveva rivelato il passo che stava per fare. Pare che fosse al corrente del loro amore già da alcune settimane.»

«Ma non prima che andasse a Brighton?»

«No, non credo.»

«E il colonnello Forster dava a vedere di non stimare Wickham? Lo conosce per quello che è?»

«Devo convenire che non parlò così bene di Wickham come faceva un tempo. Lo giudica avventato e scialacquatore. E da quando è stata risaputa questa triste storia, si dice anche che abbia lasciato molti debiti a Meryton. Ma speriamo che non sia vero.»

«Oh, Jane! Se fossimo state meno prudenti, se avessimo detto quello che sapevamo di lui, forse tutto questo non sarebbe avvenuto!»

«Sarebbe forse stato meglio», rispose Jane, «ma non ci era parso giusto mettere in evidenza i passati errori di una persona senza sapere se ora era cambiata. Lo abbiamo fatto a fin di bene.»

«Il colonnello Forster vi disse il contenuto della lettera lasciata da Lydia a sua moglie?»

«Ce la portò a vedere.» Jane la tolse dal suo taccuino e la diede a Elizabeth. La lettera diceva:

Cara Harriet,

riderai nel sentire dove vado e non posso fare a meno di ridere io stessa della tua sorpresa, domattina quando non mi troverai. Vado a Gretna Green! E se non indovini con chi, penserò che sei una sciocchina, perché c'è un solo uomo al mondo che amo, e quest'uomo è un angelo. Non potrei essere felice senza di lui e così non credo di far male a fuggire. È inutile che tu scriva a Longbourn perché la sorpresa sarà ancora maggiore quando scriverò loro firmandomi: Lydia Wickham. Che bello scherzo sarà! Non posso quasi scrivere dal gran ridere. Ti prego, scusami con Pratt se non mantengo l'impegno di ballare con lui questa sera. Digli che spero mi perdonerà sapendone la ragione, e che ballerò insieme a lui con grande piacere al prossimo ricevimento in cui ci incontreremo. Quando sarò a Longbourn manderò a prendere i miei abiti, ma ti prego di dire intanto a Sally di rammendare il vestito di mussola ricamato, prima di riporlo. Arrivederci. Salutami il colonnello Forster. Spero che brinderete alla nostra felicità. La tua amica affezionata

Lydia Bennet

«Oh, sventatissima Lydia!», esclamò Elizabeth appena ebbe letto. «Scrivere una lettera come questa in un momento simile! Meno male che aveva l'aria di credere allo scopo del loro viaggio. A qualunque cosa Wickham l'abbia poi persuasa, almeno lei non aveva in animo una tale vergogna! Povero babbo! Come deve avere sofferto!»

«Non ho mai visto nessuno più sconvolto di lui. Non ha potuto parlare per dieci minuti. La mamma si sentì subito male, e tutta la casa era in un tale scompiglio!»

«Oh Jane», esclamò Elizabeth, «ci sarà stata almeno una sola fra le persone di servizio che non abbia saputo tutto prima di sera?»

«Non lo so, speriamo che non tutti siano al corrente. Ma è difficile controllarsi in quei momenti. La mamma ebbe una crisi, e, benché cercassi di assisterla come potevo, temo di non aver fatto tutto quello che avrei dovuto! L'orrore di quanto poteva accadere mi aveva fatto quasi perdere la testa.»

«Hai fatto di più di quanto eri in grado di fare. Hai l'aria sofferente. Oh, se fossi stata a casa con te! Hai dovuto sopportare tutto il peso e tutte le ansie da sola!»

«Mary e Kitty sono state molto buone, e avrebbero diviso la mia fatica, ma non mi pareva giusto verso di loro. Kitty è fragile e delicata, e Mary studia talmente che non si può privarla delle sue ore di riposo. La zia Philips venne martedì, dopo che il babbo era partito, ed è stata molto utile e di grande conforto. Anche Lady Lucas è stata molto buona. Venne mercoledì mattina per esprimerci tutto il suo rammarico e offrì la sua assistenza o quella di una delle sue figlie se potevano esserci utili.»

«Avrebbe fatto meglio a starsene a casa», proruppe Elizabeth; «forse lo ha fatto a fine di bene, ma in una disgrazia come questa, meno i vicini si fanno vedere, meglio è. Nessuno può aiutare; le espressioni di cordoglio, poi, sono insopportabili. Che si accontentino di godere del nostro male e se ne compiacciano a distanza.»

Chiese poi a quali espedienti intendeva ricorrere suo padre a Londra, per ritrovare Lydia.

«Credo che volesse andare a Epsom, il posto dove cambiarono i cavalli, per parlare con i postiglioni e vedere se poteva sapere qualcosa. Il suo scopo principale era scoprire il numero della carrozza che li ha rilevati a Clapham. Questa vettura era arrivata da Londra con dei passeggeri a bordo, e il babbo pensava che potesse essere stato notato il fatto che un signore e una signora avessero cambiato da una carrozza all'altra. Se poteva scoprire la casa dove il cocchiere aveva lasciato i passeggeri, contava di potere avere lì il numero della vettura da nolo. Non so quali altri progetti avesse; ma è partito con tanta fretta e così sconvolto, che mi è stato difficile sapere anche questo.»

Capitolo quarantottesimo

Tutti speravano in una lettera di Mr Bennet per il mattino seguente, ma la posta non portò nemmeno una riga di lui. In famiglia lo conoscevano come il più negligente e lento dei corrispondenti, ma questa volta almeno speravano che sarebbe stato capace di uno sforzo. Finirono col concludere che non aveva nessuna buona notizia da dare, ma anche se era così, avrebbero preferito averne la conferma. Mr Gardiner, che aveva aspettato anche lui qualche notizia, partì.

Partito lui, ebbero almeno la certezza che per mezzo suo avrebbero avuto continue informazioni di quello che accadeva, ed egli, lasciandole, promise che avrebbe indotto Mr Bennet a tornare a Longbourn appena possibile, con grande sollievo di sua sorella che vedeva in questo l'unico modo sicuro perché egli non venisse ucciso in duello.

Mrs Gardiner con i bambini si sarebbe fermata nell'Hertfordshire ancora per alcuni giorni, perché la sua presenza sarebbe stata veramente utile alle nipoti. Ella divideva con loro l'assistenza a Mrs Bennet, ed era loro di grande conforto nelle ore di libertà. Anche l'altra zia veniva spesso a trovarle, sempre, come diceva, con l'intenzione di sollevarle e di distrarle; ma poiché ogni volta portava nuove prove della prodigalità o delle sregolatezze di Wickham, era raro che non partisse senza lasciarle più scoraggiate di come le aveva trovate.

Tutta Meryton sembrava ormai decisa a diffamare l'uomo che soltanto tre mesi prima passava addirittura per un angelo. Si diceva che avesse lasciato debiti presso ogni negoziante e venne fuori che aveva cercato di abbindolare tutte le ragazze, o, come dicevano, di sedurle. Fu dichiarato il più perfido giovane di questo mondo, e tutti si fecero un vanto di avere sempre diffidato di quell'apparenza di bontà.

Elizabeth, pur non credendo che alla metà di quanto si diceva, si sentiva tuttavia sempre più persuasa della rovina di sua sorella; e perfino Jane, meno disposta a giudicar male, stava perdendo ogni speranza: anche lei pensava che se i giovani, secondo le sue più vive speranze, fossero andati realmente in Scozia, era tempo ormai che dessero notizie.

Mr Gardiner lasciò Longbourn la domenica, e il martedì sua moglie ebbe da lui una lettera nella quale diceva come, appena arrivato, aveva raggiunto suo cognato persuadendolo di venire da lui a Gracechurch Street; che Mr Bennet era stato a Epsom e a Clapham, ma senza ottenere nessuna informazione importante; e che adesso era deciso a compiere ricerche in tutti gli alberghi della città, credendo probabile che si fossero fermati in uno di questi, prima di cercarsi un alloggio.

Mr Gardiner non si aspettava nessun risultato da questo passo, ma, visto che suo cognato ci teneva, lo avrebbe assecondato. Aggiungeva che Mr Bennet non aveva per ora intenzione di lasciar Londra, e prometteva di scrivere ancora presto. Nel poscritto, poi, diceva:

> Ho scritto al colonnello Forster, pregandolo di scoprire, se gli è possibile, da qualcuno degli amici più intimi di Wickham, al reggimento, se costui ha qualche parente o conoscente che possa sapere in qual parte di Londra si nasconda. Se ce ne fosse anche uno solo che potesse dare un'indicazione di tal genere, sarebbe importantissimo. Per ora siamo senza nessuna traccia. Sono sicuro che il colonnello Forster farà tutto il possibile per aiutarci; ma, ripensandoci meglio, forse Lizzy, più di chiunque altro, può dirci quali parenti di Wickham siano ancora vivi.

Elizabeth comprese senza fatica perché le venisse riconosciuta tanta autorità in proposito, ma non era in grado di dare le informazioni sperate. Non lo aveva mai sentito parlare di altri parenti all'infuori dei suoi genitori morti ormai da molti anni. Pure era probabile che qualche compagno di reggimento potesse saperne di più, e benché non ci sperasse molto, valeva sempre la pena di tentare.

Ogni nuova giornata a Longbourn era un giorno di ansie, ma l'ora più penosa era l'attesa della posta. L'arrivo delle lettere era il pensiero predominante della mattina. Buone o cattive che fossero, le notizie non potevano arrivare che per lettera, e ogni giorno poteva portare qualche nuova informazione.

Ma, prima di riceverne delle altre da Mr Gardiner, arrivò per Mr Bennet una lettera proveniente da tutt'altra parte: era di Mr Collins; Jane, che aveva avuto l'incarico di aprire tutto quello che arrivava per Mr Bennet in sua assenza, la lesse, ed Elizabeth, sapendo le stramberie che c'era da aspettarsi, guardò di sopra le sue spalle leggendo quanto segue:

Mio caro signore,

mi sento in dovere, data la nostra parentela, di porgervi le mie condoglianze per la grave afflizione che vi colpisce, e che apprendemmo ieri per lettera dall'Hertfordshire. Potete essere sicuro, caro signore, che la signora Collins e io dividiamo il dolore vostro e della vostra famiglia, dolore che deve essere ancora più amaro perché dovuto a una causa che nemmeno il tempo potrà mai attenuare. Non so trovare argomenti per sollevarvi da una così grave sciagura, o per consolarvi in una circostanza che, più di ogni altra, deve ferire il cuore di un padre. La morte di vostra figlia sarebbe stata, in confronto, una benedizione. Ed è ancora più triste pensare, secondo quanto mi dice la mia cara Charlotte, che la condotta leggera di vostra figlia è dovuta a una colpevole indulgenza verso di lei, sebbene nello stesso tempo, a consolazione vostra e di Mrs Bennet, io sia propenso a credere che la ragazza fosse già portata dalla sua natura a questa scostumatezza, altrimenti non avrebbe, così giovane, potuto rendersi colpevole di una tale enormità.

In ogni modo siete veramente da compiangere; e questa non è solo l'opinione mia e di Mrs Collins, ma anche di Lady Catherine e di sua figlia, alle quali ho raccontato tutta la cosa. Esse sono d'accordo con me nel temere che questo passo falso di una delle vostre figlie possa essere di grave danno per l'avvenire delle altre, perché chi più, ormai, come si degnò di osservare Lady Catherine, vorrà imparentarsi con una famiglia simile? E questa considerazione mi porta a riflettere, con sempre maggior soddisfazione, a un avvenimento del passato novembre, perché, se fosse andata diversamente, sarei io pure coinvolto in tutti i vostri dispiaceri e in questa vostra vergogna. Permettetemi di esortarvi, caro signore, a consolarvi come potete, escludendo per sempre la vostra indegna figliola dal vostro affetto, lasciandole raccogliere i frutti della sua orribile colpa.

Sono, caro signore, ecc. ecc.

Mr Gardiner non scrisse più finché non ricevette la risposta del colonnello Forster, e anche allora non ebbe niente di buono da riferire. Non risultava che Wickham avesse nessun parente a Londra. Le sue conoscenze erano state numerose, ma da quando era entrato al reggimento, non sembrava aver coltivato alcuna amicizia in particolare. Per questo il colonnello non poteva indicare nessuno capace di dare sue notizie. Oltre al timore di essere rintracciato dai parenti di Lydia, si poteva trovare un'altra ragione del suo nascondersi nel cattivissimo stato delle sue finanze, perché si era venuti a sapere che aveva lasciato grossi debiti di gioco. Il colonnello Forster credeva che ci volesse almeno un migliaio di sterline per coprire le sue spese a Brighton. Doveva molto denaro a diversi fornitori in città, ma i debiti d'onore erano ancora più gravi.

Mr Gardiner non cercò di nascondere questi particolari alla famiglia di Longbourn. Jane ne era inorridita:

«Anche giocatore!», esclamò. «Questo poi non me lo sarei aspettato davvero! Non l'avrei mai creduto.»

Mr Gardiner aggiungeva che il padre sarebbe tornato a casa il giorno seguente, sabato. Abbattuto dal poco successo delle sue ricerche, aveva ceduto alle insistenze di suo cognato che lo esortava a ritornarsene a casa, lasciando lui a occuparsi nel miglior modo possibile della faccenda. Quando lo dissero a Mrs Bennet, questa non mostrò tutta la soddisfazione che si aspettavano le sue figlie, data l'inquietudine che aveva dimostrato fino allora per la vita del marito.

«Come! Torna a casa, e senza la povera Lydia?», disse, «Certo non vorrà lasciare Londra senza averli trovati. Chi si batterà con Wickham e lo obbligherà a sposarla, se lui viene via?»

Siccome Mrs Gardiner desiderava tornare a casa, fu deciso che sarebbe andata a Londra con i bambini lo stesso giorno del ritorno di Mr Bennet. Così la vettura accompagnò loro fino alla prima tappa e riportò il suo padrone a Longbourn.

Mrs Gardiner partì assai perplessa a proposito di Elizabeth e del suo amico del Derbyshire. Sua nipote non lo aveva mai nominato spontaneamente, e la mezza speranza che Mrs Gardiner aveva nutrito di vedere arrivare una lettera da parte sua non fu esaudita. Elizabeth non ne aveva ricevuta nessuna da Pemberley.

Lo stato di desolazione in cui era l'intera famiglia, bastava a spiegare la depressione di Elizabeth, per cui non si poteva arguire nulla da *quello*; ma Elizabeth, che ormai si era resa abbastanza conto dei propri sentimenti, sapeva benissimo che, se non avesse mai conosciuto Darcy, avrebbe sopportato meglio la vergogna di Lydia. Le avrebbe risparmiato – pensava – almeno una notte su due di insonnia.

Mr Bennet arrivò con il suo solito aspetto di filosofica impassibilità. Parlò poco, come d'abitudine, non disse nulla della faccenda che lo aveva condotto a Londra, e ci volle un po' di tempo prima che le sue figlie avessero il coraggio di parlargliene. Fu soltanto nel pomeriggio, quando raggiunse la famiglia per il tè, che Elizabeth si azzardò a toccare l'argomento, e, quando espresse il suo rincrescimento per quello che aveva dovuto soffrire, egli rispose: «Non parlarne. Chi dovrebbe soffrire, se non io? È stata colpa mia, ed è giusto che la sconti».

«Non siate così severo con voi stesso», replicò Elizabeth.

«Non darti troppa pena per questo. La natura umana è così incline a trovarsi delle scuse! No, Lizzy, lascia che almeno una volta in vita mia senta tutto il mio torto. Non ho paura di essere sopraffatto dai rimorsi. Passeranno anche troppo presto.»

«Credete che siano a Londra?»

«Sì, certo; in quale altro posto potrebbero nascondersi così bene?»

«E Lydia desiderava tanto vedere Londra!», aggiunse Kitty.

«Così sarà contenta», disse suo padre asciutto, «e probabilmente ci starà un pezzo.»

Poi, dopo una pausa, continuò: «Lizzy, non ti insuperbire per aver visto così giusto nel maggio scorso quando mi desti quei consigli che io non ritenni opportuno di prendere in considerazione. A cose avvenute, si vede come avevi ragione».

Furono interrotte da Jane che veniva a prendere il tè per sua madre. Egli osservò: «La sua segregazione le dona, le fa bene e conferisce molta più distinzione al dolore! Uno di questi giorni farò lo stesso anch'io: mi chiuderò nella mia biblioteca col berretto da notte e la vestaglia, dando più disturbo che potrò... Forse, posso rimandare tutto questo a quando scapperà Kitty...».

«Ma io non scapperò, papà», disse Kitty impermalita. «Se mi capiterà di andare a Brighton, mi comporterò meglio di Lydia.»

«*Tu* a Brighton! Non mi fiderei nemmeno di lasciarti andare a East Bourne! No, Kitty, almeno avrò imparato a essere prudente, e tu ne risentirai gli effetti. Nessun ufficiale entrerà mai più in casa mia né passerà per il paese. Proibirò i balli, a meno che tu ci vada con una delle tue sorelle. E non ti lascerò uscire fino a quando non mi avrai dimostrato di saper passare almeno dieci minuti della tua giornata in maniera ragionevole.»

Kitty, che prese sul serio tutte queste minacce, incominciò a piangere.

«Via, via», disse lui, «non disperarti. Se sarei brava per i prossimi dieci anni, alla fine del decimo ti porterò a teatro.»

Capitolo quarantanovesimo

Due giorni dopo il ritorno di Mr Bennet, Jane ed Elizabeth passeggiavano nel boschetto dietro casa, quando videro venire verso di loro la governante, e, pensando che venisse a chiamarle da parte della madre, si affrettarono verso di lei; invece, quando fu vicina, la udirono dire a Jane:

«Scusatemi, signorina, se vi interrompo, ma speravo che aveste buone notizie da Londra, e mi sono presa la libertà di venire a chiedervele».

«Che vuoi dire, Hill? Non abbiamo saputo niente dalla città.»

«Come!», esclamò Mrs Hill con il più vivo stupore. «Non sapete che è arrivato un espresso per il padrone, da Mr Gardiner? È già mezz'ora che il postino l'ha portato a Mr Bennet.»

Le ragazze corsero senza perdere tempo. Attraversarono l'atrio e la sala da pranzo, poi la biblioteca, ma il padre non era neppure lì; stavano per cercarlo di sopra dalla madre, quando incontrarono il maggiordomo che disse loro:

«Se le signorine cercano il signor padrone, sta dirigendosi verso il boschetto».

Riattraversarono l'atrio e corsero attraverso il prato dietro a loro padre che si dirigeva infatti verso un boschetto, su un lato del cortile. Jane, che non era né svelta, né abituata alla corsa come Elizabeth, rimase presto indietro, mentre sua sorella lo raggiunse senza fiato ed esclamò:

«Oh, papà, che notizie ci sono? Ha scritto lo zio?».

«Sì, ho appena ricevuto un espresso.»

«Bene; e che notizie? Buone o cattive?»

«Che cosa possiamo aspettarci di buono?», rispose lui togliendosi la lettera dalla tasca. «Ma forse preferisci leggerla tu stessa.»

Elizabeth la prese con impazienza. Intanto sopraggiunse Jane.

«Leggi forte», disse il padre, «perché non so quasi neppure io precisamente di che cosa si tratta.»

Gracechurch Street, lunedì 2 agosto

Caro cognato,

finalmente posso dare a tutti voi qualche notizia di mia nipote, che, nell'insieme, spero ti soddisferanno. Poco dopo la tua partenza, sabato scorso, ho avuto la fortuna di scoprire in che parte di Londra si trovano i due. Vi darò maggiori particolari a voce; per ora basti dire che sono stati trovati. Li ho visti tutti e due...

«Allora è come ho sempre sperato», esclamò Jane, «sono sposati!»

Elizabeth continuò:

Li ho visti tutti e due. Non sono sposati, né mi pare che avessero alcuna intenzione di farlo; ma se tu vorrai sottoscrivere agli impegni che mi sono azzardato a prendere a tuo nome, spero che lo saranno presto. Tutto quello che ti si chiede è che tu garantisca a tua figlia la sua parte sulle cinquemila sterline che le spettano alla tua morte e a quella di tua moglie, e che, inoltre, ti impegni a passarle, finché vivi, cento sterline l'anno. Queste sono le condizioni alle quali, tutto considerato, non ho esitato ad acconsentire a tuo nome. Ti mando questa mia a mezzo espresso, per avere la tua risposta senza indugio. Da questi particolari, vedrai che la situazione di Mr Wickham non è così disperata come era generalmente creduto. La gente, su questo punto, si è ingannata, e sono lieto di dire che, quando tutti i suoi debiti saranno pagati, rimarrà ancora un po' di denaro per mia nipote, in aggiunta alla sua sostanza personale. Se dunque, come credo farai, mi delegherai pieni poteri per agire in tuo nome, darò subito gli ordini a Haggerston di preparare un contratto in regola. Non occorre affatto che torni a Londra; rimani dunque tranquillamente a Longbourn e fidati della mia premura e del mio zelo. Manda una risposta appena puoi e scrivimi molto chiaramente in merito. Ci sembra meglio che mia nipote si sposi partendo da casa nostra, cosa che spero approverai. Viene oggi stesso a stabilirsi da noi. Ti scriverò appena ci sarà qualcosa di definito. Tuo, ecc.

Edw. Gardiner

«Possibile?», esclamò Elizabeth appena finito; «possibile che la sposi?»

«Non è dunque così indegno come lo giudicavamo», disse sua sorella. «Caro papà, sono proprio felice!»

«E avete risposto alla lettera?», disse Elizabeth.

«No, ma lo farò presto.»

Elizabeth lo pregò allora molto seriamente di non perdere altro tempo. «Caro babbo», esclamò, «tornate a casa e scrivete immediatamente. Pensate all'importanza che ha ogni minuto in questo caso.»

«Lasciate che scriva per voi», disse Jane, «se vi secca farlo.»

«Mi secca moltissimo», rispose, «ma deve essere fatto.» E così dicendo, tornò indietro con loro, avviandosi verso casa.

«E, posso chiedere?...», disse Elizabeth: «questi patti dovranno essere accettati, immagino?».

«Accettati? Mi stupisce solo che chieda così poco.»

«E devono sposarsi! Con un uomo simile.»

«Sì, sì, devono sposarsi. Non c'è altro da fare. Ma vorrei sapere due cose: una, quanto ha pagato tuo zio per deciderlo; e l'altra, come farò per sdebitarmi con lui.»

«Denaro? lo zio?», gridò Jane, «che volete dire?»

«Voglio dire che nessun uomo ragionevole sposerebbe Lydia per la misera tentazione di un centinaio di sterline l'anno finché vivo io, e di cinquanta dopo la mia morte.»

«È vero», disse Elizabeth, «non ci avevo pensato prima. I debiti pagati, e qualcosa ancora che avanza! Certo è tutta opera dello zio. Caro generoso uomo, temo che ciò gli sarà non poco gravoso. Certo non sarà bastata una piccola somma.»

«No», disse suo padre, «Wickham sarebbe uno stupido a prenderla per meno di diecimila sterline. Mi dispiacerebbe pensare così male di lui fin dall'inizio della nostra parentela.»

«Diecimila sterline! Dio non voglia! Come si potrà rimborsare una somma simile?»

Mr Bennet non rispose, e, tutti assorti nei loro pensieri, raggiunsero in silenzio la casa. Il padre andò in biblioteca a scrivere e le ragazze si ritirarono in sala da pranzo.

«E così si sposeranno davvero!», esclamò Elizabeth appena rimaste sole. «Come è tutto strano! E dobbiamo anche essergli grate! Siamo costrette a desiderare che si sposino, per quanto abbiano poca probabilità di essere felici, e nonostante che egli non sia un gentiluomo. Oh, Lydia, Lydia!»

«Mi conforta il pensiero», rispose Jane, «che, se non l'amasse veramente, non la sposerebbe. Anche se nostro zio ha fatto qualcosa per aiutarlo, non credo che abbia sborsato diecimila sterline o una somma simile. Ha dei figli, e ne può avere ancora. Come potrebbe sacrificare anche la metà di diecimila sterline?»

«Se potessimo sapere a quanto sommavano i debiti di Wickham», disse Elizabeth, «e quanto ha assicurato a nostra sorella, sapremmo esattamente quello che Mr Gardiner ha fatto per loro, perché Wickham non ha un soldo di suo. Non potremo mai ricompensare gli zii per la loro bontà. Averla accolta in casa, dandole la loro protezione, è un sacrificio tale, per amor suo, che non basteranno anni e anni di riconoscenza per ripagarli. A quest'ora Lydia è già con loro. Se tanta bontà non la commuove e non la fa pentire, non meriterà mai di essere felice! Pensa che impressione il suo primo incontro con la zia!»

«Dobbiamo cercare di dimenticare tutto quanto è avvenuto da ambo le parti», disse Jane. «Spero e sono convinta che potranno essere felici nonostante tutto. Che Wickham abbia acconsentito al matrimonio dimostra che è già sulla retta via. Il loro reciproco affetto li renderà più saggi, e mi lusingo che si sistemeranno tranquillamente vivendo in modo da far dimenticare la leggerezza del passo che hanno fatto.»

«La loro condotta è stata tale», rispose Elizabeth, «che né tu, né io, né nessuno potrà mai dimenticarla. Meglio non parlarne.»

Intanto le ragazze si ricordarono che probabilmente la madre era all'oscuro di tutto. Andarono nella biblioteca per chiedere al padre se potevano dirle quanto era avvenuto. Mr Bennet stava scrivendo, e senza alzare il capo, rispose freddamente:

«Fate come volete!».

«Possiamo portare la lettera dello zio per fargliela vedere?»

«Portate quello che volete, e andate via.»

Elizabeth prese la lettera dalla scrivania e salirono. Mary e Kitty erano con la madre, così la comunicazione sarebbe servita per tutte. Dopo averla preparata a sentire le migliori notizie, la lettera venne letta a voce alta. Mrs Bennet non stava quasi in sé dalla felicità. Appena Jane lesse come Mr Gardiner sperava di vedere presto Lydia sposata, la sua gioia esplose e ad ogni frase il suo entusiasmo aumentava. Con la stessa violenza con cui si era abbandonata all'inquietudine e al dispetto, ora era trasportata dalla gioia. Le bastava sapere che sua figlia si sarebbe sposata. Non mostrava di nutrire alcuna trepidazione per la sua felicità, né si sentiva umiliata per la sua condotta.

«Cara, cara Lydia mia!», esclamò. «È magnifico! Si sposerà! La rivedrò! Maritata a sedici anni! Caro, ottimo fratello! Lo sapevo che sarebbe andata così! Sapevo che avrebbe messo a posto tutto! Come desidero rivederla, e anche quel caro Wickham! Ma gli abiti! Il corredo. Scriverò subito in proposito a mia cognata! Lizzy cara, corri dal babbo e chiedigli quanto le darà. No, aspetta, andrò io stessa. Suona il campanello, Kitty, chiamami Hill. Mi vestirò in un attimo. Cara, cara Lydia! Come saremo felici rivedendoci!»

La sua figlia maggiore cercò di moderare questi trasporti di gioia, ricordandole gli obblighi che avevano verso lo zio.

«Perché», aggiunse, «dobbiamo certo alla sua bontà questa felice conclusione. Siamo convinti che si è impegnato personalmente ad aiutare Mr Wickham con il suo denaro.»

«Bene», esclamò la madre, «è giustissimo; chi lo potrebbe fare se non lo zio? Se non avesse avuto una famiglia, il suo denaro sarebbe venuto a me e ai miei figli, ed è questa la prima volta che riceviamo qualche cosa da lui, se si eccettua qualche regalo. Bene! Sono così felice! Tra pochi giorni avrò una figlia maritata! La signora Wickham! Come suona bene! E ha compiuto appena sedici anni a giugno! Cara Jane, sono talmente agitata che non posso scrivere: ti detterò, e scriverai per me. Quanto al denaro decideremo più tardi, con tuo padre; ma gli abiti vanno ordinati subito.»

Allora incominciò a calcolare la mussola e la tela, e avrebbe dettato tutta una lista di ordinazioni, se Jane non fosse riuscita con grande difficoltà a persuaderla che era meglio aspettare di consultare prima il babbo. «Un giorno di ritardo», osservò, «non avrebbe avuto molta importanza.» E la madre era troppo felice per essere ostinata come di solito.

«Andrò a Meryton», disse, «a raccontare l'ottima notizia a zia Philips, e, tornando, mi fermerò da Lady Lucas e da Mrs Long. Kitty, corri a ordinare la carrozza... un po' d'aria mi farà un gran bene. Ragazze, avete bisogno di qualcosa da Meryton? Oh, ecco Hill! Cara Hill, hai saputo la bella notizia? Miss Lydia si sposa, e berrete un bel punch per le sue nozze.»

La signora Hill espresse subito la sua gioia. Elizabeth ebbe la sua parte di rallegramenti, poi, disgustata di tanta leggerezza, si rifugiò nella sua camera per poter pensare liberamente.

La situazione della povera Lydia era abbastanza triste, eppure bisognava rallegrarsi che non fosse ancora peggiore. Elizabeth se ne rendeva conto, e, benché guardando all'avvenire non potesse aspettarsi per sua sorella né una vera felicità, né una florida situazione finanziaria, pensando a quanto avevano temuto solo poche ore prima, apprezzò tutto il vantaggio di quello che avevano almeno ottenuto.

Capitolo cinquantesimo

Era accaduto spesso che, in altri periodi della sua vita, Mr Bennet avesse rimpianto di non avere risparmiato ogni anno una certa somma per provvedere alle figlie e alla moglie, se questa gli fosse sopravvissuta, invece di spendere tutto il suo reddito. E ora lo rimpiangeva più che mai. Se avesse fatto il suo dovere in questo campo, ora Lydia non sarebbe debitrice a suo zio di quanto costui aveva fatto per il suo onore e per il suo interesse. E la soddisfazione di costringere uno dei più indegni giovani della Gran Bretagna a sposarla, sarebbe toccata a chi di dovere. Era seriamente preoccupato che una cosa tanto spiacevole fosse stata ottenuta soltanto a spese di suo cognato, e aveva deciso di scoprire a ogni costo l'entità dell'aiuto ricevuto, per sdebitarsene appena avesse potuto.

Mr Bennet nei primi tempi del suo matrimonio non aveva creduto necessario fare economie, perché, naturalmente, sperava di avere un figlio maschio. Questo, diventato maggiorenne, avrebbe abolito la clausola della trasmissione di proprietà, e la vedova e i figli minori sarebbero rimasti ben provvisti alla sua morte. Ma cinque ragazze erano venute al mondo senza che il figlio si decidesse ad apparire; pure, per molti anni ancora dopo la nascita di Lydia, Mrs Bennet era ancora sicura che sarebbe venuto. Finalmente non ci sperarono più, ma ormai era troppo tardi per darsi al risparmio. Mrs Bennet non era portata all'economia, e soltanto l'amore di suo marito per l'indipendenza finanziaria aveva loro impedito che le spese superassero le entrate.

All'atto nuziale, cinquecento sterline erano state stipulate per Mrs Bennet e per i figli; ma stabilire in quale proporzione la somma sarebbe stata divisa tra questi, dipendeva solo dal volere dei genitori. Tale punto andava ora deciso rispetto a Lydia, e Mr Bennet non poteva esitare ad accettare la proposta fattagli. Egli, concisamente, sebbene con la più viva riconoscenza per la bontà del cognato, gli scrisse la sua piena approvazione per quello che aveva fatto, assicurandolo che avrebbe mantenuto gli impegni presi in suo nome. Non si sarebbe mai aspettato che, riuscendo a costringere Wickham a sposare sua figlia, sarebbe riuscito ad ottenerlo con così poco sacrificio da parte sua. Infatti, pagando la somma di cento sterline promesse, avrebbe perso al massimo una decina di sterline all'anno, dato che tra il sostentamento, le spese correnti e i continui doni che le passava sua madre, Lydia non gli costava meno di tale somma.

E non era minore la sorpresa che tutto si fosse concluso con così poco fastidio da parte sua, perché il suo più gran desiderio, al momento, era di non doversi occupare di questa faccenda. Passato l'impeto di collera che lo aveva spinto a cercare la figlia per ogni dove, era subito ricaduto nella primitiva indolenza. La lettera fu spedita prontamente, perché per quanto dilazionasse prima di mettersi al lavoro, era poi molto rapido nello sbrigarlo. Pregò che gli fossero dati maggiori particolari su quanto doveva a suo cognato; con Lydia però era troppo irritato per mandarle sia pure una parola.

La buona notizia si sparse presto in casa, e, con adeguata velocità, anche nel vicinato, dove fu accolta con decorosa filosofia. Certo per incrementare le conversazioni sarebbe stato meglio se Miss Bennet fosse stata trovata in città, o come felice alternativa, se fosse stata segregata dal mondo in qualche lontana fattoria. Ma c'era già abbastanza da dire sul fatto che Wickham la sposasse; e gli auguri di felicità, formulati da tutte le vecchie maligne di Meryton, persero ben poco del loro veleno per questo cambiamento di circostanze; perché con un tale marito, l'infelicità di Lydia era già data per certa.

Da quindici giorni Mrs Bennet non era scesa dalle sue stanze, ma quel felice giorno riprese il suo posto a capotavola con un'allegria addirittura opprimente. Nessun senso di vergogna gettava la più piccola ombra sul suo trionfo. Il matrimonio di una delle figlie, suo desiderio costante da quando Jane aveva compiuto i sedici anni, stava ora per realizzarsi: i suoi pensieri e le sue parole non si aggiravano che intorno ai dettagli richiesti da un matrimonio elegante: belle stoffe, carrozze nuove e servitori. Cercava affannosamente nei dintorni una bella casa adatta per sua figlia, scartandone parecchie come piccole o troppo modeste, senza neppure sapere quale sarebbe stato il reddito degli sposi.

«Haye Park potrebbe anche andare», disse, «se i Gouldings lo lasciassero, o quella grande casa a Stoke, se il salotto fosse più spazioso, ma Ashworth è troppo lontano! Non potrei sopportare che Lydia fosse a dieci miglia di distanza: quanto a Pulvis Lodge, il piano superiore è orrendo.»

Suo marito la lasciò parlare senza interromperla finché la servitù fu presente. Ma, rimasti soli, le disse: «Prima che tu prenda una o tutte quelle case per tua figlia e tuo genero, preferisco spiegarmi chiaramente. In una almeno delle case che si trovano da queste parti essi non saranno mai ammessi. Non voglio davvero premiare la condotta di nessuno dei due, ricevendoli a Longbourn».

Ne seguì una lunga lite, ma Mr Bennet rimase irremovibile, e fu seguita, per forza, da una seconda, quando Mrs Bennet apprese con stupore e orrore che suo marito non avrebbe dato un soldo per comperare abiti nuovi alla figlia. Anzi, dichiarò che Lydia non avrebbe avuto da lui alcun segno di affetto in tale occasione. Mrs Bennet non poteva farsene una ragione. Che la collera del marito arrivasse al punto di negare alla figlia un corredo, senza il quale un matrimonio non le sembrava neppure quasi valido, le pareva inverosimile. Era più sensibile all'umiliazione di un matrimonio senza abiti nuovi, che non alla vergogna della fuga di Lydia e alla sua convivenza con Wickham per quindici giorni prima che lo stesso matrimonio avesse luogo!

Elizabeth era ora profondamente desolata di avere, nell'angoscia del momento, rivelato a Mr Darcy le sue inquietudini per la sorella; ora che il matrimonio era la legittima conclusione della fuga, si poteva sperare di nasconderne l'infelice inizio almeno a tutti quelli che non erano sul posto.

Non che temesse che la cosa fosse risaputa per causa sua; Mr Darcy era tra le poche persone della cui discrezione sapeva di potersi fidare e nello stesso tempo nulla la umiliava come il fatto che fosse al corrente della leggerezza di sua sorella. E questo non tanto per paura dello svantaggio che ne derivava a lei personalmente, perché, ormai, un incolmabile abisso si era aperto tra loro due. Anche se il matrimonio di Lydia fosse stato concluso nelle condizioni più onorevoli, non era da aspettarsi che Mr Darcy si sarebbe mai imparentato con una famiglia che, alle altre manchevolezze aggiungeva ora la più stretta parentela con l'uomo che lui così giustamente disprezzava.

Non c'era da meravigliarsi che a lui ripugnasse una simile unione. Quel suo desiderio di conquistarla, che lei aveva notato nel Derbyshire, e quello stesso affetto che era arrivato a rivelarle, non avrebbe certo potuto sopravvivere a un tal colpo. Era umiliata, addolorata, pentita, senza sapere nemmeno di che cosa.

Incominciò a desiderare la sua stima, ora che non poteva più sperarla; aspettava sue notizie quando c'era meno probabilità di averne; era convinta che avrebbe potuto essere felice con lui, ora che un incontro fra loro due non era nemmeno più probabile.

Che trionfo per lui, pensava spesso, se avesse potuto sapere che la sua proposta, da lei così orgogliosamente respinta appena quattro mesi prima, sarebbe stata ora accolta con gioia e riconoscenza! Anche se generoso come può esserlo il più generoso degli uomini, rimaneva pur sempre un mortale, e da questo senso di trionfo non sarebbe stato immune davvero!

Ora capiva che era proprio l'uomo che, per carattere e ingegno, le sarebbe piaciuto di più: l'intelligenza e il temperamento di lui, anche se così diversi dai suoi, corrispondevano a tutte le sue aspirazioni. Sarebbe stata un'unione vantaggiosa per tutti e due: accanto alla disinvoltura e alla vivacità di Elizabeth, il carattere e il modo di pensare di lui si sarebbero addolciti, mentre lei avrebbe appreso molto dal suo senno, dalla sua cultura, e dalla sua esperienza.

Ma, ahimè! questo matrimonio ideale non avrebbe potuto mostrare alla folla ammirata la vera felicità coniugale. Un'unione ben diversa, e che avrebbe preclusa ogni possibilità all'altra, stava per avvenire nella loro famiglia. Elizabeth non arrivava a immaginare come Wickham e Lydia avrebbero potuto raggiungere una passabile indipendenza economica, mentre poteva facilmente prevedere che poca speranza di lunga felicità stava davanti a quella coppia unitasi soltanto perché la passione era stata più forte della virtù.

Mr Gardiner scrisse di nuovo a suo cognato. Rispondeva brevemente alle espressioni di gratitudine di Mr Bennet, e lo assicurava della sua premura e della soddisfazione provata nel fare tutto il possibile per il bene di qualcuno della sua famiglia. Concludeva pregandolo di non parlarne più. Lo scopo principale della lettera era di informarlo che Wickham aveva deciso di lasciare il reggimento.

Desideravo molto anch'io che lo facesse, appena fissato il matrimonio. E credo che sarai d'accordo con me nel pensare che lasciare quel corpo sia cosa molto opportuna tanto per lui che per mia nipote. Mr Wickham intende entrare nell'esercito regolare, e tra i suoi amici di un tempo c'è ancora qualcuno che può e che è disposto ad aiutarlo. Gli è stato promesso il grado di alfiere nel reggimento del Generale ***, ora acquartierato nel Nord. È un grande vantaggio che sia così lontano da questa parte del Regno. Ha fatto buone promesse e spero che tra gente nuova, dove tutte e due vorranno fare buona figura, avranno un po' più di giudizio. Ho scritto al colonnello Forster per informarlo di questa decisione, pregandolo di assicurare i vari creditori di Wickham, a Brighton e dintorni, di un pronto pagamento, per il quale mi sono impegnato io stesso. Volete fare la stessa cosa con quelli di Meryton, dei quali vi aggiungo una lista da lui compilata? Vi ha messo tutti i suoi debiti, e voglio credere almeno che non ci abbia ingannati. Haggerston ha avuto nostre istruzioni e fra una settimana tutto sarà pronto. Allora lui e Lydia raggiungeranno il reggimento, a meno che non siano prima invitati a Longbourn; mia moglie mi dice che mia nipote ha un gran desiderio di rivedervi prima di lasciare il Sud. Sta bene e prega di essere rispettosamente ricordata a te e a sua madre. Tuo aff.mo

E. Gardiner

Mr Bennet e le figlie videro subito, come Mr Gardiner, tutto il vantaggio di un trasferimento di Wickham. Ma Mrs Bennet non ne fu affatto contenta. Era una tale delusione che Lydia andasse nel Nord, e proprio quando si aspettava tanta orgogliosa felicità dalla sua compagnia, perché non aveva ancora rinunciato al suo progetto di vederla sistemata nell'Hertfordshire. E poi era proprio un peccato che Lydia fosse allontanata da un reggimento dove contava tante amicizie e dove conosceva tutti!

«Vuol così bene a Mrs Forster», disse, «che è una vera perfidia farla allontanare. E le piacevano anche molti di quei giovanotti; forse gli ufficiali del nuovo reggimento non saranno così simpatici!»

La domanda di Lydia, perché si doveva considerarla tale, di venire riaccolta in seno alla propria famiglia prima di partire per il Nord, fu dapprima respinta risolutamente. Ma Jane ed Elizabeth, d'accordo nel desiderare, per il bene morale e materiale della sorella, che il suo matrimonio fosse riconosciuto dai genitori, insistettero con tanta anima e con tanto buon senso e dolcezza presso il padre perché ricevesse lei e il marito a Longbourn dopo il matrimonio, che egli dovette arrendersi alla loro idea e fare quello che desideravano. Così la madre ebbe la soddisfazione di sapere che avrebbe potuto far pompa nel vicinato della figlia sposata, prima che venisse esiliata nel Nord.

Quando Mr Bennet scrisse di nuovo a suo cognato, mandò il suo consenso per la venuta degli sposi a Longbourn. Elizabeth tuttavia fu sorpresa che Wickham acconsentisse a un tale progetto; per quanto riguardava i propri sentimenti, un incontro con lui era l'ultimo dei suoi desideri.

Capitolo cinquantunesimo

Giunse il giorno del matrimonio di Lydia; Jane ed Elizabeth erano certo più commosse di quanto non lo fosse lei stessa. Mandarono la carrozza a incontrarli a *** perché giungessero per l'ora del pranzo. Le sorelle aspettavano con ansia e titubanza il loro arrivo, specialmente Jane, che, attribuendo a Lydia i sentimenti che lei avrebbe provato se fosse stata colpevole, si sentiva profondamente infelice, pensando a quello che sua sorella doveva soffrire.

Arrivarono. La famiglia era radunata in sala per riceverli. Il volto di Mrs Bennet, vedendo avvicinarsi la carrozza, si illuminò tutto di sorrisi; suo marito era gravemente impenetrabile, le figlie inquiete, ansiose, allarmate.

Si udì la voce di Lydia nel vestibolo, la porta fu spalancata, ed eccola entrare correndo. Sua madre si slanciò per abbracciarla e l'accolse con entusiasmo; con un sorriso affettuoso porse la mano a Wickham, che seguiva sua moglie, congratulandosi con loro con un entusiasmo che mostrava come non mettesse neppure in dubbio la loro felicità.

L'accoglienza di Mr Bennet non fu altrettanto cordiale. Il suo aspetto si fece anzi quasi più severo, e aprì appena bocca. La disinvolta sicurezza della giovane coppia lo esasperava. Anche Elizabeth ne era disgustata, e perfino Jane scandalizzata. Lydia era sempre Lydia, indomabile, imperturbabile, sfacciata, rumorosa e impudente. Girava da una sorella all'altra sollecitando i loro rallegramenti, e quando finalmente furono tutti seduti, si guardò intorno, osservò qualche cambiamento nella sala e, dando in una risata, disse che era un bel po' che non ci veniva.

Wickham non pareva più turbato di lei; i suoi modi erano sempre i medesimi: avvincenti, insinuanti e se il suo matrimonio e il suo carattere fossero stati quelli che avrebbero dovuto essere, i suoi sorrisi e le sue parole, mentre si compiaceva di essere diventato loro parente, avrebbero potuto affascinare tutti quanti. Elizabeth non lo avrebbe creduto capace di tanta sfrontatezza, e, dentro di sé, risolvette che in futuro non avrebbe mai creduto che ci possa essere un limite all'improntitudine di un uomo sfacciato. Le guance di Jane ed Elizabeth erano coperte di rossore, ma quelle di coloro che erano la causa di tanto imbarazzo non mutarono di colore.

La conversazione non mancava certo di argomenti. La sposa e sua madre facevano a chi parlava di più; e Wickham, che era seduto accanto a Elizabeth, si informò dei suoi amici dei dintorni con una disinvoltura piena di buon umore, che la sua interlocutrice non seppe imitare nelle risposte. Sembrava non avessero in comune che i più lieti ricordi. Non una sola cosa del passato fu rammentata con pena, e Lydia proprio volontariamente toccava quegli argomenti a cui le sue sorelle non avrebbero mai alluso per alcuna ragione al mondo.

«Pensare che sono già passati tre mesi da quando sono partita! Mi sembrano solo quindici giorni, vi assicuro, eppure ne sono successe delle cose in questo periodo! Buon Dio! Quando sono partita non avevo la più vaga idea che mi sarei sposata prima del mio ritorno, anche se a pensarci mi sembrava un gran bello scherzo!»

Suo padre le alzò gli occhi in faccia; Jane era allibita, Elizabeth le gettò un'occhiata espressiva, ma Lydia, che non vedeva e non sentiva se non quello che le faceva piacere, continuò allegramente: «Mamma, la gente qui intorno sa ormai che sono sposata? Temevo che non lo sapessero; per questo quando abbiamo sorpassato William Goulding nel suo calessino, per farglielo notare, ho abbassato il vetro dalla sua parte, mi sono tolta il guanto e ho appoggiato la mano allo sportello perché potesse vedere l'anello, poi ho sorriso inchinandomi con perfetta indifferenza».

Elizabeth non seppe sopportare oltre; si alzò e scappò dalla stanza per tornare solo quando li sentì andare in sala da pranzo dove li raggiunse in tempo per vedere Lydia che, con affettazione, si sedeva alla destra della madre dicendo alla sorella maggiore: «Ah, Jane, ormai il tuo posto a tavola spetta a me, e tu devi andare più in giù, perché io sono maritata».

Non ci sarebbe stato davvero da aspettarsi che col tempo Lydia acquistasse quel pudore del quale era così priva fin da principio. La sua disinvoltura e allegria andarono anzi crescendo. Non vedeva l'ora di incontrarsi con Mrs Philips, i Lucas e tutti i vicini, per sentirsi chiamare «Mrs Wickham» da loro; e per non perder tempo, subito dopo pranzo, andò da Hill e dalle due cameriere a mostrare l'anello e a pavoneggiarsi nel suo nuovo ruolo di signora.

«Ebbene, mamma», disse quando tornò in salotto, «che ne pensate di mio marito? Non è affascinante? Sono sicura che tutte le mie sorelle me lo invidiano. Auguro loro di avere anche solo la metà della mia fortuna. Dovrebbero andare a Brighton. Quello è il posto per trovar marito! Che peccato, mamma, che non ci siamo andate tutte!»

«Davvero, ma sta certa che se avessi potuto disporre a modo mio, ci saremmo andate certamente. Mia cara Lydia, l'idea che tu debba allontanarti tanto mi sgomenta e mi addolora. Ma, dimmi, è proprio necessario?»

«Oh Dio! Sì! Ma non fa nulla. A me invece piacerà moltissimo. Voi, il babbo e le sorelle dovrete venire a trovarci. Passeremo l'inverno a Newcastle, dove certo ci sarà una brillante stagione di balli e sarà pensiero mio trovare dei cavalieri per tutte.»

«Mi piacerebbe davvero», disse la madre.

«E poi, quando partirete, potrete lasciarmi una o due delle mie sorelle, e sono sicura che troverò loro marito prima che finisca l'inverno.»

«Per parte mia ti ringrazio», disse Elizabeth; «ma la tua maniera di trovar marito non è davvero di mio gradimento.»

Gli ospiti non potevano fermarsi più di dieci giorni. Mr Wickham, prima di lasciare Londra, aveva ricevuto il suo brevetto di ufficiale e doveva raggiungere il reggimento entro due settimane. Nessuno, tranne Mrs Bennet, rimpianse la brevità della loro permanenza; ed ella approfittò del tempo che avevano a disposizione per fare un giro di visite con la figlia e dare continui ricevimenti; ricevimenti graditi a tutti perché servivano a evitare l'intimità familiare ugualmente penosa sia a chi pensava sia a chi non rifletteva a nulla. L'amore di Wickham per Lydia era proprio come Elizabeth se l'era immaginato; inferiore a quello di Lydia per lui. Non c'era stato bisogno di osservarli molto per Elizabeth; si era convinta subito che la loro fuga era stata voluta più dalla passione di lei che non da quella di lui. Si sarebbe meravigliata che Wickham, senza amare violentemente Lydia, si fosse deciso a scappare con lei, se non avesse avuto la certezza che la sua fuga era stata resa necessaria dalle circostanze, e, in questo caso, egli non era uomo da lasciarsi sfuggire l'occasione di avere una compagna.

Lydia era folle di lui. Non si sentiva che «il mio caro Wickham» ogni momento; nessuno poteva essergli paragonato. Tutto quello che faceva era perfetto; era perfino sicura che, all'apertura della caccia, avrebbe ammazzato più uccelli di qualsiasi altro in tutta l'Inghilterra.

Una mattina, poco dopo il loro arrivo, mentre stava con le due sorelle maggiori, disse a Elizabeth: «Lizzy, *non credo* di averti mai descritto il mio matrimonio. Quando lo raccontai alla mamma e alle altre sorelle tu non c'eri. Non sei curiosa di sapere com'è andata?».

«No, davvero», rispose Elizabeth: «meno se ne parla, meglio è».

«Già, ma quanto sei strana! Però ti voglio raccontare tutto lo stesso. Ci sposammo a St Clement, perché Wickham era domiciliato in quella parrocchia. Era fissato che ci dovessimo trovare lì per le undici, lo zio, la zia e io, mentre gli altri dovevano aspettarci in chiesa. Bene, arrivò finalmente il lunedì e io ero agitatissima! Avevo paura, capirai, che accadesse qualcosa per rimandare ancora il matrimonio, cosa che mi avrebbe fatto addirittura impazzire.

E intanto la zia, per tutto il tempo che mi vestivo, non faceva altro che borbottare e predicare, come se leggesse un sermone. Io, come puoi bene immaginare, non ne sentii una sola parola perché tutti i miei pensieri erano rivolti al mio caro Wickham. Morivo dalla voglia di sapere se per la cerimonia del matrimonio avrebbe indossato la sua bella uniforme azzurra.

Bene, si fece colazione alle dieci, come al solito. Credevo non finisse mai, anche perché – fra le altre cose – devi sapere che gli zii si erano mostrati terribilmente severi per tutto il tempo che sono stata loro ospite. Vuoi crederlo? Non potei uscire una volta sola in due settimane. Non un ricevimento, o uno spettacolo, niente! È vero che Londra era abbastanza deserta, però il Little Theatre era aperto. Quando finalmente arrivò la carrozza, lo zio fu chiamato per affari da quell'odioso Mr Stone. E sai che quando quei due sono insieme, non la finiscono più. Ero talmente inquieta da non sapere cosa fare, perché era lo zio che doveva condurmi all'altare, e, se avessimo tardato ancora, per quel giorno non avremmo più potuto sposarci. Ma per fortuna tornò dopo dieci minuti e partimmo. Più tardi poi mi ricordai che, se lo zio non fosse potuto venire, il matrimonio non sarebbe stato rimandato lo stesso, perché Mr Darcy avrebbe potuto prendere il suo posto.»

«Mr Darcy?», ripeté Elizabeth più che sorpresa.

«Certo! Doveva venire con Wickham, lo sai. Ma, povera me! Che sventata! Ho dimenticato che non avrei mai dovuto parlare di questo. Lo avevo promesso così solennemente. Che dirà ora Wickham? Era un segreto così importante.»

«Se doveva essere un segreto, non parlarne più», disse Jane. «Puoi essere sicura che non ti chiederemo nulla in proposito.»

«Oh, certo!», disse Elizabeth, benché divorata dalla curiosità; «non ti faremo domande.»

«Vi ringrazio», disse Lydia, «perché altrimenti vi racconterei tutto e Wickham andrebbe in collera per davvero.»

Elizabeth si sottrasse alla tentazione scappando via.

Ma era impossibile rimanere all'oscuro su questo argomento, o almeno era impossibile non cercare di informarsi. Mr Darcy aveva assistito al matrimonio di sua sorella! Una cerimonia e delle persone che erano le ultime che potesse essere tentato di frequentare! Folli, rapide congetture su quello che ciò poteva significare le attraversarono la mente, ma nessuna la convinse. Quelle che più le piacevano, perché mettevano la condotta di lui nella luce migliore, le sembravano addirittura inaccettabili. Non potendo più sopportare tanta incertezza, prese un foglio di carta e scrisse una breve lettera alla zia chiedendole di spiegare quello che Lydia aveva appena accennato, pur che fosse compatibile con il segreto che si voleva serbare.

Puoi capire facilmente – aggiunse – quale sia la mia curiosità di sapere come mai una persona che non ha con noi nessun grado di parentela, e che è quasi un estraneo per la nostra famiglia, sia stato con voi in quell'occasione. Ti prego, scrivimi subito spiegandomi tutto, se non è necessario conservare il segreto, come sembra pensare Lydia, altrimenti dovrò cercare di accontentarmi di quello che so.

«Ma non me ne accontenterò ugualmente», disse a se stessa, e terminò la lettera così:

e se, cara zia, non mi dici tutto in via regolare, dovrò tentare ogni stratagemma pur di scoprirlo.

Jane, con il suo delicato senso dell'onore, non osò parlare neppure in privato a Elizabeth di quanto aveva detto Lydia, ed Elizabeth ne fu contenta. Finché non avesse avuto risposta alle sue domande, preferiva non aver confidenti.

Capitolo cinquantaduesimo

Elizabeth ebbe la soddisfazione di ricevere una prontissima risposta alla sua lettera. Appena l'ebbe in mano corse nel boschetto dove aveva minor probabilità di essere interrotta, e seduta su di una panchina si preparò alla gioia che l'attendeva, perché la lunghezza della lettera era la prova che la zia non si rifiutava di spiegare l'enigma.

Gracechurch Street, 6 settembre

Cara nipote,

ho ricevuto or ora la tua lettera, e dedicherò tutta la mattina a risponderti, perché penso che un breve scritto non basterebbe a dirti tutto. Devo confessarti che fui molto sorpresa della tua domanda; non me l'aspettavo *da te*. Non credere che io sia in collera, voglio solo dire che non immaginavo che tu avessi bisogno di queste informazioni. Se vuoi far mostra di non capirmi, perdona la mia indiscrezione. Lo zio è sorpreso quanto me, e soltanto la certezza che tu fossi parte interessata, lo ha indotto ad agire come ha fatto. Ma se sei davvero all'oscuro di tutto, dovrò essere più esplicita.

Lo stesso giorno del mio ritorno da Longbourn, tuo zio ebbe una visita inaspettata. Era Mr Darcy, che rimase chiuso in camera con lui per parecchie ore. Quando io arrivai, avevano finito, così la mia curiosità non fu messa a dura prova come sembra essere stata la tua. Era venuto a dire a Mr Gardiner che aveva scoperto dove erano Lydia e Wickham; che aveva parlato con tutti e due, ripetutamente a Wickham e solo una volta a Lydia. Da quello che ho potuto capire, aveva lasciato il Derbyshire un giorno dopo di noi, ed era venuto a Londra con l'intenzione di rintracciarli. A spiegazione di questo suo interessamento disse che si sentiva colpevole di non aver rivelato a tempo la vera natura di Wickham, in modo che nessuna ragazza di buon senso avesse potuto amarlo o fidarsi di lui. Egli imputava generosamente questo fallo alla sua falsa ed esagerata suscettibilità, confessando che aveva sempre pensato indegno di sé esporre al mondo i suoi affari privati. Pensava anche che il carattere di Wickham si sarebbe prima o poi rivelato per quello che era. Ma ora si sentiva in dovere di farsi avanti per rimediare a un male che in parte riteneva doversi attribuire anche a lui. Se avesse un altro motivo, sono certa che non gli farebbe torto. Gli ci erano voluti alcuni giorni prima di scoprirli, ma aveva qualche indizio per dirigere le sue ricerche, cosa che a noi mancava, ed è anche per questo che si era deciso a venire in città.

Sembra ci sia una certa Mrs Younge, che fu un tempo la governante di Miss Darcy, e che venne licenziata per una grave mancanza, che egli però non volle precisare. Costei prese allora una grande casa in Edward Street, e vive affittando appartamenti. Egli sapeva che Wickham conosceva intimamente questa signora e così si rivolse a lei, appena arrivato in città. Ma dovette aspettare due o tre giorni prima di sapere qualcosa. La donna non voleva tradire il loro segreto, credo, senza averne un compenso, perché sapeva benissimo dove si trovavano. Wickham infatti era andato da lei appena giunto a Londra, e se avesse avuto posto, avrebbero preso alloggio in casa sua. Finalmente il nostro buon amico ebbe il desiderato indirizzo. Stavano in *** street. Darcy vide Wickham, e insistette per vedere anche Lydia. Il suo scopo principale nel volerle parlare era di indurla ad abbandonare la sua vergognosa posizione e a ritornare dai suoi parenti che erano disposti ad accoglierla, offrendole tutto il loro appoggio. Ma trovò Lydia ostinata a rimanere dov'era. Non le importava di nessuno; non aveva bisogno del suo aiuto; non voleva sentir parlare di lasciare Wickham; era sicura che si sarebbero sposati un giorno o l'altro, poco importava quando. Conosciuti questi suoi sentimenti, Darcy pensò che l'unica cosa importante era di ottenere che si sposassero al più presto, mentre dal suo primo discorso con Wickham aveva potuto capire che egli non aveva mai avuto questa intenzione. Wickham confessò di essere stato obbligato a lasciare il reggimento per dei debiti d'onore molto pressanti, e non ebbe scrupolo alcuno nel gettare su Lydia tutta la colpa per aver voluto fuggire con lui. Era deciso a lasciare subito il reggimento; quanto al suo avvenire non aveva delle idee precise. Sarebbe andato da qualche parte, ma non sapeva dove, sapeva soltanto di non aver nulla per vivere.

Mr Darcy gli chiese allora perché non aveva sposato subito tua sorella. Mr Bennet per quanto non fosse molto ricco avrebbe sempre potuto fare qualcosa per lui, e la sua posizione avrebbe tratto vantaggio da questo matrimonio. Dopo questi discorsi e dalle risposte che ne ebbe, Darcy si accorse che Wickham aveva ancora la speranza di fare un buon matrimonio in qualche altro posto; pure, date le attuali circostanze, pareva facile che potesse cedere alla tentazione di essere sollevato immediatamente dai suoi debiti.

Si incontrarono parecchie volte, perché i dettagli da discutere erano molti. Wickham, naturalmente, pretendeva più di quanto non si fosse disposti a dargli, ma alla fine fu ridotto alla ragione.

Quando tutto fu combinato tra loro, il secondo passo di Mr Darcy fu di informare tuo zio, e venne in Gracechurch Street la sera prima che io tornassi a casa. Ma non trovò Mr Gardiner e seppe che tuo padre si trovava ancora a Londra, ma sarebbe partito il giorno dopo. Così ritornò sabato: in quella circostanza, come ti ho detto, parlarono a lungo insieme. Si ritrovarono domenica e lo vidi anch'io. Le cose furono definite il lunedì, e subito dopo fu spedito il messaggio a Longbourn.

Il nostro visitatore è stato terribilmente ostinato. Credo, cara Lizzy, che l'ostinazione sia il vero difetto del suo carattere. È stato accusato di molte manchevolezze e di parecchi difetti, ma *questo* è proprio quello vero. Noi non potevamo fare nulla perché voleva fare tutto lui, benché ti accerto (e non lo dico per essere ringraziata, quindi non parlarne con nessuno), che tuo zio avrebbe ben volentieri sistemato lui le cose.

Dovettero, a questo proposito, discutere per un bel pezzo, cosa che è assai più di quanto i due protagonisti della disgraziata vicenda non meritassero, ma alla fine lo zio dovette cedere, e invece di poter fare lui qualcosa per sua nipote, fu costretto ad accettare di averne soltanto il merito, cosa che lo contrariò molto; e credo che la tua lettera di stamane gli abbia fatto molto piacere, dandogli modo di svestire finalmente le penne non sue e di restituire tutto il merito a chi di ragione. Però, cara Lizzy, devi saperlo solo tu o, al massimo, Jane.

Credo che saprai quello che è stato fatto per quei due ragazzi. I debiti di lui, che credo ammontino a più di mille sterline, saranno pagati e altre mille saranno aggiunte alla sostanza di Lydia. In più, è stato acquistato per lui il brevetto di ufficiale. La ragione per cui si ostinò a fare tutto Darcy, già te l'ho detta. Egli sostiene che se Wickham non fu giudicato come si meritava, e se naturalmente venne festeggiato e ricevuto da tutti, fu per colpa del silenzio e del riserbo mantenuto da lui. Forse c'è in questo qualcosa di vero, sebbene io dubiti che la sua discrezione o quella di qualunque altro possano essere responsabili di quanto è avvenuto. Ma, nonostante tutte le sue belle parole, mia cara Lizzy, puoi essere certa che tuo zio non avrebbe mai ceduto, se non avesse creduto che ben altro interesse l'avesse spinto ad occuparsi di tutta questa faccenda.

Quando tutto venne concluso, Darcy tornò dai suoi amici che si erano trattenuti a Pemberley, con l'intesa che sarebbe tornato a Londra per il matrimonio e per sistemare tutte le questioni finanziarie.

Credo averti detto tutto. A quanto mi dici, queste notizie ti sorprenderanno moltissimo, ma mi auguro ugualmente di procurarti una gioia. Lydia venne a stare da noi e Wickham fu ammesso continuamente in casa nostra. Era tale e quale l'ho sempre visto nell'Hertfordshire; per il resto, non ti avrei mai detto come sono rimasta scontenta del comportamento di Lydia, se dall'ultima lettera di Jane non avessi capito che il suo modo di fare, tornando a casa, fu degno di quello che aveva avuto qui, e quindi non posso granché accrescere la vostra pena parlando di queste cose. Cercai ripetutamente di convincerla a rendersi conto di quanto fosse brutto e riprovevole quello che aveva fatto, e quanto grande il dolore che aveva arrecato alla sua famiglia, ma, se mi ha sentito, è stato proprio un caso, perché non mi ascoltava di certo. Talvolta era addirittura esasperata, ma ricordando le mie care Elizabeth e Jane, cercavo di pazientare per amor loro.

Mr Darcy tornò puntualmente, e, come ti disse Lydia, assistette al matrimonio. Il giorno seguente pranzò da noi e mercoledì o giovedì sarebbe ripartito da Londra. Sarai molto in collera con me, cara Lizzy, se colgo questa occasione per dire (ciò che non ho mai osato fare prima d'ora) quanto mi sia simpatico? Il suo contegno con noi è stato, sotto tutti gli aspetti, cordiale come nel Derbyshire. Il suo buon senso, il suo modo di pensare mi piacciono; non gli manca che un po' di vivacità, ma, se facesse un matrimonio intelligente, a questo potrebbe supplire sua moglie. Mi è parso molto riservato; non ti ha nominata quasi mai. Ma sembra che il riserbo sia di moda.

Perdonami se sono stata indiscreta, o perlomeno, non punirmi con l'escludermi da Pemberley! Non sarò contenta fino a quando non avrò fatto il giro completo di tutto il parco. Un piccolo *phaëton* tirato da un bel paio di *ponies* sarebbe proprio quello che ci vuole.

Ma basta scrivere per oggi: i bambini mi aspettano da più di mezz'ora.

Tua, molto sinceramente

M. G.

Questa lettera pose in grande agitazione Elizabeth che non sapeva davvero se fossero più grandi la gioia o il dolore che le aveva arrecato.

Le vaghe supposizioni formulate a proposito di quanto aveva fatto Mr Darcy per favorire il matrimonio di sua sorella, supposizioni che aveva temuto azzardate perché avrebbero provato una bontà troppo grande per essere vera, si dimostravano ora giuste anche al di là del prevedibile! Egli le aveva seguite apposta in città, si era assunto tutte le noie e le umiliazioni di quelle ricerche per cui aveva dovuto rivolgersi a una donna che odiava e disprezzava, si era dovuto incontrare spesso per persuadere, e finalmente comperare, l'uomo che più di ogni altro desiderava evitare, e il cui solo nome lo esasperava. E tutto questo per una ragazza che non godeva né le sue simpatie né la sua stima. Il cuore le mormorava che egli poteva aver fatto tutto questo solo per amor suo. Ma una simile speranza venne subito soffocata da altre considerazioni, ed ella si rese conto ben presto che neppure la sua vanità le poteva far credere che l'affetto di lui fosse tale – e per lei che lo aveva rifiutato! – da passare sopra alla sua avversione a imparentarsi con Wickham.

Cognato di Wickham! Qualunque orgoglio si sarebbe ribellato a un pensiero simile! Certo aveva fatto molto – Elizabeth si vergognava a pensare quanto! – ma aveva saputo dare una spiegazione abbastanza plausibile a questo suo modo di agire. Era logico che sentisse di avere avuto torto: era generoso e aveva i mezzi per esserlo, e, quantunque Elizabeth non volesse considerarsi il movente principale della sua condotta, poteva tuttavia credere che un resto di affetto per lei lo avesse indotto a occuparsi di un caso che, angustiandolo, gli toglieva la pace. Era penoso, terribilmente penoso, sentirsi debitori verso una persona che non avrebbero mai potuto ricompensare! Dovevano a lui la riabilitazione di Lydia, la sua rispettabilità, tutto. Come rimpiangeva ora i passati sentimenti di antipatia verso di lui che aveva sempre accettato quasi incoraggiandole tutte le frecciate che lei gli aveva rivolto! Si sentiva umiliata, ma era fiera di lui. Fiera che in un caso d'onore e di pietà, avesse lasciato trionfare i suoi sentimenti migliori. Lesse e rilesse gli elogi che sua zia gli aveva tributato. Non le sembravano del tutto sufficienti, ma le facevano piacere. E ancor più piacere, anche se unito a una certa pena, le faceva vedere che tutti e due gli zii fossero tanto persuasi dell'affetto e della confidenza che dovevano esserci tra lei e Darcy.

Si riscosse dalle sue meditazioni, alzandosi in fretta dalla panchina all'avvicinarsi di qualcuno, ma, prima che avesse potuto avviarsi per un altro sentiero, fu raggiunta da Wickham.

«Temo di interrompere la vostra passeggiata solitaria, cognata cara», le disse quando le fu accanto.

«Veramente sì, ma questo non vuol dire che l'interruzione sia sgradita.»

«Sarei desolato se lo fosse; siamo sempre stati buoni amici, e ora siamo anche qualcosa di più.»

«È vero. Escono anche gli altri?»

«Non lo so. Mrs Bennet e Lydia vanno in carrozza a Meryton. E così, cara cognata, ho sentito dai vostri zii che avete visto Pemberley?»

Elizabeth rispose annuendo.

«Quasi quasi vi invidio, eppure se non ritenessi che per me sarebbe troppo penoso, potrei fermarmi, andando a Newcastle. E avete visto la vecchia governante? Povera Reynolds, mi ha sempre voluto bene. Ma certo non vi avrà parlato di me.»

«Sì, invece.»

«E che cosa vi ha detto?»

«Che eravate entrato nell'esercito, e che temeva aveste fatto una cattiva riuscita. Sapete bene come a distanza le cose sono male interpretate.»

«Certo», egli disse mordendosi le labbra.

Elizabeth sperava di averlo ridotto al silenzio, ma poco dopo Wickham ricominciò:

«Sono stato molto sorpreso nel vedere Darcy a Londra il mese scorso. Ci siamo incontrati varie molte. Mi domando che cosa avesse da fare».

«Forse preparare il suo matrimonio con Miss de Bourgh», disse Elizabeth. «Doveva esserci una ragione particolare per trattenerlo in città in questa stagione.»

«Certamente. Lo avete visto spesso quando eravate a Lambdon? Mi è parso che i Gardiner me lo abbiano accennato.»

«Sì; ci ha presentato sua sorella.»

«Vi è piaciuta?»

«Moltissimo.»

«Mi hanno infatti detto che è proprio migliorata in questi ultimi anni. Quando la vidi l'ultima volta non prometteva molto. Sono contento che vi sia piaciuta. Spero che riuscirà bene.»

«Ne sono sicura. Ormai ha sorpassato l'età ingrata.»

«Avete attraversato il paese di Kymton?»

«Non ricordo.»

«Ve ne parlo perché in quella località si trova la parrocchia che avrei dovuto avere. Un posto delizioso! Una casa parrocchiale magnifica. Mi sarebbe convenuta in tutti i sensi.»

«Vi piace proprio far prediche?»

«Moltissimo. Io avrei considerato il predicare parte importantissima del mio dovere, e ben presto non ne avrei più sentito la fatica. Non voglio lamentarmi, ma certo sarebbe stata una cosa così importante per me! La quiete, la solitudine di quella vita avrebbero corrisposto proprio all'idea che io mi faccio della felicità! Ma non doveva essere. Darcy ve ne ha parlato, quando eravate nel Kent?»

«Ho sentito dire da altra fonte altrettanto sicura, che il beneficio vi era stato lasciato soltanto sotto certe condizioni, e a volontà dell'attuale proprietario.»

«Vi hanno detto così? Sì, si trattava di qualche cosa del genere; ve lo dissi fin dal principio, se ben ricordate.»

«E mi hanno anche detto che vi fu un tempo in cui il predicare non vi sembrava così piacevole come adesso; che foste voi a dichiararvi contrario a prendere gli ordini sacri, e che per questo si giunse a una transazione amichevole, da voi accettata.»

«Anche questo vi hanno riferito? Non è del tutto falso. Vi rammentate quanto vi dissi in proposito, quando ve ne parlai la prima volta?»

Erano quasi arrivati alla porta di casa, perché Elizabeth aveva camminato in fretta per liberarsi di lui; ma non volendo irritarlo, per amore di sua sorella, rispose soltanto con un sorriso pieno di buon umore:

«Via, Mr Wickham, ormai siamo cognati: non litighiamo sul passato. Spero che in futuro andremo sempre d'accordo».

Gli porse la mano che lui baciò con affettuosa galanteria, sebbene non sapesse più che faccia fare, ed entrarono in casa.

Capitolo cinquantatreesimo

Questa conversazione soddisfece così completamente Wickham che non cercò più di ritornare sull'argomento, evitando a sé e alla sua cara cognata Elizabeth questo imbarazzo, ed ella fu felice nel constatare che aveva detto abbastanza per farlo star zitto.

Ben presto arrivò il giorno della partenza sua e di Lydia, e Mrs Bennet dovette adattarsi per forza a una separazione che si prospettava della durata di un anno almeno, visto che mai suo marito avrebbe acconsentito a un loro viaggio a Newcastle.

«Oh, Lydia cara! Quando ci rivedremo?», esclamò.

«Oh Dio! Non lo so. Forse tra due o tre anni.»

«Scrivimi spesso, cara.»

«Più spesso che potrò. Ma sai che quando si è maritate, non resta molto tempo per la corrispondenza. Possono scrivermi le mie sorelle, che non hanno altro da fare.»

Gli addii di Mr Wickham furono più affettuosi di quelli di sua moglie. Bellissimo, sorrideva dicendo molte cose gentili.

«È proprio un bel tipo», disse Mr Bennet appena furono usciti. «Sorride, si inchina, ci fa la corte a tutti. Sono molto fiero di lui. Sfido perfino Sir Lucas a produrre un genero più decorativo.»

La partenza della figlia rese Mrs Bennet infelice per molti giorni.

«Credo», diceva, «non ci sia nulla di più triste che il separarsi dalle persone care. Ci si sente così sperduti!»

«È la conseguenza dei matrimoni delle figlie!», disse Elizabeth. «Dovete consolarvi, pensando di averne quattro ancora zitelle.»

«Non è questo. Lydia non mi lascia perché è maritata, ma soltanto perché il reggimento di suo marito è così lontano. Se fosse stato più vicino, non sarebbe partita così presto.»

Ma ben presto il suo abbattimento scomparve e il suo animo si riaprì alla speranza per una notizia che incominciò a circolare. La governante di Netherfield aveva ricevuto ordine di preparare ogni cosa per l'arrivo del suo padrone che sarebbe giunto tra uno o due giorni per poi fermarsi parecchie settimane per la caccia. Mrs Bennet era fuori di sé. Guardava Jane, sorrideva e scuoteva il capo.

«Bene, bene! E così Mr Bingley torna in campagna, sorella mia? (Perché era stata Mrs Philips a portare la notizia.) Tanto meglio. Non che me ne importi. Per noi egli non è nulla, e non vorrei neppure rivederlo. Tuttavia, se ciò gli piace, venga pure a Netherfield. Possono accadere molte cose, ma del resto non ci riguarda. Ti ricordi, cara sorella, che rimanemmo d'accordo, tempo fa, di non parlarne più. E così, è proprio sicuro che arriva?»

«Puoi essere certa», rispose l'altra. «Mrs Nicholls era l'altra sera a Meryton, e, quando la vidi passare, uscii appositamente per informarmi, e lei mi assicurò che era verissimo. Arriverà giovedì al più tardi, probabilmente mercoledì. Mrs Nicholls andava dal macellaio a ordinare la carne per mercoledì, e ha comprato tre coppie di anitre proprio bell'e pronte per essere ammazzate.»

Jane non poté udire la notizia dell'arrivo di Bingley, senza cambiar colore. Erano mesi che non lo aveva più nominato con Elizabeth, ma ora, appena sole, disse:

«Ho visto che mi guardavi oggi, Lizzy, quando la zia ci ha dato quella notizia e so che deve essere stata notata la mia confusione, ma non credere che dipenda da sciocche illusioni. Sono rimasta confusa, sul momento, perché *sapevo* che mi guardavano. Ma ti assicuro che questa notizia non mi dà né gioia né pena. Sono però contenta che venga solo, perché avremo meno occasione di vederlo. Non che io abbia paura per me, ma temo le osservazioni della gente».

Elizabeth non ci capiva nulla. Se non lo avesse veduto nel Derbyshire, avrebbe pensato che venisse soltanto per la caccia, ma lo credeva ancora innamorato di Jane, e non sapeva proprio se pensare che fosse venuto con il permesso del suo amico, o se accettare l'ipotesi che avesse avuto il coraggio di venire anche senza tale autorizzazione.

«È però ben duro», concluse, «che quel pover'uomo non possa venire in casa sua senza sollevare tanta curiosità. Almeno io voglio lasciarlo in pace.»

Nonostante le dichiarazioni di sua sorella – che del resto era convinta di esprimere i propri sentimenti – Elizabeth si accorse che Jane era proprio commossa in attesa di quell'arrivo. Era più turbata, di umore più ineguale di quanto non l'avesse mai vista.

L'argomento tanto discusso tra i suoi genitori un anno prima, tornò a galla.

«Appena verrà Mr Bingley, caro», disse Mrs Bennet, «andrai a trovarlo.»

«No, no, mia cara, mi hai già obbligato a fargli visita l'anno scorso promettendomi che avrebbe sposato una delle mie figliole. Ma è finito tutto in fumo, e ora non voglio muovermi inutilmente.»

Sua moglie gli dimostrò come una tale cortesia fosse un dovere da parte di tutti i vicini, al suo ritorno a Netherfield.

«È una formalità che trovo inutile», disse. «Se desidera la nostra compagnia, venga lui a cercarla. Sa dove stiamo. Non perderò il mio tempo a correre dietro ai vicini ogni volta che partono o che ritornano.»

«Bene; quello che è certo è che se non vai a trovarlo, sarà molto sgarbato da parte tua. Ma, ad ogni modo, questo non mi impedirà di invitarlo a pranzo: sono decisa. Dobbiamo invitare presto Mrs Long e i Goulding, e siccome, noi compresi, si sarebbe in tredici, andrà benissimo avere lui come quattordicesimo.»

Consolandosi con questa decisione, poté sopportare meglio lo sgarbato rifiuto del marito, anche se l'affliggeva molto pensare che tutti i vicini avrebbero visto Mr Bingley prima di loro. Quando stava per giungere il giorno del suo arrivo, Jane disse a sua sorella:

«Incomincia a dispiacermi che venga. Per me non sarebbe nulla; lo potrò rivedere con la massima indifferenza, ma non posso sopportare di sentirne parlare continuamente. La mamma lo fa a fin di bene, ma non sa, nessuno può sapere come soffro di tutto quello che dice. Come sarò contenta quando ripartirà da Netherfield!».

«Vorrei poterti consolare», disse Elizabeth, «ma non so come, e non posso neppure raccomandarti di avere pazienza, perché ne hai sempre anche troppa.»

Mr Bingley arrivò. Mrs Bennet riuscì ad avere la notizia per prima, grazie alla servitù, e così il periodo della sua agitazione e del suo nervosismo fu ancora più lungo; contava i giorni che avrebbe dovuto aspettare prima di mandare un invito, non illudendosi di poterlo vedere prima. Ma la terza mattina dopo il suo arrivo, lo vide apparire a cavallo nel viale e dirigersi verso la loro casa.

Le figlie furono subito chiamate a dividere la sua gioia. Jane, decisa, restò al suo posto, ma Elizabeth, per accontentare la madre, andò alla finestra, guardò, e vide con lui Mr Darcy. Si sedette di nuovo accanto a sua sorella.

«C'è con lui un signore, mamma», disse Kitty; «chi può essere?»

«Qualche amico, immagino; non posso saperlo.»

«Oh!», esclamò Kitty, «sembra quel signore che stava sempre con lui anche prima. Mr... non ricordo il nome. Quell'uomo alto, tanto superbo.»

«Buon Dio! Mr Darcy! È proprio lui! Bene, qualunque amico di Mr Bingley sarà sempre il benvenuto; a parte ciò, devo dire che mi è odioso solo a vederlo.»

Jane guardò Elizabeth, sorpresa e preoccupata. Sapeva ben poco del loro incontro nel Derbyshire, e quindi pensava all'imbarazzo di sua sorella nel rivederlo dopo la sua lettera di spiegazioni. Tutt'e due si sentivano a disagio. Ognuna era commossa per l'altra, e ancor più, naturalmente, per se stessa; e intanto Mrs Bennet continuava a parlare della sua antipatia per Mr Darcy e della sua risoluzione di essere gentile con lui solo in quanto era amico di Bingley. Nessuna delle due ragazze l'ascoltava.

Elizabeth aveva ben altre ragioni di essere turbata di quanto non potesse supporre Jane, alla quale non aveva avuto il coraggio di mostrare la lettera della zia Gardiner, o di parlare del mutamento avvenuto nei suoi sentimenti verso di lui: Darcy era per Jane soltanto l'uomo che Elizabeth aveva respinto, e del quale non sapeva apprezzare i meriti nel loro giusto valore; ma per Elizabeth era colui al quale tutta la loro famiglia era debitrice del più grande dei favori, e al quale pensava ormai con un affetto, se non così tenero, certo profondo e giusto come quello di Jane per Bingley.

La sua meraviglia nel vederlo venire a Netherfield e a Longbourn, e quel suo ricercarla di nuovo, era quasi pari alla sorpresa che aveva provato nell'osservare il suo mutato contegno, nel Derbyshire.

Il colore, scomparso dal suo volto, tornò a illuminarlo per un attimo accrescendone lo splendore, e un sorriso di gioia accese i suoi occhi, pensando che l'affetto di lui e i suoi desideri non fossero cambiati. Ma non voleva illudersi.

«Starò prima a vedere come si comporta», disse, «sarò sempre in tempo a sperare.»

Sedette intanto al suo lavoro per ricomporsi, senza osar alzare gli occhi, finché un'ansiosa curiosità la spinse a guardare sua sorella, mentre il domestico si avviava alla porta. Jane era un po' più pallida del solito, ma più tranquilla di quanto Elizabeth si sarebbe aspettato. All'avvicinarsi dei signori il suo colore si accese, ma li ricevette con disinvoltura, e con un contegno perfettamente sereno, altrettanto privo di risentimento come di eccessiva compiacenza.

Elizabeth parlò solo quel tanto che la cortesia richiedeva, e si rimise al suo lavoro con un'inconsueta alacrità. Aveva appena osato gettare un'occhiata a Darcy. Questi appariva serio come sempre, più simile a quello che aveva conosciuto nell'Hertfordshire, che non a quello di

Pemberley. Ma forse, in presenza di sua madre, non poteva mostrarsi come quando si trovava con gli zii; cosa triste a pensarci, ma non improbabile.

Aveva guardato per un momento anche Bingley e le era parso infelice e imbarazzato nello stesso tempo. Mrs Bennet lo accolse con una tale gentilezza da fare arrossire le due sorelle, tanto era evidente il contrasto con il freddo inchino che aveva rivolto al suo amico.

Elizabeth, soprattutto, che sapeva come sua madre dovesse proprio a lui se la figlia prediletta era stata preservata da un irrimediabile disonore, fu offesa e rattristata nell'intimo da questa differenza così inopportuna.

Darcy, dopo averle chiesto come stavano Mr e Mrs Gardiner, domanda alla quale Elizabeth non poté rispondere senza confusione, non parlò quasi più. Non era seduto vicino a lei, cosa che giustificava forse il suo silenzio, ma nel Derbyshire non era accaduto lo stesso. Laggiù, quando non poteva parlare con lei, parlava con i suoi amici. Ora invece passavano diversi minuti senza che si sentisse la sua voce e quando, non sapendo resistere alla curiosità, alzava gli occhi su di lui, lo vedeva guardare tanto Jane che lei, o tenere spesso lo sguardo rivolto a terra. Era assai più pensieroso e mostrava meno desiderio di piacerle dell'ultima volta. Elizabeth si sentiva a disagio ed era in collera con se stessa per il senso di delusione che provava. «Potevo aspettarmi altro?», si disse. «Ma allora perché è venuto?»

Non aveva voglia di parlare con altri se non con lui, e a lui non aveva quasi il coraggio di rivolgersi. Riuscì appena a informarsi di sua sorella.

«È passato molto tempo da quando siete partito, Mr Bingley», disse Mrs Bennet.

Bingley ne convenne.

«Cominciavo quasi a temere che non sareste più tornato. Si diceva che avevate l'intenzione di abbandonare la casa per S. Michele, ma spero che non sia vero. Da che siete partito sono avvenuti molti cambiamenti. Miss Lucas si è sposata e bene. E anche una delle mie figlie. Penso che l'avrete sentito dire; dovete averlo letto sui giornali. Lo pubblicarono sul *Times* e sul *Courier*, anche se la cosa non ha avuto la risonanza che meritava. Diceva soltanto: "Recentemente: George Wickham si è unito in matrimonio con Miss Lydia Bennet", senza parlare né del padre né dell'abitazione della sposa; nulla. Ci pensò mio fratello Gardiner e non capisco come mai combinò una sciocchezza simile. Lo avete letto?»

Bingley rispose che aveva letto l'annuncio, e porse i suoi rallegramenti. Elizabeth non osò alzare gli occhi, così non poté vedere l'aspetto di Darcy.

«È una gran bella cosa avere una figlia a posto, ma nello stesso tempo, Mr Bingley, è ben duro vedersela portar via», continuò la madre. «Sono andati a Newcastle, un posto nel Nord, sembra, e dovranno starci non so quanto. Il suo reggimento è laggiù, perché immagino che avrete saputo che ha lasciato il ...*shire*, e che è entrato a far parte dell'esercito regolare. Grazie al cielo ha molte relazioni importanti e diversi amici, sebbene forse non quanti ne merita.»

Elizabeth che comprese questa allusione a Mr Darcy, provò una tale vergogna da non sapere più dove stare. Si sentì quindi costretta a parlare, cosa che altrimenti non si sarebbe mai decisa a fare e chiese a Bingley se aveva l'intenzione di fermarsi, per ora, in campagna. Egli rispose che si sarebbe fermato qualche settimana.

«Quando avrete ucciso tutti i vostri uccelli, Mr Bingley», disse la madre, «venite a cacciare da noi quando volete, nella tenuta di Mr Bennet. Sono sicura che ne sarà felice, e che riserverà per voi le più belle covate.»

Questo invito così ostentato, mise Elizabeth ancor più sulle spine. Se ancora i due giovani avessero nutrito quelle speranze che li avevano illusi l'anno precedente, era convinta che tutto l'insieme, ora, li avrebbe portati alle identiche conclusioni. In quel momento sentì che anni interi di felicità non avrebbero mai potuto compensare Jane e lei per questi momenti di così penosa confusione.

«Il più vivo desiderio del mio cuore», andava dicendosi tra sé, «è di non rivedere più né l'uno, né l'altro. La loro compagnia non basta a compensarci di tanta amarezza. Speriamo di non incontrarli più.»

Eppure la grande pena di Elizabeth, che interi anni di gioia non avrebbero potuto riscattare, fu a poco a poco sollevata dalla constatazione che andava facendo di come la bellezza di sua sorella riaccendesse tutta l'ammirazione del suo antico innamorato. Appena entrato non le aveva quasi rivolto la parola, ma bastarono pochi momenti perché egli, nuovamente preso dal suo fascino, si dedicasse interamente a lei. La trovava bella come l'anno passato, e ugualmente cara e semplice, anche se meno loquace ed espansiva. Jane era ansiosa di non tradirsi né lasciar trapelare alcun mutamento, ed era convinta di parlare come al solito e di mostrarsi immutata. Ma il suo animo era troppo inquieto perché potesse accorgersi da se stessa di come rimaneva spesso silenziosa.

Quando i due giovani si alzarono per andarsene, Mrs Bennet, ricordando il suo proposito di essere gentile, li invitò a pranzo a Longbourn per alcuni giorni dopo.

«Sapete che mi dovete ancora una visita, Mr Bingley», disse, «perché quando l'anno scorso siete partito per Londra, mi avevate promesso di venire senza cerimonie da noi, al vostro ritorno. Come vedete, non l'ho dimenticato, e vi assicuro che sono stata molto delusa non vedendovi tornare e mantenere l'impegno.»

Bingley si mostrò un po' confuso e mormorò qualcosa sul rincrescimento di essere stato trattenuto dai suoi affari. Poi se ne andarono.

Mrs Bennet aveva un gran desiderio di trattenerli a pranzo quel giorno stesso, ma, sebbene la loro tavola fosse sempre abbondantemente fornita, pensava che occorrevano almeno due portate per un uomo sul quale appuntava tutte le sue speranze, e per soddisfare l'appetito e la vanità di un altro che aveva una rendita di diecimila sterline annue.

Capitolo cinquantaquattresimo

Appena se ne furono andati, Elizabeth uscì all'aperto per ritrovare la sua serenità, o meglio, per pensare, senza essere interrotta, a quegli argomenti che questa serenità, appunto, offuscavano.

Il contegno di Mr Darcy la stupiva e la contrariava.

«Perché venire», si chiedeva, «soltanto per restare così grave e indifferente?»

Non trovava nessuna risposta che la soddisfacesse.

«Quando era in città con gli zii, seguitava a essere amabile e simpatico con loro, e perché con me no? Se ha paura di me, perché viene qui? Se non gliene importa più nulla, perché essere silenzioso? Strano, strano uomo! Non voglio più pensare a lui!»

La sua risoluzione durò poco tempo per l'avvicinarsi di sua sorella che, col suo volto ridente, dimostrava come fosse stata più soddisfatta di Elizabeth della visita ricevuta.

«Ora», disse, «che il momento del primo incontro è passato, mi sento perfettamente serena. So che posso contare su di me e che non sarò più imbarazzata alle sue visite. Sono contenta che venga a pranzo martedì; così tutti potranno vedere che ci incontriamo come due conoscenti qualunque.»

«Sì, molto indifferenti davvero», disse Elizabeth ridendo. «Oh! Jane, stai attenta!»

«Cara Lizzy, non mi crederai così debole da volermi esporre a correre ancora qualche rischio!»

«Credo che corri il rischio di farlo diventare innamorato cotto di te!»

I due signori non si fecero rivedere fino a martedì, e nel frattempo Mrs Bennet si abbandonò a tutti quei progetti che Bingley, durante la sua visita di mezz'ora, con la sua cortesia e il suo buon umore, aveva avuto il potere di ridestare in lei.

Il martedì ci fu una grande riunione a Longbourn e i due, attesi ansiosamente, fecero onore alla loro puntualità, arrivando assai presto. Mentre si avviavano in sala da pranzo, Elizabeth guardò se Bingley prendeva il posto che, nelle loro riunioni di un tempo, era sempre stato il suo, accanto a Jane. La sua accorta madre, che certo aveva avuto lo stesso pensiero, si trattenne dall'invitarlo al proprio fianco. Bingley, entrando in sala, sembrò esitare, ma bastò che Jane, per caso, si guardasse intorno e sorridesse, per deciderlo a prender posto accanto a lei.

Elizabeth, trionfante, gettò un'occhiata al suo amico. Questi sembrò sostenerla con nobile indifferenza, ed Elizabeth si sarebbe sentita sicura che Bingley avesse già avuto il permesso dall'amico di essere felice, se non lo avesse visto guardare Darcy con un'espressione sgomenta e divertita al tempo stesso.

Il contegno di lui verso Jane, durante il pranzo, anche se palesò la sua ammirazione in forma più misurata che in passato, rese persuasa Elizabeth che, lasciato a se stesso, la felicità sua e di Jane sarebbe stata presto assicurata. Pur non osando fidarsi troppo, era per lei un piacere osservare quel suo contegno e questo bastava a darle tutto il brio che altrimenti le sarebbe mancato, perché non era affatto di buon umore. Mr Darcy era lontano da lei per tutta la lunghezza della tavola. Stava a fianco di sua madre, ed Elizabeth sapeva come ciò fosse sgradito per entrambi. Non era abbastanza vicina per sentire i loro discorsi, ma vedeva come si parlavano di rado, e con che fredda e compassata cortesia. La sgarbatezza della madre verso di lui le faceva sentire ancor più vivamente tutto quello che gli dovevano, e avrebbe dato chissà cosa per potergli dire come la sua bontà non era né ignorata, né poco apprezzata, almeno da qualcuno della loro famiglia.

Sperava che durante la serata avrebbe avuto occasione di essergli vicina; che tutta la sua visita non si sarebbe svolta senza dar loro modo di parlarsi un po' più a fondo dei semplici convenevoli scambiati alla sua venuta. Ansiosa e infelice, aspettava con trepidazione in salotto l'arrivo dei signori e quel tempo fu per lei così stancante e noioso, da renderla quasi sgarbata. Spiava la loro entrata come il momento dal quale sarebbe dipesa ogni speranza di felicità per lei in quella sera.

«Se non verrà da me *ora*», pensò, «rinuncerò a lui per sempre.»

I signori entrarono, e sembrava che egli stesse per rispondere alle sue aspettative, ma, ahimè! le signore si erano radunate in gruppo intorno alla tavola, dove Jane preparava il tè mentre Elizabeth versava il caffè, che non restava un solo posto libero vicino a lei. E, proprio quando Darcy si avvicinò, una delle ragazze si strinse ancora più accanto a Elizabeth sussurrandole:

«Gli uomini non devono separarci: non sappiamo che farcene di loro, non è vero?».

Darcy si diresse verso un'altra parte della stanza. Elizabeth lo seguì con gli occhi, invidiando tutti quelli che gli parlavano, non avendo quasi più la speranza di servire agli altri il caffè, e in collera con se stessa per essere così sciocca.

«Un uomo che ho già rifiutato una volta! Come posso illudermi ancora che mi rinnovi la sua offerta? C'è un uomo solo che non protesterebbe contro la debolezza di chiedere una donna in moglie per la seconda volta? Non esiste umiliazione peggiore.»

Tuttavia, quando Darcy riportò personalmente la sua tazza di caffè, ella si sentì rinascere e colse l'occasione per chiedergli: «Vostra sorella è ancora a Pemberley?».

«Sì, si tratterrà là fino a Natale.»

«Sola sola? Le sue amiche l'hanno lasciata?»

«C'è con lei Mrs Annesley. Gli altri sono partiti per Scarborough da tre settimane.»

Elizabeth non trovò altro da dire; ma se egli ne avesse avuto voglia avrebbe potuto continuare. Invece le restò accanto per alcuni momenti, ma sempre in silenzio, e poiché la vicina di Elizabeth ricominciò a parlarle sottovoce, se ne andò.

Quando il tè fu sparecchiato e furono portati i tavolini da gioco, le signore si alzarono ed Elizabeth contava di essere raggiunta da lui, quando tutte le sue speranze furono deluse vedendolo cader vittima di sua madre, che cercava ansiosamente dei giocatori per il *whist*, ragion per cui poco dopo era seduto a una partita. Ormai non c'era più da illudersi: per tutta la sera sarebbero rimasti inchiodati a due tavoli diversi, e non aveva altra speranza se non quella che gli occhi di Darcy si rivolgessero così spesso dalla parte dove lei si trovava, da farlo perdere al gioco, come perdeva lei.

Mrs Bennet aveva calcolato di trattenere i due signori per la cena, ma sfortunatamente la loro carrozza venne ordinata prima di quella degli altri, e così non ebbe la possibilità di fermarli.

«Ebbene, ragazze!», disse appena rimasero sole, «che ne dite della giornata? Mi pare che tutto sia andato benissimo. Il pranzo era proprio perfetto. La selvaggina al punto giusto, e tutti hanno detto di non aver mai visto un coscio di cervo così grasso. La minestra valeva cinquanta volte quella che ci diedero i Lucas la settimana scorsa, e perfino Mr Darcy ha dovuto riconoscere che le pernici erano cotte a meraviglia, e sì che lui ha certo due o tre cuochi francesi! Cara Jane, non ti ho mai vista così bella come questa sera. Anche Mrs Long l'ha detto quando gliel'ho chiesto. E sai che cosa ha aggiunto? "Ah, Mrs Bennet, l'avremo dunque finalmente a Netherfield!" Proprio così. Mrs Long è la più buona donna che esista, e le sue nipoti sono tanto graziose e beneducate, e tutt'altro che belle; mi piacciono infinitamente.»

Insomma, Mrs Bennet era al settimo cielo. Da quello che aveva visto del contegno di Bingley verso Jane, era convinta che la ragazza lo avrebbe finalmente conquistato, e quando era in questo stato d'animo le sue speranze per il bene della famiglia erano talmente eccessive che il giorno dopo, non vedendolo apparire per fare la sua dichiarazione, si sentì profondamente delusa.

«È stata proprio una buona giornata», disse Jane a Elizabeth. «La compagnia era ben scelta e sembrava affiatata. Spero che ci rivedremo spesso.»

Elizabeth sorrise.

«Lizzy, non ridere di me! Non devi sospettare che io sia ancora innamorata. Mi mortifichi. Ti assicuro che ormai godo della sua conversazione come di quella di un giovane simpatico e intelligente, ma senza nessun altro desiderio. Sono perfettamente convinta, dal suo modo di fare di oggi, che non ha mai avuto nessuna intenzione di impegnare il mio sentimento. Egli ha un fare più gentile, un desiderio di piacere molto più vivo degli altri uomini, e questo spiega tutto.»

«Sei proprio crudele», disse sua sorella. «Non vuoi che sorrida e fai di tutto per provocarmi continuamente.»

«Come è difficile essere credute in certi casi!»

«E come impossibile in altri!»

«Ma perché vorresti persuadermi che io senta di più di quello che voglio ammettere di sentire?»

«Non saprei rispondere a questa tua domanda. A tutti piace insegnare, anche se si sa insegnare soltanto quello che non vale la pena di sapere. Perdonami, e se persisti nel proclamare la tua indifferenza, non prendermi per confidente.»

Capitolo cinquantacinquesimo

Qualche giorno dopo questa visita, Mr Bingley tornò, ma solo. Il suo amico era partito il mattino per Londra, e doveva tornare dopo dieci giorni. Si fermò con loro circa un'ora ed era di ottimo umore. Mrs Bennet lo invitò a trattenersi a pranzo, ma egli dichiarò con molto rincrescimento di essere già impegnato.

«La prossima volta che venite», disse lei, «spero che saremo più fortunati.»

Sarebbe stato felicissimo qualunque altra volta, ecc., ecc., e, se glielo permetteva, avrebbe colto la prima occasione per venire a trovarli.

«Potete venire domani?»

Sì, per domani non aveva nessun impegno e l'invito venne accettato con piacere.

Arrivò, e così presto, che nessuna delle signore era ancora pronta. Mrs Bennet si precipitò in camera delle figlie, in vestaglia, con i capelli mezzo disciolti, gridando: «Jane, cara, spicciati a scendere. È arrivato! Mr Bingley è arrivato! Proprio lui! Fa' presto. Via, Sara, vieni subito da Miss Bennet e aiutala a vestirsi, lascia stare i capelli di Miss Lizzy».

«Scenderemo appena potremo», disse Jane, «ma credo che Kitty sia più avanti di tutte noi, perché è salita mezz'ora prima.»

«Macché Kitty! Che c'entra lei? Su, spicciati, spicciati; dov'è la tua cintura, cara?»

Ma quando la madre se ne fu andata, Jane non si lasciò persuadere a scendere senza una delle sorelle.

Lo stesso tentativo di lasciarli soli si ripeté nel pomeriggio. Dopo il tè, Mr Bennet si ritirò come al solito nella sua biblioteca, e Mary andò al pianoforte. Due ostacoli erano così rimossi e Mrs Bennet incominciò a strizzar l'occhio a Elizabeth e a Kitty, ma senza alcun risultato. Elizabeth fece mostra di non vedere, e quando Kitty se ne accorse, disse ingenuamente: «Che c'è mamma? Perché mi fai quei cenni? Che cosa devo fare?».

«Niente, niente, bimba mia; non ti facevo alcun cenno.»

Passarono altri cinque minuti, ma non volendo perdere un'occasione simile, la signora si alzò improvvisamente dicendo a Kitty: «Vieni, cara: ho qualche cosa da dirti», e la condusse fuori dalla stanza. Jane lanciò subito un'occhiata a Elizabeth per dirle quanto le seccava questa manovra e per pregarla che lei almeno non cedesse.

Ma pochi minuti dopo Mrs Bennet socchiuse la porta e la chiamò: «Lizzy, cara, desidero parlarti».

Elizabeth fu costretta ad andare. «È meglio che li lasciamo soli», disse la madre, appena furono nell'atrio. «Kitty e io andiamo di sopra nel mio spogliatoio.»

Elizabeth non tentò neppure di discutere con sua madre, ma rimase nell'atrio finché lei e Kitty scomparvero, poi ritornò in salotto.

Così i piani di Mrs Bennet per quel giorno non ebbero alcun esito. Bingley era sempre quel che ci poteva essere di più simpatico, ma non ancora il fidanzato dichiarato di sua figlia. La sua disinvolta allegria lo rendeva un prezioso acquisto per le loro serate: egli sopportò tutta l'esagerata cortesia della madre e tutte le sue sciocche osservazioni con una pazienza e un contegno impassibili, di cui la figlia gli era particolarmente grata.

Non fu quasi necessario invitarlo perché si fermasse a cena, e, prima che partisse, tra lui e Mrs Bennet, venne combinato che sarebbe tornato l'indomani per cacciare con suo marito.

Da quel giorno Jane non parlò più della sua indifferenza. Le due sorelle non si scambiarono più una parola a proposito di Bingley, ma Elizabeth si coricò nella felice persuasione che tutto si sarebbe concluso prestissimo, se Mr Darcy non tornava prima del tempo stabilito. Tuttavia, però, era anche convinta che questo fosse avvenuto proprio per l'intervento dell'amico.

Bingley non mancò all'appuntamento e passò la mattina con Mr Bennet. Non c'era in Bingley nessuna forma di presunzione o di ridicolaggine che potesse destare l'ironia di Mr Bennet o farlo rinchiudere in un disgustato silenzio; anzi con lui fu meno originale e più discorsivo di quanto non fosse con altri. Bingley naturalmente ritornò a Longbourn per il pranzo, e nel pomeriggio l'immaginazione di Mrs Bennet si rimise al lavoro per trovare il modo di lasciarlo solo con Jane. Elizabeth, che aveva una lettera da scrivere, si ritirò subito dopo il tè, e poiché tutti gli altri giocavano a carte non sarebbe stata certo lei a funestare i disegni materni.

Ma, tornando in salotto a lettera finita, vide con sua somma sorpresa che le ingegnose trovate di sua madre erano state coronate dal più ampio successo.

Aprendo la porta, scorse sua sorella e Bingley ritti accanto al camino assorti in intimo colloquio; per di più, se questo non fosse bastato, i volti di tutti e due che, volgendosi prontamente, si allontanarono uno dall'altro, avrebbero rivelato ogni cosa. La loro situazione era abbastanza imbarazzante, ma quella di Elizabeth ancora peggiore. Nessuno dei due disse una parola, ed ella stava già per andarsene quando Bingley, che si era seduto con Jane, si alzò di scatto e, mormorando alcune parole a sua sorella, si precipitò fuori dalla stanza.

Jane non poteva avere segreti per Elizabeth in una cosa che le avrebbe procurato tanta gioia, e abbracciandola teneramente, le disse con grande commozione che era la più felice creatura del mondo.

«È troppo», aggiunse, «infinitamente troppo. Non lo merito. Perché non sono tutti felici come me?»

Elizabeth si rallegrò con una sincerità, un calore, una gioia da non potersi ridire. Ogni frase affettuosa della sorella era una nuova fonte di felicità per Jane. Ma non si volle concedere, nel momento, di fermarsi con sua sorella a raccontarle la metà di quello che aveva da dirle.

«Devo andare subito dalla mamma», esclamò; «non vorrei aver l'aria di trascurare la sua affettuosa premura o che lo sapesse da altri prima che da me. Lui è già andato dal babbo. Oh, Lizzy! Pensare che sarà una tale gioia per tutti i miei cari! Come potrò sopportare tanta felicità?»

Corse allora dalla madre, che aveva interrotto apposta la partita e che era di sopra con Kitty.

Elizabeth, una volta sola, sorrise della rapidità e facilità con cui si era conclusa una vicenda che solo pochi mesi prima aveva dato loro tante preoccupazioni e dolori.

«Ed è questa», disse, «la conclusione di tutte le precauzioni del suo amico; di tutte le falsità di sua sorella! La più felice, la più giusta e la più ragionevole delle conclusioni.»

Pochi minuti dopo fu raggiunta da Bingley, il cui colloquio con Mr Bennet era stato rapido e conclusivo.

«Dov'è vostra sorella?», chiese premurosamente aprendo la porta.

«È di sopra dalla mamma. Credo che tornerà subito.»

Allora egli chiuse la porta e, accostandosi, le chiese le sue congratulazioni e il suo affetto di sorella. Elizabeth gli espresse con tutto il cuore la sua gioia per questa parentela. Si strinsero la mano con grande cordialità e fino all'arrivo di Jane Elizabeth ascoltò tutto ciò che lui aveva da dire sulla sua felicità e sulle perfezioni di Jane; e nonostante le esagerazioni di un innamorato, Elizabeth era veramente convinta che tutte le sue speranze di felicità fossero ragionevolmente fondate, perché si basavano sul grande giudizio di Jane e sulla sua indole eccellente, oltre che su quella comunanza di gusti e di idee che esisteva tra di loro.

Fu una serata di vera felicità. La gioia di Jane illuminava di così dolce splendore il suo volto, da renderla ancora più bella. Kitty era tutta sorrisi, sperando che sarebbe giunto presto anche il suo turno. Mrs Bennet non trovava parole bastanti per dare il suo consenso e per esprimere tutta la sua soddisfazione, benché non parlasse d'altro con Bingley da una buona mezz'ora; e anche Mr Bennet, quando li raggiunse a cena, mostrava nella voce e nei modi tutta la sua felicità.

Nondimeno non pronunciò una parola sola che alludesse alla cosa, fino a quando l'ospite si alzò per partire; ma appena questo se ne fu andato, disse alla figlia:

«Jane, mi congratulo con te. Sarai una donna veramente felice».

Jane corse da lui e lo abbracciò ringraziandolo per la sua bontà.

«Sei una buona ragazza», continuò lui, «e sono proprio contento al pensiero che sarai così bene accasata. Non dubito che andrete molto d'accordo. I vostri caratteri si assomigliano. Siete tutti e due così arrendevoli che nessuno dei due prenderà mai una decisione senza l'altro; così indulgenti che tutte le persone di servizio vi ringrazieranno; e così generosi che spenderete più delle vostre rendite.»

«Spero di no. Della leggerezza in fatto di denaro sarebbe imperdonabile da parte mia.»

«Spendere più delle loro rendite! Ma che dici, mio caro Bennet!», esclamò sua moglie. «Se ha quattro o cinquemila sterline l'anno, se non di più!» Poi, rivolgendosi a sua figlia:

«Oh, mia cara, cara Jane, sono talmente felice che sono certa di non poter chiudere occhio tutta la notte. Lo sapevo che sarebbe finita così. L'ho sempre detto. Non potevi essere così bella per niente! Ricordo che appena lo vidi, quando arrivò l'anno scorso nell'Hertfordshire, pensai subito come doveva essere facile che voi due ve l'intendeste. Oh, è il più bel giovane che abbia mai visto».

Wickham, Lydia, erano completamente dimenticati: Jane era, senza confronto, la figlia prediletta. In quel momento non le importava di nessun'altra.

Le sorelle minori incominciarono a parlare dei vari favori che Jane avrebbe potuto dispensare loro in avvenire.

Mary chiese di poter usufruire della biblioteca di Netherfield, e Kitty la pregò insistentemente di dare alcuni balli ogni inverno.

Da allora Bingley venne quotidianamente a Longbourn: arrivava spesso prima di colazione e si fermava fin dopo cena, a meno che qualche crudele vicino, mai abbastanza detestato, lo invitasse a un pranzo che era obbligato ad accettare.

Elizabeth ormai aveva poco tempo per parlare con sua sorella, perché, quando c'era Bingley, Jane non badava ad altri; ma fu assai utile a tutti e due nelle ore in cui erano separati, cosa che, talvolta, doveva pure avvenire. In assenza di Jane egli si attaccava infatti invariabilmente a Elizabeth per avere la gioia di parlare con lei dell'amata; e quando Bingley era lontano, Jane cercava la stessa fonte di consolazione.

«Mi ha resa così felice», le disse una sera, «dicendomi che aveva completamente ignorato che la primavera scorsa fossi in città! Non lo avevo creduto possibile.»

«Io lo avevo sempre sospettato», rispose Elizabeth, «ma come ti ha spiegato la cosa?»

«Deve essere stata colpa delle sorelle. Certo esse non erano contente del suo affetto per me; cosa che non mi stupisce perché avrebbe potuto fare una scelta molto più vantaggiosa per lui, sotto ogni aspetto. Ma quando vedranno, come spero, che loro fratello sarà felice con me, finiranno per essere contente e torneremo amiche, anche se non potrà più essere l'amicizia di un tempo.»

«Questo è il discorso più severo che ti abbia mai sentito fare!», disse Elizabeth. «Brava! Sarei proprio in collera se vedessi che ti lasci di nuovo ingannare dal preteso affetto di Miss Bingley.»

«Vuoi credere, Lizzy, che quando andò a Londra il novembre scorso, mi amava già, e che solo la certezza della mia indifferenza gli ha impedito di tornare?»

«Certo fu un piccolo sbaglio... ma depone in favore della sua modestia.»

Questo diede naturalmente lo spunto a Jane per fare il panegirico della modestia di lui e del poco conto in cui teneva le proprie buone qualità. Elizabeth fu contenta nel constatare che Bingley non aveva accennato all'intervento del suo amico, perché, anche se il cuore di Jane era il più generoso del mondo e il più pronto al perdono, capiva che questa circostanza l'avrebbe mal disposta contro Darcy.

«Sono certamente l'essere più fortunato che esista!», esclamò Jane. «Oh, Elizabeth! Perché devo essere così privilegiata nella mia famiglia? Potessi veder te altrettanto felice! Se ci fosse un altro uomo uguale a lui, per te!»

«Anche se tu potessi offrirmene molti come lui, non potrei mai essere felice quanto te. Dovrei avere il tuo carattere, la tua bontà! No, no, lascia ch'io vada per la mia strada, e, forse, se sarò molto fortunata, potrò incontrare un altro Mr Collins!»

La cosa non restò a lungo segreta. Mrs Bennet ebbe la gioia di sussurrarla a Mrs Philips, e questa, senza chiedere l'autorizzazione, si azzardò a fare lo stesso con tutti i vicini di Meryton.

La famiglia Bennet fu allora proclamata la più fortunata dell'universo, anche se poche settimane prima, quando Lydia era fuggita, era stata segnata a dito per la terribile disgrazia che l'aveva colpita.

Capitolo cinquantaseiesimo

Una mattina, circa una settimana dopo il fidanzamento di Jane con Bingley, mentre quest'ultimo, con le signore della famiglia, stava in salotto, l'attenzione generale fu improvvisamente attratta dal rumore di una carrozza che si avvicinava, e videro un tiro a quattro attraversare il prato.

Era troppo presto per delle visite, e poi l'equipaggio non corrispondeva a nessuno di quelli dei vicini. I cavalli erano della posta, e né la vettura, né la livrea del servitore che la precedeva, erano noti. Era evidente ad ogni modo che qualcuno stava per arrivare, e Bingley chiese subito a Jane di evitare la noia della inopportuna visita, andando fuori a passeggiare. Così uscirono tutti e due, mentre le tre sorelle continuarono nelle loro congetture, ma con poca soddisfazione, finché la porta si spalancò e la visitatrice entrò. Era Lady Catherine de Bourgh.

Tutte erano preparate a una sorpresa, ma la loro meraviglia sorpassò ogni aspettativa, soprattutto quella di Elizabeth, più grande di quella di Mrs Bennet e Kitty, che pure non conoscevano Lady Catherine.

Costei entrò con un'aria anche più altezzosa di quella che le era abituale; rispose appena con un cenno al saluto di Elizabeth e sedette senza dire una parola. Elizabeth al suo entrare ne aveva detto il nome alla madre, benché Lady Catherine non avesse neppur chiesto di essere presentata.

Mrs Bennet, tutta stupita ma fiera di avere un'ospite di tanta importanza, la ricevette con estrema cortesia. Dopo un imbarazzante silenzio, Lady Catherine disse asciutta a Elizabeth:

«Spero che stiate bene, Miss Bennet. Quella signora è vostra madre, immagino?».

Elizabeth rispose brevemente di sì.

«E quella è una delle vostre sorelle?»

«Sì, Madam», disse Mrs Bennet, felice di parlare con Lady Catherine. «È la penultima delle mie figliole. La più giovane si è sposata da poco, e la maggiore è in giardino con un giovane che credo farà presto parte della nostra famiglia.»

«Avete un parco molto piccolo», disse Lady Catherine dopo un breve silenzio.

«Certamente non è nulla in confronto a Rosings, ma vi assicuro che è molto più grande di quello di Sir William Lucas.»

«Questa camera deve essere assai scomoda nei pomeriggi d'estate, esposta com'è a ponente.»

Mrs Bennet la assicurò che non si fermavano mai lì dopo il pranzo, e aggiunse:

«Posso prendermi la libertà di chiedere a Vostra Signoria come stanno Mr e Mrs Collins?».

«Benissimo. Li ho visti due sere fa.»

Elizabeth, a questo punto, si aspettava di ricevere qualche lettera di Charlotte, sembrandole che fosse questo il solo motivo probabile di quella visita. Ma non apparve nessuna lettera, e la ragazza rimase sempre più perplessa.

Mrs Bennet, con molta gentilezza, pregò Sua Signoria di prendere qualche rinfresco, ma Lady Catherine rifiutò molto risolutamente, e senza alcuna cortesia quindi, alzatasi, disse a Elizabeth:

«Miss Bennet, ho visto un grazioso boschetto da una parte del vostro parco; mi piacerebbe fare un giro, se volete accompagnarmi».

«Vai, cara», disse la mamma, «conduci Sua Signoria per i viali; credo che il chioschetto le piacerà.»

Elizabeth ubbidì e dopo essere corsa in camera a prendere l'ombrellino, scortò da basso la sua nobile ospite. Passando attraverso l'atrio, Lady Catherine aprì le porte per guardare nella camera da pranzo e nel salotto, e, dopo una breve occhiata, le giudicò discrete e passò oltre.

La carrozza rimase alla porta, e dentro, Elizabeth vide la cameriera. Si avviarono in silenzio lungo il viale ghiaiato, verso il boschetto. Elizabeth era decisa a non fare nessun tentativo di conversazione con una donna che si mostrava più che mai insolente e antipatica.

«Come ho potuto pensare che assomigliasse a suo nipote?», si chiese, guardandola.

Appena nel boschetto, Lady Catherine incominciò:

«Non vi sarà certo difficile capire, Miss Bennet, il motivo del mio viaggio».

Elizabeth la guardò sinceramente sorpresa.

«Sbagliate proprio, signora: non ho la più lontana idea del motivo al quale dobbiamo l'onore di vedervi qui.»

«Miss Bennet», rispose Sua Signoria incollerita, «dovreste sapere che con me non si scherza. Ma anche se volete dissimulare, non lo farò io. Il mio carattere è conosciuto per la sua sincerità e franchezza, e non cambierò certamente metodo in una circostanza simile. Due giorni fa mi è giunta una notizia oltremodo allarmante. Mi è stato detto che non soltanto vostra sorella stava per fare un ottimo matrimonio, ma che voi, che Miss Elizabeth Bennet si sarebbe probabilmente unita presto in matrimonio con mio nipote! Con il mio unico nipote: Mr Darcy. Benché sappia che questa è soltanto una scandalosa menzogna, perché non gli faccio l'ingiuria di credere che possa essere vero, ho deciso di venire qui immediatamente per farvi conoscere ciò che penso in proposito.»

«Se non credete possibile che sia vero», disse Elizabeth arrossendo di stupore e di sdegno, «mi sorprende che vi siate presa il disturbo di venire da così lontano. Che cosa si propone di fare Vostra Signoria?»

«Pretendo che questa notizia sia subito smentita e presso tutti.»

«La vostra venuta a Longbourn, a trovare me e la mia famiglia, non può che confermare questa voce, se esiste realmente», disse Elizabeth con freddezza.

«Se esiste! Volete fingere di ignorarlo? Non è stata messa in giro apposta da voi? Non sapete che se ne parla già dappertutto?»

«Non l'ho mai saputo.»

«E potreste anche asserire che non ha nessun fondamento?»

«Non pretendo di avere la stessa franchezza di Vossignoria. Potete farmi delle domande alle quali posso preferire di non rispondere.»

«È intollerabile! Miss Bennet, intendo che mi si risponda. È vero che mio nipote ha chiesto la vostra mano?»

«Vossignoria ha già esplicitamente dichiarato l'impossibilità di una cosa simile.»

«Dovrebbe esserlo, deve esserlo, finché gli rimane l'uso della ragione. Ma le vostre arti e i vostri raggiri possono, in un momento di infatuazione, avergli fatto dimenticare quello che deve a se stesso e alla propria famiglia. Potreste averlo trascinato.»

«Se lo avessi fatto, sarei l'ultima a convenirne.»

«Miss Bennet, sapete chi sono io? Non sono abituata che mi si parli in questo modo. Sono la sua parente più vicina e ho il diritto di conoscere i suoi progetti più intimi.»

«Ma non avete il diritto di conoscere i miei; né il vostro modo di fare mi potrebbe indurre a essere più chiara.»

«Cercate di capirmi bene. Questo matrimonio al quale avete la presunzione di aspirare, non avrà luogo. No, mai. Mr Darcy è fidanzato con *mia figlia*. E ora, che avete da dire?»

«Soltanto questo: se è così, non potete aver ragione di supporre che faccia a me una domanda di matrimonio.»

Lady Catherine esitò per un attimo, poi riprese:

«Il loro fidanzamento è un po' speciale. Fin dalla loro infanzia sono stati destinati l'uno all'altra. Era il più vivo desiderio di sua madre e il mio. Erano ancora nella culla quando progettammo questa unione, e ora, quando il loro matrimonio appagherebbe i voti di entrambe, dovrebbe essere ostacolato da una ragazza di nascita modesta, senza un grado sociale, e completamente estranea alla nostra famiglia! Non date dunque alcun peso ai desideri dei suoi parenti, alle sue tacite promesse a Miss de Bourgh? Avete perso ogni senso delle convenienze e ogni delicatezza? Non mi avete già sentito dire che fin dalla sua nascita è stato destinato a sua cugina?».

«Sì, e lo avevo sentito dire anche prima. Ma che c'entro io in tutto questo? Se non ci sono altri ostacoli al mio matrimonio con vostro nipote, non sarà certo il pensiero che sua madre e sua zia desideravano ch'egli sposasse Miss de Bourgh a trattenermi. Progettando questo matrimonio avete fatto quello che era in vostro potere di fare, ma concluderlo dipende da altri. Se Mr Darcy non è legato né dall'affetto né dall'onore a sua cugina, perché non potrebbe scegliere un'altra? E se quest'altra fossi io, perché non potrei accettarlo?»

«Perché l'onore, il decoro, la prudenza, e perfino l'interesse lo vietano. Sì, Miss Bennet, anche l'interesse, perché non potete sperare di essere accolta dalla sua famiglia, o dai suoi amici, se agirete determinatamente contro il loro desiderio. Sarete criticata, evitata e disprezzata da tutti coloro che gli sono vicini. La vostra parentela sarebbe cagione di vergogna: nessuno di noi vi nominerebbe più.»

«Queste sono davvero disgrazie serie», rispose Elizabeth; «ma la moglie di Mr Darcy troverà nella propria felicità tante risorse che, tutto sommato, credo non avrà mai proprio ragione di lamentarsi.»

«Ragazza ostinata e testarda! Mi vergogno per voi! È questa la vostra gratitudine per la mia gentilezza della primavera passata? Non vi sentite in debito verso di me? Sediamoci. Dovete capire, Miss Bennet, che sono venuta qui risoluta a spuntarla, e nulla mi dissuaderà dal mio intento. Non sono abituata a cedere ai capricci degli altri, non ho mai potuto ammettere di essere contrariata.»

«Questo renderà la situazione di Vostra Signoria più sgradevole, ma non può avere nessuna influenza su di me.»

«Non voglio essere interrotta. Ascoltatemi in silenzio. Mia figlia e mio nipote sono fatti l'una per l'altro. Da parte materna discendono tutti e due da nobile lignaggio e da parte del padre da vecchie famiglie rispettabili anche se non titolate. I patrimoni di tutti e due sono immensi. I parenti di tutte e due le famiglie li hanno sempre destinati uno all'altro, e ora, che cosa li dividerebbe? Le improvvise pretese di una ragazza senza nobiltà, senza situazione e senza ricchezza. Si può sopportare una cosa simile? Non può essere e non lo sarà. Se comprendeste dove sta il vostro vero bene, non vorreste uscire dall'ambiente nel quale siete stata allevata.»

«Sposando vostro nipote, non crederei affatto di abbandonare il mio ambiente. Egli è un gentiluomo e io sono la figlia di un gentiluomo. Siamo pari.»

«È vero. Vostro padre è un gentiluomo. Ma chi era vostra madre? Chi sono i vostri zii? Non crediate che ignori la loro posizione sociale.»

«Quali che siano i miei parenti», disse Elizabeth, «se vostro nipote non vi fa obiezioni, la cosa non può riguardare voi.»

«Ditemi, una volta per tutte, siete fidanzata con lui?»

Benché Elizabeth, per non dare soddisfazione a Lady Catherine, avesse una gran voglia di non rispondere a questa domanda, dopo un momento di riflessione non poté fare a meno di dire: «No».

Lady Catherine sembrò sollevata.

«E mi promettete di non fidanzarvi mai?»

«Non ho intenzione di fare nessuna promessa del genere.»

«Miss Bennet, sono stupita e disgustata di voi. Mi aspettavo di trovare una ragazza più ragionevole. Ma non illudetevi che io mi pieghi. Non me ne andrò finché non mi avrete dato l'assicurazione che chiedo.»

«State pur certa che non l'avrete. Non mi lascerò intimidire da una pretesa così irragionevole. Vostra Signoria desidera che Mr Darcy sposi sua figlia. Ma credete che la promessa che mi chiedete renderebbe più probabile il loro matrimonio? Supponendo che egli mi voglia bene, credete che basterebbe il mio rifiuto perché possa offrire la sua mano a sua cugina? Permettetemi che vi dica, Lady Catherine, che gli argomenti da voi portati in questa strana conversazione sono altrettanto inutili di quanto non sia stato il solo intavolarla. Vi siete completamente ingannata sul mio carattere, se credete che mi si possa convincere con ragioni di questo genere. Non so fino a che punto vostro nipote approverebbe una tale intromissione nei suoi affari, ma certo non avete il diritto di occuparvi dei miei. Vi prego quindi di non importunarmi più a questo proposito.»

«Piano, prego, signorina. Non ho ancora finito. A tutte le obiezioni che vi ho esposto, ne ho un'altra da aggiungere. Non ignoro i particolari della vergognosa fuga di vostra sorella. So tutto, e so anche che se il giovane la sposò fu perché il matrimonio diventò un affare, rimediato a spese di vostro padre e di vostro zio. E una simile ragazza dovrebbe essere la cognata di mio nipote? Può il marito di lei, che è il figlio del vecchio maggiordomo di suo padre, diventare il cognato di Darcy? Santo cielo! Che cosa vi passa per il capo? Le ombre di Pemberley dovrebbero essere così indegnamente profanate?»

«Ora non avete più nulla da dire», rispose Elizabeth offesa. «Mi avete insultata in tutti i modi. Vi prego di lasciarmi tornare a casa.»

E così dicendo, si alzò. Lady Catherine si levò anche lei e tornarono indietro. Sua Signoria era profondamente indignata.

«Non avete dunque nessun riguardo per l'onore e per il buon nome di mio nipote? Ragazza egoista, senza testa! Non capite che imparentarsi con voi vuol dire per lui essere disonorato agli occhi di tutti?»

«Non ho più nulla da dirvi, Lady Catherine sapete quello che penso.»

«Siete dunque risoluta a sposarlo?»

«Non ho mai detto una cosa simile. Sono soltanto decisa ad agire secondo quella che crederò essere la mia felicità, senza badare né a voi né a nessun estraneo che abbia intenzione di ostacolarmi.»

«Sta bene: dunque rifiutate di compiacermi. Rifiutate di obbedire alla voce del dovere, dell'onore, della gratitudine. Siete decisa a rovinarlo nella stima dei suoi amici e a renderlo ridicolo di fronte al mondo.»

«Il dovere, l'onore, la gratitudine», rispose Elizabeth, «non c'entrano affatto in questo caso. Nessuno di questi doveri sarebbe violato dal mio matrimonio con Mr Darcy. E, quanto alla collera della sua famiglia o all'indignazione del mondo, se mi sposassi, non mi importerebbe affatto della prima; la gente poi, avrebbe troppo buon senso per condividere la collera dei parenti.»

«È dunque questo il vostro modo di pensare? La vostra ultima decisione? Benissimo. Ora so come agire. Non crediate, Miss Bennet, che la vostra ambizione possa mai venire appagata. Sono venuta solamente per mettervi alla prova. Speravo di trovarvi più ragionevole; ma state pur certa che la spunterò ugualmente.»

Lady Catherine continuò a discorrere su questo tono per qualche tempo, finché, arrivata allo sportello della carrozza, volgendosi prontamente, aggiunse:

«Non mi congedo da voi, Miss Bennet; non mando a salutare vostra madre; non meritate tanto riguardo. Sono troppo in collera con voi».

Elizabeth non rispose, e, senza cercare di indurre Lady Catherine a entrare in casa, se ne andò tranquillamente. Mentre saliva le scale, sentì la carrozza che ripartiva. Sua madre la aspettava sulla porta dello spogliatoio per chiederle come mai Lady Catherine non fosse rientrata a riposare un poco.

«Non ha voluto», disse sua figlia. «Ha preferito andarsene.»

«Che signora perfetta! E che gentilezza da parte sua venire a trovarci. Perché immagino che sia venuta soltanto per darci notizie dei Collins. Forse era diretta da qualche altra parte e, passando da Meryton, ha pensato che poteva venire a farci una visita. Perché immagino che non avesse niente di speciale da dirti, vero Lizzy?»

Elizabeth fu costretta a una piccola menzogna, perché le sarebbe stato impossibile riferire il contenuto della conversazione sostenuta con Lady Catherine.

Capitolo cinquantasettesimo

Non fu facile per Elizabeth vincere il turbamento in cui questa straordinaria visita l'aveva gettata; e per parecchie ore non le fu possibile pensare ad altro. A quanto pareva, Lady Catherine si era presa il disturbo di venire da Rosings unicamente allo scopo di rompere il suo supposto fidanzamento con Darcy. Il motivo era più che sufficiente, soltanto non riusciva a immaginare da chi fosse partita la voce del loro fidanzamento, finché, pensando che Darcy era l'amico intimo di Bingley, e lei la sorella di Jane, considerò che questo aveva potuto far sorgere l'idea che un matrimonio ne avrebbe trascinato un altro. Lei stessa, infatti, aveva pensato che il matrimonio di sua sorella li avrebbe, per forza, avvicinati e fatti incontrare più spesso. E i signori di Lucas Lodge (perché certo era stata una loro comunicazione ai Collins che aveva raggiunto Lady Catherine), avevano già dato per sicuro e immediato quello che lei non ardiva pensare possibile neppure in un lontano avvenire.

Riflettendo tuttavia alle espressioni di Lady Catherine non poté fare a meno di sentirsi un po' inquieta per le conseguenze che esse avrebbero potuto avere, se avesse persistito a intromettersi tra loro. Data la sua risoluta volontà di impedire il loro matrimonio, Elizabeth pensò che la gentildonna era più che mai decisa a rivolgersi a suo nipote e non osava prevedere come egli si sarebbe comportato di fronte all'esposizione dei danni che gli sarebbero derivati dall'imparentarsi con lei. Non sapeva fino a che punto egli fosse affezionato a sua zia, o quanto potesse tenere ai giudizi di lei, ma era appena naturale che considerasse sua zia con maggior riguardo di quanto Elizabeth stessa non faceva, ed era anche certo che Sua Signoria, rappresentandogli tutti gli svantaggi di un matrimonio con una persona di famiglia tanto inferiore alla sua, lo avrebbe preso dal suo lato più debole. Con le idee che si faceva della dignità, avrebbe certo considerato come validi e legittimi proprio quegli argomenti che agli occhi di Elizabeth apparivano deboli e ridicoli.

Se egli aveva già tanto esitato su quello che doveva fare, il consiglio e le preghiere di una parente così stretta sarebbero bastati a risolvere ogni suo dubbio, decidendolo a scegliere quella felicità che soltanto un'intangibile dignità può dare. Ed in questo caso non sarebbe più ritornato. Lady Catherine lo avrebbe veduto passando da Londra, e l'impegno da lui preso di tornare a Netherfield, da Bingley, sarebbe stato abbandonato.

«Così, se fra qualche giorno si scuserà con il suo amico per non poter mantenere la promessa», pensò Elizabeth, «saprò che cosa vuol dire. Rinuncerò a sperare, a desiderare che sia costante. Se lui, che avrebbe potuto aspirare alla mia mano e al mio affetto, si accontenterà di rimpiangermi, non sarò certo io a rimpiangere lui.»

La sorpresa del resto della famiglia nel sentire chi era stata la visitatrice fu enorme; ma per fortuna tutti si accontentarono delle stesse spiegazioni che avevano appagato la curiosità di Mrs Bennet, e a Elizabeth fu così risparmiato un bel fastidio.

La mattina dopo, mentre scendeva le scale, incontrò suo padre che usciva dalla biblioteca con una lettera in mano.

«Lizzy», disse, «ti cercavo; vieni nella mia camera.»

Lo seguì e la sua curiosità di sentire ciò che avesse da dirle era accresciuta dal pensiero che la cosa fosse in relazione con quella lettera. Immaginò subito che potesse essere di Lady Catherine, e pensò con sgomento a tutte le spiegazioni che avrebbe dovuto dare.

Seguì il padre accanto al fuoco e sedettero tutti e due. Allora egli incominciò:

«Ho ricevuto questa mattina una lettera che mi ha estremamente sorpreso. Siccome riguarda soprattutto te, è bene che tu ne conosca il contenuto. Non sapevo prima d'ora di avere due figlie sul punto di sposarsi. Lascia che mi rallegri con te per la tua conquista veramente eccezionale!».

Un vivo rossore salì alle guance di Elizabeth, la quale pensò immediatamente, dopo queste parole, che la lettera provenisse dal nipote invece che dalla zia, e non sapeva se essere più contenta che si fosse finalmente dichiarato, o più offesa che non si fosse rivolto direttamente a lei, quando suo padre continuò:

«Si direbbe che tu sappia di che si tratti. Le signorine hanno una grande penetrazione per questo genere di cose! Ma credo di poter sfidare perfino la tua sagacia, nell'indovinare chi è l'ammirato mittente! La lettera è di Mr Collins!».

«Di Mr Collins! E che può avere da dire lui?»

«Qualcosa di veramente a proposito, com'è naturale. Incomincia con il rallegrarsi per il prossimo matrimonio della mia figliola maggiore, di cui sembra essere stato informato da qualcuno degli ottimi pettegoli Lucas. Ma non voglio mettere a dura prova la tua pazienza nel leggerti tutto quello che dice a questo proposito. Quanto riguarda te, è questo:

> Avendovi così porte le più sincere congratulazioni di Mrs Collins e mie per questo felice evento, permettete che alluda a un altro del quale avemmo notizie dalla stessa fonte. Si dice che vostra figlia Elizabeth non porterà a lungo il nome di Miss Bennet, dopo che sua sorella maggiore vi avrà rinunciato, essendo stata scelta come compagna della sua vita da chi può essere considerato come una delle più illustri persone della regione...

Capisci tu, Lizzy, a chi voglia alludere?

> ...Questo giovane gentiluomo è favorito in maniera veramente eccezionale da tutto quello che un cuore umano può desiderare: grandiose proprietà, famiglia nobilissima e vastissime aderenze mondane. Eppure, malgrado tutti questi allettamenti, permettete che io metta in guardia mia cugina Elizabeth e voi stesso, contro i guai in cui potreste incorrere accettando affrettatamente l'offerta di questo gentiluomo, cosa della quale vorrete naturalmente approfittare subito...

Hai un'idea, Lizzy, di chi sia questo gentiluomo? Ma ecco che sta per venir fuori...

> ...Il motivo che ho di avvisarvi è il seguente: abbiamo ragione di credere che sua zia, Lady Catherine de Bourgh, non veda quest'unione di buon occhio...

Come vedi, il gentiluomo è Mr Darcy! E ora, Lizzy, credo di averti strabiliata a dovere. Avrebbero mai potuto, lui o i Lucas, andare a trovare tra le nostre conoscenze un altro nome che avrebbe meglio smentito le loro supposizioni? Mr Darcy, che non può vedere una donna senza scoprirvi dei difetti, e che probabilmente non ti ha mai guardata in vita sua? È magnifica!»

Elizabeth cercò di dividere la giocosità paterna, ma poté soltanto abbozzare un sorriso sforzato. Il suo spirito non gli era mai sembrato così inopportuno.

«La cosa non ti diverte?»

«Oh, sì! Seguitate a leggere, vi prego.»

Quando l'altra sera parlai a Lady Catherine della eventualità di tale matrimonio, ella, con la sua abituale condiscendenza, si affrettò ad esprimere in proposito i suoi sentimenti. Da essi appare evidente che, per ragioni contrarie alla famiglia di lei, non avrebbe mai dato il suo consenso a un matrimonio che definì addirittura disonorevole. Ho creduto mio dovere avvertirne al più presto mia cugina, perché lei e il suo nobile pretendente sappiano che cosa li aspetta, e non si gettino in un matrimonio che non sia stato debitamente sanzionato.

Inoltre Mr Collins aggiunge:

Mi rallegro sinceramente che la triste faccenda di Lydia sia stata così bene messa a tacere, e l'unica cosa che mi preoccupa è che sia stato così generalmente risaputo della loro convivenza, prima del matrimonio. Non posso quindi trascurare i doveri del mio stato, e trattenermi dal dichiararmi più che stupito che abbiate ricevuto in casa vostra la giovane coppia, appena sposata. È questo un vero incoraggiamento al vizio, e se fossi stato rettore a Longbourn, mi sarei strenuamente opposto. Come cristiano, è giusto che voi dobbiate perdonare, ma non avreste mai dovuto ammetterli alla vostra presenza, né permettere che siano nominati davanti a voi.

«Questo è il suo concetto del perdono cristiano! Nel resto della lettera parla soltanto della sua cara Charlotte e della loro attesa di un giovane erede! Ma, Lizzy, non pare che ciò ti diverta. Spero che non farai la signorina delicata che si offende per un pettegolezzo. Perché di che cosa si vive, se non per essere oggetto di ridicolo agli occhi dei nostri vicini, e per ridere di loro a nostra volta?»

«Oh», gridò Elizabeth, «mi diverte moltissimo, ma è tutto così strano!»

«Sì, è questo che rende divertente la cosa. Se si fossero messi in mente un'altra persona, non sarebbe stato nulla; ma la perfetta indifferenza di lui e la tua spiccata antipatia, rendono tutto così assurdo! Per quanto io detesti scrivere, non rinuncerei alla corrispondenza di Mr Collins per tutto l'oro del mondo! Quando leggo le sue lettere, arrivo perfino a preferirlo a Wickham, per quanto io apprezzi nel loro giusto valore l'impudenza e l'ipocrisia di mio genero. E, dimmi, Lizzy, che cosa ha detto Lady Catherine a proposito di questa notizia? È venuta per rifiutare il suo consenso?»

Elizabeth rispose con una risata; e siccome la domanda era stata fatta senza ombra di malizia, non ebbe la pena di sentirsela ripetere. Non sapeva proprio come nascondere quello che provava. Doveva ridere quando avrebbe voluto piangere. Suo padre l'aveva crudelmente mortificata parlando dell'indifferenza di Mr Darcy e lei non poteva che stupirsi di tanta mancanza di penetrazione, o temere invece che, forse, non fosse stato lui ad aver visto *troppo poco*, quanto lei a essersi immaginata *troppo*.

Capitolo cinquantottesimo

Invece di ricevere dal suo amico quella lettera di scuse che quasi si aspettava, Elizabeth vide arrivare Bingley a Longbourn insieme a Mr Darcy, poco tempo dopo la visita di Lady Catherine. I due signori arrivarono di buon'ora, e, prima che Mrs Bennet, secondo i timori di Elizabeth, avesse avuto il tempo di raccontare a Darcy che avevano visto sua zia, Bingley, che desiderava restare solo con Jane, propose di andare a fare una passeggiata. Mrs Bennet non aveva l'abitudine di camminare; Mary non aveva mai tempo da perdere, ma gli altri cinque accettarono con entusiasmo la proposta di uscire insieme. Bingley e Jane però lasciarono che gli altri li distanziassero, restando indietro, di modo che Elizabeth, Kitty e Darcy s'intrattenessero tra loro. Non che parlassero molto: Kitty era troppo intimidita da Darcy per parlare; Elizabeth stava prendendo dentro di sé una risoluzione disperata; e forse lui faceva lo stesso.

Si diressero verso i Lucas, perché Kitty desiderava vedere Mary, cosa che Elizabeth non credeva potesse interessare agli altri; così, quando Kitty li lasciò, ella continuò coraggiosamente a passeggiare con lui. Era questo il momento in cui mettere in atto la sua risoluzione, e mentre le durava l'ardire, disse:

«Mr Darcy, mi sento molto egoista, e, pur di uscire io da uno stato d'animo angoscioso, non mi curo forse di far del male a voi. Non posso tardare ancora a ringraziarvi per la vostra incredibile bontà verso la mia sciagurata sorella. Da quando ho saputo quello che avete fatto, non ho avuto altro desiderio che di potervi dire quanto ve ne sia grata, e se anche le altre persone della mia famiglia fossero al corrente di tutto, non sarebbe soltanto la mia gratitudine che dovrei esprimervi».

«Sono desolato, più che desolato», rispose Darcy, sorpreso e turbato, «che siate stata informata di quello che, visto in una luce sbagliata, può avervi creato delle angustie; credevo di potermi fidare di più della signora Gardiner.»

«Non dovete incolpare mia zia. È stata la scapataggine di Lydia a tradire per prima la parte da voi sostenuta in questa faccenda, e naturalmente non potei resistere al desiderio di conoscerne i particolari. Permettete che vi ringrazi ancora molto, a nome di tutta la mia famiglia, per la generosa compassione che vi ha indotto a darvi tanta pena e a sopportare tante umiliazioni pur di ritrovare quei due.»

«Se *volete* ringraziarmi», egli rispose, «fatelo solo a nome vostro. Non posso negare che il desiderio di farvi cosa grata rafforzò il movente che mi guidava. Ma la vostra famiglia non mi deve nulla. Per quanto io la rispetti, credo di avere pensato soltanto a voi.»

Elizabeth era troppo confusa per dire una parola. Dopo una breve pausa, il suo compagno aggiunse: «Siete troppo generosa per prendervi gioco di me. Se i vostri sentimenti sono quelli stessi dello scorso aprile, ditemelo subito. Il mio affetto e le mie intenzioni sono invariate; ma una vostra parola mi farà tacere per sempre».

Elizabeth, che comprese tutto l'imbarazzo e l'ansia della situazione di Darcy, trovò finalmente la forza di parlare, e subito, anche se con qualche esitazione, gli lasciò comprendere che i suoi sentimenti erano talmente cambiati dal periodo cui egli aveva accennato, da farle accogliere con gioia e gratitudine le sue parole. Forse Darcy non aveva mai provato in vita sua una felicità pari a quella che gli venne da questa risposta, e si espresse con tutto il sentimento e l'ardore di un uomo appassionatamente innamorato. Se Elizabeth avesse avuto il coraggio di incontrare i suoi occhi, avrebbe visto come l'espressione di dolce felicità che gli illuminava il volto lo trasfigurasse; ma anche non avendo il coraggio di guardarlo, lo ascoltava, ed egli, dicendole tutto quello che ella rappresentava per lui, le rendeva sempre più caro il suo affetto.

Camminarono senza sapere dove. Troppe cose avevano da pensare, da sentire e da dire per occuparsi d'altro. Ella venne presto a sapere che dovevano la loro presente intesa proprio agli sforzi di sua zia, che, passando da Londra, era andata a trovarlo per raccontargli la sua visita a Longbourn, il motivo che ve l'aveva spinta e la sostanza della sua conversazione con Elizabeth. Lady Catherine si era soffermata enfaticamente su tutte le espressioni che, secondo la Sua Signoria, denotavano la cocciutaggine e l'arroganza di Elizabeth, nella persuasione che ciò l'avrebbe aiutata a strappare al nipote quella promessa non avuta da lei. Ma, sfortunatamente per Sua Signoria, aveva ottenuto precisamente il risultato opposto.

«È proprio quello che mi ha fatto sperare come non mi ero mai permesso di sperare prima. Conoscevo abbastanza il vostro carattere per sapere che se foste stata irrevocabilmente contraria a me, lo avreste confessato francamente e apertamente a Lady Catherine.»

Elizabeth arrossì mentre rispondeva ridendo: «Sì, conoscete abbastanza la mia franchezza per credermi capace di tanto. Dopo avervi offeso così abominevolmente di persona, non avrei davvero avuto scrupoli di denigrarvi con tutti i vostri parenti».

«Che cosa mi avete detto che io non avessi meritato? Perché, anche se le vostre accuse erano mal fondate, basate su premesse sbagliate, la mia condotta verso di voi, allora, meritava i peggiori rimproveri. Era imperdonabile. Non posso pensarci senza provare disgusto di me stesso.»

«Non staremo davvero a bisticciarci per stabilire chi fosse più da biasimare quella sera», disse Elizabeth. «A pensarci bene, la condotta di nessuno dei due è stata irreprensibile. Ma da allora, credo che tutti e due abbiamo fatto progressi.»

«Non riesco a perdonarmi così facilmente. Il ricordo di quello che dissi, del mio contegno, dei miei modi, delle mie espressioni, mi dà ora, e mi ha dato da vari mesi, un tormento indicibile. Non dimenticherò mai il vostro rimprovero così giusto: "Se vi foste comportato più da gentiluomo". Queste furono le vostre precise parole e non sapete, non potete sapere come mi hanno torturato; benché ci sia voluto del tempo, lo confesso, prima che io diventassi così ragionevole da arrivare a ritenerle giuste.»

«Non immaginavo certo che avrebbero potuto farvi tanta impressione. Non avevo neppure l'idea che vi avrebbero ferito a quel modo.»

«Lo so benissimo. Mi credevate privo di ogni sentimento, ne sono sicuro. Non potrò mai dimenticare la vostra espressione nel dirmi che, qualunque fosse stato il mio modo di farvi la mia richiesta, nulla vi avrebbe mai indotto ad accettarla.»

«Oh, non ripetete quello che dissi allora. Questi ricordi fanno male. Vi assicuro che da tanto tempo me ne vergogno di cuore.»

Darcy parlò allora della sua lettera. «Riuscì almeno quella», disse, «a farvi avere una migliore opinione di me? Leggendola, mi avete creduto?»

Elizabeth spiegò le impressioni provate e come i suoi pregiudizi fossero caduti a poco a poco.

«Sapevo», continuò lui, «che quanto vi scrivevo vi avrebbe dato dolore, ma era necessario. Spero che avrete distrutto quella lettera. Vi era una parte, soprattutto il principio, che non vorrei rileggeste. Ricordo certe espressioni che mi potrebbero ancora rendere odioso ai vostri occhi.»

«Se lo credete necessario per mantenere la mia stima verso di voi, brucerò immediatamente la lettera; ma, anche se abbiamo ragione tutti e due di non credere che le mie opinioni siano immutabili, non vuol dire per questo che possano cambiare così facilmente come il vostro discorso farebbe supporre.»

«Quando scrissi quella lettera», rispose Darcy, «credevo di essere freddo e calmissimo, ma poi mi sono convinto che la scrissi in una grande amarezza di spirito.»

«Forse la lettera era amara nel principio, ma non alla fine. L'addio era pieno di bontà. Ma non pensateci più. I sentimenti di chi la scrisse e di chi la lesse sono talmente cambiati da allora, che ogni cosa che riguarda quel periodo dovrebbe essere ormai dimenticata. Dovete imparare da me a essere un po' filosofo. Pensate al passato soltanto quando il ricordarlo vi può fare piacere.»

«Non approvo questo genere di filosofia. I vostri ricordi retrospettivi devono essere così puri da ogni rimprovero, che la gioia che ne deriva non è filosofia, ma, come è assai meglio, innocenza. Ma per me non è così. Tristi ricordi riaffiorano, che non posso, non devo respingere. In pratica, anche se non per principio, sono stato sempre un egoista. Da bambino mi hanno insegnato quello che è bene, ma senza insegnarmi a correggere il mio carattere. Mi furono dati dei buoni principi ma permisero che li seguissi pieno di orgoglio e di presunzione. Purtroppo, come unico maschio, e per molti anni anche come figlio unico, sono stato viziato dai miei genitori che, sebbene ottimi (soprattutto mio padre che era la bontà e la gentilezza in persona), permisero, incoraggiarono, quasi mi insegnarono a essere egoista e altero, a non curarmi che del mio mondo familiare, a giudicare quasi con disprezzo tutto il resto del mondo o, perlomeno, a pensare che il giudizio e il valore degli altri era poca cosa in confronto al mio. Crebbi così dagli otto ai ventotto anni, e sarei forse così ancora, senza di voi, mia diletta! Che cosa non vi debbo? Mi avete dato una grande lezione, assai dura da principio, ma di quale utilità per me! Sono stato giustamente umiliato da voi. Vi aprii il mio cuore senza dubitare un solo momento di essere accolto. Mi avete mostrato come erano vane tutte le mie pretese di piacere a una donna cui fosse veramente un onore il piacere.»

«Eravate proprio convinto che vi avrei accettato?»

«Veramente, sì. Che penserete della mia vanità? Credevo che voi desideraste, che aspettaste la mia dichiarazione.»

«Certamente devo aver mancato nel mio modo di fare con voi, ma non apposta, ve l'assicuro. Non ho mai voluto ingannarvi, ma forse il mio carattere mi ha trascinato. Come dovete avermi odiata, dopo quella sera!»

«Odiarvi? Forse, sulle prime, ero in collera, ma la mia collera prese ben presto una direzione più giusta.»

«Ho quasi paura di chiedervi che cosa pensaste di me, incontrandomi a Pemberley. Mi giudicaste molto male?»

«No, davvero; ne rimasi soltanto sorpreso.»

«La vostra sorpresa non poté essere maggiore della mia, vedendo che vi occupavate ancora di me. La mia coscienza mi diceva che non meritavo nessuna speciale gentilezza, e confesso che non mi aspettavo più di quanto non meritassi.»

«Il mio scopo, allora», rispose Darcy, «era di mostrarvi, con quanta più gentilezza mi fosse possibile, che speravo di ottenere il vostro perdono, e di correggere il vostro giudizio sfavorevole mostrandovi che i vostri rimproveri erano stati ascoltati e i consigli seguiti. Come poi si aggiunsero altri desideri non saprei dirvelo, ma certo poco dopo avervi veduta.»

Le disse poi come Georgiana fosse stata contenta di conoscerla e spiacente della loro improvvisa partenza, cosa che li portò a parlare della causa che l'aveva provocata. Seppe così che Darcy aveva deciso di seguirli dal Derbyshire alla ricerca della sorella prima ancora di lasciare l'albergo, e che la sua serietà e gravità erano dovute soltanto ai pensieri sorti da quella decisione.

Elizabeth rinnovò allora le espressioni della sua gratitudine, ma era un soggetto troppo penoso per entrambi perché avessero voglia di proseguirlo. Dopo aver passeggiato a caso per qualche miglio, troppo assorti per pensare ad altro, scoprirono, guardando l'orologio, che era tempo di tornare a casa.

«Che ne sarà di Mr Bingley e di Jane?», si chiesero stupiti, e vennero a parlare di loro. Darcy era contentissimo del fidanzamento: il suo amico lo aveva subito informato.

«Devo chiedervi se la cosa vi ha molto stupito?», chiese Elizabeth.

«Affatto. Quando sono partito, sentivo che sarebbe accaduto presto.»

«Il che significa che gli avete dato il vostro permesso: me l'ero immaginato.»

E, benché egli protestasse contro la parola, la cosa in realtà non era meno vera.

«La sera prima di andare a Londra», disse, «gli confessai tutto quello che aveva reso così assurda la mia intromissione nei suoi affari. La sua sorpresa fu grande. Non ne aveva mai avuto il più lontano sospetto. Gli dissi anche che credevo di essermi sbagliato nel supporre che fosse indifferente a Jane, e siccome compresi che il suo affetto per lei era sempre lo stesso, non dubitai che sarebbero presto stati felici.»

Elizabeth non poté trattenere un sorriso nel vedere con quale facilità egli guidava il suo amico.

«Quando gli avete detto che mia sorella gli voleva bene, eravate convinto voi stesso dei suoi sentimenti, o era per quello che vi avevo detto io, la primavera scorsa?»

«Ne ero persuaso. L'avevo osservata attentamente durante le due visite che vi avevo fatto, e mi ero convinto del suo affetto verso Bingley.»

«E bastò che voi lo rassicuraste perché egli ne fosse subito persuaso, vero?»

«Sì, Bingley è veramente modesto e non per affettazione. La poca fiducia che ha generalmente in se stesso gli impedì di credere vera una cosa per lui tanto importante, mentre la fiducia che ha in me ha facilitato tutto. Fui costretto a confessargli una cosa che lo ha offeso, per qualche tempo, e non a torto. Non volli nascondergli che vostra sorella era stata in città l'inverno passato, per tre mesi, e che io, sapendolo, glielo avevo taciuto. Andò in collera, ma la sua collera svanì appena non ebbe più dubbi sui sentimenti di Jane. E ormai mi ha perdonato di cuore.»

Elizabeth aveva una gran voglia di osservare che Mr Bingley era un amico ideale; così facile da guidare da essere addirittura impagabile; ma si trattenne. Ricordò che Darcy non era ancora abituato agli scherzi, ed era un po' troppo presto per cominciare. Egli continuò a parlare della felicità di Bingley che, naturalmente, era inferiore alla sua, finché arrivarono a casa. Lì, nel vestibolo, si separarono.

Capitolo cinquantanovesimo

«Ma Lizzy cara, dove siete andati a passeggiare?», fu la domanda che le rivolse Jane appena entrò in camera, e che tutti gli altri le ripeterono quando sedettero a tavola. Ella poté dire soltanto che avevano vagabondato senza accorgersi del tempo. Arrossì nel parlare, ma né questo, né altro, destò alcun sospetto della verità.

La serata passò tranquillamente, senza nulla di particolare. I fidanzati riconosciuti parlavano e ridevano; quelli non ancora rivelati, tacevano. Darcy non era tipo da mostrare con tono di maggiore allegria la sua felicità, ed Elizabeth, commossa e confusa, sapeva di essere felice, ma non poteva ancora provarne gli effetti, perché, oltre all'imbarazzo del momento, vedeva davanti a sé prospettarsi altri guai. Immaginava quello che avrebbe detto la sua famiglia apprendendo la cosa; sapeva che Darcy non piaceva a nessuno tranne che a Jane, e temeva perfino che l'antipatia degli altri fosse tale, che neppure la grande posizione e ricchezza di lui potessero vincerla.

La sera aprì il suo cuore a Jane. Questa, pur così poco portata a dubitare, questa volta non voleva credere assolutamente alle proprie orecchie.

«Vuoi scherzare, Lizzy? Non può essere! Fidanzata con Mr Darcy! No, no, non devi ingannarmi. So che è impossibile.»

«Cominciamo male! Contavo unicamente su di te; e se non mi credi tu, chi lo farà? Eppure parlo sul serio. Ti dico la pura verità. Mi ama ancora e siamo fidanzati.»

Jane la guardò incredula: «Oh, Lizzy! Non può essere. So quanto ti è odioso».

«Non sai niente, proprio niente. Tutto ciò va dimenticato. Forse non gli volevo bene come ora, ma in questi casi la troppa memoria è imperdonabile. Questa è l'ultima volta che lo ricorderò io stessa.»

Jane aveva ancora l'aspetto smarrito. Elizabeth le assicurò molto seriamente che diceva la verità:

«Buon Dio! ma può essere? Sì, ormai ti credo», esclamò Jane. «Mia cara, cara Lizzy, vorrei... mi congratulo con te. Ma sei sicura, perdona la domanda, sei proprio sicura che potrai essere felice con lui?»

«Non c'è alcun dubbio. Abbiamo già deciso che saremo la coppia più felice del mondo. Ma sei contenta, Jane? Ti piacerà avere un cognato simile?»

«Molto, moltissimo. Niente potrebbe dare tanta gioia a Bingley e a me. Ci pensavamo, ma lo credevamo impossibile. E gli vuoi veramente bene? Oh, Lizzy, fa' qualunque cosa, ma non sposarti senza amore. Sei sicura di quello che provi per lui?»

«Oh, sì! Quando ti dirò tutto, forse troverai che sento di più di quello che dovrei.»

«Che vuoi dire?»

«Ecco, devo confessarti che gli voglio più bene che tu a Bingley. Temo che andrai in collera...»

«Via, cara, cerca di essere seria. Vorrei potere parlarti sul serio. Raccontami tutto quello che devo sapere, senza altri indugi. Mi vuoi dire da quanto tempo lo ami?»

«È accaduto così gradatamente, che non so quando è cominciato. Ma credo che sia stato quando vidi la magnifica tenuta di Pemberley.»

Jane tornò a chiederle di parlare seriamente, ottenendo finalmente l'effetto desiderato, e ben presto, attraverso le parole di Elizabeth, si convinse che era realmente innamorata. Rassicurata su questo punto, non le restava altro da desiderare.

«Ora sono proprio contenta», disse, «perché sarai felice come me. Ho sempre apprezzato Darcy. Non fosse che per il suo amore per te lo avrei sempre stimato, ma ora come amico di Bingley e tuo marito, nessuno, tranne Bingley e te, può essermi tanto caro. Ma Lizzy, come sei stata segreta! Quanto riserbo con me! Come mi hai detto poco di quanto è avvenuto a Pemberley e a Lambdon! Tutto quello che so, lo devo ad altri, non a te!»

Elizabeth le spiegò le ragioni del suo silenzio. Non voleva nominare Bingley, e l'incertezza sui propri sentimenti le aveva fatto ugualmente evitare di parlare del suo amico. Ma ora non volle nascondere più la parte da lui avuta nel matrimonio di Lydia. Raccontò ogni cosa, e metà della notte trascorse discorrendo.

«Buon Dio!», esclamò Mrs Bennet il mattino seguente dalla finestra dov'era affacciata. «Quel noioso Mr Darcy viene ancora qui col nostro caro Bingley! Che cosa gli viene in mente di stare sempre da noi? Credevo che fosse venuto per la caccia o per qualche altro motivo, ma speravo che non ci avrebbe tanto ripetutamente afflitte con la sua compagnia. Che cosa ne faremo? Lizzy, dovresti andare ancora a passeggio con lui, perché non secchi Bingley.»

Elizabeth si trattenne a stento dal ridere a una proposta così opportuna, benché fosse veramente annoiata che sua madre parlasse sempre di lui con tanta antipatia.

Appena entrati, Bingley la guardò con grande espressione di affetto e le strinse la mano con calore: non rimasero a Elizabeth più dubbi che fosse informato di tutto, e poco dopo egli disse ad alta voce: «Mrs Bennet, non avete altri viali qui intorno, dove Lizzy possa perdersi anche quest'oggi?».

«Consiglierei a Mr Darcy, Lizzy e Kitty», disse Mrs Bennet, «di andare a Oakham Mount, questa mattina. È una bella passeggiata e Mr Darcy non conosce quel posto.»

«Per gli altri può andare», rispose Bingley, «ma credo sia troppo lunga per Kitty, non è vero, Kitty?»

Kitty riconobbe che preferiva stare a casa.

Darcy invece mostrò un gran desiderio di vedere il panorama da Oakham Mount, ed Elizabeth acconsentì silenziosamente. Mentre saliva in camera per prepararsi, Mrs Bennet la seguì dicendole:

«Mi rincresce proprio, Lizzy, che sia costretta ad occuparti da sola di quell'essere antipatico. Ma spero che non ci farai caso; è tutto per amore di Jane, e poi con lui non occorre parlare molto, basta una parola ogni tanto. Non te la prendere troppo».

Durante la passeggiata decisero che egli avrebbe chiesto il consenso di Mr Bennet quella sera stessa. Elizabeth si riservò di parlare con la madre. Non sapeva come costei avrebbe preso la cosa, dubitando che tutta la ricchezza e la posizione di Darcy sarebbero bastate a superare la sua antipatia per l'uomo. Ad ogni modo, sia che fosse decisamente contraria a quell'unione, o violentemente entusiasta, era così certa che il contegno di lei non avrebbe fatto onore al suo buonsenso, e non sopportava l'idea che Mr Darcy dovesse subire i primi trasporti della sua gioia o le prime manifestazioni della sua disapprovazione.

Nella serata, appena Mr Bennet si ritirò nella sua biblioteca, Elizabeth vide che Mr Darcy si alzava per seguirlo, e fu presa da una profondissima agitazione. Non che temesse l'opposizione di suo padre, ma sapeva che avrebbe sofferto per causa sua; e che proprio lei, la sua figlia favorita, dovesse addolorarlo con la sua scelta, procurandogli timore e rammarico per questo matrimonio, era un pensiero ben triste che la rese infelice finché Mr Darcy riapparve; ma, guardandolo, fu alquanto sollevata dal sorriso di lui.

Un momento dopo egli si avvicinò alla tavola dove era seduta con Kitty, e facendo finta di ammirare il suo lavoro, le mormorò:

«Andate da vostro padre; vi desidera in biblioteca».

Ella vi andò immediatamente. Suo padre passeggiava su e giù per la camera con aria grave e preoccupata: «Lizzy», disse, «che cosa mi combini? Hai perso la testa, per accettare quell'uomo? Non lo hai sempre odiato?».

Come rimpianse allora che i suoi giudizi passati non fossero stati più ragionevoli, le sue espressioni più moderate! Quante noiose spiegazioni le sarebbero state evitate, che ora era invece necessario dare! Così, con una certa confusione, lo assicurò del suo affetto per Mr Darcy.

«Vuol dire, insomma, che sei decisa a sposarlo. Certamente è ricco e potrai avere più abiti e più carrozze di Jane; ma credi che questo ti renderà felice?»

«Non avete altre obiezioni», chiese Elizabeth, «oltre quella di credere che mi sia indifferente?»

«Nessuna. Sappiamo tutti che è orgoglioso e non troppo amabile; ma questo non vorrebbe dir nulla, se tu gli volessi bene davvero.»

«Ma gliene voglio», rispose lei con le lacrime agli occhi. «Lo amo veramente. Vi assicuro che il suo orgoglio non è sbagliato. Ed è più che amabile. Voi non lo conoscete bene; vi prego quindi di non affliggermi parlandomi di lui in tal modo.»

«Lizzy», disse suo padre, «gli ho dato il mio consenso. A un tipo simile non oserei rifiutare nulla che si degnasse di chiedermi. Per me te lo concedo, se tu sei decisa a volerlo. Ma lascia che ti consigli di riflettere ancora. Ti conosco, Lizzy, so che non potresti essere felice se tu non potessi stimare e apprezzare sinceramente tuo marito, se non lo considerassi superiore a te. Le tue brillanti qualità ti esporrebbero a dei grandi pericoli se facessi un matrimonio non adatto alla tua intelligenza. Non potresti evitare umiliazioni e dolori. Bimba mia, non darmi la pena di vederti incapace di rispettare il compagno della tua vita. Tu non sai quello che stai per fare.»

Elizabeth, sempre più contristata, rispose con la maggiore serietà che Mr Darcy era proprio l'oggetto della sua scelta, spiegandogli come fossero mutati i suoi giudizi su di lui, e la sua assoluta certezza che tale affetto non era cosa di un giorno, ma che aveva subìto la prova di molti mesi; e ricapitolando con grande convinzione tutte le buone qualità di Darcy, riuscì a vincere l'incredulità di suo padre e a riconciliarlo con questo matrimonio.

«Ebbene, cara», egli disse quando Lizzy ebbe finito di parlare: «non ho più nulla da dire. Se le cose stanno così, ti merita. Non avrei potuto separarmi da te, Lizzy mia, per qualcuno di meno degno».

Allora, per completare questa opinione favorevole, Elizabeth gli raccontò quello che Darcy aveva fatto spontaneamente per Lydia. Egli l'ascoltò meravigliato.

«È proprio la serata delle sorprese! E così Darcy ha fatto tutto; combinato il matrimonio, dato il denaro, pagato i debiti del giovanotto e procurato il suo brevetto di ufficiale. Tanto meglio. Mi eviterò un monte di guai e di spese. Se lo avesse fatto lo zio, avrei dovuto e voluto ripagarlo, ma questi ardenti innamorati fanno tutto a modo loro. Domani gli offrirò immediatamente di rimborsarlo, lui protesterà, pago del suo amore per te, e non se ne parlerà più.»

Allora si ricordò del turbamento che Elizabeth aveva mostrato leggendo la lettera di Mr Collins, e, dopo averla canzonata un pochino, la lasciò finalmente andare, dicendo mentre usciva:

«Se ci sono dei pretendenti per Mary o per Kitty, mandameli pure: sono a loro disposizione».

Il cuore di Elizabeth era sollevato da un gran peso, e dopo mezz'ora di calma riflessione in camera sua, poté raggiungere gli altri con sufficiente serenità. Tutto era ancora troppo recente per dar adito alla gioia, ma la serata trascorse tranquillamente; non c'era più nulla da temere, e il conforto dell'intimità e della familiarità sarebbe venuto col tempo.

Quando la madre salì più tardi nel suo spogliatoio, Elizabeth la seguì e le comunicò la grande notizia. L'effetto fu sorprendente; Mrs Bennet rimase immobile ad ascoltare la figlia, incapace di profferire una sillaba. Ci vollero parecchi minuti prima che riuscisse a rendersi conto di quello che aveva sentito, benché, generalmente, non fosse tanto lenta nell'afferrare tutto quello che poteva essere di vantaggio alla famiglia, o che apparisse sotto l'aspetto di un pretendente per le sue ragazze. Finalmente si riebbe, si agitò sulla sua sedia, si alzò, si risedette, meravigliandosi e abbandonandosi alle più strane esclamazioni:

«Buon Dio! Dio mi benedica! chi avrebbe pensato una cosa simile! Povera me! Mr Darcy! Chi l'avrebbe detto! Ed è proprio vero? Oh, mia diletta Lizzy! Che gran dama, che signora sarai! Che rendita, che gioielli, che vetture avrai! Jane non sarà niente in confronto a te, niente davvero! Sono così contenta, così felice! Un uomo così seducente! Così bello, così alto! Oh, cara Lizzy! Ti prego, scusami se mi era tanto antipatico. Spero che lui ci passerà sopra. Cara, cara Lizzy! Una casa a Londra! Tutta la felicità! Tre ragazze sposate! Diecimila sterline l'anno! Oh, Dio! Che ne sarà di me? Mi pare di impazzire!».

Ce n'era abbastanza per non dubitare della sua approvazione, ed Elizabeth rallegrandosi che questa effusione fosse stata udita solamente da lei, se ne andò al più presto. Ma era appena arrivata in camera sua che la mamma la raggiunse.

«Bambina mia», esclamò, «non riesco a pensare ad altro! Diecimila sterline l'anno e forse anche più. È quasi come se tu sposassi un lord! Avrete una licenza speciale per il matrimonio! Dovete certo sposarvi con una licenza speciale! Ma, amor mio, dimmi qual è la pietanza preferita da Mr Darcy perché la possa ordinare per domani.»

Questo era un brutto indizio di quello che sarebbe stato il contegno di sua madre verso Darcy, ed Elizabeth pensò che, benché sicura dell'affetto di lui e certa del consenso dei suoi genitori, le rimaneva ancora qualcosa da desiderare. Ma l'indomani le cose andarono molto meglio di quanto si aspettava, perché fortunatamente Mrs Bennet era così intimidita dal suo futuro genero che non osava quasi parlargli, se non per mostrare la più grande deferenza verso le sue opinioni.

Elizabeth ebbe la gioia di vedere che suo padre cercava di conoscerlo meglio, e infatti Mr Bennet presto le disse che Darcy saliva rapidamente nella sua stima.

«Ammiro moltissimo tutti i miei generi», disse, «forse il mio preferito è Wickham, ma credo che vorrò bene a *tuo* marito come a quello di Jane.»

Capitolo sessantesimo

Elizabeth, tornata di ottimo umore, volle che Mr Darcy le spiegasse come si era innamorato di lei. «Come è cominciato?», chiese. «Posso capire che una volta nata, la cosa abbia preso piede, ma che cosa ti ha fatto innamorare all'inizio?»

«Non posso fissare né l'ora né il posto, o lo sguardo o le parole che furono il principio del mio amore. È passato troppo tempo. Ero già innamorato prima di accorgermene.»

«Quanto alla mia bellezza l'avevi disprezzata, e quanto ai miei modi, il mio contegno verso di te rasentava quasi la sgarberia, e non ti ho mai parlato senza un vago desiderio di ferirti. Sii dunque sincero: mi hai ammirato per la mia impertinenza?»

«Diciamo per la vivacità del tuo spirito.»

«Chiamala pure impertinenza. Era poco meno; il fatto è che eri stanco di cortesie, di deferenza, di attenzioni ossequiose. Eri disgustato delle donne che parlavano e agivano solo per ottenere la tua approvazione. Ho destato la tua attenzione solo perché ero così diversa da loro. Se tu non fossi profondamente buono mi avresti odiata, ma, nonostante la pena che ti dai per apparire diverso, i tuoi sentimenti sono sempre stati nobili e giusti, e in cuor tuo disprezzavi le persone che ti facevano la corte. Ecco, ti ho risparmiato il disturbo di spiegarmelo, e, tutto considerato, comincio a trovarlo perfettamente ragionevole. In realtà non conosci di me nessuna buona qualità, ma nessuno pensa a questo quando s'innamora.»

«Non era dunque bontà la tua affettuosa premura per Jane, quando era ammalata a Netherfield?»

«Cara Jane! Chi avrebbe fatto di meno per lei? Ma se ti piace, stimala pure una virtù. Le mie buone qualità sono sotto la tua protezione e puoi esagerarle quanto ti è possibile, mentre in compenso io cercherò ogni occasione per tormentarti e per litigare con te. Comincio subito chiedendoti: "Che cosa ti ha fatto tanto esitare prima di dichiararti? Che cosa ti ha reso così timido durante la tua prima visita, e poi quando sei venuto a pranzo? Perché, soprattutto, sembrava che non ti curassi affatto di me?".»

«Perché eri seria e silenziosa, e non mi incoraggiavi in nessun modo.»

«Ma ero confusa!»

«E lo ero anch'io.»

«Quando sei venuto a pranzo, però, avresti potuto parlare un po' di più con me, no?»

«Lo avrebbe potuto uno meno innamorato di me.»

«Che peccato che tu abbia sempre una risposta così sensata e che io sia così ragionevole da accettarla! Ma mi chiedo quanto tempo sarebbe durata la cosa se ti avessi lasciato a te stesso! Mi chiedo quando avresti parlato se non te l'avessi chiesto io! La mia decisione di ringraziarti per la tua bontà verso Lydia ebbe certo un grande effetto. Troppo, temo, perché dove va a finire la morale se la nostra felicità deriva dalla rottura di una promessa? Infatti io non avrei mai dovuto parlarti di quell'argomento. No, questo non va.»

«Non ti crucciare. La morale è salva. L'ingiustificato tentativo di Lady Catherine per separarci servì a togliermi ogni dubbio. Non devo dunque la mia felicità al tuo ansioso desiderio di mostrarmi la tua gratitudine. Il mio stato d'animo non mi consentiva di aspettare un tuo incoraggiamento. Le parole di mia zia mi avevano fatto sperare, ed ero deciso a sapere subito ogni cosa.»

«Lady Catherine è stata veramente preziosa, cosa che la dovrebbe rendere felice, perché muore sempre dalla voglia di rendersi utile. Ma dimmi, perché eri venuto a Netherfield? Solo per cavalcare fino a Longbourn con quell'aria imbarazzata, o avevi dei propositi più seri?»

«Il mio vero recondito scopo era quello di vederti, e di capire se avrei mai potuto sperare di farmi amare da te. Quello confessato, o per lo meno che confessavo a me stesso, era di vedere se tua sorella voleva ancora bene a Bingley, e, in questo caso, di confessargli tutto come ho fatto.»

«Avrai mai il coraggio di annunciare a Lady Catherine quello che le sta per capitare?»

«È più facile che mi manchi il tempo che il coraggio, Elizabeth. Ma bisogna farlo; e se mi dai un foglio lo farò subito.»

«Se non dovessi scrivere una lettera io stessa mi metterei a sedere accanto a te ammirando la regolarità della tua calligrafia, come faceva un tempo un'altra signorina. Ma anch'io ho una zia che non deve essere trascurata più a lungo.»

Non desiderando confessare alla zia come la sua intimità con Darcy fosse stata da loro sopravvalutata, Elizabeth non aveva mai risposto alla lunga lettera della signora Gardiner, ma ora che doveva comunicare una cosa che sapeva le avrebbe fatto tanto piacere, si vergognò quasi al pensiero che i suoi zii avessero perso tre giorni di felicità, e scrisse come segue:

Avrei voluto ringraziarti prima, cara zia, come era mio dovere, per la tua lunga, cara, evasiva lettera, ma a dire la verità, ero troppo di cattivo umore per scrivere. Infatti tu supponevi molto di più di quanto non fosse in realtà. Ma ormai pensa tutto quello che vuoi: abbandona le redini della tua fantasia, sbriglia la tua immaginazione in qualunque direzione, e, a meno che tu mi creda addirittura sposata, non potrai sbagliarti di molto. Scrivimi presto, e fa' pure le sue lodi più ancora di quanto non abbia fatto nella tua ultima. Vi ringrazio ancora e ancora che non siamo andati ai Laghi! Come potevo essere così sciocca da desiderarlo? La tua idea dei *ponies* è deliziosa. Faremo il giro di Pemberley tutti i giorni. Sono la creatura più felice del mondo. Forse altri lo hanno detto prima di me ma nessuno con tanta ragione. Sono perfino più felice di Jane; lei sorride soltanto, io rido. Mr Darcy vi manda tutto l'affetto che gli avanza. Dovete venire tutti a Pemberley per Natale.

Vostra, ecc.

La lettera di Darcy per Lady Catherine era di uno stile diverso, ma ancora più diversa era quella che Mr Bennet mandò a Mr Collins, rispondendo all'ultima sua:

Caro signore,

devo disturbarvi ancora per chiedervi nuovi rallegramenti. Elizabeth sarà la moglie di Mr Darcy. Consolate Lady Catherine come potete. Ma, se fossi in voi, terrei dalla parte del nipote: si può cavarci di più. Vostro sinceramente, ecc.

Le congratulazioni di Miss Bingley a suo fratello furono tutto quello che ci poteva essere di più affettuoso, e di meno sincero. Scrisse anche a Jane per dirle tutta la sua gioia e ripeté tutte le sue antiche espressioni di affetto. Jane non si lasciò ingannare, ma ne fu commossa, e, pur non fidandosi più di lei, non poté fare a meno di risponderle molto più gentilmente di quanto meritasse.

La gioia di Georgiana Darcy, ricevendo la notizia, fu altrettanto sincera di quella del fratello nel mandargliela. Quattro pagine non bastarono a contenere tutta la sua contentezza e il profondo desiderio di ottenere l'affetto della cognata.

Prima che arrivasse la risposta di Mr Collins insieme alle congratulazioni di sua moglie per Elizabeth, la famiglia di Longbourn apprese che i Collins stessi dovevano arrivare a Lucas Lodge. La ragione di questa partenza improvvisa fu presto palese. Lady Catherine si era talmente irritata per la lettera di suo nipote, che Charlotte, che si rallegrava invece sinceramente di quell'unione, desiderava stare lontana finché durava la burrasca. In questo momento l'arrivo della sua amica fu un grande piacere per Elizabeth, quantunque poi, nei loro incontri, le venne spesso da pensare che questo piacere era pagato veramente a caro prezzo. Mr Darcy dovette infatti sopportare le ossequiose cortesie del marito di lei. Ma Darcy le sopportava con ammirevole calma. Fu perfino capace di ascoltare con bastante pazienza Sir William Lucas, quando questi si rallegrò con lui per essersi preso il più brillante gioiello della contea ed espresse la speranza di incontrarli spesso a corte. Egli si limitò ad alzare sprezzantemente le spalle quando Sir William non poteva vederlo. La volgarità di Mrs Philips fu un'altra dura prova per la sua sopportazione, e benché anch'essa, come sua sorella, fosse troppo intimidita di fronte a lui per parlare con quella familiarità che la bonomia di Bingley incoraggiava, bastava che aprisse bocca per mostrare la sua volgarità. E tutto il rispetto che aveva per lui, anche se la rendeva più riservata, non riusciva davvero a renderla più distinta.

Elizabeth faceva quanto poteva per preservarlo dalle importune premure di ambedue, e cercava di tenerlo tutto per sé, o per quelli della sua famiglia con i quali poteva stare senza fastidio. In compenso, anche se tutte queste piccole miserie toglievano molte gioie al periodo del fidanzamento, aumentavano le speranze per l'avvenire, e Lizzy pensava alla felicità di quando avrebbero potuto lasciare un ambiente così spiacevole per tutti e due, e sistemarsi nella confortevole eleganza della dimora di Pemberley.

Capitolo sessantunesimo

Beato, per i sentimenti materni di Mrs Bennet, fu il giorno in cui essa si privò delle più care fra le sue figlie. Si può facilmente immaginare con quanto orgoglio da allora in poi si recasse a trovare Mrs Bingley o parlasse di Mrs Darcy. Vorrei poter dire, per amore della sua famiglia, che il compimento del suo massimo desiderio, quello di vedere sistemate tante delle sue figlie, avesse conseguito il felice effetto di renderla una donna ragionevole, simpatica e colta per il resto della sua vita, ma forse fu una fortuna per suo marito che ella continuasse a essere sovente nervosa e sempre sciocca, perché egli ormai non avrebbe più saputo apprezzare una così insolita forma di domestica felicità.

Mr Bennet sentì moltissimo la mancanza della sua seconda figlia. Il suo affetto per lei riuscì a fargli lasciare la casa più spesso di quanto non avesse mai fatto per nessun'altra ragione. Era felice di arrivare a Pemberley, soprattutto quando era meno aspettato.

Mr Bingley e Jane rimasero a Netherfield per un anno soltanto. La vicinanza alla madre di lei e ai suoi parenti di Meryton non era sopportabile neppure per un carattere bonario e semplice come quello di Bingley o per un cuore affettuoso come quello di Jane. Il più caro desiderio delle sue sorelle fu così appagato: egli comprò una tenuta nella contea confinante col Derbyshire, e Jane ed Elizabeth poterono aggiungere a tutte le altre ragioni di felicità quella di essere soltanto a trenta miglia di distanza l'una dall'altra.

Kitty, con suo grande vantaggio, passava la maggior parte del tempo con le due sorelle maggiori. In una compagnia così superiore a quella fino allora frequentata, migliorò moltissimo. Non aveva il carattere sfrenato di Lydia e, lontana dalla sua influenza e ben guidata, divenne meno irritabile, meno ignorante e meno scioccherella. Fu tenuta con ogni cura lontano dalla compagnia di Lydia, e benché questa la invitasse spesso a recarsi da lei promettendole balli e corteggiatori, suo padre non acconsentì mai a lasciarla andare.

Mary era ormai l'unica figlia rimasta in casa, e dovendo far compagnia a Mrs Bennet, incapace di star sola, fu distolta dalla sua mania di istruirsi. Fu così obbligata a frequentare di più la gente, anche se si abbandonava lo stesso a fare della morale su ogni cosa che le capitava a tiro. E siccome non era più mortificata dal confronto con la bellezza delle sorelle, sembrò accettare il nuovo modo di vivere senza troppa riluttanza.

Quanto a Wickham e a Lydia, i loro caratteri non si modificarono certo con il matrimonio delle due sorelle. Egli sopportò con filosofia la convinzione che Elizabeth sarebbe stata ora edotta di tutta la sua ingratitudine e di tutte le sue menzogne ancora ignorate; e nonostante tutto, non desistette dal confidare che Darcy lo avrebbe ancora aiutato a far fortuna. La lettera di congratulazioni che Elizabeth ricevette le fece capire che, almeno da Lydia, accarezzava ancora questa speranza. La lettera infatti diceva:

Cara Lizzy,

mi congratulo con te. Se vuoi bene a Mr Darcy anche solo la metà di quanto ne voglio al mio caro Wickham, devi essere ben felice. È un grande conforto saperti così ricca, e spero che se non avrai altro da fare, penserai a noi. Sono sicura che a Wickham piacerebbe molto un posto a corte; non credo che i nostri mezzi ci bastino senza qualche aiuto. Qualunque posto andrebbe bene, purché rendesse tre o quattrocento sterline all'anno, però non parlarne con Darcy se non credi sia il caso.

Tua, ecc.

Siccome Elizabeth non credette proprio che fosse il caso di farlo, cercò nella sua risposta di troncare ogni speranza a richieste del genere. Tuttavia, con le sue economie, aiutò sua sorella più spesso che poté. Era sempre stata persuasa che le loro entrate, soprattutto per la gente così stravagante nei propri bisogni e così spensierata circa l'avvenire, non sarebbero mai potute bastare, e tutte le volte che i due cambiavano di residenza, tanto lei che Jane sapevano che si sarebbero rivolti a loro per essere aiutati a pagare qualche debito. Il loro modo di vivere, anche quando la pace li rimandò a casa, era sempre assai precario. Vagavano continuamente da un posto all'altro, in cerca di una residenza più a buon mercato, spendendo sempre più di quello che avrebbero dovuto. L'affetto di lui si mutò presto in indifferenza; quello di lei durò un po' più a lungo, e, nonostante la sua gioventù e il suo contegno, conservò tutto il diritto alla buona reputazione che il matrimonio le aveva dato.

Benché Darcy non volesse mai ricevere Wickham a Pemberley, per amore di Elizabeth lo aiutò ancora nella sua carriera. Lydia fu loro ospite qualche volta, quando il marito andava a divertirsi a Londra o a Bath; e dai Bingley si fermavano tutti e due così a lungo e così di frequente che perfino il buon carattere di Bingley era messo a dura prova, tanto che arrivò al punto di dire che avrebbe fatto loro capire di andarsene.

Miss Bingley rimase molto male per il matrimonio di Mr Darcy, ma ritenendo opportuno conservare il diritto di essere ospite a Pemberley, nascose il suo risentimento, si mostrò sempre più entusiasta di Georgiana, rimase ugualmente devota a Darcy come per il passato, e saldò tutti gli arretrati di cortesia che doveva a Elizabeth.

Pemberley divenne la dimora anche di Georgiana, e l'affetto delle due cognate fu proprio quale Darcy l'aveva sperato. Si volevano bene come si erano proposto di volersene. Georgiana teneva in gran conto Elizabeth, anche se da principio aveva giudicato con uno stupore che rasentava lo spavento la sua vivace, disinvolta maniera di parlare col marito. Vedeva suo fratello, da lei trattato con un rispetto che superava quasi l'affetto, preso in giro con affettuosa allegria. Imparava, dall'esempio di Elizabeth, quello che non avrebbe mai creduto prima, e cioè che una donna può prendersi col marito delle libertà che un fratello non può permettere a una sorella più giovane di lui di ben dieci anni.

Lady Catherine fu indignatissima per il matrimonio del nipote, e siccome nel rispondere alla lettera che glielo annunciava, si era abbandonata a tutta la naturale franchezza del suo carattere in termini molto scortesi specialmente verso Elizabeth, ogni rapporto tra loro fu rotto per qualche tempo. Ma infine, cedendo alle insistenze di Elizabeth, Darcy cercò una riconciliazione, e dopo un po' di resistenza da parte della zia, la collera di questa si placò, e sia per affetto verso il nipote, sia per la curiosità di vedere come si comportava la moglie, ella acconsentì ad andarli a trovare a Pemberley nonostante la profanazione che i vecchi boschi avevano subito, non soltanto per la presenza di una simile padrona, ma anche per le visite dei suoi zii commercianti.

Con i Gardiner i rapporti furono sempre più affettuosi e cordiali: Darcy, come Elizabeth, aveva per loro un sincero attaccamento, e tutti e due conservarono la più calda gratitudine verso coloro che, avendola condotta nel Derbyshire, avevano contribuito alla loro unione.

Indice

ORGOGLIO E PREGIUDIZIO

annotazioni

annotazioni

annotazioni

annotazioni

annotazioni

annotazioni

annotazioni

annotazioni